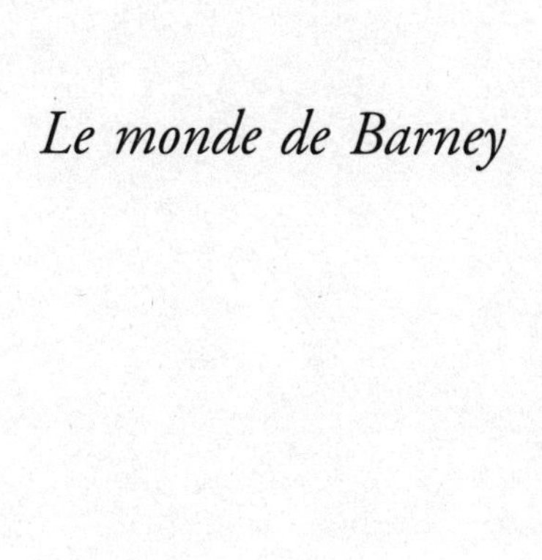

Le monde de Barney

Mordecai Richler

Le monde de Barney

ROMAN

Traduit de l'anglais (Canada)
par Bernard Cohen

Accompagné de notes
et d'une postface de Michael Panofsky

Nouvelle édition

Albin Michel

« Les Grandes Traductions »

Titre original :

BARNEY'S VERSION

A Florence
et à la mémoire de quatre amis absents :
Jack Clayton, Ted Allan, Tony Godwin
et Ian Mayer

I

Clara

1950-1952

1

Tout est à cause de Terry. Il est l'aiguillon. L'écharde plantée sous mon ongle. Je le dis clair et net : si je m'aventure dans cette pagaille, dans ce ratage qu'est la véritable histoire de ma vie, si je bafoue toutes mes résolutions en gribouillant un premier livre à un âge aussi avancé, c'est uniquement pour répondre aux venimeuses calomnies que Terry McIver répand dans son autobiographie à paraître. A mon propos comme au sujet de mes trois femmes – connues aussi sous le sobriquet de « la troïka de Barney Panofsky » –, de la nature de mon amitié avec Boogie et, bien entendu, du scandale que je me coltinerai telle une bosse dans le dos jusqu'à la tombe. *Le Temps et ses fièvres*, son cataplasme de livre, doit être incessamment lancé sur le marché par The Group (pardon, the group), une petite maison d'édition de Toronto qui vit de subventions et commet aussi un mensuel, *Sauver la Terre*, imprimé, vous pouvez en être certains, sur papier recyclé.

Tous deux enfants de Montréal, Terry McIver et moi nous étions retrouvés à Paris au début des années cinquante. Le malheureux n'était qu'à peine toléré dans mon milieu, une harde de jeunes écrivains sans un sou mais couverts de lettres de refus d'éditeurs, chauds lapins et optimistes patentés pour qui tout semblait à portée de la main, la célébrité, les admiratrices pâmées, la fortune guettant patiemment au coin de la rue à l'instar de ce camelot légendaire de ma jeunesse qui d'après la rumeur vous arrêtait sur le trottoir et se faisait fort de vous donner un billet de un dollar tout neuf en échange d'un papier d'emballage de chewing-gum Wrigley, si vous en aviez un dans votre poche évidemment. Mais alors que je ne suis jamais tombé sur le généreux envoyé de William Wrigley Jr, empereur du chewing-gum, la célébrité allait en effet croiser la route de certains d'entre nous : le très inspiré Leo Bishinsky, Cedric Richardson – quoique sous un autre nom – et Clara, bien sûr, Clara qui jouit désormais d'une renommée posthume, celle de sainte patronne du féminisme, forgée sur l'enclume impitoyable du chauvinisme mâle. Mon enclume, en quelque sorte.

J'étais une anomalie. Plus encore : une anomie. Moi, j'étais né pour faire des affaires. Je n'avais pas remporté de lauriers à McGill[1] comme Terry, ni fréquenté Harvard ou Columbia à l'instar d'autres membres de notre bande. Non, je m'étais contenté de subir l'école, dont les cours m'intéressaient bien moins que les billards de l'académie Mont-Royal du même nom où je disputais des parties de « snooker » avec Duddy Kravitz. L'écriture n'était pas mon fort, la peinture non plus. Aucune ambition artistique, donc, à moins de désigner comme tel ce rêve que je caressais de devenir chanteur et danseur de music-hall, agitant mon canotier à l'adresse des braves gens au balcon tout en m'esquivant élégamment avec force claquettes pour céder la place à Peaches, à Anne Corio*, à Lili St-Cyr ou quelque autre danseuse « exotique » dont le numéro culminerait en une extase de tambours effrénés donnant aux spectateurs l'occasion d'apercevoir un éclair de sein nu, Montréal restant alors à des années-lumière des bars topless.

Certes, j'étais un lecteur acharné, mais vous auriez tort de voir là une preuve de bonne éducation, ou de sensibilité. En réalité, je dois reconnaître, avec un clin d'œil à Clara, la fondamentale indignité de ma personne. Mon détestable esprit de compétition. Car ce qui m'emballait, ce n'était pas Tolstoï et son Ivan Illitch, ni Conrad et son Agent secret, mais la lecture de *Liberty*, ce bon vieux magazine qui avait la particularité de faire précéder chacun de ses

1. Les appels de notes numérotés renvoient aux notes du traducteur, en fin de volume.

* Coreo, en fait, et non Corio.

articles d'une estimation du temps qu'il fallait pour le lire. Cinq minutes et trente-cinq secondes, par exemple. Alors, posant ma montre Mickey Mouse sur la toile cirée à carreaux de notre cuisine, je dévorais le papier en question et, arrivé au bout en quatre minutes trois, je me faisais l'effet d'un intellectuel accompli. Après *Liberty*, je passai dans la classe des « grands » en sortant vingt-cinq cents de ma poche pour *Mister Moto*, un roman de John Marquand, disponible à l'époque chez Jack & Moe, barbiers au coin de l'avenue du Parc et de la rue Laurier, en plein cœur du quartier juif prolétarien de Montréal où j'ai grandi. Cette vieille zone urbaine, la seule circonscription du pays à avoir jamais envoyé un communiste au Parlement (Fred Rose), a aussi été le berceau de deux boxeurs passables (Louis Alter et Maxie Berger), de la cohorte habituelle de médecins et de dentistes, d'un célèbre directeur de casino, d'une pléthore d'avocats sans foi ni loi, d'anonymes instituteurs comme de milliardaires du schmatt, de quelques rabbins et d'au moins un assassin présumé : moi.

Je me souviens de bancs de neige de cinq pieds de haut s'accumulant autour des perrons qui devaient être nettoyés à la pelle dans un froid polaire, et du bruit de chaînes que voitures et camions faisaient en passant, les pneus neige appartenant alors à un futur encore lointain, et des draps pétrifiés en feuilles de glace sur les cordes à linge des courettes. Dans ma chambre, tandis que le radiateur grésillait et hoquetait toute la nuit, je finis par découvrir Hemingway, Fitzgerald, Joyce, Gertie et Alice, ainsi que notre Morley Callaghan[2]. Leurs aventures d'expatriés et l'envie qu'elles m'inspiraient m'ayant donné à réfléchir, j'en vins à prendre une décision importante en 1950.

Ah, 1950… La dernière année où Bill Durnan, le meilleur gardien de la Ligue nationale de hockey sur glace, cinq fois récompensé par le trophée Vézina, devait garder les buts pour mon équipe adorée, les « Canadiens » de Montréal. A ce moment, si "nos glorieux[3]" pouvaient déjà déployer une formidable ligne de défense dont le pilier était le jeune Doug Harvey, leur meilleur trio d'attaquants était réduit aux deux tiers en l'absence d'Hector « Toe » Blake, qui s'était retiré en 1948. Avec Maurice « Rocket »

Richard, Elmer Lach et Floyd « Busher » Curry à l'avant, ils terminèrent la saison en deuxième position derrière ces maudits cochons de Detroit et, pour rendre leur honte éternelle, perdirent par quatre parties à une face aux Rangers de New York lors des demi-finales de la Coupe Stanley. Pour le Rocket, toutefois, l'année n'avait pas été si mauvaise puisqu'il obtint la deuxième place au classement individuel de la Ligue avec quarante-trois buts et vingt-deux passes décisives*.

Ce fut donc en 1950, à l'âge de vingt-deux ans, que je laissai derrière moi la chorus girl avec laquelle je vivais dans un appartement en sous-sol de la rue Tupper et que je retirai de la Caisse d'épargne les modestes économies dérivées de mon salaire de garçon de salle au Normandy Roof – un petit job que m'avait procuré mon père, l'inspecteur de police Izzy Panofsky –, afin de payer ma traversée vers l'Europe sur le *Queen Elizabeth***, en partance de New York. Innocent que j'étais, je partais bien décidé à rechercher, pour m'en nourrir, la fréquentation de ceux que je prenais alors pour les cœurs purs, « les législateurs méconnus de ce monde[4] », les artistes. Et puis, et puis c'était le temps où l'on pouvait peloter les collégiennes en toute impunité, un, deux, tcha-tcha-tcha, « si j'avais su que tu venais j'aurais préparé un soufflé ». Les nuits de pleine lune, sur le pont, les jolies filles arboraient jupes à volants, ceintures taille basse, chaussures bicolores, et vous pouviez être sûr qu'elles ne vous traîneraient pas en justice pour harcèlement sexuel quarante ans plus tard, une fois leurs souvenirs refoulés de polissonneries plus ou moins consenties ramenés à la surface par des dames-psychanalystes moustachues.

Finalement, ce n'était pas la célébrité, mais la fortune qui m'attendait au tournant, une fortune qui, il faut le reconnaître, était d'humble origine. Elle débuta sous l'aile protectrice d'un rescapé d'Auschwitz, Yossel Pinsky, qui nous changeait des dollars

---

* Plus précisément, Richard termina quatrième au classement individuel derrière Ted Lindsay des Red Wings de Detroit, premier avec vingt-trois buts et cinq-cinq passes décisives, Sid Abel second, et Gordie Howe troisième.

** C'était le *Queen Mary*, qui croisa en mer le *Queen Elizabeth* lors de son dernier voyage le 25 septembre 1967, à 12h10.

au taux du marché noir dans une cabine aux rideaux discrètement tirés chez un photographe de la rue des Rosiers. Un soir, Yossel était venu s'asseoir à ma table à l'Old Navy, avait commandé un "café filtre" dans lequel il avait laissé tomber sept sucres et m'avait annoncé :

– J'ai besoin de quelqu'un avec un passeport canadien en règle.

– Pour quoi faire ?

– Pour faire de l'argent, tiens ! Qu'est-ce qui reste d'autre ?

Puis, sortant un couteau de l'armée suisse de sa poche et entreprenant de nettoyer les ongles qu'il avait encore :

– Bon, faudrait qu'on fasse plus ample connaissance, avant tout. Tu as déjà mangé ?

– Non.

– Alors allons dîner. Hé, pas d'angoisse, petit, je ne mords pas…

Et c'est ainsi que, seulement un an plus tard, je devins sous la houlette de Yossel exportateur de fromages français vers le soudain prospère Canada de l'après-guerre. Puis, une fois revenu au pays, je me retrouvai, toujours grâce à lui, concessionnaire Vespa, ces scooters pétaradants qui connaissaient alors leur heure de gloire. Les années passant, il resta mon partenaire dans les affaires lucratives que je menai en commerçant l'huile d'olive, tout comme le jeune Meyer Lansky, les rouleaux de tissu fabriqué aux îles Lewis et Harris, la ferraille que je rachetai et revendis sans même y avoir jeté un coup d'œil, les DC-3 vétustes – dont certains sont encore en service au nord du soixantième parallèle – ou, lorsque Yossel échappa de peu à de sérieux ennuis avec les gendarmes en allant s'installer en Israël, les antiquités égyptiennes, objets volés dans des tombes mineures de la Vallée des Rois. Mais attention, j'ai des principes : je ne me suis jamais occupé d'armes, ni de drogues, ni de produits diététiques.

C'est seulement après que je suis devenu un ruffian. A la fin des années soixante, je me lançai dans la production de films canadiens subventionnés dont l'existence publique ne dépassait jamais une consternante semaine mais qui, en ouvrant une trappe d'évasion fiscale depuis lors condamnée, ont rapporté à votre serviteur – et parfois à ses financiers – des centaines de milliers de dollars. Puis je me suis mis à fabriquer à la chaîne des feuilletons télévisés au contenu « typiquement canadien », suffisamment niaiseux pour être distribués aux Etats-Unis, voire en Angleterre et ailleurs dans le cas de notre désopilant *McIver, de la Gendarmerie royale du Canada*, une série qui en rajoute sur les scènes m'as-tu-vu en kayak ou dans des igloos.

A la demande, je pouvais me glisser souplement dans la peau du patriote intégriste, ce dernier refuge que Big Brother offre aux escrocs. Il suffisait qu'un ministre, zélote du marché libre prêt à céder aux pressions US, menace d'envoyer aux orties la loi exigeant la présence de toutes ces fadaises made in Canada sur nos antennes – et entretenant leurs auteurs comme des danseuses étoiles, du même coup – pour que je me change en toute hâte dans la cabine d'essayage de l'hypocrisie et que, revêtu de mes nouveaux atours, je me présente devant la commission idoine : « Nous modelons le Canada pour les Canadiens, leur disais-je. Nous sommes la mémoire de ce pays, son âme, son hypostase, sa dernière défense face à l'impérialisme monstrueux qui nous menace au sud. »

Mais je me perds en digressions.

Revenons à ces beaux jours d'expatriés dont les frustes provinciaux enivrés par la splendeur de Paris que nous étions savouraient chaque instant, au point que nous redoutions de regagner nos chambres d'hôtel de la Rive gauche dans la crainte de nous réveiller de retour à la maison, à nouveau sous la coupe de parents qui nous rappelleraient ce que notre éducation leur avait coûté et qu'il était temps de mettre un peu la main à la pâte. Ainsi, toutes les lettres que mon père m'adressait par courrier aérien contenaient obligatoirement une pique du genre : « Tu te souviens de Yankel Schneider, celui qui bégayait ? Bégayeur ou pas, il est comptable agréé, maintenant, et il roule en Buick. »

Parmi notre joyeuse bande, il y avait deux artistes peintres, si le terme n'est pas exagéré, new-yorkais tous les deux. Autant Clara était évaporée, autant Leo Bishinsky avait les pieds sur terre, ainsi qu'il allait le prouver en menant sa carrière artistique avec plus de prévoyance encore que Wellington n'en avait démontré lors de cette bataille en Belgique dont le nom m'échappe présentement*. Car Wellington sortait d'un bal quand il avait pris la tête de ses troupes. Ou venait d'interrompre une partie de boulingrin… Non, ça c'était Drake.

Dans un garage de Montparnasse qu'il avait transformé en atelier, Leo s'échinait sur ses énormes triptyques, appliquant à la balayette les couleurs qu'il préparait par seaux entiers. De temps à autre, il chargeait copieusement son instrument, se reculait de quelques pas et lâchait une salve. Un jour où j'étais passé, alors que nous partagions un joint, il me jeta la balayette.

– Vas-y, essaie.

– Tu crois ?

– Et pourquoi non ?

Je m'étais dit que bientôt, très bientôt, il se couperait la barbe et les cheveux puis se caserait dans quelque studio de publicité new-yorkais. Erreur totale.

Comment aurais-je pu savoir que quarante ans plus tard les croûtes répugnantes de Leo auraient leur place à la Tate Gallery, au musée Guggenheim, au MOMA et à la National Gallery de Washington, que gourous boursiers et experts en investissements trapus s'en disputeraient d'autres à coups de millions, souvent battus à la corde par quelque collectionneur nippon ? Comment deviner que sa Renault 2 CV** pourrie serait un jour remplacée par une Rolls-Royce Silver Cloud, une Morgan de collection, une Ferrari 250 et une Alfa Romeo, entre autres joujous rangés dans son garage dix places à Amagansett ? Ou que je m'expose désormais à passer pour un frimeur si je mentionne innocemment que je l'ai bien connu ? Parce que bon, le Leo a tout de même été en couverture de *Vanity Fair* où, déguisé en Méphisto avec toutes les cornes, cape violette et queue de rigueur, il apparaissait en train de peindre des symboles magiques sur les formes dénudées d'une starlette au goût du jour.

---

* Waterloo, où le duc de Wellington et le maréchal prussien Gebhard Leberecht von Blücher mirent en déroute Napoléon le 18 juin 1815.

** En réalité, la 2 CV était une voiture Citroën, apparue au Salon de l'automobile de Paris en 1948 et dont la production a été abandonnée en 1990.

Au bon vieux temps, il était toujours facile de repérer avec qui Leo s'envoyait en l'air. Quand vous voyiez une jeune gourde du Nebraska portant un twin-set en laine et les signes distinctifs d'une Américaine envoyée en Europe pour s'occuper de la paperasserie du plan Marshall apparaître tout d'un coup à La Coupole et se curer tranquillement le nez à table, vous saviez. Mais aujourd'hui son manoir de Long Island regorge de top models qui se disputent l'honneur de lui offrir quelques poils pubiens qu'il pourra intégrer à la matière de ses œuvres, en sus de tessons de bouteilles ramassés sur la plage, d'arêtes de turbot, de peaux de salami et de rognures d'ongles.

En 1951, ma bande d'artistes néophytes se targuait de planer très au-dessus de la méprisable « course au fric ». L'amère vérité, cependant, c'est qu'à la notable et brillante exception de Bernard Moscovitch, dit « Boogie », tous la disputaient, cette course, tous étaient aussi compétitifs que « Monsieur Management » ou « l'Homme en complet gris », ces héros de best-sellers éphémères dont les plus âgés d'entre vous se souviennent peut-être, ces engouements d'une saison, comme Colin Wilson ou le hula hoop... Ils éprouvaient le même besoin de réussir que le petit gars de rue Saint-Urbain qui, au pays, risquait ses quelques sous dans une nouvelle collection de vêtements après-ski et touchait le jackpot. La camelote qu'ils avaient à proposer, pour la plupart, c'était l'écriture, la fiction. Qui devait être « neuve », ainsi qu'Ezra Pound l'avait édicté avant d'être reconnu mentalement déséquilibré. Mais attention, eux n'avaient pas à sillonner les allées des grands magasins pour proposer des échantillons aux clients, « tout sourires et cirage » pour reprendre l'image de Clifford Odets*. Non, ils se contentaient d'expédier la marchandise aux directeurs de journaux ou aux éditeurs, en y joignant une enveloppe timbrée pour le retour du manuscrit. Tous, sauf Boogie, la prunelle de mes yeux.

Alfred Kazin a écrit quelque part que même jeune et inconnu Saul Bellow avait déjà le rayonnement d'un être promis à de hautes destinées. C'est aussi ce que je ressentais devant Boogie, lequel

* Non, ce n'est pas d'Odets, mais d'Arthur Miller, dans *Mort d'un commis voyageur*.

manifestait une indulgence peu commune à l'égard des autres écrivains de notre groupe, étant entendu qu'il les dépassait tous de plusieurs coudées.

Souvent imprévisible, il aimait se cacher derrière des écrans de fumée, décourageant toute question à propos de son travail par quelque clownerie. « Mais regarde-moi un peu ! me dit-il un jour. J'ai tous les défauts de Tolstoï, Dostoïevski et Hemingway réunis. Je suis prêt à baiser la première petite paysanne qui voudra de moi. Je suis un joueur obsessionnel. Je bois comme un trou. Dis, je suis même aussi antisémite que Freddy Mikhaïlovitch ! Sauf que dans mon cas ça ne compte peut-être pas, puisque je suis juif... Bref, tout ce qui manque dans l'équation c'est ma Iasnaïa Poliana à moi, et que mon immense talent soit reconnu, et assez d'argent pour me payer à dîner ce soir, à moins que tu m'invites... Ah, Barney, que Dieu te bénisse. »

Avec ses cinq ans de plus que moi, Boogie avait péniblement gravi Omaha Beach au Jour J et survécu à la bataille du Mur. A Paris, il subsistait grâce à la pension des GI's, une centaine de dollars mensuels complétée par les sommes que lui envoyaient ses parents, argent qu'il investissait habituellement avec une chance inégale sur les tables de “chemin de fer[5]” de l'Aviation Club.

Au diable, donc, les fielleux racontars dont ce menteur de McIver vient de reprendre la rengaine et qui me poursuivront jusqu'à la fin de mes jours. La vérité, c'est que Boogie a été mon plus cher ami, un être auquel je vouais une véritable adoration. A la faveur des nombreux joints et bouteilles de “vin ordinaire” qu'il nous est arrivé de partager, j'ai pu reconstituer une partie de son histoire. Le grand-père de Boogie, Moishe Lev Moscovitch, natif de Bialystok, arrivé en Amérique dans la cale d'un voilier parti de Hambourg, simple vendeur de poulets à la criée, était parvenu à la force du poignet et au prix de maints sacrifices au statut envié d'unique propriétaire d'une boucherie cachère à Rivington Street, dans la partie la plus modeste de l'East Side new-yorkais. Sous la direction de son fils aîné, Mendel, l'affaire avait pris le titre de « Produits du Gourmet Sans Egal », fournissant l'armée américaine en rations de combat durant la Seconde Guerre mondiale puis inondant les supermarchés de New York et des alentours de produits aussi raffinés que jambons de Virginie sous vide, saucisses Vieille Angleterre, travers de porc à la chinoise et dindes surgelées, prêtes à cuire et présentées sous le nom de « Granny's Gobblers », les volailles glouglouteuses de la grand-maman... Mendel Moscovitch, devenu Matthew Morrow dans sa quête d'intégration sociale, en avait retiré un appartement de quatorze pièces Park Avenue, une cohorte de domestiques, un chauffeur et une gouvernante londonienne pur sucre pour son héritier, Boogie, qui fut plus tard contraint de suivre des cours de diction afin de se débarrasser de l'accent cockney qu'elle lui avait repassé. Dépositaire des espoirs paternels d'infiltrer la ruche Wasp, le jeune Boogie ne s'initia pas au violon, n'eut pas de maître d'hébreu, mais suivit un camp militaire d'été dans le Maine : « On attendait de moi que j'apprenne à monter à cheval, à tirer, à barrer un voilier, à jouer au tennis et à tendre l'autre joue », me confia-t-il une fois. A l'arrivée au campement, il avait obéi aux recommandations de sa mère en indiquant « athée » à la rubrique « confession » du questionnaire. Las, le commandant avait froncé le nez et, barrant la réponse d'un trait vengeur, il avait écrit à la place : « juif ». Boogie avait supporté cette épreuve, puis celle de l'académie Andover. Mais en 1941, sans même achever sa première année à Harvard, il s'était engagé dans l'armée, devenant le fusilier Moscovitch car il avait repris le nom de ses ancêtres, du même coup.

Un jour, cédant aux questions pressantes d'un Terry McIver très intéressé, Boogie accepta de révéler qu'au premier chapitre de son *magnus opus* en cours de réalisation, le héros de ce roman, dont l'action se situe au début du siècle, débarque du *Titanic*, qui vient d'accomplir sans encombre son voyage inaugural. Il a à peine posé le pied sur les quais de New York qu'une journaliste l'accoste :

– Alors, cette traversée, c'était comment ?

– Rasoir.

Il poursuivit – et il inventait au fur et à mesure qu'il parlait, j'en suis convaincu – en racontant que deux ans plus tard, en 1914, ledit héros se trouve dans une calèche en compagnie de l'archiduc d'Autriche-Hongrie François-Ferdinand et de sa bonne femme quand un cahot lui fait lâcher ses jumelles de théâtre. L'archiduc, toujours très "noblesse oblige", se penche obligeamment pour les ramasser et évite ainsi la balle meurtrière qu'un cinglé de Serbe lui destinait. Après quelques mois, cependant, les Allemands ne se privent pas d'envahir la Belgique comme si de rien n'était. Et nous voici en 1917, où le personnage, en train de tailler une bavette avec Lénine dans un café de Zurich, demande des explications sur sa fameuse plus-value. Lénine s'emballe, se perd dans une longue tirade puis s'attarde tellement à savourer son "mille-feuille" et "son café au lait" qu'il rate son train. Le wagon plombé entre donc en gare de Finlande sans lui.

– C'est pas typique de ce connard d'Ilitch, ça ? s'exclame le chef de la délégation venue l'accueillir. Bon, et maintenant, que faire ?

– Peut-être que Léon pourrait prononcer quelques mots, à la place ?

– « Quelques mots », Léon ? On en a pour des heures, s'il s'y met…

Boogie précisa à Terry qu'il remplissait ainsi la mission première de l'artiste : apporter un certain ordre au chaos de la vie.

– J'aurais dû savoir qu'on ne pouvait pas parler sérieusement, avec toi, s'était indigné McIver en quittant notre table.

Alors, rompant le silence qui avait suivi son départ, Boogie m'avait déclaré en guise d'excuse qu'il avait hérité de Heinrich Heine "le droit de moribondage". C'était le genre de point d'orgue qu'il était capable d'extraire du fin fond de son cerveau pour mettre un terme à une conversation, et qui me renvoyait à la bibliothèque. Qui faisait mon éducation.

Oui, je l'aimais, Boogie, et il me manque quelque chose d'affreux. Je donnerais toute ma fortune – ou la moitié, disons – pour revoir cette énigme vivante, ce grand échalas se glisser par ma porte, sortir un Romeo y Julieta de sa poche et m'interroger avec un sourire énigmatique : « Eh bien, Thomas Bernhard, tu as commencé à le lire ? » ou « Et Chomsky, qu'est-ce que tu en as tiré ? »

Dieu sait s'il pouvait être secret, disparaissant parfois des semaines entières, selon certains dans une yechiva de Mea Chearim et selon d'autres dans un monastère toscan, sans laisser de traces, pour resurgir brusquement, telle une apparition, au milieu de l'un des cafés qu'il fréquentait le plus souvent, flanqué d'une superbe duchesse espagnole ou d'une comtesse italienne tout aussi ravissante.

Dans ses mauvais jours, il ne répondait pas quand j'allais frapper à sa chambre d'hôtel, ou se bornait à un : « Va-t'en, fiche-moi la paix. » Je comprenais aussitôt qu'il devait être étendu sur son lit, camé jusqu'aux yeux, ou assis à sa table, en train de dresser la liste de tous les garçons qui avaient combattu à ses côtés et avaient perdu la vie.

C'est lui qui m'a initié à Gontcharov, à Huysmans, à Céline, et à Nathaniel West. Un horloger russe blanc avec lequel il s'était lié d'amitié lui donnait des cours de langue car il était convaincu qu'« on ne peut rien comprendre si l'on n'est pas capable de lire Dostoïevski, Tolstoï ou Tchekhov dans le texte ». Il maîtrisait parfaitement l'allemand et l'hébreu, étudiait le Zohar, le livre sacré de la kabbale, avec un rabbin qu'il rejoignait une fois par semaine à la synagogue de la rue Notre-Dame-de-Lorette, une adresse qu'il trouvait pleine de sel.

Il y a dix ans, j'ai repris ses huit nouvelles sibyllines – toute son œuvre connue – qui avaient été publiées dans *Merlin*, *Zero* et *Paris Review*. Mon intention était de les réunir en un beau livre à tirage numéroté, sans regarder à la dépense. Celle que j'ai le plus lue et relue, pour des raisons évidentes, est une variation sur un thème fort peu original mais traité ici avec le brio qui caractérise tous ses écrits : *Margolis*, l'histoire d'un type qui sort acheter un paquet de cigarettes et disparaît d'un coup de la vie de sa femme et de son enfant en prenant une autre identité.

J'ai contacté le fils de Boogie, installé à Santa Fe, en lui proposant une avance de dix mille dollars ainsi que cent exemplaires gratuits de l'ouvrage que je projetais et tous les droits à venir qu'il pourrait générer. Sa réponse m'est parvenue par lettre recommandée, dans laquelle il se disait sidéré que j'aie osé ne fût-ce que caresser cette idée, moi, entre tous, et m'avertissait qu'il n'hésiterait pas à engager des poursuites si je prétendais la mettre à exécution. Fin de l'histoire.

Mais attendez, attendez une minute. J'ai un trou, brusquement. J'essayais de me rappeler qui était l'auteur de *L'Homme en complet gris*... Ou était-ce *L'Homme en chemise Brooks Brothers ?* Non, il y avait du gris dans le titre, comme dans le texte d'ailleurs. Lillian. Oui, Lillian quelque chose. Mais si, je le sais... Comme la marque de mayonnaise. Lillian Kraft ? Non. Voilà : Hellman. C'est Lillian Hellman[6]. Mais ce n'est pas l'important, ça n'a même aucune importance. Ce qui est grave, c'est que maintenant je ne pourrai plus fermer l'œil de la nuit. Ce genre de mauvais tours que ma mémoire me joue de plus en plus souvent a le don de me mettre dans tous mes états.

Tenez, hier soir encore, alors que j'allais enfin m'endormir, impossible de me souvenir du nom de ce truc qui sert à égoutter les spaghettis. Vous vous rendez compte ? J'ai dû m'en servir dix mille fois, je le « vois » distinctement et pourtant je suis infichu de dire comment ça s'appelle ! Mais je ne voulais pas me relever pour chercher dans les livres de cuisine que Miriam a laissés en partant, parce que cela aurait eu pour seul effet de me rappeler que je porte l'entière responsabilité de notre séparation, et parce que je devrais sortir du lit à trois heures du matin pour aller pisser, de toute façon. Et là, je ne parle pas du jet impétueux que je produisais dans mon jeune temps Rive gauche, oh non ! Maintenant c'est tout juste du goutte-à-goutte, du gouttelette-à-gouttelette, et j'ai beau secouer mon machin comme un damné, il y a toujours quelques traînardes pour suinter le long de ma jambe de pyjama, après...

Etendu dans l'obscurité, bouillant de rage, j'ai répété à voix haute le numéro que je devais composer si une crise cardiaque me tombait dessus.

« Vous êtes en communication avec le répondeur de l'hôpital général de Montréal. Si vous êtes équipé d'un téléphone digital et si vous connaissez le poste que vous désirez obtenir, composez ce numéro maintenant. Dans le cas contraire, veuillez composer le 17 pour obtenir le service d'information dans l'idiome des "maudits Anglais" ou le 12 pour les renseignements en français, l'admirable langue de notre collectivité opprimée. »

Et pour les ambulances ? 21.

« Vous êtes en communication avec le service d'urgence des ambulances. Veuillez patienter et une opératice va vous répondre dès que notre partie de strip-poker sera terminée. Merci. »

Puis il y aurait de la musique enregistrée. Le *Requiem* de Mozart.

A tâtons, j'ai vérifié que mes comprimés à la digitaline, mes lunettes de presbyte et mon dentier se trouvaient bien à portée de main sur ma table de nuit. J'ai allumé ma lampe de chevet quelques secondes, le temps de contrôler que mon caleçon n'était maculé par aucune perte douteuse : si je venais à mourir cette nuit, il était hors de question que des étrangers puissent penser que j'avais été un vieux dégoûtant. Et puis j'ai tenté le stratagème habituel, penser à autre chose, me concentrer sur quelque idée réconfortante, mais le trucmuche à spaghettis revenait me tourmenter à mon insu. Alors j'ai imaginé Terry McIver perdant son sang dans une mer infestée de requins. Il se sent à nouveau happé vers le fond par ce qui lui reste de jambe gauche au moment même où un hélicoptère des gardes-côtes s'approche pour essayer de le sauver. Quand le câble retire finalement de l'eau le corps démantelé de l'écrivaillon calomniateur, il n'est plus qu'un torse sanguinolent grotesquement ballotté à la surface, tel un appât sur lequel les prédateurs cherchent à s'acharner encore…

Ensuite, je me suis projeté dans le passé. Je suis redevenu un chenapan de quatorze ans en train de dégrafer, pour la première et succulente fois, le soutien-gorge en dentelle ajourée d'un professeur que j'appellerai Mrs Ogilvy, sans me laisser démonter par l'une de ces ritournelles stupides que la radio de son salon passait au même moment : « Un éléphant, ça trompe, ça trompe, un éléphant, ça trompe énormément… »

A mon grand étonnement, elle n'oppose aucune résistance. A ma non moins grande frayeur, elle envoie valser ses chaussures et commence à enlever sa jupe écossaise en se tortillant. « Je ne sais pas quelle mouche m'a piquée », susurre cette femme qui a récompensé d'un A-plus ma dissertation sur le *Conte des deux villes*, pour la rédaction de laquelle j'avais pioché allégrement, avec quelques paraphrases de-ci, de-là, dans un livre de Granville Hicks. « Si je commence à les prendre au berceau... » Et puis elle ajoute, avec une certaine rigueur doctorale, une remarque qui vient tout gâcher dans mon imagination :

– Mais on devrait pas égoutter les spaghettis, d'abord ?

– Ouais, c'est sûr...Et comment on dit, déjà, pour ce trucmuche ?

– Moi, je les aime *al dente.*

Décidé à lui donner une deuxième chance, je me suis efforcé de remonter le temps une nouvelle fois, de me vautrer avec elle sur son canapé tout en appelant de mes vœux un début de balbutiement d'érection de la part de mon outil désormais si piteux.

– Oh, mais tu veux aller trop vite, toi ! Attends, attends ! Pas encore. "En français, s'il vous plaît ?"

– Que quoi ?

– Ah, ces manières, quelle grâce, quel raffinement ! « Je vous demande pardon ? » – c'est ce que tu voulais dire, bien vrai ? Bon, maintenant, voyons un peu ce que donnerait « Pas encore » en français. S'il te plaît.

– "Pas encore."

– Bien vu ! s'exclame-t-elle tout en ouvrant le tiroir d'un petit guéridon à côté d'elle. Bon, je ne voudrais pas que tu me prennes pour une vieille pimbêche mais je t'en prie, sois un gentil garçon et passe toi ceci autour de ton petit oiseau, avant toute chose.

– Oui, Mrs Ogilvy.

– Viens, donne-moi ta main...Oh, a-t-on jamais vu des ongles aussi crasseux ? Allez, viens...Oui, comme ça. Doooucement. Oh oui, comme ça...Attends !

– Quoi, qu'est-ce que j'ai fait, encore ?

– Non, rien, une idée, c'est tout. Tu aimerais savoir que ce n'est pas Lillian Hellman qui a écrit *L'Homme en chemise Brooks Brothers* pas vrai ? Eh bien, non. L'auteur, c'est Mary McCarthy.

Zut, zut et zut ! Je me suis levé en maugréant, j'ai enfilé la robe de chambre usée jusqu'à la corde dont je ne me résignais pourtant pas à me séparer – c'était un cadeau de Miriam – et je me suis traîné à la cuisine où j'ai entrepris de vider les placards en nommant sans hésiter tous les ustensiles que j'envoyais valser autour de moi : louche, coquetier, rouleau à pâtisserie, économe, verre doseur, ouvre-boîtes, spatule... Et là, pendu au mur pour mieux me narguer, le damné bidule qui sert à égoutter les spaghettis attendait, et je n'arrivais toujours pas à retrouver son nom.

J'ai survécu à la scarlatine, aux oreillons, à deux agressions, aux morpions, à la perte de toutes mes dents, à la pose d'une prothèse à la hanche, à une accusation de meurtre et à trois épouses. La première est morte. Quant à Mrs Panofsky II, il lui suffirait d'entendre le son de ma voix pour se mettre encore à glapir, alors que tant d'années ont passé : « Qu'as-tu fait du corps, assassin ? » avant de me raccrocher au nez. Mais Miriam, elle, accepterait de m'écouter. Elle pourrait même rire de mes affres. Ah, entendre à nouveau l'appartement résonner de son rire. Et son parfum. Et son amour... Le hic, c'est que ce serait sans doute Blair qui prendrait le téléphone. Or, mon dernier appel m'avait relativement grillé auprès de ce connard prétentieux.

– Je voudrais parler à ma femme, avais-je commencé cette fois-là.

– Elle n'est plus « votre » femme, Barney. Et vous avez bu plus que de raison, c'est clair.

Typiquement lui, ça : « Bu plus que de raison. »

– Bien sûr que j'ai picolé ! Il est quatre heures du matin, non ?

– Oui, et Miriam dort.

– Mais c'est à vous que je voulais parler. Voilà, en mettant un peu d'ordre dans mon bureau, l'autre jour, j'ai retrouvé des photos d'elle, du temps où elle était avec moi. Des nus, en fait. Très impressionnants. Alors j'ai pensé que vous aimeriez peut-être les avoir, ne serait-ce que pour savoir quelle allure elle avait, dans sa prime jeunesse.

– Vous êtes répugnant, avait-il soufflé avant de couper.

En effet. Mais cela ne m'avait pas empêché de me faire un petit numéro de claquettes dans mon living, un verre d'excellent Cardhu à la main.

J'entends affirmer ici et là que ce Blair est un brave type. Un remarquable érudit. Même mes fils prennent sa défense. On comprend ce que tu ressens, me disent-ils, mais il n'en reste pas moins que c'est quelqu'un d'intelligent, et d'attentionné, et qu'il fait tout pour Miriam. Tu parles ! Ce besogneux bêcheur a échoué au Canada dans les années soixante, en provenance de Boston qu'il avait fui pour échapper à la conscription, à l'instar d'un Bill Clinton ou d'un Dan Quayle. Cela avait suffi à le faire passer pour un héros aux yeux de ses étudiants mais, pour ma part, que l'on puisse préférer Toronto à Saigon, ça me laisse pantois. Toujours est-il que j'ai déniché son numéro de fax à l'université et que, convoquant l'inspiration de Boogie, je lui en décoche un bien tourné de temps à autre. Par exemple :

Télécopie
A : Herr Doktor Blair Hopper né Hauptman
De : Sexorama Gadgets
ACHTUNG ! PERSONNEL ET CONFIDENTIEL

Cher Herr Doktor Hopper,

En réponse à vos suggestions du 26 janvier dernier, nous apprécions grandement votre idée d'étendre aux campus canadiens la vieille tradition des facultés de la côte Est américaine qui consiste à sélectionner certaines étudiantes afin de les faire poser pour des nus artistiques, de face, de profil et de dos. Votre idée d'adjoindre porte-jarretelles et autres accessoires à ces séances nous paraît extrêmement judicieuse. Ainsi que vous le soulignez, le potentiel commercial d'un tel projet ne semble faire aucun doute. Nous devrons cependant examiner en détail le matériel photographique que vous nous transmettrez avant de reprendre éventuellement votre suggestion de fabriquer et de distribuer des jeux de cartes illustrés avec ces clichés.

Cordialement,
Dwayne Connors
Sexorama Gadgets

P-S : Nous avons bien pris note que vous nous retourniez notre calendrier 1995 JOUJOUX AVEC LE FEU. Malheureusement, un contre-remboursement s'avère impossible, les pages août et septembre s'avérant irrémédiablement collées l'une à l'autre.

Une heure moins le quart. J'avais maintenant l'objet du délit-spaghettis dans ma main tavelée et aussi ridée qu'une échine de lézard, mais comme je n'arrivais toujours pas à lui trouver un nom je l'ai expédié dans un coin, je me suis versé quelques doigts de Macallan et j'ai attrapé le téléphone pour appeler mon fils aîné à Londres.

– Hello, Mike ! Ici ton appel-réveil, il est six heures zéro minute. Le moment de ton jogging matinal est arrivé.

– Non, il est cinq heures quarante-six, en fait.

Pour son petit déjeuner, ce garçon toujours si raisonnable allait évidemment mâchouiller du yaourt saupoudré de céréales et accompagné de citronnade. Les jeunes d'aujourd'hui…

– Tu vas bien ? a-t-il demandé, prévenance qui a failli me mettre au bord des larmes.

– Un peu à cran, c'est tout. Mais il y a quelque chose qui me tarabuste. Ce machin pour égoutter les spaghettis, comment ça s'appelle, déjà ?

– Tu as bu ?

– En aucun cas !

– Le docteur Herscovitch ne t'avait pas dit que tu vas y rester, si tu recommences ?

– Sur la tête de mes petits-enfants, je jure que je n'ai pas touché une goutte d'alcool depuis des semaines. Hé, au restaurant, j'évite même le coq au vin, alors c'est dire…Bon, tu réponds à ma question, s'il te plaît ?

– Ne quitte pas, je vais prendre le téléphone au salon, comme ça on pourra parler.

Surtout, ne pas réveiller madame Bonne Santé, la fasciste domestique…

– Ouais, je suis là. Tu veux dire une passoire, c'est ça ?

– Evidemment, une passoire ! Je l'avais au bout de la langue. Tu me l'as enlevé de la bouche, en fait.

– Tu prends bien tes comprimés, au moins ?

– Mais oui ! Et... Tu as eu des nouvelles de ta mère, dernièrement ?

La question avait jailli toute seule. Moi qui m'étais résigné à ne plus jamais m'enquérir d'elle...

– Elle a passé trois jours ici avec Blair, début octobre. Le 4. Ensuite, ils allaient à une conférence à Glasgow*.

– En fait, elle peut faire tout ce qui lui chante, maintenant. Tu ne peux pas savoir quel soulagement c'est de ne plus entendre ses jérémiades parce que j'ai encore oublié de lever la lunette des W-C ! Mais enfin, en simple observateur impartial, je dois constater qu'elle méritait mieux que ça.

– Que quoi ? Que toi ?

– Ah, dis à Caroline ! ai-je soudain éructé. Dis-lui que j'ai lu quelque part que les feuilles de laitue souffrent atrocement quand on les coupe. Et que ça traumatise les carottes de les déterrer, aussi.

– Papa ? Je n'aime pas te savoir tout seul dans cet immense appartement, tu sais ?

– Ah oui ? Eh bien, il se trouve que, là, j'ai avec moi ce qu'ils appellent une « assistante de nuit », maintenant, ou une « aide sexuelle », je ne sais plus. Les butors dans mon genre disaient « un bon coup », dans le temps. Tu peux le raconter à ta mère, je m'en fiche !

– Pourquoi tu ne viendrais pas taper l'incruste chez nous un moment ?

– Pourquoi ? Mais parce que dans le Londres de mes souvenirs l'entrée incontournable, même dans les restaurants les plus huppés, c'était cette soupe grisâtre « à la Windsor », ou un demi-pamplemousse avec une cerise confite au milieu qui lui donne la dégaine d'un nichon sectionné. Parce que la plupart des gens que je fréquentais dans cette bonne ville sont morts, et qu'il était plus que

* Si j'en crois mon journal personnel, Blair et ma mère étaient arrivés le 7. Et la conférence en question se tenait à Edimbourg.

temps, d'ailleurs. Parce que Harrods est devenu un haut lieu de la grosse merde européenne. Parce qu'on ne peut pas approcher de Knightsbridge sans croiser des Japs friqués en train de se filmer mutuellement à la vidéo. Parce que le White Elephant, c'est fini, et Isow's même chose, et L'Etoile n'en parlons pas. Parce que je me fous de savoir qui saute Lady Di en ce moment, ou si Charles sera réincarné en tampon hygiénique. Parce que avec leurs infernales machines à sous et leur musique de zoulous les pubs sont devenus infréquentables. Et parce que nos semblables ont trop changé, aussi. Il suffit qu'ils soient allés à Oxford ou à Cambridge, ou qu'ils gagnent plus de cent mille livres par an, et tu n'as qu'à les voir : ils ne sont plus juifs, ils sont « d'origine juive ». Ce qui n'est pas du tout la même chose, pas du tout.

Non, Londres n'a jamais vraiment été ma tasse de thé, même si j'y ai passé trois mois dans les années cinquante, puis quelques séjours en 1961, ce qui m'avait d'ailleurs fait rater les séries éliminatoires de la Coupe Stanley. Or, c'était l'année où les « Canadiens », pourtant de très loin favoris, furent battus en six parties lors des demi-finales par les Black Hawks de Chicago. Je regrette encore de n'avoir pu au moins assister à la deuxième, à Chicago, que les Black Hawks remportèrent deux à un après cinquante-deux minutes de prolongations. C'est lors de ce match que l'arbitre Dalton McArthur, ce faux derche patenté, infligea une pénalité mineure à Dickie Moore (en pleine période supplémentaire !) et permit ainsi à Murray Balfour de marquer le but décisif. Sous le coup de l'indignation, Toe Blake, qui était alors le coach de notre équipe, s'était rué sur le McArthur pour lui donner un coup de poing, ce qui lui avait coûté une amende de deux mille dollars. Mais enfin, j'étais à Londres, moi, pour une coproduction avec Hymie Mintzbaum, et l'aventure devait si mal tourner que nous ne nous sommes plus adressé la parole pendant des années après. Natif du Bronx, Hymie est un anglophile convaincu. Pas moi.

Les Anglais, vous ne pouvez tout bonnement pas leur faire confiance. Avec les Américains (ou les Canadiens, d'ailleurs), il n'y a pas d'embrouilles. Mais installez-vous à votre place dans un 749 qui va décoller de Heathrow, à côté d'un vieux gentleman britannique délibérément rasoir, tout double menton solennel et débit de voix dûment haché. C'est à l'évidence quelqu'un dans la City, très absorbé par ses mots croisés du *Times*, mais ne vous avisez pas de le prendre de haut car ce monsieur est en réalité ceinture noire de judo, a probablement été parachuté sur la Dordogne en 1943, où il a fait sauter quelques convois allemands, et a survécu aux geôles de la Gestapo en vouant toutes ses facultés à la traduction définitive de l'épopée de Gilgamesh du sumérien tardif, et à cette heure, avec dans son sac les robes de soirée les plus spectaculaires et la lingerie la plus suggestive de sa digne épouse, il est certainement en route vers la Convention annuelle des travestis qui doit se tenir à Saskatoon, Canada…

Une fois encore, Mike m'a assuré que je pourrais poser mes valises dans leur studio au fond du jardin, entièrement indépendant, avec entrée particulière. Et que ses enfants, qui ont positivement adoré *Vendredi 13*, le film, éprouveraient sans doute le frisson de leur vie en faisant plus ample connaissance avec leur grand-père. Mais voilà, j'ai horreur d'être un grand-père. Je trouve ça… indécent. Dans ma tête, j'ai encore vingt-cinq ans. Trente-trois, grand maximum, mais en tout cas pas soixante-sept, pas avec ces effluves de déchéance et d'espoirs sabotés, pas avec cette haleine acide, ni ces poumons qui auraient bien besoin d'une sérieuse vidange-graissage. Et je ne suis même plus biodégradable, depuis que je me suis enrichi d'un bout de hanche en plastique à cause duquel les écologistes manifesteront contre ma mise en terre, c'est couru.

A l'une de mes dernières visites annuelles chez Mike et Caroline, j'étais arrivé bardé de cadeaux pour les petits et pour « Votre Honneur », ainsi que Saul, mon deuxième fils, a surnommé sa belle-sœur. La “pièce de résistance”, toutefois, je l'avais réservée à Mike : une boîte de Cohibas que j'avais fait acheter à Cuba et à laquelle je tenais énormément. Mais j'espérais que ces cigares d'exception sauraient plaire à Mike, feraient oublier les relations difficiles que nous avions tous les deux. Et en effet il avait été ravi, ou du moins c'est ce que j'avais cru jusqu'à ce que je rencontre un mois plus tard l'un de ses associés, Tony Haines, qui se trouvait être aussi un cousin de Caroline. En voyage d'affaires à Montréal, il m'avait téléphoné pour m'annoncer qu'il avait un présent à me remettre de la part de Mike, un demi-saumon fumé de Fortnum's. Alors que je l'avais invité à prendre un verre, il avait sorti son étui à cigares et m'avait proposé un Cohiba.

– Superbe ! Merci.

– Ce n'est pas moi qu'il faut remercier. C'est Mike et Caroline qui me les ont offerts pour mon anniversaire.

– Ah oui ?

Et vlan, encore une déception familiale à endurer. Ou à dorloter, s'il fallait en croire Miriam qui m'avait déclaré un jour : « Il y en a qui collectionnent les timbres, d'autres les boîtes d'allumettes mais toi, mon chéri, c'est les sujets d'affliction... »

A cette occasion, ils m'avaient installé dans une chambre du haut, décorée à la dernière mode, Conran Shop et compagnie, avec un bouquet de freesias et une bouteille de Perrier sur la table de nuit, mais pas un seul cendrier en vue. En ouvrant le tiroir à la recherche d'une babiole qui pourrait en faire office, j'étais tombé sur une paire de collants déchirés. En reniflant cette boule délicatement parfumée, j'avais aussitôt reconnu leur ancienne propriétaire : Miriam. Elle avait été dans ce lit avec Blair, ils l'avaient pollué. J'avais arraché les draps, inspecté le matelas à la recherche de taches évocatrices. Rien, ah ah, rien du tout ! Monsieur le professeur Bande-Mou avait fait chou blanc. Herr Doktor devait sans doute se contenter de lui faire la lecture, de l'abreuver de ses thèses déconstructionnistes à propos du racisme de Mark Twain et de l'homophobie de Hemingway. Il n'empêche que j'étais allé prendre une bombe de désodorisant au pin dans la salle de bains et que j'en avais aspergé le matelas avant de refaire le lit tant bien que mal et de m'y glisser. Je m'étais retrouvé empêtré dans les draps, exaspéré par ce filet qui m'emprisonnait et par l'odeur insupportable de l'aérosol. J'étais allé ouvrir la fenêtre en grand. Un froid abominable. Mari délaissé, j'étais sans doute destiné à mourir de pneumonie sur une couche qui avait eu un jour le privilège d'être réchauffée par le corps de Miriam. La belle Miriam. La traîtresse Miriam. Mais enfin, il arrive que les femmes de son âge, saisies par le désarroi et de soudaines montées de sang, se mettent inopinément à voler dans les magasins. Oui ? Eh bien, si elle était surprise la main dans le sac je refuserais de témoigner en sa faveur. Ou plutôt non, je viendrais à la barre pour certifier qu'elle avait toujours eu la main leste. Qu'elle pourrisse au gnouf, Miriam ! Miriam, flamme de mon cœur…

Mike, que D. le protège, est riche à un point écœurant, péché qu'il a voulu expier en gardant sa queue-de-cheval et ses jeans (de chez Ralph Lauren, attention), sans aller jusqu'à la boucle d'oreille, heureusement, et sans s'abonner aux chasubles à la Nehru ou à la casquette Mao. C'est un baron de l'immobilier. Propriétaire de demeures patriciennes à Highgate, Hampstead, au Swiss Cottage, à Islington et à Chelsea, qu'il a raflées avant que l'inflation ne s'abatte sur le pays et qu'il a transformées en immeubles de rapport. Il a aussi des intérêts off-shore que je préfère ne pas connaître et s'active beaucoup sur le marché à terme. Avec sa Caroline, il vit à Fulham, un quartier très « branché » dont je garde quelques souvenirs avant son invasion par les yuppies parvenus. Ils disposent aussi d'une datcha dans les hauteurs de Vence, au milieu des vignes. Du shtetl au vignoble Château-Panofsky, et ceci en l'espace de trois générations : qu'est-ce que je peux dire ?

Mike détient encore des parts dans un restaurant classieux de Pimlico, La Table, dont le chef est plus revêche que réellement doué, ce qui est assez inévitable de nos jours, n'est-ce pas ? Trop jeunot pour se souvenir de Pearl Harbor, ou du sort réservé aux Canadiens qui avaient été faits prisonniers à…à…, mais si, vous savez, ce bastion imprenable d'Extrême-Orient ? Pas là où l'aube arrive dans un tonnerre, non, mais ce coin où les Sassoon avaient amassé des fortunes. Singapour ? Non. Ça ressemble au nom du gorille dans ce film avec Fay Wray… Kong, oui. Hong Kong ! Et tenez, je sais pertinemment que Wellington a battu Napoléon à Waterloo, et je me rappelle même qui a écrit *L'Homme au complet gris*, maintenant. Ça m'est revenu d'un coup : Frederic Wakeman, voilà. J'ajoute qu'ils l'ont adapté au cinéma, avec Clark Gable et Sydney Greenstreet*.

Toujours est-il que Mike, trop jeunot pour se souvenir de Pearl Harbor, a été un des premiers à investir en masse sur le marché nippon et s'est débarrassé de ses avoirs au moment propice. Il a impeccablement conduit sa monture à travers la tourmente de la crise pétrolière, cravachant son portefeuille jusqu'à la ligne d'arrivée et doublant sa valeur avant de faire un malheur en spéculant sur la livre sterling en 1992. Et il a parié sur Bill Gates à une époque où personne ne savait ce qu'était un e-mail.

Oui, mon fils aîné est un milliardaire, mais un milliardaire avec une conscience sociale et des préoccupations culturelles, notez bien. Il est l'un des administrateurs d'un théâtre d'avant-garde spécialisé dans les spectacles genre peep-show intello où des filles d'excellente famille et fort bien roulées font semblant de déféquer sur scène tandis que des pensionnaires de l'Académie royale d'art dramatique feignent de se sodomiser mutuellement avec des airs languides. Enfin, *ars longa, vita brevis*... Il est aussi l'un des quelque deux cents sponsors du mensuel *Red Pepper*, une publication « féministe, antiraciste, écologiste et internationaliste » à laquelle il m'a abonné d'office, une manière assez ironique de racheter mes fautes, je suppose... Dans leur dernier numéro, un encart pleine page d'une organisation charitable appelant à la solidarité financière s'orne de la photo d'une jeune femme blafarde qui braque des yeux au beurre noir dans le miroir qu'elle tient devant elle. Légende : « Elle a annoncé à son mari qu'elle était séropositive. Il l'a mal pris. »

Mais comment était-il censé réagir, le pauvre couillon ? En l'invitant à dîner dans un restau chic pour fêter la bonne nouvelle ?

De toute façon, ainsi que monsieur Bellow l'a déjà souligné, on meurt presque toujours du cœur. Ou du cancer du poumon, et c'est un candidat bien placé qui vous le dit...

---

* Il est temps de préciser que *L'Homme au complet gris* est un livre de Sloan Wilson, publié en 1955. Et c'est *The Hucksters* (*Marchands d'illusions*), de Frederic Wakeman, qui a inspiré un film de Jack Conway (MGM, 1947), du même nom (*Marchands d'illusions* en français) avec Clark Gable, Deborah Kerr et Sydney Greenstreet, désormais disponible en version colorisée.

Si Mike ne fréquente que les magasins d'alimentation où il pourra trouver ses champignons shitakés, ses algues nippones, son riz Nishiki et ses soupes shiromiso, il n'oubliera jamais, une fois ressorti sur le trottoir de Sloane Street, d'acheter le journal des sans-abri à quelque clodo rôdant par là. Il dirige une galerie d'art à Fulham qui a fait ses preuves puisqu'elle a déjà par deux fois été menacée de fermeture pour attentat à la pudeur. Caroline et lui mettent un point d'honneur à acheter des œuvres à des peintres ou des sculpteurs encore inconnus mais qui, pour reprendre le jargon de Mike, sont « très dans le coup ». Toujours à la pointe, mon branché de fils est un expert en rap gangsta, autoroutes de l'information – qui rendent les bibliothèques sans objet –, « espaces de vie », « prise de distance », outils Internet, bref, en tout ce qui est « cool », l'un des multiples tics de langage propres à sa génération. Il n'a jamais lu l'*Iliade*, ni Gibbon, ni Stendhal, ni Swift, ni le bon docteur Johnson[7], ni George Eliot, ni aucun de ces bigots européocentristes désormais voués à un mépris éternel. Par contre, il n'existe pas un nouveau romancier ou poète auquel son appartenance à quelque « minorité » confère un succès d'estime dont il n'ait pas commandé le livre chez Hatchards. Je suis prêt à parier qu'il n'a jamais perdu une heure dans la contemplation de ce tableau de Velázquez au Prado, vous voyez duquel je parle, ce portrait de la famille royale*... Mais invitez-le à un vernissage qui promet un crucifix flottant dans un bac de pisse ou un harpon planté dans un anus féminin et vous êtes sûr de le voir arriver avec son chéquier.

– Ah ! ai-je fait, décidé à ne pas laisser s'éteindre notre conversation transatlantique. Je ne voudrais pas me mêler de ce qui ne me regarde pas mais j'espère quand même que tu as parlé à ta sœur il n'y a pas trop longtemps ?

– Attention, Papa. Quand tu dis des trucs pareils, on croirait de plus en plus entendre Maman...

– Ce n'est pas une réponse.

– Ça ne sert rien de l'appeler, Kate. Ou bien elle allait juste

* *Les Ménines.*

sortir, ou bien elle est en plein dans un dîner et elle te demande de retéléphoner un autre jour.

– Ce n'est pas son genre, à Kate.

– Allez, Pa ! Pour toi, évidemment, elle est parfaite. Elle a toujours été ta chouchoute, d'ailleurs.

– C'est faux, ai-je menti.

– Par contre, j'ai eu Saul, hier. Il voulait savoir ce que je pensais de son dernier coup de gueule dans le torchon néo-fasciste où il écrit. Mais je venais juste de l'avoir au courrier du matin, hé ! Il est vraiment trop, ton fils. Il lui a fallu un quart d'heure pour faire le point sur ses tracas d'hypocondriaque et ses ennuis au boulot, et ensuite, hop, il se met à me traiter de représentant de la gauche caviar et Caroline d'insupportable radine. Avec qui il est en ce moment, si je peux savoir ?

– Dis donc, j'ai remarqué que les Anglais sont sur le pied de guerre, vu qu'on expédie leurs veaux en France pour les enfermer dans des containers au lieu de les loger au Crillon. Est-ce que Caroline a pris part aux manifs ?

– Facile, Pa, facile. Tu peux faire mieux que ça. Mais bon, viens vite nous voir, d'accord ?

Au ton compassé qu'il avait brusquement adopté, j'ai deviné que ladite Caroline venait d'apparaître dans la pièce, consultant ostensiblement sa montre sans savoir que c'était moi qui payais la communication.

– Mais oui, ai-je répondu avant de raccrocher, empli de dégoût de moi-même.

Pourquoi étais-je incapable de lui dire à quel point je l'aimais, combien j'étais fier de lui, malgré tout ? Et si c'était la dernière fois que nous nous parlions ?

« Car la mort, voyez-vous, a écrit Samuel Johnson au révérend Thomas Wharton, n'a que faire des exhortations et se moque bien de ce qui sied aux mortels. »

Et si Miriam et moi n'étions plus jamais réunis ?

2

Les gazettes littéraires nous ont bien trop abreuvés d'histoires à propos de génies injustement oubliés sans s'attarder sur ces romanciers qui restent ignorés avec raison, ces faussaires bardés de petits honneurs, ces écrivaillons à la Terry McIver. Il leur suffit d'une traduction en islandais, d'une invitation au Festival artistique d'Auckland, Nouvelle-Zélande, où ils représenteront la « blanchitude », selon le terme en vogue dans la nomenklatura culturelle, et serviront ainsi de faire-valoir à de bons élèves maoris, inuits ou amérindiens. Après un flop de plusieurs années, ma vieille connaissance et plus récemment bête noire, McIver, a ainsi acquis une audience qui, pour limitée qu'elle soit, n'en est pas moins bruyante puisque menée par les apparatchiks de la Littérature Canadienne (capitales, s'il vous plaît). Au point que ce foireux est désormais omniprésent chez nous, pontifiant à la télé comme à la radio, abreuvant tout le pays de ses lectures publiques.

C'est par le truchement de son père, lui aussi abondamment calomnié dans l'exécrable *Temps et ses fièvres*, que j'avais fait la connaissance de ce minable autopropulsé grand romancier. M. McIver Sr, propriétaire de la librairie Spartacus sur la rue Sainte-Catherine Ouest, était le plus admirable et aussi le plus naïf des hommes. Cet Ecossais famélique, natif des Gorbals, fils illégitime d'une lavandière et d'un soudeur de la Clyde tombé dans la Somme, me sommait de lire, toutes affaires cessantes, les œuvres de Howard Fast, de Jack London, d'Emile Zola, d'Upton Sinclair, de John

Reed, d'Edgar Snow et de ce Russe, machin-chose, le grand favori de Lénine, vous voyez qui je veux dire, bien sûr… Que Soljenitsyne soit damné si je ne retrouve pas son nom ! Ils ont tourné un film splendide à partir de ses souvenirs d'enfance, en Russie, et… Mais c'est de la folie, ça ! Je ne connais que lui. Max quelque chose. Non, Maxime. Et le nom de famille ressemble à un de ces condiments goys… Maxime Cornichon ? Allons, Barney, cesse de te ridiculiser ! Maxime Gorkiche ? Gorki, triple buse, Gorki.

Ce n'était pas une librairie, en fait, plutôt un labyrinthe d'étagères et de piles de bouquins d'occasion qui risquaient de s'effondrer sur un seul et malencontreux coup de coude tandis que vous suiviez les sonores savates de monsieur McIver dans l'arrière-boutique, son sanctuaire, le refuge où il s'installait à son bureau d'instituteur et où, avec force effets de manches trouées, il pontifiait sur les méfaits du capitalisme tout en abreuvant son auditoire de thé au lait et de tartines à la confiture de myrtilles. Quand ses disciples n'avaient pas les moyens de s'acheter le dernier Algren [8], ou Graham Greene, ou le premier roman d'un jeune Américain très prometteur qui répondait au nom de Norman Mailer, il leur prêtait un exemplaire tout neuf à la seule condition qu'ils ne l'abîment pas. Lesdits protégés lui manifestaient leur gratitude en chapardant dans son dos des bouquins qu'ils lui revendaient une semaine après, certains allant même jusqu'à piocher dans sa caisse ou à lui laisser des chèques en bois de dix ou vingt dollars avant de disparaître à jamais de la librairie.

– Alors, comme ça tu t'en vas à Paris ? m'avait-il demandé.

– Hé oui.

Ce qui m'avait inévitablement attiré un cours sur la Commune de 1871. Condamnée d'avance, tout comme la Ligue spartakiste.

– Ça ne te dérangerait pas trop, de prendre un colis pour mon fils ?

– Mais non !

Le soir même, j'étais allé le chercher chez les McIver, un appartement confiné et surchauffé.

– Il y a quelques chemises, m'avait-il expliqué, et un pull que ma femme lui a tricoté. Et puis six boîtes de saumon, une cartouche de Player's, des bricoles, quoi ! Terry, il veut écrire des romans mais…

– Mais ?

– Mais qui ne voudrait pas ?

Pendant qu'il disparaissait dans la cuisine pour préparer du thé, Mrs McIver m'avait remis une enveloppe avec des airs de conspiratrice, en chuchotant :

– C'est pour Terence.

Je l'avais débusqué dans un petit hôtel de la rue Jacob. Notre rencontre s'était passée de manière bizarre. Il avait négligemment jeté le colis sur son lit en désordre mais s'était empressé d'ouvrir la lettre de sa mère.

– Tu sais comment elle a gagné cet argent ? avait-il sifflé entre ses dents. Ces… quarante-huit dollars ?

– Pas la moindre idée, non.

– En gardant des enfants. En donnant des cours d'algèbre ou de grammaire française à des redoublants… Mais dis, Barney, tu connais du monde, ici ?

– Je suis arrivé il y a trois jours. Tu es la première personne avec laquelle j'échange deux mots.

– Bon, on se retrouve au Mabillon à six heures. Je te présenterai.

– Je ne sais même pas où ça se trouve.

– Alors, attends-moi en bas, tout à l'heure. Mais dis-moi un peu : est-ce que mon père continue à tenir des séminaires devant des petits sagouins qui se fichent éperdument de lui ?

– Il y en a qui l'aiment beaucoup.

– C'est un vieux fou, oui ! Il aimerait tellement que je sois un raté. Comme lui. Bon, à tout à l'heure, alors.

J'ai évidemment reçu un exemplaire du *Temps et ses fièvres*, « hommage de l'auteur », que je viens de me forcer à lire deux fois de suite, non sans souligner les mensonges les plus flagrants et les passages les plus orduriers. Et ce matin j'ai appelé mon avocat, maître John Hughes-McNoughton.

– Dis, quelqu'un qui m'accuse noir sur blanc d'être un mari

abusif, un falsificateur, un producteur d'inanités télévisuelles, un ivrogne potentiellement dangereux et certainement un assassin pour couronner le tout… ça vaut la diffamation, non ?

– Ou c'est quelqu'un qui te connaît très bien, je dirais.

J'avais à peine raccroché que l'homme-orchestre de l'Appel juif unifié, Irv Nussbaum, a surgi au bout de la ligne.

– Tu as vu le canard de ce matin ? Fantastique, crois-moi : un gros bonnet de la drogue descendu hier soir devant son manoir de Sunnyside, dans sa Jaguar. Ça gicle sur toute la première page. Et c'est un Yid, Dieu le bénisse ! Larry Bercovitch, qu'il s'appelle. Ah, il va y avoir de l'action, aujourd'hui ! Les demandes d'adhésion vont affluer, je te le dis, moi !

L'appel suivant était de Mike. Encore un de ses tuyaux boursiers. Je ne sais pas comment mon fils s'arrange pour être le plus initié des initiés, mais je me rappelle qu'en 1989 il m'avait retrouvé au Beverly Wilshire Hotel. J'étais à Los Angeles pour l'un de ces raouts show-biz où, au lieu de l'envoyer droit sur la chaise électrique, on ne craint pas de récompenser l'auteur du soi-disant « meilleur » spot publicitaire. Moi, je n'étais pas là dans le but de récolter des lauriers : je cherchais des marchés pour les conneries que je produisais, point final. J'avais à peine décroché qu'il m'avait lancé :

– Achète des actions *Time*, tout de suite.

– Quoi, même pas un petit bonjour ? Même pas « Comment tu te sens, Papa chéri » ?

– Dès que je raccroche, tu appelles ton courtier, OK ?

– Minute ! Ce canard, il me tombe positivement des mains, alors pourquoi je placerais du fric dessus ?

– Tu veux bien faire ce que je te dis ?

Ordure que je suis, j'avais obtempéré en savourant par avance la jubilation que j'allais éprouver en perdant mon pécule et en lui faisant porter le blâme de cette déconvenue. Mais un mois plus tard Warner comme Paramount se ruaient sur l'occasion et les actions de *Time* montaient en flèche.

Mais je mets la charrue avant les bœufs. Ce soir-là, donc, mes fonctions de bateleur de foire m'avaient amené à inviter deux huiles de NBC-TV à dîner à La Scala, deux analphabètes chroniques que j'avais résolu de traiter avec civilité tant les admonestations de Miriam, au moment du départ, m'étaient restées en tête : « Tu devrais envoyer quelqu'un d'autre à L.A., m'avait-elle mis en garde, autrement, tu vas finir par trop boire et par insulter tout le monde. » Sur le point d'assécher mon troisième Laphroaig, je surveillais du coin de l'œil Hymie Mintzbaum, assis à une autre table en compagnie d'une minette assez jeune pour être sa petite-fille. A chaque fois que nous nous croisions dans les relais obligés du show-biz intercontinental (Ma Maison, Elaine's, The Ivy, L'Ami Louis...) depuis notre monumentale engueulade à Londres, nous nous bornions à un bref signe de tête. De temps à autre, je l'apercevais flanqué de la flagorneuse future actrice et par-dessus la tête des convives je le surprenais en train de pontifier de sa voix rocailleuse : « Comme Hemingway me l'a dit une fois... » ou : « Marilyn était beaucoup plus maligne qu'on n'a tendance à le croire, mais Arthur n'était pas fait pour elle, tu vois ? »

Un jour, en 1964, nous en étions venus à échanger quelques mots.

– Alors Miriam ne m'aura pas écouté, hein ? Elle t'a épousé, finalement...

– Il se trouve qu'on est très heureux, tous les deux.

– Ça commence toujours comme ça, non ?

Et ce soir-là, plus de vingt ans après, encore lui. Il a vaguement hoché la caboche dans ma direction. Moi itou. Il avait visiblement subi un lifting depuis la dernière fois que je l'avais vu. Cheveux teints en noir, blouson d'aviateur, jean du bon faiseur, Adidas aux pieds. Le hasard avait voulu que nous manquions de nous rentrer dedans à la sortie des toilettes.

– T'es vraiment louf, m'avait-il lancé. Quand on sera morts, toi et moi, ils se ficheront bien de savoir que c'était sur une idée de Boogie, ce film qu'on faisait à Londres.

– Eh bien, moi ça ne m'était pas égal.

– Parce que tu étais rongé de remords, c'est ça ?

– Plus j'y pense, après tout ce temps, plus je crois que celui qui m'a eu, c'est Boogie.

– Oui ? Ce n'est pas l'impression qu'ont eue la plupart des gens.

– Il aurait dû être là à mon procès, c'est tout.

– Ressuscité d'entre les morts, hein ?

– Débarqué d'où il voulait.

– Tu n'apprendras jamais, alors ?

– Ah bon ?

– Connard. Tu sais ce sur quoi je suis, en ce moment ? « The » programme hebdomadaire pour ABC. Une idée sensass, pleine d'avenir. Je suis avec cette freudienne, là. On est en train de concocter un scénario d'enfer et en plus je la saute, ce qui est nettement plus gratifiant qu'avec le scénariste lambda, non ?

Alors que je me rasseyais à ma table, l'un des deux pontes, un blanc-bec dont le sourire puait la condescendance, avait demandé à son collègue :

– Ce vieux Mintzbaum, tu le connais, non ?

– Par pitié, ne lui fais pas signe ! A tous les coups, il va venir nous baratiner !

– « Ce vieux Mintzbaum » (ça, c'était moi) risquait sa vie dans l'aviation de la 8e armée quand tu étais encore dans le ventre de ta mère, espèce de frimeur à la noix, imbécile même pas heureux ! Quant à toi, petite merde prétentieuse (je m'étais tourné vers l'autre), je parie que tu paies un entraîneur pour chronométrer chaque brasse que tu fais dans ta piscine bidon ! Vous n'êtes même pas dignes de lui cirer les pompes, à ce « vieux Mintzbaum ». Allez vous faire foutre, tous les deux !

C'était 1989, ça. Je sais, je sais, je saute du coq à l'âne. Mais c'est que la fin de la partie approche et que, vissé à mon bureau, ma vessie pressurée par une prostate dilatée, tourmenté sans relâche par ma sciatique, me demandant quand je serai bon pour une autre prothèse à la jambe, redoutant l'emphysème en tirant sur un Montecristo numéro deux, une bouteille de Macallan à portée de main, j'essaie de déceler quelque sens à ma vie, de la mettre à plat. Tout en me remémorant cette époque bénie, début des années cinquante, où nous étions de jeunes fous à Paris, je lève mon verre aux amis absents, Mason Hoffenberg, David Burnett, Alfred Chester, Terry Southern, tous emportés par la mort. Et je me demande ce qu'a bien pu devenir cette fille qui ne pouvait faire un pas sur le boulevard Saint-Germain sans son volubile chimpanzé installé sur l'épaule. Est-elle finalement rentrée chez elle, à Houston, pour épouser un dentiste ? Est-elle grand-mère et républicaine acharnée ? Ou bien a-t-elle été emportée par une overdose à l'instar de l'exquise Marie-Claire, celle dont les ascendances remontaient jusqu'au chevalier Roland ?

Pas de réponse. Je n'ai pas de réponse. Le passé est un pays étranger dont les habitants ne vivent pas comme nous, ainsi que E.M. Forster l'a écrit*. En tout cas, c'était notre âge d'or, oui. Débarqués dans la Ville lumière mais surtout évadés de la morne pénombre de nos origines provinciales et plus précisément, en ce qui me concernait, de l'unique pays au monde qui ait promu l'anniversaire de la reine Victoria au rang de jour férié. Nous vivions n'importe comment, sans aucune discipline, mangeant quand nous avions faim, dormant lorsque nous n'en pouvions plus et baisant tout ce qui se présentait à n'importe quelle heure du jour et de la nuit, tout ça avec deux ou trois dollars quotidiens. Seule exception, Cedric, un Noir américain toujours tiré à quatre épingles qui bénéficiait de sommes considérables dont la mystérieuse origine nous inspirait des hypothèses sans fin. Ce ne pouvait pas être une pension versée par sa famille, ni les pathétiques honoraires qu'il obtenait lorsqu'il casait une de ses nouvelles dans le *London Magazine* ou la *Kenyon Review*. Et je me refusais à prendre au sérieux la rumeur propagée par d'autres expats US sur la Rive gauche et selon laquelle, en ces temps d'anticommunisme forcené, Cedric émargeait au FBI, ou à la CIA, en échange des informations qu'il transmettait sur leur compte… Quoi qu'il en ait été, ce garçon ne logeait pas dans une petite chambre d'hôtel de troisième zone, non, il était confortablement installé dans un bel appartement de la rue Bonaparte. Son yiddish, qu'il avait acquis à Brighton Beach

---

* Non, c'est L.P. Hartley dans *The Go-Between*, Hamish Hamilton, Londres, 1953, p. 1.

où son père exerçait la fonction de concierge, était assez bon pour lui permettre de bavarder avec Boogie, lequel donnait du « shayner reb Cedric » à ce « schvartzer goan » de Brooklyn. Ostensiblement dénué de préjugés racistes et de bonne composition, il se coulait volontiers dans le moule que Boogie lui avait inventé, celui d'un Yéménite entreprenant qui essayait de se faire passer pour un Noir afin de tourner la tête aux jeunes Blanches venues se libérer sexuellement à Paris, sans pour autant cracher sur la pension mensuelle que leurs refoulés de parents leur adressaient chaque mois. Il répondait aussi avec un mélange composite d'enthousiasme et de déférence aux compliments que Boogie, notre maître à tous, pouvait réserver à sa création littéraire, mais j'ai toujours eu l'impression que sa joie était forcée. A posteriori, je crois même que ces deux énergumènes engagés dans une joute permanente éprouvaient en réalité une solide antipathie réciproque.

Ne vous méprenez pas : Cedric avait vraiment du talent. Et un jour, forcément, un éditeur de New York lui envoya un contrat pour son premier roman, dans lequel il proposait un à-valoir de deux mille cinq cents dollars. Pour fêter l'événement, Cedric nous invita à dîner à La Coupole, Leo, Boogie, Clara et moi. Sincèrement contents pour lui et heureux de nous retrouver ensemble, nous entreprîmes d'écluser bouteille sur bouteille. Cedric nous annonça que l'éditeur et son épouse devaient venir à Paris la semaine suivante. « Au ton de sa lettre, précisa-t-il, il m'a tout l'air d'être persuadé que je suis un Négro pouilleux qui vit sous les toits et qui rêve du déjeuner qu'il va se payer. »

Cette remarque nous amena à plaisanter sur quelques-unes de ses excentricités, comme de commander des tripes à la louisianaise chez Lapérouse ou de se pointer pieds nus pour prendre un verre aux Deux Magots. Et c'est là que je commis une gaffe. Désireux d'impressionner Boogie, qui était habituellement à l'origine de nos blagues les plus échevelées, je proposai à Cedric de recevoir le couple à dîner chez lui, tandis que nous nous ferions passer tous les quatre pour ses domestiques attitrés : Clara et moi aux fourneaux, Boogie et Leo, dûment équipés d'une chemise empesée et d'un nœud papillon noir, préposés au service.

– Ah, j'adore ! s'exclama Clara en battant des mains.

Mais Boogie, lui, refusa catégoriquement. Et quand je lui demandai pourquoi il répondit d'un ton sec :

– Parce que je crains que ça le fasse trop bicher, notre ami Cedric ici présent.

Un ange de mauvais augure passa. Prétextant la fatigue, Cedric demanda la note et nous nous dispersâmes dans la nuit, chacun de son côté, tous assombris par de moroses pensées. En quelques jours, cependant, l'incident fut oublié. Nous reprîmes l'habitude de nous retrouver chez Cedric après la fermeture des clubs de jazz et de puiser allégrement dans ses réserves de haschich.

En ce temps-là, Sidney Bechet mais aussi et surtout Charlie Parker et Miles Davis se produisaient dans les petites "boîtes de nuit" que nous fréquentions. Par les oisifs après-midi de printemps, nous allions ramasser notre courrier et les derniers cancans à la librairie anglaise de Gaït Frogé, rue de Seine, ou bien nous flânions jusqu'au Père-Lachaise afin de contempler avec respect les tombes d'Oscar Wilde, Heinrich Heine et autres immortels. Mais la mort, ce fléau commun aux générations qui nous avaient précédés, n'entrait pas dans nos projets. Elle ne figurait pas sur nos carnets de bal, tout simplement.

Chaque époque a le protecteur des arts qu'elle mérite. Le grand bienfaiteur de ma joyeuse bande était en l'occurrence Maurice Girodias, né Kahane, patron absolu d'Olympia Press, une maison qui publiait tout ce que l'on pouvait trouver de plus osé dans la « Bibliothèque du Parfait Voyageur ». Je me souviens encore d'avoir attendu plus d'une fois Boogie au coin de la rue Dauphine pendant qu'il se risquait dans les bureaux de Girodias, rue de Nesles, la vingtaine de pages de pur porno qu'il avait composées la nuit précédente sous son bras, et qu'il ressortait les jours de chance avec peut-être cinq mille francs en poche, avance roborative sur un livre à lire d'une seule main qui devrait être achevé aussi vite que possible. Une fois, à son grand amusement, il était tombé nez à nez avec les hommes de la police des mœurs, les patibulaires en imperméable de la "Brigade mondaine" (« The Worldly Brigade », en anglais) qui venaient d'investir les lieux afin de saisir des ouvrages comme *Le Pompon de Paulo*, *Les Anges au fouet*, *Hélène et le Désir*, ainsi que le *Recueil de sonnets* du comte Palmiro Vicarion :

Un jour que Titien peaufinait la carnation
Du modèle pâmée sur une conversation
Le maître soupira : « Votre position,
Ma belle, suggère l'intromission. »
Et volontiers elle tourna le con vers son scion.

Sur un coup de tête, ou juste parce que l'occasion d'emprunter une motocyclette se présentait soudain, nous pouvions filer quelques jours à Venise, ou squatter une voiture jusqu'à la *feria* de Valence pour entrevoir El Litri, El Aparicio et le jeune Dominguin de la Plaza de Toros. Un après-midi de l'été 1952, Boogie m'annonça que nous partions à Cannes, où il nous avait déniché un job de figurant dans un tournage. Et c'est ainsi que je fis la connaissance de Hymie Mintzbaum.

Taillé en champion poids lourd, cheveux sombres et bouclés comme les poils d'un terrier, des yeux bruns pleins de gourmandise, de grandes oreilles animées de leur propre vie, un nez proéminent et déformé par deux fractures, il avait servi dans la 281e escadrille de bombardiers de l'US Air Force basée à Ridgewell, non loin de Cambridge, promu commandant à l'âge de vingt-neuf ans aux commandes de son B-17. Cet été-là, alors que sa voix rocailleuse nous hypnotisait sur la terrasse de La Colombe d'Or à Saint-Paul-de-Vence et que nous venions d'entamer notre deuxième bouteille de Dom Pérignon généreusement corsé de Courvoisier XO – c'était lui qui invitait, bien sûr –, il nous avait raconté que la spécialité de son unité était les bombardements de haute précision en plein jour. Il avait ainsi participé au deuxième raid sur l'usine de roulements à billes de Schweinfurt, au cours duquel l'aviation américaine avait perdu soixante des trois cent vingt appareils qui avaient décollé de l'est de l'Angleterre.

– Quand on vole à vingt-cinq mille pieds, à une température de moins cinquante, même avec une combinaison spéciale on risque de sérieuses engelures, sans parler des escadrons de ME-109 et de FW-190 placés sous le commandement direct de Göring qui nous suivaient de près, toujours à l'affût des traînards. Mais dites, mes jeunes génies (il insistait sur ces derniers mots), est-ce que par hasard l'un d'entre vous saurait qui est cette ravissante assise là-bas, à l'ombre ? La deuxième table à notre gauche, oui…

« Mes jeunes génies. » Boogie, qui était pourtant la perspicacité personnifiée mais qui tenait mal l'alcool, était trop avachi pour saisir la condescendance qu'il avait mise dans cette expression. Approchant de la quarantaine à cette époque, Hymie se sentait de toute évidence menacé par notre jeunesse. Et c'était aussi une contestation à peine voilée sinon de ma virilité, du moins de celle de Boogie, puisque je n'avais pas connu le baptême du feu et que je n'étais même pas assez âgé pour avoir vraiment subi les effets de la Grande Dépression. Non, je n'avais pas musé dans Paris tout juste libéré, à m'envoyer des martinis avec Papa Hemingway au bar du Ritz, je n'avais pas vu Joe Louis expédier Max Schmeling au tapis dès le premier round, je ne pouvais pas avoir connu les expériences d'un yid du Bronx faisant son chemin dans la vie, ni avoir assisté au strip-tease de Gypsy Rose Lee[9] à l'Exposition universelle. Hymie était déjà atteint de ce syndrome du baroudeur aigri qui considère tous ceux nés après lui comme des demeurés. Un peu « vieux schnoque », comme nous disions dans le temps.

– Non, avais-je répondu. Je ne vois pas qui c'est.

– Dommage…

Victime de la chasse aux sorcières et donc dissimulé derrière un pseudonyme, il était en train de tourner un “film noir” à Monte-Carlo, avec Eddie Constantine en vedette, dans lequel Boogie et moi étions figurants. Après avoir commandé une autre bouteille de Dom Pérignon et demandé au serveur de nous laisser celle de Courvoisier sur la table, il avait réclamé des anchois, des amandes, des figues fraîches, une assiette de crevettes, du pâté aux truffes, du pain, du beurre, du saumon fumé, et plus généralement tout ce que cet établissement proposait à grignoter.

Le soleil, qui nous avait si bien chauffés, commençait à plonger derrière les collines vert olive, les illuminant d'un coup. Une charrette tirée par un mulet et conduite par un vieux grincheux en blouse bleue passa en brinquebalant le long du mur de la terrasse et la brise du soir nous porta l'odeur entêtante de son chargement de roses, destinées sans nul doute aux parfumeurs de Grasse. Puis un gros commis boulanger se traîna dans l'allée, ahanant sous le grand panier en osier sanglé dans son dos, et cette fois nous eûmes les effluves des baguettes tout juste sorties du four.

– Si elle attend quelqu'un, il est scandaleusement en retard, ce malotru, remarqua Hymie.

L'objet de son intérêt devait avoir un peu plus de vingt ans. Un cadeau du ciel : chevelure soyeuse, des bras délicats que sa robe sans manches révélait entièrement, longues jambes nues qu'elle avait croisées avec élégance. Elle était en train de siroter un verre de blanc en fumant une Gitane. Quand elle surprit enfin l'un des nombreux coups d'œil que nous lui lancions à la dérobée, elle fit la moue, baissa la tête, prit le livre qu'elle avait dans son sac tressé – *Bonjour tristesse**, de Françoise Sagan – et se plongea dans sa lecture.

– Vous voulez que je lui propose de s'asseoir avec nous ? suggéra Boogie.

Hymie se gratta le menton et fit une grimace contrariée.

– Naan, vaut mieux pas. Elle pourrait tout gâcher. Bon, faut que je téléphone. Je reviens dans deux minutes.

– Il commence à me les briser, murmurai-je à Boogie après son départ. Dès qu'il se pointe, on met les bouts, d'ac ?

– Non.

De retour aussi vite que promis, Hymie entreprit de citer des noms pour briller, un tic que je ne supporte pas. Tout le gratin hollywoodien défila devant nous. John Huston, son grand pote. Dorothy Parker, cette faiseuse d'histoires. Le scénario sur lequel il avait travaillé avec ce faux jeton de Clifford Odets. Sa bringue de deux jours en compagnie de Bogie[10]. Ensuite, il nous resservit le briefing auquel lui et ses camarades avaient eu droit à la veille de leur première mission. « Gare aux lavettes qui m'inventent une défail-

* Ce devait en être un autre titre puisque *Bonjour tristesse* fut publié deux ans plus tard, en 1954.

lance mécanique à cinq cents bornes de l'objectif, me larguent leurs bombes sur la première bouse de vache en vue et reviennent à la base ventre à terre », avait lancé l'officier aux hommes réunis dans un baraquement en préfabriqué. « Sacré nom d'un chien, ce serait trahir Rosie la Riveuse, sans parler de tous ces pieds-plats de youpins de mes deux qui trafiquent au marché noir et s'envoient les gonzesses que vous avez laissées à l'arrière ! Vous vous chierez dessus mais vous me raconterez pas de salades de ce genre, pigé ? » Puis il avait conclu : « D'ici trois mois, les deux tiers d'entre vous boufferont les pissenlits par la racine. Quelqu'un a encore une question idiote ? »

Mais Hymie[11] avait survécu à la guerre, et mieux encore : à sa démobilisation, il détenait dans les quinze mille dollars en banque, amassés pour l'essentiel au poker. Il avait foncé à Paris, avait élu domicile au Ritz et, selon lui, n'avait pas dessoûlé pendant six mois. Avec ces derniers trois mille dollars en poche, il s'était ensuite embarqué sur l'*Ile-de-France*, en route vers la Californie et ses studios. D'abord troisième assistant-réalisateur, il avait grimpé les échelons à la force du poignet, ne perdant pas une occasion de flanquer la honte aux pontes de l'industrie cinématographique, qui s'étaient brillamment comportés sur le front intérieur en magouillant avec l'emprunt de guerre, surtout lorsqu'il débarquait dans les réceptions revêtu de son blouson d'aviateur. Après s'être fait la main sur quelques westerns de Tim Holt et un épisode du feuilleton de Tom Conway, *The Falcon*, il avait été autorisé à diriger lui-même une comédie avec Eddie Bracken et Betty… Betty Machin, comme ces courtiers en bourse, vous voyez de qui je veux parler ? Betty Merrill Lynch ? Non. Betty Lehman-Brothers ? Non plus. Allez, quoi, Betty comme dans la pub, « Quand Untel parle, tout le monde écoute »… Ça y est ! Betty Hutton. Il avait déjà été sélectionné pour un Oscar et avait consommé trois divorces quand la Commission sur les activités antiaméricaines, dite Commission McCarthy, lui était tombée dessus. « Le camarade Anderson, ce pisse-copie de scénariste à deux mille malheureux dollars le mois, leur a balancé sous serment qu'il venait toutes les semaines chez moi, à Benedict Canyon, pour encaisser ma cotisation au Parti. Comment aurais-je pu deviner qu'il bossait pour le FBI, moi ? »

Il s'était arrêté, avait examiné la surface de notre table en fronçant les sourcils : « Il manque quelque chose, là… (Puis, en français :) Garçon, apportez-nous des cigares, s'il vous plaît ! »

A ce moment, un croulant qui avait bien dépassé la cinquantaine surgit sur la terrasse en se pavanant avec sa casquette de marin, son blazer bleu constellé de boutons en cuivre négligemment jeté sur ses épaules et flottant au vent telle une cape. C'était lui qui venait s'emparer du cadeau divin, de la fille installée à notre gauche. Elle se leva pour l'accueillir, papillon effarouché qui frissonnait de joie.

– Comme tu es belle ! roucoula-t-il dans la langue de Voltaire.

– Merci, chéri.

– Je t'adore, déclara le vieux Français en lui caressant la joue.

D'un geste péremptoire, très "le roi l'exige", il fit venir le serveur et paya l'addition après avoir exhibé une liasse de billets retenue par une pince en or. Alors qu'ils passaient près de notre table, en route vers la sortie, elle l'obligea à s'arrêter et lui montra d'un doigt dédaigneux les restes de notre festin.

– Les Américains. Dégueulasses, comme d'habitude.

– *We don't like Ike*, prononça niaisement le vioque.

– Fiche-moi la paix, rétorqua Hymie.

– Toi et ta fille, complétai-je, en français moi aussi.

Piqués au vif, ils repartirent, enlacés, la main du bonhomme flattant la croupe de sa compagne. Arrivés à son Aston Martin garée devant l'auberge, il lui tint la porte puis s'installa au volant, enfila posément ses gants de pilote de course, nous adressa un geste obscène et démarra en trombe.

– Tirons-nous d'ici, commanda Hymie.

Entassés dans sa Citroën, nous nous ruâmes vers les Hauts-de-Cagnes, attaquant la côte quasi perpendiculaire jusqu'au Jimmy's Bar sur la crête tandis que Hymie et Boogie beuglaient les airs de synagogue dont ils se souvenaient et que mon humeur commençait à s'altérer sérieusement, atteignant une tristesse hivernale. Car ce soir-là, qui aurait été parfait n'était ma grincheuse présence, je fus la proie d'une intense jalousie. J'enviais à Hymie son expérience de la guerre, et son charme, et sa réussite, j'enviais l'aisance avec laquelle Boogie avait pu établir un contact avec lui, et leur complicité qui m'excluait déjà...

Des années plus tard, peu après que j'eus été lavé de l'accusation de meurtre qui pesait sur moi, Hymie insista pour que je vienne me remettre de mes émotions dans la maison qu'il louait pour l'été dans les Hamptons. Il était rentré au pays, les listes noires appartenant désormais aux cauchemars du passé.

– Je sais bien que tu n'as envie de voir personne, dans ton état. Mais j'ai justement ce que le toubib t'a prescrit : du calme et du repos. Sea, sun et pastrami. Des divorcées qui ne demandent qu'à s'envoyer en l'air. Attends un peu de goûter à ma kacha ! Et personne ne saura rien de tes ennuis, juré.

Du « calme », avec Hymie ? J'aurais dû me méfier. Amphitryon exemplaire, il veilla à remplir sa villa d'une nuée d'invités presque tous les soirs, jeunes pour la plupart, et qu'il voulait tous séduire. Il les régalait d'histoires sur les célébrités ou quasi-célébrités qu'il prétendait avoir connues : Dashiell Hammett, un prince, Bette Davis l'incomprise, Peter Lorre, un gars en or, et Spence itou... Allant de l'un à l'autre, braquant sur chacun son attention tel un puissant projecteur, il murmurait à l'oreille de chaque jeune femme présente qu'elle était la plus belle et la plus intelligente de tout Long Island, confiait à chaque homme qu'il le tenait pour un être exceptionnellement doué. Et il n'aurait pas toléré que je reste à broyer du noir dans mon coin, me poussant littéralement dans les bras d'une nénette après l'autre.

– Tu lui as salement tapé dans l'œil, me chuchotait-il en me traînant jusqu'à la candidate. Puis il me présentait en ces termes : Voici mon vieil ami Barney Panofsky, qui meurt d'envie de faire votre connaissance. Il n'en a pas l'air, je vous l'accorde, mais figurez-vous qu'il vient juste de commettre le crime parfait et de s'en tirer, donc. Vas-y, petit, raconte tout à cette mignonne.

– C'est très gentil, Hymie, avais-je fini par craquer en le prenant à part, seulement il se trouve que j'ai une histoire sérieuse avec quelqu'un, à Toronto.

– Bien sûr que je le sais ! Tu crois que je ne t'entends pas te ruer sur le téléphone comme un ado boutonneux dès que je vais me coucher ?

– Tu veux dire que tu nous écoutes sur le poste que tu as dans ta chambre ?

– Mon petit : Miriam, elle est là-bas, toi tu es ici. Alors profite de la vie !

– Tu ne comprends pas.

– Non, c'est toi qui ne comprends rien. Quand tu auras atteint mon âge, ce n'est pas d'avoir couché un peu dans les coins que tu regretteras. C'est de ne pas l'avoir fait assez.

– Elle et moi, on ne fonctionnera pas comme ça.

– Ah ouais ? Je parie que tu attendais la fée Clochette, quand t'étais enfant.

Tous les matins, qu'il vente ou qu'il pleuve, Hymie, qui à l'époque consultait un analyste de la tendance Reich, partait galoper dans les dunes à l'aube et s'essayait au cri primal avec une conviction qui aurait suffi à faire déguerpir en haute mer les requins assez fous pour s'aventurer près du bord. Puis il poursuivait son jogging en entraînant tous les enfants du voisinage dans son sillage, proposant le mariage à des fillettes de onze ans et suggérant aux garçons de s'arrêter pour prendre une bière quelque part avant d'emmener sa troupe chez le marchand de bonbons local et de les gaver de sucreries. De retour à la villa, il préparait des omelettes au salami géantes pour tous les présents, accompagnées de montagnes de frites maison. Sitôt le petit déjeuner achevé, il prenait le téléphone, son unique lien avec le monde extérieur, et, encore enroué par sa thérapie matinale, passait un coup de fil à son agent. « Alors, qu'est-ce que vous allez faire pour moi, aujourd'hui, mon sagouin ? » Ou bien c'était un producteur qu'il cajolait, suppliait, menaçait tout en se mouchant furieusement et en fumant comme un pompier. « Quoi, je me sens prêt à réaliser le meilleur film américain depuis *Citizen Kane* et vous me laissez sans aucune nouvelle ! Comment vous expliquez ça ? »

J'étais aussi souvent réveillé en pleine nuit par Hymie en train de hurler au téléphone sur l'une ou l'autre de ses ex-épouses, ou de s'excuser d'être en retard pour le versement de la pension alimentaire, ou de s'apitoyer sur une de ses aventures sentimentales qui avait mal fini, ou d'enguirlander l'un de ses fils, ou de passer un savon à sa fille, installée à San Francisco.

– Qu'est-ce qu'elle fait dans la vie ? lui avais-je demandé un jour.

– Du shopping. Des enfants. Elle se marie, elle se retrouve en cloque, elle divorce. Tu connais les serial killers ? Eh bien, elle, c'est la serial mariée.

Ses enfants étaient pour lui une source inépuisable de maux de tête et un gouffre financier sans fond. Le fils de Boston, qui appartenait à la secte des wiccans et tenait une librairie spécialisée dans l'occultisme, était accaparé par la rédaction « du » livre de référence sur l'astrologie. Quand il n'était pas plongé dans la contemplation des cieux, il faisait des chèques en bois que son père était obligé de couvrir. Son autre rejeton, un musicien rock itinérant, enchaînait les séjours en clinique de désintoxication hors de prix et n'aimait rien plus que de tailler la route dans des voitures de sport volées qui finissaient immanquablement en accordéon. Quand il appelait le paternel, c'était en général d'un poste de police dans l'Oklahoma, ou d'un hôpital à Kansas City, ou de chez un avocat de Denver, toujours pour déclarer qu'il y avait eu un malentendu. « Mais tu n'as pas à t'inquiéter, Papa, je n'ai rien. »

Moi, qui n'étais pas encore père, j'avais condescendu à lui faire la leçon.

– Si jamais j'ai des enfants, dès qu'ils arrivent à vingt et un ans, terminé, ils se débrouillent tout seuls. Il y a un moment où ça doit s'arrêter.

– Oui. La tombe.

Hymie entretenait encore un schlemiel de frère attardé à l'école talmudique, ainsi que leurs parents qui vivaient en Floride. Une fois, je l'avais surpris à deux heures du matin, effondré sur la table de la cuisine couverte de chéquiers et de bouts de papier noircis de chiffres gribouillés dans tous les sens, en larmes.

– Je peux aider, peut-être ?

– Ouais. En t'occupant de tes oignons. Non, allez, assieds-toi ! Tu te rends compte que si je claque d'une crise cardiaque demain douze personnes vont se retrouver à la rue, sans même de quoi se couvrir les fesses ? Non ? Eh bien, regarde, lis ça !

C'était une lettre de son frère, le religieux, qui avait fini par découvrir l'un de ses films dans un programme de nuit à la télévision : obscène, écrivait-il, graveleux, répugnant. Une tache sur l'honneur de la famille. S'il se sentait obligé de filmer de telles insanités, ne pouvait-il pas le faire sous un pseudonyme, au moins ? « Et tu sais combien il me coûte, ce momzer ? Même la scolarité de sa fille, je paie ! »

Je n'étais pas l'invité idéal, loin de là. Je me réveillais en sursaut dans la nuit, inondé de sueur, convaincu d'être toujours enfermé dans cette monstrueuse taule à Saint-Jérôme, la liberté sous caution refusée, pratiquement assuré de finir mes jours derrière les barreaux. Ou bien je rêvais en me débattant que je repassais à nouveau devant ce jury amorphe d'éleveurs de cochons, de conducteurs de chasse-neige et de mécanos-garagistes. Ou encore, je restais sans fermer l'œil, pleurant Boogie, me torturant à me demander si les plongeurs ne s'étaient pas trompés et si son cadavre était resté prisonnier des algues, ou si son corps boursouflé n'avait pas fini par remonter à la surface à mon insu. Mais au bout d'une heure, l'affliction se transformait en rage : il était vivant, le salaud, je le savais, je le sentais ! Mais alors, pourquoi ne s'était-il pas présenté à mon procès ? Mais parce qu'il ne l'avait jamais appris. Il devait être dans l'ashram où il se réfugiait parfois, quelque part en Inde. Ou dans un hôtel borgne de San Francisco, abruti d'héroïne. Ou dans ce monastère trappiste de Big Sur, essayant d'échapper à la came en récitant sa liste d'amis tués au combat. D'un jour à l'autre, j'allais recevoir l'une de ses sibyllines cartes postales. Non signée, comme celle qui m'était jadis parvenue d'Acre : « En ce temps-là il n'y avait point de roi en Israël et chacun faisait ce qui était juste à ses yeux (Juges, 17 : 6). »

Le lendemain de ma sortie de prison, j'étais parti en voiture à ma cabane au bord du lac, j'avais sauté dans mon hors-bord et j'avais parcouru le rivage de bout en bout, sans oublier la moindre rivière qui venait s'y jeter. A mon retour, l'inspecteur O'Hearne m'attendait sur le ponton.

– Qu'est-ce que vous faites là ?

– Je me promène dans les bois. Vous avez vraiment une chance de cocu, mister P.

Le soir même, j'étais installé sur le pont-terrasse avec Hymie, chacun muni d'un bon verre de cognac.

– Tu étais un tel paquet de nerfs, quand je t'ai connu, avait-il commencé, songeur. Sous ton déguisement de zazou, tu suais la vindicte et le ressentiment. Mais de là à deviner que tu te tirerais d'un meurtre les doigts dans le nez…

– Je ne l'ai pas tué, Hymie.

– Oh, en France, ça ne serait pas allé plus loin qu'une petite tape sur la main. “Crime passionnel”, ils disent. Mais je n'aurais jamais cru que tu aurais les couilles de faire ça, franchement.

– Tu te trompes complètement. Il est vivant, tu comprends ? Planqué au Mexique, en Nouvelle-Zélande, à Macao, que sais-je ?

– Oui ? D'après ce que j'ai lu quelque part, il n'y a plus eu un seul retrait sur son compte en banque depuis… les faits.

– Mais Miriam a découvert que trois maisons ont été cambriolées par ici dans les jours qui ont suivi sa disparition. C'est comme ça qu'il s'est trouvé des fringues, à tous les coups.

– Tu es dans la dèche, là ?

– L'avocat. La pension alimentaire. Les affaires que je n'ai pas pu suivre. Evidemment que je suis à sec, « là » !

– On va écrire un scénario, tous les deux.

– Arrête un peu, Hymie ! Je ne suis pas écrivain, moi.

– Il y a cent cinquante mille dollars pour nous deux, moitié-moitié. Euh, non, pardon ! Je voulais dire un tiers pour toi et deux tiers pour moi. Alors, qu'est-ce que tu en dis ?

On s'est lancés. De temps à autre, Hymie pouvait s'abattre sur ma machine à écrire, arracher la scène que je venais de composer et la déclamer au téléphone pour l'édification de l'une de ses anciennes maîtresses parisiennes, d'un cousin de Brooklyn, de sa fille ou de son agent.

– Non mais écoute-moi ça, c'est fabuleux !

Quand il n'obtenait pas l'enthousiasme attendu à l'autre bout de la ligne, il se mettait à argumenter :

– C'est rien qu'un premier jet, oh ! D'ailleurs, je lui avais bien dit que ça ne fonctionnait pas, à Barney. Mais c'est encore un bleu, tu comprends ?

L'avis de sa femme de ménage fut recueilli, et celui de son psychanalyste. Il faisait lire des passages aux serveuses dans les bars ou les restaurants, puis intégrait leurs suggestions et leurs critiques. Il était capable de venir me secouer dans mon lit à quatre heures du matin :

– Je viens d'avoir une idée gé-ni-ale. Allez, rapplique !

Alors, faisant les cent pas en caleçon tout en lappant un pot de crème glacée exhumé du congélateur et en se grattant copieusement l'entrejambe, il commençait à dicter.

– Ça vaut un Oscar facile, ça ! Je te le garantis.

Mais le lendemain matin, après avoir relu le résultat pour la énième fois, il soupirait :

– Que de la merde, Barney, que de la merde. Bon, aujourd'hui faut s'y mettre sérieux !

Les mauvais jours, ceux où l'inspiration ne venait pas, il se laissait brusquement tomber sur le canapé, tout pensif.

– Tu sais un truc que je ne détesterais pas, là, tout de suite ? Une bonne petite pipe. Techniquement parlant, c'est pas assimilable à de l'adultère, hé ! Et d'ailleurs, qu'est-ce que ça peut me foutre ? Je ne suis même pas marié, en ce moment !

Il se levait d'un bond, allait pêcher son édition préférée des *Mémoires de Fanny Hill* ou d'*Histoire O* sur une étagère et disparaissait aux toilettes.

– Faudrait qu'on fasse tous ça au moins une fois par jour. Très bon pour la prostate, paraît-il. C'est un toubib qui me l'a dit.

Pour en revenir à l'été 1952, à cette expédition au Jimmy's Bar dans la Peugeot de Hymie*, il y a un grand trou noir et ensuite nous sommes dans l'un de ces bars-tabacs enfumés et bondés aux abords du marché de Nice, avec un long zinc qui mange toute la place et nous trois en train de descendre des cognacs avec des dockers et des livreurs. On trinque à la santé de Maurice Thorez,

* Page 50, c'était une Citroën…

de Mao, de Harry Bridges [12], puis de la Pasionaria et d'El Campesino en l'honneur de deux réfugiés catalans qui se trouvent dans l'assistance. Bien plus tard, après avoir casé dans la voiture toutes les tomates à peine cueillies, les oignons verts et les figues qu'ils nous ont offerts, nous mettons le cap sur Juan-les-Pins, où nous finissons par trouver un night-club encore ouvert.

– Joe la Mitraille ! s'exclame soudain Hymie. Mon frère d'armes sans peur et sans reproche, Joseph McCarthy, sénateur et grand planqué devant l'Eternel ! Il a jamais vu le feu ennemi, le rat…

C'est alors que, émergeant de son apparent coma éthylique, Boogie embraie aussi sec.

– Dès que cette chasse aux sorcières sera terminée et que tout le monde aura honte de ce qui s'est passé, comme après les raids Palmer [13], il risque bien d'être reconnu comme le critique cinématographique le plus efficace de tous les temps, votre McCarthy. On se fout de James Agee : le sénateur a donné un bon coup de balai, c'est sûr.

A moi, Hymie ne m'aurait jamais pardonné une telle remarque mais, venant de Boogie, il l'a laissée passer sans broncher. C'était hallucinant : d'un côté, un homme fait, jouissant d'une certaine réputation de réalisateur, de l'autre un blanc-bec se débattant dans la misère et dans un anonymat à peine battu en brèche par quelques publications dans des revues confidentielles, et pourtant c'était Hymie qui était intimidé et qui cherchait à trouver grâce à ses yeux ! Mais c'était l'effet qu'il produisait sur les autres, Boogie. Je n'étais pas le seul à avoir besoin de sa bénédiction…

– Mon problème, a poursuivi Boogie, c'est que ceux de votre fameux groupe des Dix de Hollywood, je les trouve sympathiques mais je ne leur reconnais même pas le statut d'écrivains de second ordre. Non, pardon, de troisième ordre. Pour autant que les positions politiques d'Evelyn Waugh puissent me révulser, je préfère encore lire un de ses romans que de supporter un seul de leurs films à l'eau de rose.

– Tu es un petit marrant, Boogie, a tenté prudemment Hymie.

– « Les meilleurs manquent cruellement de conviction, tandis que les pires bouillonnent d'intensité et de passion », pour citer mister Yeats.

– Je veux bien que notre engeance, et là je me compte volontiers dans le lot, ait consacré tellement d'énergie à un engagement politique pétri de culpabilité qu'elle n'en a gardé que très peu pour son travail de création. Possible. Je t'entends déjà me rétorquer que Franz Kafka n'a jamais eu besoin d'une piscine chez lui, ou que George Orwell n'a jamais proposé de script à une major, mais… (Et là, peu désireux de se frotter à Boogie, il a reporté sa fureur sur moi :) … Mais j'espère que je pourrai toujours en dire autant de toi, Barney, avec tes airs supérieurs à la con !

– Oh, je ne suis pas écrivain, moi ! Je ne fais que passer. Allez, Boogie, on se casse.

– Oublie-le un peu, Boogie, d'accord ? Au moins, il dit franchement ce qu'il a sur le cœur, lui. Toi, par contre, je n'en suis pas si sûr…

– Moi non plus, a renchéri mon perfide ami.

– Allez au diable, vous deux !

En deux bonds, j'étais dehors. Boogie m'a rattrapé sur le trottoir.

– Je présume que tu ne seras pas satisfait tant qu'il ne t'aura pas collé un marron ?

– Il ne me fait pas peur.

– Comment Clara arrive-t-elle à supporter tes sautes d'humeur ?

– Et qui peut supporter Clara, à part moi ?

Il a éclaté de rire et je l'ai imité.

– Bon, on retourne là-dedans et tu ne fais plus d'histoires, compris ?

– Il me les brise, ton pote.

– Mais tout le monde « te les brise » ! Tu es mauvais comme la gale, mon salaud ! Enfin, puisque tu ne peux pas être un vrai mensch, fais semblant, au moins. Allez, viens !

Quand nous sommes revenus, Hymie s'est levé pour me serrer paternellement dans ses bras.

– Je regrette, je regrette humblement. Ah, et maintenant un peu d'air frais nous ferait du bien à tous, non ?

Installés sur la plage de Cannes avec nos provisions de tomates, d'oignons et de figues, nous avons contemplé le soleil qui se levait sur la mer couleur lie-de-vin. Et puis nous avons enlevé nos chaussures, retroussé le bas du pantalon et nous sommes entrés dans les vaguelettes jusqu'aux genoux. Boogie m'a éclaboussé, j'ai riposté. En quelques secondes, nous étions tous les trois engagés dans une bataille aquatique d'autant plus innocente qu'en ce temps-là vous n'aviez pas à craindre les étrons et les préservatifs usagés qui vont et viennent au gré des marées. Après, nous sommes allés reprendre des forces dans un troquet de la Croisette, avalant force œufs sur le plat, brioches et café au lait. D'un coup de dents, Boogie a incisé un Romeo y Julieta et l'a allumé. Puis, citant Dieu sait qui, il a soupiré en français : « Après tout, c'est un monde passable*. »

Hymie s'est étiré, bâillant à se décrocher la mâchoire.

– Faut que j'aille au turbin, moi. On commence à tourner une scène au casino dans une heure. Alors, on se retrouve ce soir au Carlton pour prendre un verre, disons à sept heures, et ensuite je connais un endroit à Golfe-Juan où la bouillabaisse est du tonnerre. (Puis, jetant la clé de sa chambre d'hôtel sur la table devant nous :) Tenez, pour le cas où vous voudriez prendre une douche, ou piquer un roupillon, ou lire mon courrier... A plus tard !

Nous avons marché jusqu'au port pour regarder les voiliers. Et qui avons-nous découvert, faisant bronzette sur son pont en teck, bercé par la houle éternelle de la Méditerranée ? Le vieux beau tricolore de la veille. Sa petite amie n'était pas en vue, par contre. Et lui, il faisait pitié avec son ventre ratatiné qui se plissait au-dessus du maillot et ses lunettes en demi-lune qu'il braquait sur *Le Figaro*. La page de la Bourse, sans doute, lecture obligatoire pour ceux qui se contentent de l'écume des jours.

– Salut, grand-père ! lui ai-je crié en français de loin. Comment va ta concubine, aujourd'hui ?

– Pédales ! a-t-il vociféré en brandissant son poing dans ma direction.

– Quoi, tu vas le laisser s'en tirer comme ça ? s'est insurgé

* Voltaire.

Boogie. Vas-y, pète-lui les dents, démolis-le ! Fais-toi du bien, quoi !

– O.K., j'ai dit O.K. !

– Non, mais tu es un putain de danger public, toi ! s'est-il exclamé.

Et il m'a entraîné vers d'autres lieux.

3

Si le scénario que nous avions composé tous les deux à Long Island est resté dans les cartons, moins d'un an plus tard, en 1961, Hymie me téléphona de Londres.

– Viens tout de suite ! On va écrire un autre film ensemble. Le projet m'emballe tellement que j'ai déjà rédigé le speech pour la cérémonie des Oscars, quand je recevrai mon prix !

– J'ai bien assez à faire ici, tu sais ? Je passe tous mes week-ends à Toronto avec Miriam, ou bien c'est elle qui vient et on va voir un match de hockey. Pourquoi tu n'engagerais pas un vrai écrivain, cette fois ?

– J'en veux pas, de vrai écrivain. C'est toi que je veux, chéri ! On va travailler sur une histoire originale que j'ai achetée il y a des années.

– Je ne peux pas tout laisser en plan comme ça…

– Ta place d'avion est déjà réservée. Tu pars demain de Toronto, en première.

– Mais je suis à Montréal !

– Et alors, quelle différence ? C'est toujours le Canada, non ?

Il faisait moins quinze dehors et ma dernière femme de ménage venait de jeter l'éponge. Mon frigo était envahi par les moisissures, tout l'appartement empestait le tabac froid et les vieilles chaussettes. A cette époque, mon petit déjeuner consistait d'habitude en un litre de café noir corsé de cognac et un bagel rassis que je devais laisser tremper dans l'eau avant de le passer dans un four tapissé de graisse. Le divorce avec Mrs Panofsky II déjà consommé, j'étais de plus un paria social, acquitté par le tribunal mais tenu généralement pour un assassin qui avait eu la veine incroyable de s'en tirer. J'en étais arrivé à me jouer de petits jeux puérils. Si les « Canadiens » gagnaient dix parties de suite, par exemple, ou si Béliveau alignait trois buts consécutifs un dimanche soir, cela signifiait que j'aurais une carte postale de Boogie au courrier du lundi matin, dans laquelle il me pardonnerait mon coup de sang, les mots terribles qui, je le jure, ne reflétaient pas ma pensée. Je retrouvais aussi la trace d'anciens amis communs et je leur écrivais ou je les appelais, à Paris, à Chicago, à Dublin, ou encore dans ce bled de l'Arizona, vous voyez de quoi je veux parler, mi-pueblo bohème mi-shtetl revu et corrigé par Hollywood en plein désert, hanté par des intellos en bottes de cow-boy qui chipotent dans des restaurants diététiques d'où la cigarette est bannie et qui mâchouillent de l'ail et des vitamines en comprimés toute la sainte journée... Mais si, pas loin de l'endroit où ils ont fabriqué la bombe atomique, ou du trou dans lequel D.H. Lawrence était venu vivre avec sa copine, là, Machine-Chose... Santa, Santa*... Bon, en tout cas personne n'avait eu de nouvelles de Boogie, et il y en avait qui réagissaient mal à ma quête : « Qu'est-ce que t'essaies de prouver, salopard ? » J'avais même écumé ses repaires favoris à New York, le San Remo, le Lion's Head.

– Moscovitch ? m'avait répondu le barman du San Remo. Il s'est fait zigouiller quelque part au Canada, je crois bien.

– Tu parles !

En ce temps-là, je traversais aussi une passe difficile avec Miriam, à qui je demandais de tout abandonner pour moi, tout de suite, pour toujours. Elle hésitait. En venant à Montréal pour m'épouser et vivre avec moi, elle devrait renoncer à son travail à la radio de CBC. Plus encore, elle trouvait que je n'étais pas un type facile. Après l'appel de Hymie, je lui avais téléphoné sans attendre.

– Mais oui, vas-y ! Ça te fera du bien, Londres. Et puis j'ai besoin d'être un petit peu seule, moi.

---

* Santa Fe, qui se trouve au Nouveau-Mexique et non en Arizona.

– Mais non, tu n'en as pas besoin.

– Quand tu es là, je n'arrive pas à penser.

– Et pourquoi ?

– Tu m'étouffes.

– Bon, mais je veux que tu me promettes une chose : si je reste plus d'un mois là-bas, tu viendras me rejoindre quelques jours. Ça ne devrait pas être la mer à boire, ça.

Comme elle avait promis, je m'étais dit : pourquoi pas ? Ce ne serait pas un travail si déplaisant, et d'ailleurs j'avais terriblement besoin d'argent, et Hymie ne demandait rien de plus que de la compagnie. Quelqu'un qui resterait vissé à la machine à écrire et s'esclafferait à chacun de ses bons mots pendant qu'il tournerait comme un lion en cage, combiné téléphonique coincé sur l'épaule et, tout en se mouchant bruyamment, soûlerait de paroles la minette sur laquelle il avait des vues, ou son agent, ou un producteur, ou son analyste : « Je viens juste de me souvenir de quelque chose de très révélateur… »

Son projet s'avéra être l'un de ses montages financiers en patchwork aléatoire, chaque pièce consistant en avances sur recettes dans des zones de distribution délimitées : Royaume-Uni, France, Allemagne, Italie. Sa chevelure bouclée, jadis d'un noir de jais, avait viré au gris cendreux et il avait acquis deux nouvelles manies : faire craquer ses doigts et se martyriser les paumes des mains avec ses ongles jusqu'à laisser la chair péniblement à vif. Sur le plan de sa psychanalyse, il avait abandonné le reichien pour une émule de Jung qu'il consultait tous les matins.

– Elle est incroyable. Une vraie magicienne. Tu devrais aller la voir, toi aussi. Des nibars à se damner.

Désormais en proie à l'insomnie, il avalait force calmants, sans répugner à une petite ligne de temps à autre, ayant vécu une expérience au LSD sous la direction de R.D. Laing au temps où celui-ci était à la mode. Son gros problème, c'était que ses services n'étaient plus recherchés par quiconque à Hollywood. Ses appels à la plupart des agents et des poids lourds de l'industrie cinématographique à Beverly Hills restaient ignorés, ou bien ils lui faisaient répondre plusieurs jours après par quelque sous-fifre. L'un d'eux avait même eu le front de lui demander d'épeler son nom, s'exposant à la repartie suivante : « Euh, fiston, tu me rappelles dès que ta voix aura mué, d'accord ? »

Comme promis, cependant, nous avons pas mal bamboché dans la suite qu'il occupait au Dorchester. Quand il n'encourageait pas une soubrette à se lancer dans la poésie ou un serveur du restaurant à organiser le personnel en syndicat, il nous faisait monter saumon fumé, caviar et champagne pour le déjeuner et nous ne travaillions qu'avec un Montecristo entre les dents et un cognac-soda à la main. Au détour d'une phrase, il avait certes indiqué :

– Tu sais quoi, Barney ? On pourra peut-être jamais partir d'ici, vu qu'au final la note risque bien d'être trop salée pour mes financiers.

Elle n'était certainement pas allégée par mes longues communications téléphoniques avec Toronto, qui atteignaient souvent la cadence de deux par jour.

– Oh, hé ! lui arrivait-il de lancer en s'interrompant dans la scène qu'il était en train de mimer devant moi, mais c'est qu'on n'a pas parlé à son petit bébé en sucre depuis au moins six heures, là ! Elle est peut-être changée et talquée, maintenant ?

Un jour, en début d'après-midi – notre collaboration londonienne durait depuis deux semaines environ –, alors que je m'adonnais à ce rituel, je n'obtins pas de réponse. Je réessayai, sans succès.

– Elle m'avait dit qu'elle rentrait tôt et qu'elle ne bougerait pas de la soirée… Je ne comprends pas.

– Dis, vieux, on est censés bosser, nous !

– Mais elle conduit comme un pied et là-bas ils ont eu un verglas terrible. Et si elle avait eu un accident ?

– Elle est allée au ciné. Ou dîner avec des amis. Bon, on avance un peu, oui ?

Plusieurs heures s'écoulèrent puis on décrocha, enfin. Je reconnus sur-le-champ la voix à l'autre bout du fil.

– McIver ! Mais qu'est-ce que tu fabriques là, enfoiré ?

– Qui est à l'appareil ?

– Barney Panofksy, voilà qui ! Passe-moi Miriam im-mé-diatement !

En arrière-fond, j'entendais des rires, des verres qui tintaient. Enfin, elle a pris le combiné.

– Barney ! Quoi, tu es déjà debout, là-bas ?

– Tu n'imagines pas le souci que je me faisais. Tu m'avais dit que tu serais chez toi…

– Oui, mais c'était l'anniversaire de Larry Keefer. On est allés dîner et puis je les ai tous invités à prendre un dernier pot à la maison.

– Pourquoi tu ne m'as pas appelé quand tu es rentrée ?

– Parce que j'ai calculé que tu devais dormir.

– Comment se fait-il que McIver soit là ?

– Mais c'est un vieil ami de Larry, figure-toi !

– Tu ne dois pas croire un seul mot qu'il te dit à mon sujet. C'est pathologique, le mensonge, chez lui.

– Ecoute, Barney, il y a un monde fou ici et ça devient embarrassant, là. Va te recoucher. On se parle demain.

– Mais je voulais…

– Ah oui, pardon, s'était-elle reprise en prenant un ton glacial : J'avais oublié, idiote que je suis. Chicago a battu Detroit trois à deux ce soir. Deux buts pour Bobby Hull. Donc ils sont *ex aequo* dans la série, maintenant…

– C'est pas pour ça que j'appelle, bon sang ! Je m'en fous ! C'est pour toi que…

– Bonne nuit.

J'avais envisagé de patienter quelques heures avant de retéléphoner, officiellement pour m'excuser, mais en réalité dans le but de vérifier qu'elle était seule. Heureusement, après réflexion, je renonçai à cette piètre idée. Ce qui ne m'empêchait pas d'être fou de rage. Qu'est-ce qu'il avait dû bicher, ce con de McIver ! « Alors, comme ça, il téléphone de Londres rien que pour avoir des résultats de hockey ? Hallucinant… »

Plein aux as ou sans un rond, Hymie vivait sur un train royal. Pratiquement tous les soirs, donc, nous dînions au Caprice, chez Mirabelle ou au White Elephant. Quand nous étions en tête à tête, il était le convive idéal, plein de verve et de brio, un conteur-né et le plus exquis des hommes. Mais il suffisait qu'un gros poisson de Hollywood en virée européenne se trouve à la table voisine pour qu'il se métamorphose instantanément en plaideur larmoyant, répétant au mufle visiblement agacé qu'il adorerait travailler avec lui, ou lui assurant que son dernier film, malgré le désintérêt général qui l'avait accueilli, était un coup de génie : « Et attention, je ne dis pas ça parce que vous êtes là, hein ? »

Quelques jours avant l'arrivée de Miriam, qui s'était enfin décidée à me rejoindre, je commis l'erreur de tenter une explication sérieuse avec lui.

– Elle est très sensible, tu comprends, donc j'aimerais que tu fasses un effort et que tu t'abstiennes de toute vulgarité.

– Bien, Papa.

– Et puis ta dernière « découverte », cette gourde de Diana... Pas question de l'emmener dîner avec nous quand Miriam sera là, d'accord ?

– Bon, admettons qu'on est au restau et que je dois aller faire pipi. Est-ce que je dois lever la main pour demander la permission ?

– Evite aussi les histoires de jupons que vous adorez vous raconter dans ton milieu. Elle trouverait ça ennuyeux à mourir.

Mes inquiétudes étaient toutefois infondées. Miriam l'adora dès leur première rencontre, un dîner au White Elephant en l'occurrence. Il la fit rire bien plus que je n'y étais jamais parvenu, le sagouin. Et piquer des fards, même. Et, à ma grande stupéfaction, elle redemanda de ses anecdotes salaces au sujet de Bette Davis ou de Bogart ou d'Orson… Du coup, je me retrouvais là, couvant des yeux l'élue de mon cœur, souriant niaisement de l'avoir enfin près de moi, mais j'étais clairement "de trop".

– Il m'a dit et répété que vous étiez pleine d'esprit, lui confiait Hymie, mais jamais que vous étiez aussi belle !

– Sans doute qu'il ne l'a pas encore remarqué. Ah, évidemment, si j'avais scoré trois buts ou marqué le but décisif pendant les prolongations…

– Mais pourquoi l'épouser alors que je suis encore libre ?

– Quoi, il a dit que j'acceptais de me marier avec lui ?

– Non ! Je le jure. J'ai seulement dit que « j'espérais »...

– Bien, et si on déjeunait tranquillement tous les deux, demain ? Je lui trouverai quelque chose à taper à la machine, pendant ce temps.

« Tranquillement » ? Ils ont disparu quatre heures durant, et quand Miriam est finalement entrée d'un pas chancelant dans notre chambre d'hôtel, elle avait les joues en feu, la langue pâteuse et un besoin pressant de dormir. Le soir, j'avais réservé une table au Caprice, mais je n'ai pas réussi à la tirer du lit.

– Vas-y avec Hymie, a-t-elle bredouillé en ramenant les draps sur sa tête et en recommençant à ronfler.

– De quoi vous avez pu parler si longtemps ? ai-je demandé à Hymie plus tard.

– Oh, de choses et d'autres.

–Tu l'as fait trop boire !

– Et toi, tu deviens lourd, boychik.

Quand elle est repartie à Toronto, Hymie et moi avons néanmoins repris notre vie de barreau de chaise. Pour lui, l'enfer, ce n'était pas les autres, comme Camus l'a écrit*, mais d'être privé de leur compagnie. Si je me retirais d'un dîner bien arrosé en invoquant ma fatigue, il allait s'asseoir à une autre table sans y avoir été invité et hypnotisait rapidement ses hôtes forcés par des histoires où les noms célèbres abondaient. Ou bien il dérivait jusqu'au bar et entreprenait de baratiner la première femme seule qui s'y trouvait : « Vous savez qui je suis ? »

Un soir dont le souvenir me donne encore des frissons dans le dos, Ben Shahn débarqua au White Elephant avec un groupe d'admirateurs et admiratrices. Hymie, qui possédait un dessin de l'artiste, estima que cela lui conférait le droit de faire irruption à sa table. Un doigt vengeur braqué sur le peintre, il déclara :

– La prochaine fois que vous verrez Cliff, je veux que vous lui disiez de ma part que c'est un sale rat.

Il parlait évidemment de Clifford Odets, qui avait été incapable

* Non, Jean-Paul Sartre.

de garder sa langue devant les inquisiteurs de la Commission McCarthy.

Sa déclaration fut suivie par un silence de mort. Mais Shahn, aucunement troublé, releva ses lunettes sur son front et considéra le perturbateur d'un air perplexe avant de demander :

– Et ce serait de la part de ?…

– Pas grave, réussit à articuler Hymie, qui s'était décomposé. Oubliez ça.

Et il battit en retraite, comme hébété, momentanément perdu, d'un seul coup vieilli.

Des mois passèrent et le jour arriva où, installé à ses côtés dans une salle de projection privée de Beverly Hills, je vis le générique de notre film commencer à se dérouler devant nous. Soudain, une ligne me fit sursauter : D'APRES UNE IDEE ORIGINALE DE BERNARD MOSCOVITCH.

– Ordure ! (J'avais bondi sur mes pieds et je l'avais tiré de son siège en le prenant au collet.) Pourquoi tu ne m'as pas dit que c'était de Boogie, cette histoire ?

– Comme il s'emballe, le petit ! répondit-il en me pinçant la joue.

– Ça ne suffisait pas, hein ? Maintenant, tout le monde va raconter que je pille son œuvre, en plus !

– Il y a quand même un truc qui me chiffonne. Puisque c'était un si grand copain à toi, et puisqu'il est encore vivant… pourquoi il ne s'est pas pointé à ton procès ?

En guise de réponse, je pris mon élan et je me débrouillai pour lui casser le nez une troisième fois, ce dont je rêvais depuis le déjeuner de quatre heures dans lequel il avait entraîné Miriam. Il riposta par un coup de genou dans l'entrejambe, et la bagarre continua sur le sol où nous tombâmes enchevêtrés, sans cesser de nous boxer mutuellement, jusqu'à ce que trois employés du studio, pas moins, parviennent à nous séparer, mais non à interrompre le torrent d'insultes que nous faisions pleuvoir l'un sur l'autre.

4

Chez nous autres, les Panofsky, la poésie est un don naturel. Considérez mon père, ainsi : c'est en état de grâce que l'inspecteur Izzy Panofsky quitta cette vallée de larmes. Il y a exactement trente-six ans aujourd'hui, il mourait d'un arrêt cardiaque sur la table d'un salon de massage de Montréal-Nord, tout juste après avoir éjaculé. Sommé de venir récupérer ses affaires personnelles, j'avais été attiré dans un coin par une toute jeune Haïtienne visiblement encore sous le choc. Elle n'avait pas de dernières paroles paternelles à me répéter, non, mais voulait m'informer qu'Izzy avait trépassé sans avoir eu le temps de signer son empreinte de carte bancaire. En bon fils que j'étais, j'avais payé pour l'ultime salve de mon géniteur en joignant à la note un mirifique pourboire et mes excuses pour les perturbations que l'événement avait pu provoquer dans la vie de l'établissement.

Et puis, cet après-midi, comme à chaque date anniversaire de son décès, j'ai effectué le pèlerinage annuel au cimetière de la Khevra Kadicha pour accomplir un rite immuable : j'ai versé le contenu d'une bouteille de whisky canadien Crown Royal sur sa tombe et, en guise de caillou, j'y ai déposé une tranche de pain de seigle garnie de viande fumée avec un pickle.

Si notre Dieu était juste – ce qui n'est pas le cas –, mon père devrait maintenant se trouver dans le plus opulent bordel du Paradis, lequel serait également doté d'un delicatessen, d'un comptoir de bar avec crachoirs et main courante en cuivre, d'une réserve inépuisable de canettes de bière White Owl et d'une chaîne de télé sportive diffusant vingt-quatre heures sur vingt-quatre. Mais le Dieu que nous nous coltinons, nous autres juifs, est aussi cruel que rancunier. Selon moi, Jéhovah fut aussi le premier comique juif à monter sur scène, chargeant Abraham de lui donner la réplique. « Or ça, ordonna le Seigneur à Abraham, prends ton fils, ton fils unique, celui que tu aimes, Isaac, et achemine-toi vers la terre de Moriah et là offre-le en holocauste sur une montagne que je t'indiquerai. » Et Abe, précurseur de tant de juifs obséquieux, sella sa mule et fit ce qui lui avait été demandé : il construisit un autel, disposa le bois, lia Isaac son fils et le plaça sur l'autel par-dessus le bois. « Oh, 'pa ! s'inquiéta le petit. Voici le feu et le bois, mais où est l'agneau de l'holocauste ? » Abraham répondit en étendant la main et en saisissant le couteau pour immoler son fils. Et là, Jéhovah, plié de rire, le fit appeler du haut du ciel par un envoyé : « Attends, vieux ! Ne porte pas la main sur ce garçon ! » Alors, levant les yeux, Abraham remarqua qu'un bélier derrière lui s'était embarrassé les cornes dans un buisson, et il alla prendre ce bélier et l'offrit en holocauste à la place de son fils. Mais je doute que tout ait continué comme s'il ne s'était rien passé entre Abe et Izzy…

Encore des digressions, je sais, je sais. Mais c'est mon histoire, la seule que j'aie, alors je la raconterai comme il me plaît et pas autrement. Vous me suivez donc maintenant dans un petit détour vers ce territoire que Holden Caufield a raillé en évoquant les « conneries à la Nicholas Nickleby »… Ou « à la Oliver Twist » ? Non, c'est Nickleby, j'en suis sûr*.

Un jour, Clara m'a demandé :

– Comment se fait-il que ta famille ait émigré au Canada ? Pourquoi le Canada ? Je croyais que c'était à New York qu'ils allaient, les juifs…

Je lui ai donc expliqué que j'étais né canadien parce que mon grand-père, un shokhet, un abatteur rituel, s'était trouvé à court

* Erreur : c'était « les conneries à la David Copperfield ». *Cf.* J.D. Salinger, *L'Attrape-Cœurs*, p. 1.

de deux billets de dix dollars et d'un de cinq. C'était en 1902, les jeunes mariés, Moishe et Malka Panofsky, étaient partis à Budapest pour un entretien avec Simkha Debrofsky, de la Société d'entraide à l'immigration juive.

– On veut les papiers pour New York, avait annoncé mon aïeul.

– Quoi, le Siam, ce n'est pas assez bon pour vous ? L'Inde, vous voulez pas ? Oh, je comprends. Tenez, vous voyez ce téléphone, je le prends et j'appelle tout de suite le président des Etats-Unis : « Il vous manque des bons à rien pour traîner à Canal Street, Teddy ? Vous voulez encore des ahuris qui ne parlent pas un mot d'anglais ? Ça tombe très bien, mon cher, j'ai devant moi deux schleppers qui rêvent de venir à New York ! » Si c'est de cette « goldene médina » qu'on parle, Panofsky, ça coûte cinquante dollars américains, là, tout de suite, sur la table.

– Cinquante dollars on n'a pas, monsieur Debrofsky !

– Sans blaguer ? Alors je vais vous dire : c'est les soldes, aujourd'hui. Pour vingt-cinq, je vous envoie au Canada, tous les deux.

Ma mère n'était pas du genre « yiddishe mama » à se dépenser sans compter et à ne reculer devant aucun sacrifice pour combler de soins son unique fils. Quand je revenais de l'école et que je me ruais à la maison en hurlant « J'suis là, M'man ! » elle m'accueillait par un « Chuuut ! » péremptoire, plongée dans l'écoute de quelque feuilleton radiophonique. Et c'était seulement quand le programme s'interrompait pour une page de publicité qu'elle daignait s'apercevoir de ma présence :

– Tu as du beurre de cacahuètes dans la glacière, débrouille-toi.

Les gamins de mon quartier enviaient mon sort parce qu'elle ne se souciait pas de mes résultats à l'école, ni de l'heure à laquelle je rentrais le soir. Lectrice assidue de *Photoplay*, de *Silver Screen* et autres fanzines, elle avait ses propres centres d'intérêt : qu'allait devenir Shirley Temple maintenant qu'elle était une adolescente ? Clark Gable et Jimmy Stewart allaient-ils terminer la guerre sains et saufs ? Tyrone Power finirait-il par trouver l'âme sœur ? Les autres mères gavaient leurs fils avec *Chasseurs de microbes*, de Paul de Kruif, espérant ainsi éveiller une vocation de médecin, ou bien puisaient en cachette dans le portefeuille familial pour leur acheter

Connaissance du Monde, bagage essentiel à un bon départ dans la vie. Dunkerque, la bataille d'Angleterre, Pearl Harbor, le siège de Stalingrad passèrent comme des orages lointains, mais la compétition entre Jack Benny et Fred Allen [14], par contre, ne cessait de l'occuper. Les personnages de bandes dessinées, qu'on appelait « funnies » en ce temps-là, étaient à ses yeux plus réels que moi. Elle écrivit ainsi à Chester Gould pour réclamer que Dick Tracy épouse Tess Trueheart, et quand Raven Sherman expira dans les bras de son chevalier servant, Dude Hennick, elle fut l'une des milliers de fans à expédier un télégramme de condoléances.

Mon père, qui pour sa part avait bien dû voir cinq fois *Naughty Marietta* avec Nelson Eddy et Jeanette MacDonald, et dont la chanson préférée était « Indian Love Call », rêvait d'entrer dans la Gendarmerie royale du Canada. Comme il mesurait un mètre soixante-quinze, il fut jugé trop petit. Alors, ayant décidé de se rabattre sur la police municipale de Montréal, il alla voir le Champion. C'était un mercredi, le Jour des Schnorrers.

Jerry Dingleman, alias « le Champion », menait habituellement ses affaires depuis le penthouse situé au-dessus de son luxueux établissement de jeux sur la rive opposée du Saint-Laurent, mais une fois par semaine il recevait les paumés locaux dans un bureau borgne du Tico-Tico, un des nombreux night-clubs qu'il possédait. Pour cette raison, les intimes du Champion avaient surnommé le mercredi « Jour des Schnorrers » car, de dix heures à quatre heures, les plaideurs se succédaient dans cette salle d'audience improvisée, derrière la piste de danse.

– Pourquoi avoir choisi de devenir flic, précisément ? demanda Dingleman à mon père d'un ton amusé.

– Monsieur Dingleman, je vous serais éternellement reconnaissant si vous... comment dire ?... si vous pouviez m'aider dans l'objectif que je me suis fixé.

Après avoir passé un coup de fil à Tony Frank, le Champion lui avait annoncé qu'il devait se présenter chez le docteur Eustache Saint-Clair pour examen médical.

– Et tu te rappelles ce que tu dois faire avant, Izzy ?

– Euh… Prendre un bain ?

– Avec une telle perspicacité, tu devrais devenir inspecteur en un rien de temps…

Un mois plus tard, cependant, alors qu'il faisait un saut chez Levitt's pour dévorer au comptoir deux sandwiches medium-fat au pain de seigle sur le boulevard Saint-Laurent, Dingleman avait eu la surprise de découvrir que mon père était toujours là, à découper de la viande fumée.

– Pourquoi tu n'es pas sous un uniforme, toi ?

– Le docteur Saint-Clair a dit qu'ils ne pouvaient pas me prendre à cause de ces trous que j'ai sur la figure, vous savez, rapport à l'acné.

Le Champion avait soupiré en secouant la tête d'un air navré.

– Et il ne t'a pas dit que ça se soignait, aussi ?

Izzy Panofsky reprit donc rendez-vous avec le digne médecin, en glissant cette fois un billet de cent dollars dans son formulaire de candidature comme on le lui avait prescrit, et fut décrété apte au service. « En ces temps-là, me confia-t-il une fois pendant qu'il dorlotait nostalgiquement une bière, si que t'étais goy avec les pieds plats et le ventre sur les genoux, tu vois le genre – les gros bedons de Gaspésie[15], ils les faisaient venir par tas et tas – mais, toi fallait payer pour rentrer dans la police. » Ses débuts avaient été rien moins que faciles, m'avait-il expliqué tout en se bouchant une narine d'un doigt et en expulsant sa cargaison de l'autre. « Le juge qui m'a fait prêter le serment, un baveux avec les yeux qui lui sortaient d'la tête, il a eu l'air un brin pantois : Vous y êtes juif ? qu'y m' dit. Et après, à l'école de police, là où que j'ai appris le ju-jitsu et la lutte, les goyim, ils arrêtaient pas de me chercher, ces *shikers* d'Irlandais, ces *chazerim* de Canadiens-Français. Abrutis. Ignares. Parce que bon, moi, au moins, j'ai fini ma septième année et je n'ai jamais redoublé, jamais. »

Comme il faisait trop de zèle dans son premier poste à Notre-Dame-de-Grâce, arrêtant les suspects à tour de bras, il avait été rétrogradé dans une zone moins huppée, au centre. Alors qu'il arpentait la rue Sainte-Catherine, toujours plein de zèle, il avait bientôt arrêté un pickpocket à la sortie du théâtre du Capitole où Helen Kane, l'inoubliable « Boop-Boop-a-Doop Girl », était en train de se produire. Mon vertueux papa s'attendait à être décoré pour ce haut fait. A la place, deux inspecteurs l'avaient entraîné dans un bureau retiré : « Jésus, faut-y être con ! ils m'ont dit : Tu nous ramènes plus jamais un de ces types ici, ou t'es crissé dehors. C'est qu'ils étaient arrosés, si tu vois ce que je veux dire… »

Mais alors que certains flics n'hésitaient pas à se faire graisser la patte par les filous et leurs avocats, mon papa à moi, personne ne pouvait l'acheter. « Comme qui dirait que j'étais forcé de filer droit, m'avait-il expliqué. Parce que je m'appelle Panofsky, hé ! J'pouvais pas les laisser dire : Ah ouais, ce juif de malheur ! Il manquait plus que ça, tu sais, que je fasse la petite bêtise, tu me suis, et ils me pognaient. »

Année après année, l'incorruptible dut assister sans broncher à l'ascension de « *shikers* d'Irlandais » et de « *chazerim* de Canadiens-Français » qu'il avait lui-même formés et qui recevaient de l'avancement avant lui. Il attendit neuf ans avant d'être promu inspecteur « et tu sais ce qu'ils m'ont fait, c'est trop écœurant ! Ils sont allés trouver le syndicat et raconter des salades comme quoi j'avais pas eu mes notes aux exercices de tir ! Parce que mes hommes, je les tenais serrés, tu comprends, mais j'étais honnête. Mais eux, les yeux, ils voulaient me les arracher ! Alors ils vont au syndicat et ils se plaignent de moi ».

Izzy Panofsky et les forces de l'ordre. Une histoire sans fin.

« Dis, un jour que je passe un examen en vue d'une promotion, il y avait Gilbert dans la commission et il sort comme ça : Comment ça se fait que les juifs ils sont les plus malins ? Moi, je lui réponds quoi ? J'ai deux réponses, je lui dis. Vous vous gourez sur un point : le surhomme, ça existe pas. Mais par contre, vous prenez un chien et vous le garaudez à coups de latte : il va se méfier, il va être plus vif que vous. Nous c'est pareil au même, ça fait deux mille ans qu'on nous latte, résultat : on n'est pas plus malins, on est plus vifs. La deuxième réponse que j'ai, c'est l'histoire de l'Irlandais et du juif. Alors l'Irlandais il demande au juif : Comment ça se fait que tu es plus malin ? Et le juif il dit bon, c'est parce que nous autres, on mange un poisson spécial, d'ailleurs tiens, j'en ai un comme ça dans ma poche, là. Il le montre à l'Irlandais, et l'Irlandais qui soupire : Jésus, qu'est-ce que j'aimerais l'avoir ce poisson ! Alors le juif il dit : Tu me donnes dix dollars, tu l'as. Alors l'Irlandais, il paie, il prend le poisson, il le regarde, il le regarde et puis il crie : C'est pas un poisson spécial, ça, oh, c'est qu'un hareng ! Et là, le juif, il dit comme ça : Tu vois ? Tu commences déjà à être plus malin. »

5

Cette nuit, j'ai rêvé que McIver se faisait choper à la cheville par une tique de chevreuil et croyait, l'imbécile, qu'il s'agissait seulement d'une piqûre de moustique. Un mois plus tard, prostré sur son lit au vingtième étage du Four Seasons Hotel, la redoutable maladie de Lyme ayant déjà colonisé son système sanguin, il était réveillé en sursaut par le bruit des sirènes et une voix paniquée à l'interphone de sa chambre : « Attention, attention, un grave incident s'est déclaré. Les ascenseurs ne fonctionnent plus, les escaliers sont pour le moment impraticables à cause de la fumée. Tous nos clients doivent impérativement rester dans leurs chambres. Bouchez le bas de votre porte avec des serviettes mouillées. Bonne chance, et merci d'avoir choisi l'un des établissements de la chaîne Four Seasons ! » Des volutes étouffantes avaient commencé à se glisser par les interstices mais il n'était plus en mesure de faire le moindre geste, atteint qu'il était de paralysie foudroyante. Les flammes dévoraient la porte puis l'encerclaient, attaquant une pile du *Temps et ses fièvres* sur le sol, des exemplaires non signés et qui pourraient donc encore intéresser d'éventuels collectionneurs… Et c'est à cet instant que j'ai bondi hors de mon propre lit, gai comme un pinson. Après être allé chercher les journaux du matin sur mon paillasson, j'ai gagné la cuisine en trois glissades, une ritournelle aux lèvres : « *Take your coat and grab your hat…* »

Une tasse de café près de moi, j'ai commencé directement par le cahier sportif de la *Gazette* de Montréal, une habitude immuable.

Désastre. Ces patates de « Canadiens », qu'on ne pouvait plus appeler "nos glorieux", s'étaient à nouveau couverts d'opprobre en perdant un à cinq face à… Minute, que je me rappelle. Face aux Mighty Ducks, des Canards pas si boiteux que ça de Californie. Toe Blake devait se retourner dans sa tombe. A son époque, pas un seul de ces ineptes joueurs surpayés n'aurait pu prétendre rejoindre la Ligue, ni a fortiori être reconnu digne du jadis légendaire Club de hockey canadien. Ils n'ont pas un seul gars prêt à foncer au but, de peur de se faire mettre en échec. Oh, le temps béni où Larry Robinson servait une longue passe à Guy Lafleur, nous poussant hors de nos sièges pour scander « Guy ! Guy ! Guy ! » tandis qu'il volait droit au filet. Il lance et compte.

Le téléphone a sonné et c'était Kate, évidemment.

– J'ai essayé de te joindre au moins cinq fois, hier soir ! La dernière, il devait être au moins une heure. Où tu étais passé ?

– Ma chérie, tu es trop gentille de t'inquiéter pour moi. Seulement, il se trouve que je ne suis pas ton fils, mais ton père. J'étais sorti.

– Ah, tu n'imagines pas quel souci je me fais de te savoir seul chez toi. Et si tu avais eu une attaque, Dieu t'en préserve, et que tu ne pouvais pas répondre au téléphone ?

– Cela n'entre pas dans mes projets, non.

– J'ai même failli appeler Solange pour lui demander d'aller sonner à ta porte.

– Je devrais peut-être te passer un coup de fil à chaque fois que je rentre, le soir ?

– Tu n'as pas à craindre de me réveiller. Si on dort, il y a toujours le répondeur.

– Je t'adore, Kate, mais je n'ai même pas pris mon petit déjeuner, encore. On se reparle demain.

– Ce soir ! Et qu'est-ce que tu t'es préparé ? Des œufs au bacon, malgré ce que tu avais promis ?

– Des pruneaux au jus et des céréales.

– Ouais, je te crois…

Je me disperse encore. Je divague. Mais ceci est l'histoire de ma pauvre vie et au bout du compte je n'ai rien d'autre que des affronts à laver, des blessures à panser. De plus, parvenu à un âge où il y a plus à remémorer et à classer qu'à attendre – mis à part l'hôpital qui me guette –, je suis parfaitement en droit de divaguer. De tenter cette, cette… histoire de ma vie, quoi ! A l'instar d'Evelyn Waugh évoquant sa jeunesse. Ou de Jean-Jacques Rousseau. Ou de Mark Twain racontant ses aventures sur ce fleuve au drôle de nom, comment est-ce déjà ? Jésus, Marie, Joseph ! Bientôt je ne serai même plus capable de me rappeler comment je m'appelle…

On égoutte les spaghettis avec une passoire. C'est Mary McCarthy qui a écrit ce livre dont je parlais. Et le gardien de l'équipe de Toronto qui a remporté la Coupe Stanley en 1951, c'était Walter « Turk » Broda. Et c'est Stephen Sondheim qui a écrit les chansons de *West Side Story*. Voilà, je l'ai, pas besoin d'aller chercher : le Mississippi.

Pour récapituler : cette triste tentative d'autobiographie – voilà le mot –, initiée sous l'aiguillon des calomnies de McIver, est menée dans l'unique et faible espoir que, lisant ces pages, Miriam soit assaillie par le remords.

– Quel est donc ce livre qui te passionne tant ? demande Blair.

– Ça ? Ce best-seller couronné par la critique est l'autobiographie du seul grand amour de ma vie, espèce de petit binoclard à la con !

Enfin, où en étais-je ? A Paris, en 1951, voilà où. Terry McIver. Boogie. Leo. Clara, de glorieuse mémoire. Désormais, quand j'ouvre un journal, je vais d'abord voir le Dow Jones puis je passe aux avis de décès, à la recherche d'ennemis auxquels j'aurai survécu et d'icônes qui ont quitté ce monde. 1995, à ce propos, a mal commencé pour les picoleurs. Peter Cook et un tonitruant colonel John Osborne, envolés.

1951. Quemoy et Matsu, si quelqu'un arrive encore à localiser ces deux pustulettes en mer de Chine, se retrouvaient sous les bombardements cocos, prélude selon certains à une invasion de ce qui s'appelait encore Formose*. En Amérique même, tout le

* Ces îles se trouvent dans le détroit de Taiwan et la Chine populaire ne les soumit à des bombardements qu'à partir d'août 1958. Menacés de représailles

monde vivait encore dans la hantise de LA bombe. C'est mon côté un peu pie qui garde tout dans son nid, mais j'ai toujours ce livre de poche publié alors par Bantam, *Comment survivre à la Bombe* : « Ecrit sous forme de questions-réponses par un des principaux experts en la matière, cet ouvrage vous explique comment vous protéger, vous et votre famille, en cas d'attaque nucléaire. Son but n'est pas de vous effrayer, au contraire : après l'avoir lu, vous vous sentirez soulagés. »

Les membres du Rotary Club creusaient alors des abris anti-retombées dans leur jardin, où ils entassaient des stocks d'eau minérale, de soupes en sachet et de sacs de riz, ainsi que leur collection complète de Reader's Digest et leurs disques de Pat Boone* afin de passer le temps en attendant que le nuage atomique se dissipe. Le sénateur Joe McCarthy et ses deux laquais, Cohn et Schein, se déchaînaient dans le pays. Julius et Ethel Rosenberg en prenaient plein la tronche et Ike avait le vent en poupe. Le Canada, société encore « incorporated » qui ne connaissait pas encore les dissensions, était alors dirigé non par un premier ministre mais par Louis Saint-Laurent, un commandant en chef avunculaire. Au Québec, mon cher Québec, c'était toujours le ruffian Maurice Duplessis qui tenait la barre à la tête de son gang de voleurs.

Le matin – pas aux aurores, car nous étions des lève-tard –, notre bande à nous était habituellement visible au Sélect ou au Mabillon, réunie à une table sous la présidence de Boogie Moscovitch, qui lisait le *Herald Tribune* en commençant par les nouvelles sportives, s'inquiétant d'abord de savoir comment Duke Snider et Willie Mays s'étaient comportés la veille au soir. Mais Terry, lui, ne se joignait jamais à nous. S'il venait au café, c'était pour s'installer tout seul dans un coin où il annotait son édition populaire des *Conversations imaginaires* de Walter Savage Landor, ou peinait sur une réponse cinglante au dernier éditorial de Jean-

---

par le secrétaire d'Etat américain John Foster Dulles, les communistes chinois se bornèrent soudain à quelques salves sporadiques tous les mois. Puis les attaques cessèrent complètement en mars 1959, sans explication aucune.

* Le premier succès de Pat Boone date de 1955, avec la chanson *Two Hearts, Two Kisses*.

Paul Sartre dans *Les Temps modernes*. Même à cette époque, il ne paraissait aucunement troublé par l'idée que, selon la formule de MacNeice*, « tous les candidats ne passeront pas ». Oh, que non : monsieur Terry McIver posait déjà pour son portrait du jeune et séduisant artiste en accord avec son évidente destinée. Il ne tolérait pas la frivolité. Il était un reproche vivant adressé à nous tous qui perdions notre temps.

Un soir que je descendais le boulevard Saint-Germain en route vers une petite beuverie où il n'avait pas été invité, je l'aperçus soudain à quelques dizaines de mètres devant moi. Comme il m'avait vu, lui aussi, et ralentissait le pas dans l'espoir que je lui propose de se joindre à nous, je fis halte devant la vitrine de La Hune et je restai à regarder les livres jusqu'à ce qu'il disparaisse enfin. Une autre fois, alors que Boogie et moi inspections les terrasses de Montparnasse après une soirée bien arrosée, à la recherche d'amis auxquels nous pourrions soutirer un verre ou un reste de joint, nous l'avisâmes assis au Sélect devant l'un de ses inévitables carnets de notes. « Je te parie tout ce que tu veux, dis-je à Boogie, qu'il numérote et qu'il date chacun de ses damnés cahiers. Pour faciliter le travail aux chercheurs qui étudieront son œuvre plus tard, tu piges ? »

Parangon d'honnêteté, Terry ne pouvait que considérer Boogie d'un œil désapprobateur. Au prix de cinq cents dollars dont il avait absolument besoin, celui-ci avait pondu un roman leste pour la « Bibliothèque du Parfait Voyageur » de Maurice Girodias, *Le Con de Vanessa*, dédié à l'indubitablement fidèle épouse du professeur de Columbia qui lui avait jadis infligé une mauvaise note en poésie élisabéthaine. L'exergue était ainsi rédigé : « A la très lubrique Vanessa Holt, en souvenir ému de nos nocturnes priapées. » Puis il avait pris soin d'en adresser un exemplaire audit professeur ainsi qu'au recteur de la faculté des lettres de Columbia, aux responsables de la *New York Times Book Review* et aux critiques littéraires du *New York Herald Tribune*. Mais il est difficile de savoir comment réagirent les intéressés car Boogie avait écrit sous un pseudonyme,

* Non, c'est d'Auden (*Selected Poems*, Faber & Faber, Londres, 1979).

« baron Claus von Manheim ». Terry, qui avait lui aussi été gratifié d'un *Con de Vanessa* « hommage de l'auteur », le lui rendit sans l'avoir ouvert. « Ecrire, déclara-t-il d'un ton dédaigneux, ce n'est pas un gagne-pain, mais une vocation. »

Quoi qu'il en soit, l'ouvrage eut un tel succès que Boogie reçut bien vite d'autres commandes similaires. Trop contents de l'aider, nous prîmes donc l'habitude de nous réunir au Café Royal Saint-Germain – remplacé ensuite par le drugstore du même nom – afin d'improviser des prouesses sexuelles qui pouvaient se produire et être consommées dans des lieux aussi divers qu'une salle de gym, le fond d'une piscine, le vestiaire d'un club d'équitation muni de tous les accessoires afférents, ou le bureau d'un rabbin. Terry, naturellement, évitait comme la peste ces séminaires nocturnes, scandalisé qu'il était par nos éclats de rire dévergondés.

La deuxième contribution de Boogie à la collection de Girodias, signée cette fois « marquis Louis de Bonséjour », révéla à quel point il était en avance sur son temps, un pionnier littéraire qui avait eu la prescience du karaoké, de la télé interactive, du porno cybernétique, du CD-Rom, d'Internet et autres plaies de la modernité. Dans *La Dentelle écarlate*, en effet, le héros mâle, outre qu'il est doté d'un engin monstrueux, reste innommé bien qu'aucunement anonyme. A chaque fois que son nom devrait apparaître, l'auteur a laissé un blanc, autorisant ainsi le lecteur à intercaler le sien, même et surtout quand l'une de ses splendides conquêtes, ivre de sexe et emportée par des orgasmes sans fin, gémit de gratitude : « Oh, quel homme tu es ! »

C'était Clara qui fournissait à Boogie les thèmes pornographiques les plus originaux et les plus scabreux aussi, en une débauche d'histoires salaces qui me paraissait surprenante au regard de ce que je pensais alors être son problème dans la vie. A ce moment-là, nous vivions déjà ensemble, non tant par choix délibéré que par simple enchaînement de circonstances, ce qui était souvent la manière dont les choses se passaient, à l'époque.

Tout simplement, il était arrivé qu'un soir très tard Clara, qui disait être en proie au “cafard”, avait annoncé à la cantonade qu'elle ne pouvait plus remettre les pieds dans sa chambre d'hôtel, hantée selon elle par un esprit frappeur.

– Vous savez que cet immeuble a été un bordel de la Wehrmacht pendant la guerre, n'est-ce pas ? Ce doit être le fantôme de la fille qui est morte là, après avoir été baisée un nombre incalculable de fois par tous les trous possibles… (Puis, après s'être assurée que toute la tablée la contemplait d'un air compatissant, elle avait ajouté en gloussant :) … la veinarde !

– Mais où tu vas dormir, alors ? lui avais-je demandé.

– Surveille ta langue, toi ! était intervenu Boogie.

– Oh, sur un banc gare Montparnasse. Ou sous le Pont-Neuf. La seule clocharde de Paris à être sortie de Vassar avec mention !

Donc je l'avais ramenée dans ma chambre, où nous avions passé une nuit chaste, Clara dormant d'un sommeil agité dans mes bras. Le lendemain, elle me demanda d'être un chou et de lui ramener du Grand Hôtel Excelsior, rue Cujas, ses toiles, cartons de dessins, carnets de notes et valises. Elle m'assura que je n'aurais pas à la supporter plus d'une nuit ou deux, le temps qu'elle trouve un logis moins éprouvant que l'ancien bordel hanté.

– Je serais bien venue avec toi, mais madame Defarge (c'est ainsi qu'elle appelait la concierge de l'Excelsior) me déteste.

Boogie accepta à contrecœur de m'accompagner dans ma mission.

– J'espère que tu te rends compte dans quoi tu te fourres ?

– C'est temporaire.

– Elle est cinglée.

– Et toi ?

– T'en fais pas. Je sais ce que je fais.

C'était de la drogue dont il était question, là. Boogie était passé du haschich à la classe au-dessus, à l'héroïne.

– On doit tout essayer, tu vois. Les princesses juives pleurnicheuses avant qu'elles rentrent chez elles épouser un toubib. Les petits Arabes de Marrakech. Les Nubiennes à peine pubères. L'opium. L'absinthe. La mandragore. Les champignons hallucinogènes. Le gefilte fish. Les loukoums. Tout ce qui est sur la table, et tout ce qui est au-dessous. Hé, on vit qu'une fois, non ? A part Clara, bien sûr.

– Ça veut dire quoi, ça ?

– Que Miss Chambers-la-Bêcheuse-de-la-côte-Est est dans le trip réincarnation. C'est compris dans l'héritage de papa. Alors tu la connais si peu que ça ?

Les affaires personnelles de Clara comprenaient, entre autres, une édition en deux volumes de la *Doctrine secrète* de H.P. Blavatsky, une pipe à eau, un dictionnaire du satanisme, un hibou empaillé, plusieurs ouvrages d'astrologie, des traités de chiromancie, un jeu de tarots et un portrait encadré d'Aleister Crowley [16], dit « La Bête », coiffé du bandeau d'Horus. Cependant, la concierge s'opposa à ce que nous emportions quoi que ce soit jusqu'à ce que je lui paie l'arriéré de la note, quatre mille deux cents francs.

– L'argent me dégoûte, commenta Clara par la suite. Le tien, le mien, peu importe. Ça ne vaut pas la peine d'en parler.

Pour la décrire, « grande » ne serait pas le mot exact. Longue, elle était. Maigre à pouvoir décompter toutes ses côtes. Des mains sans cesse en mouvement, à rajuster son châle, à déplisser sa robe, à rejeter une mèche en arrière, à décortiquer les étiquettes sur les bouteilles de vin. Ses doigts étaient de la nicotine pure, et toujours tachés d'encre, ses ongles cassés ou rongés au sang. Des oreilles en forme d'anse de tasse à thé émergeaient de ses cheveux – « couleur merde, je les hais » – qui cascadaient jusqu'à sa taille étroite. A peine une ombre de sourcils au-dessus d'immenses yeux noirs pleins d'intelligence, et d'ironie sardonique, et de peur. Une pâleur maladive qu'elle soulignait encore en s'appliquant des pleines lunes de fond de teint sur les joues et en se peignant les lèvres en orange, vert ou violet, selon son humeur. Des seins qui, d'après elle, étaient trop importants pour sa silhouette : « Avec des cruches pareilles, je pourrais nourrir des triplés ! » Elle se plaignait aussi de la longueur de ses jambes, osseuses en plus, et de ses pieds, trop grands. Mais, malgré toutes ces remarques désobligeantes sur son apparence, elle ne passait jamais devant une glace dans un café sans marquer une pause pour s'admirer. Ah, et ses bagues, j'oubliais ses bagues ! Une topaze. Un saphir bleu. Et une amulette égyptienne, sa préférée.

Précédant la mode de plusieurs années, elle s'habillait de ces robes victoriennes longues et floues, portait des bottines à lacets trouvées aux puces et s'enveloppait dans plusieurs châles superposés dont les couleurs juraient souvent, ce qui ne manquait pas de m'étonner puisqu'elle était peintre, après tout… Boogie l'avait surnommée « le Sujet de Conversation », et aimait lancer à notre entrée : « "Sauve qui peut" ! Voilà Barney et le Sujet de Conversation ! » Ce qui, pour être très franc, me plaisait énormément. Pas fichu d'écrire, pas artiste, pas même agréable à vivre, déjà, à cette époque, toujours à juger et à critiquer… Mais soudain, j'avais acquis un signe distinctif, je devenais « intéressant » : j'étais le mentor de cette fofolle de Clara.

Elle avait aussi un besoin compulsif de toucher les gens, très agaçant pour moi une fois que nous avons commencé à vivre ensemble. Elle était encline à s'écrouler de rire sur les poitrines masculines dans les cafés, à tripoter le genou des amis en leur soufflant dans l'oreille : « Si Grincheux n'était pas là, on aurait pu aller quelque part pour baiser un bon coup. »

Test mnémotechnique. Vite, Barney ! Les Sept nains, leur nom ? Grincheux, oui, Dormeur, Atchoum, Prof… Les trois autres, je les connais aussi, ça va me revenir. Hier soir encore, je me les rappelais tous. Non, je ne vais pas aller chercher, pas question…

Clara aimait particulièrement provoquer Terry McIver, et là j'approuvais sans réserve. Idem avec Cedric Richardson, bien avant qu'il n'ait accédé à la célébrité sous le nom d'Ismail ben Yussef, grand pourfendeur des esclavagistes juifs de jadis et d'aujourd'hui, ainsi que mauvaise conscience des Visages pâles en général.

Dans l'état de gâtisme où je suis, suivre la trajectoire de tout ce monde est une occupation qui me maintient un tant soit peu alerte. C'est incroyable. Ahurissant. Leo Bishinsky le calculateur qui fait des millions avec des tableaux sans queue ni tête. Clara, qui avait toujours méprisé les femmes, consacrée martyre du féminisme après sa mort. Moi, affligé d'une relative notoriété en l'espèce du chauviniste mâle qui l'a trahie, devenu un éventuel assassin de surcroît. Les romans absolument sans intérêt de Terry McIver, ce menteur pathologique, inscrits aux programmes universitaires dans tout le Canada. Et Boogie, celui que je chérissais tant, disparu je ne sais où, blessé, meurtri, enfermé dans son courroux et sa rancune. Ramassant la BD que j'avais abandonnée, il m'a fait sursauter en s'écriant : « J'arrive pas à croire que tu puisses lire des merdes pareilles ! »

Grincheux, Dormeur, Atchoum, S… Snoopy ? Mais non, crétin ! Ça, c'est un chien !

Poursuivons, poursuivons. Je tombe sur un compte rendu de la dernière déclaration d'Ismail ben Yussef, sur laquelle *Time* doit revenir, mais au lieu de lancer les hauts cris je me surprends à pouffer de rire devant la photo de Cedric en fez, dreadlocks et caftan aux couleurs de l'arc-en-ciel. Une fois, je lui ai même envoyé une lettre.

Salaam, Ismail !

Je t'écris au nom de la Fondation des Sages de Sion pour t'informer que nous lançons une souscription dans le but d'assurer des bourses d'études en close-combat à des frères et sœurs noirs, ceci afin de perpétuer la mémoire de trois Yids suceurs de sang, Chaney, Goodman et Schwerner, qui se risquèrent dans le Mississippi en 1964 pour recenser les électeurs noirs et qui, en conséquence, furent assassinés par une bande de toubabs. Je suis certain que nous pouvons compter sur une contribution de ta part.

En passant, tu pourrais peut-être m'aider à résoudre une énigme philosophique qui ne cesse de m'occuper. Il se trouve que j'approuve Louis Farrakhan quand il soutient que les Egyptiens étaient blacks. Je me permets d'apporter une preuve supplémentaire de la pertinence de cette thèse en citant le livre *Flaubert en Egypte, le Regard de l'artiste*. Devançant Cheikh Anta Diop, pour qui le berceau de la civilisation est incontestablement noir, il écrit à propos du Sphinx que « (…) sa tête est grise, avec des oreilles très importantes et saillantes comme celles d'un nègre

(...). Le fait que le nez manque ajoute à l'impression d'un visage aplati, négroïde. (...) Les lèvres sont épaisses », etc.

Mais palsambleu, si les anciens Egyptiens étaient noirs, alors Moïse, prince à la cour de Pharaon, l'était aussi ! Et de là s'ensuit que les esclaves par lui libérés l'étaient également, noirs. Autrement, il aurait tranché parmi eux tel... je ne veux pas reprendre la douteuse mais proverbiale expression. Plus, les Israélites, dont l'esprit récalcitrant est bien connu, auraient immédiatement commencé à grincer des dents : « Hé, oh, sommes-nous tombés si bas que nous ayons à tourner en rond pendant quarante ans dans le désert sous la conduite d'un *schvartzer ?* »

Donc, étant entendu que Moïse et sa tribu étaient blacks, la question qui continue à provoquer ma perplexité est la suivante : quand Farrakhan, par ailleurs d'une incontestable éloquence, invective mon peuple, serait-ce parce qu'il est, à son insu, encore un de ces juifs masochistes et autodestructeurs à la Philip Roth ?

J'attends avec impatience tes lumières à ce sujet, mon frère, sans parler de ton chèque. Ci-joint une enveloppe timbrée pour la réponse.

Allah Ou Akbar !

Ton vieil et inconditionnel ami

Barney Panofsky.

Je l'attends toujours, cette réponse.

En relisant récemment la missive reproduite ci-dessus, j'ai perçu un de ces fréquents rappels à l'ordre qui me parviennent sur mon interphone spirituel : Miriam, ma conscience, me rattrapait encore au tournant.

Si je pouvais reculer la pendule, ce serait pour revenir aux jours où Miriam et moi ne pouvions pas nous rassasier l'un de l'autre. On faisait l'amour dans les bois ou sur une chaise de la cuisine, après nous être esquivés d'une soirée barbante, par terre dans des chambres d'hôtel, dans le train, et même dans les toilettes de la synagogue Chaar HaChamaïm pendant un des nombreux dîners de bienfaisance qu'organisait Irv Nussbaum. A cette occasion nous avions bien failli nous faire surprendre. « Tu te rends compte, tu aurais pu être excommunié, m'avait-elle dit après. Comme Spinoza. »

Un mémorable après-midi, cela se passa sur la moquette de mon bureau. Elle avait surgi inopinément, droit sortie de chez son gynécologue qui l'avait jugée en état de reprendre les choses sérieuses six semaines après la naissance de Saul. Elle ferma la porte à clé, enleva son chemisier et laissa glisser sa jupe au sol.

– On m'a dit que c'était comme ça que tu auditionnais les actrices...

– Oui mais..., objectai-je en prenant un air choqué... et si ma femme rapplique juste maintenant ?

– Je ne suis pas seulement ta femme, et la mère de tes enfants, répliqua-t-elle en m'attrapant par la ceinture de mon pantalon. Je suis ta pute, aussi.

Ah, le bonheur d'être en vie quand on est réveillé par des petits en pyjama qui se jettent en mêlée dans votre chambre et se mettent à sauter sur votre lit...

– Maman, elle est toute nue !

– Et Papa aussi !

Comment ai-je pu manquer de discerner les premiers signaux de détresse, quand bien même ténus, quand bien même isolés ? Un soir, elle m'avait paru bizarre lorsqu'elle était revenue de ce que j'avais espéré être un dîner agréable avec son ancien producteur à CBC-Radio, Kip Horgan, cet abruti qui se mêlait des affaires des autres. Elle avait commencé à redresser les cadres sur les murs et à retaper les coussins du canapé, ce qui est toujours un mauvais signe.

– Kip a dit que je le décevais. Il pensait que je ne pourrais jamais en arriver à devenir une femme au foyer.

– Tu n'es « pas » une femme au foyer.

– Mais si, voyons.

– Et merde !

– Tu ne vas pas te fâcher, maintenant ?

– Allons passer le week-end à New York.

– Saul a encore de la fièvre et...

– Quoi, trente-sept deux ?

– … et tu as promis à Mike de l'emmener au match de hockey samedi soir. (Puis, de but en blanc :) Et si tu dois me quitter, je préfère que ce soit tout de suite, avant que je sois vieille.

– Tu me laisses dix minutes pour faire mes valises ?

Plus tard, nous avons calculé que Kate avait sans doute été conçue cette nuit-là. Zut, zut et zut. Mon insensibilité est certainement à l'origine du départ de Miriam. *Mea culpa*, donc, et cependant je ne peux m'empêcher de trouver injuste d'avoir encore à me défendre devant son jugement moral. Cette recherche permanente de son approbation est pitoyable. Deux fois déjà, j'ai pilé en pleine rue pour argumenter avec elle, un vieux niaiseux en train de parler tout seul… Et là, avec ma lettre à Cedric devant les yeux, j'ai cru l'entendre distinctement : « Des fois, ce que tu trouves très drôle est en réalité très blessant. »

Ah ouais ? Mais peut-être bien que dans l'affaire c'est moi qui ai le droit de me sentir blessé, non ? Comment, après avoir appartenu à notre bande de frères, Cedric a-t-il osé haranguer les foules d'étudiants pour me reprocher, à moi et aux miens, notre religion et notre couleur de peau ? Pourquoi un type si doué dans sa jeunesse a-t-il préféré le spectacle politique le plus vulgaire à la littérature ? Bon Dieu, si j'avais eu son talent, moi, j'aurais noirci des pages jour et nuit !

J'aimerais que les Farrakhan, les Jesse Jackson, les Cedric et consorts m'oublient un peu. Oui, Miriam, je sais. Pardon, Miriam. Si j'avais enduré ce qu'eux et les leurs ont souffert en Amérique, je serais moi aussi enclin à croire qu'Adam et Eve étaient noirs et que Caïn était devenu tout blanc de saisissement lorsque l'Eternel l'avait condamné pour le meurtre d'Abel. N'empêche, c'est pas juste…

Pour en revenir à notre période Rive gauche, en tout cas, il était rare de voir Cedric sans une fille blanche à son bras. Feignant la jalousie, Clara le saluait habituellement par un : « Et moi, quand est-ce que je serai acceptée dans le club ? »

Avec Terry, elle adoptait une approche différente.

– Pour toi, doux enfant, je serais prête à m'habiller en garçon.

– Mais non, je préfère de loin comme tu es, Clara : toujours attifée comme un arlequin.

Ou bien, en lectrice assidue de Virginia Woolf, elle faisait semblant de découvrir une tache suspecte sur le pantalon du blanc-bec : « Ça peut te rendre aveugle, Terry ! Ou bien vous n'êtes toujours pas tuyautés là-dessus, au Canada ? »

Outre des peintures abstraites pleines d'inquiétude, Clara composait d'effrayants dessins à l'encre peuplés de gargouilles patibulaires, de diablotins bondissants et de satyres attaquant des jeunes femmes nubiles de toutes parts, la bave aux lèvres. Elle commettait aussi de la poésie, pour moi impénétrable mais que *Merlin* ou *Zero* publiaient, ce qui amena l'éditeur James Laughlin de New Directions Press à lui demander d'en voir plus. Et puis, elle fauchait dans les magasins. Hop, sous ses couches de châles, boîtes de sardines, shampooings, livres, ouvre-bouteilles, cartes postales, rubans de machine à écrire… Fauchon resta son théâtre d'opérations privilégié jusqu'au jour où l'entrée lui fut refusée. Inévitablement, elle finit par se faire prendre en flagrant délit alors qu'elle subtilisait une paire de bas en nylon au Monoprix. Elle s'en était tirée, raconta-t-elle ensuite, parce qu'elle avait laissé le gros flic adipeux l'emmener au bois de Boulogne et jouir entre ses seins : « Tout juste comme mon cher oncle Horace me l'a fait quand j'avais à peine douze ans. La seule différence, c'est que lui, il ne m'a pas jetée d'une voiture en marche en m'envoyant rouler dans le fossé et en me criant des choses dégoûtantes. Et à chaque fois, après, il me glissait un billet de vingt dollars pour que le petit secret reste entre nous. »

Notre chambre à l'Hôtel de la Cité, île de la Cité, était plongée dans une pénombre permanente, son unique et minuscule fenêtre donnant sur une cour aussi étroite qu'une cage d'ascenseur. Nous avions une petite bassine pour nous mais les toilettes communes se trouvaient tout au bout du couloir, à peine un trou dans le sol avec deux marches pour poser les pieds et un anneau dans le mur qui retenait des bandes de papier découpées dans des journaux jugés politiquement dignes de cet emploi, *L'Humanité* ou *Libération*. J'avais acheté un réchaud Bunsen et une marmite de poche, ce qui nous permettait de faire durcir des œufs. Les sandwichs de baguette aux œufs durs étaient donc notre menu le plus fréquent, mais les miettes de pain attiraient les souris et une nuit Clara s'était réveillée en hurlant quand l'une d'elles s'était aventurée sur son visage. Une autre fois, en ouvrant un tiroir pour prendre l'un de ses châles, autre hurlement : un nid de bébés souris grouillait là. A partir de ce moment, nous renonçâmes à nos collations dans la chambre.

Nous passions beaucoup de temps à traîner au lit, sans faire l'amour, seulement pour nous réchauffer, somnoler, lire – moi, c'était *Paroles* de Jacques Prévert, qu'elle raillait sans cesse –, comparer nos difficiles enfances et nous féliciter mutuellement de nous en être tirés, contre toute attente. Dans la quiétude de ce refuge, loin des cafés où elle se croyait obligée de choquer, d'aller au-devant des critiques, de fouiller impitoyablement les points faibles des autres, elle devenait une conteuse inlassable et passionnante, une Schéhérazade rien que pour moi. En échange, je la divertissais avec mes récits des exploits de l'inspecteur Izzy Panofsky.

Elle détestait sa mère. D'après elle, Mrs Chambers avait dû être ayah dans une vie antérieure. Ou encore, en laissant la roue de la réincarnation accomplir quelques tours, une Chinoise aux pieds bandés, confinée dans la Cité interdite sous la dynastie des Ming. Un archétype de la « petite femme au foyer, disait-elle : mais “très mignonne”, pas du tout la mégère ». Elle avait accueilli avec joie les escapades adultérines de son mari, qui la dispensaient désormais de devoir supporter ses demandes au lit. « A quels extrêmes un homme peut arriver pour se frotter sur quelqu'un trente secondes, c'est étonnant ! » avait-elle un jour confié à sa fille. Alors, après avoir donné un héritier mâle à Mr Chambers – le frère cadet de Clara –, elle avait estimé que son devoir était accompli et s'était empressée de faire chambre à part. Ce qui ne l'empêchait pas de continuer à remplir avec zèle son rôle de châtelaine exemplaire régnant avec panache sur leur maison de ville de Gramercy Park et leur villa de Newport. Active bienfaitrice du Metropolitan Opera, elle recevait souvent Elizabeth Schwarzkopf à dîner, et Giuseppe Di Stefano avait chanté à l'une de ses soirées. Et quand la soprano wagnérienne Kirsten Flagstad avait été critiquée par les juifs d'Amérique, elle avait mis un point d'honneur à l'inviter à déjeuner dans un restaurant huppé. « Si elle savait que je vis avec un juif, elle aurait une attaque », me dit Clara en me chatouillant le nez avec l'un de ses boas en plumes d'autruche. « Elle pense que vous êtes un poison qui est en train de se répandre dans le sang de l'Amérique. Hein, qu'est-ce que tu peux répondre à ça ? »

Son père, me confia-t-elle un jour, était l'un des principaux associés du vénérable cabinet d'avocats de John Foster Dulles. Collectionneur de pur-sang arabes, il se rendait une fois par an en Ecosse pour pêcher le saumon à la mouche. Une autre fois, pourtant, c'était un courtier de Wall Street qui cultivait des orchidées rarissimes… Quand je lui en fis la remarque alors que nous marchions ensemble, elle se fâcha tout rouge : « Oh, quel putain de raisonneur tu fais ! » Puis elle disparut en courant, au coin de la rue de Seine, et ne rentra pas à l'hôtel cette nuit-là.

– Juste pour savoir, lui demandai-je quand elle réapparut à La Pergola le soir suivant : Où as-tu passé la nuit ?

– Je ne suis pas ta chose, tu sais ? Je fais ce que je veux de mon cul.

– C'est pas une réponse.

– Figure-toi que ma tante Honor est à Paris en ce moment. Au Crillon. Elle m'a gardée avec elle. On a dîné chez Lapérouse.

– Je ne te crois pas.

– Tiens ! a-t-elle crié en tirant une liasse de billets de mille francs de sa jupe et en me les lançant à la figure. Prends ce que je te dois pour l'hôtel et les repas. Je suis sûre que tu as tout noté.

– Si je prélève des intérêts, c'est un problème ?

– Je prends le train pour Venise avec ma tante, tout à l'heure. On est invitées par Peggy Guggenheim.

Une semaine plus tard, vers une heure du matin, elle entra dans la chambre, se déshabilla et vint se glisser dans le lit à côté de moi : « On a bu je ne sais combien de bellinis avec Tennessee Williams au Harry's Bar. Et Peggy nous a emmenées déjeuner à Torcello une fois. Ah, j'ai pensé à toi, je suis allée visiter le Campo del Ghetto Nuovo. Si tu avais vécu là-bas dans le temps, tu n'aurais pas eu le droit d'en sortir après dix heures du soir. Je voulais t'envoyer une carte postale du Rialto, juste pour dire qu'il n'y avait rien de neuf, mais ça m'est complètement sorti de la tête. »

Au matin, je n'ai pas pu ne pas remarquer les méchantes griffures qui couraient le long de son dos. Droit vers le bas.

– Ah, ça ? Peggy a des lévriers russes. Ils se sont excités pendant que je me battais avec eux sur le tapis.

– Tu te battais à poil ?

– On doit tout essayer. Ce n'est pas ce que répète ton maître à penser ?

– Boogie n'est pas mon maître à penser, comme tu dis.

– Non, mais regarde-toi ! Tu bous de rage intérieurement. Tu as envie de me jeter dehors, mais tu ne le feras pas, oh non ! Parce que tu aimes trop m'exhiber avec toi. Siphonée, la shiksa, mais de bonne famille !

– Si tu prenais un bain de temps à autre, ça ne serait pas plus mal.

– Tu n'es pas un artiste comme nous tous ! Non, tu es un voyeur. Quand tu vas rentrer chez toi, tu vas gagner plein d'argent, ce qui sera très facile pour toi vu ton caractère, tu vas épouser une bonne petite juive, tu sais, du genre qui fait les magasins, vous irez aux dîners de l'Appel juif unifié et là tu pourras briller devant les mecs en racontant des histoires sur le temps où tu vivais avec « la scandaleuse Clara Chambers ».

– Qui sera donc devenue très célèbre, d'ici là.

– Je ne te plais pas maintenant, eh bien, je te plairai après, quand ce sera trop tard. Pourquoi ? Parce que ici tu ne fais rien d'autre que d'amasser une petite fortune de souvenirs. Ta tête, c'est une banque. Oh, il a bien vu dans ton jeu, Terry McIver !

– Ah bon ? Et qu'est-ce qu'il a à dire sur moi, ce zombie ?

– Que pour savoir ce que pensait Boogie hier, il suffit d'écouter Barney aujourd'hui. Il t'appelle Barney le pianiste, tu vois ? Toujours à jouer la musique des autres parce qu'il est incapable de composer la sienne.

Vexé, je lui en ai envoyé une assez forte pour que sa tête aille cogner contre le mur. Elle est revenue sur moi, les poings levés, mais je l'ai plaquée sur le lit.

– Tu étais avec ce type, Carnofsky ?

– Je ne sais pas de quoi tu parles.

– On m'a dit que quelqu'un avec ce nom-là se balade avec une photo de toi et la montre un peu partout en posant des tas de questions.

– Je n'ai pas la moindre idée, je te le jure, Barney. Devant Dieu.

– Tu as recommencé à faucher ?

– Non.

– Tu as fait des chèques en bois, alors ? Ou autre chose ?

– Hé, attends, je pige, maintenant ! m'a-t-elle coupé, les yeux fourbes. A New York, j'avais un prof de dessin qui s'appelait *Ch*arnofsky ! Un malade mental. Il me suivait jusqu'à mon loft au Village et restait sur le trottoir pendant des heures, à regarder ma fenêtre. Et je recevais des coups de téléphone anonymes, aussi. Très obscènes. Un jour, à Union Square, il m'a même montré son machin.

– Je croyais que tu ne connaissais pas de Carnofsky ?

– Je viens juste de me rappeler, Barney. Et puis c'est Charnofsky, le vrai nom. Ça doit être lui, ce pervers… Il ne faut pas qu'il me trouve, Barney !

Elle laissa passer une semaine entière avant de se risquer hors de l'hôtel, et encore d'une démarche furtive, le visage noyé dans ses châles et en évitant nos repaires habituels. J'étais convaincu qu'elle mentait à propos de Carnofsky, ou de Charnofsky, mais je n'avais pas la moindre idée de ce qui était en train de se passer. Si j'avais compris, j'aurais peut-être pu la sauver. Mea culpa, une nouvelle fois. Merde, merde et merde.

6

– Saul ? C'est moi.

– Qui d'autre pourrait téléphoner aux aurores ?

– Bon Dieu, il est dix heures et demie !

– J'ai lu jusqu'à quatre heures. Je couve une grippe, c'est sûr. Mon transit intestinal n'est pas normal.

Quand il n'avait encore que dix-huit ans, il était rentré un jour à la maison en claquant la porte derrière lui, avait jeté son sac par terre, avait proféré un « Merde, merde et merde ! » typique de ses répugnantes manières et s'était traîné dans le salon où je me trouvais avec Miriam. « Non, mais quelle journée ! avait-il gémi. Je me suis pris le nez avec l'horrible pédant qui me sert de prof de philo. J'ai eu la bêtise de déjeuner chez Ben's et j'ai l'estomac en folie depuis que j'en suis sorti. Intoxication alimentaire, à tous les coups ! Je me suis retenu de boxer le gars de la bibliothèque, un crétin. Je ne retrouve plus mon cahier d'anglais, encore que ça ne serve à rien de noter les idioties que ce vieux débile raconte. Et le bus : quarante minutes d'attente ! Je me suis disputé avec Linda, en plus. J'ai à nouveau une migraine atroce. Ah, j'espère qu'il n'y a pas encore des pâtes, à dîner… » Il s'était interrompu, ayant fini par remarquer que Miriam avait une jambe étendue sur un pouf, dans le plâtre.

– Oh ! Qu'est-ce qui s'est passé ?

– Ta mère s'est cassé la cheville ce matin, mais il ne faut pas que tu t'inquiètes pour pareille broutille, surtout…

Cette fois, j'ai dit :

– Tu te rappelles que je vous avais tous emmenés voir *Blanche-Neige et les sept nains*, un jour ? Donc il y a, Dormeur, Atchoum, Prof, Grognon et…

– « Grognon » ? Grincheux, tu veux dire ?

– C'est ce que j'ai dit. Bon, et les trois autres ?

– Joyeux.

– Je savais, ça ! Et puis ?

– Tout de suite, comme ça, je ne me rappelle plus.

– Réfléchis.

– Mais oh, Papa ! Je ne me suis même pas encore lavé les dents.

– J'espère que je n'ai pas réveillé Sally.

– Sally ? C'est de l'histoire ancienne, Sally ! Dorothy, tu veux dire ? Oh non, elle est déjà partie au taf… Merde, merde et merde !

– Qu'est-ce qu'il y a, maintenant ?

– Elle n'a pas laissé le *Times* sur le lit. Et je vois qu'elle a oublié d'emporter mon linge à la laverie. Ecoute, je vais essayer de me rendormir un peu, ça ne te fait rien ?

Il est brillant, mon Saul, bien plus intelligent que moi, mais il n'est jamais content. Amer, il est. Corrosif. Affligé d'un épouvantable caractère, ce que j'ai toujours trouvé très laid. Cependant, il a aussi la chance d'avoir hérité quelque chose de la beauté de Miriam, de sa grâce, de son originalité. Je l'adore, Saul. Avant de finir en beauté ses études à McGill, il avait condescendu à participer au concours de la bourse Rhodes et il l'avait décrochée, bien sûr, mais s'était refusé à la prendre, déclarant au jury dans son syle inimitable que Cecil Rhodes était « un sale impérialiste » et que l'argent de sa fondation serait « plus dignement utilisé en dédommageant le peuple noir qu'il a exploité ». Renonçant ainsi à Oxford, Saul partit donc à Harvard, mais ignora le diplôme final qu'on lui accordait, marque infamante de la bourgeoisie, ainsi qu'il l'estimait à cette époque.

Il s'est produit un court-circuit quelque part, chez mes garçons. On a dû inverser les fils au montage. Jugez un peu : Mike, un socialiste militant, est scandaleusement riche et marié à une aristo, alors que Saul, qui a eu la révélation du néo-conservatisme après une jeunesse rebelle, vit pauvre comme Job dans un loft décati de l'East Village où des filles énamourées se succèdent pour lui faire la tambouille, lui recoudre ses chemises et brosser ses sous-vêtements. Il complète ses hypothétiques revenus en écrivant des papiers polémiques pour la presse la plus droitière du continent, *American Spectator, Washington Times, Commentary, National Review*... Un recueil de ces essais a été publié par The Free Press et quand je suis en voyage aux Etats-Unis je ne manque jamais d'entrer dans une librairie, de poser avec ostentation trois livres d'art hors de prix près de la caisse et de lancer : « Ah, est-ce que vous auriez aussi ce bouquin extraordinaire de Saul Panofsky, *La Dictature des minorités ?* » Si la réponse est négative, je rétorque aussi sec : « Bien, dans ce cas je me passerai de ceux-là. »

C'est un passionné, mon fils. Ses diatribes réactionnaires, indiscutablement bien tournées, sont pétries d'agressivité, de préjugés anti-homosexuels et d'une absence totale de commisération envers les perdants de ce monde, mais je me délecte à les lire en pensant qu'en 1980, quand il n'avait que dix-sept ans, c'était un « dangereux agitateur » marxiste. Et un bouillant partisan de l'indépendance du Québec, selon lui simple et bref rite de passage qui déboucherait sur l'instauration du premier Etat prolétarien d'Amérique du Nord, une fois que lui et sa bande auraient pris d'assaut le Palais de glace, mais pas avant onze heures du matin, eux. Il prenait aussi la parole dans des meetings maigrelets pour vilipender le racisme institutionnel d'Israël et réclamer que les droits des Palestiniens soient enfin reconnus : « Si Dieu a légué la terre de Canaan aux descendants d'Abraham, alors cela inclut la progéniture d'Esaü. »

A cette époque, il ne vivait plus avec nous, dans la maison que j'avais achetée à Westmount après la naissance de Michael, mais appartenait à une communauté majoritairement composée d'enfants de la moyenne bourgeoisie juive et retranchée dans un appartement sans eau chaude de la rue Saint-Urbain, c'est-à-dire en plein dans le quartier de mon enfance où je retourne parfois en une quête, aussi nostalgique que décevante, de visages connus et de lieux familiers. Car tout comme moi les garçons avec lesquels j'ai grandi sont partis depuis longtemps, à Westmount ou Hampstead pour ceux qui ont réussi, dans les banlieues anonymes de Côte-Saint-Luc, Snowdon ou Ville Saint-Laurent pour les autres. Ces rues grouillent désormais de mioches italiens, grecs ou portugais dont les parents sont autant pris à la gorge que les nôtres jadis quand il s'agit de boucler péniblement les fins de mois. Signe des temps, le cireur de chaussures et chapelier auquel j'apportais les chapeaux mous de mon père pour qu'il les laisse quelques jours sur la forme a été remplacé par un coiffeur unisexe ; le Regent, où j'avais réussi une fois à rester pendant deux séances consécutives et ne payer ainsi que trente-cinq cents pour trois heures ininterrompues de tripotages dans le noir avec la scandaleuse Goldie Hirschorn, est fermé sine die ; la librairie d'occasion qui me prêtait à la journée (trois cents) des livres tels qu'*Adieu ma jolie* ou *Sur le fil du rasoir* a disparu ; la boucherie Supreme Kosher Meat Mart du bon monsieur Katz a cédé la place à un magasin de vidéo avec un avis sur la porte : FILMS POUR ADULTES, NOTRE SPECIALITE. Par contre, mon ancien quartier s'est enrichi d'un espace New Age, d'un restaurant végétarien, d'une échoppe à médecines douces et d'une sorte de temple bouddhiste répondant désormais aux inquiétudes intellectuelles qui étreignaient jadis Saul, sa bande et tous leurs semblables.

Ah, c'était une fine équipe, Saul et ses copains. Les portraits des suspects habituels s'étalaient partout : Lénine, Fidel, le Che, Rosa Luxemburg, Louis Riel, le docteur Norman Bethune[17]. FUCK PIERRE TRUDEAU[18] bombé sur un mur, VIVE LE QUEBEC LIBRE sur un autre. Tout l'endroit puait le linge sale, le vieux pet et le cannabis, des pizzas à moitié entamées traînaient ici et là. Un jour où j'étais passé le voir, Saul consentit à émerger d'une des chambres pour m'accueillir, ses cheveux bruns tombant aux épaules, retenus par un bandeau cree serré sur son front telle une auréole dégringolée de sa place, un livre sur la révolution chinoise à la main. Bientôt, sous l'œil admiratif de ses camarades, il se lançait à mon intention dans une conférence sur la Longue marche et ses souffrances.

– Longue marche mon cul, le coupai-je en allumant un Montecristo. Une balade en montagne, rien de plus. Un pique-nique dominical. Tu veux une longue marche, je vais t'en raconter une, moi. Pendant quarante ans, errant dans le désert, sans le moindre rouleau de printemps ni le moindre canard laqué, tes ancêtres et les miens ont…

– Tu tournes tout en dérision ! Ces salauds de flics filment toutes nos manifs, tu le sais ?

– Abi gezunt, mon grand.

La fille noire dégingandée qui dormait en soutien-gorge et petite culotte sur un matelas, pratiquement à nos pieds, s'était réveillée.

– Ça veut dire quoi, ça ? interrogea-t-elle en s'étirant.

– Une formule de nos ancêtres. Vous savez, les exploiteurs de Canaan ? Ça signifie en gros : « Tant qu'il y a de la vie, c'est super-hyper-cool. »

– Oh, va te faire, mec ! a-t-elle couiné en se levant.

Et elle a quitté la pièce d'un pas avachi.

– Quelle délicieuse jeune personne ! Pourquoi tu ne l'amènes pas dîner chez nous, un de ces soirs ?

Une autre anar, grassouillette, bouffie de sommeil et entièrement nue, avait émergé d'une chambre à coucher pour se trimbaler dans la cuisine en frétillant du popotin sous mon nez.

– Puis-je savoir laquelle de ces adorables créatures est ta petite amie ?

– On est contre la propriété, ici.

Cette fois, c'était un jeune révolutionnaire mâle qui avait surgi, cheveux gras retenus en queue-de-cheval, muni d'un pot de confiture dans lequel il buvait son café.

– C'est qui, ce vieux con ?

– Tu ne parles pas à mon père comme ça, le contra Saul. (Puis, m'attirant de côté, il m'avait chuchoté à l'oreille :) Je ne veux pas que vous vous inquiétiez, Maman et toi, mais ils pourraient débarquer à la maison pour me choper.

– Qui, les services psychiatriques ?

– Les flics ! Ils connaissent mes activités.

Là, il n'avait pas tort. Un an plus tôt, Saul, qui brûlait de finir au plus vite son purgatoire au Wellington College, avait découvert que le digne établissement avait des intérêts dans plusieurs usines américaines et que l'une d'elles fabriquait des vis platinées présentes dans les moteurs des chars israéliens. Ulcérés, lui et ses amis avaient décidé comme un seul homme de se barricader dans le club des enseignants, s'attirant la désapprobation immédiate de certains professeurs qui, tout membres de la nouvelle gauche fussent-ils, se retrouvaient soudain privés d'un endroit où ils pouvaient picoler à crédit. Le *Manifeste des Quinze du 18 novembre*, jeté par une fenêtre du bâtiment et diffusé au talk-show matinal de Pepper Logan entre deux bulletins routiers, exigeait : « 1 : Que Wellington cesse toute collaboration avec des sociétés au service d'Etats fascistes ou racistes. 2 : Que l'exploitation passée de la collectivité québécoise, les nègres blancs de l'Amérique du Nord, soit reconnue et qu'en conséquence cinquante pour cent des cours à Wellington soient dispensés en langue française. 3 : Que si l'étude de périodes révolues qui n'intéressent plus personne doit se poursuivre, cette matière ne soit plus désignée sous le terme history mais his-herstory. »

La police entoura de barrières l'entrée du campus mais ne mit pas en place de pièces d'artillerie. Sur la façade, des draps barbouillés de mots d'ordre firent leur apparition : MORT AUX VACHES, VIVE LE QUEBEC LIBRE, LAISSEZ RENTRER LES COMBATTANTS DE LA LIBERTE-FLQ. L'électricité ayant été coupée au troisième jour de l'occupation, les Quinze furent donc privés du plaisir de se regarder aux informations télévisées. Les feux de cheminée qu'ils allumèrent un peu partout firent empirer l'asthme chronique de Judy Frishman. Quand ils eurent brûlé tous les meubles disponibles et se trouvèrent à court de combustible, Marty Holtzman prit froid. Il pouvait voir sa mère derrière le cordon policier, qui brandissait le pull en cachemire et le manteau douillet de son fils, mais cette tentation inaccessible ne fit qu'aggraver ses crises d'éternuement. Ils ne disposaient plus que des barres de chocolat des distributeurs automatiques pour s'alimenter, régime qui convenait à certains, mais qui flanqua un urticaire terrible à Martha Ryan, laquelle refusa donc de continuer à montrer ses seins aux caméras des télés par la fenêtre, faisant ainsi passer son amour-propre avant la Cause.

Comme c'était prévisible, la réunion de cellule l'étiqueta connasse bourgeoise le soir-même.

Le confinement, l'obscurité et la chute vertigineuse du thermomètre dans le bâtiment finirent évidemment par provoquer des dissensions internes. Greta Pincus, ayant épuisé sa réserve de comprimés anti-allergiques, demanda à être exemptée pour raison médicale. Donald Potter Jr fut découvert dans les toilettes en train de s'injecter du sérum pour lentilles de contact sous les paupières, à l'insu de tous, sans proposer de partager avec deux camarades qui en avaient également besoin et avaient terminé leur propre flacon. Mis à l'encan, Potter contre-attaqua en accusant les autres de céder à la phobie anti-homosexuelle en tombant ainsi sur lui. Molly Zucker demanda instamment qu'on la laisse sortir jeudi, sans quoi elle allait rater son rendez-vous chez le psychanalyste, mais sa supplique, mise au vote, fut rejetée. Avec les chasses d'eau en panne, les toilettes devenaient inapprochables. Et donc, au neuvième jour du siège, les Quinze du 18 novembre décidèrent d'opérer leur reddition, assez tôt pour attraper le créneau horaire des news sur le réseau national de CBC-TV. Tête haute, en file indienne disciplinée, ils marchèrent vers les forces de répression et continuèrent à saluer les spectateurs de leur poing levé jusqu'à ce que les portes du panier à salade qui les attendait se referment sur eux. Je suis resté là, à regarder, tandis que Miriam à mes côtés, révoltée, effarée, me plantait ses ongles dans le gras de la main avec assez d'énergie pour me faire grimacer.

Car, sous sa sérénité apparente, Miriam cache en elle une guerrière qui ne demande qu'à bondir au-dehors. Ou, pour employer une autre image : dans notre pays, tous ceux qui vont se promener en forêt savent qu'il ne faut jamais, jamais donner à une ourse l'impression que ses petits sont menacés ; eh bien, je préférerais encore m'exposer aux griffes étripeuses d'une maman grizzly que de donner à Miriam une raison de défendre sa progéniture.

– Est-ce qu'ils vont le battre comme la fois où ils l'ont emmené au poste ? s'est-elle offusquée.

– Avec cette bande-là, ils vont y aller sur des œufs, crois-moi. Certains ont des parents avec des relations très, très haut. En plus, pas mal d'avocats vont se précipiter à leur secours, John Hughes-McNoughton en tête. Demain matin, Saul est à la maison.

– On va suivre ce fourgon là où il va, et dire à ces brutes que s'ils osent seulement lever la main sur Saul…

– Miriam ! Ce n'est pas comme ça qu'on réglera le problème.

En dépit de ses larmes d'indignation, j'ai insisté pour la reconduire chez nous.

– Tu crois que je ne m'inquiète pas ? Bien sûr que si ! Mais tu es tellement naïve, des fois. Tu ne te rends pas compte de comment ça marche, ici. Menacer les flics, ça ne te mènerait à rien. Ni signer des pétitions, ni écrire aux journaux. Le truc, c'est d'arriver à avoir l'oreille de qui de droit, d'arroser un peu au passage, quand il faut. Et c'est ce que Hughes-McNoughton et moi allons faire à partir de demain matin.

– On pourrait au moins aller au poste de police et attendre jusqu'à ce qu'ils le relâchent sous caution.

– Non, Miriam.

– Moi j'y vais !

– Pas question !

Nous avons commencé à nous quereller et puis elle s'est effondrée dans mes bras, secouée de sanglots qui ne se sont éteints que lorsque j'ai réussi à la mettre au lit. A cinq heures du matin, pourtant, je l'ai découverte en train de faire les cent pas dans le salon, où elle m'a accueilli par un regard à glacer le sang.

– Que Dieu soit avec toi, Barney Panofsky, mais j'espère que tu sais vraiment comment t'y prendre.

– Ne t'en fais pas, l'ai-je rassurée, mais je dois avouer que mon assurance était pour le moins forcée.

Saul a été libéré sous caution quelques heures après. Toutes les apparences le désignant comme le meneur du groupe, il avait été inculpé d'atteinte à l'ordre public et de destruction volontaire de biens privés. Si personne ne savait exactement quelle action en justice le Wellington College s'apprêtait à intenter, je me suis hâté d'expliquer à Miriam que Donald Potter Sr siégeait à son conseil d'administration et que le père de Marty Holtzman faisait partie du cabinet de Pierre Trudeau.

Après le petit déjeuner, une fois dressée une liste de contacts qui pourraient être d'une certaine aide, j'ai convoqué Saul dans la bibliothèque. Miriam et Kate, prêtes à prendre sa défense, s'y sont glissées derrière lui.

– Je ne veux pas noircir le tableau, camarade, ai-je commencé. Maître Hughes-Noughton est en train de rencontrer des gens ici, moi je vais faire de même à Ottawa.

– Ouais, bien sûr. Ça veut tout dire, ça ! Cette société est pourrie jusqu'à la moelle.

– Heureusement pour toi, parce que tu risques deux ans au trou, d'après ce que John estime. J'y suis passé, moi, alors je sais que tu n'aimeras pas du tout, là-bas… Conclusion : tant que tout n'est pas réglé, tu ne dis pas un mot aux journalistes ni à aucun laquais de l'impérialisme. Pas de manifeste, pas de « Pensées du Président Saul », pas de vagues. Compris ?

– Tu peux arrêter de l'accabler avec des menaces ? est intervenue Miriam.

– Toi, je suis prêt à t'écouter, M'man, parce que tu ne te crois pas obligée de hurler pour imposer ton point de vue, aussi douteux soit-il, et parce que tu ne cotises pas pour renforcer le potentiel militaire de l'occupant sioniste sur la terre palestinienne.

– La prison, ce n'est pas ce que tu crois, Saul. Même s'ils ne te donnent que six mois, tu auras droit au viol collectif tous les soirs.

– Je n'ai aucune envie de rester ici à subir tes préjugés anti-homosexuels.

– Merde, merde et merde.

– Et je ne ferai rien qui puisse compromettre mes camarades.

– Ah ! Spartacus a parlé.

– Ecoute ton père, mon chéri. Personne ne te demandera de compromettre qui que ce soit.

Le juge chargé de l'affaire, comme je l'appris aussitôt, serait Bartolomew Savard de Saint-Eustache, qui jouissait d'une réputation de coureur de jupons et de bon vivant. John me l'avait présenté un jour où nous déjeunions au restaurant Les Halles. « J'admire énormément votre peuple, m'avait-il déclaré. Le mien pourrait prendre plus d'une leçon du vôtre, question de se serrer les coudes. »

Je me suis hâté de rentrer à la maison afin de rassurer Miriam.

– On est tombés sur de l'or, mon amour ! Le magistrat qui a été désigné n'est autre que le frère de mon bienfaiteur d'un jour, le brave évêque Sylvain Gaston Savard.

Sa réaction, pourtant, n'a pas du tout été celle que j'espérais.

– Oui ? Alors j'aimerais que tu m'expliques pourquoi tu n'as jamais reconnu devant quiconque les raisons qui t'ont conduit à assumer la traduction anglaise de ce stupide bouquin sur son horreur de tante. Et crois-moi, on m'a plus d'une fois posé la question…

Non seulement j'avais financé la publication à compte d'auteur de la version de cette petite monographie à la gloire de sœur Octavia, mais à l'époque j'avais été aussi contraint de contribuer largement aux frais d'érection d'une statue de la harpie à Saint-Eustache. Monseigneur Savard rêvait de voir sa chère tante béatifiée, sinon pour son admirable activité au secours des pauvres, du moins pour la campagne qu'elle avait menée en 1937 dans le but de dissuader ses coreligionnaires d'acheter chez les commerçants juifs, qui selon elle avaient « la malhonnêteté dans le sang ».

– Parce que si on savait la vérité, ça rendrait les choses encore plus compliquées.

– Tu n'es pas honnête, là, a-t-elle répliqué, vraiment fâchée. C'est tout simplement parce que après tout ce temps tu continues à essayer de faire ce qui plairait à Boogie. Ah, de voir que tu avais provoqué un scandale, il aurait été ravi : « Hein, Boogie, malgré les apparences tu dois reconnaître que je peux toujours "épater le bourgeois" comme tu me l'avais appris ! »

– Ce soir, tu prends un somnifère.

– Non, je n'en prendrai pas !

J'avais à peine garé ma voiture à Ottawa et pénétré dans le lobby de l'Hôtel Château Laurier que je suis tombé sur Graham Fielding, le vice-ministre de la Justice, avec lequel je suis allé prendre un verre au restaurant du Centre national des arts, de l'autre côté de la rue. Héritier d'une famille colossalement riche de spéculateurs montréalais, maigre comme un clou, Fielding se faisait couper les cheveux par sa femme, lui donnait ses chaussettes à repriser et lui interdisait d'acheter sa garde-robe toute seule, préférant l'accompagner une fois par an dans un magasin de discount. Nous nous étions connus des lustres auparavant, un soir à Paris autour de quelques bières. Il étudiait à la Sorbonne et aujourd'hui, alors qu'il frisait la cinquantaine, il avait gardé l'allure d'un écolier précoce, du fayot de la classe qui continuait à remonter constamment ses lunettes sur son nez du bout de l'index. Nous en étions presque à la fin de la deuxième tournée quand il a demandé au serveur de lui apporter sa boîte personnelle de Montecristo. Comme c'est gentil, me suis-je dit, mais non, je l'ai regardé en choisir un pour lui, laisser le garçon couper et allumer le cigare pour lui et le congédier d'un vague geste de la main. Réprimant un sourire, je lui ai dit que j'étais un grand admirateur des tableaux de son épouse, figures géométriques inévitablement exécutées dans diverses nuances de jaune, et que c'était un scandale qu'elle n'ait pas encore eu une exposition à New York, où ses œuvres ne pourraient que « rapporter un tas de fric ». Si elle voulait bien me faire passer quelques diapos, je serais heureux de les transmettre au fameux Leo Bishinsky, un vieux pote à moi. Puis je lui ai raconté ce qui était arrivé à Saul, dans une version aussi plaisante que possible.

– Vous n'ignorez pas, a-t-il déclaré à la fin en retirant ses longues jambes de sous la table, que les procureurs, au niveau des provinces, c'est un monde à part…

– Graham ! Je n'aurais jamais fait allusion à cette affaire devant vous si j'avais pensé que vous pourriez influer sur la procédure d'une manière ou d'une autre. Non, loin de moi une idée aussi déplacée… (J'ai demandé l'addition, j'ai payé et je lui ai donné une de mes cartes de visite :) Et n'oubliez pas de m'envoyer ces diapos, hein ?

Etape suivante : obliger une vieille connaissance à m'inviter à déjeuner à son club, le Mount Royal, où je savais que le père de Donald Potter, Calvir, serait aussi présent. Passant devant sa table, je me suis arrêté pour lui présenter mes vœux à l'occasion des fiançailles de sa fille avec le rejeton du sénateur Gordon McHale, dont l'avenir politique semblait si prometteur. « Malheureusement, le calvinisme a la peau dure, ai-je soupiré. Ce vieux Gordon, ainsi, ne peut tout simplement pas supporter les homosexuels. Il est persuadé que c'est une maladie. »

Changeant de sujet, Potter s'est mis à pester contre la violence aveugle et le radicalisme destructeur. Selon lui, les petits vandales de Wellington méritaient une bonne leçon, son fils inclus.

– Certes, certes, mais les conséquences pour des familles innocentes, c'est cela qui m'inquiète. Si nous devions avoir un procès qui traîne en longueur, la presse ne manquerait pas d'exagérer les petites singularités de certains prévenus, notamment ceux qui traversent une période d'évident désarroi sexuel, tout à fait transitoire, cela va sans dire... On connaît l'appétit insatiable des journalistes pour les scandales qui peuvent affliger ceux qui les dépassent socialement, n'est-ce pas ?

Faisant jouer quelques pistons de-ci, de-là, je décrochai ensuite une invitation au club Saint-Denis, où je réussis à prendre entre quatre yeux le ministre de la Justice de la province pour lui certifier que la seule culture dont le Canada puisse s'enorgueillir était la canadienne-française. Et puis, le week-end arrivant, je suis parti en retraite à l'abbaye bénédictine de Saint-Benoît-du-Lac où j'ai pu renouer le contact avec le bon évêque Sylvain Gaston Savard, le cher neveu de l'odieuse sœur Octavia. Après être tombés dans les bras l'un de l'autre, comme il sied à de vieux amis, nous avons commencé à bavarder. Il a déploré la lenteur des travaux de rénovation de sa « cathédrale » à Saint-Eustache, soulignant le besoin urgent de nouveaux apports financiers pour lui redonner son ancienne splendeur.

– Ah, mais vous m'intéressez énormément, là ! me suis-je exclamé. Parce que j'éprouve tant de reconnaissance envers cette province – non, cette nation qui se bat pour naître – qui m'a nourri, moi et ma famille, que je veux faire quelque chose pour le Québec, voyez-vous. Mais il serait bien entendu tout à fait déplacé de vous proposer ma modeste contribution alors que votre frère va devoir juger mon écervelé de fils.

Ainsi, Miriam elle-même dut reconnaître que j'avais fait tout ce qui était humainement possible. Le procès, d'ailleurs, débuta presque trop bien, ne paraissant pas à la hauteur de ce qui avait été redouté. Les avocats du Wellington, peut-être attendris par la proposition des parents de financer une nouvelle chaire d'études des minorités sociales, ne sautèrent pas à la gorge des prévenus. Saul, qui avait revêtu un costume et une pâleur de circonstance, répondit aux questions d'une voix si effarouchée que le juge Savard fut forcé de lui demander à plusieurs reprises de parler plus fort.

Le matin du verdict, un groupe de sympathisants s'assembla devant le tribunal, brandissant des pancartes sur lesquelles on lisait : LIBEREZ LES QUINZE DU 18 ! ou : REMEMBER LES PATRIOTES. Le juge, qui n'avait encore jamais été l'objet d'une telle publicité, avait été heureusement mis en verve par ce tapage. Dans ses conclusions, il rappela son passé de jeune rebelle à Saint-Eustache, en un temps où aucun vendeur des grands magasins Eaton n'acceptait de parler français et où les conseils de cuisson sur les paquets de macaronis étaient exclusivement rédigés en anglais. Il évoqua la Grande Dépression et la Seconde Guerre mondiale, qu'il avait suivie avec angoisse aux actualités filmées. Il reconnut que l'époque multipliait les raisons de désarroi spirituel parmi les nouvelles générations. Il y avait la guerre froide, et la drogue, et la pollution, et le relâchement des mœurs, et la pornographie, et de déplorables tensions entre anglophones et francophones au Québec, et un triste déclin dans la fréquentation des églises ainsi que – ceci avec un soupçon de clin d'œil – des synagogues. Les jeunes étaient perdus, ne craignit-il pas de diagnostiquer, et surtout les plus impressionnables d'entre eux. Mais, souligna-t-il, tout cela ne les autorisait pas à se transformer en horde déchaînée et à saccager les biens d'autrui. Personne ne se situait au-dessus de la loi. Et cependant… Et cependant, s'interrogea-t-il tout haut, était-il judicieux d'incarcérer en compagnie du tout-venant de la criminalité les fils et les filles de familles respectables, d'excellents citoyens ? Peut-être pas, à condition qu'ils en viennent à exprimer de sincères repentirs… Ayant ainsi tendu la perche à Saul, il lui demanda s'il avait quelque chose à ajouter avant d'entendre la sentence.

Hélas, Saul était désormais très conscient de la présence massive de la presse et de nombreux supporters dans la salle d'audience. On chuchotait, on attendait.

– Eh bien, jeune homme ? l'encouragea le magistrat avec un sourire indulgent.

– Je me contrefous de ce que vous déciderez, espèce de vieux gaga ! Je ne reconnais pas l'autorité de ce tribunal. Vous n'êtes que des laquais de l'impérialisme. (Puis, brandissant le poing, il se mit à beugler :) Le pouvoir au peuple ! "Vive le Québec libre" !

Convaincue qu'il venait de tout gâcher, Miriam était effondrée. Maître Hughes-McNoughton et moi échangions des regards atterrés en pensant que tous nos efforts risquaient d'avoir été vains. Tandis que le juge tentait de faire revenir le calme, j'ai préféré m'esquiver pour aller fumer la cigarette que j'avais amplement méritée.

Quelques minutes plus tard, Miriam apparut, rayonnante, suivie par Saul qui faisait grise mine. Mike et Kate se jetèrent sur lui pour l'embrasser.

– Il a eu une peine avec sursis, annonça Miriam. A condition qu'il ne commette pas d'autres infractions et qu'il vive au domicile familial. Ah, il y a aussi une amende à payer.

C'est seulement alors que je vis le brave évêque Sylvain Gaston Savard approcher. Il portait une serviette pleine de croquis d'architecte et de devis d'entreprises. Et il souriait de toutes ses dents.

7

Dans la *Gazette* de ce matin, histoire de l'ex-directeur de la cafétéria du Smithsonian Museum de Washington auquel un tribunal a accordé quatre cent mille dollars de dommages et intérêts parce que son supérieur l'aurait traité de « vieux gaga ». Le plaignant, un quasi-jouvenceau de cinquante-quatre ans à l'époque des faits, a soutenu que ce n'était qu'une des nombreuses remarques discriminatoires à propos de son âge qu'il avait eu à subir de son chef, parmi lesquelles : « Hé, regardez tous les cheveux gris qu'il a, Jim ! » « Comment ça gaze, mon vieux ? » et « Tiens, voilà le vioque, approchez le fauteuil roulant ! ».

Hélas, hélas, je suis comme Jim, moi : j'arrive en bout de course. Hier, le type qui me manipule le dos quand ma sciatique devient intolérable m'a libéré de sa salle de torture au moment où il se mettait à pleuvoir des seaux. Pas un taxi en vue. Je me suis résigné à prendre le bus rue Sherbrooke. Bondé, plus un siège de libre. Mais je me suis retrouvé devant une charmante jeune femme en minijupe, assise les jambes croisées. Sans tarder, j'ai commencé à la déshabiller dans ma tête, à ouvrir des fermetures éclair et des boutons-pression avec une lenteur obsédante. Elle devait être médium, cette petite, car écoutez, écoutez bien : à moins qu'elle n'ait été affligée d'un tic nerveux, elle a entrepris de me faire de l'œil. A moi ! Oui, elle souriait à ce vieux Barney Panofsky, faisant ainsi battre plus vite son cœur perclus. Je lui ai souri, moi aussi, et c'est là qu'elle s'est levée d'un bond :

– Je vous en prie, monsieur, asseyez-vous.

– Je suis parfaitement capable de rester debout, ai-je répliqué en la repoussant sur son siège.

– Eh ben... Ça m'apprendra à être polie !

Poursuivons, poursuivons. Au risque d'offenser mes voisins, peut-être même de m'exposer à un procès à l'instar du chef de Jim, ce malotru anti-âge, la vérité m'oblige à dire que l'immeuble de Montréal-centre que j'appelle ma maison est un château fort de riches et vieux gagas. Sans douves ni pont-levis, certes, mais l'image n'est pas trop forcée d'une forteresse de septuagénaires anglophones qui s'y claquemurent et vivent dans la terreur de notre séparatiste de Premier ministre provincial, surnommé « la Fouine » au temps où il fréquentait l'école. La plupart desdits voisins ont déjà vidé la demeure familiale de Westmount et transféré leurs portefeuilles d'actions dans les coffres de Toronto en attendant que les "Québécois pure laine", j'entends par là les francophones satisfaisant aux critères de la pureté raciale, votent oui ou non à un deuxième référendum sur une quelconque indépendance de ce trou perdu qu'on appelle le Québec.

Notre immeuble a été récemment soldé par les Teitelbaum à un nouveau gang débarqué de Hong Kong avec des valises bourrées de billets de banque. Il porte le nom de Lord Byng Manor, en souvenir du vicomte Byng, l'officier britannique qui conduisit des milliers de Canadiens au massacre de Vimy en 1917 avant de devenir l'un de nos gouverneurs généraux. Mais les petits gars de Hong Kong, sentant le vent tourner, ont l'intention de rebaptiser notre imposant bloc de granit Le Château Dollard des Ormeaux afin d'honorer la mémoire d'un héros primitif de la Nouvelle-France. Certains soutiennent qu'il a sacrifié sa vie en compagnie de ses seize jeunes camarades pour défendre Ville-Marie (le nom de Montréal en 1660), faisant face à trois cents Iroquois à Long-Sault. Ou bien il aurait été un marchand de fourrures sans scrupules qui connut une fin brutale et méritée lorsque sa bande tomba dans une embuscade alors qu'elle écumait la région. Dans les deux cas, mes voisins sont indignés par cette insulte à l'héritage anglophone et une pétition circule en ce moment contre ce projet de changement d'appellation.

L'un d'eux, jadis membre craint et redouté du gouvernement fédéral, est désormais un octogénaire en pleine démence sénile. Il est toujours tiré à quatre épingles avec son inévitable chapeau en tweed, sa cravate de régiment, sa veste d'équitation et ses culottes de cheval en serge. Mais ses yeux se sont vidés. Quand le temps le permet, sa nounou, une jeune infirmière enjouée, l'emmène prendre l'air dans la cour. Après une petite promenade, ils s'assoient tous les deux sur un banc, au soleil, la fille se plonge dans un roman de la collection « Harlequin » et l'ancien ministre suce des bonbons, les yeux fixés sur les voitures qui entrent et sortent du parking, dont il note soigneusement les numéros d'immatriculation dans un carnet. A chaque fois que je passe devant eux, il m'adresse un grand sourire et lance : « Félicitations ! »

Le sénateur qui vient d'emménager dans le penthouse de l'immeuble n'est autre qu'Harvey Schwartz, ex-*consigliere* du nabab de la gnôle Bernard Gursky. Il est archi-multi-milliardaire, Harvey. Avec sa femme, Becky, ils possèdent un Hockney que je leur envie affreusement, un Warhol, un tableau de ce type dont le nom m'échappe à l'instant, celui qui avait l'habitude de passer en vélo sur ses toiles*, et un Leo Bishinsky dont la valeur monte jour après jour. Il y a quelques semaines, je les ai arrêtés dans le hall alors qu'ils se rendaient visiblement à un bal costumé de bienfaisance, sapés en gangster des années vingt et sa poule.

– Que le grand cric me croque si ce n'est pas Bonnie and Clyde Schwartz que voilà ! Ne tirez pas !

– Ne fais pas attention, a recommandé Harvey à sa greluche. Il est encore soûl.

– Minute ! Ce Bishinsky que vous avez, eh bien vous savez quoi ?

– Vous n'avez jamais été invité chez nous et vous ne le serez jamais. Laissez tomber.

– Je pensais quand même que vous aimeriez savoir ça : j'ai tra-

* Jackson Pollock (1912-1956).

vaillé dessus, moi aussi. A grands coups de la balayette que Leo m'avait refilée, un jour.

– Je n'ai jamais entendu quelque chose d'aussi ridicule, a tranché Becky.

Et Harvey, tout en me repoussant pour continuer son chemin :

– Dix contre un que vous ne lui avez même pas serré une fois la main, à Bishinsky.

Au Lord Byng Manor, nous nous enorgueillissons aussi d'une petite troupe de divorcées d'un certain âge. Ma préférée, une fausse blonde anorexique casquée de laque, aux jambes de la taille de cure-pipes et qui pâtissait il y a peu d'une poitrine aussi plate qu'une crêpe de la veille, ne m'adresse plus la parole depuis que nous nous étions rencontrés dans l'entrée alors qu'elle revenait d'une clinique de la dernière chance à Toronto, où elle s'était fait retendre la peau du visage et gonfler les lolos. Alors que je lui donnais un baiser sur la joue, elle s'était écriée :

– Qu'est-ce que vous regardez comme ça ?

– J'attends de voir s'ils restent en place.

– Saligaud !

Je n'ai plus réellement besoin de fréquenter mon bureau à la production, où je suis considéré comme un has-been. En fait, je pourrais vivre n'importe où. A Londres, avec Mike et Caroline. A New York, avec Saul et sa dernière passade en date. A Toronto, avec Kate, ma Kate chérie… Mais à Toronto, je risquerais de tomber sur Miriam et Blair Hopper, né Hauptman, Herr Doktor ès charlataneries.

Trop contents de savoir Miriam de retour à Toronto, les gens de CBC-Radio lui ont immédiatement trouvé un créneau. Elle a repris son nom de jeune fille, Greenberg, sous lequel elle était devenue une journaliste culturelle connue d'un bout du pays à l'autre, pour régner désormais sur un programme matinal de musique classique joliment intitulé « Musicalement vôtre ». Comme ce titre l'indique, il permet aux auditeurs de réclamer leur disque favori et de nous abreuver de leurs insupportables mièvreries entre deux morceaux. Je les enregistre tous, ce qui me permet d'évaluer les goûts musicaux de monsieur et madame Tout-le-Monde : leurs préférences vont ainsi, dans le désordre, à l'ouverture de *Guillaume Tell*, à la *Sonate au clair de lune*, au *Concerto de Varsovie*, aux *Quatre Saisons* et à la *Huitième Symphonie.* Je repasse les cassettes à la nuit tombée, assis dans l'obscurité, un verre de Macallan à la main, savourant la voix de ma bien-aimée, voulant croire qu'elle ne provient pas du magnétophone mais de la salle de bains où elle achève ses ablutions vespérales, se prépare à me rejoindre dans le lit, à se pelotonner contre moi, à réchauffer mes vieux os tandis que je m'endormirai, ses seins dans mes paumes. Avec la dose suffisante de Macallan, je peux aller assez loin dans l'autosuggestion pour en venir à lui crier : « Oui, chérie, je sais que tu t'inquiètes pour moi, je fume trop, oui, mais j'éteins mon cigare tout de suite et je viens me coucher avec toi… »

Pauvre Miriam. Son émission est d'un ringard ! Entre deux disques, elle est contrainte de lire des lettres d'auditeurs à voix haute dont un jour, pour mon éternelle jubilation, celle d'une soi-disant Doreen Willis de l'île de Vancouver :

> Chère Miriam,
>
> J'espère que je ne vais pas vous paraître trop familière mais il se trouve qu'ici, dans notre île, nous avons vraiment l'impression que vous faites partie de la famille ! Donc, je me lance, tant pis, tant pis ! Il y a quarante ans aujourd'hui, j'étais sur la route de Banff avec Donald et c'était notre voyage de noces. Nous avions une Plymouth Compact, à l'époque. Bleue, ma couleur préférée, même si j'aime aussi l'ocre, l'argenté et le lilas. Et le jaune canari ne me dérange pas « sur certaines personnes », si vous voyez ce que je veux dire. Mais le marron, par contre, je ne supporte pas. Enfin, il pleuvait des cordes quand soudain, paf, crevaison. J'étais folle ! Donald, qui ressentait alors ses premiers symptômes de sclérose en plaques même si nous ne nous doutions pas encore qu'il s'agissait de cela (je le trouvais horriblement maladroit, c'est tout), n'était pas capable de changer la roue. Et moi, pauvre petite ? Eh bien, je n'allais certainement pas risquer de tacher de graisse mon nouveau tailleur à pois, avec la veste spencer, turquoise, il était. Mais un bon Samaritain

a surgi juste à temps pour nous sauver, nous avons vraiment eu une veine de cochon… Oh, pardon, avec votre nom vous ne devez pas en manger, sans doute, mais il n'y a pas malice, promis ! Enfin, nous étions épuisés quand nous sommes finalement arrivés au Banff Springs Hotel, mais Donald a tout de même insisté pour que nous fêtions notre équipée avec quelques Singapore Sling. Donc, le barman avais mis la radio et juste à ce moment ils ont passé Jan Peerce, qui chantait « The Bluebird of Happiness ». J'en avais la chair de poule, je vous assure, cet oiseau bleu de malheur correspondait tellement bien à ce que nous ressentions ! Alors aujourd'hui c'est notre quarantième anniversaire de mariage et Donald, qui ne quitte plus son fauteuil roulant depuis des années, broie un peu de noir (une couleur que j'aime bien aussi). Mais je veux que vous sachiez qu'il a gardé le sens de l'humour. Tenez, par exemple, je l'appelle des fois « la Tremblote » et ça le fait tellement rire qu'après je dois lui essuyer le menton et le moucher. Mais bon, c'est bien ce qu'on s'est promis, n'est-ce pas, « pour le meilleur et pour le pire » ? Encore que je connaisse pas mal d'épouses qui ne respectent pas cet engagement, et je pourrais citer des noms, si vous me suivez…

Alors merci de passer ce disque de Jan Peerce pour Donald, je sais que cela lui remontera le moral. Avec toute la gratitude d'une fidèle auditrice,

Doreen Willis.

Gagné ! avais-je pensé en l'écoutant à la radio. Je m'étais versé une bonne rasade, j'avais esquissé deux entrechats et je m'étais assis pour jeter quelques notes sur un papier, en vue d'une autre lettre.

Ainsi, je continue à traîner mon déclin à Montréal, risquant chaque hiver mes os de plus en plus fragiles sur ses trottoirs glacés. Oui, il me sied d'être attaché à une ville qui, tout comme moi, n'est plus que l'ombre d'elle-même. Hier à peine, me semblait-il, les séparatistes lançaient leur campagne du référendum devant un millier de zélotes réunis au Grand Théâtre de Quebec City. Leur éloquente mais finalement prématurée « Déclaration de souveraineté », entonnée par un duo pris sous les projecteurs, s'apparentait plus à une carte de vœux de supermarché qu'au style de Thomas Jefferson : « Nous, peuple de Québec, déclarons que nous sommes libres de choisir notre avenir. L'hiver nous est connu. Nous savons ses frimas, ses solitudes, sa fausse éternité et ses morts apparentes. Nous avons bien connu ses morsures… »

C'est à une hydre à deux têtes que nous avons affaire : d'un côté, le Premier ministre provincial dit la Fouine et ses larbins à Quebec City, de l'autre Dollard Réincarné, le colérique chef du Bloc québécois, à Ottawa. C'est un incendie que ce dernier a allumé ici. Bientôt, les seuls anglophones restants à Montréal seront les vieux, les infirmes et les pauvres. Tout ce qui prospère désormais, ce sont les panneaux FOR SALE/A VENDRE qui jaillissent chaque jour plus nombreux sur les pelouses des villas telles des jonquilles hors saison, tandis que les vitrines de rues jadis animées se peuplent d'écriteaux TO LET/A LOUER. Dans mon bar favori de la rue Crescent, nous avons au moins une veillée funéraire par mois, offerte par le dernier habitué qui, ayant eu plus que sa dose de tribalisme, a décidé de déménager à Toronto, ou à Vancouver, ou encore – que Dieu soit avec eux – à Saskatoon, « un endroit super pour élever ses enfants ».

Dink's, c'est le nom de mon repaire, là où je déjeune pratiquement tous les jours et où je reviens à cinq heures du soir, quand le bar s'emplit de vieux gagas aigris. L'adorable petite garce qui me sert d'assistante aux Productions d'utilité théorique, la précieuse, l'indispensable Chantal Renault, connaît bien mes habitudes. Sans prêter attention aux hommes, que son apparition met toujours en émoi, elle vient m'y trouver sous le moindre prétexte, un chèque à signer ou un problème encore plus exaspérant. Heureusement, Arnie Rosenbaum n'est plus avec nous. Arnie, qui avait été dans ma classe au Fletcher's Field High School, est le zéro pointé que j'avais eu la bêtise de choisir pour me seconder à Montréal dans mon affaire d'importation de fromages français et que, sous l'empire du remords, j'avais gardé avec moi lorsque j'avais opéré ma reconversion hâtive dans la production de téléfilms en 1959, lui trouvant une place à la comptabilité. Ah, quelle époque c'était, doux Jésus ! Talonné par les créanciers, je me débrouillais pour retarder autant que possible le paiement des factures de labo, de pellicule, de location de caméras, puis c'était à Arnie de jouer. Arnie le supplicié, affligé d'asthme, de mauvaise haleine, d'ulcères et de flatulences, maux encore exacerbés par les multiples tourments que lui infligeait son boss, Hugh Ryan, le comptable certifié qui était à demeure chez nous. Tel jour, il découvrait dans ses livres de comptes une écriture qui n'était pas de lui et se perdait dans des calculs aussi fastidieux qu'inutiles. Tel autre, il avalait ce qu'il croyait être un de ses comprimés avant d'être foudroyé par une terrible diarrhée. Ou bien il y avait eu cet après-midi où il était venu me trouver au Dink's et avait jeté son imperméable sur le comptoir : « Je sors de chez le teinturier, regarde ce qu'ils ont trouvé dans mes poches ! » Des préservatifs. Un vibromasseur. Une petite culotte noire toute déchirée. « Tu imagines, si c'était Abigail qui les avait vidées ? »

Je détestais Hugh, moi aussi, mais je n'osais pas le virer. C'était un neveu du ministre fédéral des Finances et un invité régulier des dîners que donnaient le président de la Banque de Montréal et celui de la Banque royale. Sans sa présence rassurante, ma ligne de crédit aurait cassé tout de suite, et Dieu sait si j'en avais besoin.

– Si seulement tu apprenais à l'ignorer, Arnie, il arrêterait de te charrier. Mais d'accord, je vais lui parler.

– Tu as intérêt, parce qu'un jour je vais prendre un couteau et le lui planter entre les omoplates. Vide-le, Barney ! Je peux très bien faire le job à sa place.

– Je vais y réfléchir.

– Exactement ce que j'attendais. Et il faut que je te dise merci ?

Présentement, la clientèle habituelle du Dink's se compose de quelques divorcés, d'un certain nombre de journalistes, parmi lesquels Zack Keeler, éditorialiste à la *Gazette*, d'une poignée de raseurs à éviter soigneusement, d'hommes de loi, d'un Néo-Zélandais échoué au Canada et d'un charmant coiffeur gay. L'attraction de l'établissement, et par ailleurs mon meilleur ami, est un avocat qui s'empare généralement de son tabouret à midi et ne consent à le quitter qu'à sept heures du soir, quand nous abandonnons les lieux au rock assourdissant et aux jeunes qui viennent se tripoter ici.

Né dans la bonne société de Westmount, John Hughes-McNoughton a égaré sa boussole morale il y a déjà plusieurs années. Cheveux clairsemés teints auburn, yeux bleus pétillants d'ironie, ce grand échalas aux épaules tombantes était un brillant spécialiste des affaires criminelles avant que deux pensions alimentaires exorbitantes ainsi qu'un cocktail détonant d'alcool et d'irrévérence ne le fassent dégringoler. Alors qu'il défendait un escroc notoire, un parasite des boîtes à la mode accusé d'avoir violé une femme rencontrée à l'Esquire Show Bar, John avait commis l'erreur de siroter ferme au Delmo's en guise de déjeuner avant de présenter ses conclusions à la reprise de séance. Il s'était approché tant bien que mal de la barre et, d'une voix pâteuse, s'était lancé : « Mesdames et messieurs les jurés, il m'appartient maintenant de prononcer une vibrante apologie de mon client. Ensuite, le juge va vous offrir un résumé impartial des faits et témoignages qui vous ont été présentés. Enfin, vous déciderez, vous, mesdames et messieurs les jurés, vous déciderez en votre âme et conscience s'il convient de déclarer mon client innocent ou coupable. Cependant, Juvénal a écrit que *probitas laudatur et alget*, ce que je ne vous ferai pas l'insulte de traduire, et suivant cette sage pensée je dois reconnaître primo que je suis beaucoup trop ivre pour prononcer une plaidoirie, que secundo je n'ai encore jamais vu un juge impartial depuis tout le temps que je fréquente les tribunaux, et que tertio vous, mesdames et messieurs les jurés, n'êtes aucunement qualifiés à innocenter ou à condamner mon client. » Sur ce, il s'était rassis.

En 1989, John prenait la parole dans des meetings de soutien à un jeune et imprévisible parti anglophone qui finirait par avoir quatre sièges à notre soi-disant Assemblée nationale de Quebec City. Il bombardait aussi les rédactions de lettres incendiaires dans lesquelles il ridiculisait les loufoques lois linguistiques qui, entre autres insanités, stipulaient que les annonces commerciales en anglais ou même bilingues, cette gifle donnée au visage culturel de la "belle province", étaient dorénavant *verboten.* En ces temps troublés, même le Dink's avait eu à subir la visite d'un inspecteur de la Commission de protection de la langue française, que pour notre part nous surnommions « la brigade linguistique ». Ce "patriote" pansu, débarqué en chemise hawaïenne et bermuda, avait été cruellement déçu quand il avait découvert la banderole suspendue au-dessus du comptoir en l'honneur de l'équipe de base-ball montréalaise :

ALLONS-Y EXPOS
GO FOR IT, EXPOS

Avec une extrême politesse, l'inspecteur avait suggéré que si l'intention était admirable le résultat était malheureusement illégal puisque les caractères anglais étaient de la même taille que les français, alors que la réglementation en vigueur stipulait clairement que le texte français devait être deux fois plus voyant que l'anglais. Il était trois heures passées quand il avait rendu son verdict, de sorte que John, déjà bien imbibé, était d'humeur belliqueuse.

– Quand vous enverrez un inspecteur deux fois plus balèze que nous autres anglophones, on l'enlèvera, cette banderole ! vociféra-t-il ; mais d'ici là, elle reste où elle est.

– *Are you* le patron ?

– Fiche le camp, espèce d'imbécile ! rétorqua John en français.

Quelques mois plus tard, il se retrouva sur le devant de la scène. Il avait omis de payer les impôts provinciaux au cours des six dernières années, par simple distraction comme il devait l'expliquer devant la presse convoquée au Dink's :

– Je suis victime d'une persécution, ni plus ni moins. Parce que je suis anglophone et que je parle pour mon peuple, dont les droits constitutionnels ont été bafoués. Mais soyez bien certains que je ne me laisserai pas intimider, ni museler. Car pour citer Térence *fortes fortuna juvat.* Ça s'écrit T-é-r-e-n-c-e, messieurs.

– Mais ces impôts, vous les avez payés, ou non ? lança l'envoyé spécial du *Devoir*.

– Je me refuse à prendre en considération les questions venimeuses de représentants tendancieux de la presse francophone.

Quand il a abusé de vodka au jus de canneberge, son breuvage favori, John peut devenir réellement odieux, sa victime de prédilection étant alors l'inoffensif coiffeur gay qu'il se met à traiter de fouille-boyaux ou autres qualificatifs peu charitables qui suscitent l'indignation de Betty, notre incomparable barmaid, ainsi que de toute l'assistance. Elle paraît être née pour exercer ce métier, Betty. Elle veille à ce que seuls les membres assermentés de notre groupe s'assoient à l'extrémité du comptoir en fer à cheval que nous occupons. Elle gère les coups de téléphone intempestifs avec brio, capable par exemple de regarder fixement Nate dans l'attente d'un signe alors qu'elle a sa femme au bout du fil, et de crier en même temps à la cantonade : « Il est là, Nate Gold ? » Elle accepte des chèques de Zack Keeler et d'autres habitués en prenant soin de les garder en réserve tant qu'elle ne sera pas certaine que la banque ne les rejettera pas. Et lorsque John devient décidément insupportable à force de s'imbiber, elle sait le prendre gentiment par le bras et lui annoncer :

– Votre taxi est là, John.

– Moi ? Mais j'ai jamais ap…

– Bien sûr que si ! Pas vrai, Zack ?

C'est un gredin, John, mais aussi un type brillant et original, une espèce en voie de disparition dans la ville où je vis. Et puis, je lui dois tant… Même s'il me croyait coupable, ce dont je suis sûr, il m'a défendu avec virtuosité à mon procès. Il a toujours été à mes côtés au temps où seules les visites de Miriam à la prison de Saint-Jérôme me préservaient de la dépression nerveuse.

– Bien sûr que je te crois, m'avait-elle dit à l'époque, mais j'ai quand même l'impression que tu ne m'as pas tout dit.

Jusqu'à aujourd'hui, celui qui avait été chargé de l'enquête me concernant, l'inspecteur deuxième classe Sean O'Hearne, ne peut faire son apparition au Dink's sans que John fonde sur lui avec les paroles les plus blessantes qui soient.

– Si vous tenez absolument à vous imposer parmi cette assemblée choisie, O'Hearne, vous allez devoir payer vos consommations, enfin. Puisque vous êtes à la retraite, maintenant.

– A votre place, maître Hughes tiret McNoughton, je m'occuperais de ce qui me regarde.

– *Ite missa est*, vipère. Mais n'importunez pas mon client ici présent. Vous pouvez encore être poursuivi pour harcèlement, savez-vous ?

Raskolnikov n'a rien à m'envier. Ou, formulé autrement : à chaque suspect son juge Porphyre. O'Hearne continue à me tenir à l'œil, dans l'espoir de recueillir une confession sur mon lit de mort.

Pauvre O'Hearne.

Tous les habitués du Dink's l'après-midi ont subi les ravages du temps, moi y compris, mais il semble s'être particulièrement acharné sur le policier, entré maintenant dans ses soixante-dix ans. Jadis, il était carré comme un boxeur, sans un pouce de graisse, un dur de la Warner Brothers avec un goût prononcé pour les borsalinos, les cravates étroites et les costumes sur mesure offerts par le tailleur. En cette époque lointaine, sa seule apparition au Dink's ou dans n'importe quel bar de la rue Crescent suffisait à faire déguerpir les trafiquants de drogue ou de filles, peu désireux de mener la grande vie sous les yeux du limier. Mais désormais sa corpulence n'est due qu'à l'excès de bière, sa taille enflée ne contient que du vent et il a beau étaler sur son crâne le peu de cheveux blancs qui lui restent, ses mèches plaquées de chaque côté d'une raie centrale font penser à des arêtes de saumon bouillies. Si on le piquait avec une fourchette, ai-je souvent pensé, il émettrait des jets de graisse comme une saucisse qui se tortille dans la poêle. Et mafflu, avec ça, et suant, affligé d'un triple menton gélatineux et d'une bedaine gigantesque. Il ne fume plus à la chaîne ses Player's Mild, et cependant il est toujours pris – et parfois emporté – de quintes bronchitiques assez violentes pour nous donner l'envie de vérifier nos testaments respectifs une fois rentrés à la maison. La dernière fois qu'il est venu m'espionner, il s'est péniblement juché sur le tabouret à côté de moi en soufflant tel un phoque et m'a déclaré :

– Moi, ce qui me tracasse le plus, vous voulez le savoir ? Le cancer du rectum. Devoir chier dans une poche en plastique scotchée à la hanche. Comme ce pauvre vieil Armand Lemieux, tiens. Vous vous souvenez de lui ?

Et comment ! C'était lui qui m'avait passé les menottes.

– Je me pose sur la cuvette tous les matins, a-t-il repris, et une bonne heure s'écoule avant que j'en aie fini. Ça sort en petits bouts mauvais, mais mauvais…

– Très intéressant, cette description de vos excréments. Pourquoi ne pas aller voir un toubib ?

– Ça vous arrive de manger japonais ?

– Pas si je peux éviter.

– J'ai essayé ce truc qui vient d'ouvrir, Le Lotus en fleur, ou allez savoir comment ils l'ont appelé, et ils m'ont apporté du poisson cru et du vin chaud. Alors j'appelle la serveuse et je lui dis : « Moi, j'aime la bouffe chaude et le vin froid, pas le contraire. Reprenez-moi ça et réessayez, d'ac ? » Ah, à propos, j'ai eu plein de courrier à lire, ces derniers jours.

– Sur la cuvette ?

– Lemieux, il se rappelle de vous comme si c'était hier. Pour vous en être tiré, il dit, il faut que vous soyez un génie !

– C'est trop aimable.

– Pour un vieux flic, il a décroché le pompon, Lemieux. Une veuve italienne avec des nibs comme ça ! Elle tient un dépanneur dans les quartiers nord. Mais pour elle, qu'est-ce que ça peut donner, hein ? Je veux dire, ils sont au plumard tous les deux, zizi-pan-pan et tout ce qui s'ensuit, et là elle ouvre un œil et qu'est-ce qu'elle voit ? Ce putain de sac en train de se remplir. Je vous ennuie ?

– Oui.

– Vous savez, après toutes ces années, Mrs Panofsky II, comme vous tenez tellement à l'appeler, eh bien, elle m'invite à dîner, de temps à autre.

– Vous avez de la chance. A cet instant, de toutes mes femmes, c'était encore elle qui faisait le mieux la cuisine. Vous pouvez le lui dire, si vous voulez.

J'espérais aussi que cette calomnie parviendrait aux oreilles de Miriam.

– Je ne pense pas qu'elle apprécie le compliment, venant de vous.

– Elle a l'air d'apprécier le chèque que je lui envoie tous les mois.

– Allons, un peu de sérieux ! C'est comme si sa vie s'était arrêtée net depuis ce moment-là. Elle a fait relier les minutes du procès en maroquin et elle n'arrête pas de les potasser, et elle prend des notes, et elle cherche des failles… Hé, la différence entre O.J. Simpson et Christopher Reeve, vous connaissez ?

– Pas la moindre idée.

– Eh bien O.J., lui, il va remarcher ! a-t-il pouffé.

– Vous êtes d'un lourd, mon vieux…

– Quoi, vous pigez pas ? Reeve, ce type qui jouait Superman. Celui qui a eu un accident de cheval et qui en est resté paralysé à vie. Tandis qu'O.J.… Bon, plus coupable, y a pas. Exactement comme vous. Oh, allez, faites pas cette tête ! L'eau a passé sous les ponts, un tas, même. A votre place, j'aurais peut-être agi pareil. Personne ne vous reproche rien.

– Sean ? Pourquoi vous continuez à venir ici ?

– Parce que je me plais en votre compagnie, tiens ! Non, sincèrement. Euh, vous voudriez être sympa ? Vous me laissez une lettre dans laquelle vous dites ce que vous en avez fait.

– De quoi ? Du corps ?

Il a hoché la tête.

– Mais c'est vous qui allez forcément partir le premier, Sean. Avec le poids que vous vous trimbalez maintenant, vous ne l'avez pas volé, votre arrêt cardiaque.

– Non, c'est moi qui vous dirai au revoir, Panofsky. Sûr et certain. Alors, vous me la laissez, cette lettre ? Je vous promets que je la lis et que je la déchire tout de suite. C'est juste que je suis curieux.

8

Irv Nussbaum à nouveau au téléphone ce matin, avant même que j'aie pris mon premier café. « Excellentes nouvelles ! s'est-il exclamé. C'est sur CJAD, allume, tout de suite ! Des petits jeunes ont bombé une croix gammée sur les murs d'une école talmudique la nuit dernière. Il y a des vitres cassées, aussi. Allez, bye ! »

Et dans le *Globe and Mail*, une information exceptionnelle en provenance d'Orange County, Californie. Une dame de soixante-dix ans, qui s'occupait saintement d'un mari rongé par le cancer, lui changeant ses couches, le nourrissant à la cuillère, sacrifiant son sommeil parce qu'il passait la nuit devant la télé, a fini par craquer. En découvrant qu'il lui avait mangé sa barre de chocolat dans son dos, elle a arrosé sa moitié d'alcool à 90° et l'a incendiée, littéralement. « Je m'étais absentée une minute pour aller à la boîte aux lettres et quand je suis revenue mon chocolat avait disparu. Il n'y avait personne d'autre, ce ne pouvait être que lui. Lui aussi, il a des sucreries, et tous les jours encore. Mais il fallait qu'il prenne les miennes. Alors j'ai rempli une cuillère d'alcool et je le lui ai jeté dessus. J'avais des allumettes dans ma poche, aussi. Ça a pris tout d'un coup. Je n'avais pas vraiment l'intention d'aller jusque-là, c'était juste pour lui faire peur… »

J'avais un rendez-vous à une heure, auquel je me suis rendu d'une humeur massacrante, mais en partant dans les temps. Contrairement à Miriam, je me flatte d'être ponctuel, moi. Et puis je me suis arrêté net sur le trottoir. D'un coup, j'étais incapable de me rappeler ce que j'étais en train de faire, où j'allais, pour quelle raison… Il y avait SHERBROOKE sur la plaque au coin de la rue, mais c'était tout. Egaré, baigné de sueur malgré le froid, je me suis traîné jusqu'au premier arrêt de bus et je me suis effondré sur le banc. Un garçon qui attendait l'autocar – il portait sa casquette de base-ball avec la visière dans le dos – s'est penché sur moi :

– Ça va, Papy ?

– La ferme.

Puis j'ai commencé à murmurer ce qui est devenu mon mantra personnel. On égoutte les spaghettis avec l'ustensile que j'ai dans ma cuisine, accroché au mur. Mary McCarthy a écrit quelque chose à propos d'un homme en complet Brooks Brother, ou était-ce une chemise ? Je suis veuf une fois et divorcé à deux reprises. J'ai trois enfants, Michael, Kate et… encore un autre fils. Mon plat préféré, c'est la poitrine de bœuf braisée avec du raifort et des latkes. Miriam est la flamme qui me consume. J'habite rue Sherbrooke Ouest, à Montréal, numéro… Le numéro importe peu, puisque je connais l'immeuble.

Le cœur battant si fort qu'il menaçait de bondir hors de ma poitrine, j'ai tâté mes poches à la recherche d'un Montecristo. J'ai réussi à l'allumer et à tirer une bouffée. Puis j'ai adressé un faible sourire au garçon qui restait penché sur moi d'un air inquiet.

– Désolé. Je ne voulais pas être impoli.

– Je pourrais appeler une ambulance ?

– Je ne sais pas ce qui m'est tombé dessus, d'un coup. Mais ça va très bien, maintenant. Franchement.

Il paraissait sceptique.

– Je vais retrouver Stu Henderson au Dink's. C'est un bar de la rue Crescent. Je prends à gauche à la prochaine et j'y suis.

Henderson, un producteur télé indépendant qui avait jadis fait partie de l'Office national du film et qui luttait maintenant pour joindre les deux bouts, m'attendait au comptoir. John, déjà vissé à son tabouret habituel, était près de lui mais semblait perdu dans ses pensées. En 1960, Stu s'était fait connaître précocement en réalisant un documentaire, primé mais ennuyeux comme la pluie, à propos du Canadair CL-215, cet avion anti-incendie qui était encore en phase d'expérimentation sur plusieurs lacs des Laurentides, capable de seringuer cinq mille cinq cents litres d'eau sans même avoir à s'arrêter, puis de les déverser sur le feu de forêt le plus proche. Là, il venait essayer de m'embarquer dans un nouveau projet : il cherchait à réunir des fonds pour une émission sur Stephen Leacock.

– Ça me paraît passionnant, mais je ne fais pas du tout dans les programmes culturels, malheureusement.

– Avec tout l'argent que vous avez gagné en produisant des navets, je m'étais dit…

– *Non semper erit aestas*, Henderson ! l'a coupé John, les yeux déjà vitreux. Ou, pour traduire en langage ordinaire : laissez tomber !

Je suis affligé de principes tout de traviole, un système de valeurs acquis à Paris dans mon innocente jeunesse et que je n'ai pas abandonné depuis. Selon les critères de Boogie, celui qui osait écrire pour le *Reader's Digest*, ou commettre un best-seller, ou obtenir un doctorat ès lettres, dépassait toutes les bornes de la décence. Par contre, pondre des bouquins pornographiques pour Girodias à une cadence infernale n'était qu'une peccadille. De même, un écrivain ne devait pas s'abaisser à travailler pour le cinéma, à moins qu'il ne s'agisse d'un navet à la Tarzan, ce qui devenait alors une blague hilarante. Ainsi, pour moi, ramasser le gros lot avec une série aussi stupide que *McIver, de la police montée* était strictement cachère alors que financer un docte programme consacré à Leacock me paraissait *infra dignitatem*, ainsi que John aurait été le premier à le formuler.

Terry McIver ne souscrivait évidemment pas à l'éthique de Boogie. A ses yeux, nous étions tous une bande d'inconscients, d'individus plus que louches. Notre credo politique commun, alimenté par la lecture du très radical *New Statesman*, lui paraissait d'une naïveté confondante. Et, certes, Paris était un véritable cirque idéologique, à l'époque, avec toutes sortes de numéros animaliers en vedette. Une nuit, ainsi, les enragés anticommunistes de Paix et Liberté avaient couvert la ville d'affiches sur lesquelles la faucille et le marteau flottaient en haut de la tour Eiffel, avec une légende en forme de question : EST-CE QUE VOUS AIMERIEZ VOIR ÇA ? Au petit matin, les gars du PC, auxquels il ne fallait pas en promettre, étaient passés partout derrière eux en collant la bannière étoilée sur le drapeau soviétique.

Clara, Boogie, Cedric, Leo et moi étions installés à la terrasse du Mabillon, contemplant d'un œil éthylique les dessous de verre qui s'accumulaient en piles devant nous, le jour où le général Ridgway, tout frais débarqué de la guerre de Corée, entra dans Paris, où il venait remplacer Eisenhower à la tête du SHAPE. Seule une petite foule amorphe s'était déplacée pour voir passer le général et cependant les gendarmes étaient omniprésents, le boulevard Saint-Germain noir de gardes mobiles dont les casques étincelants reflétaient le soleil. Soudain, la place de l'Odéon fut envahie de manifestants communistes, hommes, femmes et enfants surgis des ruelles adjacentes qui s'empressèrent de sortir des manches à balais cachés sous leurs manteaux informes, d'y fixer des pancartes anti-US et de les brandir en l'air. Clara s'était mise à gémir. Ses mains tremblaient.

« Ridgway…, entonnait la fraction mâle. "… A la porte !" » complétaient les femmes dans un glapissement à crever les tympans.

Aussitôt, les policiers chargèrent, moulinant à tour de bras ces charmantes pèlerines bleues que l'on retrouve pratiquement sur toutes les publicités touristiques de France mais qui étaient en réalité renforcées de plomb à l'ourlet. Des nez explosèrent, des crânes se fendirent. L'alternance des « Ridgway » et des "A la porte" se fit plus désordonnée, puis faiblit, puis s'éteignit. Les manifestants battirent en retraite, se dispersèrent en se tenant la tête. Et moi, je courus après Clara, qui s'était enfuie à toutes jambes.

Une autre fois, pour la venue d'un général allemand convoqué à Paris par l'OTAN, ce fut au tour des juifs français et des socialistes, revêtus de l'uniforme rayé des déportés, de descendre les Champs-Elysées dans un silence sépulcral. Parmi eux, il y avait Yossel Pinsky, le changeur de la rue des Rosiers qui deviendrait bientôt mon associé. « Misht zikh nisht araïn », me recommanda-t-il. Tire-toi de là, en d'autres termes. Les « événements » d'Algérie avaient commencé, la police prit l'habitude d'opérer des descentes dans les petits hôtels de la Rive gauche, à la recherche d'Arabes sans papiers. Un matin, à cinq heures, ils tempêtèrent à ma porte et nous demandèrent nos passeports. Je leur tendis le mien mais Clara se terra dans le lit et releva la couverture jusqu'au menton en geignant. Ses orteils pointaient au-dehors, chaque ongle peint d'une couleur différente. Un véritable arc-en-ciel.

– Montre-leur ton passeport, pour l'amour du Ciel ! l'ai-je suppliée en anglais.

– J'peux pas ! J'suis toute nue !

– Dis-moi où il est, alors.

– Non, tu ne touches à rien.

– Bon sang, Clara !

– Merde. Enculés.

S'enveloppant le plus étroitement possible dans sa couverture et sans cesser de pleurnicher alors que les gendarmes se regardaient d'un air amusé, elle alla pêcher le document tout au fond d'une valise, le leur présenta et le remit à sa place en refermant les serrures.

– Ils ont vu ma foufoune, ces vieux dégoûtants ! Ils arrêtaient pas de reluquer.

Le même jour, dans l'après-midi, je tombai sur Terry au Café Bonaparte, où j'étais allé jouer au flipper. Mon lien initial avec lui, c'était que nous étions tous deux montréalais, moi du vieux quartier populaire juif, lui d'une zone à peine un peu plus aisée, et nettement plus revêche, Notre-Dame-de-Grâce, où son père survivait tant bien que mal avec sa librairie d'occasion spécialisée en publications marxistes. Sa mère, elle, avait été institutrice jusqu'à ce que les parents d'élèves la fassent limoger parce qu'elle projetait à leurs chères petites têtes blondes des documentaires sur la vie dans les kolkhozes ukrainiens plutôt que des épisodes de Bugs Bunny.

Si la plupart d'entre nous étaient fauchés, Terry, lui, vivait carrément dans l'indigence. En apparence, du moins. Certains jours, il n'avait qu'une baguette et un café au lait pour tout potage. Ses chemises, qu'il lavait à l'eau dans la petite cuvette de sa chambre, n'étaient jamais repassées. Il se faisait couper les cheveux par une amie à lui qui vivait à la "Cité universitaire". Il subsistait en écrivant des articles de six cents mots pour l'Unesco, qui les distribuait gratuitement à divers journaux du monde entier. Payés trente-cinq dollars pièce, ces textes pleins d'érudition commémoraient généralement le centenaire de la naissance de quelque auteur célèbre, ou le cinquantième anniversaire du premier message sans fil envoyé par l'appareil de Marconi, ou la découverte par le major Walter Reed que la fièvre jaune était propagée par les moustiques. Ainsi que j'ai pu le mentionner auparavant, il était à peine toléré par notre groupe, de sorte que si une soirée se préparait la consigne qui circulait de café en café était : « Par pitié, ne le dites pas à Terry ! » Un paria, pour tout dire, et cependant j'en vins à lui porter un intérêt pervers, l'invitant à dîner une fois par semaine dans un restaurant de la rue du Dragon que je fréquentais souvent. Clara, elle, ne se joignait jamais à nous : « C'est l'être le plus "dégoûtant" qu'il m'ait été donné de voir, affirmait-elle. Un "déraciné" total, un "frondeur". En plus, il n'émane que de mauvaises choses de lui et il n'arrête pas de diriger des esprits sur moi. » Il est vrai qu'elle n'était pas plus enthousiasmée par Yossel : « Ce type me donne le frisson. Il pue tout ce qu'il y a de plus diabolique au monde. »

En fait, il m'intriguait, Terry. Nous autres, nous ne nous souciions aucunement de notre âge. Vingt-trois, vingt-sept ans, ou plus, ou moins, quelle importance ? Dans notre euphorie permanente, nous ne raisonnions jamais à l'aune de ce que peut durer une vie. En d'autres termes, les obus n'avaient pas encore commencé à tomber près des tranchées. Lui, par contre, savait parfaitement qu'il était jeune et qu'il était en train de vivre son « expérience parisienne ». L'existence n'était pas un bien à consommer et à dilapider furieusement, comme la semence d'Onan. Pour lui, c'était une responsabilité. Un capital. Un de ces dessins à compléter dans les cahiers d'exercices pour enfants, qu'il fallait emplir avec le plus grand soin autobiographique, dans le souci constant des critiques futures. Ainsi, il semblait se délecter de son dénuement plutôt que d'en être affecté. Cela faisait partie du rite d'initiation artistique. Le docteur Johnson avait vu bien pire, et Mozart donc !

Tout ce qu'il faisait, et entendait, et voyait, n'était là que pour nourrir son journal personnel, que je ne soupçonnais alors pas d'être si faussé.

Bien que tournant en dérision les convictions de ses parents, Terry avait hérité de certains de leurs préjugés et vouait l'Amérique aux gémonies. La culture Coca-Cola, la Nouvelle Rome : il détestait tout ça.

– Tu te rappelles le soir où Cedric nous a invités à fêter la signature de son contrat ? me dit-il un jour. Quelle ostentation débecquetante ! Moi, je ne voulais pas ternir sa joie superficielle, couvrir le bruit de ses cymbales nubiennes, donc je me suis tu, silence que tu as dû mettre sur le compte de la jalousie, j'en suis sûr. La vérité, c'est que Scribner's venait de me renvoyer les trois premiers chapitres de mon roman, avec une lettre très élogieuse mais doublée d'une réserve : hélas, m'écrivaient-ils, ce qui concerne le Canada ne suscite que fort peu d'intérêt chez nous. Pourrais-je envisager de resituer l'intrigue à Chicago, plutôt ? Hugh MacLennan, que par ailleurs je ne tiens pas en haute estime, a vu juste à ce sujet : « Un garçon rencontre une fille à Winnipeg… Qui s'en soucie ? » Bon, et comment ça se passe avec l'imprévisible Clara, en ce moment ?

– Elle voulait nous rejoindre à dîner mais elle ne se sentait pas bien.

– Inutile de tergiverser avec moi, mon cher. Je ne souffre pas de ce besoin maladif d'approbation générale et constante qui t'anime. C'est sans doute une séquelle de ton héritage de la rue Jeanne-Mance, il faut croire. Mais ce que je ne parviens pas à discerner, ce sont les raisons qui te poussent à suivre Boogie comme un caniche.

– Tu dis tellement de conneries, Terry…

– Allons, allons. Tu vénères cet imposteur. Tu en es même arrivé à singer certaines de ses mimiques.

Pensant avoir marqué un point, il s'était renfoncé dans son siège et m'avait contemplé d'un œil condescendant.

Sa première publication « littéraire » eut pour cadre *Merlin*, l'un de ces petits magazines qui abondaient alors à Paris. *Paradiso*, ce machin pesamment poétique, joycien, « écrit », nous obligea à nous plonger en ricanant dans nos dictionnaires afin de traquer son impossible vocabulaire : « didyme », « matæologie », ou encore « sforzato »…

Depuis que je collectionne à mes heures les livres canadiens anciens, notamment les récits des premiers explorateurs du Bas-Canada, les marchands d'art m'envoient régulièrement leurs catalogues. Je suis récemment tombé sur l'offre suivante dans l'un d'entre eux :

> Extrêmement rare, en très bon état.
>
> McIver, Terry. *Paradiso*, premier texte publié de l'auteur. Une nouvelle de jeunesse mais qui annonce avec maestria les obsessions à venir de l'un de nos principaux romanciers. *Merlin*, Paris, 1952.
>
> Voir Lande, 78 ; Sabin, 1052.
>
> Prix : 300 $ Can.

Un soir, Terry m'attrapa au Café Royal Saint-Germain. Il était d'une exubérance inaccoutumée.

– George Whitman a lu ma nouvelle et il m'a demandé de venir faire une lecture publique à sa librairie !

– Ah, mais c'est fantastique ! m'exclamai-je, ravi en apparence, mais la nouvelle me gâcha la soirée.

Au jour dit, Boogie insista pour nous accompagner, Clara et moi, à la boutique de Whitman, située en face de Notre-Dame de Paris.

– Impossible de rater ça ! s'était-il écrié, visiblement sous les effets de la came. Enfin, quoi, dans les décennies à venir, les gens demanderont : « Où étiez-vous le soir où Terry McIver a lu des extraits de son "chef-d'œuvre" ? Les moins chanceux pourront peut-être répondre : En train d'encaisser mon billet gagnant à la loterie irlandaise ou : Moi, je baisais Ava Gardner. » Barney, évidemment, pourra toujours se vanter d'avoir été présent lorsque ses Canadiens chéris ont remporté la Coupe Stanley pour la énième fois. Mais moi, moi, je serai en mesure d'affirmer que j'ai vu, en direct, l'histoire littéraire en train de se faire !

– Tu ne viens pas avec nous. Pas question.

– Je me ferai tout petit. Chacune de ses métaphores me laissera bouche bée, et j'applaudirai à chaque fois qu'il aura su employer "le mot juste". Promis !

– Boogie ? Je veux ta parole d'honneur que tu ne vas pas faire de chahut.

– Oh, cesse de nous bassiner ! avait coupé Clara. Tu n'es pas sa mère, à Terry !

La séance débuta une demi-heure plus tard. Quarante chaises pliantes avaient été installées, mais nous n'étions que neuf dans l'assistance.

– Je crois qu'Edith Piaf donne un concert exceptionnel quelque part Rive droite, constata Boogie *sotto voce*. Autrement, il y aurait eu sûrement beaucoup plus de monde.

Terry avait atteint sa vitesse de croisière quand une escouade de lettristes débarqua à la librairie. Ils se retrouvaient autour de la revue *Ur, Cahiers pour un diktat culturel*, dirigée par le redoutable Jean-Isidore Isou. Ce dernier était aussi l'auteur d'un mince pamphlet intitulé *Une réponse à Karl Marx* que de jolies filles proposaient rue de Rivoli ou à la sortie de l'American Express à des touristes qui croyaient acheter là de la littérature hautement subversive. L'idée première des lettristes, c'était que tous les arts étaient morts et ne pouvaient être ressuscités que par une synthèse de leurs aberrations collectives. Leurs poèmes, qu'ils déclamaient habituellement dans un café de la place Saint-Michel, consistaient en onomatopées, grognements et télescopages de lettres incohérents, le tout sur fond d'anti-musique, et, pendant un temps, j'avais été un de leurs fans. Ce soir-là, tandis que Terry poursuivait sa lecture d'un ton monocorde, ils entreprirent de jouer de l'harmonica, de s'époumoner dans des sifflets, d'actionner des klaxons à poire et, mains en conque sous les aisselles, de simuler des bruits de pets.

Au fond de moi, je suis fidèle à mes racines. Je m'époumone à soutenir les « Canadiens » de Montréal, et je le faisais pour nos fabuleux Royaux au temps où ils jouaient encore au stade De

Lorimier. Et donc, instinctivement, je bondis au secours de Terry, éructant : “Va te faire foutre ! Tapettes ! Salauds ! Petits merdeux ! Putes !” Mais cela ne servit qu’à exciter un peu plus les chahuteurs.

Le rouge au front, Terry continua à lire, encore et encore, dans une sorte de transe. Son sourire figé faisait peur à voir. Je me sentais mal. « Arrête ton disque, maintenant ! » Oui, j’étais réellement inquiet pour lui et, en même temps, le salaud que je suis exultait de voir qu’il n’avait pas attiré les foules, ni remporté le moindre succès.

A la fin, j’ai dit à Boogie et à Clara que je les rejoindrais ensuite à l’Old Navy mais que j’emmenais d’abord Terry prendre un verre. Avant de s’éloigner, Boogie m’a plus qu’étonné en remarquant : « J’ai entendu pire, tu sais ? »

Nous nous sommes retrouvés dans un café du boulevard Saint-Michel et nous nous sommes assis à la terrasse déserte. Deux Canadiens errants qui ne craignaient pas le froid.

– Tu vois, Terry, ces clowns cherchaient simplement la cogne. Ils ne se seraient pas comportés autrement même si c’était Faulkner qui avait lu, ce soir.

– Faulkner est très surestimé. Il ne durera pas.

– En tout cas, je suis désolé pour ce qui s’est passé. C’était bestial.

– Bestial ? Merveilleux, tu veux dire ! Ignores-tu que la première des *Noces de Figaro* de Mozart a été sifflée à Vienne, ou que les expositions des Impressionnistes ont d’abord été accueillies par des ricanements ?

– Ouais, bien entendu, mais…

– Mais tu devrais savoir, a-t-il prononcé d’un ton qui faisait penser qu’il était en train de citer quelqu’un d’autre, que ce qui est Grand reste forcément Obscur pour les Faibles. Ce qui peut devenir Accessible au Benêt ne mérite pas mon attention.

– Et qui a dit ça, si je peux te demander ?

– William Blake l’a écrit dans une lettre au révérend John Trusler, qui lui avait commandé quelques aquarelles et se permit ensuite de critiquer le résultat. Mais toi, qu’en as-tu pensé, même si cela importe peu ?

– Dans tout ce raffut, eh bien c'était pratiquement impossible d'entendre quoi que ce soit…

– Pas de faux-fuyants, s'il te plaît.

J'étais désormais assez énervé pour avoir envie de rompre sa carapace de suffisance. J'ai avalé mon cognac d'un trait.

– Bon, puisque tu veux savoir : il y a beaucoup d'appelés mais peu d'élus. Voilà.

– Tu es navrant, Barney.

– D'accord. Et toi, tu es quoi ?

– Moi, je suis environné par une conspiration de cancres. (Ce à quoi j'ai répondu par un rire.) Bien. Et maintenant, si tu demandais l'addition ? Après tout, c'est toi qui m'as invité. Et il est plus que temps que tu coures rejoindre ton grotesque Trilby et ton ordurière fille de Paphos.

– Mon ordurière quoi ?

– Hétaïre.

Mrs Panofsky II a observé un jour qu'à la place du cœur, organe qui m'aurait fait défaut, j'avais une grosse boule d'agressivité. En tout cas, à ce moment mon sang n'a fait qu'un tour : j'ai bondi sur Terry, je l'ai soulevé de sa chaise qui s'est renversée à grand bruit et je l'ai cogné en plein visage. Puis je suis resté au-dessus de lui, prêt à frapper de nouveau, hors de moi, habité par l'envie de meurtre. Mais il n'était pas disposé à riposter. Il s'est redressé pour s'asseoir sur le trottoir, cajolant son nez sanguinolent avec son mouchoir, un petit sourire narquois aux lèvres.

– Bonne nuit, ai-je fini par lâcher.

– Et l'addition ? Je n'ai pas assez d'argent sur moi. Au moins, tu peux payer, non ?

Je lui ai jeté quelques billets et j'allais tourner les talons quand il s'est mis à trembler, secoué par des sanglots désordonnés.

– Aide-moi…

– Hein ?

– … A mon hôtel…

J'ai réussi à le mettre debout et nous nous sommes mis en marche. Il claquait des dents, ses jambes se dérobaient sous lui. Au bout de quelques dizaines de mètres, il a été pris de frissons.

Il vibrait de haut en bas, plus exactement. Il est tombé à genoux et je lui ai tenu le front tandis qu'il vomissait et vomissait encore. Je ne sais comment j'ai pu le hisser dans sa chambre de la rue Saint-André-des-Arts et le mettre au lit. Comme il recommençait à trembler, j'ai entassé sur ses couvertures tous les habits que j'ai trouvés.

– C'est… C'est la grippe. Je ne suis pas contrarié. Ça n'a rien à voir avec ma lecture de tout à l'heure. Pourquoi tu ne dis rien ?

– Qu'est-ce que je devrais dire ?

– Mon talent ne fait aucun doute. Mon œuvre va perdurer. Je le sais.

– Oui.

Là, ses dents ont entrepris de s'entrechoquer à une cadence telle que j'ai eu peur pour sa langue.

– S'il… S'il te plaît, reste encore.

J'ai allumé une Gauloise et je la lui ai tendue, mais il n'a pas eu la force de la prendre.

– Mon père n'attend que de me voir échouer. Que je le rejoigne dans sa misère.

Encore des nausées. Je l'ai soutenu au-dessus de la corbeille à papier mais, malgré tous ses efforts, il n'a pu produire qu'un filet de bave verdâtre. Dès que les haut-le-cœur se sont arrêtés, je lui ai apporté un verre d'eau.

– C'est la grippe.

– Oui.

– Je ne suis pas contrarié.

– Non.

– Si tu racontes aux autres que tu m'as vu dans cet état, je ne te le pardonnerai jamais.

– Je ne dirai pas un mot.

– Jure-le.

J'ai juré. Je suis resté assis à côté de lui jusqu'à ce que ses soubresauts se calment et qu'il bascule dans un sommeil précaire. Seulement, j'avais été témoin de sa défaillance. Et c'est ainsi, cher lecteur, que l'on se fait ses pires ennemis.

9

Je suis résolu à être honnête. Je serai un témoin digne de foi. Et donc, la vérité, c'est que les romans de Terry McIver, y compris *Le Parvenu* où j'occupe le rôle central du cupide Benjy Perlman, ne trahissent pas la moindre imagination. Tout ça est prosaïque, pesant, aussi appétissant qu'un produit diététique et, inutile de le préciser, totalement dénué d'humour. Ses personnages sont tellement secs qu'ils pourraient servir de bois d'allumage. Ce n'est que dans son journal qu'une fantaisie débridée intervient. Les pages concernant son séjour parisien sont bourrées d'invention, mais ce sont des affabulations de psychopathe. Mary McCarthy a noté quelque part que tout ce que Lillian Hellman écrivait était mensonger, jusqu'à un simple « et » ou un simple « mais ». Le même constat s'applique au journal de Terry.

En voici quelques échantillons, tirés de l'autobiographie de ce chevalier de l'Ordre du Canada et titulaire du Prix du Gouverneur général, *Le Temps et ses fièvres*, à paraître prochainement aux éditions the group, cette maison de Toronto sur laquelle la Sainte Trinité de la médiocrité littéraire fait pleuvoir ses bienfaits, j'ai nommé le Conseil des Arts du Canada, la Commission artistique de l'Ontario et celle de Toronto.

Paris, 22 septembre 1951. Ce matin, impossible d'aller plus avant dans le livre de Céline, *Mort à crédit*. C'est P. qui me l'a recommandé, ce qui n'est guère étonnant puisque, outre une instabilité touchante, il est affligé par la même haine rudimentaire de l'humanité. Avec lui, je n'entretiens que des relations fort épisodiques, qui me sont imposées par le fait que nous sommes tous deux originaires de Montréal, coïncidence plutôt que lien significatif.

En fait, P. a débarqué à Paris au printemps dernier, muni de mon adresse que lui avait donnée mon père. Comme il ne connaissait personne, il m'a harcelé quotidiennement, ne craignant pas de me déranger dans mon travail pour m'inviter à déjeuner et réclamer en retour que je lui indique quels cafés il se devait de fréquenter ou que je le présente à mes connaissances. En l'espace d'une semaine, il avait assimilé l'idiome noir américain, très à la mode ici et qui le fascinait visiblement. Je ne peux que me souvenir du jour où il s'est imposé à ma table de la terrasse du Mabillon où j'étais en train de lire *Vile Bodies*, d'Evelyn Waugh.

– C'est coton, *man*, ou ça vaut le coup ?

– Pardon ?

– Ça pourrait me botter, ou pas ?

Finalement, j'ai réussi à le repasser à une coterie de superficiels Yankees dont j'évitais moi-même avec soin la compagnie. Au départ, ils l'ont accueilli plus que froidement mais ils ont bientôt découvert que P., affamé de reconnaissance sociale, était toujours prêt à mettre la main au portefeuille. Leo Bishinsky prit l'habitude de lui emprunter de l'argent pour acheter ses peintures et ses toiles tandis que les autres l'essoraient consciencieusement en fonction de leurs propres besoins.

– Je vois que tu t'es fait un nouvel ami, fis-je un jour distraitement remarquer à Boogie.

– On a tous le droit d'avoir son Vendredi, non ?

Boogie, qui venait de subir une longue série de revers au jeu et qui risquait l'expulsion de son hôtel, confia la note en souffrance à P.

A l'instar de tant d'autres autodidactes, ce dernier se croit obligé de faire étalage de ses lectures, quelles qu'elles puissent être, et d'émailler son discours de citations. Chez cet enfant des ruelles du ghetto, la vulgarité est une seconde nature. Il est aussi enclin à l'ivrognerie et à la bagarre aux poings, ce qui est plus surprenant compte tenu de ses origines juives. Une façon de les renier ? Peut-être.

Né à Montréal dans un foyer anglophone, P. a néanmoins tendance à inverser la construction de ses phrases, comme s'il les traduisait simultanément du yiddish. Ainsi dans : « Il était un fameux salaud, le toubib de Clara » ou, après coup bien entendu : « Si j'avais su, j'en aurais eu un autre, de comportement. » Note : ne pas oublier cette bizarre syntaxe quand j'aurai à écrire un dialogue entre juifs.

Son apparence n'est pas déplaisante. Des cheveux noirs et bouclés, durs comme de la paille de fer. Des yeux de petit commerçant matois. Une bouche de satyre. Grand, balourd, mais prompt à gonfler le jabot. Il a encore l'air perdu ici, déplacé, hors de son élément, même s'il dispose désormais d'un acolyte en la personne de l'un des plus infects poseurs du quartier, qu'il suit partout comme s'il était son giton, son Ganymède. Ce qui n'est pas le cas, aucun des deux n'étant déviant sur ce point.

Six cents mots, aujourd'hui. J'ai tout déchiré. C'était inadéquat, médiocre. Comme moi ?

Paris, 3 octobre 1951. Le mari de S. parti en voyage d'affaires à Francfort, elle m'a envoyé un pneumatique ce matin pour m'inviter à dîner dans notre “oubliette”, un bistro de la rue Scribe où ni elle ni moi ne sommes susceptibles de tomber sur quelque connaissance. Bourgeoise circonspecte toujours effrayée par le qu'en-dira-t'on (“Elle entretient un gigolo, tiens donc !”), S. a cherché ma main sous la table et y a glissé assez d'argent pour que je puisse payer l'addition.

Je suis son amant consciencieux depuis maintenant trois mois. Elle m'avait levé un soir d'été à la terrasse du café de Flore. Assise toute seule non loin de moi, elle m'avait souri puis, désignant du menton le livre dans lequel j'étais plongé, elle avait remarqué : « Peu d'Américains seraient capables de lire Robbe-

Grillet dans le texte. J'avoue que même moi je le trouve difficile. »

Si S. reconnaît avoir atteint la quarantaine, je la soupçonne d'être plus avancée en âge, ce dont témoignent ses vergetures. Celle qui a décidé d'être ma houri ne risque guère d'être confondue avec Aphrodite mais elle a de la joliesse et elle est mince. Elle commence à s'imbiber dès le matin (« gin-martini, comme la reine d'Angleterre », précise-t-elle), et c'est elle qui a bu presque toute la bouteille de vin au dîner ce soir, tout en me faisant comprendre d'un signe qu'elle avait les jambes écartées sous la table, une invite à retirer une chaussure et la chaussette afin que je la masse avec mes doigts de pied en catimini.

Ensuite, nous nous réfugions dans ma sordide chambre d'hôtel que S. affecte d'adorer parce qu'elle comble sa "nostalgie de la boue" et correspond à son idée de ce que doit être le lot d'un jeune artiste méritant. Nous copulons à deux reprises, une fois en proue, une autre en poupe, puis je refuse de me prêter au cunnilingus, ce qui la rend maussade. Elle retrouve néanmoins tout son allant lorsque, à sa demande insistante, je lui lis un passage de mon futur roman, qu'elle trouve "merveilleux, vraiment remarquable".

Elle rêve d'apparaître dans ma prose, sous le nom d'Héloïse si possible. Malgré la pluie battante et mon épuisement, je la raccompagne jusqu'à son Austin-Healey qu'elle a garée à prudente distance et je l'assure de ma grande admiration pour sa beauté, son esprit et sa finesse. De retour dans ma chambre, je me remets sans tarder à ma plume, pendant que le souvenir est encore frais dans ma mémoire. Une description en cinq cents mots de la manière dont l'orgasme secoue son corps.

Réveillé par une crise d'éternuements à deux heures du matin. J'attrape mon thermomètre. Trente-sept six. Pouls rapide, courbatures. Je le savais : je n'aurais jamais dû sortir sous cette pluie.

Paris, 9 octobre 1951. Ce matin, je me risque à ouvrir une lettre de mon père qui traînait sur ma table depuis dix jours, bravant la déprimante épaisseur de l'enveloppe.

Je l'imagine en train de couvrir le papier de ses pattes de mouche, installé à son bureau d'instituteur dans l'arrière-boutique, fumant l'une de ses Export A dont il a percé le bout d'un cure-dents afin de pouvoir tirer dessus jusqu'à manquer de se brûler les lèvres. Devant lui, un pique-notes sur lequel s'entassent les factures impayées, une boîte à cigares remplie de trombones, d'élastiques et de timbres étrangers qu'il conserve à l'intention de son postier, un Canadien-français qu'il tente de gagner à sa cause, ainsi que les restes de son déjeuner, reliefs farineux de l'œuf dur qu'il ne finit jamais ou encore bout de sandwich à la sardine d'où l'huile fuit de toutes parts. Et un trognon de pomme. Tout en inspectant bruyamment ses dents jaunes de la langue, il écrit avec un stylo en liège de la vieille école, de même que chaque matin il continue à se raser au coupe-chou et à cirer ses antiques souliers dont le cuir est tout craquelé.

Comme toujours, sa missive débute par une litanie de récriminations politiques. Julius et Ethel Rosenberg ont été jugés coupables, évidemment, et condamnés à mort. Un essai atomique a été mené dans le Pacifique, provocation délibérée à l'encontre de l'Union soviétique et autres démocraties populaires. Vingt et un dirigeants communistes ont été arrêtés aux Etats-Unis et inculpés d'incitation au renversement subversif de l'autorité élue. Puis il passe aux dures réalités de l'existence. Mère ne va pas mieux. Ne pouvant la laisser seule à la maison, il pousse tous les jours sa chaise roulante jusqu'à la librairie. Bientôt neige et glace seront de retour, et comment fera-t-il, alors, lui que son arthrose martyrise ? Enfin, pour l'instant elle somnole ou elle lit à ses côtés, attendant qu'il finisse par baisser le rideau de la devanture et la ramène à l'appartement. Là, il lui donnera son bain, la frictionnera avec de l'alcool à 90°, puis lui réchauffera un bol de soupe à la tomate Campbell's, suivi de carottes émincées et de maïs en grain, le tout provenant de boîtes de conserve. Ou bien il lui fera frire deux œufs dans du saindoux ranci, jusqu'à ce que les bords prennent un aspect de dentelle carbonisée. Après, il lui lira quelque livre de sa voix éraillée par le tabac, souvent interrompu par des quintes qui l'obligent à expectorer ses poumons dans un mouchoir sale : Howard Fast, Gorki, Ilya Ehrenbourg, Aragon, Brecht… En guise de crucifix, une copie encadrée du panégyrique du camarade Norman Bethune rédigé par Mao surplombe leur lit, dont le matelas est désormais équipé d'une alèse en caoutchouc. Parfois, il lui brossera ses cheveux gris emmêlés tout en lui chantant une berceuse :

Rejoins le syndicat mon gars
Hommes et femmes main dans la main
On les aura les exploiteurs et les rapiats !
La marée monte qui tout emportera
Car l'unité est l'arme des forçats
La division, sans lendemain.
Tous pour un et un pour tous
Ils vont comprendre, ces assassins !

Enfin, il m'annonce qu'il ne se sent plus la force de continuer. Que si je rentre, il saura me pardonner tous mes péchés, qu'ils soient par omission ou par action. Que je pourrai prendre la chambre du fond, celle où le radiateur grésille et hoquète toute la nuit et dont la fenêtre offre une vue stimulante sur les caleçons longs du voisin accrochés à la corde à linge, ou en hiver sur les draps pétrifiés en feuilles de glace. Je serai libre d'écrire le matin, allant jeter un coup d'œil à Mère de temps à autre et vider le pot de sa chaise roulante, de quoi me mettre en appétit pour le déjeuner. L'après-midi, j'irai prendre sa relève à la librairie, fourguer des placebos marxistes aux camarades ou servir les rares inconscients qui s'y aventureraient pour demander : « Vous avez *Tout pour réussir*, de Norman Vincent Peale ? » Ou peut-être *Rester jeune dans sa tête et dans son corps*, de Gayelord Hauser. Il me paierait vingt-cinq dollars la semaine.

« Je ne rajeunis pas, et ton admirable mère pas plus. Nous avons besoin de ton aide alors que nos vies touchent à leur fin. »

Et la mienne, puis-je demander ? Pour quelle raison devrais-je la leur sacrifier ? Plutôt que de retourner à cette lugubre existence, je préfère encore me couper les veines, comme cette pauvre Clara, Clara dont j'ai été un des premiers à reconnaître le prodigieux talent*. Je ne veux pas revoir cette « maison » où je ne pouvais pas inviter des amis après l'école sans que leur soit infligée une conférence historique sur la grève générale de Winnipeg et qu'ils repartent chargés de brochures de propagande destinées à l'édification de leurs parents.

Relisant l'épître paternelle, je prends un crayon pour corriger ses fautes de syntaxe et de ponctuation. Je note aussi, sans m'étonner, qu'en sept longues pages il ne prend pas une seule fois la peine de s'enquérir de mon état, qu'il ne manifeste pas un iota d'intérêt envers l'œuvre qui m'occupe.

Inévitablement, ses appels à la piété filiale me laissent avec la migraine. Impossible de travailler. Je vais prendre l'air au jardin du Luxembourg, je sors rue Vavin et je remonte le boulevard Montparnasse. Fou que je suis, tout cet exercice m'a aiguisé l'appétit alors que je n'ai pas un sou en poche. En passant devant Le Dôme, j'entrevois P., très occupé à conspirer avec cet individu interlope qui, d'après les rumeurs, compte maintenant parmi ses intimes, un trafiquant en devises de la rue des Rosiers.

Une journée perdue, laissée en friche : je n'ai pas écrit un mot.

Paris, 20 octobre 1951. Le chèque de l'Unesco qui devait me parvenir depuis belle lurette n'est toujours pas arrivé. Une nouvelle que j'avais envoyée au *New Yorker* revient avec un formulaire de refus pré-imprimé. Ils préfèrent les épanchements d'Irwin Shaw, j'aurais dû m'en douter.

S. est toujours superbement vêtue, en Dior ou Chanel. Je pourrais vivre des mois avec ce que coûte une seule de ses robes. Et ce collier de perles à fermoir en diamant, et ces bagues, et

* Dans la version manuscrite du journal de McIver, conservée à l'université de Calgary, on lit : « Je préfère encore me couper les veines, comme C. l'a fait sans parvenir à son but, "faute de mieux", à l'image de tout ce qu'elle a jamais entrepris. » (Carnet 31, septembre-novembre 1951, p. 83.)

cette montre Patek Philippe… Son mari, une huile au Crédit lyonnais, ne lui a pas fait l'amour depuis plus d'un an. Elle en a conclu que c'était une "tante", bien qu'il puisse aussi marcher "à voile et à vapeur", comme elle l'a dit un jour.

Elle est allée faire du lèche-vitrines faubourg Saint-Honoré, encore une fois, puisqu'à mon retour du marché de la rue de Seine le concierge me tend un petit paquet enrubanné, qui m'a été apporté par coursier. Roger & Gallet. Un flacon d'eau de toilette pour homme, et trois savons parfumés. Oh, l'arrogance des riches…

Je venais de m'installer à ma table quand elle surgit, hors d'haleine tant elle a peu l'habitude de gravir cinq étages à pied.

– Je n'ai qu'une heure devant moi, prévient-elle en me donnant un baiser qui empeste l'ail dont elle a abusé à midi.

– Mais je suis en plein travail !

Elle a une bouteille de Cristal-Roederer glacé avec elle. En quelques secondes, elle s'est déjà déshabillée.

– Dépêche !

Trois cents mots, aujourd'hui. Seulement.

Paris, 22 octobre 1951. Toujours aussi condescendant, P. m'a invité à déjeuner dans une gargote de la rue du Dragon, ce qui devrait, pense-t-il, lui valoir toute ma gratitude. Il m'annonce être soudain en fonds, grâce à une douteuse transaction menée en cheville avec son complice de la rue des Rosiers. Suant la commisération, il me propose un prêt. Je suis dans le plus grand besoin, certes, mais je décline son offre car je ne veux certainement pas être endetté auprès de quelqu'un de son acabit. Chez lui, ce n'est d'ailleurs que de l'ostentation. Il manque de confiance en lui à un point criant, feint la générosité dans l'espoir d'attirer l'attention de ceux qui le dépassent.

Après, nous marchons ensemble jusqu'au Jeu de Paume, où il se pâme devant les Seurat.

– On le crédite d'une imagination débordante, de l'invention d'un nouveau style, lui fais-je remarquer, mais de même que certains Impressionnistes il était sans doute myope, tout simplement, et peignait les choses telles qu'il les voyait.

– Absurde ! proteste-t-il.

Paris, 29 octobre 1951. La coterie s'est réunie autour d'une table du Mabillon. Leo Bishinsky, Cedric Richardson, un couple dont je n'ai pas retenu le nom, une fille que je ne connaissais pas et dont on ne peut pas ne pas remarquer les aisselles peuplées de poils moites, l'inévitable P., évidemment flanqué du faussaire qui le tient sous hypnose et de sa Clara. Répondant à leurs saluts prétendument amicaux, je m'arrête un instant devant eux, sans pour autant prêter attention aux provocations de Boogie. Ils sont tous surexcités par les effets du haschich, ce qui les rend encore plus assommants que d'habitude.

Pour ma délectation personnelle, j'ai tenté de trouver un sobriquet qui puisse convenir à cette fine équipe. « Les Cro-Magnons » ? « Les Rois fainéants » ? Je me suis finalement décidé pour « la Compagnie des bouffons ».

Ils n'ont pas accompli ce long voyage afin de s'imprégner de culture française, non, mais pour l'hypothétique plaisir de se rencontrer les uns les autres. Aucun d'entre eux n'a pris la peine de lire Butor, Sarraute ou Simon. Quand mes ressources me permettent d'aller assister à la dernière pièce de Ionesco, ou de voir Louis Jouvet se produire, eux seront certainement entassés au Vieux-Colombier, à ovationner Sydney Bechet. Puis, regroupés à l'un de leurs points de ralliement favoris, ils disserteront *ad nauseam* sur les mérites respectifs de Ted Williams et de Joe DiMaggio ou, pour peu que P. soit particulièrement sous l'emprise de ses lubies hockeyistes, de Gordie Howe et de Maurice Richard. Ou bien ils organiseront un concours à qui se souviendra le mieux des paroles de telle ritournelle des Andrews Sisters, quand ce ne sera pas des répliques de ce film, *Casablanca*. Qu'ils découvrent un cinéma où un vieux navet de Bud Abbott ou de Lou Costello est programmé, ou encore une comédie musicale avec Esther Williams, et ils s'y rendront au pas de charge, frétillants de joie, pour se retrancher ensuite à l'Old Navy ou au Mabillon et ricaner jusqu'à l'aube.

Paris, 8 novembre 1951. George Whitman a exigé que j'aille faire une lecture à sa librairie. Il faut croire que James Baldwin n'était pas libre.

J'ai quarante-cinq auditeurs devant moi quand je commence, dont P. et ses accointances, venus là pour se gausser de moi, à l'évidence. Soudain, une escouade de lettristes, très certainement alertés par Boogie, font irruption dans la salle. S'ils avaient pensé pouvoir m'intimider, ces malheureux braillards en seront pour leurs frais. Malgré tout leur tintamarre, je poursuis, ne pensant qu'à ceux qui sont venus m'entendre.

Ravi de m'avoir vu en butte à l'hostilité, P. m'invite ensuite à prendre un verre, occasion pour lui de pérorer et de me proposer à nouveau de l'argent avec une indécente sollicitude. Je pourrais peut-être rentrer à Montréal, me suggère-t-il, et embrasser une carrière d'enseignant.

– Avec ton diplôme de McGill et toutes tes distinctions…, glisse-t-il avec un dépit mal déguisé.

– Les conseilleurs ne sont pas les payeurs.

Vexé, il essaie de s'esquiver sans payer l'addition. Lorsque je lui remontre que je suis venu là à son invitation et que je le prends ainsi en défaut, il devient enragé, me saisit au collet et m'expédie son poing sur le nez, qu'il met en sang. Puis il s'échappe dans la nuit, me laissant acquitter le prix des consommations.

Ce n'est pas la première fois que P. prétend s'abstraire d'une contrariété à coups de poing. Ni la dernière, je pense. C'est un violent. Un jour, il ira jusqu'au meurtre, j'en ai peur.*

---

* *Ibid.*, p. 89, cette dernière phrase n'apparaît pas. Elle a donc certainement été rajoutée après les faits.

10

Tiens, tiens, tiens. Reb Leo Bishinsky revient sous les feux de l'actualité : le MOMA organise une rétrospective qui doit ensuite se déplacer au musée de Toronto et conférer ainsi à ce dernier la consécration internationale tant attendue. La photo de l'artiste dans le *Globe and Mail* révèle qu'il porte désormais une moumoute, apparemment fabriquée à partir de sa collection de poils pubiens collectés sur de célèbres top models. On l'y voit torse nu, radieux, enlacé par sa maîtresse de vingt-deux ans, une véritable poupée Barbie dont les tendres bras entourent son gros ventre poilu. Il me manque, Leo. Sincèrement. « Chaque matin, avant de me mettre au travail, confie-t-il à l'auteur de l'interview, je me perds dans la forêt et j'écoute les arbres. »

La page trois du *Globe* offre encore meilleur. Oubliés, Abélard et Héloïse. Enfoncés, Roméo et Juliette. Ou Chuck et Lady Di, ou encore Michael Jackson et le fils aîné de l'orthodontiste de Beverly Hills : l'édition de ce matin propose de quoi balayer toutes ces poignantes histoires d'amour, une tornade à l'échelle de l'Ontario. Sachez donc qu'un certain Walton Sue, en se mariant la veille, a « ajouté une nouvelle page à la tragédie quasi shakespearienne dont son épouse et lui se sont retrouvés les héros involontaires et dans laquelle passion, argent et querelles de famille s'entremêlent », à en croire le journaliste du digne quotidien.

Physiquement et mentalement diminué après avoir été renversé par une voiture il y a quinze ans, Sue a donc épousé une Maria

DeSousa, laquelle souffre de paralysie cérébrale et ne quitte pas le fauteuil roulant. L'union a été scellée à la mairie de Toronto lors d'une cérémonie « secrète » à laquelle participaient plus de représentants de la presse que de parents, *dixit* le reporter. Le problème du jeune marié était que son père, très opposé à ses projets matrimoniaux, s'était vu confier l'administration de la pension de deux cent quarante-cinq mille dollars octroyée à la suite de l'accident. Un jour avant les noces, cependant, un avocat a obtenu que Sue soit reconnu dans l'incapacité de gérer sa fortune, plaçant ainsi le magot sous la curatelle de l'Etat de l'Ontario, ce qui a permis à Sue et DeSousa d'aller s'installer dans une résidence pour handicapés.

Je ne veux pas ironiser facilement sur ce couple, auquel je souhaite mazel tov de tout mon cœur. Non, là où je voulais en venir, c'est qu'à mon sens la déficience mentale de ce monsieur le prédispose plus au bonheur conjugal que je ne l'ai jamais été, tout vétéran de l'institution maritale que je sois, ma troisième et dernière tentative ayant été menée avec une femme que « l'âge ne peut flétrir ni l'habitude gâter* » mais qui a fini par me juger indigne d'elle, pour ne pas dire plus : Miriam, Miriam, flamme de mon cœur.

Au temps où ma première femme était encore en vie, il m'arrivait de l'inviter en compagnie de Mrs Panofsky II et de Miriam à un déjeuner fin au Mas des Oliviers, symposium consacré aux errements conjugaux de sieur Barney Panofsky, ivrogne, cynique et joueur de piano de son état, ainsi que meurtrier, éventuellement.

Le Mas des Oliviers, mon restaurant favori à Montréal, est la preuve que cette ville divisée et pleine de confusion a encore des vertus capables de la rédimer, que son salut réside dans le sybaritisme convaincu de ses principaux acteurs. Ici, les gens qui comptent ne s'adonnent pas au jogging, ni ne se contentent d'une sommaire salade après leur partie de squash de la mi-journée, maladies chroniques dont Toronto l'industrieuse, Toronto la

* « L'âge ne peut la flétrir, ni l'habitude gâter/ Son infinie variété… » *Antoine et Cléopâtre*, acte II, scène 2.

cupide est définitivement atteinte. Au contraire, ils se retrouvent au Mas pour des agapes de trois heures au cours desquelles ils attaquent de généreuses assiettes de côtes d'agneau ou de boudin, arrosées de bouteilles de saint-julien, avant de réclamer cognac et cigares à grands cris. C'est ici que des avocats plaidant pour des parties adverses, mais aussi des juges, peuvent se rencontrer afin de régler à l'amiable leur contentieux, non sans avoir auparavant échangé les ragots les plus salaces du moment. Dans l'assistance, le nombre de maîtresses dépasse de loin celui d'épouses légitimes. A sa table attitrée, le Parrain québécois du parti conservateur reçoit avec superbe les marques de respect et d'allégeance. Plus loin, des ministres qui ont le pouvoir d'octroyer de juteuses concessions d'autoroutes aux plus méritants prêtent une oreille distraite aux plaideurs. Parfois, je me joins aux tables rondes des Mauvais garçons juifs que préside Irv Nussbaum, mes transgressions passées sous silence ou seulement évoquées dans le but de susciter quelques éclats de rire. Et c'est aussi au Mas des Oliviers que j'avais convié Boogie la veille de mon mariage avec Mrs Panofsky II.

S'il était encore en vie, il aurait aujourd'hui soixante et onze ans et serait peut-être encore aux prises avec ce premier roman qui devait étonner le monde entier… Non, c'est minable, ce que je fais là. Du ressentiment, rien d'autre. Mais des années ont passé depuis le temps où je m'attendais à l'entendre sonner à ma porte, sinon le jour même, du moins le lendemain, et commencer avec ses questions : « Lovecraft, tu as lu ? »

Bien lointaines sont les nuits où je me réveillais en sursaut pour foncer à mon cottage au bord du lac dans un accès de folie, où je me jetais à l'intérieur en criant son nom puis battais en retraite sur la jetée, bredouille, les yeux fixés sur les eaux sombres dans lesquelles je l'avais vu pour la dernière fois.

– Je ne l'ai connu qu'à cette seule occasion, ton mariage, m'avait déclaré un jour Miriam, et franchement, excuse-moi, mais je me suis dit qu'il faisait pitié. Ne me regarde pas comme ça, s'il te plaît.

– Moi ? Mais non !

– Je sais bien que nous avons dû parler au moins cent fois de ce qui s'est passé au lac ce jour-là, mais j'ai quand même l'impression que tu me caches quelque chose. Vous vous étiez disputés, tous les deux ?

– Nous ? Pas du tout.

Avec le temps, le charme que mon chalet exerçait sur moi s'est quelque peu terni. Certes, l'autoroute à six voies des Laurentides me permet depuis les années soixante de le rejoindre en une heure, contre deux jadis, au mieux. Malheureusement, l'axe routier a aussi rendu le lac accessible aux citadins désireux de s'installer au vert et aux professionnels que leur maîtrise de l'outil informatique autorise à travailler à domicile. Une fois l'autoroute quittée, ma retraite n'est plus desservie par une simple piste de bûcherons hérissée de roches et trouée d'ornières entre lesquelles il fallait slalomer prudemment et qui m'obligeaient à remplacer chaque année mon pot d'échappement soumis à rude épreuve. Si je ne regrette pas les arbres abattus qui bloquaient parfois mon avancée, je repense avec nostalgie à l'étroit pont de bois sur la Chokecherry, dont le cours tumultueux s'enflait dangereusement à la débâcle printanière, remplacé depuis longtemps par un raisonnable ouvrage d'art en acier et béton. La piste elle-même, déjà élargie au cours des années cinquante, est aujourd'hui goudronnée, et nettoyée par les chasse-neige en hiver. Plus, les bienfaits du progrès se sont fait sentir jusqu'ici : cette merveille de la nature que je nomme encore Lake Amherst dans ma tête a été rebaptisée lac Marquette par la Commission de la toponymie, cet organisme chargé depuis les années soixante-dix de libérer la "belle province" des noms de lieux imposés par l'envahisseur…

Alors que jadis seuls kayaks et voiliers sillonnaient ces quarante kilomètres d'eau bleue, nos étés sont maintenant pollués par des armadas de hors-bord et d'adeptes du ski nautique. Nos vitres tremblent souvent au passage des chasseurs à peine décollés de la base de l'OTAN à Plattsburg, et plus occasionnellement des jumbos transatlantiques en approche à l'aéroport de Mirabel. Trois magnats disposent aussi de leur hydravion privé pour venir passer leur week-end ici alors qu'au bon vieux temps je n'ai vu qu'une seule fois ces flots jadis transparents troublés par un de ces maudits engins, en l'occurrence un Canadair alors en phase d'expérimentation. C'était en 1959, si je ne m'abuse et, après avoir écumé le lac en avalant je ne sais combien de tonnes d'eau, il s'était élevé à grand fracas pour aller se soulager sur une montagne au loin. Il faut dire qu'à mon arrivée ici on ne dénombrait que cinq cottages, dont le mien, contre plus de soixante-dix aujourd'hui. Si bien que, non sans un certain amusement, j'ai hérité du rôle un peu loufoque de vieux de la vieille local, celui que les voisins invitent à dîner afin qu'il enchante leurs enfants d'anecdotes sur l'époque bénie où la truite tachetée abondait et où l'électricité comme le téléphone, sans même mentionner la télévision par câble ou les antennes paraboliques, étaient inconnus dans ces parages.

C'est par hasard que j'avais découvert ma Iasnaïa Poliana à moi. Rendant visite à un ami installé sur un autre lac en 1955, je m'étais trompé d'embranchement et j'avais suivi une piste forestière qui s'arrêtait brusquement en haut d'un pic dominant Lake Amherst. Il y avait une sorte de refuge de montagne abandonné, avec un panneau A VENDRE cloué sur le porche à moitié effondré. La porte était verrouillée, les fenêtres condamnées par des planches, mais je réussis à en écarter deux et à me glisser à l'intérieur, semant la panique parmi les écureuils et les mulots embusqués là. Ainsi que je devais le découvrir, la maison avait été construite en 1935 par un Bostonien amoureux de pêche et de randonnées. Elle était en vente depuis dix ans, ce qui ne me parut pas étonnant tant elle était délabrée, mais elle m'inspira un véritable coup de foudre et je m'en rendis acquéreur, avec cinq hectares de prairies et bois environnants, pour la somme étonnamment modeste de dix mille dollars. Les quatre étés suivants, j'y campai presque tous les week-ends avec pour tout confort un sac de couchage, des lampes à pétrole, quelques provisions de bouche achetées chez le traiteur et des tapettes à souris un peu partout, houspillant les lymphatiques artisans du cru qui étaient censés la rendre habitable. Un groupe électrogène à essence fut installé la troisième année, mais ce n'est qu'après mon mariage avec Miriam que je pus achever le chauffage central de la maison ainsi que la rénovation des hangars et de l'abri à bateaux. Jusqu'à ce jour, j'entretiens la cabane ingénieusement construite dans un arbre, où les enfants ont si souvent joué et qui servira à mes petits-enfants. Peut-être.

En proie à un accès de nervosité, je me suis mis à faire les cent pas dans mon salon. Quelqu'un devait venir m'interviewer à onze heures, je m'en souvenais. Mais qui ? Et à quel sujet ? Le post-it que j'avais préparé à ce sujet demeurait introuvable. Hier encore, alors que je m'apprêtais à tourner sur Décarie au volant de ma Volvo, j'ai soudain oublié comment on s'y prend pour rétrograder en troisième. Je me suis garé, je me suis mis au point mort, j'ai soufflé quelques minutes, puis j'ai saisi le levier et j'ai récapitulé les changements de vitesse.

Hé, ça y est ! J'y suis. La jeune femme qui doit arriver est l'animatrice de « Radio-Lesbo », une émission de la station étudiante à McGill, et elle rédige une thèse de doctorat consacrée à Clara. Ce ne sera pas la première fois que l'on me cuisine à son propos : j'ai déjà reçu la visite ou les lettres-questionnaires de féministes qui se manifestaient d'aussi loin que Tel-Aviv, Melbourne, Cape Town ou… cette ville dont Hitler prit d'assaut le Parlement, vous savez ? Où ce Premier ministre britannique qui ne quittait jamais son parapluie était venu promettre la paix sur la terre ? Zut, zut et zut. Mais voyons, c'est là qu'il y a la fameuse fête de la Bière ! Pilsner ? Molson ? Non. Un peu comme le nom de l'auteur de ce tableau, là, *Le Cri*… Munch. Munich. Enfin, ce que je voulais dire, c'est que les admiratrices de sainte Clara la martyre sont légion et qu'elles ont au moins deux points communs : premièrement, elles me prennent pour une abomination vivante et deuxièmement elles n'arrivent pas à comprendre que Clara éprouvait la plus vive antipathie envers les autres femmes, qui n'étaient à ses yeux que des rivales cherchant à détourner d'elle l'attention masculine tant désirée.

J'ai toujours au-dessus de ma cheminée un de ses dessins au crayon et à l'encre, typiquement surencombré de détails et tourmenté. Le sujet est un viol collectif de jeunes vierges. Une orgie. Gargouilles et lutins s'en donnant à cœur joie. Le faune ricanant, qui présente plus qu'un air de ressemblance avec moi, retient par les cheveux une Clara nue, tombée à genoux, la bouche déformée par un hurlement dont je profite pour m'immiscer entre ses lèvres. On m'a offert pas moins de deux cent cinquante mille dollars pour cette charmante saynète et, cependant, je ne m'en séparerais à aucun prix. Contrairement aux apparences, je suis un vieux romantique à l'eau de rose, c'est tout.

Me voici donc en train de me préparer à l'irruption d'une représentante de l'espèce que Rush Limbaugh a surnommée les « féminazis ». Elle aura sans doute un diamant dans la narine, des anneaux aux tétons, des bagues contondantes à tous les doigts. Et un casque de la Wehrmacht. Et des bottes dont un seul coup vous coupe l'envie de blaguer… Mais non, je vais ouvrir ma porte à une petite fille terriblement modèle, une jeunette menue dont les cheveux auburn ne sont pas taillés en brosse mais flottent innocemment dans l'air, et elle sourit gentiment derrière des lunettes de bonne mamie, et elle porte une robe Laura Ashley et de mignons escarpins. Elle entreprend sans tarder de m'attendrir en s'extasiant sur la collection de photos d'immortels des claquettes qui orne mes murs : Willy Coven dit le Négrillon, qui donna ses lettres de noblesse à la *Rhythm Waltz* ; Peg Leg Bates, saisie en plein vol ; les Nicholas Brothers, au temps du Cotton Club ; Ralph Brown ; les jeunes James, Gene et Fred Kelly dans leur uniforme de grooms au Nixon Theatre de Pittsburgh en 1920 ; et bien évidemment le grand Bill Robinson en haut-de-forme, lavallière blanche et queue-de-pie, vers 1932.

Miss Morgan, c'est son nom, installe son magnétophone tout en exhibant une liasse de questions. D'abord les habituels « Comment avez-vous rencontré Clara ? », « Qu'est-ce qui vous a attiré chez elle de prime abord ? », histoire de me mettre en confiance, puis c'est le premier missile : « D'après tous les témoignages que j'ai consultés, il semble que vous n'avez jamais prêté attention à son immense talent de poétesse et de peintre, que vous n'avez rien fait pour l'encourager dans son activité créatrice… »

Amusé, je cherche à la titiller un peu.

– Permettez-moi de vous rappeler les mots que Marike De Klerk, l'épouse de l'ancien Premier ministre sud-africain, a prononcés un jour à l'église : « Les femmes, a-t-elle dit, sont sans importance.

Nous sommes sur cette terre pour servir, soulager, assister, donner notre amour… »

– Oh, quel numéro vous êtes, vous !

– « Si une femme encourage un homme à être bon, il le sera. » *Dixit* madame De Klerk. Disons donc, ne serait-ce qu'afin d'entretenir le débat, que Clara n'a pas été à la hauteur de cette mission.

– Et vous, vous n'avez pas été à la hauteur de Clara ?

– Ce qui s'est passé était inévitable.

Clara vivait dans la hantise des incendies. « On habite au cinquième étage, remarquait-elle souvent, on n'aurait pas une seule chance de s'en tirer. » Il suffisait qu'elle entende frapper à la porte de notre chambre d'hôtel pour que la peur la tétanise, si bien que nos amis avaient appris à s'annoncer sans tarder : « C'est Leo », ou : « Hé, les mecs, c'est Boogie. Vous mettez tous vos objets de valeur dans un sac et vous le déposez dans le couloir, vite fait ! » Les plats en sauce la faisaient vomir. Elle souffrait d'insomnies mais une fois absorbée la dose de vin adéquate elle arrivait à s'endormir, ce qui n'était pas que positif car d'horribles cauchemars la réveillaient bientôt, toute tremblante. Elle se méfiait des inconnus, faisait encore moins confiance aux amis. Elle était allergique aux fruits de mer, aux œufs, aux poils d'animaux, à la poussière et à tous ceux qui paraissaient ne pas remarquer sa présence. Pendant ses règles, elle était assaillie de migraines, de crampes, de nausées et d'accès de mauvaise humeur. L'eczéma s'acharnait souvent sur elle. Sur le rebord de notre fenêtre, elle gardait toujours une jarre en porcelaine remplie de son urine et de rognures d'ongles, dispositif destiné à repousser les esprits malfaisants. Elle craignait les chats, avait le vertige. Le tonnerre la pétrifiait sur place. Elle avait la phobie de l'eau, des serpents, des araignées et du reste de l'humanité.

Et savez-vous, cher lecteur ? Je l'ai épousée.

Malgré ma condition de chaud lapin de vingt-trois ans à l'époque, ce ne furent pourtant pas ses prouesses sexuelles qui me conduisirent à ce choix. Notre aventure, si le mot convient, n'était pas marquée par des épanchements mémorables au lit. En dépit de sa propension à flirter avec le premier venu et de son goût pour les histoires osées, Clara s'avéra aussi prude – du moins avec moi – que sa mère, qu'elle se piquait de détester, mais qu'elle imitait en me refusant autant que possible ces fameuses « trente secondes de frottement » tant décriées. Ou bien elle les endurait de mauvaise grâce, s'ingéniant à gâcher le peu de satisfaction que nous aurions pu retirer de nos accouplements, toujours plus rares et plus décevants. Après toutes ces années, seules ses exigences comminatoires me sont restées en mémoire : « D'abord, tu te nettoies au savon et à l'eau chaude, pour de bon. Et ensuite, attention à toi si tu oses jouir en moi ! »

La seule fois où elle daigna m'administrer une fellation, elle se retrouva l'instant d'après à vomir ses tripes au-dessus de la cuvette. Humilié, je m'étais rhabillé sans un mot et j'étais parti errer sur les quais, jusqu'à la Bastille. A mon retour, elle était assise sur le lit, toute tassée, secouée de frissons malgré les multiples châles qu'elle avait superposés sur ses épaules, une valise prête à ses pieds. « Je serais partie avant que tu reviennes, m'avait-elle déclaré, mais j'ai besoin d'argent pour me prendre une autre chambre quelque part. »

Pourquoi ne l'ai-je pas laissée partir alors, quand c'était encore possible en toute impunité ? Pourquoi l'ai-je prise dans mes bras, bercée tandis qu'elle sanglotait, aidée à se dépouiller de son harnachement et à se glisser sous les couvertures, caressée et dorlotée jusqu'à ce que, suçant son pouce, elle retrouve une respiration régulière ?

Toute cette nuit-là, je restai à son chevet, fumant clope sur clope, plongé dans ce livre sur le Golem de Prague écrit par je ne sais plus qui, un ami de Kafka... Au petit matin, je descendis au marché lui acheter une orange, un croissant et un yaourt.

– Tu es le seul homme qui ait jamais pelé une orange pour moi, m'annonça-t-elle, écrivant ainsi dans sa tête les premières lignes du poème qui figure désormais dans tant d'anthologies. Tu ne vas pas me jeter dehors, hein ? avait-elle ajouté de sa petite voix de sainte-nitouche.

– Mais non.

– Tu aimes toujours cette foldingue de Clara, hein ?

– Je… Franchement, je ne sais pas.

Dans l'état d'épuisement que j'avais atteint, pourquoi ne pas lui avoir donné son argent là, tout de suite, et puis l'aider à s'installer dans un autre hôtel ?

Mon drame, c'est que je suis incapable d'aller au fond des choses. Je me moque de ne pas comprendre les motivations des autres, je ne m'en soucie plus ; mais pourquoi suis-je incapable de comprendre les miennes ?

Les jours qui suivirent cette scène, elle n'aurait pas pu se montrer plus repentante, plus docile, plus démonstrative. Au lit, elle me prodiguait force encouragements, son ardeur simulée contredite par la raideur de son corps, toujours aussi réticent. « C'était bon. Merveilleux. J'avais tellement besoin de te sentir en moi. »

Tu parles ! Mais moi, je peux dire que j'avais besoin d'elle. Ne sous-estimons jamais la bonne sœur qui sommeille en chacun de nous, même chez quelqu'un d'aussi hargneux que moi. En m'occupant de Clara, j'avais l'impression d'être chevaleresque, dévoué. Mère Teresa Panofsky. Docteur Barney Schweitzer…

Tandis que je griffonne à deux heures du matin dans un Montréal à moins vingt degrés, tirant sur un Montecristo, cherchant à imposer un sens à mon erratique passé, ne pouvant invoquer la jeunesse et l'innocence pour excuser mes fautes, j'arrive encore à revoir les moments passés avec Clara dont j'ai chéri la mémoire jusqu'à aujourd'hui. Ses taquineries pleines d'esprit qui parvenaient à me faire rire de moi, ce qui n'est pas un mince exploit. Nos instants de calme partagé, lorsque, allongé sur le lit dans le placard qui nous servait de chambre, je feignais de lire pour l'observer à sa table de travail. La Clara névrosée, l'insupportable Clara soudain rendue à elle-même. Concentrée. Captivée. Ses traits libérés d'une agitation qui la défigurait si souvent. Et moi, étonnamment fier de la haute estime dans laquelle d'autres plus cultivés que moi tenaient ses dessins et les poèmes qu'elle avait déjà publiés, imaginant un avenir d'ange gardien assurant sa subsistance afin qu'elle puisse se consacrer entièrement à son œuvre, la délivrant des préoccupations matérielles, la ramenant en Amérique et lui créant un studio d'artiste à la campagne, avec toute la lumière du

Nord et tous les dispositifs anti-incendie qu'il faudrait. Oui, je la protégerais du tonnerre, des serpents, des poils d'animaux et des esprits maléfiques et je finirais par baigner dans son aura, Léonard empressé auprès de sa Virginie partout célébrée. Et sans cesse vigilant, aussi, prêt à réagir au cas où l'envie lui prendrait de marcher droit dans l'eau les poches bourrées de cailloux. Yossel Pinsky, le rescapé de l'Holocauste qui allait devenir mon associé et qui avait croisé Clara quelquefois, se montrait cependant des plus sceptique : « Tu n'es pas plus un gentil garçon que moi, alors pourquoi t'acharner ? C'est une *meshugena*. Largue-la avant qu'il ne soit trop tard. »

C'était déjà trop tard.

– Tu veux que j'avorte, je suppose ?

– Attends, attends une minute ! Laisse-moi le temps de réfléchir. (J'ai vingt-trois ans, grands dieux ! C'était la seule idée qui me venait.) Je sors faire un tour. Ce ne sera pas long.

Pendant mon absence, elle avait encore rendu dans la bassine et je la trouvai en train de ronfler quand je revins de ma promenade spéculative. Trois heures de l'après-midi et Clara l'insomniaque qui dormait à poings fermés… Il en était quatre et j'avais nettoyé tant bien que mal les dégâts lorsqu'elle consentit à se lever.

– Ah, tu es là, toi… Mon héros.

– Je peux en parler à Yossel. Il nous trouvera quelqu'un.

– Ou il s'en chargera lui-même avec un cintre tordu. Seulement, il se trouve que j'ai décidé de garder le bébé. Avec ou sans toi.

– Si tu le gardes, je devrai t'épouser, il faut croire…

– Quelle déclaration enflammée !

– Je considérais les éventualités, simplement.

Elle me fit une révérence bouffonne.

– Oh, vous me faites trop d'honneur, Prince Charmanfeld !

Et elle était partie comme une tornade.

Boogie, lui, se montra catégorique.

– Comment ça, ta responsabilité ?

– Eh bien oui, non ?

– Tu es encore plus dingue qu'elle. Fais-la avorter !

Ce soir-là, je la cherchai partout avant de la repérer à une table de La Coupole, seule. Je me penchai pour l'embrasser sur le front.

– J'ai décidé de t'épouser.

– Waouh ! Ça alors. Je n'ai même pas à dire oui ou non, moi ?

– On peut consulter ton Yi Jing, si tu veux.

– Mes parents ne viendront pas. Ce serait la honte, pour eux. « Madame Panofsky »... On croirait la femme d'un fourreur. Ou la patronne d'une boutique de confection. En gros, bien entendu.

Je trouvai un appartement sous les combles rue Notre-Dame-des-Champs, créé à partir de quatre "chambres de bonne", et nous nous mariâmes à la "mairie du sixième". Ma promise portait un chapeau-cloche affublé d'un voile grotesque, une longue robe de laine noire et un boa en plumes d'autruche blanches. Sommée par le fonctionnaire de déclarer si elle acceptait de me prendre pour mari devant la loi, Clara, complètement défoncée, lui adressa un clin d'œil : « J'ai un polichinelle dans le tiroir. Vous feriez quoi, vous ? » Boogie et Yossel étaient témoins. Il y eut des cadeaux : une bouteille de Dom Pérignon et cent grammes de haschich dissimulés dans des chaussons de bébé en tricot bleu, de la part de Boogie ; un trousseau de six parures de lit et de serviettes de bain en provenance de l'Hôtel George V, offert par Yossel ; un croquis signé et une douzaine de langes, avec les vœux de Leo ; un exemplaire autographié de *Merlin* où figurait sa première nouvelle jamais publiée, dans le cas de Terry McIver.

C'est alors que j'expédiais les formalités en vue du mariage que je pus enfin jeter un coup d'œil au passeport de Clara. Quelle ne fut pas ma surprise en découvrant le nom auquel il était établi : Charnofsky. « Ne t'inquiète pas, c'est bien une shiksa pur sang que tu t'es récoltée, m'expliqua-t-elle alors. C'est juste que je me suis enfuie avec lui quand j'avais dix-neuf ans et qu'on s'est mariés au Mexique. Mon prof de dessin, je veux dire. Charnofsky. Ça n'a duré que trois mois, mais j'ai payé les pots cassés : mon père m'a déshéritée. »

Une fois installée dans notre foyer, Clara prit l'habitude de passer des nuits blanches à noircir ses carnets de notes ou à se plonger dans ses cauchemardesques dessins à la plume. Ensuite, elle dormait jusqu'à deux ou trois heures de l'après-midi puis disparaissait dehors et je ne la revoyais que le soir, lorsqu'elle rejoignait notre tablée au Mabillon ou au Sélect avec des airs de criminelle.

– Juste pour savoir, madame Panofsky : où tu étais passée, pendant tout ce temps ?

– Me rappelle pas. Je me promenais, faut croire. (Et là, elle fouillait dans ses amples jupes en annonçant :) J'ai un cadeau pour toi, avant de me tendre une boîte de mousse de foie gras, une paire de chaussettes ou même, une fois, un briquet en argent massif.

– Si c'est un garçon, déclara-t-elle un jour, je l'appellerai Ariel.

– Ah, ça coule super bien, ça, remarqua Boogie : Ariel Panofsky.

– Moi, je vote pour Othello, fit Leo avec un sourire mauvais.

– Ta gueule, toi ! le coupa Clara en le fusillant du regard, à la faveur de l'une de ses imprévisibles et toujours plus fréquentes sautes d'humeur. (Puis, se tournant vers moi :) Peut-être que Shylock serait plus approprié, tout compte fait ?

Curieusement, jouer au jeune ménage s'avéra très amusant lorsqu'elle eut dépassé la phase des nausées matinales. Nous complétâmes notre batterie de cuisine, fîmes l'acquisition d'un berceau. Elle fabriqua un mobile qu'elle pendit au-dessus, peignit des lapins, des écureuils et des hiboux sur les murs de la chambre du bébé à naître. C'était moi qui étais chargé des repas, bien entendu. Spaghettis bolognaise, préalablement égouttés avec une passoire, je souligne. Salade de foie haché. Et ma “pièce de résistance”, escalopes de veau panées accompagnées de latkes et de sauce aux pommes. Si Boogie, Yossel, Leo et l'une ou l'autre de ses petites amies, voire même Terry McIver une fois, venaient souvent dîner, Clara refusait catégoriquement la présence de Cedric, qui avait omis d'apparaître à notre mariage.

– Pourquoi pas ?

– Comme ça. Je ne veux pas de lui ici.

Elle s'accommodait mal de Yossel, également.

– Il a de mauvaises vibrations. Il ne m'aime pas. Et je veux savoir ce que vous manigancez, tous les deux.

De sorte que je la fis asseoir sur le canapé et lui servis un verre de vin.

– Il faut que j'aille au Canada.

– Hein ? Quoi ?

– Trois semaines, pas plus. Un mois au maximum. Yossel va t'apporter de l'argent chaque semaine.

– Tu ne reviendras pas.

– Ne commence pas, Clara.

– Pourquoi le Canada ?

– On se lance dans un business, Yossel et moi. L'import-export de fromages.

– Tu blagues ou quoi ? Le business du fromage. Mais c'est affreux ! « Dis-moi, Clara, tu étais mariée, à Paris, non ? – Si. – C'était qui ? Un écrivain, un peintre ? – Non, un putain de vendeur de frometons ! »

– Ça rapporte.

– Ah bon ? Mais je vais devenir folle ici, toute seule. Je veux que tu me trouves un cadenas pour la porte. Et s'il y a le feu ?

– Et un tremblement de terre, pendant que tu y es ?

– Peut-être que tu vas tellement bien réussir avec tes fromages que tu me feras venir au Canada, alors ? On pourrait faire partie d'un club de golf, s'ils en ont encore là-bas, inviter les voisins à jouer au bridge. Ou au mah-jong. Mais attention, je n'adhère à aucune foutue association de dames patronnesses de synagogue. Et Ariel ne sera pas circoncis. Je ne le permettrai pas.

En trois trépidantes semaines, je me débrouillai pour déposer les statuts de la nouvelle compagnie à Montréal, ouvrir un bureau et le confier à un ancien camarade d'école, Arnie Rosenbaum. Ensuite, Clara finit par s'habituer à mes déplacements transatlantiques chaque mois et demi, et même par les attendre avec une visible impatience, à condition que j'en revienne bardé de pots de beurre de cacahuètes et de jarres de sirop d'érable. C'est au cours de ces absences qu'elle écrivit et illustra de dessins à l'encre la majeure partie de ses *Versets de la Virago*, qui en est présentement à sa vingt-huitième édition et dans lequel on trouve un poème dédié à « Barnabus P. », émouvant hommage qui débute par ces lignes :

Il pelait mon orange et moi plus encore,
Calibanovitch,
Mon maquereau-saur.

J'étais à Montréal, en train de me démener en tous sens, et Clara avait entamé son septième mois, lorsque Boogie me débusqua au téléphone dans ma chambre de l'hôtel Mount-Royal, au petit matin.

– Je crois que tu ferais bien de répondre, déclara Abigail, la femme de mon ancien camarade de classe promu chef de notre bureau montréalais.

– Tu ferais bien d'attraper le premier avion, me dit Boogie.

A sept heures du matin, le lendemain, j'atterrissais à l'aéroport... enfin, quel que soit son nom avant qu'on se mette à l'appeler Charles-de-Gaulle*. Je fonçai à l'Hôpital américain de Neuilly.

– Je voudrais voir Mrs Panofsky.

– Vous êtes un parent ?

– Son mari.

Un jeune interne plongé dans la contemplation de ses dossiers médicaux releva la tête, soudain très intéressé.

– Le docteur Mallory voudrait d'abord vous dire un mot, m'annonça la réceptionniste.

Je ressentis une antipathie immédiate envers ce gros bonhomme pontifiant affublé d'un halo de cheveux gris. Il suait le contentement de soi par tous les pores, et la certitude de n'avoir encore jamais traité un patient digne de ses talents. Après m'avoir fait asseoir, il m'annonça que le bébé était mort-né mais que Mrs Panofsky, jeune et vigoureuse comme elle l'était, pourrait certainement avoir d'autres enfants. Et d'ajouter avec un sourire facétieux :

---

* L'aéroport Roissy-Charles-de-Gaulle n'ayant jamais porté d'autre nom, il s'agit sans aucun doute de celui du Bourget.

– Evidemment, je vous dis cela parce que j'imagine que vous étiez le père…

Il paraissait attendre ma réponse.

– Oui.

– Eh bien, dans ce cas, rétorqua-t-il en faisant claquer ses bretelles criardes et en savourant une réplique visiblement préparée d'avance, vous devez être albinos.

Après avoir assimilé la nouvelle, le cœur battant la chamade, je lui décochai ce que j'espérais être mon regard le plus menaçant.

– On va s'expliquer tout à l'heure, vous et moi.

Clara se trouvait dans une salle de la maternité avec sept autres femmes, plusieurs d'entre elles serrant des nouveau-nés contre leur sein. Elle devait avoir perdu beaucoup de sang car elle était pâle comme un linge.

– Toutes les quatre heures, ils m'attachent des pinces aux nénés et me tirent le lait comme si j'étais une vache ! se plaignit-elle. Tu as vu le docteur Mallory ?

– Oui.

– « Vous autres ! » il m'a dit. « Vous autres ! » En me brandissant cette pauvre chose rabougrie sous le nez, avec un air aussi dégoûté que si ça sortait d'un égout.

– D'après lui, je pourrai te ramener à la maison demain matin, annonçai-je, surpris par la fermeté de ma voix. Je viendrai te chercher à la première heure.

– Je ne voulais pas te jouer un tour, Barney. Je te le jure. J'étais certaine qu'il était de toi, cet enfant.

– Et comment tu pouvais en être si… certaine, nom de nom ?

– Parce qu'il n'y a eu qu'une fois. On était pétés, tous les deux.

– Il semble que nous avons un public très attentif, Clara. Je reviens demain matin.

– Je ne serai plus là !

Mallory n'était pas dans son bureau, mais il y avait sur sa table deux billets d'avion pour Venise, en première classe, et un télex de réservation pour une suite à l'hôtel Gritti. Je me hâtai de recopier le numéro de téléphone et me ruai au bureau de poste le plus proche, où je commandai un appel international.

– Docteur Vincent Mallory à l'appareil. Je désire annuler ma réservation pour demain soir.

J'entendais l'employé feuilleter son registre.

– Les cinq nuits, monsieur ?

– Oui.

– Dans ce cas, nous ne pourrons pas rembourser les arrhes que vous avez versées, malheureusement.

– De la part d'un petit mafioso minable tel que vous, ça ne m'étonne pas.

Et je lui raccrochai au nez.

Boogie, mon égérie, aurait été fier de moi. Ce maître blagueur en avait inventé de bien pires encore, me pris-je à songer tout en marchant sans but, la rage au ventre, des envies de meurtre au cœur. Je finis par échouer Dieu sait comment dans un café de la rue Scribe où je réclamai un double « Joni Wakère ». Alors que j'allumais une Gauloise après l'autre, je découvris avec surprise Terry McIver qui tentait de se dissimuler à une table du fond, en compagnie d'une femme d'un certain âge, habillée avec ostentation et maquillée à outrance. Croyez-moi, sa « mince » et pleine de « joliesse » Héloïse était un pot à tabac aux traits bouffis et affligée de plus qu'un soupçon de moustache. Croisant mon regard, et tout aussi estomaqué que votre serviteur, Terry retira la main abondamment baguée qu'elle avait posée sur son genou, chuchota quelque chose à l'oreille de sa compagne et vint vers moi à grands pas.

– C'est la tante de Marie-Claire, fit-il en soupirant. Un vrai poison.

– Mais très démonstrative, on dirait.

– Oh, c'est qu'elle est dans un état ! expliqua-t-il en baissant encore la voix. Son caniche s'est fait écraser ce matin. Tu imagines. Mais, et toi ? Tu as un air pas possible. Quelque chose qui ne va pas ?

– Rien ne va, même, mais je préfère ne pas entrer dans les détails. Dis-moi, tu ne sautes pas ce vieux tas, si ?

– Plus bas, bon sang ! Elle comprend l'anglais. C'est la tante de Marie-Claire !

– OK, parfait. Bon, maintenant tu m'oublies, McIver.

Mais il ne pouvait s'en aller sans décocher sa flèche du Parthe.

– A l'avenir, je te serai reconnaissant de ne plus me suivre.

Sans finir leurs consommations, McIver et la « tante » quittèrent les lieux pour s'engouffrer non dans une Austin Healey mais dans une Ford Escort* qui avait connu des jours meilleurs. Quel menteur, ce type !

Après avoir éclusé un autre double whisky, je partis à la recherche de Cedric, que je trouvai à son repaire favori, le Tournon, un café situé tout en haut de la rue du même nom et fréquenté aussi bien par la faune de la *Paris Review* que par Richard Wright.

– Cedric, mon grand pote à moi, faut qu'on se parle, attaquai-je en le prenant par le bras pour l'entraîner au-dehors.

– On peut très bien parler ici, contra-t-il.

Il se dégagea d'un coup sec et me poussa vers une table à l'écart.

– Je te paie un verre, proposai-je. (Une fois les commandes passées, un ballon de rouge pour lui, un scotch pour moi, je me lançai :) Tu sais, il y a des années de ça, mon paternel m'a dit un jour que le pire qui puisse arriver à un homme, c'est de perdre un enfant. Qu'est-ce que tu en penses, man ?

– T'as quelque chose à me dire ? Alors crache, « man » !

– Oui. Tu n'as pas tort. Mais c'est dur à dire, Cedric. Tu as perdu un fils, hier. Celui que portait ma femme. Je suis là pour te présenter mes condoléances.

– Merde !

– Ouais.

– J'ignorais complètement…

– On est deux, comme ça.

– Et s'il n'était pas de moi non plus ?

– Là, on peut dire que c'est une drôle d'idée.

– Je suis désolé, Barney.

– Et moi donc.

– Bon, je peux te poser une question ?

– Vas-y.

---

* Ce modèle n'a fait son apparition qu'en 1968.

– Qu'est-ce qui t'a pris de te marier avec Clara, pour commencer ?

– Elle était enceinte, j'ai pensé que c'était mon devoir vis-à-vis de mon gosse.

– A moi, maintenant. Vas-y.

– Est-ce que tu as continué à la baiser après ? Après notre mariage, je veux dire.

– Elle, qu'est-ce qu'elle dit ?

– C'est à toi que je pose la question.

– Merde…

– Je pensais qu'on était des amis.

– Qu'est-ce que ça à voir ?

Sans en croire mes oreilles, je me suis entendu répondre :

– C'est là où je m'arrête, moi. Déconner avec la femme d'un copain. Je serais incapable de ça.

Il commanda une autre tournée et cette fois j'insistai pour que nous trinquions ensemble.

– Après tout, c'est une occasion spéciale, non, tu ne crois pas ?

– Qu'est-ce que tu vas faire avec Clara, maintenant ?

– Et si je te la refilais, mon frère ?

– Nancy n'encaisserait pas. Trois dans le même lit, c'est pas trop mon truc. Mais merci pour la proposition, hein ?

– C'était sincère.

– Sympa.

– En fait, c'était une idée de sale Blanc, non ?

– Hé, petit Barney, tu ne veux pas chercher un méchant négro comme moi, pas vrai ? Des fois que je te sorte un schlass ?

– J'y pensais même pas. Tiens, on reprend un verre, plutôt.

Lorsque la "patronne" nous eut servis, je me levai sur des jambes quelque peu flageolantes et je portai un toast :

– A madame Panofsky, avec toute notre gratitude pour le plaisir qu'elle nous a donné, à l'un et à l'autre.

– Rassieds-toi, tu vas t'affaler.

– Bonne idée.

Et là, je me mis à trembler, ravalant la boule qui ne cessait de monter dans ma gorge.

– Honnêtement, je ne sais pas quoi faire, Cedric. Peut-être que je devrais te casser la figure…

– Oh, la barbe ! Ecoute, Barney, ça ne me plaît pas de te le dire mais bon, je n'étais pas le seul.

– Ah ?

– Quoi, tu ne savais pas ça non plus ?

– Non.

– Elle est insatiable.

– Pas avec moi ! Elle l'était pas, avec moi…

– Si on se prenait un café ? Et après, tu pourras me frapper, au cas où ça te ferait du bien.

– Non, j'ai besoin d'un autre scotch.

– Comme tu veux. Maintenant, écoute bien Tonton Rémus. Tu n'as que vingt-trois ans. Elle, elle est bonne pour l'asile. Laisse-la tomber. Divorce.

– Tu devrais la voir. Elle a perdu des litres et des litres de sang. Elle fait pitié.

– Toi aussi.

– J'ai peur qu'elle se fasse du mal.

– Elle est bien plus costaud que tu ne crois.

– Ces égratignures dans le dos, c'était toi ?

– Hein ?

– Bon, c'était quelqu'un d'autre, alors.

– Tu as terminé, avec elle. *Finito*. Tu lui donnes une semaine pour remettre d'aplomb sa tête malade et tu lui annonces la nouvelle.

– Cedric… (J'étais en nage, soudain.) Tout tourne… Oh, je vais gerber. Amène-moi aux chiottes. Vite !

11

L'intense, la flamboyante de henné Solange Renault qui incarna jadis Catherine dans *Henry V* à notre célèbre festival shakespearien de Stratford, a depuis longtemps été obligée de se rabattre sur le rôle permanent d'une infirmière de campagne canadienne-française dans mon feuilleton, *Mc Iver, de la Gendarmerie royale du Canada*.

(Une blague, en passant. Il m'arrive souvent d'intercepter le script qui doit lui être envoyé afin de réécrire certaines de ses répliques pour son plus grand amusement. Exemples :

« INFIRMIERE SIMARD : Seigneur ! fait fret à casser les chiens en deux, à soir. Faites attention de pas vous casser la gueule su l' glace, vous aut' ! »

Ou bien :

« INFIRMIERE SIMARD : Si c'est ti pas l'père saint Pierre qui nous vient là ! Rangez la boisson et garez vos fesses, les gars ! »)

En fait, j'ai mis depuis les années soixante-dix un point d'honneur à lui trouver du travail dans à peu près tout ce qu'a produit ma compagnie, les Productions d'utilité théorique, S.A. Solange, qui a maintenant dépassé la soixantaine, reste d'une minceur de grande nerveuse et s'entête à s'habiller comme une ingénue, mais pour le reste c'est la plus admirable des femmes. Son mari, un décorateur de théâtre très doué, ayant été emporté par une crise cardiaque foudroyante alors qu'il avait à peine trente ans, elle a dû élever seule leur fille, l'indomptable Chantal, mon assistante particulière. Tous les samedis soir où les « Canadiens » nouvelle version, cette équipe de milliardaires sans génie et de m'as-tu-vu, se produisent à Montréal, nous nous retrouvons Solange et moi pour dîner tôt Chez Pauzé, puis nous nous rendons au Forum, là où "nos glorieux" étaient jadis presque invincibles. Dieu Tout-Puissant, quand je me souviens du temps où il leur suffisait de sauter les bandes dans leurs maillots rouge et blanc pour que l'équipe visiteuse soit déjà en déroute… Ah, quelle époque bénie ! Quel hockey ils jouaient ! Des passes en douceur mais toujours judicieuses. Des tirs rapides comme l'éclair. Une ligne de défense capable de riposter dur. Et pas de musique rock beuglée à dix mille décibels, pas d'engagements retardés à cause d'une page de publicité à la télévision.

Il semble d'ailleurs que cette sortie avec Solange, rituelle même si chaque fois plus éprouvante, soit désormais menacée : il paraît que je me suis encore conduit comme un voyou samedi dernier, la plongeant dans le plus grand embarras. Le crime, puisque crime il y a, se serait produit au cours de la troisième période. Ces mollassons de « Canadiens », déjà menés quatre à un par les Sénateurs d'Ottawa – quatre à un, Jésus, Marie, Joseph ! –, profitaient soi-disant de leur avantage en nombre pour mener une offensive, un cafouillage qui durait depuis une bonne minute sans qu'aucun tir n'en ait résulté. Savage, ce crétin, fit une longue passe à l'aile qui permit à un défenseur balourd d'Ottawa, un tâcheron qui aurait déjà eu du mal à être accepté en ligue de province au bon vieux temps, de stopper le puck. Turgeon s'en empara, s'envola vers le centre et le balança dans le coin gauche, Damphousse et Savage se jetant à sa poursuite dans un nuage de glace poudrée. Du coup, je m'époumonai :

– Ce connard de Turgeon ! Ça a un contrat qui lui rapporte dans les cent mille dollars par but et c'est même pas capable de venir au filet ! Béliveau, lui, touchait à peine la moitié, et pour toute la saison encore.

– Oui, on sait, avait soupiré Solange d'un air excédé. Et Doug Harvey n'a jamais fait plus de quinze mille à l'année, ici.

– C'est moi qui te l'ai dit ! Tu n'en avais pas la moindre idée !

– Je n'ai pas prétendu le contraire. C'est toi qui me l'as dit, et je ne sais combien de fois, en plus. Maintenant, aurais-tu la gentillesse de te rasseoir et de cesser de te donner en spectacle ?

– Non, mais regarde-moi ça ! Personne ne monte au but. Ils pourraient se prendre un coup, les pauvres petits ! On aura de la chance si Ottawa ne marque pas encore, même dégarnis comme ils sont. Putain ! Merde !

– S'il te plaît, Barney.

– Ils auraient dû échanger Koivu contre un autre nain finlandais ! hurlai-je en joignant mes sifflets à la protestation générale.

Un Sénateur anonyme quitta le banc de pénalité, s'empara du puck et fonça droit sur notre gardien tétanisé, qui plongea évidemment trop tôt. Le tir passa au-dessus de son gant. Cinq à un. Les supporters, écœurés, commencèrent à acclamer les visiteurs. Des programmes volèrent sur la glace. De rage, j'arrachai les caoutchoucs de mes chaussures et les lançai en direction de Turgeon.

– Barney ! Un peu de tenue, quoi !

– Oh, la ferme...

– Pardon ?

– Comment veux-tu que je me concentre sur la partie avec ton bavardage incessant ?

Le match touchait à sa fin quand je m'aperçus que Solange, froissée, avait abandonné son siège. Ottawa avait gagné, sept à trois. Réfugié au Dink's, je noyai mon chagrin dans quelques Macallan avant de l'appeler. Ce fut Chantal qui décrocha.

– Passe-moi ta mère.

– Elle ne veut pas vous parler.

– Elle s'est conduite comme une enfant, ce soir. S'en aller comme ça, sans rien me dire... J'ai perdu mes caoutchoucs, j'ai failli me casser une jambe en cherchant un taxi. Tu as regardé le match à la télé ?

– Oui.

– Cet abruti de Savard n'aurait jamais dû échanger Chelios. Bon, si ta mère ne prend pas le téléphone je saute dans un taxi et je serai chez vous dans cinq minutes. Elle me doit des excuses, tout de même !

– On n'ouvrira pas.

– Oh, vous me rendez malade. Toutes les deux !

Rongé de remords comme je l'étais, et malgré l'heure tardive, je n'avais d'autre choix que d'appeler Kate pour lui raconter ma déplorable conduite.

– Qu'est-ce que je dois faire ? lui demandai-je quand j'eus terminé.

– Lui envoyer des fleurs dès demain matin.

Mais les fleurs, c'était pour Miriam. En offrir à quiconque, même à Solange, aurait confiné au sacrilège.

– Je ne pense pas, non.

– Des chocolats, alors ?

– Kate ? Tu es très prise, demain ?

– Pas vraiment, non. Pourquoi ?

– Et si je viens pour la journée et que je t'invite à un petit gueuleton, rien que toi et moi ?

– Dans la Salle du Prince Arthur ?

Même après toutes ces années, j'en eus la gorge nouée.

– Tu es toujours là, Papa ?

– Oui, oui. Réserve une table chez Prego.

– Je peux amener Gavin ?

Merde et merde.

– Bien sûr…

Dimanche matin, pourtant, je retéléphonai pour annuler.

– Je ne me sens pas trop partant aujourd'hui, ma chérie. La semaine prochaine, peut-être.

Le lundi, ne serait-ce que pour prouver à mes employés que je ne suis pas devenu totalement inutile et que je peux encore faire plus que signer des chèques, je me suis rendu à mon bureau. Chantal m'a aussitôt accueilli avec deux mauvaises nouvelles. Notre dernier pilote, un budget exorbitant bourré de bonnes intentions et de rebondissements édifiants, flirts entre gays, braves petits issus de diverses minorités, poursuites en voiture se terminant en apocalypse, viols, meurtres, un soupçon de SM et une pincée d'idioties New Age, ce bijou, donc, que j'espérais voir décrocher le créneau du jeudi à vingt et une heures sur CBC-TV, venait d'être écarté au profit d'un projet de feuilleton encore plus consternant, présenté par la bande de

The Amigos Three, de Toronto. C'était la seconde fois dans l'année que ce goniff de Bobby Tarlis, le ponte des Amigos Three, nous faisait la nique. Mais il y avait pire encore : *Mc Iver, de la Gendarmerie royale du Canada*, hier encore au firmament de la bêtise télévisuelle, s'était soudain effondré à l'audimat et CBC menaçait de le laisser tomber.

Cette information a provoqué sans tarder une visite de ma Trinité de Tordus : Gabe Orlansky, le scénariste en chef, Marty Klein, le producteur délégué, et Serge Lacroix, le réalisateur. Chantal, pleine d'appréhension, fermait la marche, un bloc-notes à la main. La Trinité était parvenue à un même diagnostic : il s'agissait de remanier le casting en profondeur, de « muscler » les premiers rôles. Pour prendre un exemple, Solange Renault, qui incarnait l'infirmière de campagne depuis les débuts de la série huit ans plus tôt, était définitivement trop vieille.

– On pourrait la faire mourir, a suggéré Gabe.

– Et puis quoi ? ai-je demandé en bouillant intérieurement.

– *Alerte à Malibu*, ça vous arrive de le regarder ?

– Quoi, vous voulez des minettes en string gros comme mon petit doigt qui batifolent sur la banquise, c'est ça ?

– Je crois que nous sommes parvenus à un consensus, dans l'équipe des créatifs, a déclaré Gabe. Il nous faut une nouvelle infirmière. Alors, j'aimerais que vous jetiez un coup d'œil à ces photos.

– J'espère que vous ne la schtoupez pas, hein, Gabe ? Deux mois après un triple pontage coronarien. Vous n'avez pas honte ?

– Il faut qu'on relooke tout ça, Barney. Qu'on se débarrasse des poids morts. J'ai demandé à un panel de téléspectateurs de visionner deux épisodes. Le personnage qu'ils ont trouvé le moins sympa est celui que joue Solange.

– En parlant de poids mort : le temps que Solange s'en aille, vous serez tous passés à la trappe, vous autres. Non seulement ça, mais je vais lui demander d'être réalisatrice sur au moins deux épisodes cette année.

– Et quelles sont ses qualifications ? s'est insurgé Lacroix.

– Elle est cultivée. Et elle a le malheur d'avoir bon goût, contrairement à vous tous. Conclusion, elle est plus que qualifiée, mais on se débrouillera. Maintenant, écoutez un peu. Notre problème, ce n'est pas Solange. Notre problème, c'est qu'on raconte des histoires d'une banalité à pleurer. Pourquoi pas un peu d'imprévu, pour changer ? Je ne sais pas, moi, un méchant Esquimau. Ou un sage indien qui tire ses prédictions de l'*Almanach du Fermier ?* Attendez, j'ai trouvé. Puisque les nouvelles recrues de la Gendarmerie royale sont maintenant autorisées à porter le turban quand elles sont de confession sikh, qu'est-ce que vous diriez d'un brigadier juif, avec la calotte sur la tête, un type qui accepte les pots-de-vin et qui se met à marchander dès qu'il entre au magasin La Baie ? Allez, au boulot, tous ! Je veux voir des scripts qui décoiffent. Vite fait.

Chantal s'est attardée après leur départ.

– Je crains qu'ils n'aient raison, pour Solange.

– Bien sûr qu'ils ont raison. Mais c'est ta mère, nom de nom ! Si elle arrête de jouer, elle nous rendra fous, toi et moi. C'est toute sa vie, être actrice. Tu le sais pertinemment.

– Vous allez vraiment lui demander de passer réalisatrice ?

– N'essaie pas de deviner ce que je vais faire et ne pas faire, entendu ? Ah, et puis, Chantal ? Tous ces scénarios qu'ils vont me pondre, je n'arriverai pas à les lire, j'en suis sûr. Il n'y a que toi qui puisses le faire à ma place. Dernier point : ces photos, là, tu peux dire à Gabe de me les repasser ? (J'évitais son regard.) Je pense que je devrais encore y jeter un œil.

Lorsqu'elle est partie, je me suis attaqué à la corbeille de correspondance reçue qu'elle m'avait laissée.

Dhaka, le 21 septembre 1995

Monsieur,

Avec tout mon respect je vous prie de croire à ma reconnaissance éternelle pour le cas où vous auriez vous-même la bonté de lire la présente et de répondre à l'humble appel que je lance présentement ici. Je suis Khandakar Shahtyer Soultan, étudiant du Bangladesh. J'ai perdu ma mère dans son enfance et depuis j'ai dû me battre beaucoup. Malgré plein de difficultés j'ai obtenu le diplôme de langue et civilisation anglaises de l'université de Dhaka.

Depuis excessivement d'années j'ai été désireux et j'ai essayé beaucoup d'aller au Canada ou pays similaire afin d'étudier l'art de la télévision, dans quoi vous-même êtes une autorité. Mais je suis déprimé car n'ayant personne ici pour m'aider à me rendre à l'étranger.

Donc j'ai écrit à un grand nombre de célébrités telles que vous dans le monde en vue de demander leur soutien. J'aimerais beaucoup étudier dans votre pays si seulement vous pouvez convaincre une université ou autre institution de m'accorder une bourse, l'idéal pour moi. Si vous le désirez, je pourrai m'installer dans votre maison familiale et rendre divers appréciables services. Si vous n'êtes pas capable de ceci, vous seriez encore assez compatissant de m'envoyer un don, 50 dollars, 100 dollars ou autant que possible, dans le cadre de l'accumulation des fonds nécessaires à mon voyage au Canada pour éducation. Nombreux sont ceux qui m'ont déjà transmis des sommes, de sorte que j'ai réuni beaucoup. J'espère être en mesure de parvenir bientôt au total indispensable et réaliser de la sorte mon rêve. Donc n'oubliez pas d'envoyer quelque argent, merci.

Au cas où vous réglez en billets ou en chèque au porteur, prière d'expédier dans une enveloppe rendue *non transparente*, en *recommandé*. Compte numéro 20784, Sonali Bank, Agence de Dilusha, Dhaka. Ou VIREMENT INTERNATIONAL, c'est le meilleur moyen.

Dans l'attente de votre réponse, et en s'excusant pour toute incorrection,

Vôtre Khandakar Shahtyer Soultan.

Les Productions d'utilité théorique, S.A.
1300, rue Sherbrooke Ouest
Montréal, QUE H3G 1J4 Canada
Le bureau de Barney Panofsky
5 octobre 1995

Cher monsieur Soultan,

Comme demandé, j'ai adressé un ordre de virement international dans une enveloppe non transparente pour la somme de deux cents dollars, à verser au compte 20784, Sonali Bank, Agence de Dilusha, Dhaka.

J'ai également parlé de votre cas au professeur Blair Hopper, Victoria College, université de Toronto, Toronto, Ontario, Canada, et ce monsieur, qui dispose de ressources financières illimitées, attend désormais que vous le contactiez. Toutefois, je pense qu'il serait préférable de ne pas mentionner mon nom dans la correspondance que vous ne manquerez pas d'entretenir avec ce respectable enseignant.

Bien à vous,
Barney Panofsky

P.S. : Le téléphone personnel du professeur Hopper est le 416 819 2427. Il est prêt à recevoir vos appels en PCV à n'importe quelle heure du jour et de la nuit.

J'avais aussi une missive du Grand Antonio.

LEGENDE VIVANTE LE PLUS FORT DES PLUS FORTS 510 LBS, 225 KILOGRAMMES DE PUISSANCE PURE SANS EGAL DANS LE MONDE. HOMME PREHISTORIQUE FORT COMME 10 CHEVAUX IL TIRE 4 AUTOBUS ATTACHES ENSEMBLE PAR UNE CHAINE POIDS TOTAL 70 TONNES SUR SIX CENTS METRES DEVANT LES CAMERAS DE NBC TELEVISION. PLUS DE CINQ MILLIONS DE PERSONNES SE SONT DEPLACEES POUR VOIR LE GRAND ANTONIO A TOKYO.

Le Grand Antonio, natif de Montréal, avait eu l'obligeance de joindre un résumé de documentaire dont il serait le sujet.

PAR LE GRAND ANTONIO FILM CINEMATOGRAPHIQUE NUMERO UN.

Sujet : Le Grand Antonio est très populaire. Il impressionne le monde entier.

1/ Antonio tractant 4 autobus = 70 tonnes. Record mondial.

2/ Retient dix chevaux de ses mains nues.

3/ Tire avec ses cheveux 400 personnes.

4/ Un match du Championnat de lutte.

5/ Egalement, une love story dramatique avec une actrice.

6/ La réconciliation.

7/ Final avec une grande parade devant des millions et des millions de gens. Au centre-ville, vraiment centre, de Tokyo, New York, ainsi que Rio de Janeiro, Paris, Londres, Rome, Montréal et autres principales villes de la planète.

Le Grand Antonio excite la curiosité du monde entier. Ce film remportera un énorme succès car tous les peuples de la terre aiment voir le Grand Antonio. Il coûtera cent millions de dollars et demandera deux années de préparation. Recettes : entre cinq et dix milliards. Tout le monde veut regarder le Grand Antonio et sa Puissance Mystérieuse. Le Grand Antonio est invincible. Le Grand Antonio aura écrit le scénario et réalisera lui-même LE GRAND ANTONIO, LE FILM.

LE GRAND ANTONIO EST UNE VRAIE MINE D'OR.

Les Productions d'utilité théorique, S.A.
1300 Sherbrooke St. West
Montréal, QUE H3G 1J4 Canada
Le bureau de Barney Panofsky
5 octobre 1995

Cher Grand Antonio,

C'est avec le plus vif regret que je me vois obligé de décliner votre renversante proposition, pourtant la plus intéressante qui m'ait été soumise depuis des années. En effet, notre maison de production est bien trop modeste pour s'atteler à une réalisation aussi monumentale et il serait donc égoïste de notre part de vous retarder dans votre projet. Néanmoins, j'en ai touché un mot à mon grand ami Bobby Tarlis, qui dirige la compagnie Amigos Three à Toronto. Je ne l'avais jamais vu réagir à un projet avec un tel enthousiasme.

Dans l'espoir sincère d'aider à l'accouchement d'une œuvre aussi étonnante, je me permets de joindre à ce courrier un chèque de six cents dollars qui devrait couvrir votre billet d'avion aller-retour pour Toronto et autres dépenses annexes. L'adresse des Amigos Three là-bas est 33 Yonge Street. Ne prenez pas la peine de confirmer votre visite par téléphone : Bobby vous attend impatiemment. « Le plus tôt sera le mieux », m'a-t-il affirmé. Ah, et puis que je vous confie un petit secret : Bobby, qui fut champion de Hongrie en lutte libre amateurs, a parié avec moi – une somme considérable – qu'il était en mesure de vous faire aller au tapis deux fois sur trois reprises. J'ai placé mon argent sur vous, Antonio, alors ne me décevez pas ! Dès que vous entrerez dans son bureau, prenez-le au mot, et au bond. Il va adorer ça.

Avec mes vœux de bonne chance et mes respects,

Barney Panofsky.

A cinq heures du soir, je suis passé au Dink's, m'attardant plus que de raison au bar avec Hughes-McNoughton et Zack Keeler, l'éditorialiste de la *Gazette*. Ensuite, nous nous sommes rendus ensemble au Jumbo puis, alors que la nuit était déjà bien avancée, dans un discret tripot que Zack connaissait.

– Dans le temps, quand on voulait voir d'où venait la gnôle de contrebande, m'avait confié un jour Sean O'Hearne, on restait dans notre voiture banalisée à attendre que Zack émerge du Jumbo, et ensuite il n'y avait plus qu'à le suivre où il allait. Ce salaud, il avait toujours une chouette môme avec lui. Comment il se débrouille, hein ?

– Il se débrouille, avais-je répondu, en étant un type remarquablement séduisant. Plein de finesse. Brillant. Toutes choses au-delà de votre entendement.

Ce soir-là, pourtant, Zack m'a tapé sur les nerfs. De retour de Toronto où il était allé prendre part à une causerie sur CBC-TV, il m'a annoncé qu'il était tombé sur Miriam et Blair à une réception.

– Tu nous l'avais fait passer pour un casse-couilles monumental, le Blair. Je reconnais qu'il n'est pas la légèreté personnifiée mais je l'ai bien aimé, moi. D'ailleurs, s'il était si naze, qu'est-ce qu'une femme comme Miriam fabriquerait avec lui ?

– Et elle, elle était comment ?

– Resplendissante. Marrante comme tout, à sa manière très second degré, tu sais ? Mais la nouvelle petite amie de Saul ne l'inspire pas trop, visiblement. « Il fait sa soupe dans une marmite qui a déjà servi », elle a dit. Et elle s'inquiète pour toi, même. Tes enfants racontent que tu picoles trop. Honte sur toi !

Il devait être quatre heures passées quand je suis rentré chez moi, obligé de tenir ma clé à deux mains pour lui faire ouvrir ma porte. Cela ne m'a pas empêché de me réveiller tôt. Ayant décidé que la journée était fichue, j'ai résolu de hisser le pavois paternel et de la consacrer à une tournée d'inspection de la descendance Panofsky. J'ai commencé par Mike, dont la secrétaire m'a appris qu'il était parti en week-end en Normandie avec sa petite famille. Comment ça, en week-end ? On était mardi ! Un week-end prolongé, m'a-t-elle précisé. Un week-end britannique, quoi. Le tour de Saul était venu.

– Oh, grands dieux, il n'est même pas encore midi ! J'étais sûr que c'était toi. Tu me rappelles un peu plus tard, Papa, OK ?

– Cette voix caverneuse du fumeur, je la reconnais bien. Tu es encore sorti faire la tournée des grands ducs jusqu'à point d'heure, exact ?

– Venant de ta part, ce n'est…

– Stop ! Qu'on se comprenne : je ne joue pas les pères-la-morale, là. Je n'ai jamais voulu empêcher qui que ce soit de boire. Mais je demande de la mo-dé-ra-tion.

– Je me suis couché tard, oui, mais c'est parce que je lisais l'autobiographie de Geronimo. Hé, tu te rends compte que les Apaches sont peut-être une des tribus perdues ? Il n'a jamais mangé de bacon ni de jambon, Geronimo. Tabou absolu chez eux. Et quand son père est mort, les autres ont égorgé son cheval et se sont partagés tous ses autres biens. Un Apache n'hérite jamais d'un parent décédé. Leur loi orale l'interdit parce qu'ils ont peur qu'autrement les enfants d'un homme riche en arrivent à se réjouir de sa mort. Conclusion, distribue ton troupeau et ton magot, P'pa ! Il y aurait de quoi rendre dingue Caroline.

– Saul ? J'ai horreur d'être lourd, mais est-ce que tu as parlé à Kate, ces derniers temps ?

– Pour qu'elle me fasse comprendre subtilement que je suis un raté, avec la vie que je mène ?

– Allons, elle t'adore !

– Ouais, bien sûr. A propos, je n'envoie plus un seul de mes articles à Mike, c'est terminé. Les mois passent mais monsieur n'a toujours pas eu le temps de les lire. Et il se prétend végétarien, ne serait-ce que pour complaire à son dragon d'épouse, seulement il était à New York la semaine dernière, et quand il s'est agi d'aller dîner il a fallu que ce soit au Palm, histoire de s'envoyer un steak monstrueux. Sans parler de sa façon très déplacée de s'en prendre à Aviva…

– Aviva ?

– Elle est israélienne. Elle écrit dans le *Jerusalem Post*, maintenant qu'ils ne sont plus des inconditionnels d'Arafat, dans ce journal. Et évidemment il a commencé à s'étaler sur tout l'argent qu'il envoyait à La Paix Maintenant et sur les souffrances du peuple palestinien… Que le frère d'Aviva ait été tué dans un attentat terroriste, il s'en balance.

– C'est la jeune personne avec laquelle tu vis actuellement, cette Aviva ?

– Hier, j'étais en train d'écouter les *Variations Goldberg* par Glenn Gould quand elle s'est mise à se limer les ongles. Et puis elle se réveille tôt, elle, et elle commence à découper les articles qui l'intéressent dans le *Times*, et quand j'arrive à la table du petit déjeuner je me retrouve avec un canard plein de trous ! Résultat, j'ai été obligé de la mettre à la porte. Hé, quand est-ce que tu redescends ici passer quelques jours avec moi ?

– On s'était bien amusés, la dernière fois, pas vrai ?

– Allez, allez. Tu es un inconditionnel de Mike alors que moi, je te déçois. Et cette manie de me demander avec qui je vis, c'est une façon détournée de…

– Tu fais ta soupe dans trop de marmites qui ont déjà servi, mon grand.

– … de dire que je suis incapable de construire une relation adulte.

– Tu voudrais vraiment que je revienne te voir ?

– Ouais. Et il se trouve que j'ai parlé à Kate, la semaine dernière. On s'est disputés. Je venais d'apprendre qu'ils avaient dîné chez Maman la veille et que Kate avait été agressive avec Blair, tout à fait gratuitement.

– Oh, mais c'est affreux, ça. Je ne tolérerai pas que vous preniez partie dans cette affaire, aucun d'entre vous. Blair est peut-être un peu trop jeune pour votre mère, d'accord, mais il la rend heureuse et c'est ce qui devrait suffire, à nous tous. En plus, c'est quelqu'un qui se voue à plus d'une noble cause. Greenpeace, par exemple…

– Laisse tomber, Pa ! Tu ne peux pas le voir en peinture. Et qu'est-ce que tu as pensé de mon dernier papier dans l'*American Spectator ?*

– Je l'ai trouvé infondé et affreusement partial, mais tu sais valser avec les mots, il n'y a pas de doute.

– Hein ?... Attends, je suis avec mon paternel !... Pardon, P'pa ! Il faut que j'y aille. Natasha m'emmène déjeuner à l'Union Square Café.

– Natasha ?

– Pourquoi tu ne te maries pas avec Solange ?

– Je l'adore trop pour lui faire une chose pareille. En plus, tu sais bien ce que les juges américains ont édicté : deux condamnations et tu plonges*. Alors vraiment tu aimerais me revoir bientôt à New York ?

– Mais oui ! Ah, j'allais oublier : le *Washington Times* m'a envoyé *Le Temps et ses fièvres*. Ils veulent que j'écrive la critique.

– Quoi ? Tu veux dire qu'il y a quelqu'un prêt à publier les conneries de McIver, à New York ?

– Du calme, du calme !

– Comprends-moi bien. Je ne m'abaisserai pas à essayer d'exercer une quelconque influence sur toi. Vas-y, fais ton compte rendu. Elève-le aux nues. C'est ta réputation qui est en jeu, pas la mienne. Sur ce, au revoir.

---

* Trois, en fait.

Mon aîné refile au premier venu une boîte de Cohibas que je lui avais offerte et maintenant Saul, Saul prêt à me trahir pour quelques deniers, deux cent cinquante dollars, disons... Ils sont beaux, les enfants que j'ai réchauffés dans mon sein !

Après avoir retrouvé mon calme grâce à quelques rasades de Cardhu, j'ai allumé un Montrecristo et j'ai composé le numéro de Kate.

– Je ne téléphone pas au mauvais moment, j'espère...

– J'allais justement t'appeler, Papa.

– Kate ? J'ai eu vent d'un dîner auquel Gavin et toi avez été conviés par ta mère récemment et au cours duquel tu t'en es prise à Blair de manière déplacée.

– Oh, il n'arrête pas de la tripoter quand on est à table. Ça me donne envie de vomir !

– Je comprends ta réaction, ma chérie, mais tu ne dois rien faire qui puisse heurter ta mère. Par ailleurs, Blair a toujours été gentil avec toi et avec les garçons. Evidemment, il n'a jamais été capable d'engendrer ses propres enfants et ceci explique peut-être cela... Comment ça, il la tripote à table ? Où ?

– Tu sais bien... Lui prendre la main. Lui caresser le bras. L'embrasser sur la joue quand il se lève pour lui resservir du vin. Ce genre de trucs débecquetants. Poisseux.

– Bien, je vais te dire quelque chose, mais attention, tu ne le répéteras à personne, n'est-ce pas ? Ce pauvre Blair, vois-tu, est un de ces individus qui doutent sans cesse de leur virilité, et c'est pour cette raison qu'il se croit obligé de multiplier les témoignages d'affection envers ta mère, en public.

– Je suppose que Maman a dû se plaindre à Saul, qui a toujours été son petit chouchou, et qu'il...

– Je pense qu'il lui rappelle un peu moi-même, enfin, au temps où j'étais encore assez jeune pour elle.

– ... et qu'il t'a tout rapporté. Oh, je suis tellement fâchée contre lui ! On s'est dit des horreurs, tous les deux.

– Allons, Saul t'adore. Et il insiste pour que je revienne le voir à New York au plus vite. Que penses-tu de cela ?

– D'abord, tu viens chez nous. S'il te plaît, Papa ! Gavin t'emmènera à un match de hockey.

– Quoi, les Maple Leafs de Toronto ?

– Tu devrais le prendre pour qu'il s'occupe de ta déclaration d'impôts, tu sais ? Il est tellement malin, et en plus il ne prendra jamais d'honoraires, avec toi. Qu'est-ce que tu vas faire si les séparatistes remportent le référendum ?

– Ça ne se produira pas, donc inutile de t'inquiéter.

– Oh, comme tu peux être condescendant, des fois… Quand on était à la maison, il t'arrivait de parler politique avec les garçons pendant des heures mais avec moi, jamais.

– C'est faux.

– « Inutile de t'inquiéter » ! Je ne suis pas si bête, tu sais.

– Bien sûr que non. Ce que je voulais dire, c'est que tu as sans doute bien assez avec tes propres soucis.

Kate enseigne la littérature anglo-saxonne dans une école d'enfants surdoués. Un soir par semaine, elle va aider des immigrés à perfectionner leur anglais dans le sous-sol d'une église. Et elle ne cesse de me harceler pour que je finance un documentaire dédié à la mère de toutes les suffragettes canadiennes, l'admirable Nellie McClung.

– Noël approche et Maman nous voudra tous à dîner chez elle. Il y aura un sapin et une ménorah, Mike et Caroline feront le voyage avec les petits, Saul sera là aussi et à la minute où ils passeront la porte ils commenceront à se chamailler, Mike et lui. L'an dernier, je n'ai pas arrêté de pleurer… Je t'aime, Papa.

– Moi aussi, Kate.

– On faisait une famille, avant. Je n'arrive pas à pardonner à Maman de t'avoir laissé.

– Mais c'est ma faute, si je l'ai perdue.

– Oh, il vaut mieux que je raccroche, tiens. Avant que je me mette à pleurer comme un veau.

Entre Kate et Miriam, l'hostilité couvait depuis presque toujours. Pour moi, c'était incompréhensible. Car après tout c'était Miriam, et non moi, qui lui avait lu des histoires au lit chaque soir, qui l'avait guidée dans ses lectures, qui l'avait escortée dans tous ces musées et ces virées à travers les théâtres new-yorkais. Mon intervention paternelle, pour l'essentiel, s'était bornée à garantir l'aisance matérielle, à taquiner les enfants pendant les repas, à laisser Miriam régler leurs disputes mutuelles… Et, oui, à constituer trois bibliothèques pour eux après avoir pris l'avis de Miriam. « A la naissance de leurs enfants, leur avais-je un jour expliqué, certains papas mettent de côté des bouteilles de vin qui se bonifiera tandis qu'ils deviendront, eux, des adultes ingrats. Moi, c'est le contraire : ce que vous aurez de moi, quand chacun d'entre vous atteindra ses seize ans, ce sera une bibliothèque réunissant les cent livres qui m'ont procuré le plus de plaisir au temps où j'étais un adolescent qui ne connaissait rien à rien. »

Un soir, alors que Kate était en dernière année de scolarité sur les bancs de la Miss Edgar's & Miss Cramp's School, elle avait découvert en rentrant une Miriam débordée qui ne quittait pas des yeux la pendule de la cuisine tout en s'apprêtant à mettre deux oies à rôtir. Perfectionniste comme à son habitude, elle traquait le dernier bout de plume sur leur peau à l'aide d'une pince à épiler. Tous les feux de la cuisinière étaient occupés, des plateaux de pain attendaient de passer au four. Les verres à vin, tout juste sortis du lave-vaisselle, étaient alignés en vue d'une inspection minutieuse et d'un nouveau nettoyage si besoin était. Des fraises qui s'amoncelaient dans un grand saladier en cristal restaient encore à équeuter. Mine renfrognée, Kate alla droit au frigo, en sortit un yaourt, dégagea une place pour elle sur la table et s'assit pour reprendre sa lecture de *Middlemarch*[19] là où elle l'avait laissée la veille.

– Kate, tu veux être un gentil petit canard ? Tu me prépares ces fraises, d'accord ? Et ensuite, tu vas retaper un peu les coussins au salon.

Pas de réponse.

– Kate ! Nous avons six invités qui arrivent pour dîner à sept heures et demie et je ne suis ni douchée, ni habillée.

– Pourquoi les garçons n'aident pas, eux ?

– Ils ne sont pas là.

– Plus tard, je ne veux pas devenir femme au foyer. Comme toi.

– Comment ?

– Je parie que ce ne sont même pas tes amis qui viennent, mais les siens, à lui.

– Tu t'occupes de ces fraises pour moi, oui ou non ?

– Quand j'aurai fini mon chapitre, coupa-t-elle en quittant la cuisine.

Le hasard voulut qu'au moment où Miriam surgissait dans notre chambre j'étais en train de considérer le bras de ma chemise propre d'un œil atterré.

– Combien de fois je t'ai demandé de changer de blanchisserie, dis-moi ? Oui, d'accord, je sais : monsieur Hejaz a sept enfants. Mais il m'a encore fait sauter un bouton au repassage. Tu peux me le recoudre, s'il te plaît ?

– Fais-le toi-même.

– Mais… Qu'est-ce qui t'arrive ?

– Rien !

Je voulus la prendre dans mes bras mais elle me repoussa et leva le nez, les narines palpitantes.

– Et merde ! Mon pain !

Et elle repartit en trombe à la cuisine. Je me précipitai dans son sillage.

– Il est fichu ! gémit-elle tandis que les larmes perlaient le long de ses joues.

– Mais non, mais non. Bien cuit, tout au plus.

Et j'attrapai un couteau, m'apprêtant à racler la croûte.

– Je ne servirai certainement pas un pain pareil.

– Je vais envoyer Kate à la boulangerie.

– Ah oui ? Ta fille est dans sa chambre, en train de lire *Middlemarch*.

– Eh bien, de quelle humeur tu es ! lançai-je, étonné par le ton coupant qu'elle avait pris. Quoi, tu préfererais qu'elle soit plongée dans *Cosmopolitan ?*

– Tu ne vas pas la faire ressortir pour une course. Elle me déteste déjà bien assez comme ça.

– Comment peux-tu ne serait-ce qu'imaginer une chose pareille ?

– Pfff, tu ne comprends rien à tes propres enfants, Barney ! Mike se ronge les sangs parce que sa petite amie a trois semaines de retard dans son cycle. Quant à Saul, il trafique de la drogue.

– Ce n'est pas le moment de parler de tout ça, tu ne crois pas ? Il est sept heures dix et tu n'es même pas habillée.

Une fois Miriam réfugiée dans notre chambre, j'allai trouver Kate et je découvris ce qui venait de se passer.

– Ecoute-moi bien, Kate. Ta mère a renoncé à une belle carrière à la radio pour m'épouser et franchement, très franchement, je ne sais pas comment j'aurais réagi si elle m'avait envoyé paître. Elle a consenti à un nombre incalculable de sacrifices pour toi et pour les garçons. De plus, femme au foyer ou pas, c'est la personne la plus intelligente que je connaisse. Conclusion, tu vas aller immédiatement la voir et lui présenter tes excuses.

– Tu sais de quoi on a l'impression, nous ? Qu'on a toujours tort, quoi qu'on fasse, parce qu'à chaque fois vous vous protégez mutuellement, toi et elle.

– Tu m'as entendu, non ?

Je lui retirai son livre des mains.

– Cette façon qu'elle a de tout le temps te chouchouter, ça m'écœure !

– J'aime à croire que nous nous chouchoutons l'un l'autre.

– Elle se tue aux fourneaux depuis l'aube et quand tes amis vont arriver ils vont se jeter sur les bouteilles, le temps de passer à table ils n'auront plus les yeux en face des trous, et ensuite ils expédieront le dîner à toute allure pour se ruer sur le cognac et les cigares, et toute la peine qu'elle s'est donnée, ce sera pour rien, rien !

– Tu te lèves et tu vas demander pardon. Maintenant !

Elle obéit, finalement, et cependant Miriam n'apprécia guère mon intervention.

– Tu es remarquablement doué pour tout compliquer, Barney. C'est vrai que tu lui as confisqué son livre ?

– Non ! Si ! Je ne me rappelle plus…

Mais il était là, dans ma main.

– Tu le lui rends tout de suite, s'il te plaît.

– Merde, merde et merde ! Ça y est, on sonne !

Redoutant une catastrophe vu l'état de nerfs dans lequel elle était, je vidai force verres avant le repas. Une fois encore, pourtant, elle me stupéfia. Au lieu d'entretenir aimablement la conversation avec les plus rasoirs de ses hôtes, comme elle savait si bien le faire, de simuler un intérêt enthousiaste pour les banalités qu'ils pouvaient débiter, elle était décidée ce soir-là à ne pas faire de quartier, disposition extrêmement rare chez elle. La femme de Nate Gold fut la première à essuyer le feu, mais il faut bien dire qu'elle l'avait cherché. Elle n'aurait jamais dû repousser son assiette, attraper son sac pendu à sa chaise et piocher dedans une grappe de raisin enveloppée de cellophane.

– Elle a l'air fameuse, cette oie, nasilla-t-elle tout en triturant la viande du bout de sa fourchette comme si la graisse allait en jaillir, mais moi je suis au régime !

Afin de combler le silence qui résulta de cette sortie, Nate s'empressa de nous confier qu'il avait déjeuné dans la semaine avec son cher ami le secrétaire d'Etat à la Culture, à Ottawa.

– Et vous savez quoi ? Il n'a pas lu un seul livre de Northrop Frye[20] !

– Mais moi non plus ! protesta son épouse, occupée à entasser les pépins de raisin devant elle.

– Hé oui, il n'y a pas d'images dedans, lança Miriam.

Le malheureux, le vulnérable Zack Keeler fut la victime suivante. Pour commencer, il était d'une morosité très inhabituelle chez lui car il revenait de l'enterrement d'Al Mackie, un journaliste sportif qui avait fait partie de notre cercle de soiffards. Le défunt avait la coutume de ne quitter l'un de nos bars favoris, qui fermaient tous à deux heures du matin, que pour zigzaguer jusqu'au Montreal Press Club où la fermeture était à quatre heures. Sa tristesse et son désarroi, nous expliqua Zack, avaient été suscités par le flegme étonnant que la veuve d'Al avait manifesté tandis que le cercueil de son mari était descendu en terre sous ses yeux.

– Il n'y a là rien d'étonnant, commenta Miriam. Ce doit bien être la première fois en vingt ans qu'elle sait exactement où le localiser après dix heures du soir.

Il faut reconnaître à Zack qu'il retrouva instantanément sa bonne humeur. Il prit la main de Miriam, y déposa un baiser et s'extasia :

– Tu es trop bien pour lui !

12

Le matin où je ramenai Clara de l'hôpital, il fallut marquer un temps d'arrêt à chacun des cinq étages pour lui permettre de reprendre son souffle. Dès qu'elle entra dans l'appartement, elle se débarrassa de sa volumineuse culotte tachée de rouge et des bandages compliqués qui la complétaient, sa « ceinture de chasteté » pour reprendre le terme qu'elle employa. Elle rangea sa collection de médicaments sur la table de nuit, avala un somnifère, se mit aussitôt au lit et s'endormit le visage tourné vers le mur. Pour ma part, je m'installai dans la cuisine en compagnie d'une bouteille de vodka et de pensées de plus en plus sombres. Des heures passèrent. Quand je l'entendis bouger, je lui apportai du thé et des toasts sur un plateau.

– Alors, maintenant, qu'est-ce qu'on fait ?

– D'abord tu te rétablis, ensuite on pourra parler.

Elle se rendit aux toilettes en traînant la savate, s'arrêtant devant ce qui aurait dû être la chambre d'enfant pour y jeter un coup d'œil.

– Pauvre petit bamboula.

C'est alors qu'elle découvrit que je m'étais préparé un couchage de fortune avec les coussins du canapé.

– Pourquoi tu ne vas pas chercher un fer rouge pour me marquer d'un « A » entre mes nibars qui fuient ?

– J'ai acheté des escalopes de veau. Tu veux dîner au lit ou dans la cuisine avec moi ?

– Je suppose que tu ne sauras pas quoi faire de moi tant que Boogie ne sera pas rentré d'Amsterdam et ne t'aura pas donné ses instructions ?

Mais Boogie, camé jusqu'aux yeux, ne me fut d'aucune aide. Après lui avoir résumé la situation, je lui avais demandé :

– Et tu faisais quoi, à Amsterdam ?

– Du shopping.

Yossel, de son côté, me déclara :

– A chaque fois que je te vois, tu es ivre. Je t'ai trouvé un avocat. Il vient du même patelin que moi, il ne va pas te plumer. Maître Moishe Tannenbaum.

– C'est trop tôt.

– Parce que tu crois que ce sera plus simple dans un mois ?

Je ne me souviens plus guère de la semaine qui suivit : je nageais dans la vodka dès le petit déjeuner et mon cerveau était donc pratiquement mort. Mais je me rappelle que nous avions tendance à échanger des amabilités. Empoisonnées.

– Tu te sens mieux, Clara ?

– En quoi ça vous importe, docteur Prudestein ?

Ou bien :

– Quelle petite femme négligente je fais ! Je devrais au moins te demander comment va ton affaire de fromages, non ? Est-ce que le camembert marche mieux que le Bresse bleu ?

– Très gentil.

– Pauvre Barney ! Sa petite femme est une pute et son meilleur ami un junkie. Oïe vé ! Quelle triste destinée pour un brave garçon juif !

Un soir que Clara faisait les cent pas en fumant cigarette sur cigarette tandis que je lisais sur le divan, délibérément indifférent à son état de nervosité, elle bondit soudain sur moi et m'arracha mon livre des mains. C'était la traduction du *Molloy* de Beckett par Austryn Wainhouse*.

---

* La traduction de *Molloy* est due à Patrick Bowles. Wainhouse, traducteur de Sade, est l'auteur de *Hedyphagetica, Thème romantique à partir d'anciens modèles, scènes d'anthropophagie et assortiment de héros.*

– Comment tu peux t'intéresser à des bouquins aussi chiants ?

C'était l'occasion de la remettre à sa place en retournant l'un de ses poètes préférés contre elle.

– Un jour, William Blake a écrit une lettre à un type qui lui avait commandé quatre aquarelles mais qui avait été déçu par le résultat. « Ce qui est Elevé reste nécessairement Obscur aux Hommes Faibles », disait-il. Ou aux femmes, il aurait pu ajouter. « Ce qui peut être rendu Accessible à l'Idiot ne mérite pas mon intérêt. » Donc il est très possible que ce soit non Beckett mais toi qui ne sois pas à la hauteur…

Elle reprit l'habitude de passer des nuits blanches à prendre des notes et à dessiner. Ou bien, elle restait des heures durant devant sa coiffeuse, essayant des rouges à lèvres ou des vernis à ongles aux couleurs agressives, ou de l'ombre à paupières à paillettes, avalait deux somnifères et ne bougeait plus jusqu'au lendemain. Un après-midi, elle disparut un long moment pour revenir avec les cheveux teints en violet et parsemés de mèches orangées.

– Bon Dieu…

– Oh, mon trésor, fit-elle en battant des cils, une main posée sur son cœur. Tu as remarqué, alors ?

– Ouais.

– Et je suppose que tu préférais leur couleur merde d'avant ?

D'autres fois, elle s'absentait sans explication jusqu'à minuit ou plus.

– Tu as réussi à te faire troncher pendant tout ce temps que tu étais dehors ?

– Dans mon état, même un "clochard" ne voudrait pas de moi.

– Si tu continues à beaucoup saigner, il faudra que je t'emmène voir un médecin.

Elle m'envoya un baiser en soufflant sur sa paume.

– Bon, je suis prête à discuter, maintenant. Et vous, prince Charmanfeld ?

– Bien sûr. Autant le faire tout de suite, sinon quand ?

– Joyeux Khanouka ! Et de bonnes fêtes de Pessa'h, pendant qu'on y est. Non, sérieusement, si tu veux le divorce, tu peux l'avoir.

– Je le veux, oui.

– D'accord, mais je dois te prévenir que j'ai consulté une avocate. Elle m'a dit que si tu réclamais le divorce j'aurais droit à quelque chose comme la moitié de tes revenus jusqu'à la fin de ta vie. Et tu as une si bonne santé, Dieu merci…

– Là, tu m'étonnes vraiment. Je ne savais pas que tu avais un tel sens pratique.

– On peut beaucoup dire des maris juifs, mais ils s'occupent toujours du bien-être matériel de leur petite femme. J'ai appris ça sur les genoux de ma mère.

– Je rentre chez moi. Au Canada.

La nouvelle me surprit moi-même. En fait, j'avais pris la décision à l'instant même où je la formulais.

– Je pensais que c'était moi qui étais dingue, ici ! Et qu'est-ce que tu ferais, au Canada ?

– Marcher avec des raquettes. Chasser le castor. Faire bouillir le sirop d'érable au printemps.

– Je ne suis pas aussi vache que tu crois. Contre un an de loyer pour ce bouge et une pension hebdomadaire de cinquante dollars, je suis prête à accepter… Oh, tiens, tiens, tu es moins pâle, tout d'un coup.

– Je déménage d'ici demain.

– Exactement. Et après, je fais changer la serrure. Je n'ai pas envie de te voir débarquer au moment où je pourrai enfin me payer une partie de baise correcte. Et maintenant, fiche le camp, s'il te plaît ! glapit-elle, soudain en larmes. Du balai, salaud, faux cul !

Ses cris me poursuivaient tandis que je dévalais l'escalier.

– Pourquoi on ne pouvait pas continuer comme avant ? Réponds, mais réponds !

Après avoir trouvé une chambre d'hôtel rue de Nesles, je revins à l'appartement le lendemain après-midi, à un moment où elle était sortie. Je remplis une valise d'affaires indispensables, rangeai mes livres et mes disques dans des cartons que je décidai de passer prendre trois jours plus tard, un jeudi. La serrure n'avait pas été changée et la table de la cuisine était dressée pour un dîner aux chandelles en tête à tête. Je me dis qu'elle comptait peut-être régaler Cedric d'un repas à la mode de Louisiane et, certes, une odeur écœurante flottait dans l'air, que j'attribuai d'abord au poulet carbonisé que je découvris dans le four enfumé. Sur le plan de travail, des moisissures avaient commencé à consteller un bol de pommes de terre râpées. Pour qui diable voulait-elle préparer des latkes ? Elle ne l'aurait jamais fait pour moi, en tout cas, ne proférant que mépris à l'encontre de cette nourriture de juifs saturée de matière grasse. Des latkes aux chandelles, en plus… J'éteignis le gaz, ouvris la fenêtre en grand. Mais la puanteur venait de la chambre à coucher, où je tombai sur Clara raide morte sur le lit, un flacon de somnifères vide près d'elle.

A l'évidence, une soirée animée devait avoir été au programme puisque mon épouse s'était éteinte dans sa chemise de nuit la plus affriolante, en voile noir quasi transparent, que je lui avais offerte. Pas de lettre, rien. Après m'être servi un énorme verre de vodka et l'avoir vidé d'un trait, j'appelai la police, puis l'ambassade américaine. Le corps de Clara fut déposé à la morgue le temps que ses augustes parents sautent dans un avion et viennent en prendre possession.

A mon retour à l'Hôtel de Nesles, la concierge gratta au carreau de sa petite guérite et l'entrouvrit à peine.

– Ah, monsieur Panofsky !

– Oui ?

Elle se répandit en excuses. Un pneumatique était arrivé pour moi la veille mais elle avait complètement oublié de me le donner. Il était de Clara, qui me pressait de venir dîner le soir. Il fallait que nous parlions, insistait-elle. Je m'assis sur les marches et je me mis à pleurer.

Enfin, des questions pratiques vinrent s'imposer à moi. Par exemple, est-ce qu'une suicidée, même involontaire, avait le droit d'être enterrée dans un cimetière protestant ? Je n'en avais pas la moindre idée, bon sang !

A ce moment, je me rappelai l'histoire, peut-être apocryphe, que Boogie m'avait contée au sujet de Heine. Alors qu'il gisait sur son lit de mort, épuisé, dans l'état second provoqué par la morphine, un de ses amis lui avait enjoint de se réconcilier avec son Créateur. Heine aurait alors répliqué, d'après Boogie : “Dieu me pardonnera. C'est son métier.”

Dans mon cas, cependant, je n'y comptais guère. Et je n'y compte toujours pas.

13

A force de me tourner et de me retourner dans mon lit hier soir, j'ai fini par réussir à convoquer la succulente Mrs Ogilvy de délectable mémoire, à la faveur d'une scène exaltante sortie tout droit de mon imagination. La voici.

Mrs O., exaspérée, m'humilie devant toute la classe en m'assenant sur le crâne un coup de l'*Illustrated London News* roulé en bâton. « Tu me rejoindras au service médical dès la fin des cours ! »

Une convocation dans cette petite pièce hostile, munie d'une simple banquette d'auscultation, laisse généralement présager une correction au fouet. Dix coups chaque main, bien placés. Je me présente ponctuellement à quatre heures moins le quart. Mrs O., apparemment très fâchée, referme la porte à clé derrière moi.

– Qu'as-tu à dire pour ta défense ?

– Je ne sais pas pourquoi je suis là. Honnêtement.

D'un seul ongle effilé, peint en rouge, elle éventre l'emballage en cellophane d'un paquet de Player's Mild. Elle allume une cigarette, aspire une longue bouffée, retire de sa lèvre un brin de tabac en y passant lentement sa langue moite, puis me fusille du regard.

– Je me suis assise à mon bureau pour vous lire le début des *Souvenirs de l'élève Tom Brown* et là tu as fait tomber ton crayon, soi-disant par accident, mais en réalité pour regarder sous ma jupe.

– Non, Mrs Ogilvy !

– Et ensuite, comme si tu ne t'étais pas montré assez dégoûtant, tu as commencé à frotter ton zizi en plein milieu de mon cours de littérature.

– Non, Mrs Ogilvy !

– Juste Ciel ! s'exclame-t-elle en expédiant son mégot à terre d'une pichenette et en l'écrasant sous son talon. Je ne m'habituerai jamais à cette manie qu'ils ont de surchauffer les écoles, dans les colonies…

Elle déboutonne son chemisier, en écarte un peu les pans. Elle porte un soutien-gorge noir en dentelle ajourée.

– Viens un peu par ici, mon garçon.

– Oui, Mrs Ogilvy.

– Et tu es littéralement gonflé de pensées coupables en cet instant précis, exact ?

– Non…

– Oh, que si, jeune homme, que si. Et voici le pot aux roses… (Elle défait prestement les boutons de ma braguette, y glisse des doigts incroyablement froids.) Regarde donc ton zizi, là ! Il est clair que tu n'as pas le moindre respect de l'autorité. J'espère que tu as honte, Barney ?

– Oui, Mrs Ogilvy.

Elle continue à me parcourir de ses longs ongles rouges et j'ai un début d'érection.

– Voyez-moi ce petit sucre d'orge ! Je pourrais bien être tentée d'y goûter un tout petit peu, moi ! Allez, il faut boire le vin quand il est tiré, n'est-ce pas ? (Elle nettoie la calotte d'un coup de langue agile. Aussitôt, une autre gouttelette apparaît.) Oh, oh ! fait-elle en me lançant un regard sévère. Il ne faudrait pas que le train quitte la gare avant l'heure, pas vrai ? (Elle se dépouille de sa jupe et de sa culotte.) Maintenant, je veux que tu frottes ceci contre moi, ici. “Mais attendez un instant, s'il vous plaît.” Le mouvement ne doit pas s'exercer de droite à gauche mais de haut en bas, en fait…

Je fais de mon mieux pour l'obliger.

– Tu n'as pas l'air de bien comprendre encore... Non ! Comme si tu devais t'y reprendre pour gratter une allumette... Tu me suis ou pas ?

– Oui.

Soudain, elle se met à trembler. M'attrapant par la nuque, elle m'entraîne avec elle sur la banquette.

– Maintenant tu peux le fourrer dedans, en brave garçon que tu es, et après tu montes, tu descends, tu montes... Comme un piston, compris ? Prêt ? Un, deux, trois, partez !

Ces quelques lignes constituent en réalité ma première et unique incursion dans le domaine de la fiction, une courte tentative encouragée par Boogie tant il était convaincu que je serais capable de concocter un ouvrage licencieux pour le compte de la collection de Maurice Girodias. Il m'avait escorté dans le bureau de ce dernier un après-midi :

– Vous avez devant vous le nouveau Marcus Van Heller, avait-il déclaré. Il a deux idées de bouquin fantastiques. Le premier est intitulé *La maîtresse décolle*, le second *La Fille du rabbin.*

Il improvisait au fur et à mesure. Girodias, lui, était séduit.

– Mais il faut que je voie une vingtaine de pages avant de vous signer un contrat.

Je ne dépassai jamais le troisième feuillet.

Ce matin, j'ai traîné au lit avant d'être réveillé par le postier.

Une lettre recommandée.

Je suis assuré d'avoir des nouvelles de Mrs Panofsky II sous cette forme au moins deux fois par an, d'abord à la date anniversaire de la disparition de Boogie puis, comme c'est le cas aujourd'hui, à celle de mon acquittement. Car si le tribunal m'a jugé innocent je reste à ses yeux aussi coupable que possible. La missive de ce matin étant admirablement succincte, contrairement à ses habitudes, je l'ai lue dans son intégralité : « A nul ne vendrons, à nul ne dénierons ni différerons Droit ou Justice.

Article 40, *Magna Carta*, 1215. »

Je la croise inévitablement de temps à autre. Une fois, je l'ai aperçue au magasin Holt Renfrew, au rayon de la lingerie féminine où il me plaît de traîner. En une autre occasion, c'était au comptoir du Brown Derby où elle était en train de faire l'emplette de kishka, de poitrine braisée, de foie haché et de salade de pommes de terre en quantité suffisante pour toute une réception de bar-mitsva, mais pour sa seule consommation personnelle, je le savais. Plus récemment, je l'ai vue au restaurant du Ritz où – j'accélère mon récit, là – j'avais invité à dîner miss Morgan afin d'au moins poursuivre notre discussion à propos des adeptes peut-être pas irrécupérables du culte saphique. Mrs Panofsky II s'y trouvait en compagnie de son cousin notaire et de l'épouse d'icelui. Son assiette déjà nettoyée jusqu'à la dernière goutte de sauce, elle était occupée à piquer des morceaux de viande dans celles de ses voisins. Elle nous avait fusillés du regard, bien entendu, ses yeux s'attardant sur la bouteille de Dom Pérignon qui flottait dans son seau à glace près de nous. Une fois leur addition payée, elle s'était débrouillée pour passer devant notre table en sortant, s'était arrêtée, avait décoché un sourire menaçant à mon invitée et m'avait lancé :

–Tu as de bonnes nouvelles de tes petits-enfants ?

– Ne te retourne pas, avais-je répliqué, ou tu risques d'être transformée en statue de sel.

Mrs Panofsky II, qui n'a jamais été caractérisée par la sveltesse même dans son jeune âge mais qui, il faut le lui reconnaître, présentait jadis de plaisantes rondeurs, a pris depuis longtemps l'habitude de se consoler de ses griefs perpétuels en mangeant. Nécessairement, elle ne porte plus que d'amples caftans seuls capables d'envelopper un tour de taille dont un lutteur de sumo pourrait s'enorgueillir. Elle se déplace avec difficulté, le souffle court, une canne à la main. Elle me rappelle la description de la Tetty de Sam Johnson à cinquante ans telle que nous la donne Garrick : « … très grosse, avec une poitrine d'une protubérance peu ordinaire, des bajoues rubicondes en raison d'une épaisse couche de rouge et d'un recours assidu à la dive bouteille, sa vaste robe évasée autour d'elle comme une apparition, terriblement affectée dans son élocution et en toutes ses attitudes ». Je me suis laissé dire qu'il lui reste encore quelques amis, mais qu'elle entretient surtout une relation très intense avec son téléviseur. J'aime l'imaginer dans la maison patricienne de Hampstead acquise de mes propres deniers, en tas sur le canapé, dévorant des chocolats belges à pleines poignées, hypnotisée par quelque feuilleton, piquant du nez avant de trouver assez d'énergie pour passer à table, où elle fera usage d'une pelle plutôt que d'un couteau et d'une fourchette, puis s'effondrant à nouveau devant le petit écran.

Au petit déjeuner, j'ai épluché avec soin la *Gazette* et le *Globe and Mail*, soucieux de ne rien perdre des derniers rebondissements de cette comédie dans laquelle nous sommes plongés au pays de l'« exception québécoise ».

La panique a atteint ici de telles proportions, ces derniers temps, que les prévoyants jeunes couples juifs qui avaient décampé à Toronto au cours des années quatre-vingt, dans le désir de fuir non seulement d'incessantes tracasseries d'ordre tribal mais aussi des parents envahissants, se retrouvent en danger, nombre d'entre eux recevant des appels téléphoniques angoissés de leurs mamans et papas grisonnants : « Herky ? Je sais qu'elle ne nous adore pas, ta merveilleuse petite femme... A propos, elle dépense toujours autant ? Mais bon, grâce à Dieu tu as une chambre d'amis parce que nous arrivons mercredi. Tu nous accueilleras le temps qu'on trouve un appartement dans le quartier. N'oublie pas que Maman ne supporte pas cette musique rock qu'ils écoutent sans cesse, donc tu préviens tes enfants, que Dieu les bénisse. Et si tu dois absolument fumer pendant que nous serons chez toi, tu iras dans le jardin, n'est-ce pas ? Mais on ne gênera personne, nous, tu le sais... Herky, tu es toujours là ? Dis quelque chose, Herky ! »

Le dernier sondage laissant présager un résultat très serré au référendum, le Dink's résonne maintenant de forfanteries de condamnés à mort. L'un des habitués, Cy Tepperman, un professionnel de la confection qui s'attend à voir ses produits boycottés dans le reste du Canada, a ainsi annoncé qu'il envisageait sérieusement de coudre des étiquettes « Made in Ontario » sur ses jeans, « juste pour le cas où ces salauds l'emportent ». Quant à Zack Keeler, l'éditorialiste de la *Gazette*, on peut toujours compter sur lui pour les blagues les plus puériles : « Vous avez entendu que les Newfies sont pour le Oui ? Ils pensent qu'il leur faudra deux heures et demie de moins pour rejoindre l'Ontario en voiture si le Québec se sépare du reste… »

Miss Morgan, l'animatrice de « Radio-Lesbo », m'avait déclaré lors de sa première visite qu'elle avait l'intention de voter en faveur de l'indépendance.

– Ils ont droit à leur propre pays. C'est vrai qu'ils forment une exception.

– Je vous invite à déjeuner, d'accord ?

– Vous ? Vous pourriez être mon grand-père !

– Question suivante, s'il vous plaît.

– Si l'enfant que Clara a perdu avait été blanc, l'auriez-vous tout de même abandonnée ?

– J'aurais tout de même divorcé, c'est ce que vous voulez dire ? Tiens, elle est intéressante, votre question… Effectivement, j'aurais bien pu être assez idiot pour croire qu'il était de moi.

– Mais vous avez de très forts préjugés contre les Afro-Américains, en tout cas.

– Rien du tout.

– J'ai été en contact avec Ismail ben Yussef, que vous avez connu sous son nom d'esclave, Cedric Richardson. D'après lui, vous aimez bien lui envoyer des lettres d'insultes.

– Je suis prêt à jurer sur la tête de mes petits-enfants qu'il affabule.

Elle retira d'une chemise la photocopie d'un appel à la création de bourses d'études fantaisistes destinées à nos « frères noirs », au nom d'une certaine « Fondation des sages de Sion ».

– C'est absolument consternant. Du plus mauvais goût.

– Mais ce n'est pas votre signature, en bas ?

– Non.

Elle avait lâché un profond soupir.

– Savez-vous, miss Morgan, que Terry McIver, ce raciste, ce

misogyne de McIver, bombarde les gens depuis des années de lettres de ce style qu'il signe de mon nom ?

– Laissez tomber.

– Et si vous ne voulez pas que de respectables messieurs lorgnent sur votre charmante poitrine, vous devriez porter un soutien-gorge, cela empêcherait vos tétons de pointer de cette manière… troublante, à tout le moins.

– Ecoutez, monsieur Panofksy, j'ai déjà été pincée et tripotée par assez de types qui ne croient qu'au pouvoir du phallus, donc vous feriez mieux d'arrêter de jouer au plus malin, tout de suite. Si vous avez tellement peur des lesbiennes, c'est parce que vous redoutez les conséquences que cela pourrait avoir sur votre système patriarcal, autoritariste, « normal » entre guillemets, qui n'est fondé que sur l'asservissement des femmes par l'engeance mâle.

– Je ne voudrais pas paraître indiscret, mais puis-je vous demander ce que vos parents en pensent, que vous soyez homosexuelle ?

– Je préfère me considérer femmosexuelle.

– Ah, cela fait un point commun entre nous.

– Vous avez accepté cet entretien dans le seul but de vous moquer de moi ?

– Pourquoi ne pas poursuivre cette conversation autour d'un bon déjeuner ?

– Vous pouvez aller au diable, plutôt ! s'était-elle exclamée en réunissant ses affaires. Sans vous, Clara serait encore en vie, aujourd'hui. C'est Terry McIver qui me l'a dit.

14

Paris, 1952. Sortant à contrecœur d'un autre évanouissement dû à la vodka, quelques jours seulement après la mort de Clara, je ne sais pas vraiment où je suis mais il me semble qu'on gratte ou qu'on frappe à la porte, quelle porte, d'ailleurs ? Allez-vous-en, me dis-je. Mais le bruit recommence, insistant. Encore Boogie, sans doute. Ou Yossel. Mes nounous pétries de bonnes intentions. Au diable ! Je me retourne, face au mur.

– Monsieur Panofsky ! S'il vous plaît, monsieur Panofsky !

La voix, geignarde, m'est inconnue.

– Foutez le camp, qui que vous soyez. Je ne suis pas bien.

– S'il vous plaît ! Je ne bougerai pas d'ici tant que vous n'aurez pas ouvert.

Cinq heures de l'après-midi. Je m'extrais du canapé, dont les ressorts cassés protestent bruyamment, je titube jusqu'à la salle de bains où je m'asperge la figure d'eau glacée. C'est peut-être quelqu'un qui a vu mon annonce dans l'*International Herald Tribune* et qui va me débarrasser de ce maudit appartement ? En hâte, je collecte linge sale, bouteilles vides, assiettes maculées d'œuf ou encombrées de saucisses de Francfort abandonnées, je jette le tout dans le placard le plus proche. Prenant garde de ne pas trébucher sur les cartons où j'ai rangé les effets personnels de Clara, je fonce ouvrir à un petit homme boulot. Une barbiche poivre et sel, des lunettes à monture d'écaille qui grossissent ses yeux tristes d'épagneul. La petite cinquantaine, d'après moi. Il porte un manteau en laine à col d'astrakan et un chapeau mou qu'il enlève aussitôt, laissant apparaître une calotte noire retenue à sa chevelure flottante par une pince à cheveux. Entre les pans de son manteau, je remarque que le bout de sa cravate a été entaillé d'un coup de ciseaux délibéré.

– Qu'est-ce que vous voulez ?

– Ce que je veux ? Mais je suis Charnofsky ! Haïm Charnofsky, répète-t-il comme si son nom seul suffisait à tout expliquer.

Charnofsky ? Son premier mari ? Je secoue la tête dans le vain espoir de faire cesser le marteau-piqueur qui s'active dedans.

– Le... Le prof de dessin ?

– Quel prof de dessin ? Dites, vous comprenez le yiddish, si je peux me permettre de vous demander ?

– Un peu.

– Je suis votre makhouten. Le père de Clara. Je peux entrer ?

– Oui. Certainement. Vous m'excusez une minute ?

Je retourne m'asperger d'eau mais en revenant je dois me rendre à l'évidence : ce n'était pas une hallucination, Charnofsky est toujours là. Les mains croisées dans le dos, il est plongé dans la contemplation des dessins à l'encre toujours accrochés aux murs.

– Je crois comprendre que vous êtes un artiste, monsieur Panofsky ?

– C'est ceux de Clara.

– De Clara ! Pourquoi elle aurait acheté des tableaux aussi dégoûtants ?

– C'est elle qui les a dessinés.

– C'est elle qui les a dessinés ! Pardon, mais dans la petite chambre là-bas, j'ai vu qu'il y avait un berceau. Il y a un enfant, alors ?

– On l'a perdu, c'était un garçon.

– Donc vous avez perdu un fils et moi j'ai perdu une fille. Fasse qu'il n'y ait plus de deuils ni chez vous ni chez moi.

– Vous aimeriez un café ?

– Ça me donne des gaz. Surtout la marque française qu'ils vous servent ici. Mais une tasse de thé, avec plaisir, sans vous déranger.

Il se fait une place à la table de la cuisine, balayant les miettes avec insistance et repoussant de côté une chope de bière à moitié pleine dans laquelle flottent des mégots de Gauloises. Il inspecte sa cuillère, l'essuie consciencieusement avec le bord de la nappe.

– Citron, vous avez ?

– Désolé, je suis à court.

– Il est à court ! reprend-il en haussant les épaules.

Puis, sirotant son thé avec un bout de sucre coincé dans la joue, il entreprend de me raconter qu'il est chantre à la synagogue Bnaï Yaacov de Brighton Beach.

– Pas un train de vie de prince mais bon, ils nous donnent l'appartement de fonction, l'immeuble appartient au président de la communauté. Celui-là, il mourra avant d'accepter de refaire les peintures, et je ne parle même pas de réparer une fuite aux toilettes ! Sa femme est stérile, c'est honteux, à qui il laissera toute sa fortune ? Enfin, c'est son problème, moi j'ai les miens, et plus qu'il n'en faut. Calculs biliaires, que ça ne vous arrive jamais, surtout ! J'ai aussi le sinus détraqué, les varices, les cors aux pieds, ça à force de rester tout le temps debout à la synagogue. Mais enfin, le cancer il n'y en a pas, hein ? Et puis oui, je ne dois pas oublier l'aumône qu'on me fait pour chanter à les mariages et à les enterrements : ils vous refilent cinquante dollars et ils demandent un reçu pour les impôts, dites ! Et puis je fais le seder tous les Pessa'hs à l'hôtel glad kosher qu'il a dans les Catskills, Finestone, à la station de ski. Tous les ans complet, à cause de moi ! De ma Voix. Un don du Seigneur, Béni soit-Il. Mais où il m'installe, Finestone, avec tout l'argent que je lui rapporte ? Dans une chambre pas plus grande qu'un cagibi, derrière la cuisine ! Avec le frigo et le garde-manger fermés à clé la nuit, pour si je voulais voler un Coca-Cola ou une boîte de sardines. Et il faut que je marche deux kilomètres pour aller où je pense ! Mais bon, tout ce que je peux mettre de côté, je l'ai toujours envoyé à Clara. Au bons soins de l'American Express, c'est la seule adresse qu'elle m'avait donnée.

Monsieur Charnofsky avait deux enfants. Il y avait Solly, comptable, bon juif, marié, deux charmants bambins premiers de leur classe dont il me montra les photos.

– Vous êtes leur oncle maintenant. Milton est né le 18 février,

Arty le 28 juin. Vous voudrez peut-être noter les dates, pour l'avenir…

Et il y avait eu Clara, bien sûr.

– Alav-ha-sholem, dit-il. Paix à son âme. Mais vous avez l'air surpris de me voir ?

– Il me faut du temps pour encaisser tout ça.

– Du temps, il lui faut ! Et moi, il me faudrait quoi, *mister ?* Est-ce que je savais seulement qu'elle était mariée, ma propre fille ? (Son ton patelin devenait agressif.) Vous avez bien dit que c'est ma Clara qui les a peints, ces tableaux répugnants ?

– Oui.

Il était clair que monsieur Charnofsky avait repris tout son aplomb en découvrant notre appartement. Certes, selon ses critères de Brighton Beach ce n'était qu'un taudis et non le petit bijou dont la caution m'avait coûté un bon paquet d'argent. Il sortit un mouchoir en lin blanc de sa poche et s'en tapota le front.

– Et elle ne vous a jamais parlé de nous, cela va sans dire ?

– Je crains que non.

– Il craint que non ! Eh bien, pour ma part, je suis bien étonné que miss Miaou-Miaou ait marié un garçon juif. Un nègre aurait été plus dans ses cordes. Elle les adorait.

– Je n'aime pas qu'on emploie ce terme, si ça ne vous fait rien.

– Si ça ne me fait rien ! Mais comment donc ! Appelez-les comme vous voudrez… (Le nez plissé de dégoût, il renifla l'air vicié de la cuisine.) Si vous étiez d'accord pour ouvrir une fenêtre, je ne dirais pas non.

J'obéis.

– Alors puisque vous n'êtes pas un artiste, monsieur Panofsky, puis-je me permettre de vous demander dans quel secteur vous les exercez, vos talents ?

– Je suis dans l'exportation.

– Il est dans l'exportation ! Mais il ne peut pas tout exporter, quand même ! Pour vivre comme ça. Au cinquième et sans ascenseur ! Et sans frigidaire ! Et sans machine à laver la vaisselle !

– On s'en contentait.

– Vous devez vous dire que je suis injuste. Mais si votre fils, la chair de votre chair, alav-ha-sholem, avait vécu et avait grandi et avait eu honte de vous, comment vous auriez pris ça, vous ?

Je me levai pour farfouiller à la recherche de la bouteille de cognac, dont je versai un trait dans ma tasse de café. Monsieur Panofsky claqua la langue, soupira.

– C'est du schnaps que je vois là ?

– Du cognac.

– Du cognac ! « Honore ton père et ta mère. » C'est un des dix commandements, ça. Vous le faites, au moins ?

– Ma mère, ce n'est pas facile.

– Et votre père, peut-on demander ce qu'il fait dans la vie ?

– Flic.

– Flic ! Ahah ! D'où vous êtes, monsieur Panofsky ?

– Montréal.

– Montréal ! Tiens ! Alors vous connaissez peut-être les Kramer ? Très bonne famille. Ou Labish Zabitsky, le chantre ?

– Non, désolé.

– Non ? Mais il est très connu, Zabitsky ! Nous avons pris part à des concerts ensemble, les gens devaient réserver leurs places à l'avance, longtemps à l'avance ! Vous êtes sûr de ne pas le connaître ?

– Je ne viens pas d'une famille pratiquante.

– Mais vous n'avez pas honte d'être juif ! explosa-t-il tel un furoncle trop mûr. Pas comme elle. Pas comme Clara !

– Alav-ha-sholem, complétai-je en reprenant la bouteille de cognac.

– Elle avait douze ans quand elle s'est mise à s'arracher les cheveux par touffes entières, pour un oui pour un non. « Docteur Kaplan », je dis… C'est un membre respecté de notre communauté, un important donateur… « Qu'est-ce que je dois faire, docteur Kaplan ? » Et lui : « Est-ce qu'elle a déjà eu ses règles ? » Pfffouh ! Comment je saurais des choses pareilles, moi ? « Envoyez-la-moi », il me dit. Vous pensez que Clara sera reconnaissante, alors qu'il ne m'a même pas fait payer la consultation ? « Il m'a touché les nénés ! » elle dit. A douze ans ! Un langage pareil !

Ordurier ! Mon épouse l'a tenue pendant que je lui lavais la bouche avec le savon.

« Et là, ça a commencé… Qu'est-ce que je raconte ? C'était déjà commencé ! Les folies. « Vous n'êtes pas mes parents. » Si seulement on avait eu cette chance. « J'ai été adoptée. Je veux savoir qui sont mes vrais parents ! » Et moi : « Je vais te le dire, moi. Tu es la fille du tsar Nicolas. Ou peut-être c'est le roi George d'Angleterre, je ne me rappelle plus lequel des deux. » Mais elle continue : « Ce que je sais, au moins, c'est que je ne suis pas juive. Alors avoue, qui sont mes vrais parents ? » Tant qu'on ne lui apprendrait pas qui c'était, elle ne mangerait plus. Et donc on a fini par devoir la nourrir de force, et comme elle mordait fort, je vous prie de croire, il a fallu lui donner le bouillon de poulet à l'entonnoir. Et après, elle me vomissait tout sur moi, exprès. Sur mon beau costume ! Dégoûtant.

« Ensuite, j'ai trouvé des livres obscènes sous son matelas. « Traduit du français. » *Nina*, ou *Nana*, ou dans ce genre. Ou de la poésie de ce mamzer de Heine, celui qui avait honte d'être juif, lui aussi. Sholem Aleichem, ce n'était pas assez bon pour elle, la demoiselle ! Elle s'est mise à aller à Greenwich Village, sans réapparaître pendant deux jours. C'est là que j'ai pris l'habitude de l'enfermer dans sa chambre le soir. Mais trop tard, j'ai découvert. Parce que vierge, elle ne l'était plus. Elle sortait dans la rue habillée comme une prostituée. « Notre » rue. Alors on jasait, évidemment. Je risquais de perdre ma place à la synagogue, moi ! Et ensuite quoi ? Chanter à la sortie du métro ? Parce que Eddie Cantor, c'est comme ça qu'il a commencé et regardez-le maintenant, avec cette voix de rien du tout et ces yeux qui lui sortent de la tête. Je parie qu'un mètre cinquante, il ne les fait pas ! Sauf qu'il est milliardaire, alors ils le respectent, les goyim…

« Elle a fini par dépasser toutes les bornes. Ses crises. Les ordures qu'elle avait à la bouche. Des fois claquemurée dans sa chambre jusque pendant dix jours, assise, les yeux dans le vague. Le docteur Kaplan, grâce à Dieu, nous a trouvé un hôpital psychiatrique. Les meilleurs soins, sans regarder à la dépense, heureusement pour nous c'était gratuit. On lui fait le traitement aux électrochocs, ce qu'il y a de mieux en médecine moderne et elle, pour dire merci, elle revient à la maison et elle se taille les veines dans la baignoire ! L'ambulance qui attend en bas, tout le monde qui espionne derrière les rideaux… Madame Charnofsky a eu une telle honte qu'elle n'a pas quitté l'appartement d'une semaine. En plus de toutes mes obligations, il a fallu que je m'occupe des courses. Et pour dîner, sandwichs au thon !

« Je voulais que vous sachiez tout ça, monsieur Panofsky : vous n'avez rien à vous reprocher, parce que les tentatives de suicide, il y en a eu une, il y en a eu deux, et plusieurs. Le docteur Kaplan, il me dit que c'est un appel à l'aide. Elle veut de l'aide ? Elle n'a qu'à demander ! Je suis sourd, moi ? Je suis un mauvais père ? Allons, c'est ridicule ! (Il s'interrompit pour extirper son gigantesque mouchoir et souffler dedans.) Vous êtes encore un jeune homme, monsieur Panofsky. L'import-export, c'est un filon de première. Si vous travaillez dur, vous devriez vous en tirer mieux que ça. Vous remarier. Avoir des enfants. Tous ces cartons par terre… Vous déménagez ? Je ne vous blâmerais pas pour ça, remarquez.

– Ce sont ses affaires. Laissez-moi votre adresse, je vais vous les expédier.

– Quel genre d'affaires ?

– Des vêtements. Ses carnets. Ses poèmes. Son journal. Ses dessins.

– Et qu'est-ce que j'en aurais besoin, moi ?

– Il y a des gens qui estiment énormément son travail. Vous devriez demander à un éditeur de regarder ses textes.

– Un journal, vous avez dit ? Plein de mensonges sur nous, j'en mettrais ma main à couper. De saletés. A essayer de nous faire passer pour des monstres.

– Bon, mieux vaut que je m'en occupe moi-même, alors.

– Non. Envoyez-les. Je vais vous donner ma carte. Mon neveu y jettera sans doute un coup d'œil. Il est professeur de littérature à l'université de New York. Très apprécié. Il l'encourageait souvent à écrire, Clara.

– Comme vous.

– Comme moi ! Oh, très gentil. Je dois vous remercier, certainement. Après tout ce que nous avons souffert, madame et moi. La honte qu'elle a fait retomber sur nous…

– Des électrochocs… Quelle honte, oui.

– Et si je vous raconte que les fois où elle ne quittait pas sa chambre pendant dix jours, quinze peut-être, on lui laissait un plateau avec de quoi manger devant sa porte ? Un jour, madame Charnofsky va ramasser l'assiette vide et elle pousse un cri, un cri… J'ai pensé que quelqu'un était mort, la vérité ! Vous savez ce qu'il y avait, sur cette assiette ? Pardonnez-moi, hein : sa grosse commission. Oui monsieur ! C'est ça qu'elle avait fait ! A l'hôpital, ils nous ont conseillé cette opération, là… comment vous appelez ça ? Lopotomie ? Mais mon neveu, le professeur, il a dit non. Que je ne devais pas permettre ça. Vous pensez que j'ai eu tort de l'écouter, mon neveu ?

– Vous avez eu tort, oui. Et comment ! Mais pas pour ça, espèce de cinglé !

– Espèce de cinglé. C'est une façon de parler à un aîné, ça ? Que je viens juste de perdre ma fille ?

– Fichez-moi le camp, monsieur Charnofsky !

– Fichez-moi le camp. Parce que vous pensez que je vais m'inviter à dîner dans un taudis pareil ?

– Fichez-moi le camp avant que je vous flanque par terre et que je vous lave la bouche au savon.

L'attrapant au collet, je le traînai dehors et lui claquai la porte au nez. Il se mit aussitôt à tambouriner dessus.

– Mon chapeau ! Mon chapeau !

J'entrebâillai le battant pour le lui expédier à la figure.

– Vous ne deviez pas la rendre si heureuse que ça, souffla-t-il, avec ce qu'elle s'est fait.

– Vous savez, monsieur Charnofsky ? Je suis assez capable de vous jeter en bas de l'escalier. Littéralement.

– Pich pich.

Je fis un pas vers lui.

– L'employé à l'ambassade m'a dit qu'elle était morte depuis deux jours* quand vous l'avez découverte. Mais la table elle était mise pour deux, et il y avait un poulet brûlé dans le four. Alors je me demande, monsieur Panofsky : où vous étiez passé, ce soir-là ?

Comme j'avançai encore vers lui, il s'engagea dans l'escalier, s'arrêta après quelques marches et brandit son poing dans ma direction en meuglant :

– Assassin ! Oïsvorf ! Mamzer ! J'appelle toutes les makkot sur toi et tes enfants à naître ! Plaies d'Egypte ! Difformités ! Pfffouh !

Après avoir craché par terre, il descendit à toutes jambes en voyant que je m'apprêtais à m'élancer derrière lui.

---

* Pas plus de vingt-quatre heures, en réalité. Cf. p. 187.

15

« Paris, 7 novembre 1952. J'avais supputé que, désormais fécondée et notablement épaissie, Clara se montrerait moins dissolue, sans pour autant atteindre à la chasteté*. Mais cet après-midi, pourtant, elle est venue me soumettre son tout dernier poème et, après avoir noté mes bienveillantes corrections, m'a administré avec sa langue de serpent ce genre de traitement dont elle est si prodigue, étalant ensuite ma semence sur son visage, ce qui selon elle est excellent pour la peau.

« P. doit se douter qu'il est cocu. Vendredi soir, alors que je descendais à pas vifs le boulevard Saint-Germain, un sixième sens m'a commandé de me retourner. Mon « troisième œil », comme dit Clara. Il était là, bondissant derrière moi à moins de vingt mètres. Ayant croisé mon regard réprobateur, il s'est arrêté à la devanture d'une librairie et a pris un air faussement dégagé. Et hier soir encore je l'ai surpris en train de me filer sur le Boul'Mich. J'ai la nette impression qu'il me suit dans l'espoir de me surprendre avec elle. Il lui arrive de plus en plus souvent d'arriver à ma porte sans avoir été invité et, plein de sollicitude empruntée, de m'amener déjeuner dans ce monstrueux restau-

* La version manuscrite originale du journal de McIver (Carnet 112, p. 42, Bibliothèque des Collections classées, université de Calgary) indique : « ...sans pour autant atteindre à la chasteté, ce qui serait contraire à son intrinsèque futilité. Mais cet après-midi, m'interrompant une nouvelle fois dans mon labeur, elle est revenue m'administrer... ».

rant de la rue du Dragon où il attend que je me répande en remerciements.

– Clara m'inquiète, commence-t-il sans me quitter un instant des yeux.

Mais j'esquive le piège grossier qu'il me tend.

Aujourd'hui, six cent soixante-dix mots.

« Paris, 21 novembre 1952. Encore une lettre paternelle, dans laquelle je repère trois infinitifs incorrects, deux participes sans sujet et les habituels égarements pléonastiques ici et là. Mère est dans un état critique et se ronge de me revoir avant l'instant fatal, mais je ne suis pas disposé à supporter son opprobre. Je ne peux délaisser mon manuscrit, ni m'exposer à l'angoisse que ce voyage ne manquerait pas de générer. Les querelles, les migraines, ses prévisibles efforts pour m'arracher sur son lit de mort l'engagement de rester à Montréal veiller sur mon père, dont la santé est également déclinante. Connaissant son excessive piété conjugale, je doute qu'il lui survive longtemps, toutefois. Ils se connaissent depuis la petite école, s'étant rencontrés, qui s'en étonnera, à un pique-nique des Jeunesses communistes.

« Je n'ai rien écrit, aujourd'hui. Pas un mot. »

16

D'une humeur exécrable après que miss Morgan eut rejeté mon invitation à déjeuner et m'eut planté là sans cérémonie, j'ai tenté de retrouver un peu de calme en attrapant mon canotier, ma canne à pommeau d'argent, et en me glissant dans mes chaussures à claquettes. Au son d'un CD de King Oliver, je me suis échauffé avec quelques pas de danse rythmique avant d'exécuter un « Shim Sham Shimmy » passable et un « Pulling the Trenches » assez chouette, sans pour autant que cela réussisse à me rasséréner. Mon état de nervosité était dû au fait que l'indubitablement lunatique mais par ailleurs affriolante miss Morgan avait été distinguée par la « Clara Charnofsky Foundation for Wimyn[21] », qui lui avait accordé une bourse de deux mille cinq cents dollars afin qu'elle puisse achever son mémoire de maîtrise, consacré aux « Femmes en tant que victimes dans le roman québécois ».

Mea culpa, encore une fois. *Mea maxima culpa*.

Ce fut le cousin de Clara, voyez-vous, ce « très apprécié » professeur de l'université de New York, qui se chargea de trier avec dévotion ses manuscrits et ses dessins, puis de les distiller aux éditeurs et aux marchands d'art alors que leur valeur enregistrait une progression exponentielle au cours des années. Mais il avait insisté pour me voir à New York avant toute chose, convocation à laquelle je cédai non sans appréhension : je m'attendais à devoir supporter le monologue d'un universitaire besogneux, cédant ainsi à mes préventions coutumières. « Je suis sûr que tu te rends compte qu'il s'agit là d'un mécanisme de défense », m'avait déclaré un jour Hymie Mintzbaum, tout juste sorti d'une séance chez l'un de ses multiples psychanalystes : « Tu es persuadé que quiconque te rencontre pour la première fois va se dire que tu es une merde, donc tu prends les devants. Relax, petit, relax ! Laisse-leur le temps de te connaître mieux, comme ça ils comprendront qu'ils avaient raison : tu *es* une merde ! »

En réalité, Norman Charnofsky s'avéra charmant, même si fort naïf, et tout à fait étranger à l'appât du gain. Une « gouten neshouma », comme disait ma grand-mère : une bonne âme. Un danger évident pour lui-même et pour les autres. Informé par l'abominable oncle Haïm que j'étais un ivrogne invétéré, il suggéra avec finesse que nous nous retrouvions dans le hall de l'hôtel Algonquin, où j'étais descendu, et s'empressa de renforcer mes préjugés contre lui en commandant un Perrier. Il était peu gâté par la nature : petit, des cheveux ternes, d'épaisses lunettes, un nez bulbeux. Sa cravate était constellée de taches de graisse, son vieux costume en velours saupoudré de pellicules aux épaules et pas mal élimé aux genoux. L'antique cartable d'écolier qu'il avait posé à côté de lui était si chargé qu'il paraissait sur le point de crever.

– Je dois commencer par vous remercier d'avoir pris le temps de venir me voir, débuta-t-il, et par excuser mon oncle Haïm, qui ne se doutait pas un seul instant que l'enfant que Clara a perdu n'était pas le vôtre. D'autant que vous avez eu assez de tact pour ne pas souligner ce point devant lui.

– J'en conclus que vous avez lu son journal.

– En effet.

– Y compris la dernière page, à propos de ce dîner auquel je ne suis pas venu.

– La visite surprise que mon oncle Haïm vous a rendue ne pouvait être un moment facile ni pour lui ni pour vous.

Je haussai les épaules.

– Comprenez-moi bien, s'il vous plaît : j'ai le plus grand respect pour mon oncle Haïm. C'est un homme aigri, certes, mais non sans raison, et nombreux sont ceux qui doivent éprouver de la reconnaissance à son égard. A commencer par moi. Haïm est le premier Charnofsky à avoir émigré de Pologne en Amérique. Depuis le tout début, il s'est sacrifié, il a économisé sur le moindre penny pour aider à la réunion de la famille. Sans son dévouement, mes parents seraient restés à Lodz, où je serais né, et Auschwitz aurait été notre fin, comme cela a été le cas pour bien trop de Charnofsky. Mais les descendants de ceux que Haïm a fait venir ici, des hommes et des femmes qui ont prospéré aux Etats-Unis, le considèrent maintenant comme une brebis galeuse. Une séquelle du passé. Un juif du ghetto. Et ils ne supportent pas qu'il revête son talith et entame la prière du matin dans leur salle à manger, ce que leurs enfants observent en ricanant, ni qu'il mette un peu au soleil sa pâle anatomie dans leur jardin de Long Island ou de Floride, sans retirer sa kippa évidemment, parce que les voisins risqueraient de jaser, n'est-ce pas ? Okay, okay. Je parle trop, je sais : vous n'avez qu'à demander à ma femme ce qu'elle en pense. Et je dois aussi reconnaître que c'est quelqu'un de borné, l'oncle Haïm, d'obstiné, d'intolérant, mais voyez-vous, c'est qu'il n'arrive toujours pas à comprendre ce que les juifs sont devenus dans ce pays. Je suis sûr qu'à vos yeux il a été d'une impardonnable cruauté envers Clara. Mais comment aurait-on pu attendre de lui qu'il assume une enfant si précoce, si volontaire sous son toit ? Elle était si difficile, si instable… Oh, pauvre Clara ! (Il se mordait les lèvres.) Elle n'avait que douze ans et elle restait des heures à plat ventre sur le tapis de notre salon, entourée de livres, à dessiner en balançant ses jambes toutes maigres qu'elle croisait aux chevilles. Je l'aimais, la pauvre. Et je regrette profondément de ne pas avoir fait assez pour la protéger de… De quoi, d'ailleurs ? Du monde, voilà.

– C'est vous qui l'aviez cherchée à Paris, alors ?

– C'était moi, oui. Mais ensuite elle m'a écrit pour me dire de ne pas me mêler de sa vie, que je n'avais pas à m'inquiéter, qu'elle avait rencontré un garçon bien… Vous, monsieur Panofsky. Et qu'elle allait l'épouser.

Un soir par semaine, Norman donnait des cours de rattrapage à des enfants de Harlem en difficulté. Il faisait partie d'un groupe qui recueillait des vêtements pour les juifs de Russie, il était donneur de sang, et il avait été une fois candidat du parti socialiste aux élections locales. Flora, sa femme, avait renoncé à sa carrière d'institutrice pour s'occuper de leur unique fils atteint de mongolisme.

– Flora serait si contente que vous veniez dîner un soir…

– Une autre fois, peut-être.

– Si elle était là, elle me dirait d'arrêter de kvetcher comme ça et d'aller droit au but. Donc, si je vous ai fait venir ici, c'est parce que j'ai trouvé un éditeur pour les poésies de Clara, et une galerie qui s'intéresse à ses dessins. Cela étant, je vous prie de croire que, même dans le cas où quelqu'un le voudrait, son journal restera impubliable du vivant d'oncle Haïm ou de tante Gitel. Aucun doute là-dessus.

– Ni du mien ? risquai-je avec un sourire hésitant.

– Mais… mais si vous lisez entre les lignes vous voyez qu'elle vous était très reconnaissante de votre dévouement. Je pense qu'elle vous aimait.

– A sa manière.

– Ecoutez, il se peut que cela ne débouche sur rien, mais il est de mon devoir de vous préciser qu'au cas où ses œuvres généreraient des droits substantiels il va de soi que vous seriez celui qui devrait en bénéficier légitimement.

– Là, vous dites n'importe quoi, Norman.

– J'ai une proposition, et je voudrais que vous y réfléchissiez sérieusement. Je suis un fou, vous n'avez qu'à interroger n'importe qui. Mais peu importe : si de l'argent doit sortir de tout cela, je souhaite qu'il serve à instituer une fondation au nom de Clara qui puisse aider des femmes désireuses de poursuivre une création artistique ou une recherche universitaire. Parce que la route, pour elles, demeure encore très ardue.

Et il entreprit de me prouver, chiffres à l'appui, que les femmes chargées de cours restaient une exception sur son campus ou à Columbia, et que même dans le cas encore plus rare où elles arrivaient à se voir confier une chaire elles devaient encore se confronter aux inégalités salariales et à la condescendance de leurs collègues masculins.

– J'ai apporté quelques papiers à vous soumettre, continua-t-il en attrapant son cartable surmené. Renonciations, cession de droits, ce genre de choses. Emportez-les avec vous, prenez l'avis d'un avocat, considérez tous les angles avec soin.

Mais non. Je voulais tant lui complaire que je signai immédiatement la paperasse en trois exemplaires. J'aurais mieux fait de me couper la main droite. Car à cet instant elle déclencha un enchaînement de circonstances qui allait précipiter la ruine de l'un des rares hommes de bien qu'il m'ait été donné de connaître.

II

Mrs Panofsky II

1958-1960

1

Comme je regrette le bon vieux temps aux Productions d'utilité théorique, quand il m'arrivait d'être arraché à une réunion de travail barbante parce que Miriam, arrivée sans crier gare, m'attendait à la réception ! Saul coincé sur sa hanche, tenant Mike par l'autre main, son fourre-tout surchargé de biberons, de couches, d'un cahier de coloriage, de crayons, d'au moins trois petites voitures, d'un livre de Yeats ou de Berryman en édition de poche et du dernier numéro de la *New York Review of Books*. Prête à s'excuser, elle pouvait aussi avoir sous son aile protectrice quelque gamin des rues qu'elle venait de croiser en train de faire la manche sur l'avenue Greene ou de grelotter sous un porche d'Atwater. Un matin, cela avait été un adolescent cadavérique, les épaules voûtées dans l'attente des claques, un sourire à la fois enjôleur et sournois aux lèvres.

– Je te présente Timothy Hobbs, m'avait-elle dit. Il est d'Edmonton.

– Bonjour, Tim.

– 'lut.

– J'ai promis à Tim que tu aurais un job pour lui.

– Ah oui ? Et quel genre ?

– Comme il a passé toutes ces dernières nuits sur les bancs de la gare, je pense qu'il va avoir besoin d'une semaine de salaire d'avance.

Je le nommai coursier et opérateur de notre photocopieuse, bien qu'il eût la fâcheuse habitude de se moucher dans sa manche. A la fin de la fameuse première semaine, il avait disparu avec le sac à main de la standardiste, une calculatrice, une machine à écrire IBM, une bouteille de Macallan et mon humidificateur à cigares. Que je venais de regarnir.

Une autre fois, Miriam avait chaperonné une jeune fugueuse qui, selon elle, était en train de gâcher sa vie à ramasser les assiettes sales dans une gargote dont le patron ne pouvait pas la croiser à la porte de la cuisine sans lui tripoter les seins.

– Marylou voudrait suivre un stage d'informatique.

Comment donc. En un rien de temps, je remarquai en sortant du bureau à midi qu'une armada de motos et de vélos appartenant à divers services de messagerie stationnait devant notre porte. Il s'avéra que Marylou recevait les gars dans l'ascenseur de service de l'immeuble, dont la soudaine réputation souleva les protestations des copropriétaires. Je fus donc contraint d'accepter sa démission.

Encore aujourd'hui, d'après mes informations, Miriam tient table ouverte chaque vendredi soir pour les étudiants de Blair, prodiguant encouragements et conseils à ceux qui auraient tendance à s'égarer ou qui se trouvent loin de leur structure familiale. Elle a pris soin de jeunes filles contraintes à avorter, a été témoin de moralité en faveur de garçons traînés devant les tribunaux pour détention de drogue.

Ce matin, en tout cas, j'ai soigneusement évité le siège de ma maison de production, préférant de loin m'attarder au lit et brancher la radio sur l'ineffable programme, « Musicalement vôtre ». Les yeux clos, je me suis abandonné à l'autosuggestion : Miriam était là, blottie sous la couette avec moi, réchauffant mes membres perclus, je connaissais si bien chaque nuance de sa voix… Stop. Il y avait quelque chose qui clochait. Le soir même, en réécoutant la cassette, j'en ai eu la certitude. Miriam est préoccupée. Elle a dû se quereller au téléphone avec Kate. Ou, mieux encore, avec Blair. Et si le moment était venu pour cet adorable vieux Barney d'entrer en scène ? « Bien sûr que tu peux revenir à la maison, ma chérie ! Si je me mets en route tout de suite, je peux être devant ta porte à Toronto demain matin à la première heure. Non, non, tu ne dois surtout pas t'inquiéter. Je ne bois plus une goutte, tu sais, alors la conduite de nuit... Oui, tu as raison, je n'étais plus vraiment moi-même, des fois. Moi aussi, je t'aime, ma chérie. »

Stimulé par un autre verre bien tassé, j'ai en effet composé son numéro, mais je l'avais à peine entendue prononcer « allô ? » sur ce ton impossible à confondre que j'ai senti mon cœur prêt à exploser et j'ai raccroché précipitamment. Bravo, félicitations, ai-je maugréé en moi-même. Blair est peut-être quelque part en train de parler aux arbres, ou de coller des stickers de la SPA locale sur les vitrines de magasins de fourrures. Et Miriam, seule au foyer, en négligé, a dû croire que l'appel venait d'un cambrioleur potentiel, ou d'un obsédé à la langue pendante. Je lui avais fait peur, mais je n'aurais jamais osé la rappeler pour la rassurer. A la place, je me suis servi une nouvelle rasade avec l'intuition que je m'embarquais encore dans une de ces nuits de vieux con insomniaque, à ressasser le gâchis qu'a été ma vie et à me demander comment j'avais pu en arriver là, comment le tendre adolescent qui lisait *La Terre vaine*[1] à voix haute dans son lit était devenu ce fabricant de bouillasse télévisuelle, ce misanthrope valétudinaire que seuls le souvenir d'un grand amour perdu et la fierté que lui inspiraient ses enfants maintenaient encore en vie.

« BOSWELL : Mais la crainte de la mort n'est-elle point naturelle à l'homme ?

JOHNSON : A telle enseigne, mon cher, que la vie tout entière n'est qu'une manière d'en écarter l'idée[2]. »

Mon premier emploi, annonciateur des péchés contre le bon goût qui allaient suivre, fut dans le secteur du vaudeville, ou ce que l'odieux McIver appellerait certainement « la *commedia dell'arte*, où P. s'initia à l'imitation servile ». Plus simplement, il s'agissait de vendre des glaces, des chocolats et des cacahuètes dans les travées du Gayety Theatre que j'écumais avec mon plateau. Mais quand Slapsy Maxsy Peel vint présider le show où Lili St-Cyr tenait la vedette, j'eus ma première opportunité de passer dans le camp des artistes.

– Hé, petite tête, me dit-il. Te faire deux dollars par soirée, ça te tente ?

Ainsi, dès que Slapsy Maxsy s'apprêtait à faire son entrée en scène, je fonçais au balcon et, sans lui laisser le temps de prononcer un mot, je lui criais avec les mains en porte-voix :

– Salut, schmoque !

Apparemment stupéfait, le cabotin inspectait alors le balcon du regard et hurlait en retour :

– Dis donc, petit, si tu mettais plutôt tes mains dans tes poches et que tu t'agrippais à ce que je pense ?

Puis, en réponse aux ricanements qui montaient de l'orchestre, il se mettait à tourner en ridicule les spectateurs installés au premier rang.

Lors de mon check-up annuel, la semaine dernière, Morty Herscovitch a paru ravi de constater :

– Tu as retréci d'un bon centimètre depuis l'an dernier !

Après m'avoir soufflé un baiser sur sa paume, il m'a enfoncé son doigt ganté de latex dans l'œillet.

– Tu ne trouveras pas de truffes là-dedans, tu sais ?

– Il va falloir qu'on te le rectifie sérieusement, un de ces jours. Le plus tôt sera le mieux, d'ailleurs. Myer Labovitch, tu te rappelles ?

– Non.

– Mais si ! Promo 39. Un gros ponte du B'naï Brith. Le premier à avoir osé venir au bahut avec un costard croisé. Eh bien, il est parti à Zurich hier. Greffe du rein. Ils les achètent au Pakistan. Chaque organe coûte une fortune mais bon… Tu sais ce qu'on te proposera bientôt dans n'importe quelle clinique de quartier ? Une greffe de cœur de porc. Ils sont en train de mettre ça au point à Houston. Qu'est-ce que tu crois qu'ils vont en penser, les Loubavitch, hein, Barney ?

J'étais le dernier patient de Morty ce jour-là, mais alors que nous nous étions retranchés dans son bureau pour tailler le bout de gras, la porte s'est ouverte à la volée et un Duddy Kravitz surexcité nous est tombé dessus telle une tornade. Son manteau en cachemire et son écharpe blanche en soie laissant apparaître un smoking classieux, il m'a gratifié d'un vague signe de tête avant de se lancer sur Morty :

– Il me faut une maladie !

– Pardon ?

– C'est pour ma femme. Ecoute, je suis affreusement à la bourre, elle m'attend en bas dans la voiture. Une Jag. Dernier modèle. Tu devrais t'en prendre une, Barney. Tu paies cash, ils te font un superprix. Elle est en larmes, la pauvre.

– Parce qu'elle n'a pas de maladie ?

Duddy a alors consenti à nous expliquer que malgré tous ses millions, tous ses dons à l'Orchestre symphonique de Montréal, aux musées, aux hôpitaux, à McGill et à diverses organisations charitables il n'arrivait toujours pas à se faire accepter par la bonne société de Westmount, au grand dam de son épouse. Mais ce soir-là, en route vers la soirée « Fraises et Champagne » organisée pour les amis du Musée d'art moderne – « Ils nous casent à la table la plus pourrie, en général » –, il avait eu « une idée de génie ».

– Il doit bien encore avoir une maladie dont personne n'a parlé, un truc contre lequel je pourrais monter une fondation, organiser un bal de charité au Ritz, faire venir une danseuse étoile ou un chanteur d'opéra célébrissime, peu importe le prix, quelque chose que personne ne pourrait rater... Mais ce n'est pas évident, je sais, je sais ! La sclérose en plaques, c'est déjà pris, le cancer itou. Parkinson, Alzheimer, le cœur, le foie, l'arthrose, et j'en passe : plus un créneau de libre. Donc il me faut un machin nouveau, sexy, comme ça je fais ma fondation et je propulse le gouverneur général ou un vieux con de ce genre président d'honneur... Vous voyez le genre, comme sœur Kenny – ou c'était la mère Roosevelt ? – avec la March of Dimes[3]. Ah, la polio, c'était grandiose ! Quelque chose qui touche les enfants, ça stimule les bons sentiments. Les gens raffolent de ça.

– Pourquoi pas le sida ? ai-je proposé.

– Tu sors d'où, Barney ? C'est fini depuis longtemps, ça ! Non, mais il y a ce truc qu'ont les femmes, vous voyez ce que je veux dire, elles se mettent à bouffer comme des dingues et ensuite, hop, deux doigts dans le gosier et elles dégobillent tout... Comment ça s'appelle, déjà ?

– La boulimie.

– Ouais, c'est dégueu mais puisque la princesse Diana l'a eue ça devrait marcher du tonnerre chez les snobs de Westmount. Bon sang ! (Il a fébrilement consulté sa montre.) Allez, Morty ! Je suis à la bourre ! Tu vas voir qu'elle va commencer à me klaxonner. Elle fait toujours ça. Elle me rend dingue. Allez, trouve-moi quelque chose !

– La maladie de Crohn.

– Jamais entendu parler. C'est un gros truc ?

– Environ deux cent mille Canadiens en sont atteints, je pense.

– Ah, c'est bon, ça ! Tu vois, quand tu veux ? Vas-y, raconte.

– Ça s'appelle encore iléite, ou colite ulcéreuse.

– Traduis-moi ça en langage courant, s'il te plaît.

– Ça provoque des flatulences, de la diarrhée, des hémorragies rectales, de la fièvre, une perte de poids. Quand tu te chopes ça, tu peux aller à la selle jusqu'à quinze fois par jour.

– Ah, super ! Extra ! Je me vois déjà téléphoner à Wayne Gretzky : « Ça vous dirait de rejoindre une fondation en faveur des mecs qui n'arrêtent pas de péter ? » Ou : « Monsieur Trudeau, ici D.K., j'ai une idée sensass pour améliorer votre image de marque : vous entrez au comité d'honneur de l'association charitable que ma femme va lancer au bénéfice des gus qui se chient vivants. » Ouais, vous êtes tous invités à la soirée annuelle qu'organise mon épouse, le « Bal des Pets Foireux »... Non, écoute, pour ma femme il faut quelque chose de classe. Je veux que tu m'aies trouvé un truc qui tienne la route d'ici demain matin neuf heures, Morty. Barney, ça a été un plaisir de te revoir. Désolé que ta bourgeoise t'ait plaqué. C'est vrai qu'elle est partie avec un type plus jeune ?

– Oui.

– Ouais, c'est bien leur style, maintenant. Avec leur féminisme. Tu les aides à faire la vaisselle un soir et hop, elles retournent à l'université pour décrocher un diplôme et, en moins de deux, tu les as en train de se faire shtoupper par un gamin. Enfin, si tu veux des billets pour le hockey ou le base-ball, je suis là, compris ? Appelle-moi, qu'on déjeune ensemble... Ça y est, elle est lancée ! Tuuut, tuuut, tuuut !

J'avais terminé mon verre et je m'apprêtais à aller au lit quand

Irv Nussbaum m'a appelé. Il voulait connaître mon avis à propos du dernier sondage en vue du référendum.

– On est sur la mauvaise pente.

– Oui, je sais.

Cela ne l'empêchait pas d'être euphorique.

– Tu comprends, il va y avoir de plus en plus d'antisémitisme, c'est forcé. Je sens ça dans mes os. Génial !

Il revenait juste d'un petit voyage de motivation en Israël dont l'Appel juif unifié est coutumier.

– Là-bas, j'ai rencontré un certain Pinsky, il prétend qu'il t'a connu à Paris, à une époque où tu n'avais même pas un pot de chambre pour pisser. Il m'a dit que vous aviez monté des affaires ensemble. Si c'est vrai, je parie qu'elles ne devaient pas du tout être cachère.

– Non, elles ne l'étaient pas. Qu'est-ce qu'il devient, Yossel ?

– Il est dans les diamants, si j'ai bien compris. Je l'ai croisé à l'Océan, certainement le restau le plus cher de tout Jérusalem. Il était en train de s'arsouiller au champagne avec une de ces petites immigrées russes, tu vois le genre ? Un joli morceau, vraiment, la blondinette ! Et comme je l'ai vu repartir en BMW, je me suis dit qu'il devait gagner assez bien sa vie. A propos, il m'a dit de te demander si un type que vous connaissiez tous les deux, Biggie, Boogie, je ne me rappelle plus, enfin, si ce type te devait autant d'argent qu'il lui en devait, à lui.

– Il a eu des nouvelles de Boogie, récemment ?

– Pas depuis la Saint-Glinglin, il a dit. Il m'a donné sa carte. Il aimerait bien que tu lui passes un coup de fil.

Du coup, impossible de fermer l'œil. Le remords d'avoir perdu le contact avec Yossel depuis des années me rongeait. Etait-ce parce qu'il avait cessé de m'être utile ? J'étais donc devenu minable à ce point ?

Merde et merde. Si je m'étais seulement attendu à parvenir à un âge aussi avancé, soixante-sept ans, j'aurais préféré me forger une réputation de gentleman plutôt que de ruffian ayant accumulé sa fortune en produisant des insanités pour la télé. Non, j'aurais mieux aimé devenir quelqu'un comme Nathan Borenstein, médecin de famille à la retraite. Plus que septuagénaire désormais, c'est un aimable petit vieux à lunettes à triple foyer que l'on voit rarement sans la frêle et argentée madame Borenstein à son bras. Je me suis débrouillé pour que ma place d'abonné aux concerts de la Place des Arts soit juste derrière lui. Le siège à côté de moi est vide, désormais, mais je le garde pour le cas où. Dès que les lumières déclinent, il prend les mains de son épouse dans les siennes, avec la plus grande discrétion, puis se libère pour suivre la partition dans son programme à l'aide d'une minuscule lampe de poche, approuvant gentiment du chef ou se mordant les lèvres selon les occasions. La dernière fois que je les ai vus, c'était à la première de *La Flûte enchantée* par la troupe de l'Opéra de Montréal. Comme d'habitude, je n'ai pas quitté Borenstein de l'œil, applaudissant telle aria lorsqu'il le faisait et m'en abstenant quand il restait de marbre.

Place des Arts, la grande majorité du public féminin est composée de dames couvertes de bijoux, d'une élégance tapageuse, qui ont toutes bénéficié des miracles de la rhinoplastie, de la liposuccion et autres chirurgies au laser. D'après ce que m'indique Morty Herscovitch, certaines ont recours au fin du fin actuel, les implants mammaires à l'huile de soja. Vous suçotez un téton et vous vous retrouvez avec quoi dans la bouche ? De l'assaisonnement de salade.

Par petites bribes, j'accumule des informations à propos des Borenstein. Comme la vue de sa femme ne cesse de baisser, m'a-t-on appris, il lui fait la lecture chaque soir après dîner. Ils ont trois enfants. L'aîné, qui a embrassé la carrière paternelle, travaille pour Médecins sans frontières en Afrique, partout où l'on peut trouver des enfants au ventre distendu et aux yeux emplis de mouches. Il y a aussi une fille, violoniste à l'Orchestre symphonique de Toronto, et encore un toubib qui exerce à l'Institut de… Pas de Tel-Aviv, non. L'autre grande ville d'Israël. Pas Jérusalem, non plus. L'Institut Machin-Chose de la ville qui n'est ni Tel-Aviv ni Jérusalem. Le pire, c'est que je l'ai au bout de la langue. Ça commence par H. L'Institut Herzl. Non. Mais quelque chose d'approchant. Aucune importance, en fait*.

---

* L'Institut Weizmann de Haïfa.

Un soir, à la fin de l'un de ces concerts, je me suis risqué à tenter une approche. Ils étaient à la sortie et paraissaient hésiter devant le déluge qui s'abattait dehors. Tonnerre, éclairs, un orage d'été survenu par surprise.

– Pardon de m'imposer, docteur, mais je m'apprêtais à aller prendre ma voiture au garage. Je pourrais vous reconduire, si vous voulez.

– C'est très aimable à vous, monsieur… ?

– Panofsky. Barney Panofsky.

A ce moment, je vis madame Borenstein se raidir et prendre son mari par le bras.

– Nous avons déjà appelé un taxi, déclara-t-elle.

– Ah oui, approuva le vieux médecin, très embarrassé.

Dès la première page de ce manuscrit conçu sous une mauvaise étoile, j'ai laissé entendre que j'étais devenu un paria à cause du scandale que je me coltinerai telle une bosse dans le dos jusqu'à la tombe. Mais je dois ajouter qu'à la suite de mon acquittement il y eut des bêcheurs de bonne famille, jadis enclins à m'éviter avec un signe de tête des plus hautains, qui se disputèrent l'honneur de m'offrir un verre au bar du Ritz : « Vous le méritez bien, Panofsky. » Ou qui m'envoyaient de grandes tapes dans le dos et s'asseyaient d'autorité à ma table au Beaver Club : « A mon humble avis, Panofsky, vous avez marqué un point pour nous tous. » Ou qui m'invitaient à partager une partie de squash à la Montreal Amateur Athletic Association, « où je ne suis pas votre seul admirateur, croyez-moi, Panofsky ».

Certaines de leurs prétentieuses épouses, après m'avoir regardé de haut et avoir vu en moi un aigri à éviter d'urgence, se mirent à rechercher ma compagnie et, oubliant mes origines plébéiennes, à flirter outrageusement avec moi. Imaginez un peu, un youpin pouvant être mû par une passion autre que celle de l'argent, un assassin pour de vrai… « Sans vouloir vous blesser, Barney, mais dans mon imagination j'associais vos coreligionnaires à la criminalité en col blanc plutôt qu'à un acte de pure… enfin, vous voyez ce que je veux dire. » A l'époque, je découvris que ces femmes étaient encore plus émoustillées de m'entendre reconnaître l'infamie que la dénier, et j'en appris long sur le malaise dans la civilisation de Westmount. L'épouse d'un associé dans un célèbre cabinet d'avocats me confia ainsi un jour :

– Je pourrais entrer au Ritz nue comme la main qu'Angus ne lèverait même pas le sourcil. « Tu es en retard », c'est tout ce qu'il trouverait à dire. Oh, à propos, il passe la nuit à Ottawa, mardi, donc si ça vous arrange… Je suis preneuse de tout à part la position du missionnaire. Je suis documentée sur les alternatives, vous savez : j'appartiens au Club du Livre du Mois.

Pour la crème de l'humanité, cependant, je demeure infréquentable. Par chance, cette espèce reste rare à Montréal.

Les Borenstein se rendent chaque été au Festival Shakespeare de Stratford, dans l'Ontario. Une année, ils se retrouvèrent à une table proche de la mienne au restaurant The Church. Madame Borenstein avait les joues en feu et je suis prêt à jurer que son mari de cinq décennies et plus était en train de lui faire des gâteries avec la main qu'il avait glissée sous la nappe. J'appelai le serveur et je lui demandai de leur apporter une bouteille de Dom Pérignon une fois que je serais parti, sans leur dire qui la leur avait offerte. Puis je sortis dans la pluie, au bord des larmes tant mon sort me semblait misérable, maudissant Miriam de m'avoir abandonné.

Si j'éprouve de l'antipathie pour la plupart des gens qu'il m'a été donné de connaître, personne ne m'a inspiré un plus grand dégoût que le Déshonorable Barney Panofsky. Cela, Miriam l'avait parfaitement décelé. Un soir, à la suite d'une de mes décidément trop caractéristiques crises de rage éthylique qui, comme d'habitude, me conduisaient à chercher le réconfort dans une nouvelle bouteille de Macallan, elle avait constaté :

– Tu détestes ces programmes de télé que tu produis, tu méprises pratiquement tous ceux qui travaillent avec toi, alors pourquoi ne pas laisser tomber avant que ça ne te flanque le cancer ?

– Et qu'est-ce que je ferais, alors ? Je n'ai même pas encore cinquante ans.

– Monte une librairie.

– Oui ? Et je dis au revoir aux havanes, au cognac XO, aux virées en première classe pour toi et moi quand on va en Europe.

Et aux meilleures écoles pour les enfants. Et à l'espoir de leur laisser quoi que ce soit.

– Mais moi, je ne veux pas finir ma vie avec un vieil aigri qui n'arrêtera pas de gémir sur la vie qu'il a gâchée.

Et au final elle a eu ce qu'elle voulait, non ? Désormais, elle se gâche, elle, avec Herr Doktor Professor Sauvez-les-Baleines, Laissez-Vivre-les-Bébés-Phoques, Torchez-Vous-Exclusivement-Au-Papier-Recyclé-Hopper, né Hauptman, qui a renoncé au deuxième « n » de son nom de famille originel tant il craignait que les gens ne l'associent à l'auteur du kidnapping de Lindbergh ou même, qui sait, à Adolf Eichmann, dans le cas où l'on enquêterait sur son passé familial…

Mais assez. Le sujet du sermon d'aujourd'hui, c'est le docteur Borenstein. Imaginez quelle a été ma consternation l'autre mercredi soir lorsque j'ai découvert ce gentleman, aux goûts exquis par ailleurs, assis au quatrième rang avec sa femme à la lecture publique que McIver a donnée à l'auditorium Stephen Leacock à l'occasion de la sortie du *Temps et ses fièvres*. Dissimulé au fond de la salle, je ne pouvais pas manquer cet événement, sans précédent depuis la désastreuse prestation de cet insupportable poseur à la librairie parisienne de George Whitman, des années-lumière auparavant. Mais comment un couple aussi cultivé avait-il pu se fourvoyer au milieu de ces groupies de la culture au rabais ?

Terry a été présenté par le professeur Lucas Bellamy, auteur de *Rites du Nord : Réflexions sur la culture et son espace dans le Canada post-colonial*, qui a débuté son panégyrique bafouillant de dix minutes en déclarant que Terry McIver n'avait pas besoin d'être présenté. Puis il a cité toutes ses distinctions : le Prix de littérature du gouverneur général, la médaille du Mérite de l'Association des auteurs canadiens, l'Ordre du Canada et, a conclu le cuistre, « le prix Nobel dans un proche avenir s'il y a quelque justice en ce monde. Car disons-le tout net : n'aurait-il pas été canadien que Terry McIver aurait déjà obtenu la consécration internationale qu'il mérite au lieu d'être traité de haut par les impérialistes culturels de New York et les snobs qui font la loi dans les coteries littéraires londoniennes ».

Avant d'entamer sa lecture, McIver a annoncé qu'il venait de lancer, en compagnie d'autres écrivains, un appel contre les coupes forestières abusives et pour la protection du site de la passe de Clayoquot en Colombie-Britannique. La déforestation, a-t-il proclamé, provoque la disparition des espèces. On estime que cent espèces animales et végétales sont éliminées chaque jour par l'intervention de l'homme sur l'environnement, lequel contribue aussi au réchauffement de la planète, une perspective que pour ma part je me serais attendu à voir accueillie comme une bénédiction dans notre pays. « La biodiversité est notre patrimoine », a-t-il martelé sous les applaudissements avant d'inviter l'assistance à signer une pétition que les ouvreuses ont été chargées de faire circuler.

J'étais venu avec Solange, devenue ma compagne de sorties attitrée. Elle allait bientôt me rejoindre dans la cohorte des retraités mais continuait toutefois à porter des robes courtes qui auraient mieux convenu à des femmes de l'âge de sa fille. Je crains qu'elle ne s'expose ainsi au ridicule, ce qui ne cesse de me tourmenter tant je la tiens en haute estime, mais je n'ai jamais osé aborder le sujet avec elle. Si ses débuts de réalisatrice ne m'ont inspiré que de la fierté, elle continue à regretter le temps où elle était devant la caméra et rêve de tenir encore des rôles d'ingénue romantique. Comme il était hors de question de la laisser rester à la séance de signature du damné McIver, je l'ai conduite dare-dare vers la sortie et je l'ai emmenée dîner à L'Express.

– Pourquoi avoir mis ton nom sur cette stupide pétition, tout à l'heure ? lui ai-je demandé à table.

– Ce n'est pas stupide. La vie des animaux est vraiment menacée, partout !

– Et la tienne, et la mienne. Mais tu sais quoi ? Je suis tout à fait d'accord. Ce qui m'inquiète particulièrement, c'est la disparition possible des hyènes, des chacals, des cafards, des serpents venimeux et des rats d'égout.

– Tu ne pourrais pas attendre que j'aie fini de manger ?

– Et si, à cause de notre aveuglement, ils en venaient tous à subir le sort des dinosaures ?

– Comme toi ?

Là, j'ai perdu pied. J'avais du mal à refouler mes larmes. Ce restaurant, j'y venais souvent avec Miriam. Miriam, flamme de mon cœur… Qu'est-ce qui la préoccupait tant, ce matin ? Peut-être Kate l'avait-elle blâmée de m'avoir quitté, au téléphone. Comment pouvait-elle se permettre une chose pareille, Kate ? « Ah oui ? Mais si, ma chérie, vas-y ! Montre-lui ce qu'elle est en train de rater ! Non, ne fais pas ça… »

– Hé, ho, Barney ? Je suis là, tu as oublié ? m'a demandé Solange en agitant sa main devant moi.

– Tu… Tu vas acheter son livre ?

– Oui.

– Mais Solange, ma chère Solange, il n'y a même pas d'images, là-dedans !

– Si tu te prépares encore à une de tes charmantes soirées sur le thème « toutes les actrices sont des crétines », je t'en prie, ne te gêne pas pour moi.

– Pardon, je retire. Tu comprends, j'ai connu McIver à Paris et depuis ce temps-là je garde une dent contre lui.

– Mais tu m'as déjà raconté tout ça, et pas qu'une fois, a-t-elle constaté avec un certain agacement.

– On ne se supporte pas mutuellement.

– De quoi tu es le plus jaloux, Barney ? De son talent ou de son physique ?

– Ah, rien ne t'échappe, hein ? Mais bon, ta question mérite plus ample réflexion. Entre-temps, dis-moi : toi, en tant que Québécoise cent pour cent, Frenchy pure laine, descendante probable des “filles du roi”, qu'est-ce que tu vas voter, au référendum ?

– Je pense sérieusement voter « oui », cette fois. Il y en a qui sont vraiment racistes, au PQ, ce que j'abomine, mais voilà plus d'un siècle que ce pays piétine, qu'on le tire en arrière en le forçant à essayer de trouver la quadrature du cercle. Bien sûr que c'est risqué, bien sûr que ce ne sera pas facile, mais pourquoi ne pas avoir notre propre pays, finalement ?

– Parce que cela détruirait le mien. Tes ancêtres ont été idiots, Solange : ils auraient dû vendre le Québec et garder la Louisiane, pas le contraire.

– Tu fais n'importe quoi, Barney ! Boire comme ça, à ton âge. Vouloir te persuader que Miriam va revenir avec toi.

– Et toi, alors ? Après toutes ces années, tu ne t'es toujours pas résolue à jeter les habits de Roger. C'est dément, tu sais ?

– Chantal me dit que ton comportement au bureau n'a jamais été aussi problématique. Les gens redoutent les jours où tu viens. Et puis, Barney, a-t-elle ajouté en attrapant ma main parcheminée, tu arrives à un âge où il n'est plus raisonnable de vivre tout seul.

– Où tu veux en venir, Solange ? Allez, accouche.

– D'après Chantal, tu lui as dicté une lettre pour Amigos Three jeudi dernier et quand tu es repassé lundi tu as recommencé comme si de rien n'était.

– Bon, un trou de mémoire, pour une fois. Et alors ? Je devais avoir la gueule de bois.

– Ça, c'est plus d'une fois.

– Morty Herscovitch m'examine tous les ans. Il dit que je rétrécis. Si j'arrive à quatre-vingt-dix balais, tu pourras m'emmener partout dans ton sac à main.

– On en a parlé, avec Chantal : au cas où ta santé se détériorerait, tu peux toujours venir t'installer chez nous. On te réservera une partie de l'appartement, avec une grille de séparation, tu sais, comme celles que les gens installent dans leur voiture quand ils transportent un chien derrière. Et à travers, on te jettera quelques latkes, de temps à autre.

– Je préfère encore aller vivre avec Kate.

– Certainement pas, sans-cœur que tu es ! Elle a eu sa part d'ennuis, son mariage va bien, maintenant. Ce serait la pire chose qui puisse lui arriver.

– Et ce serait une idiotie de ta part, de voter « oui ». Je ne veux pas.

– Tu ne « veux » pas ? Comment oses-tu ? Qu'est-ce que tu ferais si tu étais jeune et canadien-français ?

– Bon, je voterais oui, évidemment. Mais nous ne sommes plus jeunes ni assez stupides pour ça, toi et moi.

Lorsque je l'ai déposée devant chez elle, sur Côte-des-Neiges, Solange a tardé à refermer la portière.

– Tu as assez bu pour ce soir, je pense. Rentre te coucher directement, s'il te plaît.

– C'était précisément mon intention.

– Oh, bien sûr ! Et tu serais prêt à le jurer sur la tête de tes petits-enfants, non ?

– Je suis sincère, Solange.

Pourtant, j'étais incapable d'affronter mon appartement déserté, mon lit sans Miriam, et je suis donc allé au Jumbo's avec l'espoir d'y retrouver maître Hughes-McNoughton ou Zack. A la place, j'ai dû me farcir Sean O'Hearne, venu se tasser sur un tabouret à côté de moi, les yeux crépitant de malice alcoolisée.

– Servez un verre à *mister* P., a-t-il ordonné entre deux gargouillis.

– Vous savez quoi, Sean ? Je vous cherchais, justement. J'ai quelque chose qui pourrait vous intéresser.

– C'est ça, c'est ça.

– Vos hommes ont retourné mon jardin, vos plongeurs ont ratissé le fond du lac dans tous les sens, vous avez tout épluché dans la maison, vous avez cherché des traces de sang, bref, vous avez fait comme tous les flics que vous regardez à la télé. Mais vous êtes tellement cruche que vous ne vous êtes même pas demandé pourquoi ma tronçonneuse avait disparu.

– Conneries, *mister* P. Z'en avez jamais eu, de tronçonneuse. Vu que s'il y avait des travaux un peu pénibles à réaliser dans votre domaine, vous préfériez payer des goys comme moi pour le faire. Et ça a toujours été pareil, avec votre engeance.

– Ah oui ? Alors comment se fait-il qu'il y a un crochet inemployé dans mon garage ?

– Crochet inemployé mon cul ! Z'allez pas m'rouler dans la farine, *mister* P.

– Et si je vous disais que j'ai trié une caisse de vieilles factures le week-end dernier, là-bas, et que je suis tombé sur un reçu pour une tronçonneuse en date du 4 juillet 1959 ?

– Je dirais que vous êtes un putain de menteur, c'est tout.

L'attention des autres consommateurs était accaparée par le dernier bulletin d'information télévisée. Le point quotidien sur le référendum. L'apparition de la Fouine sur le petit écran suscita maints ricanements sarcastiques et une série de plaisanteries marquées par l'humour noir qui est devenu le lot commun des anglophones, ces derniers temps.

– Bon, alors elle serait où maintenant, cette tronçonneuse ?

– Là où je l'ai jetée, voyons ! A cent vingt mètres sous l'eau, quelque part, en train de rouiller. Et sans aucune utilité pour vous, après toutes ces années...

– Vous êtes en train de me dire que vous avez eu assez d'estomac pour le couper en morceaux ?

– Dites-moi, Sean, puisque vous vous entendez si bien avec Mrs Panofsky II, pourquoi ne pas l'épouser ? Je continuerai à lui verser sa pension alimentaire. Je suis même prêt à lui fournir sa dot.

– Un type comme vous, saucissonner quelqu'un ? Impossible. En plus, il n'y avait pas de sang, nulle part. Alors arrêtez de déconner avec moi, tête de nœud.

– Bien sûr qu'il n'y avait pas de sang, parce que j'ai très bien pu le saucissonner en plein milieu des bois. Et n'oubliez pas que j'ai eu toute une journée tranquille, chez moi, avant que vous et vos collègues à la con aient assez de jugeote pour venir m'appréhender.

– Vous savez que vous avez un sens de l'humour à gerber, *mister* P. ? Hé, regardez ça ! Le voilà, leur sauveur de mes deux !

C'était l'effervescente réincarnation de Dollard qui occupait maintenant l'écran. Ne vous laissez pas intimider par les menaces, disait-il. Peu importe ce qu'ils prétendent aujourd'hui, après la victoire du « oui » le reste du Canada viendra négocier à genoux.

– J'imagine que vous et votre tribu aurez décampé à Toronto le lendemain du vote, a sifflé O'Hearne. Mais les types comme moi, hein ? Bloqués ici, on sera !

– Il se trouve que j'envisage de voter « oui » moi-même, ces derniers temps.

– C'est ça, c'est ça.

– Voilà plus d'un siècle que ce pays piétine, qu'on le tire en arrière en le forçant à essayer de trouver la quadrature du cercle. Vous êtes partant pour encore un siècle de chamailleries puériles ?

Vous ne pensez pas qu'il est temps de régler le problème une bonne fois pour toutes ?

Comme je n'étais toujours pas prêt à faire face à mon lit sans Miriam, j'ai laissé ma voiture où elle était, j'ai relevé le col de mon manteau pour défier la bise impitoyable, annonciatrice des six mois d'hiver à venir, et j'ai erré dans le centre jadis trépidant de la cité moribonde que je chéris encore. Des magasins aux devantures condamnées. Les boutiques déliquescentes de la rue Crescent, bardées de panneaux annonçant : LIQUIDATION AVANT FERMETURE DEFINITIVE, DERNIERES SOLDES, TOUT DOIT DISPARAITRE. Le cinéma York, en son temps un monument art déco, livré à la déchéance et aux squatters. Une librairie d'occasion sur la vitrine de laquelle quelque butor avait bombé : FUCK YOU, ENGLISH. Tous les lampadaires de la rue Sainte-Catherine décorés d'affichettes « oui » ou « non ». Des adolescents dépenaillés grelottant dans leurs sacs de couchage à l'entrée du Forum en attente de l'ouverture des caisses le lendemain matin, sur lesquelles ils se rueraient pour acheter les billets d'un concert de Bon Jovi. Un vieux barbu aux yeux fous, un chariot de supermarché devant lui, en train de marmonner tout seul et de fouiller une poubelle à la recherche de canettes récupérables. Un rat bien nourri fusant d'une ruelle sombre derrière un restaurant indien.

MacBarney est un assassin, et sa victime est le sommeil.

Enfin échoué dans mon lit, j'ai tenté un subterfuge après l'autre, sans succès. Cette nuit-là, lorsque j'ai glissé mes mains sous le pull de Mrs Ogilvy, bien décidé à dégrafer son soutien-gorge ajouré, elle m'a arrêté d'une gifle retentissante.

– Comment oses-tu !

– Mais alors, pourquoi vous vous frottiez les seins contre mon dos, dans la cuisine ?

– Moi ? Jamais. Une femme ravissante comme moi, qui obtient tout ce dont elle a besoin chaque après-midi dans le gymnase, avec Mr Stuart, et Mr Kent, et Mr Abercorn, quoique pas obligatoirement dans cet ordre ? Crois-tu que je sois frustrée au point de séduire un petit branleur de juif aux ongles sales ?

– Mais vous aviez laissé la porte de votre chambre ouverte…

– Oui, et même là tu n'as pas été capable de contrôler ta vessie. Monsieur a eu besoin d'aller faire son pipi. A peine quatorze ans et déjà des problèmes de prostate. Un cancer, probablement.

Le sommeil ne venant toujours pas, j'ai mis la bobine de ma vie sur « marche arrière » et j'ai entrepris de couper les passages les plus gênants, non sans les revisionner dans ma tête… Et c'était à nouveau ce lundi après-midi de 1952 où la concierge de mon hôtel de la rue de Nesles grattait au carreau de sa petite guérite en me voyant arriver, l'entrouvrait à peine et carillonnait : "Il y a un pneumatique pour vous, monsieur Panofsky !"

Clara m'attendait à dîner. Pourquoi pas ? Je m'arrêtais au premier Nicolas sur ma route pour acheter une bouteille de saint-émilion, son vin préféré. En la découvrant profondément endormie sur notre lit, un flacon de somnifères vide au sol, je la prenais sans tarder dans mes bras, la mettais debout et l'obligeais à aller et venir jusqu'à l'arrivée de l'ambulance. Après l'énergique lavage d'estomac qu'ils lui administraient, je demeurais à son chevet, sa main dans les miennes.

– Tu m'as sauvé la vie, chuchotait-elle.

– Ton « héros »…

– Oui.

Puis son corps putréfié a surgi devant moi, les orbites vides, des vers grouillant sur sa poitrine, et le chantre Charnofsky a été à nouveau à ma porte.

– A votre âge, vous allez faire pipi au lit ? s'est-il exclamé.

Ce qui m'a tiré de ma torpeur. Il était temps de sacrifier à la cérémonie du maigre pissat, en effet, du pénible goutte-à-goutte. Ensuite, je me suis glissé à nouveau sous les draps.

Quatre heures et demie. Mes yeux, qui se fermaient enfin, se sont illuminés de joie en apercevant Boogie soudain devant moi en gros plan.

– Je savais bien que tu finirais par réapparaître ! Mais où étais-tu passé, depuis tout ce temps ?

– Pétra. New Delhi. Samara. Babylone. Papouasie. Alexandrie. Transylvanie.

– Je ne te raconte pas les ennuis que tu m'as causés. Enfin…

Miriam, il est revenu, le Boogie ! Tu peux mettre un autre couvert, s'il te plaît ?

– Comment le pourrais-je ? Je ne vis plus ici. Je t'ai abandonné.

– Non !

– Tu ne te rappelles pas ?

– Tu me gâches mon rêve !

Là, mauvaise connexion : Mrs Panofsky II s'est immiscée. A nouveau se précipitant vers sa Honda, dispersant larmes et piaillements alentour.

– Qu'est-ce que tu vas faire ?

– Je vais le buter, voilà ce que je vais faire !

Oh, Seigneur, j'ai tant de comptes à rendre. Mais pas encore. Par pitié, pas encore.

C'est à ce moment que le téléphone s'est mis à sonner, sonner, sonner. Il est arrivé un malheur. Miriam. Les enfants. Non, c'était Solange, en pleurs.

– Serge s'est fait attaquer par une bande de brutes antigays.

– Oh non…

– Il était en train de draguer au parc Lafontaine. Il faut qu'il se fasse suturer. Et je crois qu'il a un bras cassé.

– Où est-il ?

– Ici.

– Pourquoi Peter ne s'occupe pas de lui ?

Peter, un talentueux décorateur de cinéma, vivait avec Serge Lacroix dans un loft rénové du Vieux Montréal, où j'allais parfois partager leur dîner. Murs violets, miroirs omniprésents, le tout hanté par je ne sais combien de chats persans.

– S'il avait été là, ce ne serait jamais arrivé. Il est sur un tournage en Colombie-Britannique.

– J'arrive tout de suite.

Aussitôt après avoir raccroché, j'ai appelé Morty Herscovitch à son domicile.

– Désolé de te réveiller, Morty, mais mon réalisateur numéro un a eu un accident. Je vais l'emmener à l'Hôpital général de Montréal, seulement je ne voudrais pas qu'il poireaute deux heures aux urgences avant de se faire examiner par un interne qui n'aura pas dormi depuis trois jours.

– Non, pas le Général. Je te rejoins au Queen Elizabeth dans une demi-heure.

J'ai préféré prendre un taxi plutôt que ma voiture pour aller chez Solange. Serge avait le crâne en sang, l'œil gauche pratiquement fermé, et soutenait avec précaution un poignet de toute évidence fracturé.

– Mais quelle idée aussi d'aller écumer ce parc, à ton âge ! Tu savais bien que c'est dangereux.

– Je croyais que tu venais pour rendre service, est intervenue Solange.

Morty, qui nous attendait déjà à l'Hôpital Queen Elizabeth, a dû lui poser dix-huit points de suture dans le cuir chevelu, l'a radiographié et a fait plâtrer son avant-bras. Puis, me prenant à part :

– Je veux profiter qu'il est là pour faire un examen sanguin, mais il refuse.

– Je m'en charge.

Un peu plus tard, j'ai ramené Serge chez moi, avec Solange, et je l'ai obligé à se coucher dans le lit de ma chambre d'amis.

– Bon, tu vas être sage, maintenant, ou bien il faut que je t'enferme à double tour avant d'aller dormir un peu ?

Il m'a souri en me serrant la main. J'ai rejoint Solange dans la cuisine, où j'ai ouvert une bouteille de champagne pour elle.

– J'aimerais que tu arrêtes tes bêtises avec Chantal, a-t-elle déclaré.

– Tu as trop d'imagination.

– Elle ne mesure pas le voyou que tu es. Et elle est fragile.

J'ai ouvert mon frigo.

– Nous devons prendre une décision, là. J'ai une terrine de foie haché, je pourrais réchauffer de la kasha. Ou bien, même si ça me fend le cœur, je partage cette boîte de caviar avec toi.

2

Avatar de Mrs Ogilvy.

Dans la *Gazette* de ce matin, l'histoire d'un joli professeur de musique de Manchester qui, à quarante et un ans aujourd'hui, est accusée de détournement de mineurs pour des faits remontant à douze ans et concernant les garçons d'un orchestre de collégiens. Un des plaignants, dont la mémoire a été stimulée par un stage de psychothérapie de deux jours, a déclaré qu'elle avait abusé de lui après une leçon de violon alors qu'il n'avait que quatorze ans : « Penelope s'est allongée sur son lit et m'a attiré près d'elle. Elle a déboutonné son chemisier, m'a demandé de lui caresser les seins. J'ai descendu son jean. Elle portait une culotte en satin rouge. Elle a mis sa main dans mon pantalon. J'ai eu une relation orale de vingt minutes avec elle. Après, elle m'a servi du thé avec des chocolats à la menthe et elle m'a dit : Tu es un vilain garçon. »

Selon une autre victime, à la suite d'un pot de Noël bien arrosé, « Penelope s'est assise au bord du lit, a enlevé sa culotte, s'est laissée aller en arrière, a ouvert sa chemise, fermé les yeux et ça a été libre-service pour tout le monde. »

Le juge a estimé qu'il serait inapproprié de continuer la procédure et d'intenter un procès puisque les faits reprochés remontaient à loin et qu'il serait donc très difficile de retrouver des témoins et des preuves disculpant le professeur. Dans ses conclusions, il a remarqué que les adolescents n'avaient pas subi de traumatismes psychologiques mais avaient été au contraire des « participants volontaires et pleinement gratifiés par ces activités ». Il n'est cependant pas allé jusqu'à constater que, tout bien pesé, Penelope avait fait plus encore que Yehudi Menuhin pour encourager les vocations musicales chez les jeunes, très jeunes, d'ailleurs, car elle se désintéressait d'eux dès qu'ils avaient dépassé les quinze ans. Ce qui, malheureusement, s'était avéré être le cas avec Mrs Ogilvy. Cette cruelle déception fut toutefois quelque peu relativisée par mon aventure avec Dorothy Horowitz, une fille de mon âge qui ne me laissa jamais dépasser les bornes du tripotage sur le canapé plastifié de ses parents ou sur un banc du parc Outremont, et même ces attouchements restaient limités à des zones strictement définies. Ainsi, Dorothy retirait sa main comme si elle approchait des flammes dès que je la guidais vers la racine palpitante de mon ardeur, aussi débraguettée que possible et qui jaillissait à l'air tel un polichinelle hors de sa boîte.

1943, c'était. Les armées du maréchal von Paulus avaient déjà été décimées à Stalingrad, les Américains venaient de s'emparer de Guadalcanal et sur le mur de ma chambre à coucher s'étalait la pin-up Chili Williams en maillot de bain deux-pièces à pois. Ma mère s'était mise à expédier des plaisanteries à Bob Hope et Jack Benny, ainsi que des suggestions de calembours à Walter Winchell. Mon père avait rejoint depuis un moment les représentants de l'ordre, la portion toujours assignée à l'uniforme. Izzy Panofsky, le seul et unique juif de la police montréalaise. La fierté de la rue Jeanne-Mance.

Ici et maintenant, dans mes quartiers du Lord Byng Manor, j'expédie mon petit déjeuner et je décide de profiter de l'absence de mes voisins du dessous, les McKay, partis en week-end à leur villa du lac Memphremagog. Bien vite, je roule le tapis de mon salon dans un coin, j'ouvre le rideau qui dissimule le miroir embarrassant mais indispensable qui couvre tout un pan de mur, je prends mon haut-de-forme, ma redingote, mes fidèles chaussures à claquettes Capezio et je glisse la version que Louis Armstrong a donnée de « Bye Bye Blackbird » dans mon lecteur de CD. Sans oublier d'adresser un coup de chapeau aux braves gens du balcon, ma canne posée sur l'épaule, je me lance dans un balayé à cent quatre-vingts degrés, suivi d'un glissé correct, enchaînant sur un cahito vraiment chouette avant de me risquer à un shim sham et de m'effondrer dans le fauteuil le plus proche, hors d'haleine.

« Salut, schmoque ! » me dis-je en moi-même tout en prenant à nouveau la résolution de limiter ma consommation de Montecristo, de sandwichs à la viande fumée, de single malt, de ce délicieux hors-d'œuvre à la moelle de bœuf* qu'ils servent à L'Express, de cognac XO, d'entrecôtes de Moishe's, de caféine, bref, de tout ce qui est mauvais pour moi, désormais que je suis en mesure de me l'offrir.

Où en étais-je, donc ? A 1956. Rentré de Paris depuis belle lurette. Clara morte, mais pas encore canonisée. Le premier roman de Terry McIver publié alors que la littérature aurait tant gagné à ce qu'il soit arrêté dans sa lancée par un visiteur de Porlock[4]. Et Boogie, plus souvent à cheval sur son dada hallucinogène qu'à pied, m'envoyant une lettre à chaque fois que sa situation financière redevenait critique. Cet argent, je ne le lui refusais pas, mais il n'était pas facile à trouver alors que je venais seulement de me risquer dans les eaux polluées de la production télévisuelle où je me battais pied à pied, ne réglant jamais une facture avant d'avoir reçu l'incontournable Dernier Avis. Comme pour me compliquer encore plus la vie, j'avais eu la bêtise de renouer ma relation avec Abigail, qui commençait à laisser entendre qu'elle était prête à abandonner Arnie pour moi, à Dieu ne plaise, et sans doute à emmener ses deux enfants avec elle…

Minute. Au hasard de mes notes de lecture, je retrouve quelque chose qui résume parfaitement l'époque en question et les tracas qui m'assaillaient alors. Ces lignes ont été écrites par le docteur Johnson en 1772, quand il avait soixante-trois ans : « Mon esprit est troublé, ma mémoire brouillée. Ces derniers temps, j'ai concentré avec une très vaine insistance mes pensées sur des événements antérieurs. Je n'arrive toujours pas à reprendre le pas sur elles. Un épisode déplaisant va certainement venir contrarier mon repos. »

Ce qui suit est un épisode déplaisant, ô combien. Voici com-

* C'est à la moelle de veau.

ment il débuta : un jour, mon comptable, l'infect, l'inénarrable Hugh Ryan, demanda à Arnie de porter au siège central de la Banque de Montréal une enveloppe qui, selon ses dires, contenait un chèque certifié de cinquante mille dollars. Lorsque le directeur l'ouvrit, il tomba sur plusieurs photographies d'éphèbes nus, accompagnées d'une invitation à un dîner aux chandelles chez Arnie. Celui-ci vint pleurer dans mon giron au Dink's.

– Il y a quelque chose que tu ignores : chaque matin, avant de commencer le travail, je dois aller aux toilettes pour vomir. J'ai un herpès galopant. Je suis en train de regarder *Bonanza* à la télé avec Abigail et brusquement j'éclate en sanglots. Oh, ce n'est rien, je sais. Ouais. Presque rien. Ecoute, Barney, je suis ton ami, pas lui. Ça remonte à loin, entre nous deux : quand tu n'arrivais pas à finir ton problème de trigonométrie, qui est-ce qui te repassait les réponses ? Déjà en ce temps-là j'étais un crack en maths. Depuis combien d'années je jongle avec les chiffres pour toi ? Je risque la taule, même, mais est-ce que je me plains ? Alors ce fils de pute, éjecte-le ! Avec une main attachée derrière le dos, je peux encore abattre tout le travail à sa place.

– Je ne doute pas de tes capacités, Arnie. Mais est-ce que toi tu vas pêcher le saumon sur la Restigouche avec monsieur Mackenzie, de la Banque de Montréal ?

– Je ne pourrais même pas enfiler l'asticot sur l'hameçon. Ça me dégoûte.

– Tu as eu idée des sommes que j'ai risquées dans des projets ? Je peux très bien capoter du jour au lendemain. J'ai besoin de lui encore un an, Arnie. Grand maximum.

– Je n'arrête pas d'engueuler mes enfants. Quand le téléphone sonne, je sursaute comme si on me tirait dessus au fusil. Je me réveille à trois heures du matin en rêvant à de nouvelles embrouilles avec ce persécuteur de juifs. Je m'agite tellement au lit qu'Abigail n'arrive plus à dormir, la pauvre, au point qu'elle a pris l'habitude de me planter là une nuit par semaine. Tous les mercredis soir, elle me monte une scène et puis elle va soigner sa mauvaise humeur chez une amie à elle, à Ville-Saint-Laurent. Résultat, elle passe la nuit chez Rifka Ornstein. Je ne le lui reproche pas d'ailleurs. Elle revient toujours détendue.

– Arnie ? Combien je te paie, déjà ?

– Vingt-cinq mille.

– Bien. A partir de la semaine prochaine, tu passes à trente mille.

Quand Abigail arriva ponctuellement à vingt heures le mercredi suivant, je lui servis le discours que j'avais répété auparavant.

– Oui, je n'avais encore jamais rien connu de tel, mais nous devons nous sacrifier pour le salut d'Arnie et de vos enfants. Je ne pourrais pas vivre en sachant que je leur ai fait du mal, et ce serait aussi vrai pour une femme qui serait presque aussi belle, intelligente et intègre que toi. Il nous restera nos souvenirs, à jamais. Ce sera comme Celia Johnson et Trevor Howard dans *Brève Rencontre*, tu vois ?

– Je ne vais jamais voir de films anglais. A cause de cet accent impossible qu'ils ont. Qui arrive à comprendre un Anglais quand il parle ?

– Personne ne peut nous enlever les moments magiques que nous avons partagés. Mais il faut être courageux, maintenant.

– Tu sais quoi ? Si j'avais les mains libres, j'applaudirais. Seulement je t'avais préparé de la poitrine braisée à la kasha. Tiens, prends ça, ordonna-t-elle en me confiant la marmite d'autorité. Et étouffe-toi avec.

Lorsqu'elle fut partie en claquant la porte, je réchauffai son plat. La viande était merveilleusement à point, même si un brin trop salée. La kasha, par contre, était parfaite. Je me posai la question : si nous laissions tomber la baise et qu'elle continuait à me faire la cuisine ? Non, non, elle ne marcherait jamais là-dedans.

Assailli de remords alors que je tirais pensivement sur un Montecristo plus tard dans la soirée, je me surpris moi-même en décidant soudain qu'il fallait rendre justice à Arnie et mettre fin à son calvaire professionnel. Le lendemain, je me réveillai d'humeur altruiste, plein de détermination et de vertueuses résolutions. J'entonnai les couplets de « Blueberry Hill » en esquissant quelques entrechats. Et sitôt après un long déjeuner liquide au Dink's, qui servit à me conforter encore dans mon choix, je convoquai Arnie dans mon bureau.

– Qu'est-ce qui ne va pas ? demanda-t-il, la lippe tremblante.

– Assieds-toi, mon vieux, mon cher ami, fis-je avec une rare bonhomie. J'ai une bonne nouvelle pour toi.

Il posa les fesses sur le bord d'une chaise, rigide, en nage, exhalant jusqu'à mes narines l'odeur de la trouille.

– J'ai bien réfléchi au problème que nous avons ici, et je suis parvenu à la seule conclusion possible. Accroche-toi bien, Arnie. Tu es prêt ? Je saque Ryan.

– Mon cul, oui ! explosa-t-il en se levant d'un bond et en crachotant un peu de bave autour de lui. Je démissionne !

– Attends, Arnie. Tu n'as pas l'air de comprendre. Je…

– Comprendre quoi ? Laisse tomber ce sourire de faux derche, tu veux ? Tu as fait ton choix, mais moi j'ai ma fierté et j'ai fait le mien !

– Arnie, s'il te plaît, écoute.

– Ne rêve pas trente secondes que je ne pige pas ce qu'il y a derrière tout ça ! Espèce de Judas. Tu as fait des avances à ma femme. Tu as essayé de souiller la mère de mes enfants. Hier soir, elle n'a pas passé la nuit chez Rifka, elle est rentrée avant minuit et elle m'a tout avoué. Tu l'as prise par surprise, dans ma propre cuisine, nom de Dieu ! Et pendant la bar-mitsva de Craig, en plus ! Tu t'es frotté contre elle, ignoble salaud. Et comme elle n'a pas voulu de toi, c'est moi qui paie, maintenant ! Quoi, tu ris ? Tu trouves ça drôle ?

– Pardon. C'est plus fort que moi.

Et en effet mes gloussements devenaient incontrôlables.

– T'as besoin de rire ? T'as envie de rire ? Parfait. Parce que j'ai de quoi te faire rouler par terre, moi. Il n'y a pas une personne dans cette boîte qui ne cherche à se tirer au plus vite d'ici. Hein, Monsieur le Président ? Monsieur le Maquereau, oui ! Ça se prend pour David Selznick mais dans son dos tout le monde l'appelle Hitler, ou des fois Dean Martin, pas à cause de ta belle gueule, non, je te rassure, tu restes moche à faire peur, mais parce que tu es un poivrot comme lui. Qui tu es, d'ailleurs ? Un zéro puissance deux. Ton père est un flic qui se fait arroser et ta mère a toujours été la risée générale. Cette lettre que Hedda Hopper lui a envoyée un jour, avec la photo dédicacée qu'elle montrait à toute la rue… Elle était imprimée d'avance, la dédicace ! Personne ne savait où se mettre quand elle commençait.

– Tu es en train de t'enterrer vivant, Arnie.

– Un jour, Francine est allée te porter des papiers chez toi et elle t'a surpris avec un canotier à la noix sur le crâne, habillé en joli cœur, elle a dit, en train de faire quoi ? Des claquettes ! Ha, il y a de quoi rire, oui ! Fred Astaire, prends garde, on va te reprendre tes lauriers ! Zing boum dang, et maintenant, mesdames et messieurs, Gene Kellysky ! Putain, qu'est-ce qu'on a pu se gondoler grâce à toi ! Conclusion ? Va te faire, pauvre nœud ! Tu n'imagines pas comme je suis content de me barrer d'ici.

Et il m'a planté là.

Je fonçai à sa poursuite, fou de rage, quand j'ai manqué d'entrer en collision avec Hugh Ryan.

– C'est de votre faute, tout ça ! Vous êtes viré ! Vous déguerpissez aujourd'hui même !

– Je crains de ne rien comprendre à vos gargouillis, mais quelqu'un a dû abuser de la dive bouteille, m'est avis.

– Je ne vous laisserai pas continuer à martyriser Arnie. Vous prenez vos affaires et vous dégagez.

– Et mon contrat, alors ?

– Vous touchez six mois de salaire et dehors, “bonjour la visite” !

– Dans ce cas, vous aurez des nouvelles de mon avocat.

Merde, merde et merde. Dans quoi m'étais-je fourré ? Je pouvais me passer de ce couillon d'Arnie, mais non de mes si précieuses entrées dans le monde de la banque goy. Je voyais déjà les lettres de réclamation commencer à s'amonceler sur mon bureau dès le lendemain matin. Les accords de prêts dénoncés. Peut-être même des inspecteurs du fisc débarquant pour éplucher ma comptabilité.

– Qu'est-ce que vous regardez, tous ? demandai-je à la ronde.

Chacun rebaissa la tête sur son travail.

– Hitler, ici présent, pense sérieusement procéder à une mégacompression de personnel. Le « downsizing », vous connaissez* ? Donc, si certains de vous désirent trouver du travail ailleurs, il est grand temps qu'ils s'y mettent. Vous n'êtes pas indispensables, vous êtes jetables. Comme les kleenex. Jusqu'au dernier. Sur ce, bonne journée.

Regrettant aussitôt cet impardonnable esclandre, je me précipitai tout droit au Dink's, à la recherche d'un remontant.

– La journée a été dure au bureau, chéri ? s'enquit John Hughes-McNoughton.

– Tu sais quoi, John ? Tu n'es même pas la moitié aussi amusant que tu le penses. Surtout quand tu as picolé depuis l'aube. Comme maintenant.

Et je m'en allai au bar du Ritz.

Il devait être huit heures du soir quand j'en émergeai. Titubant jusqu'à un taxi, je me fis conduire chez Arnie, dans un coin retiré de Chomedey. Ce fut Abigail qui vint m'ouvrir.

– Comment oses-tu venir ici ? chuchota-t-elle, horrifiée.

– C'est lui que je veux voir, pas toi, coupai-je en la poussant de côté.

– C'est l'alcoolo, Arnie ! annonça-t-elle. Pour toi.

Il éteignit la télé en me voyant entrer.

– J'ai consulté mon avocat cet après-midi. Si tu as quelque chose à dire, tu dois t'adresser à lui. D'après Lazar, je suis bien placé pour réclamer des dommages-intérêts. Licenciement abusif.

– Mais tu as donné ta démission !

– Tu l'as vidé, d'abord, intervint Abigail. C'est dans ses notes.

– Ça gêne quelqu'un si je m'assois ?

– Assieds-toi.

---

* Pour l'époque, la remarque semble anachronique. Ce n'est qu'en septembre 1975 que le magazine *US News & World Report* informa ses lecteurs que les contrats de travail à durée indéterminée n'étaient plus « dans le coup » et que le mot d'ordre était désormais : *small, smaller, smallest,* c'est-à-dire des effectifs de plus en plus réduits et réadaptables, ajoutant que « les ingénieurs de Detroit désignent cette tendance par le terme de *downsizing* ». Celui-ci ne prit tout son sens actuel que six ans plus tard, avec la récession de 1981, lorsque les entreprises américaines commencèrent à licencier leurs salariés par milliers.

– Je ne t'ai pas licencié, Arnie. Je t'ai convoqué pour t'annoncer que je limogeais Hugh, récapitulai-je en insistant sur le « H ».

– Oh, mon Dieu ! glapit Abigail, la tête dans les mains.

– Ne commence pas tes pleurnicheries, toi. La journée a été assez longue comme ça.

– C'est vrai ?

– Quoi ?

– Tu as viré Ryan ?

– Oui.

– Pas trop tôt, commenta Abigail.

– Vous avez quelque chose à boire, ici ?

Arnie se précipita vers le buffet.

– Il reste de la liqueur de pêche, de la bar-mitsva de Craig. Attends, laisse-moi voir : oui, il y a aussi un fond de Chivas.

– Il ne boit pas de Chivas, il boit du… Mais qu'est-ce que j'en saurais, moi ? Oh, je perds la boule, je dis n'importe quoi ! Je vais te chercher un verre.

– Alors, et maintenant ? m'interrogea Arnie qui s'était rassis et se balançait d'avant en arrière, les mains coincées entre ses genoux.

– Eh bien, tu as eu des mots très durs pour moi, aujourd'hui.

– Mais je devenais fou, moi ! Je retire. Tout. Je veux que tu saches que j'ai toujours admiré ce que tu as réussi. Pour moi, tu es un guide.

– Oh non, je meurs ! gémit Abigail.

– Tu as deux options devant toi, Arnie, annonçai-je en avalant le peu de whisky qui restait. Ou bien tu t'en vas avec un an de salaire, ou bien tu reviens bosser demain. Discutes-en avec la mère de tes enfants.

– Dis-lui que tu demandes la même position et le même salaire que Ryan.

– Je demande la même position et le même salaire que Ryan.

– J'avais entendu. La réponse est non.

– Pourquoi ?

– Tu as eu ma proposition, Arnie. Parles-en avec Abigail et tiens-moi au courant.

Je me remis debout.

– Tu ne devrais pas conduire, dans ton état. Attends une minute, je te raccompagne.

– Je suis venu en taxi. Il suffit de m'en appeler un autre, Arnie. D'accord ?

Il avait à peine quitté la pièce qu'Abigail me souffla :

– Ma casserole ! La marmite en pyrex. S'il s'aperçoit qu'elle n'est plus là, il va accuser la femme de ménage…

– Mais je n'ai pas encore fini la kasha, moi.

3

Le 23 octobre 1995

Cher Barney,

A chacun son crime originel.

Depuis le jour de votre arrivée à Paris, il a été très clair pour moi – et pour d'autres que je pourrais nommer – qu'au-delà de votre désarmante gaucherie, de votre mauvaise éducation et de votre comportement envahissant vous étiez avant tout consumé par la jalousie que vous inspirait mon talent. Non, le mot est faible : c'était une véritable obsession qui vous poussait à vous insinuer en feignant des sentiments amicaux à mon égard. Si je n'ai jamais été abusé par cet empressement, je pris pitié de vous tout en observant d'un œil amusé comment vous vous démeniez pour gagner les bonnes grâces de la Bande, sans que votre peu d'amour-propre vous empêche de jouer le rôle de factotum bénévole. Ou de payer les notes de restaurant derrière Clara. Ou de suivre Boogie comme un toutou. A posteriori, je m'en veux d'avoir été si indulgent, certes, car si je ne vous avais pas présenté à toute cette coterie l'infortunée Clara Charnofsky serait encore parmi nous, ainsi que Boogie, même si la disparition de ce dernier constitue hélas une perte plus grave pour les trafiquants de drogue que pour le monde des lettres. Depuis cette époque, l'observateur de la Condition humaine que je suis s'est parfois demandé dans quelles réserves vous puisiez pour continuer à survivre après avoir été la cause directe de deux morts prématurées. Le sommeil ne doit pas vous venir aisément, j'imagine.

Et puis, quand j'ai entendu dire que votre grand-père maternel avait exercé le métier de ferrailleur, tout s'est mis en place soudain, une sorte de cohérence est apparue qui m'explique l'aisance matérielle à laquelle vous avez atteint en fournissant du rebut télévisuel aux larges masses. Compte tenu de votre nature vindicative, je n'ai pas été surpris non plus que vous trouviez cocasse d'intituler un feuilleton particulièrement fétide *McIver, de la Gendarmerie royale du Canada*. De même, je n'ai pas été étonné de vous découvrir en train de ravaler votre bile à l'auditorium Leacock alors que j'effectuais récemment une lecture devant une salle bondée. Mais sot que j'étais, je croyais encore que même quelqu'un comme vous ne dépasserait pas certaines limites de la calomnie. Mes félicitations, Barney : oui, je reconnais que votre ultime malveillance m'a pris par surprise. Ce qui signifie que j'ai lu la charge perfide de votre fils contre mon livre dans le *Washington Times*. Quels ravages la sclérose ne provoque-t-elle pas pour que, dans sa décrépitude, un père aille jusqu'à enrôler son rejeton dans une bataille qu'il redoute de mener en personne !

Bien que n'ayant jamais daigné répondre, ni même accorder mon attention aux critiques suscitées par mon œuvre – pour la plupart élogieuses d'ailleurs, serais-je en droit de souligner –, j'ai cette fois ressenti la nécessité d'adresser un courrier au chef du service littéraire du *Washington Times* dans lequel je remarque que la diatribe de Saul Panofsky n'a été inspirée que par l'animosité de son géniteur.

Avec mes salutations,

Terry McIver

4

Ce qui suit apparaîtra comme une digression. A tort. J'apporte de l'eau à mon moulin. Mr Lewis, notre professeur principal de la promotion 43, collège d'Etat, adorait nous déclamer l'entraînant *Tambour de Drake*, de Henry Newbolt[5] :

Que les Ibères menacent le Devon et je quitterai le port du Paradis
Et les reconduirai outre-Manche comme nous l'avons fait jadis,
Tambour battant.

Cependant, je lis dans le *New York Times* d'aujourd'hui que Newbolt, quelle surprise, était en réalité un fumiste. Tout en alignant des vers de mirliton à la gloire de la Patrie, il se fit porter pâle durant la guerre des Boers sous prétexte qu'il devait rester à l'arrière afin de remonter le moral de la nation. La légende du tambour de Drake serait frauduleuse, due à sa seule imagination, et le grand poète, qui se vantait de personnifier les valeurs du puritanisme victorien, vécut jusqu'à la fin de ses jours un ménage à trois avec sa femme et la cousine de celle-ci, tringlant son épouse à Londres et l'autre durant les nuits où il pouvait s'échapper à la campagne.

W.H. Auden a écrit un jour :

Le Temps, sans charité
Pour l'audacieux ou l'innocent,
Et que le corps le plus attirant
Ne pourra jamais apitoyer,
Vénère le discours et sait épargner
Ceux en qui il se perpétue.
Il excuse la jactance, avalise la lâcheté,
Dépose à leurs pieds ses tributs.

Oui, peut-être. Et peut-être que non. Mais une chose est sûre : je n'ai jamais connu un écrivain ou un peintre, nulle part, qui ne soit un vantard autosatisfait, un lâche stipendié, un menteur animé par la cupidité et par une soif inextinguible de célébrité.

Hemingway, ce butor auquel il faut reconnaître une grande capacité à renifler la merde de loin, a inventé toute sa Première Guerre mondiale sur sa machine à écrire. Lewis Carroll, cet adorable schnoque adulé par des générations d'enfants, n'était aucunement le genre de type que vous aimeriez voir faire du baby-sitting avec votre fille de dix ans. Le camarade Picasso lécha copieusement le cul des nazis durant l'occupation de Paris. Je suis prêt à avaler mon canotier si Simenon s'est réellement envoyé dix mille femmes ainsi qu'il le prétend. Odets a balancé de vieux amis aux inquisiteurs maccarthystes. Malraux était un voleur. Lillian Hellman mentait comme elle respirait. Sous son apparente naïveté, Robert Frost était un salaud de première. Mencken était un antisémite forcené, toutefois dépassé sur ce terrain par le plagiaire notoire que fut T.S. Eliot, et par bien d'autres encore que je pourrais citer. Evelyn Waugh était un arriviste. Frank Harris mourut probablement puceau. Jean-Paul Sartre, dont la participation à la Résistance demeure pleine de points d'interrogation, se révéla ensuite un défenseur du Goulag. Edmund Wilson fraudait le fisc, Stanley Spencer était un rustre. T.E. Lawrence n'avait pas lu tous les livres de la Bodleian Library d'Oxford. Le plus près que Marco Polo approcha de l'empire du Milieu fut sans doute la Piazza San Marco. Si seulement la réalité pouvait être connue, je parie qu'on s'apercevrait que le vieil Homère avait dix de vision à chaque œil…

J'avais cinglé vers les terres de la Culture, j'étais allé à Paris avec l'espoir de m'enrichir spirituellement au contact des cœurs purs, « des législateurs méconnus de ce monde ». Je rentrai au pays bien décidé à ne plus m'approcher du moindre écrivain ni du moindre peintre.

A part Boogie.

Après mon départ, sa présence avait été signalée à Istanbul, Tanger et dans cette île au large de l'Espagne, pas Majorque, non, l'autre… La Crète ? Ne sois pas idiot, Barney ! Non, celle qui a été fichue en l'air par les hippies*. Quoi qu'il en soit, la première lettre que je reçus de lui, en 1954 – j'étais revenu à Montréal depuis deux ans, alors –, arriva d'un monastère bouddhiste de ce qu'il était encore convenu d'appeler Formose mais qui a désormais un autre nom**, de même que le Coca a été rebaptisé « Coke Classic »… Et merde ! A mon âge, je ne suis plus censé rester sans cesse dans la course. Je vois des bandes-annonces de films où la vedette est tenue par tel ou tel petit bellâtre à l'air revêche, telle ou telle starlette aux seins pneumatiques, chacun extorquant dix millions de dollars au tournage, et je n'ai pas la moindre idée de qui il s'agit. Un constat, cependant : jadis, les femmes devenues des étoiles du septième art étaient obligées de se cacher derrière des lunettes de soleil et un foulard si elles voulaient passer inaperçues dans la rue ; maintenant, il leur suffit de s'habiller. Pendant que j'y suis, je précise que j'ignore la signification de mots comme « connexion-réseau » ou « d'enfer », ou pourquoi les jeunes « branchés » ont mis les restaurants à l'heure des herbes folles. Je ne suis pas « en ligne » et je ne le serai jamais.

Ici, je cite Boogie :

> L'humanité, manifestement imparfaite, pédale encore sur le cycle de l'évolution. Dans un lointain avenir, le simple sens pratique, pour ne mentionner que lui, fera que les organes

* Ibiza.

** La lettre en question fut envoyée en 1957, non de Taiwan mais de New York, après le premier concert de rock and roll donné par Boogie.

génitaux des hommes et des femmes se transféreront là où se trouve pour l'instant notre tête, tandis que nos caboches toujours plus superflues s'enfonceront dans l'obscurité qui accueillait auparavant les sexes. Cette mutation permettra à tous, jeunes et vieux, de s'accoupler sans passer par la corvée des préliminaires romantiques ni par l'inévitable bataille avec les boutonnières et les fermetures éclair. Ils seront en mesure de « simplement connecter », pour reprendre l'expression de Forster, tout en attendant au feu rouge, ou en faisant la queue à la caisse du supermarché, ou sur un banc de synagogue ou d'église. « Baiser », ou le plus délicat « faire l'amour », sera dès lors connu sous le terme de « prise de tête », comme dans : « Je descendais la Cinquième Avenue quand j'ai reniflé une jolie blonde et je lui ai pris la tête. »

Le revers de ce progrès culturel sera que la maison de rendez-vous, ou bordel, sera supplantée par la bibliothèque en tant qu'endroit louche où les pécheurs se donneront rendez-vous, littéralement, pour ouvrir leur braguette et baisser leur culotte, sous la menace permanente d'une fermeture ordonnée par la Brigade antilittéraire. Et la nouvelle maladie honteuse sera l'intelligence. Souvenez-vous, c'est ici que vous l'avez lu pour la première fois.

Terry était rentré un an avant moi à Montréal afin de liquider l'héritage paternel, la librairie marxiste cédant la place à une pizzeria. En nous croisant par hasard rue Stanley – ceci est vraiment, vraiment incroyable –, nous étions tombés dans les bras l'un de l'autre et nous étions allés droit à La Tour Eiffel afin de fêter l'événement autour d'un verre, jouant aux bons copains ravis de se retrouver après avoir survécu à deux années de bohème sur la Rive gauche. Une heure durant, nous avions partagé des souvenirs de cette époque, tu te rappelles ci, et ça, tu n'as pas oublié, tout de même ? Le soir où nous étions tous allés au concert de Charles Trenet pour finir aux Halles en nous régalant d'une soupe à l'oignon. Et quand Boogie s'était assis au piano de ce bar de Montmartre et avait laissé entendre qu'il était Cole Porter, ce qui nous avait rapporté plein de tournées gratuites ? Etc. Ensuite, nous étions passés à des anecdotes désabusées sur le provincialisme de la ville à laquelle nous avions fait l'honneur de revenir, sur la manière dont la rue Sainte-Catherine, le fleuron de Montréal qui nous paraissait jadis un carrefour de l'univers, était devenue à nos yeux une ruelle minable. Juste Ciel, avais-je alors pensé, comment avoir ignoré si longtemps à quel point McIver pouvait être de bonne compagnie ? Et je suis certain qu'il s'est dit la même chose à propos de moi, cet après-midi-là. Je lui promis de l'appeler très vite, il m'assura qu'il en ferait autant. Mais aucun de nous ne passa à l'acte, et c'est dommage car si l'un ou l'autre avait pris les devants je pense que nous aurions pu devenir amis. Une route restée inexplorée. Ça n'a pas été la seule dans ma vie, oh que non !

Bon, on continue. Leo Bishinsky avait regagné New York. Etabli dans un loft du Village, il était déjà l'objet d'analyses illisibles dans des magazines d'art confidentiels. Quant à Cedric Richardson, son superbe premier roman avait plongé la critique dans l'extase. Je n'avais pas hésité à lui envoyer une lettre admirative, qui resta sans réponse. C'était blessant, puisque nous avions été plus que des amis, qu'un lien particulier nous avait unis, si je puis dire.

« Vous autres ! » il m'a dit. En me brandissant cette pauvre chose rabougrie sous le nez, avec un air aussi dégoûté que si ça sortait d'un égout.

Avant d'avoir pu dire ouf, la photo de Cedric faisait la une du *New York Times*. Ensanglanté, le nez cassé, il était encadré par deux gros lards au rictus sardonique, des flics antiémeutes du Kentucky. Il avait pris part à une tentative d'imposer l'accueil de douze enfants noirs dans une école réservée aux Blancs et s'était laissé entraîner dans la volée de briques et de coups de poing qui en avait résulté. Dix Blancs avaient été également appréhendés au cours de l'émeute.

Pour ma part, après avoir battu en retraite de Paris et de la coterie de branleurs « artistes » avec lesquels j'avais perdu mon temps, j'étais décidé à prendre un nouveau départ dans la vie. Comment avait-elle dit un jour, Clara ? « Quand tu vas rentrer chez toi, tu vas gagner plein d'argent, ce qui sera très facile pour toi vu ton caractère, tu vas épouser une bonne petite juive, tu sais, du genre qui fait les magasins... » Eh bien, j'étais résolu à satisfaire son fantôme : à partir de dorénavant, Barney Panofsky vivrait en bon bourgeois. Country Club, dessins pince-sans-rire du *New Yorker* collés sur les carreaux de ma salle de bains, abonnement à *Time Magazine*, carte American Express, membre bienfaiteur d'une synagogue, attaché-case avec fermetures chiffrées... Tout le toutim.

Quatre ans passèrent. Je laissai derrière moi la période d'initiation au cours de laquelle j'avais trafiqué des fromages, de l'huile d'olive, des DC-3 antédiluviens et de l'archéologie égyptienne de contrebande, mais je continuais à broyer du noir en pensant à Clara, tantôt accablé par la culpabilité, tantôt clamant mon innocence en moi-même. Je partis en quête d'une maison dans la banlieue de Hampstead, où je trouvai la perfection absolue : rien ne manquait, ni le salon à alcôve, ni la cheminée en pierres apparentes, ni le four encastré à hauteur des yeux dans la cuisine, ni l'éclairage indirect, ni l'air conditionné, ni les sièges de toilette et les porte-serviettes chauffants, ni le bar en sous-sol, ni le garage à deux places, ni la baie vitrée centrale. Admirant mon acquisition du dehors, je fus convaincu qu'elle avait de quoi faire retourner Clara dans sa tombe. Il y avait encore une dernière touche à ajouter : un panier de basket que j'allai immédiatement acheter et que j'installai sur la porte du garage. Il ne me manquait plus qu'une petite femme et un chien répondant au nom de Rover.

A ce stade, je disposais d'un matelas de deux cent cinquante mille dollars à la banque, que je remplumai encore en vendant mes sociétés. Puis je déposai les statuts de ma nouvelle raison sociale, les PUT (Productions d'utilité théorique Inc.), je louai des bureaux dans le centre-ville et je me mis en chasse de la pièce manquante à mon paradis middle-class revanchard, du joyau de la couronne de Reb Panofsky, si je puis me permettre l'expression. Après tout, c'est une vérité universellement reconnue qu'un homme seul, une fois parvenu à la prospérité, se doit de rechercher une compagne. Mais si je voulais me gagner l'épouse idéale, il fallait d'abord que je montre patte blanche à la société.

En conséquence, je décidai d'infiltrer l'establishment juif, prêt à en devenir un des piliers, ou du moins une corniche. En guise de galop d'essai, je me portai volontaire pour aider à la campagne de souscription permanente de l'Appel juif unifié, et c'est ainsi que, par une fin d'après-midi, je me retrouvai assis dans le bureau d'un ponte de la confection circonspect mais prêt à démarrer au quart de tour. Il était clair que j'étais en de bonnes mains : au-dessus de la bouille rubiconde d'Irv Nussbaum, un certificat d'« Homme de l'Année » trônait à côté d'une paire de chaussons de bébé exposée comme une relique et d'une photo de Golda Meir dédicacée. Plus loin, sur un autre cliché, on voyait ce brave Irv offrant un diplôme parcheminé de docteur ès lettres à Mr Bernard Gursky, au nom des Amis de l'université Ben-Gourion du Néguev. Une maquette du voilier de six mètres qu'il avait en Floride trônait sur un présentoir, la *Reine-Esther*, appellation que le joli navire devait à la femme d'Irv et non à la Miss Perse de la Bible. Un peu partout, des photographies de ses affreux mioches.

– Vous êtes plutôt jeune, pour ce travail, me déclara Irv. D'habitude, nos collecteurs de fonds sont, disons, plus mûrs…

– On n'est jamais trop jeune pour donner un coup de main à Israël.

– Vous buvez quelque chose ?

– Un Coca, ce serait parfait. Ou de l'eau minérale.

– Et un scotch, non ?

– Diable, diable, c'est bien trop tôt pour moi. Mais ne vous gênez pas, vous.

Irv eut une grimace approbatrice. Contrairement à ce que prétendaient les rumeurs, je n'étais pas un poivrot, donc. Je venais de passer un test important, il me restait maintenant à suivre un cours accéléré sur les arcanes de ma fonction.

– Je vais vous refiler quelques tuyaux, pour commencer. Ecoutez bien. Règle numéro un : vous ne devez jamais aller trouver votre objectif à son bureau. Là, il est le roi de la jungle et à ses yeux vous ne serez qu'un schmoque de plus à venir essayer de le plumer. Si vous le croisez à la synagogue, vous pouvez le baratiner sur les besoins pressants de l'Etat hébreu, mais surtout pas lui demander directement de sortir son portefeuille. Très mauvais goût, ça. Très

« marchand du Temple ». Prenez rendez-vous par téléphone, en choisissant l'heure avec soin, c'est un point vital. De bon matin, c'est exclu, parce que sa femme aura peut-être refusé de se laisser sauter le soir précédent, ou bien sa mauvaise digestion lui aura fait passer une nuit blanche. L'idéal, c'est le déjeuner. Vous sélectionnez un petit restaurant, avec des tables tranquilles, un endroit où vous n'aurez pas besoin de hurler pour vous faire entendre. Vous le coincez en face à face, et vous ne le lâchez plus... Enfin, cette année, on est dans la merde. Il y a un vrai recul des actes antisémites.

– Ouais, c'est honteux, glissai-je.

– Attention, comprenez-moi bien. Je suis contre l'antisémitisme, évidemment. Mais à chaque fois qu'un connard peinturlure une croix gammée sur une de nos synagogues ou renverse une stèle dans l'un de nos cimetières, nos coreligionnaires balisent et me téléphonent pour me dire qu'ils veulent donner. Résultat, vu comment se passent les choses cette année, le mieux est que vous attaquiez en force sur l'Holocauste. Servez-leur du Auschwitz à fond la caisse. Buchenwald. Les criminels de guerre qui prospèrent au Canada jusqu'à aujourd'hui. « Pouvez-vous être certain que cela ne se reproduira plus, même ici ? » vous leur dites. « Et dans ce cas, où vous irez ? » « Israël, c'est votre police d'assurance », vous leur sortez. Nous vous fournirons toutes les infos nécessaires sur les revenus annuels de chaque objectif, de sorte que s'il se met à pleurnicher en prétendant qu'il a eu une année épouvantable vous pourrez l'obliger à arrêter son char en lui citant ses chiffres. Pas ceux de sa déclaration d'impôts, hein ? Les « vrais » chiffres. Vous lui expliquez qu'avec les soucis que nous cause cet enfoiré de Nasser il doit augmenter sa contribution, cette année. Et s'il fait son radin, son kvetcher, vous lui laissez entendre que tout le monde à Elmridge, ou quel que soit le country club auquel il appartient, saura combien il a donné, et que ses carnets de commandes risquent de souffrir si on apprend sa mesquinerie. Hé, dites, à part ça, je crois savoir que vous êtes dans la production télé, non ? Alors si vous avez un problème de casting, n'hésitez pas, je suis là.

« Un problème de casting ? » Tel un pauvre marmot errant dans la jungle du show-biz sous les yeux sanguinaires de ses hyènes, ses filous et autres serpents venimeux, j'aurais même eu besoin de quelqu'un pour me lacer mes souliers, à cette époque. L'argent me filait entre les doigts, ce n'était pas des pertes mais une hémorragie. Mon premier projet, sur une idée que m'avait vendue un intrigant qui prétendait avoir cosigné un épisode de *Perry Mason*, fut un feuilleton autour d'un détective privé qui avait « son propre code de l'honneur », une sorte de rejeton canadien de Sam Spade. Le pilote, réalisé par un parasite de l'Office national du film, fut tourné avec un acteur de Toronto qui selon son agent était notre sir Laurence Olivier local et refusait par principe toutes les propositions de Hollywood, mais qui avait surtout la particularité d'être abruti par l'alcool avant même le petit déjeuner. La vedette féminine, qui devait être son faire-valoir, se révéla être une de ses anciennes maîtresses, ce que j'ignorais totalement, et sa spécialité était de fondre en larmes dès qu'ils devaient tourner une scène ensemble. Le résultat fut si catastrophique que je n'osai le montrer à personne. Mais je l'ai toujours sur cassette, et il m'arrive de me la projeter quand je ressens le besoin d'une bonne pinte de rire face à la déprime.

En tout cas, mes performances en tant que collecteur de fonds impressionnèrent tellement Irv qu'il m'invita à la soirée de ses noces d'argent, un dîner dansant ultrasélect dans les salons privés du Ruby Foo's, tenue de soirée de rigueur et tous les convives à part moi crachant facilement leurs vingt mille dollars annuels au bassinet de l'Appel juif unifié, sans compter les bons de soutien et autres donations communautaires. Et c'est là que je rencontrai la mégère qui allait devenir ma seconde épouse.

Bon sang ! Me voici, moi, un vieux schnoque de soixante-sept ans qui rétrécit à vue d'œil, affligé d'une queue qui fuit, et je reste toujours incapable d'expliquer un deuxième mariage qui me coûte jusqu'à aujourd'hui dix mille dollars par mois, hors réajustements sur le taux d'inflation. Et dire que son père, ce prétentieux gaga, avait craint que je ne sois un coureur de dot, moi ! Lorsque je reviens sur cette période, à la recherche du moindre élément qui puisse excuser ma bêtise, pardonner ma faute, force m'est de reconnaître que je n'étais pas vraiment moi-même alors. Non, je jouais un personnage, celui de l'arriviste prédit par Clara, écrasé par sa malédiction et par la culpabilité, passant mes nuits à boire seul pour fuir un sommeil redouté, où elle m'apparaissait inévitablement dans son cercueil. Celui-ci, conformément à la tradition juive, était de bois simple et percé de trous afin que les vers puissent s'engraisser aussi vite que possible sur ce trop jeune corps. Six pieds sous terre. Ses seins rongés par la vermine. « … Et vous irez aux dîners de l'Appel juif unifié, et là tu pourras briller devant les mecs en racontant des histoires sur le temps où tu vivais avec la scandaleuse Clara Chambers. »

Shooté à la respectabilité, je voulais montrer à son fantôme que oui, j'étais capable de jouer le petit-bourge juif, et même encore mieux qu'elle ne l'avait redouté. Pour dire, il m'arrivait de m'arrêter afin de contempler mon manège, me retenant parfois de ne pas applaudir à mes talents d'hypocrite. Ainsi de ce soir où, encore occupé à la cour que je faisais tambour battant à la future Mrs Panofsky II, j'avais invité cette bombe à retardement à dîner au Ritz, et où je bus immodérément alors qu'elle me soûlait de ses descriptions des améliorations qu'elle projetait d'apporter à ma prison dorée de Hampstead grâce à l'expertise d'un architecte d'intérieur de ses amis.

– Vous allez pouvoir me raccompagner chez moi en voiture ? s'était-elle soudain inquiétée. Dans votre état…

Après avoir effleuré sa joue de mes lèvres, j'avais improvisé une repartie dont seul un feuilleton issu des Productions d'utilité théorique eût été digne.

– Je ne me pardonnerais jamais que vous puissiez avoir un accident à cause de mon état. Vous êtes bien trop précieuse pour moi. Je vais laisser l'auto et nous prendrons un taxi.

– Oh, Barney ! s'était-elle extasiée.

Stop. Je retire cette dernière ligne. C'est un mensonge complet, révoltant. La vérité, c'est que j'étais une épave lorsque je fis sa connaissance, noyé dans l'alcool la plupart du temps, résolu à me punir d'avoir choisi une vie qui allait contre ma véritable nature, alors que Mrs Panofsky II, au contraire, avait assez d'énergie vitale pour nous deux, ainsi qu'une certaine aptitude au comique, à peine discernable mais bien à elle. Tout comme cette vieille catin de Hymie Mintzbaum, de mémoire bénie, elle possédait cette qualité que j'admire le plus chez les autres : le goût de la vie. Non, plus encore : un appétit féroce, qui la poussait à l'époque à dévorer tout ce qui était marqué au sceau « culturel », tout comme elle pouvait désormais engloutir d'un trait les victuailles exposées au Brown Derby. Mrs Panofsky ne lisait pas par plaisir, mais pour rester à la page. Tous les dimanches matin, elle s'asseyait devant le supplément littéraire du *New York Times* avec la concentration d'une candidate à un concours spécialement conçu pour elle, notait exclusivement les ouvrages susceptibles de nourrir des conversations mondaines, les commandait sans tarder et les avalait à une vitesse sidérante. A ses yeux, le plus grave péché était de perdre son temps, ce dont elle m'accusait sans cesse : ne gaspillais-je pas des heures et des heures avec des minables croisés dans les bars, à déblatérer en compagnie de joueurs de hockey au rancart, de journalistes sportifs alcooliques et de criminels à la petite semaine ?

Lors d'une tournée de trois jours à New York, nous descendîmes à l'Algonquin, où à ma demande nous occupions des chambres séparées, tant je tenais à me comporter selon ce que je prenais alors pour les bonnes règles. Si cela n'avait tenu qu'à moi, j'aurais profité avec plaisir de cet intermède pour me promener nez au vent et passer de librairies en bars, mais elle s'était fixé un programme qu'une personne normale aurait eu besoin de trois semaines pour réaliser. Entre les pièces de théâtre qu'il « fallait » aller voir en matinée ou en soirée, son emploi du temps comportait des marches forcées sur des objectifs situés au diable vauvert, tailleurs ou bijoutiers recommandés par *Vogue*. Les pieds endoloris, elle était encore dans les premières à se précipiter à l'intérieur de Bergdorf-Goodman quand le magasin ouvrait ses portes le matin, puis elle fonçait chez Saks ou à ces adresses confidentielles de Canal Street où les initiées pouvaient obtenir à bon prix les toutes nouvelles « robes-sacs » de Givenchy. Elle était venue à New York dans une vieille tenue qui atterrit directement dans la corbeille à papier de sa chambre dès qu'elle put la remplacer par de nouveaux atours.

Avant de reprendre l'avion, elle détruisit avec soin toutes les factures compromettantes, ne gardant que celles obligeamment fournies par des vendeuses au fait des exigences de la douane canadienne : un reçu de trente-neuf dollars quatre-vingt-dix-neuf pour un cardigan qui en avait coûté cent cinquante, par exemple. Quand elle embarqua, elle portait Dieu sait combien de sous-vêtements superposés sous plusieurs couches de chemisiers, puis abusa le douanier à Montréal en flirtant avec lui "en français".

Oui, elle était une digne représentante de cette espèce tant décriée, la « Jewish American Princess », la fille de bonne famille juive américaine qui se prend pour la reine de Saba, mais il est indéniable qu'elle réussit à souffler sur mes braises alors mourantes jusqu'à leur redonner un semblant de feu. A l'époque de notre rencontre, elle avait déjà passé un été à faire la bénévole dans un kibboutz, obtenu son diplôme de psychologie à McGill, et s'occupait d'enfants à problèmes à l'Hôpital général juif de la ville. Ils l'adoraient, ces mômes : elle savait les faire rire. Ce n'était pas la mauvaise fille, Mrs Panofsky II. Si elle avait épousé un vrai « type bien », et non quelqu'un qui jouait à l'être, elle serait sans doute une femme et une mère modèles, aujourd'hui, et non la harpie obèse et geignarde fascinée par les charlatanismes New Age qu'elle est devenue. Un jour, Miriam m'a dit : « C'est Krishna qui est autorisé à tout détruire, pas toi, Barney ! » D'accord, d'accord. Donc, toute la vérité et rien que la vérité.

– … Vous êtes bien trop précieuse pour moi. Je vais laisser l'auto et nous prendrons un taxi.

– Oh, Barney ! s'était-elle récriée. Qu'est-ce que vous pouvez dire comme conneries, ce soir…

Oh, Barney, quel salaud tu fais ! Lorsque je tente de reconstruire cette époque, ma mémoire défaillante est une véritable bénédiction. Les contours s'effacent, les chromos se fanent. Et les scènes affreusement embarrassantes. Et je suis parfois pris d'accès de repentir fulgurants. Arrivant de Las Vegas où pour une fois la chance au jeu s'était montrée plutôt charitable à son égard, Boogie avait été mon témoin de mariage. Il avait fait la connaissance de ma fiancée quelques jours avant la date de la cérémonie et nous allâmes dîner tous les deux un soir où j'aurais dû être au stade de Toronto à admirer la victoire des Canadiens sur les Maple Leafs de Toronto trois à deux, ce qui les plaçait trois à un dans la finale de la Coupe Stanley. Quel match je ratais là ! Menés un à zéro à la troisième période, les bleu-blanc-rouge avaient casé trois buts en seulement six minutes, grâce à Backstrom, McDonald et Geoffrion.

– Arrête ça avant qu'il ne soit trop tard, me déclara Boogie. S'il te plaît, Barney. Dès qu'on aura fini nos cognacs, on file à l'aéroport et on saute dans un avion pour le Mexique ou l'Espagne ou ce que tu voudras.

– Allez, Boogie, tu charries.

– Je reconnais qu'elle a du charme. Appétissante, elle est. Eh bien, dis-toi que c'était une aventure. On peut être à Madrid demain. Tapas dans les ruelles qui partent de la Plaza Mayor, et ensuite *cochinillo asado* à la Casa Botín.

– Bon Dieu, Boogie ! Comment veux-tu que je m'absente pendant les finales de la Coupe Stanley ?

Et, le cœur lourd, je lui montrai les deux billets de loge pour le prochain match à Montréal que j'avais dans ma poche. Gâchés : la rencontre allait se disputer le soir même de mes noces. Si les Canadiens l'emportaient, cela signifierait notre quatrième victoire consécutive dans la Coupe Stanley, mais pour une fois je souhaitais qu'ils perdent : ainsi, je pourrais retarder notre voyage de noces et assister à ce qui serait certainement l'ultime et victorieuse partie.

– Tu crois qu'elle se fâcherait, repris-je, si je m'absente pendant une heure après le dîner pour essayer d'attraper la fin du match au Forum ?

– Les fiancées sont assez chatouilleuses sur ce genre de trucs, en général.

– Ouais, c'est ce que je pensais aussi… Pas de bol, hein ?

Irv Nussbaum, par contre, rayonnait de joie à son dîner d'anniversaire de mariage.

– T'as vu la *Gazette* de ce matin ? Des mecs ont chié sur le perron de la synagogue Bnaï Yaacov. Le téléphone n'a pas arrêté de sonner à mon bureau. Fantastique, non ? (Puis, avec un clin d'œil et un coup de coude) : Dis, tu la serres encore un peu plus quand vous dansez ensemble et je vais devoir vous retenir une chambre ici, à vous deux !

Voluptueusement dévergondée, répandant les plus doux parfums, ma future épouse se prêtait de bon cœur à nos lascives évolutions. Mieux encore, elle me souffla dans l'oreille : « Mon père nous regarde ! » et se lova encore plus contre moi.

Un crâne chauve qui semblait passé au polissoir. Des moustaches cirées. Deux petites billes brunes derrière les lunettes cerclées d'or. Des sourcils broussailleux. Des bajoues. Un bidon prospère jaillissant sous la ceinture de smoking. Une bouche en bouton de rose, ridicule. Et aucune chaleur dans son sourire calculé tandis qu'il fondait sur notre table. Il était promoteur immobilier, spécialisé dans les immeubles de bureaux en forme de boîtes à biscuits et les HLM conçues comme d'immenses ruches. Ingénieur diplômé de McGill.

– Nous n'avons pas été présentés, je crois.

– C'est Barney Panofsky, Papa.

J'acceptai la petite main moite qu'il me tendit.

– Panofsky, Panofsky ? Est-ce que je connais votre père ?

– Sauf si tu as déjà fait de la taule sans me le dire, Papa.

– Mon père est inspecteur de police.

– Je vois, je vois. Et vous, comment gagnez-vous votre pain quotidien ?

– Je suis dans la production télé.

– Tu vois la publicité pour la bière Molson, Papa ? Celle qui est si marrante ? A chaque fois, elle te fait rire. C'est Barney qui l'a produite.

– Bien, bien, bien… Le fils de Mr Bernard est avec nous, ma jolie, et il rêve de danser avec toi, seulement il est trop timide pour te demander. (Il la saisit fermement par le bras.) Vous connaissez les Gursky, monsieur… ?

– Panofsky.

– Nous sommes de bons amis à eux. Allez, mon cœur, viens.

– Non ! répliqua-t-elle en se dégageant violemment.

Elle m'arracha de ma chaise et me ramena sur la piste de danse.

Le caviar du pauvre, vous connaissez ? Eh bien, le père de ma fiancée s'avéra être l'exemple type du Wasp du Pauvre, du juif qui joue au patricien anglo-saxon. De la pointe de ses moustaches cirées au bout de ses chaussures Oxford, il avait tout faux. En temps normal, il affectionnait la cravate à rayures et le gilet jaune canari rehaussé d'une montre à chaîne en or dans le gousset. A la campagne, il ne quittait pas une canne en rotin et arborait des culottes bouffantes lorsqu'il jouait au golf avec Harvey Schwartz. Pour les dîners en sa demeure de Westmount, c'était une veste d'intérieur violette avec pantoufles assorties. En toute occasion, il passait son index sur ses lèvres luisantes comme s'il était perdu dans des considérations philosophiques de la plus haute importance. Son insupportable épouse, sans cesse affublée d'un pince-nez, avait la manie d'agiter une clochette de table à chaque fois que les convives avaient terminé un plat. La première fois où je fus leur invité, elle me reprit sur la manière dont je tenais ma cuillère à soupe et me fit la démonstration de l'utilisation correcte avec des airs de douairière londonienne.

Bien entendu, les dames se retiraient ensuite au salon pour prendre le café tandis que les messieurs s'attardaient à table et sirotaient du porto, la carafe circulant à gauche, ainsi que la bienséance le voulait. Là, le Wasp du Pauvre lançait un sujet de conversation approprié : « George Bernard Shaw a dit un jour que... » ou : « H.G. Wells soutient que... Alors, qu'en pensez-vous, chers amis ? »

Le vieux fou ne pouvait pas me voir, évidemment, mais pour être tout à fait honnête c'était un de ces pères maladivement possessifs, qui aurait été révolté à l'idée que même un Gursky puisse sauter sa fille. Non que nous en soyons arrivés à ce stade, soit dit en passant. Il se plaignit un jour devant elle :

– Ce garçon parle avec les mains. (Extrêmement embarrassant. Affreusement yid.) Je veux que tu cesses de le voir.

– Ah ouais ? Si c'est comme ça, je m'en vais. Je vais me louer un appartement.

Dans lequel le pauvre siphoné l'imagina aussitôt se faisant tringler matin, midi et soir.

– Non ! Tu ne t'en iras pas. Je ne t'empêcherai pas de le fréquenter. Mais mon devoir de père est de t'avertir que tu es en train de commettre une grave erreur. Il n'est pas de notre monde.

Si la suite des événements allait confirmer la justesse de cette mise en garde, il ne tenta cependant plus de s'interposer, par crainte de perdre pour de bon la prunelle de ses yeux. Un soir, il me convoqua dans la bibliothèque familiale.

– Je ne puis prétendre que cette union m'enchante. Vous êtes issu d'une famille obscure, vous n'avez aucune éducation et vos occupations sont vulgaires. Mais lorsque vous aurez contracté les liens du mariage, ma digne épouse et moi serons dans l'obligation morale de vous accepter parmi nous, ne serait-ce que pour le bien de notre chère fille.

– Eh bien, vous n'auriez pas pu le formuler plus aimablement.

– Les choses étant ce qu'elles sont, je me limiterai à une exigence, une seule. Ma digne épouse, comme vous le savez, fut l'une des premières étudiantes juives acceptées à McGill. Promotion 1922. Elle a été présidente de Hadassah, son nom figure au livre d'or de la mairie. Elle a été personnellement félicitée par notre Premier ministre pour le soutien qu'elle a apporté aux enfants britanniques évacués au Canada durant le dernier conflit mondial…

Oui, mais seulement après qu'il eut écrit, lui, pour quémander cette lettre de félicitations qui trônait désormais dans un cadre au salon.

– … C'est aussi une dame des plus sourcilleuse, et c'est pourquoi je vous serais reconnaissant, à l'avenir, de vous abstenir d'utiliser des formules malséantes pour émailler votre conversation à notre table. Je pense que ce n'est pas un effort démesuré que je demande là à votre personne.

A posteriori, le vieux grigou n'avait pas que des défauts, non. Capitaine d'infanterie au cours de la Seconde Guerre mondiale, décoré à deux reprises. Une remarque, en passant : l'amère vérité est que bien des personnages dont les esprits libres tels que moi se moquent ouvertement, officiers de carrière, petits matheux hâves, joueurs de golf suburbains, médiocres bien-pensants, pères-la-morale exaspérants, furent ceux qui partirent au front en 1939 et sauvèrent la civilisation occidentale, alors qu'un Auden par exemple, sous ses dehors d'antifasciste exalté, prit la fuite en Amérique dès que les barbares se retrouvèrent à sa porte*.

La réputation professionnelle de mon beau-père était sans tache. C'était un mari exemplaire, son dévouement paternel envers Mrs Panofsky II était total. Frappé par le cancer un an seulement après notre mariage, il se comporta au cours de ses derniers mois avec la dignité stoïque des héros de G.A. Henty[6] qu'il admirait tant. Malheureusement, mes relations avec mes beaux-parents s'étaient engagées sous de fâcheux auspices. Il y eut ainsi ma première rencontre avec la « digne épouse », un déjeuner à trois aux jardins du Ritz organisé par ma fiancée, qui m'avait longuement préparé à l'épreuve la veille tant elle était inquiète.

– Vous ne commanderez pas plus d'un verre avant qu'on soit servis, c'est clair ?

– Bien sûr.

– Et surtout, surtout, on ne siffle pas à table. Jamais, vous entendez, jamais ! Elle ne supporte pas.

---

* Tandis que je relisais le manuscrit de mon père, me limitant à corriger des erreurs factuelles et à compléter des noms, des lieux ou des dates laissés en pointillé lorsque sa mémoire l'avait trahi, j'étais aussi en train de commencer la lecture des souvenirs du Londres de l'après-guerre que nous a donnés Peter Vansittart dans son ouvrage, *In the Fifties* (John Murray, Londres, 1995). Quelle ne fut pas ma surprise en tombant sur ce passage, page 29 :

« En 1938, un colonel ranci que nous avions l'habitude de ridiculiser en affirmant qu'il avait perdu une jambe à Mons, une autre à Ypres, la troisième dans la bataille de la Marne et ce qui lui restait de tête dans la Somme, m'aboya dessus : « Votre mister Auden n'est peut-être pas un grand admirateur de Herr Hitler, mais est-ce qu'il partirait avec moi combattre ce corniaud ? » Nombre de ceux qu'Auden tournait en dérision, officiers, forts en thème pâlichons, joueurs de golf suburbains, minables bien-pensants, pères-la-morale attendrissants mais grotesques, furent ceux qui sauvèrent la civilisation occidentale. Et je ne pus continuer à le voir comme un antifasciste exalté lorsque, avec les barbares à nos portes, il préféra partir en Amérique. »

Je ne veux pas ajouter le plagiat aux multiples péchés dont mon père doit rendre compte, et je préfère donc penser que Kate a eu raison de soutenir qu'il ne pouvait s'agir que d'une erreur involontaire : « C'est certainement, dit-elle, que Papa a pris la remarque qu'il avait notée dans Vansittart pour une de ses propres idées alors qu'il feuilletait ses notes. »

– Mais je n'ai jamais sifflé à table de toute ma vie !

L'entrevue avait mal commencé, Mrs Wasp du Pauvre n'appréciant pas du tout l'endroit où l'on nous avait placés.

– J'aurais dû demander à mon mari d'effectuer la réservation.

La conversation s'était engagée péniblement, avec des silences tendus, moi très énervé par les questions que ma future belle-mère me posait sans ambages sur ma famille, mon passé, ma santé, mes projets, et pour lesquelles elle attendait des réponses immédiates. J'arrivai cependant à amener le débat sur un terrain plus confortable : le décès de Cecil B. De Mille, la superbe prestation de Cary Grant dans *La Mort aux trousses*, la tournée prochaine du ballet du Bolchoï… Sans exagérer, mon comportement fut en tout point exemplaire, jusqu'au moment où elle m'apprit qu'elle avait adoré *Exodus*, de Leon Uris : aussitôt, je me mis à siffler l'air de « Dixie ».

– Il… Il siffle à table !

– Qui ça ? demandai-je.

– Vous !

– Moi ? Jamais ! Oh, merde ! C'est vrai ?

– Il n'a pas fait exprès, Maman.

– Je vous demande pardon, bredouillai-je.

Mais à l'arrivée des cafés j'étais dans un tel état de nerfs que je me surpris à siffloter « Du rouge à lèvres sur ton col », un tube de l'année. Je m'arrêtai aussitôt, c'est-à-dire trop tard.

– Je… Je ne sais pas ce qui m'arrive, aujourd'hui.

Ma future belle-maman se leva d'un bond.

– J'aimerais m'acquitter de ma part, annonça-t-elle sèchement.

– Barney n'accepterait jamais !

– Nous venons souvent ici. Nous sommes connus. Mon mari laisse toujours un pourboire de douze et demi pour cent.

Puis vint le jour redouté où je fus obligé de présenter mon père à ma belle-famille. Ma mère, elle, n'était déjà plus dans la course à cette époque – elle n'y avait jamais été pour de bon, d'ailleurs : elle perdait de plus en plus l'esprit dans une maison de repos où elle avait couvert les murs de sa chambre de photos dédicacées de George Jessel, Ishkabibble, Walter Winchell, Jack Benny, Charlie McCarthy, Milton Berle, et des Marx Brothers, Groucho, Harpo et… le troisième, vous savez* ? Ça ne me revient pas tout de suite, tant pis. La dernière fois que j'étais allé lui rendre visite là-bas, elle m'avait certifié qu'un infirmier avait tenté de la violer. Elle m'appelait Shloime, du nom de son frère disparu. Après lui avoir juré qu'elle n'était pas empoisonnée, je lui avais donné de la glace au chocolat à la becquée. Le docteur Bernstein me certifia qu'elle était atteinte de la maladie d'Alzheimer mais que je n'avais pas de soucis à me faire car ce n'était pas forcément héréditaire.

En prévision de la première visite de Mr et Mrs Wasp du Pauvre à la maison, je traçai un S au stylo-bille sur le dos de ma main droite, pense-bête destiné à me rappeler que je ne devais surtout pas siffler. J'achetai aussi des livres appropriés que je laissai en évidence un peu partout : le dernier Harry Golden, une biographie de Herzl, le nouveau Herman Wouk, un *Israël Illustré*… J'achetai un gâteau au chocolat à la pâtisserie « Aux délices », remplis une corbeille de fruits, cachai les bouteilles d'alcool, déballai un affreux service à thé en porcelaine dont j'avais fait l'acquisition le matin même, dressai la table avec cinq serviettes en lin, passai l'aspirateur, retapai les coussins du canapé. Convaincu que sa mère trouverait le moyen d'aller jeter un coup d'œil à ma chambre, je l'inspectai à la loupe, traquant les cheveux qui pourraient ne pas être les miens. Puis je me brossai les dents pour la troisième fois dans l'espoir d'éliminer jusqu'à la dernière trace de whisky. Le digne couple et leur fille avaient déjà pris place lorsque mon père arriva enfin. Il était impeccable dans les vêtements que je lui avais choisis pour l'occasion chez Holt Renfrew, sinon qu'il avait ajouté à sa tenue une touche distinctive qui était un discret défi : son inévitable chapeau mou complété d'une queue de renard pendant ridiculement à l'arrière, assez fournie pour servir de plumeau. Il empestait l'eau de toilette Old Spice, aussi, et il était d'humeur à évoquer le bon vieux temps où il patrouillait à Chinatown : – On était des jeunes pistolets plutôt malins, si bien qu'on a vite appris deux trois mots de chinois, hein ? Quand ils faisaient leurs petites affaires,

* Chico. Il y avait d'ailleurs un quatrième frère, Zeppo, qui apparaît dans plusieurs de leurs films.

on montait sur les toits histoire de les surveiller. Et puis vous pouviez toujours savoir quand ils fumaient, vu qu'ils pendaient des couvertures mouillées aux fenêtres, rapport à l'odeur. Euh, Barney, tu me sers un scotch, s'te plaît ? avait-il demandé en repoussant sa tasse de thé.

– Je ne sais pas si j'ai ça, moi, soufflai-je entre mes dents tout en le fusillant du regard.

– Mais oui, et dis-moi aussi qu'il n'y a pas de charbon à Newcastle, rétorqua-t-il en prononçant le « t », ni de neige dans le Yukon !

Résigné, je lui apportai une bouteille et un verre.

– Et toi ? Tu ne bois pas, aujourd'hui ?

– Non.

– Bon. Lékhaïm !

Et il s'en expédia un bien tassé, me laissant la gorge sèche.

– C'est qu'y avait des gonzesses impliquées là-dedans, vous savez ? Oh que oui, y en avait, doux Jésus ! Vous prenez la famille canadienne-française de base aujourd'hui, je saurais pas trop dire mais à l'époque ils avaient tous dix, quinze mouflets, et rien à croûter, vous me suivez, donc ils envoyaient leurs petites là-bas, et une mettait l'autre dans le coup, ainsi de suite, et alors quoi ? Vous faisiez une descente, comme on disait, et vous trouviez quatre-cinq de ces Chinois-là avec quatre-cinq de ces filles-là, Jésus, jusqu'à les camer ils allaient ! A l'époque que je vous parle, il y avait de l'opium à la pelle, en veux-tu en voilà. Je cause de 1932, là, le temps où on n'avait qu'une seule caisse pour toute l'unité, une Ford deux places. (Il s'arrêta pour se claquer la cuisse.) Ah, trop marrant, quand on gaulait deux saligauds, on faisait quoi, alors ? On les balançait sur le capot, les menottes et hop, on démarre et on est partis ! On se les trimbalait comme ça, juste comme des chevreuils au retour de la chasse, vous voyez ?

– Mais il y avait le moteur, en dessous, s'inquiéta ma future épouse. Ce n'était pas chaud pour eux ?

– Oh, très loin on n'allait pas. Jusqu'au poste, pas plus. Et puis j'sentais rien, moi ! (Izzy émit un petit rire amusé.) C'était eux qui étaient dessus !

– Tout bien considéré, risquai-je sans oser regarder mes beaux-parents imminents, je vais me verser une larme, moi aussi.

Et j'attrapai la bouteille.

– Vous êtes sûr, chéri ?

– Je me sens au bord d'un mauvais rhume, oui.

Aussitôt, Izzy se racla la gorge et expédia une giclée de glaire dans une de mes serviettes en lin toutes neuves. Merveilleux. Alarmé par le bruit qu'elle avait produit en reposant sa tasse dans la soucoupe, je lançai un coup inquiet à celle qui devait devenir ma belle-mère.

– On arrêtait un gus, on le traînait au sous-sol pour le cuisiner, si vous voyez ce que je veux dire.

– Mais vous n'exerciez tout de même pas de violences gratuites sur des délinquants présumés, n'est-ce pas, inspecteur Panofsky ?

Izzy parut interloqué.

– « Gratuites » ?

– Injustifiées, lui soufflai-je.

– Ah ! Oh non, m'sieur, que dalle ! Ça, je réprouvais totalement, totalement ! Mais voyez-vous, la nature humaine est ainsi faite, hein ? Un jeune, ça a le sang chaud, vous lui donnez de l'autorité et tout de suite il aime bien bousculer les gens. Mais moi non, attention, même jeune, moi non. Parce que je m'appelais Panofsky, vous comprenez ?

– Mais alors, vous-même, comment vous y preniez-vous pour faire parler les suspects, inspecteur ? s'enquit Mr Wasp du Pauvre sans quitter des yeux sa fille, comme s'il était en train de lui dire : « Es-tu vraiment prête à t'allier à pareille famille ? »

– J'avais mes méthodes à moi, voilà comment.

– Comme le temps passe, mon Dieu ! m'exclamai-je en consultant ma montre avec insistance. Presque six heures, déjà…

– Vous leur faites sentir la loi sur eux, voilà comment vous faites. Ils veulent toujours pas parler ? Vous les emmenez en bas.

– Et là, qu'obteniez-vous, inspecteur ?

– Eh bien, on a ce type-là dans la cave, on claque la foutue porte et on se met à faire voler les chaises autour de lui. Histoire de lui foutre la trouille, vous me suivez ? Peut-être que je lui marche sur le pied, même. « Allez, crache ! » je beugle.

– Et si, par extraordinaire, c'est une femme que vous avez à conduire « en bas » ?

– Ça, j'ai pas souvenir… Franchement, vous pouvez me croire, je me rappelle pas avoir jamais cogné une femme. Jamais eu l'occasion. Mais un petit dur, ça, par contre, je peux vous citer pas mal d'exemples où…

– Papa, tu peux me donner cette bouteille, je te prie ?

– Oh, chéri, est-ce que vous devez vraiment ?

– Laissez-moi que je vous en donne un autre, d'exemple. En 51, c'était. J'enquête sur ces apprentis rabbins barbus qui se font latter par tous ces voyous à la sortie de leur école, sur l'avenue du Park. Juste parce qu'ils étaient juifs, hein ? Enfin, ces voyous-là, ils voient des gens comme vous et ils se disent pas forcément, tiens, des yids, parce qu'on n'en a pas trop l'air, nous autres, on est discrets, tandis que s'ils tombent sur les types comme ça, habillés de cette manière et tout ça… Bon, leur chef, un plouc de Hongrois à peine débarqué du bateau, je le coince et je l'amène au poste 17 pour regarder un peu ce qu'il avait dans le ventre. Il avait de ces bottes, oh, de ces grosses bottes-là, dures comme tout ! Bon, je ferme la porte. Comment qu'tu t'appelles, j'y dis. Je m'en fous de tous vous autres, qu'il répond avec cet accent qu'ils ont, cette manière de parler pas possible. Alors, je lui en donne une bonne, oui m'sieur. Il tombe par terre. Dans les pommes, il était ! Jésus-Christ, j'ai cru qu'il allait passer l'arme à gauche. Je lui fais la respiration artificielle, je lui fais. Et vous savez ce que j'avais dans la tête, à ce moment ? Vlam, les gros titres : UN POLICIER JUIF TUE… S'il était mort, quoi ! Alors j'appelle une ambulance vite vite et on l'expédie à…

Alors qu'il s'essuyait la bouche du revers de la main et s'apprêtait à se lancer dans « un autre d'exemple », je fus contraint à prendre une mesure d'urgence : je me mis à siffloter. Mais cette fois, par égard pour ma future belle-maman, je choisis quelque chose de raffiné, l'air de « Donna è mobile » dans *Rigoletto*. Cela suffit à les faire décamper sur-le-champ, avec ma promise dans leur sillage. Après leur départ précipité, Izzy s'exclama :

– Viens que je te félicite ! Ils sont très, très bien, ces gens. Chaleureux. Intelligents. Un vrai plaisir de faire la causette avec eux. Comment j'ai été ?

– Je crois que tu as produit une impression inoubliable.

– Je suis content que tu m'aies demandé de venir voir un peu qui c'était. Hé, j'ai pas été flic toutes ces années pour rien ! Ils sont bourrés aux as, je peux te le dire. Réclame la dot, mon fils !

5

Bisque bisque rage[7] ! En voici une excellente, dégottée dans le *Globe and Mail* de ce matin :

SURSIS POUR L'EPOUSE « DEVOUEE »
QUI TUE SON MARI
Après 49 ans de mariage, son conjoint malade était devenu un « insupportable fardeau »

« Une femme de soixante-quinze ans qui avait exécuté son mari gravement malade peu après leurs noces d'or a été remise en liberté par la Haute Cour d'Edimbourg hier. »

La pauvre chérie a été condamnée à deux ans de mise à l'épreuve après avoir avoué qu'elle avait étouffé son époux sous un oreiller à leur domicile en juin dernier, puis qu'elle avait tenté de mettre fin à ses jours en absorbant une dose massive de tranquillisants. Le tribunal a reconnu qu'elle avait été une « épouse dévouée et aimante » durant quarante-neuf années. Mais depuis que son grincheux de mari avait eu le mauvais goût d'être frappé par une maousse crise cardiaque ainsi qu'une déficience rénale chronique les soins qu'il exigeait avaient fini par plonger la dame dans la dépression. Tsss, tsss, si ce n'est pas malheureux… D'après son avocat, le vieux cacochyme était devenu un « fardeau de plus en plus insupportable » pour elle. La nuit du meurtre, a-t-il précisé, il s'était levé de son lit et avait refusé de se recoucher quand elle lui en avait intimé l'ordre. Elle l'avait donc giflé et lorsqu'il s'était affalé par terre, elle avait pressé un oreiller sur son visage jusqu'à suffocation. Le procureur s'est dit convaincu qu'il n'aurait pas été justifié d'imposer une peine de prison ferme. « C'est un cas réellement tragique », a-t-il estimé dans ses conclusions. « Vous vous êtes retrouvée, madame, face à une situation que vous ne pouviez plus assumer. Il est clair que vous avez commis ce crime à un moment où vous étiez en proie à un déséquilibre dépressif dû aux écrasantes obligations qui pesaient sur vous. »

Cette poignante histoire de grand amour déraillant entre deux vieilles peaux m'ayant soudain remis en mémoire l'un de mes rares potes septuagénaires encore en vie, je suis sorti l'après-midi même acheter une boîte de chocolats belges artisanaux à Westmount Square et je suis parti rendre visite à Irv Nussbaum, qui malgré ses soixante-dix-neuf ans restait aussi battant que jadis et continuait à prendre une part active aux affaires communautaires. Irv, que Dieu le bénisse, se rongeait d'angoisse pour notre peuple, comme d'habitude, mais le prochain référendum arrivait en première place dans ses préoccupations. La veille seulement, le plus enragé des sbires de la Fouine avait prévenu “les autres” que si nous avions le malheur de voter « non » en masse, nous nous exposerions à une sévère punition.

– C'est une excellente nouvelle, ça ! s'est réjoui Irv. Rien qu'en disant ça, ce connard a dû décider encore un bon millier de juifs à faire leurs valises. Pourvu seulement qu'ils choisissent Tel-Aviv et non Toronto ou Vancouver, maintenant…

– Que va-t-on faire de toi, Irv ? Tu es vraiment un vieillard impossible.

– Tu te souviens de quand on était jeunes et que les pepsis* descendaient le boulevard Saint-Laurent en hurlant « Mort aux juifs ! » et qu'en lisant *Le Devoir* on avait l'impression d'avoir le torchon de Julius Streicher sous les yeux ? Tu te rappelles l'époque de tous ces hôtels interdits aux juifs dans les Laurentides, où un juif ne pouvait

* Le terme est offensant. En argot, il désigne les Canadiens français, qui avaient la réputation de boire du Pepsi-Cola au petit déjeuner.

même pas décrocher un poste d'employé de banque, sans parler d'une fiancée non juive ? Oh, on a été assez fous pour se battre contre tout ça, nous. On a combattu les discriminations pied à pied. Mais après coup tu vois que c'était une bénédiction, l'antisémitisme, si tu te soucies autant que moi d'Israël et de la survie de notre peuple.

– Tu penses qu'on devrait réclamer la reprise des pogroms ?

– Oh, oh, oh ! On blague pas, là ! D'accord, maintenant nous sommes acceptés et même bien accueillis à peu près partout, et nos jeunes trouvent tout à fait normal de marier une shiksa. Regarde un peu autour de toi, dis ! De nos jours, il y a des juifs au conseil d'administration des banques, à la Cour suprême et jusque dans le gouvernement d'Ottawa. Ce suppôt de Gursky, là, Harvey Schwartz, il siège au Sénat. Le gros problème avec l'Holocauste, c'est qu'il a rendu l'antisémitisme démodé. Hé, c'est que le monde entier marche sur la tête ! Je veux dire, aujourd'hui tu es un ivrogne mais c'est quoi ? Une maladie. Tu zigouilles tes parents en te glissant derrière eux et en leur faisant sauter le caisson à la carabine, comme ces deux petits merdeux en Californie, et c'est quoi que la société doit te donner ? De la « compréhension ». Tu tranches la gorge à ta femme et tu t'en sors peinard parce que tu es noir, euh, pardon, « africain-américain ». Tu es homosexuel, mais tu exiges que ton mariage soit célébré par un rabbin. Jadis, c'était l'amour qui n'osait pas dire son nom mais tu sais ce qui n'ose pas montrer son visage, désormais ? L'antisémitisme. Ecoute-moi bien, mon brave ami : nous n'avons pas survécu à Hitler juste pour que nos enfants puissent s'assimiler et que le peuple juif disparaisse… Dis-moi une chose : tu penses que Duddy Kravitz va se faire acquitter, cette fois-ci ?

– Le délit d'initié, ce n'est pas évident à prouver.

La dernière fois que je suis tombé sur Duddy, c'était à l'aéroport de Toronto. Il était flanqué d'une secrétaire au corps de rêve.

– Hé, Panofsky ! Tu vas à Londres, viens, on s'assoit ensemble !

– En fait, je pars pour New York, attraper le Concorde, l'ai-je informé en m'empressant de préciser que ce n'était pas moi qui payais le billet, mais la MCA.

– Quoi, tu crois que je ne peux pas m'offrir le Concorde, moi ?

Schmoque ! Je l'ai pris, le Concorde, et je l'aime pas. Tu montes là-dedans et tout le monde pèse des millions. Non, D.K., lui, il prend le 747 au départ de Montréal, première classe, comme ça quand je me balade en club et en éco je croise tous ces cons qui me regardaient de haut avant et ils peuvent voir où je suis arrivé, et ils s'étouffent avec !

Irv a poursuivi :

– J'en suis même venu à espérer que leur putain de Parti québécois remporte le référendum cette fois-ci et flanque une trouille pas possible aux juifs qui restent encore ici. Seulement, je veux qu'ils se tirent à Tel-Aviv, ou à Haïfa, ou à Jérusalem, pas ailleurs. Oui mon vieux ! Avant qu'Israël ne se retrouve envahi par les Noirs d'Ethiopie et par tous ces immigrés russes qui ne sont même pas juifs, pour la plupart. Parce que, oh ! Sept cent cinquante mille immigrés de Russie ! Le temps de dire ouf et Israël sera un pays goy de plus sur terre. Quoique, en fait, les Israéliens sont les seuls antisémites sur lesquels on puisse encore compter, de nos jours. Inutile de se raconter des histoires : ils vomissent les juifs de la Diaspora. Là-bas, tu as le malheur de prononcer un seul mot de yiddish et ils veulent te balancer aux chiottes. « Ah, vous devez encore être un de ces juifs du ghetto… » Après toutes ces années de souscriptions et de shmatscriptions, je ne sais pas moi, je dois bien leur avoir fait sortir cinquante millions d'ici depuis le temps, mais quand je vais là-bas ils me disent que je suis un mauvais juif parce que mes enfants n'ont pas fait leur aliya et ne font pas leur service en première ligne sur le Golan.

Une annotation dans le Grand Livre des Paradoxes de Panofsky, maintenant.

Ma première femme, Clara, qui se souciait des autres femmes comme d'une guigne, a été canonisée sainte du féminisme de manière posthume. Mais c'est Mrs Panofsky II, cette yenta dont le souhait le plus cher reste de me voir emprisonné pour meurtre, qui est désormais la militante féministe par excellence. D'après mes renseignements, elle se joint à six autres épouses délaissées à chaque fête de Pâque et ces Boadicée des temps modernes célèbrent un seder strictement féminin. Elles commencent par consacrer le vin au nom de la Shekinah, le principe femelle de la divinité d'après la kabbale. Puis, levant le plateau chargé des pains azymes, elles entonnent :

Voici le plateau du seder
Il est plat comme plates sont les femmes,
Plates dans le relief de l'histoire…

Ensuite, elles poursuivent la récitation en ces termes :

Pourquoi nos mères ont eu le cœur lourd en cette nuit ?
Parce qu'elles ont préparé, mais non célébré.
Parce qu'elles ont servi, mais non conduit.
Parce qu'elles ont lu la geste de leurs pères, mais non celle de leurs mères.

Selon les amazones qui ont conçu cette caricature de Haggadah, Miriam, la sœur de Moïse, a toujours été brimée. Où trouve-t-on l'épisode du puits de Miriam dans l'Exode, ainsi ? Coupé au montage, carrément ! Pourtant, selon une légende rabbinique, c'est en l'honneur de Miriam qu'un puits d'eau douce suivit les enfants d'Israël à travers le désert. Et à sa mort il se tarit et disparut.

La fille de Rabbi Gamaliel a dit : « Il y a de l'injustice dans notre héritage. Au milieu du désert, Miriam et Aaron ont demandé : Est-il le seul à qui le Seigneur ait parlé, Moïse ? Ne nous a-t-il pas parlé, à nous aussi ? Alors le Seigneur passa parmi eux et laissa Miriam blanche de lèpre mais Aaron intact. Miriam fut traitée comme une fille ingrate dont le père cracherait au visage et lui interdirait l'entrée de la tente sept jours durant, le temps qu'elle soit pardonnée. »

Miriam, Miriam, flamme de mon cœur. Je crache au visage de Blair, mais pas au tien, jamais.

C'est son anniversaire, aujourd'hui. Le soixantième. Si elle était encore avec moi, elle aurait eu son petit déjeuner au lit : champagne Cristal Roederer, caviar béluga, sans parler du bouquet de soixante roses et de la lingerie de soie, aussi élégante que mutine, et peut-être encore ce tour de cou en perles hors de prix que j'ai vu chez Birk's. A la place, j'imagine que Herr Doktor Professor Hopper aura fait des folies pour lui offrir un détecteur de pollution de l'air (à piles), ou disons une paire de chaussures plates garanties sans cuir animal… Non, je sais ! Ce sera un disque de chants de baleine. Aaaw, aaaw, aaaw.

J'étais censé avoir rendez-vous à déjeuner mais je ne me rappelais ni où, ni avec qui, et je n'ai pas osé téléphoner à Chantal pour vérifier avec elle. Elle est déjà bien assez soupçonneuse au sujet de mes trous de mémoire occasionnels, qui n'ont absolument rien de grave. A mon âge, c'est courant. Donc, j'ai appelé Le Mas des Oliviers en demandant s'il y avait une réservation à mon nom. Pas du tout. A L'Express non plus. Ni au Ritz. C'est alors que le téléphone a sonné. Chantal.

– C'était pour vous rappeler que vous avez un déjeuner, aujourd'hui. Vous vous souvenez de l'endroit ?

– Bien entendu ! Ne sois pas impertinente !

– Et avec qui ?

– Chantal ! Je pourrais te licencier sur-le-champ, tu le sais ?

– Bon, c'est avec Norman Freedman, à une heure chez Moishe's. Ou bien non, je mens, c'est avec ma mère, Chez Gauthier. Enfin, puisque vous n'avez pas oublié, c'est parfait. Alors à plus !

Norman Freedman avait fait partie des quelque deux cents invités à ma réception de mariage au Ritz-Carlton. Smokings, robes de soirée. Boogie shooté, moi pété, et d'humeur massacrante en pensant à ma bonne place au Forum. Zut, zut et zut. Les « Canadiens » risquaient de rafler leur quatrième Coupe Stanley d'affilée sans que je ne sois là. Mais enfin, il fallait se résigner : au moment où je m'étais rendu compte de cette fâcheuse concordance de dates, il était déjà trop tard pour reculer les noces. Et pourtant, rappelez-vous, le "Club de hockey Canadien" cru 1959 fut l'une des meilleures équipes de tous les temps. Méditez un peu cette sélection : Jacques Plante gardant les buts, Doug Harvey, Tom Johnson et Jean-Guy Talbot s'occupant de la ligne bleue et, à l'avant, Maurice et Henri Richard, Bernie Geoffrion, Dickie Moore, Phil Goyette, Ab McDonald et Ralph Backstrom. Hélas, hélas, les

« Canadiens » étaient privés de leur grand stratège pour les finales de la Coupe Stanley, Jean Béliveau, dit le Gros Bill, qui avait fait une mauvaise chute lors de la troisième partie contre Chicago en demi-finale et n'avait donc pu terminer la saison.

A peine avions-nous été déclarés mari et femme que j'ai embrassé la jeune mariée et que j'ai foncé droit au bar.

– Quel est le score ?

– Mahovlich fut puni pour double échec il y a quelques minutes et Backstrom a marqué*, m'a appris le barman. Donc on en est un à rien, mais c'est encore le début du match. L'absence de Béliveau se fait sacrément sentir.

Je me sentais affreusement mal à l'aise au milieu de tous ces inconnus et je broyais du noir lorsque, soudain, tout s'est illuminé. A l'autre bout de la salle bondée, ainsi que Howard Keel l'a jadis meuglé**, se tenait la femme la plus ravissante qu'il m'avait été donné de voir jusqu'à ce jour. De longs cheveux aussi noirs que l'aile du corbeau, des yeux bleus saisissants, une peau ivoirine, elle portait une robe de cocktail en mousseline de soie bleue et se déplaçait avec une grâce incroyable. Oh, ce visage à l'incomparable beauté ! Oh, ces épaules découvertes ! Mon cœur s'est enflammé à sa seule vue.

– Qui est cette fille avec laquelle Myer Cohen est en train de parler ? ai-je demandé à Irv.

– Honte sur toi ! Ne me dis pas qu'au bout d'une heure de mariage tu commences déjà à reluquer les étrangères !

– Ne sois pas idiot, voyons. C'est par simple curiosité.

– Je ne me rappelle plus comment elle s'appelle, mais ce que je sais, c'est que Harry Kastner a essayé de l'emballer il y a peut-être une demi-heure et que ce qu'elle lui a dit, je l'ignore, mais je l'ai vu devenir tout pâle, le type. Elle a la langue bien affûtée, cette petite. Elle vit à Toronto depuis la mort de ses parents, je sais ça aussi.

---

* Backstrom marqua à la quatrième minute, douze secondes de jeu, sur une passe de Geoffrion puis Moore.

** En fait, c'était Ezio Pinza dans *South Pacific*, qui resta quatre ans et neuf mois à l'affiche à Broadway.

Absolument exquise, elle était maintenant seule, mais toujours très à l'aise. Myer Cohen congédié, un autre soupirant était parti lui chercher une coupe de champagne. Lorsqu'elle a croisé mon regard et compris que c'était sur elle qu'il insistait tant, elle a détourné ses yeux bleus, ces yeux à se damner, elle a reculé et s'est mêlée à un groupe dans lequel figurait l'ignoble McIver. Je n'étais pas le seul à l'observer, loin de là. Maigrelettes à épaules anguleuses ou boulottes comprimées dans leur corset, les dames la toisaient avec une envieuse désapprobation. Et puis Mrs Panofsky II m'est tombée dessus au sortir d'une danse avec Boogie.

– Ton ami est tellement mélancolique, tellement vulnérable, m'a-t-elle déclaré. J'aimerais que nous puissions faire quelque chose pour lui.

– Il n'y a rien à faire.

– Je crois que tu devrais aller là-bas parler un peu à ton camarade Terry McIver. Il a l'air tout perdu, le pauvre.

– Qu'il aille se faire foutre.

– Chuuut ! Mon grand-père est assis à la table juste derrière nous ! Quoi, tu ne l'avais pas invité, McIver ?

– Terry vient à tous mes mariages.

– Oh, charmant, délicieux ! Pourquoi tu ne bois pas encore un ou deux verres ? Ton père est déjà pompette, je te préviens, et si jamais il se lance encore dans une de ses histoires ma mère va mourir de honte.

– Bon, dis-moi qui est la femme avec ce foutu Gordon Lipschitz, là-bas ? Bon sang, il a l'air de vouloir lui sauter dessus !

– Oh, « elle » ? Laisse tomber, Casanova. Tu n'es pas assez bon pour elle. Maintenant, tu veux bien intervenir, pour ton père ? Tiens, mets ça dans ta poche.

– Qu'est-ce que c'est ?

– Un chèque de cinq cents dollars, cadeau de Lou Singer. Et puis j'ai horreur d'être lourde mais je pense vraiment que tu as assez bu.

– Qu'est-ce que ça veut dire, je ne suis pas assez bon pour elle ?

– Ça veut dire que si j'avais su qu'elle nous honorerait de sa présence, j'aurais déroulé le tapis rouge. Ne me dis pas que tu la trouves jolie, quand même ?

– Certainement pas, ma chérie.

– Je parie qu'elle chausse du quarante-cinq et que, même comme ça, elle doit avoir mal aux doigts de pied. Elle s'appelle Miriam Greenberg. On était à McGill ensemble. Elle a eu une bourse d'études, ce qui était bien pour elle parce que, autrement, je ne vois pas avec quoi elle aurait payé la fac. Son père était employé dans la confection, sa mère petite main pour une couturière. Avec ses grands airs, on ne dirait pas, mais elle a passé son enfance dans un de ces appartements sans eau chaude de la rue Rachel. Mon oncle Fred en possédait tout un tas, dans le temps, et il disait qu'il est plus facile de tirer de l'eau d'une pierre que de percevoir un loyer de ce genre d'individus. Ils étaient capables de disparaître du jour au lendemain plutôt que de payer. Les poursuivre en justice ? Tu parles ! Il m'adorait, oncle Fred. « Un de ces jours, je vais te kidnapper », il me disait souvent. Les garçons de l'association universitaire voulaient que Miriam Greenberg soit la reine du carnaval d'hiver. Dieu sait qu'elle n'a rien de séduisant – ces pieds qu'elle a ! –, mais enfin, ça aurait été la première fois qu'une fille juive aurait eu cet honneur. Elle a refusé. Une Bess Myerson a accepté d'être Miss America, et avec plaisir encore, seulement elle n'était pas une, hem hem, « intellectuelle », Bess. Elle ne se ramenait pas en cours avec la *Partisan Review* ou la *New Republic*, avec des airs de conspiratrice mais en s'arrangeant bien pour que tout le monde voie qu'elle lisait des choses aussi sérieuses. Ouais, ouais… Enfin, je mets ma main au feu que si on avait inspecté sa chambre on aurait découvert qu'elle collectionnait *Cosmopolitan*, aussi. Ou bien, un jeune pianiste donnait son premier concert au Moyse Hall, un type connu ni d'Eve ni d'Adam, et elle était toujours là, sur la scène, toujours avec la même petite robe noire, genre achetée aux soldes d'Eaton's, à lui tourner les pages de sa partition. La grande affaire ! Maintenant, elle est à Toronto, elle cherche un job à la radio. Avec la voix qu'elle se paie, il lui faut de l'espoir. Ton père est de nouveau au bar. Il est en train de parler au docteur Mendelsohn. Fais quelque chose !

– Miriam comment, tu as dit ?

– Greenberg. Tu veux que je te la présente ?

– Non. Viens, on va danser.

– Le barman essaie de te dire quelque chose, j'ai l'impression.

– Ah oui, je lui avais demandé de me prévenir s'il avait un problème pour… Excuse-moi. Je reviens tout de suite.

– La première période est terminée, m'a annoncé mon informateur. Nous menons trois à rien. Geoffrion et Johnson* ont marqué. Il a pas l'air à l'aise devant leurs filets, le Bower !

– Ouais, mais maintenant ils vont se relâcher et laisser Toronto leur tomber dessus. Mahovlich ou Duff peuvent encore faire de sacrés ravages.

Entraînant la jeune mariée sur la piste, je me suis débrouillé pour la guider discrètement vers Miriam, qui dansait avec McIver. Nous nous sommes approchés assez près pour que je puisse humer son subtil parfum et le graver dans ma mémoire. Une touche de *Joy* sur les tempes, le creux des genoux et l'ourlet de la robe, ainsi que j'allais l'apprendre plus tard. Un jour, bien des années après, alors que j'étais au lit avec elle et que je languotais le contenu de mon verre de cognac que je venais de lui verser sur les seins, je lui ai dit : « Sais-tu que si tu avais vraiment, vraiment eu l'intention de m'ensorceler le soir de mes noces, perverse que tu es, ce n'est pas *Joy* que tu te serais mis, mais tu te serais aspergée d'*Essence de Viande Fumée*. C'est un aphrodisiaque surpuissant, à base d'épices que l'on ne trouve que chez Schwartz's. Je vais l'appeler *Nectar de Judée* et déposer la marque. » Mais ce fameux soir je ne lui dis que « Oh, pardon », après l'avoir bousculée par inadvertance.

Et là, Mrs Panofsky II m'a soufflé :

– Que je n'apprenne pas que tu es encore allé demander le score du match de hockey à ce barman là-bas. Ceci est notre nuit de noces, quand même. C'est extrêmement blessant.

* Le but de Geoffrion se produisit à la treizième minute et quarante-deux secondes, sur passes de Backstrom et Harvey. Celui de Johnson à seize minutes et vingt-six secondes, sur une passe de Backstrom.

– Je ne recommencerai pas, ai-je menti.

– Oh, mon Dieu ! Ton père s'est assis à la table du rabbin ! s'est-elle exclamée en me poussant dans cette direction.

Il était trop tard, malheureusement. En plus du rabbin et de sa femme, les Huberman, Jenny Roth, le docteur Mendelsohn et sa bourgeoise, ainsi que d'autres convives que je ne connaissais pas, douze personnes en tout étaient déjà tétanisées par un Izzy Panofsky fortement imbibé mais d'une éloquence intarissable.

– C'est quand je faisais les mœurs que j'ai appris à connaître et à apprécier les madames, pérorait-il. Des Parisiennes pour de vrai, certaines, et toutes très gentilles. Il y avait quinze à vingt-cinq filles dans chaque taule, et dès que vous arriviez la patronne ouvrait une porte et elle disait : « Ces demoiselles au salon ! » et alors elles arrivaient toutes et vous n'aviez qu'à choisir qui que vous vouliez.

– Puis-je vous rappeler qu'il y a des dames présentes à cette table ? est intervenu le rabbin de sa voix onctueuse.

– Ouais, et alors ? Elles ont toutes dépassé les vingt et un ans, à ce que j'vois. Facilement, même ! Oh, c'était juste pour plaisanter, mes jolies ! Personne ne restait la nuit entière, la cadence aurait pas permis ça, si vous voyez ce que j'veux dire. Et la décoration ! Il y en avait de très élégants, de ces claques.

– Papa, j'aimerais te dire un mot.

– Si c'était propre ? Monsieur le rabbin, vous auriez pu lécher par terre ! Et puis ces beaux plumards qu'elles avaient, et tout était systématiquement… Vous me suivez ? Il y avait une grande bassine dans chaque chambre, et dès que vous étiez entré elle vous lavait votre machin pour vous.

– Papa ? La jeune mariée voudrait danser avec toi.

– Tu m'interromps, Barney.

– Excusez-moi, a jeté la femme du rabbin en se levant, imitée à contrecœur par deux autres dames.

– Bon, en c'temps-là c'était un dollar la passe, et là-dessus la fille elle devait payer pour le savon, pour la serviette, et ensuite reverser la moitié pour avoir le droit de travailler là. Et puis il y avait tous ces colporteurs qui passaient par chez elles, des petits malins qui leur vendaient des trucs… Hé, doc, vous avez pas dit que c'était Mendelsohn que vous vous appeliez ?

– Tu viens danser, Bessie ?

– Minute, doc ! Z'êtes fringant, mais minute. Shmul Mendelsohn, ouais. On l'appelait « Main baladeuse », nous, vu que… Bon, pas besoin de faire un dessin, je pense ! (Un clin d'œil.) Le colporteur. C'était votre paternel, alors ?

– Je viens, a hoqueté Bessie.

J'ai enfin réussi à déloger mon père de sa chaise et à le tirer jusqu'au bar, où ma première initiative a été de demander des nouvelles de la deuxième période.

– Geoffrion en a casé encore un entre les jambières de Bower et puis Bonin en a frappé un bien raide.

– Hé, mais ça doit lui faire son dixième but dans les éliminatoires, ça !

– Bien vu. Seulement, Doug Harvey a été collé au banc pour faute et là Pulford a marqué*. Donc, c'est cinq à un pour nos gars.

– Moi qui pensais que c'serait tous des snobinards, ici ! a déclaré mon père. Mais non, ils sont très sympas, au bout du compte. Mon vieux, quelle pinte de bon sang j'me paie… Qu'est-ce qui te fait rire, toi ?

– Viens par là, ai-je répondu en l'attirant dans mes bras.

Les sourcils levés, il m'a pris la main et l'a appuyée contre l'arme de service qu'il portait à la hanche. Le revolver qui devait causer ma perte. Ou presque.

– Je sors plus à poil nulle part, m'a-t-il chuchoté. Quelqu'un te cherche des ennuis, tu me dis et je l'volatilise, le p'tit con.

Ce point clarifié, nous avons reposé nos verres sur le comptoir, père et fils au coude à coude, et demandé que la fortifiante liqueur les remplisse à nouveau. Le barman nous regardait en se grattant la tête.

---

* En réalité, ce fut Pulford qui marqua le premier dans la deuxième période, assisté par Armstrong et Brewer, à quatre minutes vingt-sept. Bonin ensuite, à neuf minutes cinquante-six sur des passes de Henry Richard et de Doug Harvey, et Geoffrion à dix-neuf minutes vingt-six sur des passes de Backstrom et de Johnson.

– Désolé, m'sieur, mais votre légitime et votre beau-père sont juste venus me trouver il y a un instant. Plus une goutte ni à l'un ni à l'autre, c'est la consigne.

Farfouillant à la recherche de son portefeuille, Izzy en a retiré son badge et le lui a brandi sous le nez.

– Vous causez à un représentant de la loi, oh !

Sans chercher à discuter, je me suis penché par-dessus le comptoir pour saisir la bouteille de Johnny Walker Carte Noire la plus proche et nous en verser deux bien tassés.

– Où est-il, l'imbuvable connard ? ai-je lancé.

– Hé, je suis à la fête, moi ! a plaidé mon père. Ne me la gâche pas. Evite les scandales.

J'ai trouvé le beau-papa en train de pontifier devant une tablée de huit invités.

– Seigneur, quels fous nous sommes, nous, les mortels, a écrit quelque part Shakespeare. Et comme il avait raison, le Barde d'Avon ! Car enfin, messieurs, nous voici réunis en une amène discussion, à méditer sur l'humaine condition et sur notre bref passage dans cette vallée de larmes, à échanger plaisamment des idées, entourés par nos proches et nos plus fidèles amis. Et tandis que nous conversons ici tout en goûtant aux fruits de la vigne avec la modération qui s'impose, là-bas, au Forum, il est quelque dix-sept mille âmes en peine qui hurlent de tous leurs poumons en cet instant même, leur esprit limité entièrement accaparé par les circonvolutions d'un petit disque de caoutchouc noir sur la glace, que se passent, se repassent, se disputent, s'arrachent des êtres qui n'ont jamais lu Tolstoï ni écouté une symphonie de Beethoven. Ne conviendrez-vous pas avec moi qu'il y a de quoi désespérer de l'humanité, et que...

– Pardon, mais il doit y avoir erreur. Le barman me dit que vous lui avez ordonné de ne plus nous servir à boire, ni à mon père, ni à moi.

– Aucune erreur, jeune homme. Ma fille est en larmes. En larmes, à sa soirée de mariage ! Quant à votre estimé géniteur, jeune homme, il a gravement perturbé l'épouse du rabbin. Et à cause de lui, mes très chers amis les Mendelsohn ont dû se retirer en toute hâte.

– Le père du docteur Mendelsohn était un colporteur qui avait l'habitude de tripoter les filles dans les maisons de passe.

– Tiens donc. Mrs Mendelsohn, je vous le ferai savoir, est une Gursky. Quelqu'un devrait reconduire votre père chez lui avant qu'il ne raconte d'autres révoltantes anecdotes, ou qu'il ne s'étale de tout son long.

– Si qui que ce soit le fait partir, je m'en vais avec lui.

– Comment osez-vous imposer de pareils… de pareils… Bien, je lâche le mot, de pareils voyous à ma famille et à mes relations ? Ce jeune écervelé, là-bas (il désignait du doigt McIver, assis seul à une table en train de griffonner), engage la conversation avec mes hôtes puis se retire dans un coin pour prendre des notes. Et celui-ci (il montrait Boogie, cette fois) a été surpris à une coiffeuse dans les toilettes des dames en train d'aspirer je ne sais quelle substance avec une paille dans la narine. Les toilettes des dames, imaginez-vous !

D'autres récriminations ont suivi mais je n'écoutais plus car soudain il y a eu Miriam dans mon champ de vision, Miriam à nouveau encerclée d'admirateurs et vers laquelle je me suis dirigé avec un sourire dément. Comme la salle s'était mise à tanguer et à rouler, j'ai invoqué mon pied marin et j'ai mis le cap droit sur elle, écartant les fâcheux du cigare allumé que je moulinais à bout de bras et dont le bout incandescent inspirait une peur salutaire.

– Nous n'avons pas été présentés.

– Je suis si négligente. Mais vous, vous êtes le jeune marié. Mazel tov !

– Ouais. Peut-être.

– Je crois que vous feriez mieux de vous asseoir, a-t-elle constaté en me guidant à la première chaise libre.

– Vous aussi.

– Une minute, alors. Il est tard. J'ai entendu dire que vous étiez dans la production de téléfilms.

– Productions d'utilité théorique.

– C'est dur.

– C'est comme ça qu'elle s'appelle, ma société.

– Pas possible ?

Et là, pincez-moi, retenez-moi, j'ai eu droit à un petit sourire. Oh, ces fossettes ! Oh, ces yeux bleus à se damner ! Oh, ces épaules découvertes !

– Vous voulez bien que je vous pose une question personnelle ?

– Dites voir !

– Quelle pointure vous faites ?

– Trente-huit. Pourquoi ?

– Je vais souvent à Toronto. On pourrait dîner ensemble, un de ces soirs ?

– Je ne pense pas.

– J'aimerais beaucoup.

– Ce n'est pas une bonne idée, a-t-elle coupé en essayant de s'esquiver.

Mais je l'ai attrapée par le coude et forcée à se rasseoir.

– J'ai deux billets d'avion pour Paris dans la poche de ma veste. Départ demain. Venez avec moi.

– On s'arrête pour dire un petit au revoir à votre épouse en partant ?

– Vous êtes la plus belle femme que j'aie jamais vue.

– Votre beau-père ne nous quitte pas des yeux.

– Mardi, on pourrait déjeuner à la Brasserie Lipp. Je louerai une voiture, on ira à Chartres. Vous connaissez Madrid ?

– Non.

– On pourrait manger des tapas dans les ruelles qui partent de la Plaza Mayor, et ensuite *cochinillo asado* à la Casa Botín.

– Je vais vous rendre un service : je ferai comme si cette conversation n'avait jamais existé.

– Viens vivre avec moi et sois mon amour. S'il te plaît, Miriam !

– Si je ne m'en vais pas tout de suite, je risque de rater mon train.

– Je divorcerai dès qu'on reviendra. Tout ce que tu veux. Mais dis oui, je t'en prie. On n'a même pas besoin de bagages. On achètera tout ce dont on a besoin là-bas.

– Excusez-moi.

Et cette fois, elle m'a échappé dans un glissement de soie.

Atterré, je me suis traîné jusqu'à la table où mon père faisait maintenant salon, plusieurs jeunes couples captivés autour de lui.

– Oh, vous voulez dire celui de la rue Ontario ! On était juste en face, le poste quatre. On leur faisait une descente de temps à autre, aux claques. Alors vous voyez, vous faites les mœurs, et vous êtes un jeune coq, naturellement, alors quand il y a une descente le chef reste en bas mais nous on se glisse en haut, tout doux tout doux, avant de les déranger, vous me suivez ? Histoire de se rincer un peu l'œil, quoi....

Miriam était encore là, mais elle avait enfilé son manteau et se tenait à la porte, en train de parler avec Boogie à qui elle a tendu quelque chose. Puis il s'est approché de nous alors que mon père enchaînait sur une nouvelle histoire et il m'a tendu un bout de papier que j'ai aussitôt déplié sur mes genoux, protégé des regards indiscrets par les plis de la nappe :

Résultat final : Canadiens 5, Toronto 3*
Félicitations.

– Boogie, lui ai-je annoncé, je suis amoureux. Pour la première fois de ma vie, je suis réellement, sérieusement, irrémédiablement amoureux.

Bien entendu, je ne m'étais pas rendu compte que Mrs Panofsky II se tenait juste derrière moi. Jusqu'à ce qu'elle m'enlace la tête et me berce dans ses bras.

– Pareil pour moi, mon trésor. Pareil pour moi.

La culpabilité étreignait mon cœur, certes. Mais il n'empêche qu'à peine quelques minutes plus tard je quittais le Ritz telle une ombre et me jetais dans le taxi en tête de file.

---

* Toronto marqua à deux reprises au troisième engagement, d'abord avec Mahovlich à douze minutes sept sur passes de Harris et Ehman, puis avec Olmstead, à seize minutes dix-neuf, en supériorité numérique, assisté par Ehman.

6

– La gare Windsor ! ai-je lancé au chauffeur. Et vite fait !

Chaque seconde comptait mais voici que merde, merde et merde, nous sommes tombés dans un embouteillage provoqué par les supporters qui fêtaient la Coupe Stanley. Des grappes d'autos se traînaient en klaxonnant à tout rompre. Des clairons sonnaient un peu partout. Des ivrognes titubaient au milieu de la chaussée en hurlant : « On a gagné, on a gagné ! »

Hors d'haleine, j'ai eu le temps d'acheter ma place dans le train de nuit pour Toronto. Elle était dans le troisième wagon, en pleine lecture de *Goodbye, Colombus*. Je me suis jeté sur le siège à côté d'elle, un sourire niais jusqu'aux oreilles, au moment même où le convoi s'ébranlait.

– Salut !

– Je ne peux pas y croire ! s'est-elle exclamée en refermant son livre d'un coup sec.

– Moi non plus, mais je suis quand même là.

– Si vous ne descendez pas de ce train quand on va s'arrêter à Montréal-Ouest, c'est moi qui le ferai.

– Je suis amoureux de vous.

– Ne dites pas d'âneries. Vous ne me connaissez pas. Au prochain arrêt, ou vous, ou moi. Décidez-vous tout de suite.

– Si vous descendez, moi aussi.

– Vous pourriez faire une chose pareille le soir de votre mariage ?

– C'est fait.

– Vous êtes ivre mort. Je vais appeler le contrôleur.

Je lui ai montré mon billet.

– S'il vous plaît, Barney, ne me mettez pas plus dans l'embarras. Vous descendez à Montréal-Ouest.

– Si je le fais, vous accepterez de dîner avec moi à Toronto ?

– Non ! a-t-elle lancé en se levant d'un bond pour attraper une mallette dans le filet au-dessus de nos têtes. Maintenant, je vais dans ma couchette et je m'enferme à clé. Bonne nuit.

– Vous n'êtes pas follement coopérative, vu la panade dans laquelle je me suis fourré.

– Vous êtes cinglé. Bonne nuit.

J'ai finalement chancelé en bas du train à Montréal-Ouest* et je suis resté sur le quai, les jambes flageolantes, à le regarder quitter lentement la gare en tchoutchoutant. Et là, que n'ai-je pas aperçu ? Miriam me faisait au revoir de la main par sa fenêtre, et elle riait, j'aurais juré qu'elle riait. Mon sang n'a fait qu'un tour. J'ai couru après le dernier wagon, bien décidé à l'attraper au vol, mais j'ai trébuché et je me suis affalé. Pantalon déchiré, un genou écorché, j'ai eu la chance de trouver un taxi devant la gare.

– Au Ritz, ai-je dit au chauffeur. Hé, ça a été un sacré match, non ?

---

* Mes réserves quant à la chronologie des événements ici relatés ont été confirmées lorsque j'ai découvert que ce match de hockey du 9 avril 1959 s'est achevé à 22 heures 29, alors que le train de nuit pour Toronto partait à 22 heures 25. Ainsi, il était impossible que mon père ait eu le temps d'apprendre le résultat final avant de prendre au vol le train dans lequel ma mère voyageait. Toutefois, quand je lui ai exposé ces détails troublants, elle m'a répondu d'une voix tremblante : « C'est vrai, c'est vrai ! » Et comme elle s'est mise à sangloter, j'ai jugé déplacé de poursuivre sur ce sujet plus avant.

Je ne mets en doute ni la sincérité de mon père, ni le témoignage de ma mère. Je crois cependant que Barney s'est embrouillé dans l'enchaînement des faits. Miriam a sans doute quitté le Ritz à la fin de la deuxième période, soit à 21 h 41, et si le taxi de mon père a été pris dans la liesse provoquée par la victoire des « Canadiens », ce doit être celui qu'il avait pris pour rentrer de la gare de Montréal-Ouest. Une autre possibilité serait que le départ du train de nuit pour Toronto ait été retardé ce soir-là. J'ai écrit à deux reprises à la compagnie Canadian Pacific pour qu'ils me confirment ou m'infirment cette hypothèse. J'attends toujours la réponse.

– Mon blood pressure est sky-high, m'a-t-il répondu. C'est le stress.

En frappant timidement à la porte de la suite que l'hôtel avait mise à notre disposition pour la nuit, j'ai pris mon souffle. Je m'attendais au pire, mais à ma stupéfaction Mrs Panofsky II m'a accueilli en me serrant dans ses bras, ce qui n'a fait que renforcer mes scrupules.

– Oh, Dieu merci tu es entier ! Je ne savais plus quoi penser, moi.

– Juste besoin d'un peu d'air frais, ai-je marmonné en lui rendant son étreinte.

– Ça ne m'étonne pas, mais…

– Hé, les gars ont remporté la coupe sans Béliveau et avec le Rocket assis sur le banc. Faut le faire, non ?

– Tu aurais pu me prévenir, au moins. Nous nous sommes fait un sang d'encre.

C'est seulement alors que j'ai découvert son père qui bouillait de rage dans un fauteuil.

– Elle voulait que j'appelle la police, demander s'il n'y avait pas eu d'accident. J'ai pensé qu'il serait plus judicieux d'inspecter les bars avoisinants, pour ma part.

– Oh, Seigneur, mais regarde tes genoux ! Attends, je vais te chercher une serviette mouillée.

– Pas d'histoires s'il te plaît. (Puis, fusillant le paternel du regard :) Vous vous joindrez bien à nous pour un dernier verre, avant de vous retirer ?

– J'ai eu mon content de boisson pour ce soir, jeune homme. Et c'est encore plus vrai pour vous, sans nul doute.

– Eh bien, dans ce cas, faites de beaux rêves…

– Dois-je croire que vous vous êtes promené dans les rues pendant une heure et demie, alors ?

– Il est sain et sauf, Papa, c'est tout ce qui compte.

Sitôt après son départ, Mrs Panofsky II m'a installé d'autorité dans un canapé et a entrepris de tapoter mon genou avec une serviette humectée d'eau chaude.

– Dis-moi si ça fait mal, mon poulet, et j'arrête.

– Tu mérites quelqu'un de mieux que moi.

– Mais c'est trop tard, non ?

– Je me suis mal conduit, ai-je avoué, mes joues se couvrant de larmes à mon insu. Si tu demandes le divorce, je ne m'y opposerai pas.

– Oh, ce que tu es tordant, toi ! a-t-elle pouffé. (Et elle s'est laissée tomber par terre pour me retirer chaussures et chaussettes.) Ce qu'il te faut, c'est un bon somme.

– Quoi, pour notre nuit de noces ?

– Je ne le dirai à personne.

– Oh non…, ai-je commencé en lui caressant les seins.

Et puis, apparemment, je me suis laissé retomber dans le sofa, et je me suis mis à ronfler.

7

Un jour, j'ai eu l'outrecuidance d'espérer que Miriam et moi, presque centenaires déjà, aurions la chance d'expirer la main dans la main, tels Philémon et Baucis, puis que Hermès, d'un seul coup de son caducée, nous métamorphoserait en deux arbres dont les branches se caresseraient mutuellement l'hiver, et les feuilles s'entremêleraient au printemps.

Les arbres me rappellent cet après-midi où Sean O'Hearne, Miriam et moi étions assis sur la terrasse de notre cottage des Laurentides, les yeux fixés sur le lac où des hommes-grenouilles avaient jadis plongé à la recherche de Boogie, Boogie dont la dernière manifestation, si ma version des faits devait être crue, avait été de dévaler la colline en zigzaguant, de courir sur la jetée et d'échapper à ma balle en sautant à l'eau la tête la première. Un regard en coin posé sur moi, O'Hearne avait révélé une veine poétique fort étonnante de sa part en s'interrogeant soudain avec un petit geste en direction des arbres qui bordaient la rive :

– Je donnerais cher pour savoir ce que ces ormes diraient, s'ils pouvaient parler.

– Facile, O'Hearne, avait répliqué Miriam. Ils diraient : « Nous sommes des érables. »

Dans les années qui suivirent sa disparition, je ne sais combien de fois je suis resté immobile sur cette jetée, à souhaiter de tout mon cœur qu'il émerge des flots, vivant et bien vivant. Sans même remonter aussi loin, il y a quelques nuits encore j'ai rêvé qu'il se hissait sur le ponton, entièrement dessoûlé par son bain prolongé. Je l'ai vu sautant d'une jambe sur l'autre, secouant la tête pour éjecter l'eau entrée dans son oreille.

– Je ne voulais pas dire ça, Boogie. Je n'en pensais pas un mot. Je ne sais pas ce qui m'a pris.

– Hé, on est de vieux, vieux potes, me répondait-il en me prenant dans ses bras. Enfin, heureusement que tu tires si mal.

– Heureusement, oui.

Retour à la réalité. Encore une histoire croquignolesque dans la feuille de chou de ce matin. Il faut absolument que je la découpe et que je l'envoie à la délicieuse miss Morgan, de « Radio-Lesbo ».

DES FORÇATES A LA CHAINE ?
Les féministes s'insurgent

Des prisonniers d'Alabama qui, chaînes aux pieds et menottés les uns aux autres, avaient été employés l'an dernier à l'entretien des bordures d'autoroute par roulement de douze heures de travail, viennent d'adresser une pétition au gouverneur de l'Etat dans laquelle ils estiment que cette punition était une forme de discrimination sexuelle. En réponse, le chef des services pénitentiaires de l'Alabama a indiqué qu'il n'y avait en effet « aucune raison valable de ne pas en faire autant avec les femmes ». En conséquence, il a demandé à la direction du centre de détention pour femmes Julia Tutwiler de Wetumpka, près de Montgomery, d'organiser des corvées collectives pour des détenues enchaînées d'ici à trois semaines. Mais celles-ci ne seront pas affectées aux voies routières : elles seront employées, dans l'enceinte de la prison, à des tâches telles que la création de potagers, l'entretien des pelouses et le ramassage des papiers gras.

Toujours bourrelé de remords après tant d'années, j'ai jusqu'ici tenté d'éviter un sujet particulièrement douloureux : ma catastrophique lune de miel avec Mrs Panofsky II à Paris, dont les cafés restaient hantés par l'ombre de Clara et n'auraient pu me faire oublier l'absence de Miriam. Comme pour compliquer les choses, une photographie de Clara s'étalait dans la vitrine de La Hune. Elle était assise à une table du Mabillon, au milieu d'un groupe qui, examiné de plus près, incluait Boogie, Leo Bishinsky, Hymie Mintzbaum, George Plimpton, Sinbad Vail, Cedric Richardson et moi-même. Un an plus tard, Cedric se joindrait aux élèves du Collège technique et agricole de Greensboro, en Caroline du Nord, dans un sit-in de protestation à la cafétéria du drugstore local. Puis, en 1963 si je ne m'abuse, il allait abandonner Martin Luther King pour Malcolm X et, selon les rumeurs, passer peu après à la clandestinité quelque part à Chicago, pas encore flanqué de son escouade de fidèles gardes du corps, les « Fruits of the Loom » ou quel que soit le nom dont les casseurs du prophète Elie aient décidé de s'affubler*... Mais j'anticipe, à nouveau.

La photo en question trônait sur une pile du recueil de poèmes de Clara, qui venait d'être traduit en français mais qui en était déjà à sa sixième édition aux Etats-Unis, puisque ma mémoire ne me trahit pas, pour une fois. A ce moment, les *Versets de la Virago* avaient été publiés en seize autres langues et, à ma grande surprise, la fondation créée par Norman Charnofsky engrangeait des millions. C'est alors que, en hommage aux inclinations de Clara, Norman fit entrer deux féministes noires au conseil d'administration et sema ainsi la graine de sa destruction.

Comme j'avais pensé qu'un petit hôtel de la Rive gauche ne siérait pas à Mrs Panofsky II, j'avais réservé au Crillon. Et ce n'était pas de trop, car elle était encore sous le coup de notre nuit de noces avortée, déception bien compréhensible au demeurant.

Force m'est de souligner que la seule fois où nous nous étions retrouvés seuls, jusqu'alors, avait été les trois jours frénétiques passés à New York, pendant lesquels je l'avais à peine vue tandis qu'elle se démenait de droite et de gauche. Nous devions donc encore dépasser le stade des caresses furtives dont elle se libérait soudain en criant « Mi-temps ! ». Puis elle replaçait ses seins dans son soutien-gorge, tirait sa jupe sur ses genoux et soupirait : « Pfff ! C'était juste juste, là... » Ainsi, c'est sur notre lit de palace parisien

* Ils s'appellent « Fruits of Islam ».

que nous fîmes l'amour la première fois et qu'à mon étonnement je découvris qu'elle n'était plus vierge.

L'amener à Paris fut une grosse erreur. Certes, j'étais désormais en mesure d'entrer dans tous ces grands restaurants sur lesquels j'avais lorgné de loin en 1951 : Le Grand Véfour, Lapérouse, La Tour d'Argent, La Closerie des Lilas… Mais installé à la terrasse du Café de Flore, revêtu d'un costume du bon faiseur, en compagnie de ma jeune épouse parée de ses plus beaux atours, je ne pouvais m'empêcher d'observer avec envie les jeunes couples débraillés qui passaient devant nous main dans la main. J'avais l'impression d'être devenu à mon tour l'un de ces riches touristes dont Clara et moi avions l'habitude de nous gausser. Et mon humeur s'en ressentait, évidemment.

– Tu ne peux pas fermer ton fichu guide deux minutes, pendant qu'on prend ce verre ?

– Je te fais honte ?

– Oui.

– Comme pour l'histoire du bidet ?

– Tu n'avais pas besoin de demander à la femme de chambre ! Je te l'aurais dit, moi, à quoi ça sert.

– Tu parles hébreu ?

– Non.

– Tu as eu une maîtrise à McGill ?

– Non.

– Alors, j'ai honte, moi ?

Je répondis par un grognement.

– Ça fait bien une heure qu'on est là et tu as dû m'adresser huit mots, au grand maximum. Je ne voudrais pas paraître traiter de haut toute cette charmante attention que tu me portes, mais on est censés rester ici encore longtemps ?

– On reprend un verre.

– Ça fait douze mots. Je ne suis pas venue ici pour pleurer la mort de ta première femme.

– Moi non plus.

– Tu n'arrêtes pas de traiter mon père de snob mais toi, tu me prends pour une moins-que-rien parce que j'ai cru que c'était pour se laver les pieds, ce truc. Regarde-toi un peu dans la glace, non ?

– J'ose pas.

– Bien. Mais moi je ne resterai pas une minute de plus, si c'est pour contempler tes yeux perdus dans le vide. Parce qu'il ne nous reste plus que quatre jours et j'ai encore des tonnes de choses à faire, moi.

Et, joignant le geste à la parole, elle tira de son sac les fiches cartonnées sur lesquelles elle avait classé ses objectifs en trois catégories : « Obligatoire », « Facultatif » et « S'il reste du temps ».

– Je te retrouve à l'hôtel à sept heures. Et ce serait gentil de ta part d'arriver au dîner relativement à jeun. Disons que ce serait un changement agréable.

Tandis que notre chambre s'emplissait rapidement de ses emplettes, je commençai à me faire l'effet d'un personnage dans la pièce de ce Roumain, vous voyez qui je veux dire* ? Celui qui a écrit cette comédie où Zero Mostel se transforme en éléphant. Non, en hippopotame**. Ça s'appelait *Les Chaises*, voilà, ça me revient, et cet auteur a le même prénom que le manager des « Expos » à leurs débuts. Gene Mauch, voilà. Le coach de l'équipe de base-ball, pas le dramaturge ! Mais quoi, un Roumain qui s'appellerait Gene ? Oh, quelle importance, après tout ? Dans cette pièce, donc, la scène est peu à peu envahie de meubles, jusqu'à ce qu'il ne reste plus de place pour les acteurs. Exactement l'impression que j'avais dans la course d'obstacles qu'était devenu notre nid de jeunes mariés.

Sidéré, je regardais donc la coiffeuse se couvrir de flacons de parfum, d'eaux de Cologne, de shampooings et d'huiles essentielles, de rouges à lèvres alignés tels des cartouches de mitraillette, de corbeilles de savons variés, d'aérosols, de sels de bain, de poudres diverses, d'une énorme éponge naturelle, de pots de crèmes revigorantes, de tubes d'onguents mystérieux, de crayons à sourcils,

---

* Eugène Ionesco. Franco-Roumain, dramaturge de l'absurde, auteur de *La Cantatrice chauve* et de *La Leçon*.

** En rhinocéros.

de boîtes de talc... Partout, sans cesse, je me prenais les pieds dans des cartons et des sacs sortis des meilleures boutiques de la Madeleine, du faubourg Saint-Honoré, de la rue de Rivoli, de l'avenue George-V et du boulevard des Capucines. Tenues de chez Courrèges, Cardin, Nina Ricci, accompagnées des accessoires afférents. Maroquinerie de chez Lanvin. Et Mrs Panofsky II n'était certes pas diplômée de McGill pour rien car j'étais déjà couché depuis longtemps qu'elle continuait à détacher d'une lame de rasoir précautionneuse les étiquettes de grands couturiers, qui l'auraient trahie auprès des douaniers, et de recoudre à leur place celles de magasins montréalais qu'elle avait pris soin d'apporter avec elle.

Et donc nous avons « fait » le Louvre, le musée du Jeu de Paume, le musée Rodin. Equipée d'une liste des œuvres incontournables, elle les inspecta au pas de charge, les rayant de sa fiche les unes après les autres après un bref coup d'œil. Nous n'étions à Paris que depuis quatre jours quand, à sa grande joie, nous pûmes passer à la rubrique « Facultatif ».

Je suis un impulsif. Un type qui trouve préférable de commettre des erreurs plutôt que de regretter ce qu'il n'a pas fait. Eh bien, dans la catégorie des erreurs, l'une des pires fut mes fiançailles expéditives puis mon mariage avec Mrs Panofsky II. Ce qui n'excuse aucunement mon abominable comportement au cours de notre lune de miel. Elle ne pouvait qu'être perdue alors que j'oscillais entre la morosité la plus déprimante et de brusques accès d'incomparable prévenance quand, sous l'aiguillon du remords, je m'efforçais de donner une chance à notre union. Un soir, affectant d'être transporté par son dernier achat chez Dior ou Lanvin avec lequel elle avait paradé devant moi dans la chambre, je l'avais emmenée dîner dans l'un des restaurants qui figuraient sur sa liste d'expériences parisiennes à ne pas rater. Là, je l'interrogeai perfidement sur le compte de plusieurs de ses parents que j'avais pu croiser lors de la réception au Ritz, bons bourgeois aisés que j'espérais bien ne plus jamais revoir, en apparence charmé par ses volubiles explications jusqu'au moment où, l'air de rien, je glissai :

– Ah oui, et puis il me semble qu'il y avait cette fille, je ne me rappelle plus son nom, tu sais, avec une robe de cocktail en mousseline bleue ? Qui avait l'air de se croire irrésistible, ce que je n'ai pas trouvé du tout, moi.

– Miriam Greenberg ?

– Oui, c'est possible. C'est aussi une parente à toi ?

– Ça m'étonnerait. Elle n'était même pas invitée.

– Tu veux dire qu'elle a eu l'audace de s'imposer à notre… Alors ça, pour moi, c'est d'un sans-gêne !

– Elle est venue avec mon cousin Seymour.

Je feignis un bâillement, puis, d'un ton négligent :

– Quoi, c'est son petit ami ?

– Comment le saurais-je ?

– Oh, ça n'a aucune importance, de toute façon. Allons au Mabillon prendre un dernier verre.

– Si tu n'as pas encore assez bu, je préférerais qu'on aille au Harry's Bar, tant qu'à faire.

Ma Dame aux listes avait bien préparé sa leçon, également, en se procurant des manuels de sexualité introuvables à la Bibliothèque juive de Montréal et en prenant force notes ou croquis. Elle me stupéfia par sa connaissance de raffinements tels que la "feuille de rose", le "gamahuchage", le "pompoir", le "postillonnage", le "soixante-neuf", et même "l'huître viennoise", si bien que je devais subir chaque soir une nouvelle expérimentation, jusqu'au moment où j'arrivais à m'y dérober. Car le plaisir, pour Mrs Panofsky II, était aussi l'enjeu d'un effort systématique. La vie, un examen à passer.

– Qu'est-ce qu'elle peut lui trouver, à ton cousin Seymour ?

– On a terminé, là ? demanda-t-elle en s'essuyant la bouche dans un coin du drap.

– C'est toi qui fais le programme, pas moi.

– Pffou ! Je ne vois pas ce que les gens peuvent trouver à ça.

Elle alla se brosser les dents, s'administrer un gargarisme, puis revint se planter devant le lit.

– Bon, qu'est-ce que tu avais de si important à me demander, alors ?

– Important ? Rien. Je m'étonnais simplement qu'elle puisse trouver quoi que ce soit à ton cousin Seymour. Un nullard pareil…

– Qui, elle ?

– Je ne me rappelle plus son nom. La fille avec la robe de cocktail en mousseline bleue.

– Ha ha, ha ha… (Elle me dévisagea avec insistance.) Dis-moi, qu'est-ce que je portais au déjeuner, aujourd'hui ?

– Ben… Une robe.

– Oui, très bien, une robe. Je n'étais pas en chemise de nuit, évidemment. Mais de quelle couleur elle était ?

– Oh, arrête !

– Tu es obsédé par Miriam Greenberg, ou quoi ?

– Ne t'énerve pas. Je me demandais juste ce qu'elle trouve à ce Seymour.

– Il a une Austin-Healey. Et un voilier quelque part aux Antilles, avec six cabines. Il va hériter d'à peu près un pâté de maisons entier rue Sherbrooke, et de je ne sais combien de centres commerciaux. Tu parles d'un nullard.

– Elle court après les types friqués, c'est ce que tu es en train de me dire ?

– Tu sais combien de fois je l'ai vue dans cette « robe de cocktail en mousseline bleue » qui te fascine tant ? Elle doit avoir dix ans, cette robe, prêt-à-porter, dénichée à tous les coups aux soldes d'hiver de chez Macy's. Alors pourquoi n'essayerait-elle pas d'améliorer un peu son niveau de vie ?

A ce moment, nous fûmes interrompus par le coup de fil que lui passait sa mère tous les jours.

– Je ne vais pas te parler trop longtemps, M'man. On s'apprêtait à sortir, là. Comment ? Non, pas pour dîner. Il n'est que sept heures, ici. Prendre l'“apéritif”, comme ils disent. Oh, un café de Montparnasse. Le Dôme, je crois que ça s'appelle. Oui, oui, je me souviens de ce que Tata Sophie a dit, je ne bois jamais l'eau du robinet. Hier soir ? Ah, on a dîné dans un superbe restaurant, tu aurais adoré. La Tour d'Argent. Tu y montes en ascenseur et dehors il y a Notre-Dame tout illuminée, j'ai même cru voir Charles Laughton au milieu de toutes ces gargouilles. Mais non, je plaisante ! Leur spécialité, c'est un canard préparé d'une façon bien à eux*, chaque canard est numéroté et ils te donnent une carte postale avec ton numéro dessus, je te l'enverrai demain. Et tu sais qui était à deux tables de la nôtre ? Audrey Hepburn ! Oui, je me suis rappelée que c'est l'actrice préférée de Jewel mais ne t'en fais pas, j'ai déjà un cadeau pour elle et... Non, je ne pouvais pas, c'est tout ! Il aurait trouvé ça très gênant. Je n'ai même pas le droit de demander à emporter un menu en souvenir. Tu comprends, moi je n'ai jamais vécu à Paris avec quatre sous en poche, donc à ses yeux je passe pour une criminelle de guerre, voire pire... Je plaisante, M'man. Oui, tout se passe très bien entre nous. Ce que je quoi ? Ah, là j'ai ma nouvelle robe de Givenchy, attends un peu de voir comment elle me va ! Et embrasse bien fort Papa pour moi, et dis-lui encore mille fois merci. Comment ? Oh, elle est toute simple, noire, taille haute, soie et laine peignée, et juste au-dessous du genou. Mais non, la robe-sac c'est fini ! Plus du tout dans le coup. Seulement, ne dis rien à Pearl ou à Arlene, qu'elles découvrent toutes seules qu'elles ont dépensé des fortunes pour un machin qui n'est plus que du schmatt de l'an passé ! Et... Tu veux bien arrêter de t'inquiéter pour ça, s'il te plaît ? Oui, dès qu'on rentre le soir, même très tard, il leur fait enfermer mes perles au coffre-fort. Oui, oui, oui. L'appareil photo aussi. Oui, je n'ai pas oublié combien il coûtait. D'ailleurs, je ne l'ai pas sorti du coffre, alors pas de soucis. Il ne veut pas que je l'emporte avec moi parce qu'on pourrait nous prendre pour des touristes, il dit. Ah, attends que je me rappelle. Oui, en entrée j'ai pris le saumon fumé, très appétissant. Non, ils ne le servent pas avec de la crème, ici. Et... Non, Barney a pris des escargots. Oui, je sais, M'man, mais il aime ça. Moi ? Non, je ne pourrais même pas. Ni les huîtres, franchement. Je lui ai dit de ne pas laisser la corbeille à pain près de moi parce que j'étais capable de tout finir, avec ce beurre qu'ils ont, de Normandie, ça vous fond dans la bouche. Ensuite, le canard, donc, et en dessert des crêpes, et... Oh, je ne sais pas, du rouge, c'était, et très cher d'après ce que j'ai compris, même s'il ne s'est pas plaint, mais en tout cas il a beaucoup impressionné le

* Canard au sang.

sommelier qui au début nous regardait comme si on était des moins-que-rien. Oui, toujours son café et son cigare après. Et du cognac, un spécial. Non, deux. Ils vous amènent un immense chariot rempli de bouteilles et… Non, ici ils ne réchauffent pas les verres à dégustation. Oui, mais le Ruby Foo's il n'y a pas que ça au monde, et je peux t'affirmer qu'à Paris je ne les ai jamais vus réchauffer les verres, nulle part. Oui, deux, je te l'ai dit. Comment ? D'accord, je lui transmettrai, mais ce n'est pas comme s'il devait conduire après pour nous ramener à la maison, et puis c'est notre lune de miel, quand même ! Oui, j'en profite. Ça peut provoquer quoi, avec l'âge ? Arrrh ! C'est le docteur Seligman qui t'a dit ça ? Vraiment ? Bon, eh bien pour l'instant ce n'est pas du tout son problème, je touche du bois ! Comment, je te choque ? Mais Maman, je suis une femme mariée maintenant, c'est permis ! Oui, bien sûr, bien sûr… Eh bien, je l'ai réveillé à sept heures, je me suis lavé les dents, je me suis brossé les cheveux et… Devine quoi ? On a pris une douche ensemble ! Ne le raconte pas à Papa, ça va le gêner. Même toi, je parie que tu as rougi, là. Non, je plaisante ! Tu devrais voir les peignoirs de bain qu'ils ont dans cet hôtel ! Et les savons viennent de chez Lanvin. Mais oui, bien sûr. En fait, j'en ai déjà caché trois pour toi dans mes valises… Tiens, ça me rappelle qu'il faut que je m'en achète une autre pour toutes mes affaires. Oui, M'man, je sais qu'oncle Herky peut nous les avoir au prix de gros, mais il se trouve que j'en ai besoin là, maintenant ! Mais non, je ne m'énerve pas. Moi, élever la voix ? Tu te fais des idées. Quoi ? Oui, les hanches sont de nouveau à la mode et j'ai toujours les miennes et… Comment ça, je fais ma pimbêche ? Combien de fois il faut que je te dise que tu as une silhouette fantastique, pour une femme de ton âge ? Enfin, c'est une Dior, oui. Je l'ai mise ce matin et laisse-moi te dire que j'en ai fait se retourner quelques-uns ! Elle est en shantung bleu pâle, avec un col évasé. Par-dessus, j'avais mon nouveau manteau, Chanel, en tricot beige clair bordé de soie bleu marine. Quand je vais le porter pour aller au temple à Roch Hachana, Arlene va mourir sur place. Et attends de voir les chaussures et le sac à main assortis. Dis à Papa que je suis gâtée-pourrie, à cause de lui, mais que je ne m'en plains pas ! Ça, tu ne lui racontes pas : je lui ai pris un foulard en soie Hermès et une chemise Cardin, avec les boutons de manchettes en perles qui vont avec. Tes cadeaux à toi, je ne te dis pas mais je crois qu'ils te plairont et… Maman, encore une fois, je ne fais AUCUNE allusion désobligeante à ta taille ! Je suis certaine que la plupart des femmes de ta génération t'envient. Non, je n'ai pas oublié Jewel, ni Irving, et non, « ce ne serait pas bien mon genre », comme tu dis ! Je m'occupe de tout ce qu'il y a sur la liste que tu m'as donnée, ne t'en fais pas, d'ailleurs… Oh, arrête ! Personne ne va envoyer de photos au rabbin Hornstein, qu'est-ce que tu crois ? Bien sûr que nous fermons la porte à clé quand nous prenons une douche ensemble, mais de toute façon ce n'est plus un délit de nos jours. Il n'y a rien de mal dans le plaisir physique. Oui, oui, oui, je sais que tu ne penses qu'à mon intérêt mais je t'en prie, ne nous lançons pas là-dedans et… Comment, je t'accuse de te mêler de ce qui ne te regarde pas ? Au ton que j'ai ? Qu'est-ce qu'il a, le ton que j'ai ? Allez, M'man, ne commence pas ! Oh, dis, Barney a lu dans le *Herald Tribune* que les « Canadiens » pourraient échanger Doug Harvey et il veut savoir si c'est vrai. Oui, tu ne lis JAMAIS les pages sportives, c'est entendu, mais pour une fois tu peux faire un petit effort et y jeter un coup d'œil, non ? Ah, Maman, tu n'imagines pas comme c'est beau, ici ! Comment ? Non, c'est faux, je n'ai jamais voulu dire que Montréal était moche. Dis donc, qu'est-ce que tu es chatouilleuse, aujourd'hui ! Si je n'étais pas au courant, je dirais que tu vas avoir tes règles. Méprisante, moi ? Bien sûr que je sais que ça m'arrivera un jour, à moi aussi, simplement j'espère qu'à ce moment-là je l'accepterai un peu mieux que toi… Ça y est, tu recommences ! Ecoute, si ma voix ne te plaît pas, je ne peux pas la changer et donc je ferais mieux de raccrocher, sans vouloir te blesser ! D'accord, d'accord, je te demande pardon. Oh, lui ? Non, il déteste les magasins. Mais on se retrouve au déjeuner, évidemment. Quoi ? La Brasserie Lipp, ça s'appelle. Il a pris la choucroute, ils sont réputés pour, dans ce restaurant. Et avant, des huîtres. Non, Maman, pas moi, lui ! Quoique, honnêtement, ce n'est pas à cause de la religion. Moi, j'ai demandé l'œuf mayonnaise et le saumon avec des frites. Non, il a pris une bière et moi du vin blanc… Rien qu'un verre, dis, pas la bouteille ! Pas de quoi faire une cure de désintoxication en rentrant. Après, il est retourné à l'hôtel faire sa sieste. Heureusement qu'il ne savait pas que j'allais acheter de la lingerie parce que c'est les seuls magasins où il ne demande qu'à venir avec moi, ceux-là. Les vendeuses le font asseoir et il reste là, avec le sourire du chat qui vient d'avaler le canari, à regarder les femmes entrer et sortir. COMMENT ÇA, il te rappelle « ton pauvre cousin Cyril » ? Je sais, je sais, ce n'est pas un homosexuel ! Un membre de notre respectable famille, impossible ! C'est seulement un vieux garçon de cinquante-cinq ans qui vit toujours avec sa mère, et qui est abonné à toutes les revues de body-building disponibles sur la planète, et qui a été prié de ne plus traîner autour de la piscine de la YMCA quand les écoliers ont cours de natation. Non, pardon, on ne le lui a pas demandé, ce sont des racontars. Il a « décidé » de ne plus y aller. Mais tu ne m'enlèveras pas l'idée que nous lui avons tous créé un tas de problèmes psychologiques en ne le laissant pas s'assumer tel qu'il est. Hein ? Non, tu fais fausse route, là. Barney le trouve très intéressant, au contraire. Très fin. Il l'apprécie beaucoup, figure-toi. Ils ont même dîné ensemble plus d'une fois. Ce soir ? Il y a un numéro de claquettes dans un club de Pigalle que Barney ne veut pas rater, il paraît que… Oui, Maman, j'ai épousé un passionné de hockey et de claquettes, tu crois que c'est une cause de divorce ? Maintenant, il faut vraiment que je te laisse, on va être en retard. Bien des choses de Barney à toi et Papa. Mais non, je n'invente pas ! C'est lui qui m'a demandé de te le dire. Allez, on se reparle demain.

8

– Canadian Broadcasting Corporation, Radio-Canada, bonjour ?

– La rédaction du *Monde des Arts*, s'il vous plaît.

– *Monde des Arts*, Beth Roberts à l'appareil.

– Je voudrais parler à Miriam Greenberg.

– Allô ?

– Bonjour, Miriam. Ici Barney Panofsky. Vous vous souvenez de moi ?

– Oh…

– Je suis de passage à Toronto et je me demandais si vous seriez libre à déjeuner demain ?

– Désolée, non.

– A dîner, alors ?

– Je suis prise.

– J'ai écouté votre interview de Mailer et je trouve que vous lui avez posé toutes les bonnes questions.

– Merci.

– Dites, et si on prenait un verre, autour de cinq heures par exemple ?

– Barney ? Je ne fréquente pas les hommes mariés.

– Un verre ensemble, pour l'amour de Dieu ! Ce n'est pas un crime dans ce pays, tout de même ! Il se trouve que je suis juste en face de chez vous, au bar du Four Seasons Motor Hotel.

– S'il vous plaît, n'insistez pas.

– Une prochaine fois, alors ?

– Bien sûr. Peut-être. Non. Mais merci d'avoir appelé.

– De rien.

Je retranscris cet échange un dimanche après-midi dans le bureau de mon cottage des Laurentides, là où j'ai regardé la nuit dernière un vieux film noir et blanc à la télé en compagnie d'une Chantal maussade et pas mal à cran. *Opération Inferno*, réalisé par Hymie Mintzbaum en 1947 avec John Payne, Yvonne de Carlo, Dan Duryea et George Macready dans les principaux rôles, débute dans une base militaire américaine en Angleterre deux semaines avant le jour J. Le commandant Dan Duryea, qui a fait ses classes à l'école de la rue, ne supporte plus le sergent John Payne, un bellâtre nonchalant héritier multimillionnaire d'une chaîne de supermarchés. Il le fait parachuter dans la France occupée avec pour mission de contacter un groupe de résistants dont le chef est connu sous le seul nom d'Inferno. Il appert qu'Inferno est Yvonne de Carlo, et que Payne et elle se détestent mutuellement au premier coup d'œil. Tout change, cependant, lorsque Payne, mitraillette à la hanche, attaque la chambre de torture où elle avait été conduite prisonnière et la libère du gestapiste George Macready au moment où celui-ci venait de lui arracher sa chemise. Ensemble, les nouveaux amants, Payne et de Carlo, font sauter un train de renforts en route vers les plages de Normandie à J moins deux. Et quand Duryea et ses durs à cuire foncent sur Saint-Pierre-sur-Mer, prêts à une nouvelle bataille meurtrière, ils découvrent que le village a déjà été libéré par Payne, lequel sable le champagne avec sa petite chérie sur la place, tous deux entourés par d'admiratifs paysans. « Je commençais à croire que vous n'arriveriez jamais », lance Payne avec un clin d'œil à l'intention d'Yvonne. Fin.

Je veux que les choses soient absolument claires : je n'avais pas invité Chantal à venir passer le week-end avec moi. Elle m'a pris entièrement par surprise, débarquant samedi à l'heure du dîner chargée de gâteries qu'elle avait achetées à la Pâtisserie belge, rue Laurier : foie gras, épaisses tranches de jambon braisé, quiche lorraine, ramequins de salade de pommes de terre et de betteraves, fromages, baguette, et croissants pour le petit déjeuner. J'ai pris soin de me limiter à un baiser avunculaire sur sa joue pour l'accueillir après l'avoir débarrassée de son sac de voyage.

– Quoi, vous n'êtes pas content de me voir ? s'est-elle étonnée.

– Bien sûr que si.

Pourtant, je me suis délibérément abstenu d'ouvrir une bouteille de champagne, me contentant de nous verser un verre d'aligoté.

– Je vais mettre la table, a-t-elle proposé.

Je lui ai expliqué qu'un film réalisé par un vieil ami à moi allait commencer à huit heures et que j'avais donc prévu de dîner devant la télévision.

– Oh, quelle charmante perspective ! a-t-elle soupiré. Bon, j'essaierai de ne pas parler.

Résistant à l'envie de la rejoindre sur le canapé, je me suis installé dans un fauteuil situé à prudente distance, avec une bouteille de Macallan et un Montecristo numéro quatre. Après le film, à mon propre étonnement, je me suis entendu déclarer :

– Je suis vraiment content de t'avoir avec moi, Chantal, mais il est entendu que tu dormiras dans une des chambres du haut, cette nuit.

– Quoi, Maman vous a dit quelque chose à propos de nous ?

– Certainement pas.

– Parce qu'il se trouve que je ne suis plus une gamine, et que ce ne sont pas ses affaires.

– Chantal, ma chère Chantal, ce n'est pas raisonnable. Je suis grand-père et toi tu n'as même pas encore trente ans.

– J'en ai trente-deux, voyez-vous ?

Et elle irradiait une telle jeunesse, elle était si attirante que j'ai pris une décision en moi-même : si elle refusait d'aller se coucher en haut et se glissait dans mon lit, je ne protesterais pas. Je suis un faible. L'occasion, rien de plus. Mais elle m'a jeté un regard furibond et a grimpé l'escalier, puis une porte a claqué, bruyamment. Zut, zut et zut. Dans sa vieillesse, de jeunes femmes nubiles venaient réchauffer le roi David sur sa couche, alors pourquoi n'aurais-je pas droit à la même chose ? Tout en me versant une bonne rasade, je me suis dit que je pourrais peut-être monter la consoler. J'ai repoussé cette tentation, ce qui m'a rendu fier de moi, pour une fois, et m'a laissé attendre des éloges de Solange. Quand je me suis réveillé à midi le lendemain, après avoir tardé jusqu'à quatre heures du matin pour rejoindre mon lit, elle était partie sans me laisser le moindre mot. Le soir même, Solange a appelé :

– Comment, elle sacrifie son week-end, elle fait toute cette route pour venir t'aider à établir les budgets du mois prochain et toi, tout ce qui t'intéresse, c'est de regarder la télé en te soûlant ? Qu'est-ce que tu as bien pu lui dire, sans-cœur que tu es ? Elle n'a pas arrêté de pleurer depuis qu'elle est rentrée, elle dit qu'elle ne veut plus travailler avec toi…

– Tu sais quoi, Solange ? J'en ai jusque-là, des femmes ! Toi incluse. Non, toi particulièrement. Et j'envisage sérieusement d'aller vivre avec Serge, maintenant.

– Je veux savoir ce que tu as pu lui dire pour la blesser autant.

– Contente-toi de l'informer que je l'attends au bureau demain matin à dix heures.

9

J'ai revu Hymie Mintzbaum récemment, il y a seulement quelques mois. C'était lors de mon dernier voyage à Hollywood, où j'étais allé caser un projet et où j'ai senti ma vieille plume me démanger à l'idée de me remettre à l'écriture d'un scénario. Dans mon infinie bêtise, j'allai donc présenter une de mes foireuses idées au petit bitard qui règne maintenant sur le studio, Shelley Katz, descendant de l'un des pères fondateurs de l'industrie cinématographique qui passe pour un non-conformiste à Beverly Hills. Au lieu de monter et descendre les canyons en Rolls-Royce ou en Mercedes, auxquelles il avait droit à la naissance, Shelley met un point d'honneur à se déplacer dans un pick-up Ford 1979 pourri, dont les ailes sont si artistiquement cabossées que je soupçonne là le travail d'un décorateur du studio, auquel Shelley a sans doute déclaré : « Tu vois, ce que je cherche, c'est le vrai look pimbêche, genre patelin pas possible dans un téléfilm qui se passerait on va dire dans le Vermont. Un peu de rouille en plus, ce serait dément. Ah, tu es un type bien, toi. Ton apport compte beaucoup pour nous, tu sais ? On est une grande famille, tu comprends ? »

Les voituriers du Dôme ou du Spago's empochent de généreux pourboires rien qu'en signalant l'arrivée du vieux tacot sur leur parking aux agents et producteurs de la ville : « Il vient juste de se garer. Il est dedans, oui. Non, juré, vous êtes le seul à qui je téléphone. » Ainsi prévenus, les plaideurs peuvent se précipiter sur place pour faire leur cour et avoir peut-être la chance de baratiner un peu le grand homme, voire de lui caser un projet.

– Notre héros, ai-je appris à Shelley, est un Candide des temps modernes.

– Un quoi ?

– Candide. Voltaire, vous connaissez ?

– Volquoi ?

Loin de moi l'idée de suggérer que Shelley est un illettré irrécupérable, mais plutôt l'un des nouveaux « petits génies » de l'industrie du film. Si j'avais cité le nom de Superman, Wonder Woman ou Batman, il aurait hoché la tête d'un air satisfait, montrant ainsi que lui et moi étions des érudits. Ces jeunes d'aujourd'hui, mon Dieu ! Des privilégiés, des veinards comme il n'y en a jamais eu. Pensez qu'ils sont nés trop tard pour connaître la bataille de Stalingrad, le Débarquement, Rita Hayworth dépouillant son bras de cet interminable gant dans *Gilda*, Maurice Richard à l'attaque sur la glace, le siège de Jérusalem, Jackie Robinson se taillant une place au sein des Royaux de Montréal, Brando dans *Un tramway nommé Désir*, ou encore un Harry Truman tout sourires brandissant la une du *Chicago Tribune* barré du gros titre DEWEY L'EMPORTE SUR TRUMAN.

– Notre personnage, ai-je poursuivi, est un innocent. Un gosse, encore. L'histoire commence en 1912. Il est à bord du *Titanic*, le voyage inaugural. Dans la salle, tout le monde attend le choc avec l'iceberg quand…

– Vous savez ce que Lew Grade a dit à propos de *La Guerre des abîmes*, ce navet pas possible ? Ça aurait coûté moins cher d'abaisser le niveau de l'océan Atlantique.

– Mais un instant, de grâce. En fait, le paquebot arrive à bon port à New York, et là notre gamin fait la connaissance d'une journaliste sexy, dans le style de Lauren Bacall, qui…

– Lauren Bacall ? Vous blaguez ou quoi ? A moins qu'elle joue la mère de quelqu'un ?

– Dans le genre Demi Basinger, je voulais dire. Bref, elle lui demande comment a été le voyage et il répond : « Rasoir. » Et là…

– Demi Basinger ? Vous avez vraiment un drôle de sens de

l'humour, Mr Panofsky. Enfin, je veux que vous sachiez combien j'apprécie ce créneau de réflexion stratégique avec quelqu'un qui a été un poids lourd dans le métier, dans le temps, mais je crains de devoir passer la main sur ce coup-là. Dites, je suis marié à la petite-fille de Hymie Mintzbaum, moi ! Fiona. Je l'aime. Et nous avons deux enfants.

– Et vous les aimez aussi ?

– Tout à fait.

– Incroyable.

A ce moment, son portable a sonné.

– Tiens, quand on parle du… Oups, j'ai failli le dire ! C'est ma femme. Vous m'excusez une minute ?

– Bien sûr.

– Mmm, mmm. Ouais, ouais. D'accord, chérie, maintenant tu te calmes, tu demandes pardon à miss O'Hara et tu lui dis que tout est réglé. Oui, je crois avoir trouvé la solution. Franchement. Ouais. Non, je ne peux pas t'expliquer maintenant.

Il m'a lancé un grand sourire après avoir coupé.

– Quand Fiona a raconté à Hymie que vous veniez me voir, il a demandé si vous vous vouliez dîner avec lui ce soir au Hillcrest. Vous n'avez qu'à garder la limousine du studio. Ça me fait plaisir.

Nombre d'années avaient passé depuis notre bagarre à Londres, et mon indignation s'était assez émoussée pour que je sois étonnamment réjoui d'apprendre que Hymie était désireux de faire la paix. Nous avions tant de choses à nous dire… Avant de me rendre au Hillcrest, je me suis arrêté chez Brentano's pour lui acheter le dernier roman de Beryl Bainbridge, un écrivain que j'admirais beaucoup, puis j'ai fait appeler la limousine.

Si le maître d'hôtel ne m'avait pas escorté à la table où il était déjà installé, somnolent dans son fauteuil roulant électrique, je n'aurais jamais reconnu Hymie. Sa crinière de boucles noires avait cédé la place à quelques touffes de duvet blanc aussi fragiles que des têtes de pissenlit à la merci de la brise la plus ténue. Sa constitution d'Hercule avait fondu jusqu'à ne laisser qu'un sac d'os protubérants. Le maître d'hôtel, qui avait eu la sage idée de lui installer un bavoir autour du cou, a dû le secouer pour le sortir de sa léthargie.

– Votre hôte est arrivé, Mr Mintzbaum.

– Shlaou tanv aahan, a produit Hymie en tendant vers moi une main rabougrie et tremblante, celle qui fonctionnait encore.

– Dites-lui que vous êtes content de le voir, m'a glissé le garçon avec un clin d'œil.

Ses yeux étaient vitreux et larmoyants, sa bouche prise dans un rictus latéral comme si un fil invisible tirait la commissure vers le bas. Son menton dégoulinait de bave. Il a tenté ce qui devait être un sourire, mais n'allait pas plus loin que la grimace, en montrant mon verre.

– Vous désirez boire quelque chose ? m'a demandé le maître d'hôtel.

– Un Springbank, disons. Bien tassé.

– Et pour Mr Mintzbaum, comme d'habitude, certainement, a-t-il complété en pirouettant sur ses talons.

Dodelinant de la tête, Hymie a produit quelques gargouillis indistincts. Il m'a rattrapé la main avec effort, ses doigts s'agrippant faiblement aux miens.

– Tout va bien, Hymie, ai-je fait en lui essuyant les yeux, puis le menton avec son bavoir.

Le maître d'hôtel est revenu avec mon Springbank. A Hymie, il a versé un verre d'Evian.

– Flaah prrie ddlaa ! a protesté Hymie en s'efforçant de prendre un regard courroucé.

Il a renversé son eau minérale du revers de la main en montrant mon verre d'un coup de tête furibond.

– Vous faites le vilain, Mr Mintzbaum !

– Ne lui parlez pas de cette manière, suis-je intervenu. Et apportez-lui la même chose.

– Il n'a pas le droit.

– Immédiatement.

– A condition que vous en preniez la responsabilité devant elle.

– Qui, elle ?

– Sa petite-fille. Mrs Katz.

– Exécution, j'ai dit !

– Je sais ce que prendra Mr Mintzbaum, a-t-il lancé en me tendant le menu sous le nez, mais et vous-même… monsieur ?

– Et que prendra-t-il, au juste ?

– Des légumes à la vapeur, un œuf poché. Sans sel.

– Pas ce soir, non. Nous voulons de la poitrine rôtie et des latkes. Et n'oubliez pas le raifort, surtout.

– Sssa spe ! a éructé Hymie, que la joie secouait.

– Et une bouteille de beaujolais. Ah, et aussi, mon cher : je vois que mon ami n'a pas de verre à vin. Amenez-lui-en un.

– Mrs Katz va être dans tous ses états…

– Faites ce que je vous dis. Je me charge de Mrs Katz quand elle sera là.

– Vous allez en voir de toutes les couleurs.

Hymie a tenté de s'enfoncer sa fourchette dans la bouche en roulant des yeux extasiés.

– N'essaie même pas de parler, Hymie. Je ne comprends pas un mot à ce que tu racontes.

Lorsque le loufiat est revenu avec son verre, nous avons trinqué.

– Allez, à la nôtre ! Et au bon temps que nous avons eu ensemble. Ça, personne ne peut nous le prendre.

Pendant qu'il sirotait, je lui ai à nouveau essuyé le menton avant de poursuivre :

– Et aux aviateurs de la 8e armée, et à Duke Snider, à Mozart, à Kafka, et à Jelly Roll et au docteur Johnson, et à Sandy Koufax, Jane Austen, Billie Holiday…

– Lat nnne, a dit Hymie, qui pleurait en silence.

J'ai rapproché ma chaise pour lui couper sa viande. Quand le maître d'hôtel s'est approché de notre table, Hymie a recommencé à s'agiter et à balbutier.

– Pigé, pigé. Tout de suite, a répliqué l'autre, revenant peu après avec un bloc-notes et un crayon.

Il lui a fallu un temps fou. Il réfléchissait, les sourcils froncés, traçait quelques traits, arrachait la page, réessayait, enlevait à nouveau la page, soupirait, peinait sur la feuille, langue tirée. Enfin, il a poussé sous mes yeux sa calligraphie :

VEUX PAS MOURIR TOUT DE SUITE

Au moment où la chère Fiona a fait irruption dans la salle, nous étions soûls tous les deux, mais la preuve du délit, nos assiettes vides, avait déjà été retirée, heureusement. Shelley dans le sillage de sa bourgeoise, ils sont passés de table en table, faisant pleuvoir leurs bénédictions sur ceux qui comptaient encore parmi les incontournables, décourageant d'un simple signe de tête le menu fretin. Ils ont fini par arriver devant nous, Fiona Chérie avec des bijoux jusqu'aux yeux, ses formes grassouillettes empaquetées dans une robe de soirée en rayonne distendue aux mauvais endroits, sa cape de velours retenue par un clip en diamants, Shelley en smoking avec une de ces impossibles chemises violettes à jabot, une cravate de cowboy ornée d'un pendentif navajo et des santiags cousues main et garanties contre les morsures de serpent pour le cas où il se risquerait plus loin que Rodeo Drive.

– Je parie que deux vieux chenapans comme vous ont eu plein, plein de choses à se raconter ! s'est exclamée Fiona Chérie en plissant son joli nez resculpté par un chirurgien esthétique et en laissant une empreinte de rouge à lèvres écarlate sur le crâne pratiquement chauve de Hymie. D'après ce que je me suis laissé dire, vous avez fait les quatre cents coups, au bon vieux temps du « Gai Paris »…

– Mais bon sang, pourquoi Shelley ne m'a pas prévenu qu'il ne pouvait plus s'exprimer ?

– Pas maintenant. Ce n'est pas gentil du tout de dire ça devant lui. Manque de psychologie. Il est parfois difficile à comprendre, Hymie, rien de plus. N'est-ce pas, Papy ?

La suite reste confuse dans mon esprit, mais je me rappelle très bien que le maître d'hôtel a pris Fiona Chérie à part et qu'elle est ensuite revenue sur moi :

– Est-il vrai que vous l'avez laissé boire de l'alcool et manger de la viande rouge avec du vin ?

Les yeux hors de la tête, Hymie déployait des efforts surhumains pour se faire entendre.

– Attékon… wi.

– Il est incontinent ! s'est-elle indignée. Ça vous plairait, de devoir nettoyer derrière lui à trois heures du matin ?

– Ne me racontez pas que vous le faites, vous.

– Il se trouve que c'est le soir de congé de miss O'Hara, justement !

Je me souviens de Hymie faisant démarrer son fauteuil roulant en marche arrière, s'arrêtant et chargeant Fiona Chérie qui s'est mise à glapir et que Shelley a tirée hors de portée à temps. Ou peut-être non, peut-être est-ce là encore un tour que me joue ma mémoire quand je la triture trop pour approcher de la réalité. Ensuite, je crois que Hymie, qui a toujours eu horreur des mouchards, a foncé à la poursuite du maître d'hôtel et qu'en négociant un tournant trop serré avec son engin électrique il est entré en collision avec une femme assise à une autre table. Mais là encore il est possible que j'aie seulement désiré que cela se passe ainsi, que je force un peu les traits de cette histoire. Parce que, autant le reconnaître, ma nature me pousse à enjoliver. Mais n'est-ce pas le propre d'un écrivain, même débutant comme moi ?

En tout cas, je suis sûr que des paroles acerbes ont été échangées. Fiona Chérie, dont la voix montait toujours plus dans les aigus, m'a traité d'ivrogne irresponsable. A quoi j'ai répliqué, avec une politesse glaciale, en lui demandant si les seins qu'elle arborait étaient réellement les siens ou n'avaient pas été artificiellement améliorés, tant mon œil d'expert décelait en eux une tension et une densité peu communes. En réponse, Shelley a menacé de me casser la figure. Prêt à relever le défi, j'ai craché mon dentier et l'ai glissé dans la poche de mon veston avant de me mettre en garde, poings levés. Fiona Chérie a levé au ciel ses yeux violemment maquillés.

– Oh, quel vieux dégoûtant ! Allez, ne restons pas là !

Et elle a poussé Hymie vers la sortie. Hymie qui continuait à hoqueter sur sa chaise.

Quand j'ai voulu appeler la limousine obligeamment prêtée par Shelley, à l'entrée, le portier m'a annoncé que Mrs Katz avait dit au chauffeur qu'il pouvait rentrer chez lui.

– Dans ce cas, ai-je rétorqué, la main sur ma chemise tachée de beaujolais, cadeau d'adieu de Fiona Chérie, il va me falloir un taxi.

– Vous allez où, monsieur ?

– Au Beverly Wilshire.

D'un signe, le concierge a fait approcher un jeune voiturier blond, une vraie boule de muscles.

– Clint vous y emmènera pour vingt-cinq dollars, m'a annoncé l'autre. Pourboire non compris.

Empruntant la Rolls d'un client dans le parking, Clint m'a déposé à mon hôtel en grande pompe. Dans l'état d'agitation et le chagrin où j'étais, je suis allé droit au bar le plus feutré de l'établissement où j'ai immédiatement commandé un Courvoisier XO en me hissant sur un tabouret, une idiotie de ma part car j'avais déjà bu plus qu'assez et je ne supporte plus le cognac tard le soir, désormais.

– Et qu'est-ce qui vous est arrivé, vilain garçon que vous êtes ? a fait la jeune femme assise à côté de moi en pointant ma chemise maculée.

Une jolie rouquine en vérité, avec ce qu'il fallait de charmantes taches de rousseur, un sourire coquin, un tricot moulant généreusement son décolleté et une jupe longue fendue presque sur tout le côté.

– Je peux vous offrir un verre ?

– Une coupe de champagne français.

Petula – « Pet pour aller vite et bien », a-t-elle annoncé – a commencé à échanger les banalités d'usage avec moi, me récompensant de mes blagues les plus oiseuses par une discrète pression du genou. J'ai fait signe au barman de nous servir une nouvelle tournée.

– Dites voir un peu, m'a-t-elle déclaré, s'il doit y avoir de l'interface entre nous, et d'ailleurs pourquoi pas, hé, on est en démocratie, si on allait attraper cette petite table bien tranquille là-bas, avant qu'on se la fasse rafler sous le nez ?

Rentrant le ventre, j'ai accepté son bras et je me suis laissé entraîner dans le coin qu'elle convoitait, trimbalant pour elle son sac à main qui m'a paru étonnamment lourd. J'étais d'autant plus aux anges que mes yeux ivres croyaient discerner maintenant dans le regard des autres hommes présents, plus jeunes que moi et qui m'avaient d'abord ignoré avec le dédain que les mâles juvéniles réservent à ceux dont ils ne redoutent plus la concurrence, rien de moins que de l'envie. A ce moment, son sac s'est mis à sonner. Un sac qui sonne, bon Dieu ! Paniqué, je le lui ai jeté, elle l'a ouvert et en a retiré un téléphone cellulaire.

– Ouais. Hein ? Non, j'suis avec quelqu'un, genre. Dis-leur que j'passe le bonjour et qu'il va adorer Brenda. Ça baigne ?

Et elle a coupé.

Deux types dans la cinquantaine, tous deux vêtus de jeans et des maillots des Kings de Los Angeles, sont venus conspirer à la table d'à côté comme s'ils discutaient d'une phase de jeu pendant une pause.

– Alors, c'est vrai ? a chuchoté celui qui portait le numéro 99 en citant le nom d'un studio connu de la ville. Les Japs sont vraiment décidés à acheter ?

– Rien qu'entre toi et moi, j'ai vu le projet de contrat de mes propres yeux. A deux idéogrammes près, c'est déjà emballé-pesé.

– Ne me dites pas que vous êtes producteur ! m'a susurré Petula avec une caresse sur le genou. Mais j'vous rassure tout de suite, hein, je cherche pas un job, moi. Tiens, devinez l'âge que j'ai, genre.

– Vingt-huit.

– Oh l'ba-ra-ti-neur ! Trente-quatre, j'ai, et même pendant qu'on s'fait les yeux doux tous les deux mon horloge interne elle fait tic-tac, tic-tac, réglée comme du papier à musique, genre. Maintenant, que j'vous regarde. Je dirais… cinquante-quatre, genre. Trouvé ?

J'ai fait semblant de consulter la carte des boissons, un brouillard complet puisque j'avais répugné à me trahir en sortant mes lunettes de presbyte de ma poche, et j'ai commandé une bouteille de Veuve Clicquot ainsi qu'un Courvoisier XO.

– Vous êtes infernal, vous…, a-t-elle minaudé.

Soudain, mon copieux dîner pesait une tonne dans mon estomac. Je me suis contracté sur ma chaise, redoutant de lâcher prise devant ce qui s'annonçait un pet retentissant. Par chance, elle s'est levée à ce moment en déclarant qu'elle devait aller « faire un tour au coin des filles », ce qui m'a permis de laisser filer un vent fétide avec un soupir de soulagement, mais en conservant un air ingénu lorsque le client installé un peu plus loin sous le vent m'a lancé un regard indigné tandis que sa femme s'éventait ostensiblement avec le menu.

Alors qu'elle revenait vers moi en ondulant, Petula a été arrêtée quelques instants par un homme jeune, assis seul à une table, qui arborait une boucle d'oreille et un air peu commode.

– Qu'est-ce qu'il voulait ? lui ai-je demandé quand elle m'a rejoint.

– Franchement, franchement a-t-elle rétorqué avec sa moue la plus *Weltschmerz*, la plus romantico-fataliste : qu'est-ce qu'ils veulent, tous les hommes ?

Pendant que nous réglions son compte à la bouteille de champagne – mélangé au cognac, dans mon cas –, j'ai fouillé dans mon sac d'anecdotes autocomplaisantes en commençant à me hausser honteusement du col et à émailler ma conversation de noms fameux. Hélas, elle n'avait jamais entendu parler de Christopher Plummer ni de Jean Béliveau. Quant à la mention de Pierre Elliott Trudeau, auquel j'avais été présenté une fois, elle est tombée à côté :

– Ah, dites-lui que j'adore positivement son Doonesbury[8], hein ? (Puis, réprimant un bâillement :) Bon, et si on finissait nos verres et qu'on montait dans votre chambre, genre ? Mais vous avez bien pigé que je suis une escorte, genre pro, quoi ?

– Aaah.

– Ne prends pas cet air déçu, chéri, a-t-elle commandé tout en ouvrant le fermoir de son immense sac à main, ce qui m'a permis d'entrevoir la machine à cartes bancaires qui se trouvait au fond. Mon agence accepte toutes les cartes, à part American Express.

– Juste par curiosité, quels sont vos tarifs ?

– Tarifs ? Non, c'est plutôt « honoraires » qu'il faut dire. Eh bien, ça dépend du menu, genre, et puis il y a le facteur temps qui compte aussi.

Elle a fouillé à nouveau dans son sac pour en sortir une carte dûment plastifiée qui stipulait qu'elle était exempte du virus du sida.

– J'ai eu une longue, longue journée, Petula. Pourquoi ne pas terminer nos verres et nous dire bonsoir, tout simplement ? Sans rancune.

– Ouais ? Alors merci de m'avoir fait perdre deux heures, Papy, a-t-elle lancé en vidant d'un trait son champagne, puis elle est partie rejoindre son souteneur à la boucle d'oreille, toujours seul à sa table.

J'ai signé la note, je me suis levé et j'ai quitté le bar d'un pas vacillant, cherchant à prendre un air digne sans avoir l'impression d'y parvenir. Une fois réfugié dans ma chambre, j'étais trop en colère contre Miriam pour pouvoir trouver le sommeil. « Non, mais regarde-moi un peu, me disais-je. Faire le joli cœur avec une belle de nuit, à mon âge, tout ça parce que tu m'as abandonné ! » Je me suis couché avec la *Vie de Samuel Johnson* de Boswell, livre dont je ne me sépare jamais car je veux qu'il se trouve à mon chevet si je dois expirer subitement en voyage. Je suis tombé sur ce passage : « Malheureusement, avec la fréquentation de Savage, enclin à la dissipation et aux plaisirs licencieux de la ville, et sans pour autant renoncer à ses bons principes, Johnson semble ne pas s'en être strictement tenu à la règle de vie qui, à l'époque d'une plus grande simplicité, avait provoqué l'admiration de son ami, Mr Hector. Imperceptiblement, il fut conduit à certaines indulgences qui provoquèrent maintes tensions en son âme vertueuse. » Puis les caractères se sont brouillés sur la page et j'ai dû mettre ma lecture de côté.

Pour ajouter à mon humiliation, et cependant dans l'espoir d'y trouver quelque soulagement, j'ai pensé partir à la recherche d'une vidéo pour adultes sur les chaînes de la télévision, mais j'ai renoncé à cette idée. A la place, j'ai préféré, le cœur battant, convoquer devant les yeux de ma mémoire cette brave et toujours disponible Mrs Ogilvy. Elle nous venait du Kent, Mrs Ogilvy, où son père tenait une « boutique de nouveautés », ce que nous autres, « coloniaux » corrompus par l'esprit américain d'après elle, aurions appelé vulgairement un magasin de tissus. A nouveau, j'ai effectué une entrée maladroite dans sa chambre pour la surprendre dans une position à se damner : elle, ce pilier de la chorale de l'église Saint-James, en bas et porte-jarretelles, penchée en avant, s'apprêtant à emprisonner ses seins dans son soutien-gorge. Non, non. J'allais trop vite en besogne, là. J'ai placé ma cassette érotique personnelle sur rembobinage rapide, reprenant la scène depuis mon arrivée chez elle ce matin-là.

Du haut de ses vingt-neuf ans, la délectable Mrs Ogilvy, qui nous enseignait le français et la littérature et nous faisait souvent la lecture à voix haute du *John O'London's Weekly*, me paraissait absolument inaccessible. Et puis il y avait eu ce samedi où elle m'avait réquisitionné pour l'aider à repeindre son petit studio.

– Si tu te montres efficace, m'avait-elle dit, je te garderai à déjeuner, pour la peine. “En français, s'il vous plaît.”

– Bien, Mrs Ogilvy.

Nous avions commencé par sa petite cuisine et la matinée s'avéra une incroyable mise à l'épreuve, la provocante exiguïté des lieux nous conduisant à nous frôler et nous télescoper à plusieurs reprises. Quand par deux fois le plat de ma main entra accidentellement en contact avec sa poitrine, je crus qu'elle allait prendre feu. Puis ce fut son tour de peindre le plafond et elle grimpa sur l'échelle. Waouh !

– Aide-moi à redescendre, maintenant.

Elle perdit l'équilibre et atterrit dans mes bras, où elle resta quelques secondes.

– Whoops !

– Désolé, murmurai-je en la soutenant.

– Désolé ? Il y a mieux, comme compliment !

Et elle m'ébouriffa les cheveux d'un geste taquin.

A midi, nous nous installâmes sur des tabourets pour un repas de tartines de pâte de poisson. Elle ouvrit aussi une boîte de tomates pelées, en faisant gicler une sur mon assiette puis une autre pour elle.

– Ne restons pas oisifs pendant cette pause. Les examens commencent dans quinze jours, tu te rappelles ? Bon, je veux que tu me donnes l'appellation correcte pour ce que les Américains, ainsi que vous autres, colonisés qui les imitez servilement, appelez « voiture de bébé ».

– Un landau.

– Brave petit ! Et ce que vous désignez par « tette », ici ?

– Je ne sais pas.

– Un téton.

– Oh, Mrs Ogilvy ! fis-je, manquant de m'étrangler avec ma tartine.

– Eh oui, je sais que tu es un vilain garçon plein de mauvaises pensées, toi ! Maintenant, l'origine du mot « alibi », s'il te plaît.

– Latine.

– Bien !

Ce fut alors qu'elle remarqua une petite tache de peinture blanche sur sa jupe. Elle se leva, imbiba un chiffon de térébenthine et releva le bas du vêtement pour l'étaler sur une chaise afin de mieux le frotter. A carreaux marron, elle était, cette jupe, je la revois encore*. J'eus l'impression que mon cœur allait bondir hors de ma poitrine et s'envoler par la fenêtre. Ensuite, elle la remit en place en tortillant des hanches.

– Oh, maintenant je suis trempée à des endroits que la décence interdit de nommer. Je ferais mieux de me changer. Excuse-moi un instant, mon petit.

Et elle passa derrière moi en me frôlant, la pointe de ses seins m'effleurant à peine, mais laissant sans doute une brûlure indélébile dans mon dos, puis elle disparut dans sa chambre.

J'allumai une cigarette, la fumai entièrement. Elle n'était tou-

---

* P. 25, c'était une jupe écossaise…

jours pas de retour. J'avais terriblement envie de pisser, mais il fallait traverser sa chambre à coucher pour parvenir aux toilettes. Dans l'évier, peut-être ? Non : si elle revenait juste à ce moment ? Incapable de me retenir plus longtemps, je me glissai dans l'entrée et découvris que la porte de la chambre était entrouverte. Et merde, me dis-je en la poussant un peu, à l'agonie. Elle était là, debout, en bas et porte-jarretelles, penchée en avant pour attacher son soutien-gorge.

– Oh, je suis tellement désolé..., bredouillai-je en rougissant. Je n'avais pas idée que...

– Qu'est-ce que ça peut faire ?

– C'est... c'est juste que je dois aller aux toilettes.

– Eh bien, va, dans ce cas, rétorqua-t-elle d'un ton étonnamment sec.

Quand j'en ressortis, fou de désir, elle s'était déjà rhabillée. Elle alluma la radio, chercha une station. Une chanson. « Boum, mon cœur fait boum*... »

Alors, je réunis enfin assez de courage pour m'approcher d'elle, glisser mes mains sous son pull et dégrafer son soutien-gorge. Elle ne protesta pas. Au contraire, ajoutant à la fois à ma crainte et à ma délectation, elle se débarrassa de ses chaussures. « Je ne sais pas quelle mouche m'a piquée », susurra-t-elle en faisant glisser sa jupe à terre. J'agrippais déjà sa culotte.

– Oh, quelle précipitation, quelle impatience ! Un chiot tout excité. Attends un instant, veux-tu ? Quelle est l'expression consacrée, dis voir ? « Un gentleman ne se... » Ne se quoi jamais ?

Merde, merde et merde.

– Quoi, tu as oublié ? insista-t-elle alors que sa langue fusait dans le creux de mon oreille. « Un gentleman ne se... ? »

– « Ne se hâte jamais ! » complétai-je d'une voix triomphante.

– Dans le mille ! Maintenant, donne-moi ta main. Là ! Oui, comme ça ! "Oh oui, s'il vous plaît..."

Et c'est à cet instant précis que, dans l'isolement de ma chambre d'hôtel, mon dentier flottant entre deux eaux sur la table de nuit,

* P. 24, c'était « Un éléphant... »

je me suis empoigné. A mon âge avancé, l'alternative est en général de se satisfaire soi-même. Cela me permettrait enfin de trouver le sommeil, me suis-je dit, mais il n'en a pas été ainsi. Non monsieur. Car à ce moment, dans mon imagination, Mrs Ogilvy m'a obligé à retirer ma main d'une tape sévère.

– Mais qu'est-ce que tu penses fabriquer là ? Espèce de petit vaurien ! Hypocrite ! Petit juif présomptueux ! Remets sur-le-champ tes vêtements plus que douteux, tout droit sortis du grossiste je parie, et disparais de ma vue.

– Qu'est-ce que j'ai encore fait de mal, cette fois ?

– Vieux "dégoûtant" ! Oserais-tu me confondre avec une vulgaire grue qui se laisse soulever dans un bar ? Et si Miriam était arrivée juste à ce moment pour constater ce que la sénilité a fait de toi ? Ou l'un de tes petits-enfants, disons ? Tu es méchant, "méchant" ! Ce soir, tu apprendras par cœur l'*Ode au vent d'ouest* de Keats et tu me la réciteras dès le début du cours lundi matin.

– C'est de Shelley, pas de Keats.

– Et impertinent, avec ça !

Miriam m'est apparue en rêve. Armée de l'un de ses nombreux motifs de censure :

– Ça te plaît de penser que tu as volé au secours de Hymie, que tu es intervenu pour sa défense… Mais moi, je te connais si bien ! Trop bien.

– Je t'en prie, Miriam.

– La vérité, c'est que tu l'as bourré de nourriture et abreuvé de vin parce que tu ne lui as jamais pardonné de t'avoir caché que l'idée originale du film était de Boogie. Tu n'étais animé que par l'esprit de vengeance, comme d'habitude.

– Non !

– Tu n'as jamais rien pardonné, à quiconque.

– Et à toi, alors ? ai-je hurlé en me réveillant. Et à toi ?

Je me suis levé tôt, selon mon habitude, quelle que soit l'heure où je finis par m'endormir, les excès de la veille au soir se faisant durement ressentir : la tête dans un étau, les yeux rouges, les sinus bouchés, la gorge en feu, les poumons brûlants, les membres lourds. Après m'être adressé les admonestations d'usage et m'être douché, j'ai remis mes crocs parfumés à la menthe en place, ne fût-ce que pour redonner quelque forme à mes mâchoires rétractables avant de me raser, puis j'ai appelé le room-service en utilisant une méthode imparable pour obtenir sa collation du matin dans les plus brefs délais, une technique enseignée par Duddy Kravitz.

– Bonjour, Mr Panofsky.

– Je ne vois pas ce qu'il y a de bon dans ce jour, moi. Je vous ai commandé mon petit déjeuner il y a trois quarts d'heure et vous m'aviez juré vos grands dieux que je serais servi dans les vingt minutes !

– Qui a pris votre commande, Mr Panofsky ?

– Comment voulez-vous que je me souvienne de ça, bon sang ? En tout cas, c'était une orange pressée, des œufs pochés, pain de seigle grillé, pruneaux, le *New York Times* et le *Wall Street Journal.*

L'employée a marqué une pause avant d'annoncer :

– Je… je n'arrive pas à trouver une trace de votre commande, monsieur.

– Je parie que vous êtes une bande d'immigrés en situation irrégulière, dans votre service.

– Accordez-moi dix minutes, pas plus.

– Mmoui. Mais ne m'obligez pas à rappeler une troisième fois, alors.

Moins d'une demi-heure plus tard, mon plateau était là, accompagné d'abondantes excuses proférées par le garçon d'étage. J'ai avalé mon jus d'orange avec ma ration de gélules à la vitamine C et à l'ail, conçues pour favoriser la circulation et un bon transit intestinal ainsi que combattre le cholestérol et les inflammations. Ensuite, j'ai contrôlé l'état de mes actions dans le *Journal.* Merck avait pris un point et demi, Schlumberger se maintenait, American Home Products avait baissé légèrement, Royal Dutch était en hausse de deux points, le reste était stationnaire. La rubrique nécrologique du *New York Times* ne comportait ni ami ni ennemi. Le téléphone a sonné. C'était ce filandreux producteur de BBC-TV, un type qui demandait des reçus en blanc aux chauffeurs de taxi et devait sans doute rafler tous les mini-pots de confiture à la table de petit déjeuner de son hôtel. Il m'appelait de la réception. Bon Dieu, je l'avais complètement oublié, celui-là.

– Je pensais que vous aviez dit dix heures et demie, ai-je maugréé.

– Non, c'était bien « huit » heures et demie.

J'étais tombé sur lui quelques jours plus tôt, au Polo Lounge. Comme il m'avait appris qu'il préparait un documentaire sur les listes noires à Hollywood, et que je me trouvais d'humeur fanfaronne, je m'étais vanté d'avoir connu une floppée de victimes du maccarthysme à Londres en 1961, par l'intermédiaire de Hymie, et j'avais accepté de me laisser interviewer dans l'espoir que Mike verrait l'émission… Ou plutôt non, parce que j'aimais l'idée qu'on me demande de pontifier devant une caméra.

Installé sous les projecteurs qui m'aveuglaient, j'ai pris un air inspiré et je me suis lancé :

– Le sénateur McCarthy était un ivrogne sans principes, un clown, c'est l'évidence. Mais désormais que la chasse aux sorcières est loin derrière nous, je crois pouvoir affirmer a posteriori qu'il a aussi été le critique de cinéma le plus perspicace et le plus influent de toute l'histoire. Tant pis pour James Agee.

Et là, sans oublier de marquer un temps d'arrêt pour ménager mon effet, j'ai expédié ma flèche empoisonnée :

– En tout cas, il a fait du nettoyage dans les écuries d'Augias, si je puis dire.

– Eh bien eh bien, a fait le présentateur londonien. Je dirais que ceci est formulé comme je ne l'ai jamais entendu.

Visiblement troublé, apparemment à court de mots, j'ai feint un moment d'hésitation.

– Mon problème, voyez-vous, c'est que si j'ai éprouvé un grand respect pour les « Dix de Hollywood », en tant qu'individus je ne les ai jamais tenus pour des écrivains sérieux, même de seconde catégorie. Cette joyeuse bande a dépensé tant d'honnêteté et de scrupules dans des activités politiques marquées par la culpabilité et l'absurdité qu'il n'en est plus rien resté pour leur travail. D'ailleurs, dites-moi, est-ce que Franz Kafka avait besoin d'une piscine, lui ?

Cette dernière pique m'a valu un petit rire amusé.

– Je n'aime pas à dire cela, mais à la BBC on doit la vérité et rien que la vérité, n'est-ce pas ? Alors, la vérité est que, pour autant que j'aie abhorré les positions politiques d'un Evelyn Waugh, je préférerais de loin me mettre au lit avec l'un de ses romans plutôt que de regarder la énième rediffusion de l'un de ces navets sentimentalo-libéraux qu'ils aiment tant à la télé, tard le soir.

Encore quelques fadaises puis, m'interrompant pour allumer mon premier Montecristo de la journée, j'ai tiré une bouffée, retiré mes lunettes et fixé mon regard droit dans la caméra :

– Permettez moi de vous laisser sur deux vers pleins d'à-propos de W.B. Yeats : « Les meilleurs manquent cruellement de conviction,/Tandis que les pires bouillonnent d'intensité et de passion. » Telle était, je le crains, la situation à cette époque.

Mon baratin mis en boîte, le producteur, ravi, m'a remercié d'avoir exposé des idées aussi originales.

– Super matos, a-t-il dit.

10

La sonnerie du téléphone m'a causé un choc car personne ne savait que j'étais venu me réfugier dans mon cottage depuis la veille. C'était Kate, évidemment.

– Comment tu as appris que j'étais ici ?

– L'intuition. Mon petit doigt. Et pourtant, quand on s'est parlé mercredi soir, tu n'as jamais dit que tu allais où que ce soit. Alors j'ai appelé Solange, qui n'avait pas la moindre idée d'où tu étais passé. Il a fallu que le gardien de ton immeuble lui…

– Pardon, Kate.

– … lui ouvre la porte de ton appartement. Je devenais folle d'inquiétude ici, moi !

– J'aurais dû téléphoner. Tu as raison.

– Tu devrais surtout arrêter de broyer du noir dans ton coin. Ce n'est pas bon pour toi.

– Je préfère en juger moi-même, ma chérie.

– Il n'y a plus rien pour toi à Montréal. Michael vit à Londres, Saul à New York. Ce n'est pas comme si tu étais le Roi Lear, qu'aucun de tes enfants ne voulait de toi. Tu peux venir t'installer chez nous dès demain. Je m'occuperai bien de toi.

– J'ai peur d'être trop accroché à mes petites manies pour pouvoir dépendre de quiconque. Même de toi, Kate. En plus, j'ai toujours mes amis ici. Mais je te promets de venir vous voir bientôt. Le week-end prochain, peut-être…

Mais alors je serais obligé de supporter une des interminables tirades de Gavin sur son sujet préféré, la nécessité d'une réforme fiscale en profondeur. Et il me raconterait l'intrigue du dernier film qu'il avait vu. Et, sur ordre de Kate, il m'emmènerait voir un match de hockey aux Maple Leaf Gardens en feignant l'enthousiasme…

– Hé, tu sais ce que je viens de retrouver dans un tiroir ? Un de tes cahiers de composition, quand tu étais au collège !

– Vends cette maison, Papa.

– Je ne peux pas, Kate. Pas encore.

A vrai dire, je me retire de temps à autre dans ce cottage des Laurentides, théâtre de mon soi-disant crime, dont je parcours les pièces vides, un verre à la main, les lieux qui jadis résonnèrent du rire de Miriam et des joyeux cris des enfants. Je feuillette des albums de photos en pleurnichant comme un vieux fou : Miriam et moi sur le Ponte Vecchio à Florence ; à la terrasse de La Colombe d'Or, où je lui racontai mon déjeuner avec Boogie et Hymie Mintzbaum ; Miriam assise sur notre lit, sereine, en train de bercer Saul… Je mets son disque de Mozart préféré, je reste là, les joues baignées de larmes, ses vieilles chaussures de jardinage dans mon giron. Ou je vais renifler une de ses chemises de nuit, que j'avais cachée à sa vue pendant qu'elle faisait ses valises. Et j'imagine que ce sera ainsi qu'ils me retrouveront. Un mari abandonné, mort le cœur brisé, un bout de soie féminine pressé contre le nez.

– A quoi il s'accrochait si fort, ce vieux juif ? demandera le professeur Blair Hopper né Hauptman. Au numéro de son compte en Suisse inscrit sur un vieux chiffon ?

– Oh, mon pauvre amour, pardonne-moi ! gémit-elle en tombant à genoux et en serrant ma main glacée contre sa joue. Tu avais raison. C'est vraiment un abruti.

Mais voici que je me relève d'entre les morts, à l'instar de… comment s'appelle-t-elle déjà, cette superbe pépée* ostensiblement noyée au fond de la baignoire dans ce film avec le fils de Kirk Douglas, aussi vilain que son père, ce garçon ? A part que je ne

* Glenn Close.

brandis pas un couteau, moi. *Final Attraction**, c'est cela. Bref, je me relève et, d'une voix chevrotante :

– Je te pardonne, ma chérie.

Ne méprisez pas trop vite cette manie de s'apitoyer sur soi-même. Il y aurait beaucoup à dire pour sa défense, et quant à moi je m'en repais. Toujours est-il que, quelquefois, c'est la voix récriminatrice de Mrs Panofsky II qui vient troubler mes rêveries. Elle vécut ici avec moi, elle aussi.

– Tu m'en veux, Barney, c'est cela ?

Levant les yeux de mon livre en fronçant assez les sourcils pour lui faire clairement comprendre qu'elle m'a dérangé, je réponds :

– Mais non, voyons.

– Tu méprises mes parents, eux qui ne t'ont jamais rien fait de mal. C'était toi, n'est-ce pas ?

– C'était moi quoi ?

– Qui as envoyé à ma pauvre mère cette lettre à en-tête de Buckingham Palace, je ne sais pas comment tu t'es débrouillé pour en avoir, d'ailleurs… Une lettre lui annonçant qu'elle avait été retenue dans la liste des distinctions de la Nouvelle Année, pour l'ordre de l'Empire britannique, en raison de son action dans les œuvres de charité.

– Moi ? Jamais.

– Elle a guetté le facteur à la fenêtre des jours et des jours, et finalement elle a dû annuler la soirée qu'elle avait organisée pour fêter la décoration. Je pense que cela t'a procuré un immense plaisir de l'humilier à ce point.

– Ce n'était pas moi ! Je le jure.

– Je veux nous donner une chance, Barney. Je veux que tu me dises ce que je dois faire pour te contenter.

– Moi ? Mais je suis contentcontentcontent…

– Alors, pourquoi tu ne me parles jamais ?

– Reprends-moi si je dis une bêtise, mais n'est-ce pas précisément ce que nous sommes en train de faire, parler ?

* Non, *Fatal Attraction*, avec Michael Douglas. Produit en 1987 par Paramount, le film généra aux Etats-Unis 156 645 693 dollars de recettes.

– Non. Moi je parle et toi tu écoutes, plus ou moins. Regarde, tu n'as même pas posé ton livre !

– Voilà, il est posé, là. Et maintenant ?

– Oh, va au diable, d'accord ?

Ici, j'avais espéré trouver la solitude. Seulement, après mon inculpation, des voitures s'arrêtaient devant la maison, des gens en sortaient pour reluquer la demeure de l'assassin, ou bien des hors-bord coupaient leur moteur en face de la jetée et des salauds campés sur le pont mitraillaient les lieux avec leur appareil photo. Dans la période initiale de mon second mariage, pourtant, j'étais parvenu à y fuir mon épouse de temps à autre.

– Chérie ? Je ne pense pas que tu vas vouloir y aller avec moi, ce week-end. Il y a une vraie invasion de mouches noires, à cette époque, sans parler des moustiques qui vont pulluler, après toute cette pluie. Toi, tu vas au mariage des Silverman et tu m'excuses auprès d'eux. Et moi, je fais venir Benoît pour qu'il répare la fuite au toit.

Mon père, qui avait récemment été obligé de prendre sa retraite de la police de Montréal, avait fait une apparition impromptue au cours de cette fin de semaine atypique.

– Avec mon expérience de première gâchette, je pourrais me trouver un job dans le gardiennage-sécurité, facile, seulement ces khazerim-là, ils m'ont retiré mon permis de port d'armes.

– Et pourquoi ça ?

– Pourquoi ? Pourquoi ? Parce que je m'appelle Panofsky, voilà pourquoi !

Donc, Izzy avait téléphoné à un responsable haut placé de la police provinciale de Québec, qui avait jadis été son chauffeur.

– Des jours et des jours ont passé sans que j'arrive à l'avoir au bout du fil. Mais finalement je l'ai chopé, hein. J'ai trouvé le moyen de l'avoir, tu comprends ? Comment ? J'ai demandé à une copine de l'appeler, je l'avais tuyautée pour qu'elle dise qu'elle était l'opératrice et qu'elle avait un appel longue distance de Los Angeles, et tu sais ce que c'est, la curiosité, eh bien, il a enfin daigné prendre le bigo. Moi je lui dis : « Hé, sacré trou-du-cul, tu te rends compte que si je cherchais à joindre le Pape je l'aurais plus vite que toi ? » Et lui : « Oh, Panofsky, c'est que tu vois, je suis ultra-occupé, là. » Et moi : « Allez, pas de conneries, mec, tu l'étais pas, occupé, du temps que je te connaissais ! » Je demande pas de piston, je lui dis, simplement n'importe quel débile a un permis en ville et moi je cherche un boulot dans la sécurité et sans un flingue je me sens à poil. Alors il m'a arrangé le truc et maintenant tout va bien, j'ai deux revolvers, mes préférés, un à canon court, très beau, et un Tiger, et puis aussi deux automatiques. D'ailleurs je t'en laisse un pour mettre dans le tiroir de ta table de nuit, pas vrai ?

– Quelle idée ! Pour quoi faire ?

– Quelqu'un veut te cambrioler, hé, tu es au beau milieu de nulle part, ici, alors tu le volatilises, l'enfant de salaud !

La plupart des week-ends, pourtant, Mrs Panofsky II préférait inviter ses parents ou quelques autres indésirables plutôt que de supporter mon silence. Et donc, en guise d'autodéfense, j'inventai des rites d'été. Je disparaissais une heure ou deux avec mon tuba et mes palmes, partant à la recherche de bancs de perches dans les hauts-fonds. Ou bien, déclarant que je manquais d'exercice et que je faisais trop de graisse, j'empilais dans mon sac à dos des sandwichs au salami, des fruits, une bouteille de Macallan, une Thermos de café, un livre, et j'embarquais dans mon canoë en épicéa*, explorateur des temps modernes en route vers les montagnes de la rive opposée chantant à tue-tête « Un éléphant… » ou « Bongo, bongo, bongo, je ne veux pas quitter le Congo ».

Ce massif montagneux, qui s'appelait encore Eagle Head à cette époque, a été depuis longtemps rebaptisé « mont Groulx », en hommage à l'abbé Lionel Groulx, un raciste hystérique adulé par les séparatistes québécois. Je grimpais jusqu'à une clairière au sommet, je m'installais à l'ombre du petit abri de branchages que je m'étais construit, j'arrosais ma collation de Macallan et je lisais jusqu'au moment où je basculais dans le sommeil. A mon retour au cottage, joliment pompette en général, j'arrivais parfois à échapper au dîner ainsi qu'aux charades ou aux parties de scrabble qui

* Non, en bois de cèdre.

s'ensuivaient, prétextant une migraine : rejoindre ma belle-famille à table m'exposait en effet inévitablement à finir par me quereller avec mon beau-père, qui était capable d'annoncer tout de go, par exemple, que Richard Nixon s'était sorti avec honneur de son « débat dans la cuisine » avec Nikita Khrouchtchev.

– Papa voudrait te recommander pour l'adhésion à Elmridge.

– Ah, c'est vraiment trop gentil de sa part, mais ce serait peine perdue. Le golf, ce n'est pas pour moi.

– A franchement parler, intervint ma belle-mère, c'est surtout pour les relations que vous pourriez nouer là-bas, puisque je vois que vous n'avez jamais eu les opportunités qui nous paraissent naturelles, à nous. Le fils de Mr Bernard y appartient. Harvey Schwartz aussi.

– Il nous arrive souvent de faire une partie à trois, informa son mari.

– Regardez comme cela a profité à Maxim Gold, alors que lui non plus il ne joue pas au golf. Et dire que quand il est arrivé de Hongrie, encore petit, il ne parlait pas deux mots d'anglais !

L'odieux Gold en question était désormais fabuleusement riche, à la tête d'un laboratoire pharmaceutique dont l'article le plus juteux était le plasma conditionné.

– A franchement parler, glissai-je, je n'ai aucune envie d'appartenir à un club qui accepte des gens tels que Maxim Gold. Quelqu'un qui a fait fortune en trafiquant du sang ! Et de plus, ajoutai-je en décochant mon sourire le plus amène à mon beau-père, je n'arrive pas à comprendre que des hommes mûrs et par ailleurs très sérieux puissent perdre des après-midi à essayer de loger une petite balle blanche dans un trou. Il y a de quoi vous faire désespérer de l'humanité, vous ne trouvez pas ?

– Il te taquine, Papa.

– Eh bien, je suis capable d'accepter les moqueries comme tout le monde, je pense. Mais au moins, sur le green, en plein air…

– … Loin de la fumée de cigare, compléta ma belle-mère tout en s'éventant d'un air dégoûté.

– … tandis que nous goûtons les bienfaits que mère Nature nous a octroyés, nous ne nous dégradons pas à échanger des coups de poing comme le font ces voyous qui jouent au hockey. Que dites-vous de cela, Barney ?

Je suis sentimentalement attaché à ce cottage, c'est un fait. Il résonne de tant de souvenirs, encore. Tenez, celui-ci, par exemple.

Il y a seulement deux ans, par un soir d'été, j'étais installé dans mon rocking-chair sur le porche, un Montecristo dans une main, un cognac dans l'autre, en train de me repaître de la recherche du bon temps perdu lorsque je fus tiré de mes rêveries par un bruit de pneus crissant sur le gravier de la voie d'accès. C'est Miriam, me dis-je, le cœur battant. Miriam qui revient à la maison. Puis un coupé Mercedes pila juste devant moi. Il en sortit une gravure de mode masculine au sourire hésitant, un petit vieux décharné qui ne paraissait pas se rendre compte de sa ridicule apparence. C'était Norman Charnofsky, qui avait pris sa retraite universitaire depuis belle lurette et dont les cheveux filasse, entièrement disparus, avaient cédé la place à une perruque. Il avait l'air dans tous ses états.

– Ça alors ! fut tout ce que je réussis à articuler.

– Je suis venu jusqu'ici parce que je veux que vous entendiez ma version des faits. Je vous dois au moins cela, je pense.

Pauvre innocent, doux et vulnérable Norman, rabougri désormais, mais toujours incapable de retenir ses accès lacrymaux, ainsi que j'allais m'en rendre compte. Son allure de mondain fortuné, tout à fait incongrue de sa part, était rachetée par une tache de graisse très visible sur son pantalon.

– Avant que vous ne commenciez, le prévins-je, je tiens à ce que vous sachiez que j'ai été en contact avec votre femme.

Puis je l'invitai à passer au salon.

– Vous avez été en contact avec Flora. Vous pensez que je ne m'inquiète pas pour elle ?

Il commença en me rappelant notre rencontre à l'hôtel Algonquin, des lustres plus tôt, que dis-je, des années-lumière, quand je lui avais cédé les droits de l'œuvre de Clara, que nous considérions alors tous deux dénuée de valeur commerciale. Mais à son étonnement comme au mien, elle était devenue une légende et rapidement le livre d'art réunissant ses dessins à l'encre avait atteint un chiffre de ventes à plusieurs zéros tandis que ses *Versets de la Virago*, traduits un peu partout, connaissaient réédition sur réédition. La Fondation Clara Charnofsky, de prime abord une initiative aussi généreuse que futile, s'était mise à récolter des millions. Au début, son siège avait été installé dans un minuscule bureau chez Norman où, sous une ampoule nue, il assurait sa correspondance sur une machine à écrire portable avant de partir au travail et où il tenait un compte scrupuleux des moindres ramettes, timbres, rubans, feuilles de papier carbone et trombones utilisés. Oui, du papier carbone, si vous êtes assez vieux pour comprendre de quoi je parle. Car c'était encore un temps où non seulement nous nous servions de carbone, mais aussi où c'était une voix humaine qui vous répondait quand vous passiez un coup de fil, pas un répondeur automatique avec un message plein de morgue, où vous n'aviez pas besoin d'être un ingénieur de l'aérospatiale pour maîtriser le gadget qui allume et éteint votre télé, ce trucmuche grotesque qui nous est maintenant imposé avec une bonne vingtaine de touches différentes, dont Dieu seul sait à quoi elles servent. Où les médecins se déplaçaient encore à domicile. Où les rabbins étaient tous des hommes. Où les enfants étaient élevés par leur propre mère et non dans des parcs clôturés, comme des porcelets. Où « software » signifiait tout simplement « mercerie ». Où il n'y avait pas un dentiste particulier pour les gencives, un autre pour les molaires, un autre pour les couronnes, un autre pour les extractions, non, un seul abruti se chargeait de tout à la fois. Où si d'aventure un serveur renversait un bol de soupe sur les genoux de votre invitée le patron proposait de payer le teinturier pour sa robe et vous offrait une tournée, et la dame en question ne portait pas plainte en réclamant des trillions de dollars de dommages et intérêts pour « préjudice moral ». Et si ce restaurant était italien, vous pouviez encore y trouver quelque chose appelé tout bonnement « spaghettis », fréquemment accompagné de boulettes de viande, au lieu de « pasta au saumon fumé », ou de « linguine » déclinées dans toutes les couleurs de l'arc-en-ciel, ou de « penne » couvertes d'un tas de babioles végétariennes dont l'aspect général fait penser à du vomi de chien. Bon, voilà que je recommence avec mes vitupérations. Et mes digressions. Pardon. Désolé.

Le siège de la Fondation, donc, jadis à peine plus qu'un cagibi, avait été transféré quelques années auparavant dans un ensemble de cinq bureaux Lexington Avenue, avec un personnel de huit collaborateurs, sans compter ses conseillers juridiques ou son gestionnaire de portefeuille qui avait accompli des miracles sur le marché boursier. Les sommes colossales que la Fondation brassait désormais ne venaient pas seulement des droits d'auteur dérivés et de placements judicieux, mais aussi de généreuses donations. Comme il n'était plus en mesure de gérer cette entreprise tout seul, Norman avait fait entrer deux féministes afro-américaines au conseil d'administration, Jessica Peters, dont les poèmes étaient publiés aussi bien par le *New Yorker* que par *The Nation*, et le docteur Shirley Wade, qui enseignait les « études culturelles » à Princeton. Ces deux formidables parangons de sororité amenaient avec elles une redoutable historienne, Doris Mandelbaum, auteur d'une *Histoire des Femmes de Boadicée à Madonna*.

Ce fut elle qui prit la tête de la rébellion en dénonçant comme une nouvelle manifestation du pouvoir mâle, voire une « aberration sexiste », le fait que le président d'une fondation féministe fût un homme, qui plus est appartenant à une confession prônant les vertus de la famille patriarcale. Sa seule justification pour occuper ce poste ? Sa relation familiale avec Clara, elle-même victime du chauvinisme mâle le plus obtus. Très gêné, Norman s'était empressé de céder sa place à Shirley Wade, mais il avait gardé un œil sur les activités de la fondation, notamment sur la comptabilité. Lors d'une réunion du conseil d'administration en 1992, il avait surmonté sa timidité naturelle pour demander des explications sur le voyage que les sœurs avaient effectué aux frais de la fondation afin de se rendre à un symposium littéraire à Nairobi, avec escale prolongée à Paris.

– Je suppose que s'il s'était agi de Tel-Aviv, vous n'y auriez pas vu d'objections, fut la seule réponse qu'il obtint.

Puis il avait eu l'audace de s'interroger sur la nécessité de déjeuners dans les restaurants les plus coûteux de New York, The Four

Seasons, Le Cirque, Lutèce, The Russian Tea Room, également aux frais de la princesse.

– Ah, j'imagine que vous auriez trouvé plus « cachère », si j'ose dire, que nous rencontrions nos partenaires d'affaires dans un boui-boui de Harlem, autour d'un plat de tripes de cochon ?

– Je vous en prie, avait bredouillé Norman, rouge comme une tomate.

– Nous en avons un peu assez, de vos plans phallocratiques, Norm.

– Oui, franchement, vos manières de patriarche moralisateur commencent à nous lasser.

– Et vos refoulements sexuels.

– Et votre racisme.

– Comment pouvez m'accuser de… Je ne vous ai peut-être pas nommées au conseil, Shirley et vous ?

– Oïe vé, bubalé, mais c'était pour faire du bien à votre ego, non ? Pour jouer au petit saint qui fait sa mitsva, hein ?

– Ouais, et qui annonce à sa petite femme, en rentrant chez lui : « Voilà, on a des schvartzes au conseil, maintenant ! »

Deux ans plus tard, suite à une réunion extraordinaire du conseil en son absence, Norman avait reçu une lettre recommandée l'informant qu'il était déchargé de toutes ses responsabilités dans l'institution, rebaptisée à l'occasion « The Clara Charnofsky Foundation for Wimyn ».

– Mais bon Dieu, Norman, pourquoi ne pas avoir fait appel à un avocat et avoir éjecté toute cette engeance ?

– Ah oui ? Et elles auraient envoyé une lettre au *New York Times* en me présentant comme un affreux raciste !

– Et alors ?

– Et alors, elles auraient eu raison, voilà. Je me suis rendu compte que je le suis, raciste, et vous aussi, d'ailleurs. Seulement, moi je le reconnais, maintenant. Grâce à elles. Bourré de préjugés sexuels, en plus. Et hypocrite, avec ça. Quand j'enseignais à l'université, j'avais le petit ruban contre le sida à la boutonnière, mais vous savez quoi ? J'ai arrêté d'aller à un restaurant italien de la 9e Rue qu'on fréquentait depuis des années, Flora et moi. Un des serveurs était gay, là-bas, et d'un coup il est devenu tout maigre, tout pâle. Et s'il se coupait un doigt en pelant des tomates à la cuisine, comme ça ? Non, vraiment, ces femmes m'ont obligé à me remettre en cause. J'ai dû admettre que cela m'avait gratifié de choisir des Africaines-Américaines au conseil d'administration, que je m'étais senti très fier de moi et que plus ou moins inconsciemment j'attendais d'elles une reconnaissance éternelle. Voyez-vous, un jour, je leur ai dit que je trouvais ce Shamir abominable, que j'étais pour un Etat palestinien, et c'est la vérité, mais après je me suis demandé s'il n'y avait pas une autre raison, si je n'avais pas cherché à me faire bien voir par elles. « Hé, Charnofsky, c'est un juif sympa ! Il ne va pas casser les côtes aux enfants arabes de Cisjordanie, lui ! » Une autre fois, à une réunion du conseil, Jessica m'a lancé un défi : « Allez, franchement, m'a-t-elle dit, si vous voyez mes trois fils arriver dans votre direction sur le trottoir dans un coin un peu chaud, 46e Rue disons, vous faites quoi ? Vous ne traversez pas, juste un peu par peur d'être agressé ? » Bon, ils ont tous les trois les cheveux coupés à la Grace Jones, vous savez, mais l'un d'eux est boursier à Julliard et les deux autres sont à Harvard. Et voilà, il se met à pleuvoir, ils font signe à un taxi mais aucun ne s'arrêtera pour eux. Et si j'étais chauffeur de taxi, je ferais peut-être la même chose. Et vous aussi. Il suffit que Jesse Jackson sorte une blague sur les juifs pour que tout le monde soit sur le pied de guerre, mais je vous ai entendu les appeler des « schvartzes », et je suis certain que si votre fille en avait épousé un vous n'auriez pas sablé le champagne, non. Je dois aussi reconnaître que Jessica Peters et Shirley Wade sont bien plus intelligentes que moi, mais qu'au lieu d'être content je… Ça y est, je recommence ! s'exclama-t-il en se frappant le front des deux poings. « Au lieu d'être content ! » Quel droit ai-je de réagir de cette façon au fait qu'un Africain-Américain soit particulièrement intelligent ? Aucun ! Seulement, à cette époque, cela me froissait, sans que je l'admette. Je me disais : Après tout ce temps, tu n'es encore que chargé de cours à l'université de New York alors que Shirley, elle, est titulaire à Princeton, et tout cela à cause de leur « égalité des chances » ! Oui, c'est vrai, mais il n'empêche que Shirley et Jessica sont des têtes, et qu'elles ont le sens de la repartie, et qu'elles sont rapides. Aux réunions du conseil, j'osais à peine ouvrir la bouche tellement j'étais intimidé, il fallait voir comment elles vous rabattaient votre caquet…

Il s'interrompit un instant.

– Tenez, quand elles se sont voté une allocation annuelle de trente mille dollars pour leur participation au CA et autres responsabilités, je me suis battu contre comme un fou, mais en réalité je bichais, franchement, j'en salivais de tout cet argent ! Et là, Jessica, avec ce petit sourire en coin qu'elle a, elle dit : « Bon, Norman, si cela vous choque tellement, vous pouvez toujours y renoncer, vous, à votre allocation ! » Et moi, mort de peur, je crie non, impossible, parce que ça aurait l'air d'une critique voilée contre mes honorables collègues, n'est-ce pas ? Ça serait pris comme un désaveu moral, hein ? Vous voulez que je vous apprenne quelque chose d'encore plus honteux à mon sujet ? Eh bien, Jessica, elle n'est pas seulement brillante, c'est une beauté, en plus, et elle a la réputation de coucher un peu partout. Bon, moi, je n'ai jamais fait l'amour avec une Noire et… Mais qu'est-ce que je raconte ? J'ai soixante-trois ans et je n'ai jamais fait l'amour avec une autre femme que Flora. Je peux mourir maintenant et je ne saurai même pas si j'ai raté quelque chose, si c'est bien meilleur avec une autre… Enfin, pendant les réunions du CA, je me suis surpris à lorgner les seins de Jessica, ou ses jambes quand elle les croisait, et elle l'avait remarqué, vous pouvez parier qu'elle avait tout compris ! Alors elle était assise là, avec sa jupe courte, courte, à improviser sur Henry James ou Mark Twain, à sauter d'une idée à l'autre, à lancer des théories que moi je n'avais même pas soupçonnées en trente ans d'enseignement universitaire, et moi j'avais une érection. Pendant les séances du conseil, j'avais l'habitude de nous commander un déjeuner au restaurant d'en bas. Un jour, c'était du poulet rôti avec de la salade de pommes de terre. Shirley veut me poser un blanc dans mon assiette, mais Jessica lui retient la main et elle dit : « Non, question viande, je crois qu'il préfère une autre couleur, Norman », et alors elles partent toutes les deux de ce rire qu'elles ont, dans leur ventre, et moi je deviens tout rouge. Quelle honte, oh, quelle honte, quel porc je suis ! Et Doris ! D'accord, elle n'arrêtait pas de me chercher, Doris, mais elle avait bien vu dans mon jeu, j'avoue. C'est vrai, je ne supporterais pas que ma fille se mette à vivre avec une femme. La vérité, c'est que j'ai même du mal à me trouver dans la même pièce qu'une lesbienne ou un homosexuel. Pourquoi ? Je vais vous dire, pourquoi : comme Doris me l'a répété souvent, c'est parce que je doute de ma virilité. Si j'étais couché sur un lit, les yeux fermés, et que c'était un homme qui me suçait... Pardon de parler de ces choses-là, mais en tout cas, est-ce que je remarquerais une différence ? Quand j'imagine un truc pareil, j'ai l'estomac qui se soulève de peur, mais je parie que ce serait pareil pour vous, si un homme vous le faisait. Et c'est pour cette raison que vous racontez des blagues à propos des « pédés ». Mais moi non, c'est fini.

Il releva les yeux.

– Okay. Assez tourné autour du pot mon petit Norman ! Je sais que vous mourez d'envie de me poser une seule question : pourquoi j'ai, ouvrez les guillemets, volé, fermez les guillemets, l'argent ? Eh bien, ce n'était pas du vol. C'était prendre ce qui me revenait. Non. Bien moins que ce que je méritais. Parce que bon, sans moi, qui aurait seulement entendu parler de Clara Charnofsky ? Est-ce que vous avez fait publier ses poèmes avec votre propre argent, vous ? Est-ce que vous avez trimbalé ce premier livre d'un éditeur à l'autre, à une époque où ils me recevaient comme un chien galeux ? Est-ce que ce n'est pas moi qui ai abreuvé de lettres les rubriques littéraires dans les journaux ? Un agent, il aurait pris combien pour tout ça ? Dix pour cent, je crois que c'est, ou même quinze. Et la fondation, c'était l'idée de qui ? De moi, et de personne d'autre. Des millions et des millions, avec les intérêts qui s'accumulent jour après jour, tout ça grâce à moi ! Et chaque année on distribuait des fortunes en subventions, bourses de recherche, tout ce que vous voudrez, mais vous croyez que j'aie jamais reçu un petit mot de remerciement ? Bernique. Alors j'ai fait le total du temps que j'ai consacré à cette œuvre depuis le début, j'ai estimé qu'on pouvait le facturer à cinquante dollars de l'heure, c'est-à-dire moins que ce que vous demande un salaud de plombier de nos jours, sans parler d'un avocat, et je suis arrivé à la somme de sept cent cinquante mille. On a dit « vol », on a dit

« détournement de fonds », on a dit « escroquerie », mais moi, je m'en fous, j'y avais plus que droit. Hé, vous voulez en entendre une bien bonne ? Attendez, je vais vous raconter. Servez-m'en un autre.

– Vous avez peut-être assez bu comme ça, j'ai l'impression.

– Il a l'impression que j'ai assez bu comme ça ! Venant de vous, ça ne manque pas de sel ! s'exclama-t-il en me tendant son verre.

Je lui versai une prudente rasade, en rajoutant beaucoup d'eau.

– Donc, un jour, je vais déjeuner au Lutèce. Ils m'installent à une table au fond, près de la porte des cuisines. Mais moi, je ne savais même pas quoi commander, quel vin va avec quoi, rien ! Vous aimez le caviar, vous ? Ça faisait des années que je lisais « caviar, caviar », dans les romans, mais c'est tellement salé, je ne comprends pas qu'on en fasse tout un plat… Dites, est-ce qu'elle se remarque, ma perruque ? Si vous ne me connaissiez pas d'avant, bien sûr.

– Vous voulez passer la nuit ici, Norman ?

– J'ai déjà réservé dans un motel.

– Ce n'était pas nécessaire, vraiment.

– Primo, je ne pouvais pas être certain que vous seriez là, ou que vous seriez content de ma visite. Secundo, je suis avec une jeune personne. Elle ne vous dirait rien, à vous, mais c'est mon affaire, pas vrai ? (Là, ses larmes se transformèrent en gloussements nerveux.) Elle lit des BD, Doreen. Dans la voiture, elle n'écoute que du rock en faisant des bulles avec son chewing-gum. Ça me rend dingue, ça. Et le soir, il faut être à l'hôtel avant six heures et demie, autrement elle a peur de rater son jeu préféré à la télé. Moi, j'ai honte quand je me déshabille devant elle. Un vieux comme moi, tout décharné. Pardonnez-moi la question, mais vous avez déjà des varices, vous ?

– Quelques-unes.

– Oh, Barney, Barney, je ne sais plus qui je suis ni ce que je fabrique… Je vais dans la salle de bains, je m'assois sur la cuvette des W-C, je pleure et j'ouvre les robinets pour qu'elle ne m'entende pas. Je me fais un sang d'encre pour Flora. Ma fille doit me détester et un jour ils vont finir par me rattraper, et je vais me retrouver en prison avec les droit commun… Bon, et vous, comment ça va ? Je ne vous ai même pas demandé.

– Vous avez dépensé tout l'argent ?

– Deux cent mille au maximum, peut-être moins. Qu'importe ?

– Vous êtes prêt à rendre ce qui reste ?

– Ce n'était que mon dû, je répète.

– Répondez à ma question.

– Répondre à sa question ! Il est exclu que j'aille en prison.

– Si vous êtes disposé à rendre le reste, je pourrais aller à New York leur parler. Je proposerai de combler ce qui manque, à condition qu'elles renoncent à des poursuites judiciaires. Elles seront d'accord, j'en suis sûr.

– Comment je vous laisserais faire une chose pareille ?

– Je suis riche, Norman.

– Il est riche ! J'aurais peut-être mieux fait de me lancer dans la production de navets, moi aussi. Pour la plèbe.

– Norman ? Vous savez que vous commencez à vous exprimer comme l'oncle Haïm, alav-ha-sholem ?

– Je vous remercie de votre proposition, sincèrement. Mais Flora ne me pardonnera jamais, elle ne me laissera pas revenir. Je ne l'en blâme pas, d'ailleurs. Et puis, je n'oserais pas revoir mes anciens amis… (Il se leva d'un bond.) Dites, vous n'auriez pas quelque chose à grignoter, par hasard ? Noix, chocolats, n'importe quoi ? J'ai promis de lui ramener quelque chose, à la fille, mais tout sera fermé maintenant…

– Non, désolé, Norman. Ecoutez, je voudrais que vous reveniez demain, au petit déjeuner, qu'on puisse encore parler de tout ça. Je suis vraiment prêt à couvrir la somme manquante. Et je pourrais dire un mot à Flora, aussi.

– Du beurre de cacahuètes, peut-être ? Du pain en tranches ?

– Pardon, mais je ne viens plus très souvent ici, vous savez ? Hé, ça me dirait bien de prendre un peu l'air. Et si je vous ramenais à votre hôtel ? Vous pourriez laisser votre voiture ici.

– Oh, c'est à peine à quelques kilomètres, quatre ou cinq. Je suis parfaitement en état de conduire.

J'aurais dû insister.

11

Jeremy Katz	Le 18 mai 1994
Président du CACAM	Fondation Clara Charnofsky
Boîte postale 124	615 Lexington Avenue
Montréal	New York, N.Y.
Québec	USA

Chères amies,

Bien le bonjour. Cette lettre pour solliciter une subvention en faveur de notre association, le CACAM (Comité anti-chauvinisme et arrogance mâles), mais avant toute chose permettez-moi de vous présenter nos activités, ma petite personne et ma compagne.

Celle qui me fait l'honneur de partager ma vie et d'assurer ma subsistance, Georgina, est l'unique membre féminin du groupe d'intervention spéciale de la police montréalaise. Elle a pu parvenir à cette position malgré les préventions culturalo-phallocratiques, en proie qu'elle est aux sifflets, regards insistants et autres harcèlements d'ordre sexuel. La semaine dernière encore, alors qu'elle quittait les locaux en civil (tricot ultramoulant, microjupe, bas résille et talons aiguilles), le planton de garde a haussé les sourcils en s'écriant : « Oh, Georgy, quelle forme vous tenez, ce soir ! »

C'est moi qui m'occupe de la maison et qui garde nos deux enfants, Oscar et Radclyffe. J'adore Georgina, mais elle est parfois imprévisible : après le travail, si elle rencontre une inconnue à son bar préféré, le Caveau de Sappho, elle peut très bien la ramener à dîner sans même me passer un coup de fil pour me prévenir. Je ne suis pas du tout opposé à ces invitations impromptues, seulement je n'aime pas trop me faire surprendre dans mes habits de ménage. Un simple appel téléphonique me permettrait de revêtir une tenue plus soignée, et m'éviterait la vexation d'être pris avec des serviettes en papier sur la table.

Hier soir, Georgina m'a téléphoné, pourtant, pour m'annoncer qu'elle ne rentrerait pas dîner. Apparemment, deux de ses collèguesses, simples policières du poste de police numéro dix, Brunhilde Mueller et Hélène Dionne, ont décidé d'officialiser leur relation et de s'installer ensemble, et donc toutes les femmes du service ont organisé un enterrement de leur vie de fille en réservant des tables au COX, un bar à strip-tease masculin à l'est de la Main. Cela m'a permis de m'asseoir un moment et de savourer un rare plaisir, la lecture du journal du matin ! Et là, qu'est-ce que j'ai vu en première page du cahier des sports ? Une photo de Mike Tyson, ce violeur patenté, qui s'apprête à disputer à nouveau le titre de champion des poids lourds ! Et c'est là que j'ai eu mon éclair de génie.

Ce matin, donc, j'ai sorti ma plus belle nappe en lin d'Irlande et j'ai invité toute la direction du CACAM à prendre le thé dans ma cuisine, avec des cookies diététiques. Je déteste m'envoyer des fleurs, mais la vérité est qu'ils ont accueilli mon idée avec des cris extasiés. La voici : en deux mots, ne serait-il pas superbe que Tyson, ce saccageur de féminité, cette honte vivante pour toutes les minorités visibles, soit défié et battu sur le ring par une adversaire ? Il s'agirait là d'un TOURNANT dans l'histoire de la Femme. Et c'est pourquoi le CACAM se dispose à lancer une recherche de la personne adéquate à travers tout le continent. Nos ressources financières étant des plus limitées, nous nous adressons donc à votre noble fondation dans le but d'obtenir une aide de cinquante mille dollars, somme à laquelle nous ajouterons évidemment tous les bénéfices générés par nos goûters de solidarité et nos soirées loto. Oui, vous pouvez participer à l'apparition de la première championne du Monde de boxe des poids lourds ! N'est-ce pas une merveilleuse perspective ?

Dans l'attente de votre prompte réponse, je vous adresse mes meilleurs sentiments féministes.

Pour le CACAM,

Jeremy Katz.

12

Désœuvré, je me hâtai de décrocher le téléphone dans mon bureau pour entendre notre standardiste annoncer :

– Les Productions d'utilité théorique, bonjour !

– Pourrais-je parler à Barney Panofsky, s'il vous plaît ?

– Qui le demande ?

– Miriam Greenberg.

– Si vous êtes actrice, Mr Panofsky préfère que vous lui adressiez un courrier.

– Pouvez-vous le prévenir que Miriam Greenberg est en ligne, simplement ?

– Je vais voir si je peux le déranger.

– Miriam ! Vous êtes à Montréal ?

– Non, à Toronto.

– Quelle coïncidence ! Il se trouve que je vais à Toronto demain. On dîne ensemble ?

– Vous êtes impossible, Barney. J'appelle parce que votre cadeau m'est parvenu hier.

– Ah !

– Comment vous permettez-vous une pareille familiarité avec moi ?

– Vous avez raison, je n'aurais pas dû, mais quand je l'ai vu dans la vitrine de Holt Renfrew j'ai immédiatement pensé à vous.

– Je l'ai renvoyé.

– Oh… A mon bureau ?

– Oui, ne vous en faites pas !

– J'ai dit que je m'excusais.

– Il faut que cela s'arrête, maintenant. On ne peut pas dire que j'aie fait quoi que ce soit pour vous encourager, pourtant !

– Je crois qu'on devrait se voir pour en parler.

– Il n'y a rien à dire là-dessus.

– Inutile de vous fâcher.

– Pour quel genre de femme me prenez-vous ?

– Ah, vous n'avez pas idée… La vérité, Miriam, c'est que je n'arrête pas de penser à vous, Miriam.

– Eh bien, arrêtez. Il se trouve que j'ai une relation avec quelqu'un.

– Mais vous ne vivez pas avec lui, n'est-ce pas ?

– En quoi cela vous regarde-t-il ?

– Oui, je suis insupportable, je m'en rends compte. Alors pourquoi ne pas déjeuner ensemble et…

– Je vous ai déjà dit qu'il…

– Attendez ! Un déjeuner, un seul. Rien d'autre. Et si vous décidez alors que vous ne voulez plus me revoir, ce sera réglé.

– Sérieusement ?

– Juré.

– Quand ?

– Vous me dites, j'y serai.

– Mercredi. On peut se retrouver au buffet à la terrasse du Park Plaza.

– Non. En bas. A la Salle du Prince Arthur.

13

J'ai commis une grosse erreur, hier soir : relire une partie des bêtises que j'ai couchées sur le papier dans le cadre de ce que je suis arrivé à considérer, non sans forfanterie, comme ma propre *Apologia pro vita sua*, pour donner un coup de chapeau au cardinal Newman. Les digressions, ou plutôt ce que je préfère considérer comme les « propos de table de Barney Panofsky », abondent. Mais personne ne reproche à Laurence Sterne d'en avoir abusé, alors pourquoi pas moi ? Rendez-vous compte de votre chance, lecteurs : vous n'avez pas à attendre la fin du troisième volume pour que j'en arrive à ma naissance, au moins ! Plus encore, il ne me faut pas six pages pour traverser un simple champ, contrairement à ce qui se passe dans les livres de Thomas Hardy. Je contiens mes métaphores, ce qui n'était pas le cas de John Updike. Je suis admirablement concis dans mes descriptions, à l'inverse de P.D. James[9], un auteur que j'apprécie énormément, figurez-vous ; chez elle, un personnage peut surgir avec des nouvelles fracassantes mais on n'en apprendra rien avant d'avoir été informés de la couleur et de la texture des rideaux, de l'âge et de la provenance du tapis, de la nuance du papier, de la qualité et des thèmes des tableaux, du nombre et de la forme des chaises, et de la nature du guéridon, véritable antiquité chinée à Pimlico ou simple copie sortie de chez Heal's. P.D. James est non seulement douée, elle est aussi une vraie « baleboosteh », une grande dame. Elle est attendrissante, également, ce qui n'est certes pas mon problème et m'entraîne à nouveau dans une digression. Défaillance acceptée.

Le soir, étendu sur mon canapé solitaire, je picole en zappant la télé, une paire de jumelles de théâtre à portée de main sur la table basse. Elles me sont nécessaires quand je tombe sur des interviews « de fond » à CBC-TV, politiciens aussi bavards que pontifiants, économistes, directeurs de journaux, gourous de la sociologie ou de la psychologie et autres crétins certifiés. Pourquoi des jumelles ? Parce que ces entretiens se déroulent généralement dans le salon-bibliothèque de l'invité, et que les murs sont donc couverts de livres derrière les bavasseries. Admettons qu'il s'agisse de l'auteur remarqué d'une « incontournable » étude portant sur un échantillon de cinq mille Canadiens, laquelle révèle, tiens, tiens, que les riches sont plus heureux que les pauvres et moins exposés à la malnutrition. Ou, mieux encore, d'un sexologue – ne me demandez pas en quoi cela consiste – avançant la thèse audacieuse que les violeurs en série sont souvent des êtres renfermés qui ont été victimes d'abus sexuels dans leur enfance, ou du moins qui sont issus de familles à problèmes. Eh bien, aussitôt je dégaine mes jumelles et j'inspecte les titres sur les étagères. Et si d'aventure j'y trouve quelque ouvrage de Terry McIver, j'éteins sur-le-champ et je m'installe à mon bureau pour rédiger une lettre à CBC dans laquelle je mets vigoureusement en cause le jugement et le goût de leurs experts.

Mauvaise nuit. Réveillé à cinq heures, j'ai dû attendre quatre-vingt-dix minutes avant de pouvoir feuilleter les journaux du matin. Dans le *Globe and Mail*, je tombe sur une bien bonne. Eldfriede Blauensteiner, une veuve viennoise, est dans un sacré pétrin. Visiblement, elle avait l'habitude de publier régulièrement une annonce dans la section des cœurs en détresse de la presse autrichienne : « Veuve 64 ans, 1,65 m, aimerait partager l'automne de sa vie avec monsieur veuf également. Bonne maîtresse de maison, jardinière, je sais m'occuper des malades et je serai une compagne fidèle. » Mais cette version teutonne de la dame esseulée est aussi une blonde décolorée à lunettes bleutées qui hantait les tables de black-jack et les roulettes de Baden. Des tas de vieux types seuls, retraités pour la plupart, ont répondu à son appel. Avant tout, elle les cuisinait sur leurs revenus. Aujourd'hui, la police affirme que ses avoirs en placements, propriétés et liquidités obtenus par des testaments modifiés en sa faveur atteignent plusieurs millions. Son *modus operandi* préféré était de glisser un soupçon de potion diabétique dans l'alimentation de ses victimes, et ce pendant plusieurs mois. La mort survenait infailliblement, naturelle en apparence. Pour l'instant, la Veuve Joyeuse a avoué quatre meurtres, mais les enquêteurs la soupçonnent d'avoir encore d'autres cadavres dans le placard, pour employer une formule imagée. Cette charmante histoire m'a rappelé le personnage que Charlie Chaplin incarnait dans son dernier film, *Monsieur je-ne-sais-plus-comment*, qui expédiait *ad patres* toutes ces veuves*. Et je me suis demandé si Eldfriede avait suivi le même raisonnement imbécile, à savoir : que sont quelques vies à bout de course, inutiles, en regard des atrocités de ce monde ?

Je dois indiquer en ma faveur que, pour ma part, je n'ai jamais caressé l'idée d'empoisonner ou de noyer « accidentellement » Mrs Panofsky II, et ce en dépit du fait que les petits déjeuners en sa compagnie étaient une véritable descente aux enfers. Avec un tact incomparable, et dès le premier café matutinal, ma diserte bourgeoise aimait en effet partager avec moi les souvenirs des rêves qui lui étaient venus la nuit précédente, généralement en grand nombre. Un matin, notamment, est resté à jamais gravé dans ma mémoire parfois imprévisible. Je récapitule. La veille au soir, deux billets pour le match de hockey nichés dans la poche de ma veste, j'avais retrouvé au Dink's John Hughes-McNoughton, qui devait m'y accompagner. Il était déjà pompette, de même que Zack Keeler, également présent :

– Hé, Barney, tu sais pourquoi les Ecossais portent le kilt ?

– Ça ne m'intéresse pas.

* *Monsieur Verdoux* (Universal, 1947) n'est pas le dernier film de Chaplin. Il produisit et tourna encore *La Comtesse de Hong Kong* en 1967, avec Marlon Brando en vedette.

– Parce que les chèvres pourraient entendre le bruit de la braguette qui s'ouvre !

Saul, dont je suis obligé de supporter l'opprobre, porte un regard peu amène sur ma passion pour le hockey. « A ton âge, m'a-t-il déclaré récemment, que tu joues encore les pom-pom girls, c'est assez déplacé. »

Ce soir-là, cependant, je ne suis jamais arrivé jusqu'au stade. A deux heures du matin, c'est-à-dire à la fermeture du bar, notre trio a surgi dans le froid mordant, la neige tourbillonnant dans le vent, sans un seul taxi en vue. Nous nous sommes bien vite réfugiés dans un tripot louche de la rue McTavish, nos manteaux tout fumants dans la chaleur soudaine de l'abri. Et il est donc compréhensible que j'aie été dans un piteux état le lendemain, lorsque Mrs Panofsky II me rejoignit à la table du petit déjeuner dans sa robe de chambre en tricot rose. Caché derrière la *Gazette* grande ouverte à la page des sports, je me suis plongé de plus belle dans ma lecture.

– « Le Gros Bill, Jean Béliveau a conduit… »

– J'ai rêvé de toi, cette nuit. C'était très, très troublant.

– « … les Canadiens à une… »

– Hého ? Je disais que j'ai fait un r…

– J'ai entendu. « … nette victoire par 5 à… »

– Donc, j'avais seize ans, dans ce rêve, mais ce que je n'arrive pas à comprendre c'est que j'avais toujours les cheveux nattés, avec le ruban en velours de chez Saks que ma tante Sarah m'avait offert juste un mois avant qu'elle ait dû passer sur le billard, tu sais, pour son hystérectomie. Ils lui ont coupé l'utérus, la pauvre, et à peine sortie de l'hôpital elle a engagé un détective privé pour filer l'oncle Sam partout où il allait. Le pire que cela lui a permis de découvrir, c'était qu'au lieu de se rendre au cours de Talmud du rabbin Teitelbaum, comme il le disait, Tonton Sam allait jouer au tarot dans l'arrière-boutique du barbier de la rue Saint-Viateur. Tu vois où c'était ? Juste à côté de la boucherie cachère, chez Reuben, dans le temps où elle existait encore, ma mère disait qu'il n'y avait pas de meilleurs poulets que là-bas. Quel numéro c'était, ce Reuben ! J'y allais avec ma mère, j'avais dix ans à peine, et lui il disait :

« Comment se fait-il qu'une belle fille comme toi ne soit pas encore mariée ? » En tout cas, c'est bizarre, que j'aie encore la natte dans mon rêve, parce qu'à seize ans j'allais déjà chez le coiffeur, Mr Mario, le salon de la rue Sherbrooke, près de Victoria... Ah, ça me rappelle, est-ce que tu es passé prendre l'abat-jour chez Grunwald, hier ? Ce n'est guère que la troisième fois que je te le demandais, et tu avais promis... Quoi, tu as encore oublié ? Tu avais plus important en tête, ouais, bien sûr. Mais enfin, si je t'annonçe qu'il n'y a plus une goutte de whisky à la maison – ce n'est pas demain la veille, soit dit en passant –, tu laisseras tout tomber pour te ruer au magasin du coin, non ? Enfin, Mr Mario, il m'adorait. « Ces boucles naturelles que vous avez, quelle merveille ! il disait : C'est moi qui devrais vous payer pour avoir le privilège de vous coiffer. » Le pauvre, il est mort il y a trois ans... Non, quatre. Cancer des testicules, ça a commencé comme ça.

D'une main mal assurée, je reposai ma tasse de café pour allumer un Montecristo numéro quatre.

– Tu as entendu parler de l'emphysème ? Non ?

– Euh, quoi ? Tu disais ?

– Ce doit être pire qu'une hystérectomie. Pour un homme, je veux dire. Perdre ses organes virils... Et ce que ça a dû faire à sa femme, Gina. La pauvre ! Tu pouvais citer n'importe quel air de Verdi et elle te le chantait à la perfection tout en te lavant les cheveux, Gina. Mais donc il s'était déjà étendu, ce cancer des testicules, ils lui ont ouvert l'estomac, à Mr Mario, et puis ils l'ont recousu, c'était trop tard. Il a laissé Gina et ses deux enfants derrière lui. La fille est vendeuse au rayon des parfums Lanvin de Holt Renfrew, maintenant. C'est pour ça que je n'y vais plus, d'ailleurs. Elle est beaucoup trop familière, ça ne me plaît pas du tout. Quel besoin elle a de m'appeler à tue-tête par mon petit nom dès qu'elle me voit, comme si on était les meilleures amies du monde ? On l'entend d'un bout à l'autre du magasin ! Le fils, lui, c'est le plus jeune, Miguel, c'est le chef au Michelangelo, avenue Monkland. Et je crois qu'il possède une part dans le restaurant, aussi. Tu sais, juste après le cinéma, le Monkland ? C'est là que j'ai vu *Forever Amber* quand j'étais adolescente. Si mon père l'avait appris, il aurait eu une crise cardiaque. Avec Linda Darnell, et Cornel Wide, et George Sanders, tu te souviens de lui, je le trouvais tellement craquant, à l'époque ! Il faudra qu'on l'essaie un jour, le Michelangelo. Les Silverman y sont allés la semaine dernière, ils m'ont dit que c'était à la fois bon marché et très fin, et puis les tables ne sont pas trop près les unes des autres, pas comme dans tes bistros de la rue Saint-Denis, oh, je sais, tu les aimes parce qu'ils te rappellent Paris, et vous êtes tellement entassés que c'est comme si tous ces Franchouillards qui sont là dînaient à la même table que toi, et toi, évidemment, tu te mets à parler en anglais aussi fort que tu peux, pour chercher la bagarre, comme d'habitude… Oui, tu adores ça, je te connais ! Juste parce qu'ils tendent l'oreille, tu racontes des histoires, que tu as un compte numéroté en Suisse, ou que tu ne peux pas lire la carte parce que c'est en français. Le raffut que tu as fait l'autre soir à cause de je ne sais quel pâté ! Tu as eu de la chance de ne pas te faire sortir, cette fois-là. Le bonhomme à la table d'à côté bouillait de rage. Enfin, au Michelangelo, Herb a pris la pasta e fagioli, et ensuite les lasagnes à la mode de Sorrente. Il ne se soucie pas de son poids, celui-là, et pourtant il devrait. Quand il monte un escalier, au premier palier il souffle déjà comme s'il venait de courir le marathon de Boston ! Et il a des accès de furonculose, aussi. Dont pas mal à l'entrejambe, paraît-il. Ce qui n'est pas très stimulant sur le plan érotique, d'après Marsha, surtout quand il y en a un qui explose… Marsha, elle a essayé l'antipasto et les escalopes milanaises. Avec les dents tout écartées qu'elle a ! Elle n'a jamais voulu mettre d'appareil, au temps où nous étions chez les scouts israélites ensemble, résultat il y a des bouts qui se coincent partout quand elle mange, et moi je ne sais plus où me mettre. J'ai été assez gentille pour la prévenir discrètement, une fois, on était sortis à quatre, dîner au Miss Montreal, moi j'étais avec Sonny Applebaum… Il voulait tellement m'épouser, en ce temps-là, résultat, aujourd'hui je serais en train de m'occuper d'un type atteint de la maladie de Parkinson. Enfin, je le lui dis à l'oreille, comme ça… Le regard qu'elle m'a lancé ! Du coup, je n'ai plus jamais abordé le sujet. Mais enfin, elle devrait faire attention de ne pas ouvrir trop la bouche quand elle parle… Oh, pardon ! Je te dois toutes mes excuses, vraiment. Parce que pour toi, elle est au-dessus de la moindre critique, Marsha, pas vrai ? Au mariage des Rothsein, tu n'as pas arrêté de danser avec elle, et collés il fallait voir comme, je n'aurais pas pu glisser une feuille de papier entre vous deux. Et ne crois pas que personne n'a remarqué que vous aviez disparu pendant une heure ensemble : « tout le monde » l'a remarqué ! Oui, je sais, inutile de me le redire, elle a eu un léger malaise, besoin d'air, et tu l'as escortée pour un petit tour au bord du fleuve. Mais oui, mais oui. Seulement, avoue une chose, joli cœur : Norma Fleischer – entre parenthèses, ce n'est pas ce qu'elle mange qui la rend si grosse, c'est les glandes –, elle peut toujours tomber raide évanouie au milieu de la piste de danse que tu ne lèveras pas le petit doigt ! « Un petit tour au bord du fleuve »... Non, tu l'as amenée dans le hangar à bateaux, Marsha. Pour elle, ce ne devait certainement pas être la première fois, d'ailleurs. Tout ce qui porte un pantalon, hop, c'est bon pour elle, donc tu n'as pas à te croire si irrésistible. Tiens, elle devrait vous donner des cartes postales, à chaque fois, comme ils font avec les canards dans ce restaurant que tu m'avais fait connaître à Paris. La Tour d'Argent, c'est ça ?

– « ... par 5 à 2. Mais ce triomphe risque d'avoir été cher payé... »

– Je t'ennuie ?

– Non.

– Alors pose ce journal un moment, si tu veux bien.

– Il est posé. « ... cher payé, puisque Phil Goyette s'est fait plaquer par Mikita... »

– Tu continues à lire !

– Tu avais commencé à me raconter ton rêve, non ?

– Je sais pertinemment par quoi j'ai commencé, ne t'en fais pas, et c'est à moi de décider ce que je dois raconter, non ? J'ignorais que tu étais tellement pressé, d'ailleurs. Hé, quel chahut tu as fait quand tu t'es enfin décidé à rentrer, cette nuit ! A en juger par l'heure où tu es revenu, il ne s'est pas disputé en trois périodes, ce match, mais en dix-huit... Et comment tu t'es retrouvé avec la chemise déchirée, j'aimerais bien le savoir. Non, je ne préfère pas.

Mais enfin, à propos de ça, de ton comportement, ça me rappelle que j'ai quelque chose à te demander. Vendredi soir, nous allons chez mes parents pour le dîner du Chabbat. Non, cette fois on ne l'esquivera pas. Alors, même si c'est un sacrifice terrible pour toi, tu mettras un costume, s'il te plaît. Mais mon père a toujours les meilleurs single malts à t'offrir, n'est-ce pas ? Ah, oui, j'avais oublié ! La dernière fois que tu étais chez eux, leur nouvelle domestique a commis le crime de te le servir avec des glaçons. On lui coupera la tête, d'accord ! Mais moi, c'est la langue que je devrais me couper, quand je pense que j'ai eu l'inconscience de te dire un jour que ma mère ne supportait pas qu'on siffle à table. C'est une chose que tu ne fais pas ici, ni nulle part, absolument jamais ! Et pourtant, il suffit que tu te retrouves chez mes parents, au dîner du Chabbat, on n'a même pas terminé le gefilte fish que tu te mets à siffloter. Donc, ce vendredi, je te demande, je t'implore, je te supplie : pas d'« Elephant, ça trompe... », pas de « Bongo, bongo, je ne veux pas quitter le Congo », pas de rien du tout ! Ah, tu trouves ça drôle ? C'est tordant, on dirait ! Eh bien, va te faire foutre. Mon père attend toujours les résultats de sa biopsie et s'ils sont mauvais je ne sais pas ce que je vais faire, je crois que j'en mourrai... Bon, où en étais-je ?

– Tu avais seize ans et une natte.

– Oui, l'année de mon bal des débutantes au temple. Je portais une robe en taffetas blanc de chez Bergdorf-Goodman, avec les gants assortis, bas de soie et talons hauts. Quand il m'a vue, mon père n'a pu retenir ses larmes. Au dîner, il y avait Mr Bernard et sa femme, les Bernstein, les Katansky, les...

– Et qu'est-ce qu'ils ont servi, au dîner ? ai-je interrompu avec un sourire inquiétant.

– Tu persifles, là ?

– Non, je me renseigne, je m'intéresse.

– A quoi que ce soit qui me concerne ? Mais oui, c'est cela ! Et dis aussi que tu n'as jamais touché une seule de ces « shiksas » qui se prétendent tes actrices, ou que tu n'as pas bu un seul verre hier soir. C'est vrai ? Non, c'est faux. Mais bon, puisque tu t'intéresses, paraît-il, le dîner du bal était assuré par un traiteur très en vue, monsieur Henri. C'était un juif sépharade, du Maroc, mais attention, pas du genre graisseux, lui. Il fallait voir sa politesse, sa distinction ! On lui présentait une dame, il lui baisait la main sans même l'effleurer. Seulement, il a eu le malheur que son fils unique soit épileptique, ce qui lui a brisé le cœur. Il s'est mis à boire, son affaire a périclité… Ne me regarde pas comme ça ! Epargne-moi ! Je sais que toi, tu peux boire sans que cela n'affecte ton travail. Pour l'instant, en tout cas. En fait, dans ton cas, c'est plutôt le travail qui affecterait la boisson… Quoi, ça te laisse de marbre ? Il faut que je fasse quoi, pour t'arracher un sourire ? Que je marche la tête en bas ? Que j'enlève ma culotte en pleine rue ? Ça, c'est quelque chose que ta petite actrice que tu adores tant serait incapable de faire, ta Solange, puisque d'après ce qu'on me dit elle n'en porte jamais, de culotte. Tiens, j'ai devant moi la personne idéale pour confirmer ou infirmer cette information. Alors, oui, non ? Tant pis. Donc, en ce temps-là, monsieur Henri était très lancé, il s'occupait des meilleures soirées, y compris chez des non-juifs. Des vieilles familles de Westmount qui n'auraient pas accepté dans leurs clubs un seul juif, même quelqu'un d'aussi cultivé et raffiné que mon père, faisaient appel à lui pour les premiers dîners donnés par leurs filles, ou pour toutes ces soirées qu'ils racontaient ensuite dans la rubrique mondaine de la *Gazette*… Non, mais regardez-le ! Il saute sur sa chaise, littéralement. Je ferais mieux d'en arriver au fait, c'est ça ? Autrement, tu vas bientôt me dire que tu dois aller aux toilettes d'urgence, en emportant ton journal avec toi, évidemment ! Pas de chance, je sais que tu y as déjà été ce matin, et je sais aussi « comment », malheureusement ! La prochaine fois, tu n'oublieras pas d'employer le désodorisant, il est là pour ça, tu sais ? C'est une bouteille, d'accord, mais ça ne se boit pas, ça se verse… Bon, toujours pas de sourire. Pas de « ah, ah, ah ! ». Ce n'était pas drôle, tu penses. Pour sortir une blague, il n'y a que toi, d'accord, d'accord. Donc, je glisse et je reviens au menu. En entrée, c'était le "foie de poulet", servi dans des concombres évidés, comme des canoës glissant sur un lac de condiments assortis et de pétales de fleurs. Tata Fanny n'a pas compris ce que c'était et elle a tout mangé, on en a ri pendant des années dans la famille. Par exemple, mon père nous emmenait dîner au Café Martin, il y avait un bouquet de fleurs au milieu de la table, alors il nous disait avec un clin d'œil : « Heureusement que tante Fanny n'est pas avec nous, ce soir ! » Pour en revenir à mon dîner de débutante, les serveurs étaient habillés en Bédouins, ils vous présentaient des paniers avec des bagels au citron, à la framboise, à la cannelle, au chocolat, chose qu'on n'avait encore jamais vue, c'était une invention de monsieur Henri. La soupe, c'était une sorte de bouillon, mais il fallait sentir ce fumet, avec de minuscules boulettes de veau haché en forme de cœurs, si mignonnes, panées dans une pâte mince comme du papier, qui flottaient dedans ! Ensuite, tout le monde a eu un petit sorbet à la menthe poivrée, pour se rafraîchir le palais, certains invités ont commencé à murmurer tout bas, les plus âgés surtout, ils croyaient que c'était le dessert, les pauvres ! Mais non, le plat de résistance est arrivé, de l'agneau de lait rôti sur un lit de couscous, garni de beignets aux pommes. Ensuite, il y a eu des gâteaux aux dattes, et des cigares aux amandes, et des figues fraîches, et des fraises glacées de chocolat, le tout jaillissant d'un grand gâteau de pâte feuilletée en forme de cor de chasse.

– « … par Stan Mikita au cours de la première période… »

– Mon père m'a offert une bague en onyx et un collier de perles avec le bracelet et les boucles d'oreilles assortis. Je les ai fait estimer chez Birk's et… ne me regarde pas comme ça, je ne vendrais jamais un cadeau pareil, c'était pour l'assurance ! Donc, chez Birk's, ils ont estimé l'ensemble à quinze cents dollars, et je parle de 1947, alors de nos jours… Il m'a aussi donné un nécessaire de toilette plaqué argent de chez Mappin & Webb, que j'ai toujours sur ma coiffeuse, et à ce propos j'aimerais que tu arrêtes de poser tes verres de whisky dessus, ils laissent des marques sur le cuir, c'est une pièce de collection, même si tu t'en contrefiches. Ma grand-mère, elle, m'a offert ma première veste en vison, avec le manchon assorti. Qui porte ça maintenant, hein ? Mais n'importe, je ne m'en séparerais pour rien au monde. Ça y est, tu recommences à lire.

– Non.

– Alors pourquoi tu viens juste de bouger ta tasse ?

– Parce que j'ai renversé du café.

– Explique-moi une chose, tout de même. Tu vas voir un match de hockey un soir, tu n'en rates pas une minute, tu sais qui a marqué quoi, et pourtant le lendemain matin tu te jettes sur les pages sportives. Pourquoi ? Tu crois que le score va être différent, dans la *Gazette ?*

– Tu allais me raconter ton rêve…

– Ça ne t'intéresse pas.

– Bien sûr que si.

– Parce que c'était à propos de toi ?

– Je n'y pensais même pas, bon Dieu !

– Je vais te dire ce qui m'intéresse, moi. Il y a quinze jours, Sylvia Hornstein t'a aperçu au rayon lingerie chez Holt Renfrew, elle t'a vu acheter un déshabillé en soie, tu as demandé un paquet-cadeau et ensuite, et là je trouve ça très intéressant, tu l'as fait emballer dans du papier kraft, comme si c'était pour le poster à quelqu'un. Conclusion, il n'était pas pour moi. Pour qui, alors ?

– Eh bien, il se trouve…

– Oh, je sens que je vais adorer !

– … Il se trouve que c'est bientôt l'anniversaire de mariage d'Irv Nussbaum, et qu'il m'a téléphoné de Calgary pour me demander d'acheter ça à sa femme et de le lui expédier à sa place.

– Menteur, menteur !

– Ecoute, ça devient assommant…

– Laquelle de tes soi-disant actrices l'a mis pour toi la nuit dernière, pour que tu ne rentres qu'à quatre heures du matin ?

– Il se trouve encore que j'étais avec John et Zack, hier soir. Tu peux vérifier, si tu veux.

– Et toi, tu peux aller au diable ! rugit-elle en se levant d'un bond.

– « … et donc, en feu d'artifice, il y a eu Jean Béliveau qui a fourni une passe dans un mouchoir à Dickie Moore, puis Boom-

Boom tétanisant Glenn Hall avec un tir à un mètre que le gardien des Hawks n'a pas vu passer, puis Béliveau encore, sur une longue passe de Doug Harvey, fonçant droit sur Hall et sans avoir le temps de dire ouf on était 5 à 1 pour nos *boys*. »

14

Mrs Panofsky II frappa contre la paroi de ma cabine de douche.

– Téléphone. Ton père.

– Tu voulais m'emmener voir le match de hockey ce soir, il paraît ? me dit Izzy. Tu parles d'une sortie ! Ces Rangers à la mords-moi-le nœud. Sans doute que t'as trouvé personne d'autre pour t'accompagner. Mais bon, je peux pas y aller. Et toi non plus. (Il marqua une pause pour se moucher.) C'est fini.

– Qu'est-ce qui est fini ?

– Les souffrances de ta pauvre mère. Elle s'est éteinte dans son sommeil cette nuit. Je suis effondré.

– Allez, ne charrie pas !

– Un peu de respect, oh ! Tu aurais dû la connaître quand on s'était mis à la colle, tous les deux. Un numéro. Pendant toutes ces années, on a eu nos petites engueulades, évidemment, qui n'en a pas, mais elle a toujours bien tenu la maison. Sur ce point, j'ai aucune réclamation à faire.

Moi, par contre, j'en gardais quelques-unes. Dans mon enfance, mon père rentrait souvent tard à la maison. Pour dîner, je devais me contenter de macaronis au fromage la plupart du temps, mais les jours de fête ma mère consentait à faire bouillir des saucisses, accompagnées de monticules de purée granuleuse saupoudrés de corn flakes. Si je lui sais gré de quelque chose, c'est de m'avoir inscrit au cours de danse de claquettes de Mr Jeepers Creepers, qui avait été accusé à deux reprises pour avoir abusé de petits garçons. Son plus grand espoir avait été de me voir passer à l'émission « Les Amateurs du Major Bowes », où mes talents cachés seraient enfin reconnus, mais elle perdit tout intérêt pour ma carrière potentielle lorsque je me fis éjecter à l'audition d'un spectacle local. Ce fut seulement quand elle se retrouva à l'hôpital, déjà hors de ce monde, que je parvins à me rapprocher un peu d'elle. Je fermais la porte de sa chambre, posais mon canotier sur la tête, faisais tourner ma canne et exécutais quelques pas autour de son lit en chantant « Shoofly Pie and Apple Pan Dowdy » ou une autre de ses rengaines favorites. Alors, elle piaillait de joie, tapait des mains, des larmes perlant sur ses joues, et en moi le bonheur d'avoir enfin atteint ma mère se délitait vite en haine à la voir aussi stupide.

A l'enterrement, Izzy pleura un peu, ne fût-ce que par égard pour les deux frères de la défunte, arrivés avec leurs épouses respectives de Winnipeg où ma mère avait grandi. Mes oncles, que je revoyais pour la première fois depuis ma bar-mitsva, étaient des gens fort respectables, Milty pédiatre, Eli avocat. Ils furent immédiatement séduits par Mrs Panofsky II.

– J'ai appris que votre père est un grand ami de Mr Bernard, lui dit Oncle Eli. Il doit venir prononcer un discours à une soirée de bienfaisance dans notre synagogue la semaine prochaine. Dites bien à votre père que si je peux être d'une quelconque utilité à Mr Bernard, je suis à son service.

Mrs Panofsky II se hâta d'expliquer que ses parents étaient en voyage en Europe, sans quoi ils auraient assisté aux obsèques, évidemment.

– Si ses affaires amènent votre père à Winnipeg, il peut compter sur un ami là-bas, désormais. Vous lui direz bien ça.

Mes oncles n'avaient jamais pu se faire à mon père. Quant à ma mère, qu'ils considéraient comme l'idiote de la famille, elle n'avait été qu'une source d'embarras pour eux. Néanmoins, Oncle Milty prit soin de demander à Izzy :

– Où comptez-vous faire shiva ?

– Pour ma part, je suis un moderne, question philosophie personnelle, répondit mon père. Les simagrées religieuses, ce n'est pas mon truc.

Soulagés, mes oncles et tantes s'apprêtèrent aussitôt à prendre l'avion du retour. Quant à moi, après avoir reconduit Mrs Panofsky II à la maison, je partis avec mon père au Dink's afin d'y observer le deuil de ma mère à la manière Panofsky. Plusieurs tournées passèrent avant qu'Izzy ne se mette à renifler et à presser un mouchoir douteux sur ses yeux.

– Je me marierai plus jamais. Terminé.

– Quelle femme voudrait d'un vieux con comme toi, tu peux m'expliquer ?

– Ah, tu serais surpris, petit… Elle t'aimait, tu sais ? Quand elle a été enceinte de toi, c'était un accident.

– Ah bon ?

– Ouais, elle était en cloque, elle se lamentait sur sa silhouette, alors je lui dis, si tu veux un avortement, je t'arrange ça. Mais elle, non, elle dit, non. Elle voulait t'appeler Skeezix, pareil que le gamin dans *Gasoline Alley*, mais j'ai empêché ça et on s'est mis d'accord pour Barney, comme *Barney Google*.

– Tu veux dire… Tu veux dire que vous m'avez donné le nom d'un personnage de BD ?

– Elle espérait que tu deviennes une vedette de la radio, un jour.

– Comme Charlie McCarthy ou Mortimer Snerd ?

– Allez, c'était des nazes, ceux-là ! Non, vraiment, même un truc à la radio canadienne, ça lui aurait fait plaisir. Elle ne manquait jamais un programme des « Joyeux Lurons ». Tu te rappelles ? Bert Pearl, Kay Stokes, toute cette bande-là…

– Tu as besoin d'argent, Papa ?

– J'ai la santé et ça, ça ne s'achète pas, même avec des millions. Non, ce qu'il me faut, c'est un boulot. J'suis été voir le maire de Côte-Saint-Luc. « Alors, on fait l'affaire », j'y dis ? Et lui : « Ecoute, Izzy, moi je suis juif et le secrétaire de mairie il est juif, alors un flic juif en plus, ça ferait trop. Les goys commenceraient à jaser. Tu sais bien comment ils sont ? » Là-dessus, je pouvais pas lui donner tort. Dans ma jeunesse, je me suis aperçu que même Al

Jolson, ils l'avaient dans le nez. C'est pas un vrai négro, y disaient. On se fait encore rouler !

– Je ne sais vraiment pas quoi faire avec toi, Papa. Tu n'as pas besoin de travailler, non. Je vais transformer mon sous-sol en appartement privé, ce sera pour toi.

– Comment donc. C'est ta bourgeoise qui va apprécier...

Il avait raison. Lorsque je lui fis part de ce projet, Mrs Panofsky II se mit dans tous ses états.

– Je n'accepterai pas cet animal ici !

– C'est mon père, je te rappelle. Je n'aime pas le savoir tout seul, dans un meublé minable, à son âge.

– Et si c'était le mien qui venait vivre avec nous, tu apprécierais ? Il est tellement affaibli, le pauvre. Un jour passe sans qu'il me voie et il désespère.

Le passage d'une chambre pouilleuse du boulevard Dorchester à un appartement propre comme un sou neuf et dernier cri dans une allée arborée de Hampstead ne posa aucun problème à mon père. Il se sentit aussitôt chez lui. Quelques semaines après son installation, sa cuisine high-tech empestait déjà le vieux pet, le cigare bon marché et les plats chinois à emporter qui moisissaient sur des assiettes en papier. Chaises et fauteuils étaient encombrés de piles de journaux et de revues, *True Detective, National Enquirer, The Police Gazette, Playboy**, dont les couvertures étaient immanquablement déchirées au coin pour lui fournir des cure-dents improvisés tandis qu'il regardait ses feuilletons préférés à la télévision. Son lit n'était jamais fait, des pelures d'orange et des écorces de graines de tournesol jonchaient le sol, les cendriers débordaient de mégots et de vieux bouts de cornichon. Partout, les cadavres de bouteilles de bière ou de whisky canadien s'accumulaient.

Quand Mrs Panofsky II exigea la pose d'une serrure sur la porte de la cuisine qui conduisait à l'escalier desservant les quartiers de mon père, je refusai catégoriquement. Pauvre Izzy ! Le flic intrépide qui avait affronté aux poings des armoires à glace, poursuivi des casseurs de banques sur les routes, expédié au tapis des trafiquants

* En réalité, le premier numéro de *Playboy* n'a paru qu'en décembre 1963.

de drogue d'un seul crochet du gauche, assommé des pickpockets d'un coup de crosse de revolver, craignait plus Mrs P. que n'importe quel criminel. Et donc ce n'était qu'après m'avoir entendu aller et venir tout seul en haut qu'il se risquait sur la pointe des pieds dans l'escalier, passait prudemment la tête par la porte et demandait :

– Pas de danger en vue, fils ?

– Elle est sortie.

Alors, il attrapait un verre et se dirigeait tout droit sur le placard à bouteilles dans le salon.

– Fais gaffe, Pa. Elle marque le niveau au crayon sur chaque étiquette.

– Hé, tu parles à un inspecteur de police.

– Ouais ? C'est bizarre mais ces derniers temps, quand je me sers un whisky, il n'y a pas besoin de rajouter de l'eau, fis-je en le regardant avec insistance. Elle est déjà dedans.

– C'est votre nouvelle bonne. Quelle sainte-nitouche, celle-là !

– Bon sang, Papa, tu n'as tout de même pas...

– Je ne lui ai pas touché un cheveu, jamais. Et je me fiche de ce qu'elle peut bien raconter.

Izzy appréciait particulièrement les mercredis soir, quand Mrs Panofsky II se rendait chez ses parents pour ne pas avoir à supporter ma partie de poker hebdomadaire. Mes partenaires habituels étaient Marv Guttman, Sid Cooper, Jerry Feigelman, Hershey Stein et Nate Gold. Je me souviens d'une de ces soirées, notamment, où Irv Nussbaum était venu remplacer Nate Gold, excusé. Tout en battant les cartes, Irv avait lancé un grand sourire à Marv.

– Alors alors, ce petit voyage en Israël avec Sylvia, ça vous a plu ?

– Incroyable. Merveilleux. Franchement, ce qu'ils accomplissent là-bas est...

– Ce qu'ils accomplissent là-bas, l'avait coupé Irv en commençant à servir les joueurs et en les fixant un par un, coûte un argent inimaginable et c'est pourquoi, cette année, tout le monde, je dis bien tout le monde, va devoir mettre la main à la poche comme jamais.

– Pour nous, elle a été minable, l'année, protesta Hershey.

– La pire de toutes, confirma Jerry.

– Et avec le prix du tissu, maintenant..., soupira Marv.

– Et le prix que ça coûte de combattre les fedayin, ou d'intégrer nos frères venus du Yémen ? demanda Irv.

Je m'aperçus trop tard que j'avais commis une erreur en l'invitant. Au bout d'une heure, la partie commença à tourner au vinaigre, mes comparses observant d'un œil indigné le petit manège d'Irv, qui s'était emparé d'un bol en cristal et y empilait des jetons en les classant par couleur. Il s'agissait, nous expliqua-t-il, de mettre de côté dix pour cent de chaque mise au bénéfice de l'université Ben-Gourion du Néguev, dont il était un des curateurs.

– Il ne s'arrête donc jamais, constata Hershey en le fusillant du regard.

– Nos ennemis non plus, rétorqua Irv.

A dix heures du soir, plus personne n'avait le cœur à jouer. Il y eut encore un tour de table puis, scandaleusement tôt pour nos habitudes, les gars décidèrent de laisser tomber les cartes et de se rabattre sur les gâteries que j'avais disposées sur une table basse, plats de viande fumée, de salami, de foie haché, de salade de pommes de terre, cornichons, bagels et tranches de pain au cumin. Recomptant à nouveau ses jetons, Irv annonça :

– Nous avons collecté trois cent soixante-quinze dollars pour l'université du Néguev, les amis. Si chacun rajoute encore vingt dollars, ça fera cinq cents dollars tout ronds* !

C'est ce moment tendu qu'Izzy choisit pour faire irruption dans la pièce, attiré par la perspective d'une bonne collation et quelques verres. Avec un sourire sardonique, il brandissait son fameux revolver à canon court.

– Personne ne bouge ! beugla-t-il en se mettant en position de tir. Ceci est une descente.

– Oh, Papa, pour l'amour du ciel ! C'est une plaisanterie que je ne supporte vraiment plus. Ça devient plus que lassant, à la fin.

Il émit un reniflement méprisant, un bout de cigare effiloché

* Trois cent soixante-quinze plus six fois vingt font quatre cent quatre-vingt-quinze.

coincé entre les dents, et se laissa tomber sur la chaise la plus proche de la table dressée.

– Je garde trois armes dans ma piaule, annonça-t-il.

Puis, ignorant mon regard réprobateur, il attira à lui le plat de viande fumée, s'empara d'une fourchette et, choisissant les tranches les plus épaisses, se mit à les entasser sur un bout de pain au cumin.

– Elles sont bien cachées, j'vous préviens. Réparties un peu partout. Quelqu'un se pointe, pas invité, c'est aucun problème que je l'volatilise aussi sec.

Et il enchaîna aussitôt sur l'un de ses voyages dans le temps et les souvenirs.

– Pendant la Dépression, vous savez combien je gagnais, moi ? Mille deux cents dols l'année, point. Autant que certains d'entre vous ont dû perdre au poker rien que ce soir, j'parie. Je pouvais vivre avec ça, vous demandez ? Bonne question. Bon, n'oubliez pas que j'avais la voiture de service, quand même. Envie de balader une petite môme ? C'était la maison qui offrait.

Son sandwich en équilibre précaire dans une main, il alla au placard à bouteilles, se servit une généreuse rasade de Crown Royal complétée de ginger ale.

– Et puis, vous allez quelque part, on sait que vous êtes inspecteur, on est content de vous voir, vous me suivez ? Les bouchers, surtout les bouchers cachère, les épiciers, ils sont toujours aux petits oignons avec vous, en général. Parce qu'ils pourraient avoir besoin de votre aide, pas vrai ? Alors ils vous donnent des tas de trucs, à l'œil. Et les ateliers de confection, pareil. Ils peuvent être intéressés que vous veniez faire un tour officiel chez eux, hein, une enquête, histoire de foutre les foies à un employé qui veut monter un syndicat ou une connerie de ce genre. Résultat, la Dépression, je l'ai pas vue passer, moi !

Sur ce, muni de son snack gargantuesque et de son verre, retenant un cornichon dans les mâchoires, il me gratifia d'un mouvement de sourcils énigmatique et battit en retraite dans son antre.

– Des comme lui, il n'y en a pas deux, fit Nate.

– Dis-moi, Marv, intervint Irv. Tu as fait escale en Europe, quand vous êtes allés en Israël ?

– A Paris, oui.

– Tu n'aurais pas dû. Il ne fallait pas dépenser ton argent en Europe. Et particulièrement chez les Français. Dis, en 1943, ils ont raflé tellement d'enfants juifs pour les chambres à gaz que la Gestapo a été débordée !

Craignant le pire, tous les présents se ruèrent sur leur manteau et s'enfuirent. Pour ma part, je me campai en haut de l'escalier qui menait chez mon père et je l'invectivai :

– Tu n'es qu'un cochon ! Un « khazer », oui ! Et ne crois pas que tes enfantillages puissent m'abuser !

Un bruit de savates traînées sur les marches se fit entendre. Izzy apparut, le visage cendreux. Parfois, il paraissait avoir à peine la cinquantaine, débordant d'énergie, et parfois il avait l'air d'un vieillard épuisé, comme ce soir-là.

– Papa ? Ça va ?

– J'ai des brûlures d'estomac.

– Pas étonnant, avec ce sandwich que tu t'es envoyé.

– Je peux avoir un Alka-Seltzer ? Ou bien ça aussi, elle l'a mis sous clé ?

– S'il te plaît, ne commence pas, hein ? Je suis fatigué.

Je lui servis le remède, qu'il avala d'un trait. Puis, après un rot retentissant :

– Tu sais, Barney ? Je t'aime.

Sa voix trembla. Soudain, contre toute attente, il fut en pleurs.

– Qu'est-ce qu'il y a, Papa ? Dis-moi, je t'en prie. Je peux faire quelque chose ?

– Personne ne peut rien y faire.

Le cancer.

– Tiens, P'pa.

Il accepta le kleenex que je lui tendais, se moucha et s'essuya les paupières. Prenant sa main dans la mienne, j'attendis. Enfin, il releva son visage sillonné de larmes.

– Tu ne peux pas savoir ce que c'est de ne plus pouvoir tirer ton coup quand tu veux.

Ça y est, c'est reparti, pensai-je en retirant ma main avec colère.

Pour la énième fois, Izzy se lamentait sur le départ de madame Langevin, notre ex-femme de ménage.

– Seulement quarante-huit ans, dit-il d'un ton funèbre, et fallait voir ces loloches ! (Il frappa le plan de travail carrelé de son poing fermé.) Durs comme ça...

Dès que Mrs Panofsky II avait découvert le pot aux roses, madame Langevin avait reçu l'ordre de plier bagage dans la minute, et ce malgré mes objections. Sa remplaçante, une Antillaise, avait interdiction de descendre au sous-sol, sauf quand Izzy était absent.

– Va te coucher maintenant, s'il te plaît.

Mais il avait déjà atteint le placard à bouteilles et se servait un autre whisky-ginger ale.

– Ta mère, qu'elle repose en paix, elle avait des gaz terribles, la pauvre. Toutes ces dernières années, elle tenait plus que par des fils. Des points de suture. Après toutes ces opérations, tu penses... Merde, son ventre était rayé dans tous les sens, on aurait dit le centre de la patinoire à la fin d'un match de hockey.

– Un peu de décence, quoi ! protestai-je.

Plus ivre que je ne l'avais cru, il me prit dans ses bras, me colla un baiser sur chaque joue. Ses yeux étaient à nouveau pleins de larmes.

– J'veux que tu t'accroches bien ici, Barney. Tant que ça marche, prends tout ce que tu peux.

– Tu es un vieux fou répugnant, répliquai-je en le repoussant.

Il regagna son escalier, s'arrêta et se retourna encore.

– De Dieu ! La porte du garage ! C'est sa bagnole. La duchesse d'Outremont [10] est rentrée. Allez, à plus, fils.

Dix jours plus tard, il mourait d'un arrêt cardiaque sur la table d'un salon de massage.

15

Par un beau soir de l'été 1973, je dînais dehors en compagnie d'une Miriam radieuse, à cette époque déjà mère de nos trois enfants. Comme tout le monde en cette année-là, nous nous lançâmes dans une conversation animée à propos des auditions télévisées du Watergate que nous venions de passer l'après-midi à regarder.

– Ces cassettes vont le faire plonger, prédit Miriam. Il est obligé de démissionner, maintenant.

– Tu parles ! Il a la peau dure, ce salaud.

Elle avait raison, évidemment. Elle a toujours eu raison. Et moi, pour ne pas changer, je lui infligeai vite mes tracas du bureau.

– Je n'aurais jamais dû commander ces scénarios à Marty Klein.

– Je ne veux pas être vexante, mais je te l'avais dit, non ?

– Oui, mais sa femme attend un bébé et il a lâché CBC pour me rejoindre. Je ne peux pas le débarquer, maintenant.

– Alors tu n'as qu'à le faire monter en grade. Nomme-le chef de production, ou vice-président chargé du vidage des cendriers, n'importe quoi pourvu qu'il n'écrive pas.

– Moi, faire une chose pareille ? m'indignai-je.

Et, comme d'habitude, il me fallut trois jours pour assimiler le conseil de Miriam et accomplir exactement ce qu'elle avait suggéré tout en prétendant que l'idée venait de moi. Les autres couples mariés nous regardaient avec amusement en ce temps-là : nous finissions toutes les soirées où nous étions invités tous les deux dans un coin, ou assis dans les escaliers, bavardant entre nous, oublieux de l'existence des autres. Puis des racontars commencèrent à se frayer leur chemin jusqu'à Miriam. Un jour qu'elle déjeunait avec une de ses soi-disant amies, alors empêtrée dans un très vilain divorce, celle-ci lui glissa :

– Et moi qui pensais que Barney n'avait d'yeux que pour toi… C'est ce que les gens prétendent, en tout cas. Bon, ne te fâche pas, mais je ne voudrais pas que tu sois la dernière au courant. Je parle d'expérience, là. Alors, Dorothy Weaver, non, tu ne la connais pas, elle m'a dit qu'elle l'avait vu au cocktail des Johnson mercredi dernier. Et que faisait-il, ton fidèle mari ? La cour assidue à une femme. Et que je te roucoule à l'oreille, et que je te caresse le dos… Ils ont quitté la soirée ensemble.

– Tu ne m'apprends rien, figure-toi.

– Ah, tant mieux, parce que je ne voulais surtout pas te causer du souci…

– Trop gentille. Il se trouve que c'était moi, cette femme. On est partis ensemble, oui, on est allés boire du champagne au Ritz et ensuite, mais attention, tu ne le répètes pas, j'ai même accepté de passer la nuit avec lui.

Une fois que nous dînions en tête à tête à La Sapinière, à Sainte-Adèle, elle parcourait le menu quand je glissai ma main sous la table pour caresser sa cuisse gainée de soie, ce qui lui fit venir le rouge aux joues. Oh, quels temps bénis c'était, quelles nuits folles ! En me penchant sur elle pour lui mordiller l'oreille, je la sentis se raidir d'un coup.

– Fais attention ! souffla-t-elle.

Yankel Schneider, entre tous, venait d'entrer dans le restaurant avec deux autres personnes. Cette fois, pourtant, il ne s'arrêta pas devant notre table pour m'injurier copieusement, m'accabler d'une colère justifiée. Mais son apparition nous remit en mémoire la dernière fois où nous l'avions vu, Miriam et moi. C'était lors de notre premier déjeuner au Park Plaza de Toronto, l'épreuve qu'elle m'avait imposée, le va-tout que je jouais. Tout avait très mal commencé, tant l'anxiété me coupait mes moyens et me rendait ridicule. Avec les années, cependant, nous en étions arrivés à rire de ce qui était devenu la première pierre de notre histoire commune et dont le récit, évidemment expurgé, captivait toujours nos enfants.

– Et ensuite, qu'est-ce qui s'est passé ? interrogeait invariablement Saul.

– Raconte-leur, Miriam.

– Moi ? Sûrement pas !

Mais ce soir-là, à La Sapinière, la présence de Yankel m'inspirait encore un désagréable sentiment de culpabilité. Tandis que je l'observais à la dérobée de temps à autre, ce n'était pas un quadragénaire que je voyais, mais le collégien de dix ans auquel j'avais jadis rendu la vie impossible.

– Je ne comprends toujours pas pourquoi je m'acharnais autant sur lui. Comment ai-je pu être aussi atroce ?

Percevant mon trouble, Miriam me prit la main.

Oh, Miriam, Miriam, flamme de mon cœur… Sans elle, je suis plus que solitaire, je suis incomplet, amputé. En notre âge d'or, je pouvais tout partager avec elle, y compris mes forfaits les plus honteux, qui reviennent désormais hanter ma décrépitude en bien trop grand nombre. Comme celui-ci, tenez : le mot que j'envoyai à McIver un jour irrémédiablement gâché par la lecture matinale de la *Gazette*, où je venais de découvrir qu'il avait remporté le principal prix littéraire du pays. Un mot non signé, je précise. Il se composait de quelques lignes, extraites de *The Vanity of Human Wishes*, du docteur Johnson* :

« Ereintez-vous, foules ignares », ce sont ses mots,
« A poursuivre honneurs ou fortune, éphémères brûlots.
« Moi, je n'ai pour ces joies périssables que le plus pur mépris ! »
Cette idée arrêtée, de tous les conseils il se rit,
Accable les éditeurs et se hâte vers le sort attendu.
Il imagine déjà les lauriers se tresser en couronnes feuillues,
Croit sentir leur noble poids déjà sur son front.

* La citation provient en réalité de *The Young Author*, l'ouvrage que Samuel Johnson écrivit à l'âge de vingt ans.

Médite pourtant l'expérience d'autrui, vaine jeunesse :
Ces rêves furent aussi ceux de Settle, Ogilby connut même ivresse*...

Oui, jadis j'ai été non seulement un sadique convaincu, prêt à tourmenter un camarade de classe qui avait le malheur de bégayer, mais parfois aussi un lâche, et en outre un petit voleur. Enfant, l'une des tâches familiales qui m'étaient assignées consistait à porter et à aller reprendre nos draps chez le blanchisseur chinois de la rue Fairmount. Un jour, le vieux type qui attendait devant moi, un barbu voûté avec une calotte sur le crâne, ne s'aperçut pas qu'un billet de cinq dollars était tombé au sol pendant qu'il payait sa note. Aussitôt, je plaçai ma chaussure dessus et je m'en emparai dès qu'il fut parti.

Plus tard, en troisième, ce fut moi qui inscrivis : « Allez vous faire mettre, Miss Harrisson » sur le tableau noir, mais la punition tomba sur Avie Fried : renvoyé dans ses pénates une semaine. Notre proviseur, Mr Langston, me fit appeler dans son bureau.

– Je suis obligé de vous donner une correction, mon garçon, parce que je sais que vous connaissiez le coupable, Fried. Toutefois, je dois reconnaître que votre cran m'impressionne : refuser de dénoncer un camarade, c'est fort.

– Merci, monsieur, répondis-je en tendant la main pour me faire battre.

Et il y a bien d'autres cas répréhensibles qui pèsent sur ma conscience. Ce n'est aucunement par accident, non plus, que je renversai un lampadaire et abîmai l'abat-jour de chez Tiffany lors de la fête que Sheila Ornstein donna pour son seizième anniversaire dans sa demeure huppée de Westmount. Je le fis à dessein, parce que je leur en voulais d'habiter ce quartier présidentiel, d'être riches. Ce qui ne m'empêcha pas de bouillir d'indignation lorsque, il y a maintenant cinq ans et quelques, des voyous cambriolèrent mon cottage, emportant mon poste de télévision parmi d'autres

---

* John Ogilby a depuis longtemps sombré dans l'oubli, tout comme Elkanah Settle, qui fut un temps « Poète de la Cité » officiel à Londres.

objets facilement transportables et allant jusqu'à déféquer sur mon canapé. J'étais et je demeure un sale bonhomme, un grincheux impénitent, toujours prompt à me réjouir des fautes de ceux qui me dominent socialement.

A ce propos, je comprends pourquoi les plus futés de nos hommes de lettres s'élèvent contre le genre de la biographie tel qu'il est pratiqué de nos jours, ses vicieux spécialistes se complaisant à massacrer le génie d'autrui. Mais la vérité est que rien ne me semble plus délectable qu'une biographie qui permet de révéler nos « vrais Grands » sous un jour peu favorable, qui établit que l'objet de notre admiration n'était en réalité qu'une sous-merde. J'adore ces enquêtes impitoyables sur le passé de ceux qui, pour reprendre l'expression de cet ami d'Auden (pas MacNeice, ni Isherwood, non, l'autre…) « se rapprochèrent un peu du soleil/laissant dans l'air palpitant la signature de leur exception* ». Oui, pas de quartiers, fonçons dans le lard désormais que « les faits sont connus », comme ils disent. Par exemple, raconter comment T.S. Eliot fit enfermer sa première épouse chez les dingues, peut-être parce que c'était elle qui avait écrit parmi ses meilleurs vers. Ou bien concocter une étude qui traînerait Thomas Jefferson dans la boue pour avoir eu des esclaves chez lui et avoir même gratifié la plus mignonne du lot d'un enfant illégitime. (« Comment s'explique-t-on, avait déjà demandé le docteur Johnson, que les plus bruyants avocats de la liberté se trouvent parmi les négriers ? ») Ou encore révéler que Martin Luther King fut un plagiaire et un baiseur compulsif de femmes blanches. Ou que l'amiral Byrd, ce héros de ma prime jeunesse, était en réalité un affabulateur doublé d'un piètre navigateur, et qu'en fait d'exploits aériens il avait tellement peur de l'avion qu'il était souvent ivre mort pendant que d'autres prenaient les commandes, ce qui ne l'empêchait pas de tirer systématiquement la couverture à lui. Ou que Roosevelt trompa à qui mieux mieux Eleanor. Ou que J.F.K. n'a jamais écrit une ligne de son livre, *Profiles in Courage*. Ou que Bobby Clarke frappa sauvagement Kharlamov dans les chevilles, mettant hors de combat

* C'est Stephen Spender, dans son poème *The Truly Great* (*Les Vrais Grands*).

leur meilleur élément au tout début du mémorable tournoi de hockey contre ces incroyables Russes. Ou que Dylan Thomas était un schnorrer-né. Ou que Sigmund Freud inventa de toutes pièces certains de ses « cas » les plus fameux. Enfin, je pourrais continuer encore longtemps, mais je pense que vous voyez où je voulais en venir, n'est-ce pas ? D'ailleurs, mon impression est confirmée par un moraliste aussi incontournable que le docteur Johnson, qui se prononça un jour sur l'usage de la biographie pour l'édification d'Edmond Malone, un érudit shakespearien : « Si l'on ne devait présenter ces personnages que sous leur plus beau jour, nous en resterions accablés, convaincus qu'il est absolument impossible de les imiter en quoi que ce soit. Les auteurs sacrés, il faut l'observer, relataient les actes révoltants des hommes aussi bien que leurs hauts faits vertueux. Ce qui avait pour effet moral de protéger l'humanité du désespoir. »

En bref, je n'ignore pas mes travers, pas plus que je ne suis incapable d'ironie. Ainsi je m'aperçois que moi, moi qui avais pris en horreur le verbiage incessant de Mrs Panofsky II, j'ai noirci des dizaines et des dizaines de pages, empilé digressions sur apartés, dans le seul but d'éviter d'arriver à ce week-end fatidique dans les Laurentides qui a pratiquement détruit ma vie et qui m'a affligé d'une réputation d'assassin dont certains sont encore convaincus jusqu'à ce jour. Alors, voici enfin le moment attendu, le tour de passe-passe : Boogie disparaît, l'inspecteur divisionnaire Sean O'Hearne entre en scène. Et je suis prêt à jurer que ce qui va suivre est la vérité vraie. Je suis innocent. Honnêtement. Et donc, que Dieu me vienne en aide, comme on dit.

16

Non, attendez. Pas encore. Je vais en venir au cottage – Boogie, O'Hearne, Mrs Panofsky II, etc. – dans une petite seconde. C'est promis. Mais d'abord, voici l'heure de « Musicalement vôtre ». L'émission de Miriam. Crénom ! Quelque chose a l'air de clocher avec ma radio. Ça doit venir de ces trucs, là, ces machins qui servent à donner du jus, vous savez ? Je ne peux l'entendre qu'en tournant le volume à fond. Tout part à vau-l'eau, ici. Hier soir, c'était la télé. Le son s'en allait, revenait. Lorsque j'ai enfin réussi à le régler, j'ai été interrompu par de grands coups frappés à ma porte. Le fils du voisin du dessous.

– Vous ne répondez plus au téléphone, Mr Panofsky ?

– Bien que sûr que si. Eh bien, qu'est-ce qu'il y a, Harold ?

– Ma mère voulait savoir si vous pouviez baisser un peu la télévision.

– Elle doit avoir l'oreille très fine, ta mère... Mais bon, d'accord, je vais baisser.

– Merci.

– Oh, Harold ? Une minute.

– Oui ?

– Question-piège. Si ta radio ne donne plus rien, d'après toi, ça pourrait venir de quoi ? Ce n'est pas un poste qu'on branche, non, c'est un de ces petits trucs qu'on peut balader avec soi...

– Un transistor ?

– C'est ce que je disais, non ?

– Vous devriez vérifier les piles, j'pense.

Après son départ, je me suis versé quelques doigts de Cardhu et j'ai inspecté la sélection de films disponibles sur le petit écran. Burt Lancaster dans *Le Corsaire rouge*. *Le Calice d'argent*, avec Paul Newman et Virginia Mayo. *La Fille du FBI*, avec Cesar Romero, George Brent et Audrey Totter… Non merci. Mais, comme le sommeil ne venait pas, j'ai convoqué ma fidèle Mrs Ogilvy hors des ténèbres pour revenir au dimanche où elle avait emprunté une mini-berline Austin à quelqu'un et m'avait invité à pique-niquer dans le parc des Laurentides et où ma mère m'avait stupéfié en acceptant de nous préparer un en-cas, innommables concoctions qui n'appartenaient qu'à elle, sandwichs à la banane et aux œufs à peine durs ou autres empilades de sardines et de couches de beurre de cacahuètes.

– N'oublie pas d'être bien sage et bien poli, m'avait-elle recommandé.

– Un peu, oui.

Et j'avais jeté les sandwichs dans l'allée en partant.

Conductrice inexpérimentée, Mrs Ogilvy se débrouilla pour monter sur le trottoir en essayant de se garer. Elle portait une robe d'été sans manches, boutonnée par-devant, trop petite d'au moins deux tailles. Les pneus hurlaient quand elle pilait aux feux rouges, elle calait souvent, repartait en cahotant, mais nous fûmes bientôt dans la campagne sans avoir subi d'accident grave.

– Tu as pris ton maillot de bain ?

– J'ai oublié.

– Mon Dieu, moi aussi !

Elle tendit le bras pour me caresser la joue et l'Austin partit sur la voie opposée.

– C'est l'auto de Mr Smithers, tu sais ? Il me l'a prêtée dans l'espoir que j'accepte d'aller faire un tour avec lui par une nuit de pleine lune. Mais avec celui-là il est hors de question que je me retrouve sur le siège arrière. Il fait de la pyorrhée dentaire.

Nous nous installâmes sur une couverture dans une clairière. Elle ouvrit son panier de pique-nique. Pâte d'anchois, marmelade d'Oxford, scones, deux tartes à la viande de porc.

– Maintenant, on va jouer à un petit jeu. Je veux que tu ailles derrière cet arbre, en me tournant le popotin, et que tu comptes jusqu'à vingt-cinq en français. Moi, je vais cacher des douceurs sur moi, des bonbons fourrés. Ensuite tu viendras les dénicher avec ta langue et tu pourras les avoir. A vos marques, prêts, partez ! Et on ne regarde pas !

Ainsi que je m'y attendais, je me retournai au moment voulu pour la découvrir étendue de tout son long sur la couverture, nue, les chocolats disposés exactement là où je me doutais qu'ils seraient.

– Dépêche-toi. Ils commencent à fondre et ça devient "très" poisseux.

Je m'agrippai bon quand elle se mit à donner des coups de rein et à gémir puis, tandis qu'elle retrouvait peu à peu son calme, je me redressai en essuyant ma bouche du revers de la main. A mon grand étonnement, elle leva un genou et m'asséna un coup sec au menton.

– Tu sais, je sais, nous savons que rien ne s'est passé. Minable intrigant. C'est toi qui as tout inventé, petit branleur, afin de salir la réputation d'une enseignante parfaitement respectable… Une Londonienne pur sucre, qui n'a survécu au Blitz, notre heure de gloire, que pour être expédiée dans cette lointaine et rustre possession, cette tiefste Provinz, ce trou où ils boivent le thé en sachets. Tu as imaginé cette scène parce que tu es en pleine "dégringolade" sénile et que tu espérais t'exciter assez pour émettre une ou deux gouttes de crème sur tes draps. Mince alors ! Elle se fait si rare chez toi que tu devrais la mettre en bouteilles. Tu as monté ce pique-nique pour…

– Moi ? Rien du tout ! C'est vous qui…

– Peut-être. Mais tu n'es pas allé plus loin que quelques attouchements aussi égoïstes que maladroits avant que ce rustaud, ce natif parlant le patois qu'ils prennent pour du français ici, ne vienne nous dire que nous étions dans une propriété privée. Le reste, tu l'as fabriqué dans ta repoussante imagination, car aucune femme digne de ce nom ne consentirait à seulement te regarder, désormais, espèce de vieux juif libidineux, de gâteux rétréci, et pratiquement sourd comme un pot maintenant, s'il faut dire toute la vérité. Tu as manigancé ce récit salace dans le seul but de retarder encore l'échéance. Tu gribouillerais n'importe quoi plutôt que d'arriver à la relation exacte de ce qui s'est passé au cottage. Eh oui ! c'est cela, lève-toi, maintenant, va t'extirper un de ces lamentables pipis qui ne pourraient même pas remplir un flacon de gouttes pour les yeux. Pauvre, pauvre Boogie.

17

Jamais je ne perdis contact avec Boogie, qui continuait à m'envoyer des cartes sibyllines de tous les coins de la planète où il pouvait se trouver, Marrakech, Bangkok, Kyōto, La Havane, Cape Town, Las Vegas, Bogotá. Ou Vārānāsi : « En l'absence de mikvé, il y a toujours le Gange pour se purifier. *Cf.* Chester Alfred, Green Henry, et également Roth Joseph. »

Ou bien c'était un mot parvenu de cette ville du Cachemire dont le nom m'échappe à l'instant*, là où les camés ont l'habitude de s'arrêter pour refaire le plein. Quand j'étais gamin, j'avais punaisé une carte au mur de ma chambre, sur laquelle je traçais l'avance des forces alliées en Europe après le jour J. Plus tard, j'ai eu une mappemonde dans mon bureau qui me permettait de suivre les pérégrinations de mon ami, pèlerin moderne lancé dans sa descente aux Enfers personnels. De temps à autre, ses nouvelles paraissaient dans *Paris Review*, *Zero* ou *Encounter*. Et puis, comme il fallait s'y attendre, Boogie se fixa dans un loft du Village et devint un habitué du San Remo et du Lion's Head. Les femmes raffolaient de lui et parmi elles, pour l'esbaudissement des présents un certain soir, il y eut même Ava Gardner. C'était son silence qui attirait sur lui l'attention de jeunes beautés, plus que l'attention, même : quelque chose qui confinait au respect. Et il ne le rompait que pour prononcer l'un de ses rares jugements, toujours catégoriques. Une fois,

* Srinagar.

ainsi, alors que le nom de Jack Kerouac avait surgi dans la conversation, il murmura :

– L'énergie, ça ne suffit pas.

– Ce n'est plus de l'écriture, lançai-je pour ma part. C'est de la dactylographie*.

Boogie ne tenait guère plus en estime Allen Ginsberg. Un jour, alors que j'étais là par hasard, une fille très séduisante qui cherchait à faire impression sur lui commit l'erreur de réciter les premières lignes de *Howl :*

J'ai vu les meilleurs esprits de ma génération annihilés
par la démence, affamés hystériques nus
se traînant par les rues nègres en quête
d'un violent fix...

– « Les meilleurs esprits ? » rétorqua Boogie. Des noms, s'il te plaît.

– Je... je ne comprends pas.

– Isaiah Berlin ? Non, trop vieux. Pas Mr Trocchi [11], quand même ?

Parmi ses compagnons de bar réguliers, il y avait Seymour Krim et Anatole Boyard. Contrairement à Hymie Mintzbaum, Boogie ne se vantait jamais de ses connaissances et cependant une lettre pouvait arriver à son intention au Lion's Head, postée de Cuba, et c'était Ernest Hemingway. Ou bien John Cheever [12] surgissait et l'emmenait déjeuner avec lui. Ou encore, Norman Mailer ou William Styron pouvaient passer, ils prenaient un verre avec lui ou demandaient de ses nouvelles s'il était absent. De retour de sa dernière et désastreuse tournée en France et en Italie, Billie Holliday chercha à le voir. Et Mary McCarthy, et John Huston. Sa célébrité s'accrut lorsque la *New American Review* publia des extraits de son roman « à venir », qu'il avait pourtant écrit dix ans plus tôt à Paris, je le savais. Peu à peu, il devint une légende

* La formule fut employée tout d'abord par Truman Capote qui l'a rendue célèbre.

vivante, l'auteur présumé du meilleur roman de l'Amérique moderne qui restait encore à paraître. Les responsables des plus grandes maisons d'édition new-yorkaises lui firent une cour acharnée, brandissant leur carnet de chèques. L'un d'eux expédia une fois une limousine à son domicile afin de le conduire à un dîner organisé avec un soin maniaque à Southampton. Le chauffeur découvrit que Boogie était parti rejoindre une petite amie à Sag Harbour et rapporta la nouvelle à la datcha de l'éditeur, ce qui ne fit qu'ajouter à son aura mythique. Un autre, qui l'avait invité au Russian Tea Room, lui demanda d'un air obséquieux :

– Serait-il possible de voir un peu plus de votre roman ?

– Ce serait indiscret, répondit Boogie en se mouchant énergiquement. On dirait que je n'arrive pas à me débarrasser de ce rhume.

– Il faudrait en parler à votre agent, peut-être ?

– Je n'en ai pas.

Il était son propre agent, en effet, restant évasif ou changeant de sujet quand de généreux contrats lui étaient proposés. Plus il résistait aux offres avancées par les éditeurs, plus les chiffres grimpaient. Finalement, il signa chez Random House, obtenant une avance qui se comptait en centaines de milliers de dollars, ce qui n'est pas inhabituel aujourd'hui, mais l'était certainement en 1958, l'année où les « Canadiens » raflèrent leur troisième Coupe Stanley d'affilée en éliminant Boston par cinq à trois. Geoffrion et Maurice Richard avaient marqué dans la première période, Béliveau et encore Geoffrion dans la seconde, puis Doug Harvey dans la troisième avec un tir féroce à douze mètres. Maintenant vous voyez que la mémoire du vieux Barney Panofsky n'inspire pas d'inquiétude, n'est-ce pas ? On égoutte les spaghettis dans une passoire, les Sept nains sont… On sait qui ils sont. Et l'Institut Weizmann se trouve à Haïfa. Et ce n'est pas Frederic Wakeman qui a écrit *L'Homme en complet gris*. Et Napoléon a été battu dans cet endroit qui a inspiré à Spike Jones une chanson absurde : « C'est la fille du pêcheur de perles/ Elle est partout comme un poisson dans l'eau,/ WATERLOO… »

J'en reviens à Boogie. Il claqua une partie de son avance à la table de jeu, but, sniffa et absorba le reste en intraveineuses dans le bras jusqu'à ce que la veine lui échappe, puis dans la cheville et même dans la langue. Alors arriva le jour où il m'appela au bureau. Si j'avais pu avoir la science de discerner l'avenir, j'aurais immédiatement raccroché. Ce ne fut pas le cas.

– J'aimerais bien me mettre au vert chez toi pendant un moment, m'annonça-t-il. J'essaie de décrocher, là. Tu peux m'arranger ça ?

– Bien sûr.

– Il va me falloir de la méthadone.

– Mon ami Morty Herscovitch y pourvoira.

Quand j'allai le chercher à l'aéroport, je ne m'attendais pas à le découvrir dans un pareil état. Décharné, le front et les joues ruisselant de sueur, il paraissait sur le point d'étouffer malgré le froid ambiant, aucunement de saison alors que nous étions déjà fin juin.

– On va fêter ton arrivée par un gueuleton de première à El Ritzo, hombre, lui dis-je en le prenant par le bras. Et ensuite en voiture pour les Laurentides, le cottage où, l'informai-je, Mrs Panofsky II nous attendait.

– Non, non, non, fit-il. D'abord, il faut que tu m'emmènes quelque part où je puisse me shooter.

– Je croyais que tu venais ici pour décrocher ?

– Rien qu'une dernière fois. Autrement, je pourrai pas.

Dès son arrivée chez moi, il se dépouilla de sa veste, remonta la manche de sa chemise, se fit un tourniquet au bras et se mit à l'actionner comme un lanceur de base-ball moulinant de toutes ses forces pour obliger la veine capricieuse à se gonfler un peu. Pendant ce temps, je faisais chauffer son machin dans une cuillère. Il y eut trois tentatives sanguinolentes avant qu'il n'arrive enfin à plonger la seringue à l'endroit recherché.

– Je présume que c'est ce que voulait dire Forster quand il parlait de « simplement connecter » ? fis-je remarquer.

Auparavant, le pharmacien m'avait demandé : « Ça ne vous gêne que je vous demande quel usage vous comptez faire de cette seringue ? – Moi ? Euh… Je prépare un jarret façon sudiste. Avant de le mettre au four, je lui injecte du Jack Daniel's. »

– Bon, on va manger, maintenant ?

– Pas moi. Hé, à part ça, content de te voir.

– De même.

– Combien tu en fumes par jour, de ces cigares ?

– Je ne compte jamais.

– C'est mauvais pour toi, tu sais ça ? Dis donc, qu'est-ce qu'il devient, ton pote McIver ?

– Pas grand-chose.

– Ah… Il avait un potentiel, je trouvais.

– Oui ?

Mrs Panofsky II nous attendait donc, sur la terrasse, vêtue avec recherche. Elle paraissait séduisante, voire sexy, l'honnêteté m'oblige à l'admettre. Elle s'était notablement démenée pour préparer un dîner aux chandelles mais Boogie s'endormit sur son assiette dès l'entrée, une soupe aux pois cassés. Il dodelinait de la tête tandis que son corps tout entier était parfois parcouru de soubresauts. Je le guidai jusqu'à la chambre qui avait été préparée pour lui puis, après l'avoir jeté sur son lit, je lui montrai où j'avais entreposé sa réserve de méthadone et je retournai à table.

– Tu nous excuses, hein ?

– Tu tenais absolument à le faire boire jusqu'à ce qu'il tombe avant de venir ici, n'est-ce pas ? Alors que je me suis escrimée aux fourneaux pendant toute la journée.

– Non, ce n'est pas comme ça que ça s'est passé.

– Et maintenant tu vas devoir rester en face de moi et te forcer à me parler, comme si nous étions un couple normal. Ou bien faut-il que je t'apporte un journal ?

– Il est terriblement malade, tu comprends…

– Je ne veux pas qu'il fume au lit. Il pourrait mettre le feu à toute la maison.

– Il ne fume pas. Mauvais pour la santé, qu'il dit.

– Mais où vas-tu ? Je n'ai même pas servi le gigot. Ou c'est que tu n'as pas faim, toi non plus ?

– J'allais juste me verser un scotch.

– Bien. Dans ce cas, rapporte la bouteille avec toi. Cela t'évitera de sauter de ta chaise toutes les deux minutes.

– Ah, je sens qu'on va passer un moment formidable, ici.

– Et tu n'as pas encore vu le quart de la moitié. Avant de porter ton costume chez le teinturier mardi, j'ai bien dû vider tes poches. Et voilà ce que j'ai trouvé.

Aïe aïe aïe. Une facture d'un grand fleuriste pour une douzaine de roses rouges.

– Oh, ça..., fis-je en attrapant la bouteille.

– J'ai trouvé ça tellement gentil. J'ai sorti un vase et je n'ai pas osé m'absenter de la journée... par peur de manquer le livreur !

– Ils n'ont pas réussi à trouver le cottage, faut croire.

– Ton nez s'allonge à vue d'œil.

– Tu sous-entends que je suis un menteur ?

– « Sous-entendre » ? Non, mon lapin. Je le proclame !

– C'est scandaleux.

– Pour qui étaient ces fleurs ?

– Il se trouve que cet achat n'a absolument rien de suspect. Mais harcelé de cette manière, sous mon propre toit, je refuse de répondre.

– Pour laquelle de tes grues elles étaient, ces roses ?

– Quand elles vont être livrées ici demain matin, je n'aimerais pas être dans tes souliers.

– Oui, si tu descends en douce au magasin pour en commander une douzaine par téléphone, d'urgence... (Puis, très fort :) J'exige de savoir si tu entretiens une de ces grues dans un appartement, quelque part.

– Une ? Pourquoi seulement une ?

– J'attends une réponse.

– Je pourrais prouver mon innocence et te répondre aussi simplement que ça, assurai-je en faisant claquer mes doigts. Mais je n'apprécie ni le ton que tu prends avec moi ni tes insultes.

– Ah, c'est moi qui me comporte mal ?

– Absolument.

– Dis-moi pour qui étaient ces roses ! !

– Une actrice que nous essayons d'engager sur un projet que j'ai en préparation.

– Où habite-elle ?

– A Outremont, je pense. Je crois. Comment veux-tu que je le sache ? Si j'ai une secrétaire, ce n'est pas pour que je m'occupe de ça, moi.

– A Outremont, où ?

– Le chemin de la Côte-Sainte-Catherine, si je me rappelle bien.

– Tu ne veux pas essayer autre chose ?

– Allons, ça devient ridicule ! Délicieux, cet agneau. Exquis, vraiment. Pourquoi on ne pourrait pas dîner tranquillement, comme deux personnes civilisées ?

– J'ai téléphoné au fleuriste en me faisant passer pour ta secrétaire et…

– Tu n'avais pas à te mêler de…

– … et le type là-bas m'a demandé si c'était pour changer l'arrangement que tu as avec eux. Chaque semaine, ils expédient une douzaine de roses rouges à une adresse de Toronto. Non, j'ai répondu, je voudrais seulement vérifier le nom de l'intéressée. Il a dû trouver ça suspect parce qu'il m'a répondu : « Il faut que je consulte mes fiches et je vous rappelle. » Donc j'ai préféré raccrocher. Et maintenant, dis-moi comment s'appelle ta traînée de Toronto.

– Je ne resterai pas une minute de plus ici ! m'exclamai-je en bondissant sur mes pieds, la bouteille de Macallan en main. Je ne tolérerai pas un pareil interrogatoire.

– Oui. Eh bien, tu dormiras dans l'autre chambre d'amis, cette nuit, et si ton copain le camé veut savoir pourquoi tu lui diras qu'il me le demande à moi. Est-ce qu'il est au courant que tu prends des leçons de claquettes, aussi ?

– Tu peux lui dire, je m'en fiche.

– Oh, j'imagine déjà sa tête quand il va te voir avec ton canotier et ta canne. Tu as l'air d'un tel schmoque !

– C'est très possible, en effet.

– C'est mon père qui avait tout de suite compris quel genre d'homme tu étais. Ah, si je l'avais écouté, le pauvre, qu'il repose en paix, je ne serais pas dans cette situation maintenant.

– Mariée à quelqu'un d'inférieur à ta condition, c'est ça ?

– Je suis jeune, et jolie, et tout le monde le dit… (Sa voix se brisa.)… Et intelligente, et cultivée. Pourquoi aurais-tu besoin de quelqu'un d'autre, pourquoi ?

– Allons dormir un peu. On reparlera de tout ça demain.

Mais elle s'était mise à sangloter.

– Pourquoi… Pourquoi m'avoir épousée, Barney ?

– C'était une erreur de ma part.

– A notre soirée de mariage, je me suis approchée derrière toi et tu étais en train de dire à Boogie : « Je suis amoureux. Pour la première fois de ma vie, je suis réellement, sérieusement, irrémédiablement amoureux. » A quel point ça m'a émue, je ne peux pas l'exprimer. Tout ce que j'ai ressenti pour toi à ce moment. Et maintenant, regarde-nous, tous les deux. A peine un an qu'on vit ensemble et tu ne m'as pas fait l'amour depuis des mois et des mois. Et à force de me déprécier, de me rabaisser, j'en suis venue à te haïr.

– Je veux que tu saches une chose, lui dis-je, rongé de remords. Je ne t'ai pas été infidèle.

– Oh, j'ai tellement honte ! J'ai tellement de chagrin… Et toi, tu n'es qu'un menteur. Un être vulgaire. Un animal. Allez, vas-y, termine ta bouteille. Bonne nuit.

Je ne la finis pas, non, mais presque. Le lendemain, de bonne heure, ce fut sa voix qui me réveilla. Elle parlait au téléphone à sa mère. Le rapport matinal de Mrs Panofsky II :

– Du gigot d'agneau, oui. Non, pas de Nouvelle-Zélande, local. De chez Delaney. Pfff, Maman, je sais pertinemment que c'est moins cher au marché d'Atwater mais je n'avais pas le temps d'y aller, et puis on ne trouve jamais à se garer, là-bas. Oui, je m'en souviens, oui. Je vérifierai sa note, bien entendu. Je le fais toujours. Quoi ? Mais non, tu as eu raison de te plaindre du rôti, cette fois-là. Il était dur, absolument. Comment ? Ce n'est pas parce que j'étais gênée, pas du tout ! J'ai préféré t'attendre dehors, rien de plus. Oh, là, tu n'es pas juste ! Tous les catholiques irlandais ne sont pas antisémites, quand même. C'était un mauvais morceau, voilà tout. Non, je ne critique pas ta cuisine, Maman ! Quoi ? Oh, avant une soupe de pois cassés, après salade verte et fromages. Oui, oui, tu m'as donné la recette. Je sais que le rabbin Hornstein se damnerait pour, seulement Barney n'aime pas les desserts. Dieu sait s'il a sa ration de sucre, avec tout le whisky qu'il boit… Je lui dirai, oui, promis, mais je connais déjà sa réponse : il va dire que cela ne l'intéresse pas de vivre avec une vieille gaga de quatre-vingts ans. Mais je suis d'accord, moi ! Non, ce n'est pas vieux, à notre époque. Je t'en prie, Maman, il le sait, que tu es diplômée de McGill. Et que tu critiques des livres pour le cercle de lecture féminin au temple. Et… Non, il ne te prend pas pour une imbécile ! Là, je corrige : il prend tout le monde pour des imbéciles. Comment ? Il t'a dit ça, vraiment ? Eh bien, franchement, je ne crois pas qu'il ait lu les sept tomes de Gibbon jusqu'au bout, lui non plus. D'ailleurs, tu n'as rien à lui prouver. Oui, M'man, moi aussi je trouve que Frank Harris est dégoûtant, il n'aurait jamais dû t'offrir ça pour Khanouka. C'était de très mauvais goût. Qui, lui ? Oh, c'est un écrivain. Un vieil ami de Barney, de son époque de Paris. Moscovitch. Bernard Moscovitch. Non, non, Canadien. Oui, un écrivain pour de vrai ! Ecoute, M'man, tu n'es pas la seule à ne pas avoir entendu parler de lui. Hein ? Non, pardon mais je n'insinue rien du tout ! Je sais que tu lis beaucoup et… Comment, condescendante ? Allez, ne commençons pas. Le ton que j'ai, c'est celui que j'ai toujours, d'accord ? Depuis que je suis née. Hier ? Je n'ai pas pu. J'ai été tellement occupée ici… Non, je ne me sens pas « obligée » de te téléphoner ! Bien sûr que je t'aime et, oui, je me rends compte à quel point Papa te manque, et que je suis tout ce qui te reste maintenant. Et tiens, pendant que j'y suis, j'aimerais te préciser que je n'ai jamais sous-entendu que tu avais tort de te teindre les cheveux. Seulement, les boucles qu'il te fait, je ne sais pas, c'est peut-être un peu trop « petite fille » pour ton âge et… M'man, pour la énième fois, je comprends très bien que j'aurai ton âge un jour, et tout ce que j'espère, c'est que j'aurai aussi fière allure que toi à ce moment, et… Mais non, je ne critique pas ! Tu ne peux pas tout me reprocher, quand même ! Si je te dis quelque chose, je critique, et si je me tais et que quelqu'un d'autre le dit à ma place tu me reproches de ne pas t'avoir prévenue à temps, après ! Et je… Je n'ai pas dit que quelqu'un a parlé de tes boucles, enfin ! Allez, M'man… Oui, bien sûr, on va à New York ensemble le mois prochain. Tu n'imagines pas comme je les attends, ces voyages. Comment, en quarante ? Ecoute, Maman, il faut que tu arrêtes d'essayer de rentrer dans des robes taille quarante alors que tu fais un bon quarante-deux, maintenant. Attends ! Non, arrête ! Je n'ai jamais, jamais eu honte de toi, nulle part. Je serais bien heureuse d'avoir ta silhouette, à ton âge. Tu te souviens des vendeuses de Bloomingdale's qui nous prenaient pour deux sœurs ? Ah bon, il a dit qu'on pouvait aller à sa boutique et prendre tout ce qu'on voulait au prix de gros ? Sans blague ! Dis donc, tu ne crois pas qu'il a le béguin pour toi, Katz ? Mais quoi, il n'y a rien d'impertinent là-dedans ! Pour moi aussi, personne ne peut le remplacer, Papa. Mais tu sais, ses modèles, à Katz, il y a quelque chose qui ne va pas. Ce n'est pas qu'ils font schmatt, non. Ce sont de très bonnes copies de ce qu'il a vu aux défilés de mode à Paris, à part que c'est cousu à la machine, chez lui… Mais tu te choisis une robe chez lui, tu te mets sur ton trente et un pour aller à une soirée, et là tu peux être sûre de tomber sur au moins une autre femme qui aura la même… Comment ça, les Ginsberg ne t'ont pas invitée à leur dîner d'anniversaire de mariage ? Ils l'ont toujours fait ! Ecoute, Maman, tu inventes, là. Les vieux amis ne te laissent pas tomber depuis que Papa n'est plus avec nous et la preuve… Pourquoi les gens n'aimeraient pas avoir une veuve à leur table ? Dans votre tranche d'âge, c'est plutôt prévisible, quand même… Oh, pardon. Je ne voulais pas te blesser. Moi, sans cœur ? Et tu peux dire que j'attends ta mort, comme ça ? Non, tu n'es pas un fardeau. Simplement, dans votre tranche d'âge, ce sont des choses qui arrivent. C'est la vie, quoi… Bon, tu préfères que je me censure, que je finisse par avoir peur de te dire ce que je pense ? On ne peut plus se parler ouvertement, alors ? Il faut se contenter d'évoquer le temps qu'il fait, si je comprends bien ? Non, Maman, tu ne vas pas raccrocher maintenant, sur une mauvaise impression. S'il te plaît, arrête ! Pas de pleurnicheries ! Comment, impitoyable ? Ecoute, tu n'as qu'à appeler Malka, je suis certaine qu'elle se sent aussi seule que toi, vous n'avez qu'à aller dîner ensemble et ensuite, je ne sais pas, rencontrer deux types dans un bar… Hé, je plaisantais, là ! Je ne suis pas idiote, bien sûr que je ne t'imagine pas faire une chose pareille. D'accord, l'addition n'est jamais pour elle au restaurant. Mais tu n'es pas vraiment à la rue, il me semble ? Qu'est-ce que tu veux dire, ce que j'insinue par là ? Je n'insinue rien du tout et… Maman ! Je ne t'ai jamais demandé combien il a laissé et je ne veux pas le savoir. Oh, merde ! Si tu crois une chose pareille, tu n'as qu'à tout léguer à la SPA, moi je m'en contrefiche. Penser ça de moi, c'est affreux, affreux. Tu sais comment je me sens, là, maintenant ? Salie. Humiliée. Il vaut mieux que je me taise et… C'est abominable, ça ! Quoi, je m'arrange toujours pour te raccrocher au nez comme si c'était moi qui avais été blessée ? Hein ? Oh, assez ! Moi, j'ai eu des paroles blessantes ? Cites-en une, une seule ! Non, faux. Faux. Et merde ! Si tu te trouves bien avec tes boucles à la Shirley Temple, garde-les ! Et puis, tu sais quoi ? L'hiver prochain, quand tu vas aller en Floride avec Malka, achète-toi un bikini. Ultra-mini, même ! Mais dans ce cas ne compte pas sur moi pour que je vienne vous voir. Bon, il faut vraiment que je raccroche, là… Comment, une de mes sautes d'humeur ? Ecoute, Maman, si on avait enregistré cette conversation je te la repasserais maintenant, rien que pour te prouver que je n'ai jamais, jamais insinué que tu avais de la cellulite. Tu as toujours des jambes superbes. Mais il faut vraiment, vraiment que je me mette au travail, alors je te dis à bientôt. Barney t'embrasse et… Non, c'est pas des paroles en l'air. Alors, à bientôt !

Après la confrontation de la veille, nous observâmes une trêve inhabituellement civile ce matin-là, Mrs Panofsky II et moi. Je me chargeai de faire bouillir et d'écaler les œufs pour la salade niçoise qu'elle préparait. Et elle, consciente de mon état physique, alla jusqu'à me servir un Bloody Mary. Pourtant, le silence était oppressant dans la cuisine, seulement rompu lorsqu'elle alluma la radio, cherchant un peu de réconfort dans l'écoute de « Dimanche Matin, le Magazine de CBC ». Un auteur de Toronto, invité de l'émission, était en train de se plaindre qu'aucun libraire ne voulait exposer ses livres en devanture parce qu'il n'était ni américain ni anglais. L'enfer, nous apprenait-il encore, était pour lui la feuille blanche qui le narguait sur sa machine à écrire chaque jour que le bon Dieu faisait. Mrs Panofsky II tendit l'oreille, augmenta le volume.

– Mais c'est incroyable ! C'est Miriam Greenberg qui est en train de l'interviewer !

– De qui de quoi ?

– Je la reconnaîtrais entre mille, cette voix horripilante. Qu'elle soit arrivée jusque-là, c'est inexplicable. A moins qu'elle ait couché à droite et à gauche pour avoir le job. Elle avait une drôle de réputation à McGill.

– Vraiment ?

– Tu pourrais m'ouvrir cette boîte d'anchois, s'il te plaît ?

– Avec plaisir, chérie.

Boogie, effondré dans ses draps trempés de sueur, ne fut pas en état de descendre déjeuner. Après lui avoir porté un plateau dans sa chambre, j'expliquai à Mrs Panofsky II que je devais me rendre à mon bureau pour signer quelques chèques, entre autres affaires urgentes, mais que je m'engageais à être de retour à l'heure du dîner.

– Sois prudent sur la route, me recommanda-t-elle tout en me tendant la joue pour que je l'embrasse.

– Mais oui, répondis-je en m'exécutant. Ah, tu as besoin de quelque chose, en ville ?

– Je ne pense pas, non.

– A tout hasard, je te téléphonerai avant de rentrer, chérie.

Hughes-McNoughton m'attendait au Dink's, bougon.

– Qu'est-ce qui était donc si pressé ?

– Je veux divorcer, vite.

– Demain matin, genre ?

– Oui.

La loi québécoise plonge ses racines dans le code napoléonien et en 1960, dans cette province empreinte de bigoterie, un divorce ne pouvait s'obtenir que si un membre de la Chambre des communes présentait une proposition de loi en ce sens, processus complexe qui devait être justifié par une preuve flagrante d'adultère.

– *Deo volente*, soupira Hughes-McNoughton. Donc elle a un amant et tu peux le prouver. Qu'est-ce qui te fait rire ?

– Elle ne m'a jamais été infidèle.

– Alors, elle est d'accord pour réclamer le divorce contre toi ?

– On n'en a pas encore discuté, à vrai dire.

– Si elle se montre raisonnable, la procédure classique serait que je paie une pute et que vous soyez découverts tous les deux *in flagrante delicto* dans un motel louche de Kingston, ou d'où tu voudras, par un détective privé aussi diligent qu'irréprochable.

– On y va.

– Pas si vite. Il faut d'abord qu'elle accepte de jouer cette comédie, elle, ta femme. Et il y aura un prix à payer pour ça, immanquablement. *Lex talionis*, nous disons. Œil pour œil... Son avocat est très capable de t'arracher une sacrée part de tes revenus, tout de suite et pour le reste de tes jours. Je parle d'expérience, mon enfant.

– Je suis prêt à casquer autant qu'il faudra.

– C'est ce que tu dis maintenant, oui. Ils disent toujours ça, au début. Mais après cinq ans à en baver tu verras les choses autrement, et tu rejetteras la faute sur moi, évidemment. Enfin. Bon, je ne veux pas me mêler de ce qui ne me regarde pas, mais si c'est urgent, je présume que c'est parce que tu en pinces pour une autre, hein, sagouin ? Elle a un enfant ?

– Non. Et je « n'en pince » pas. Je suis amoureux.

– Ce qui explique la stupidité de ton comportement. Peut-être que si tu lui parlais d'abord à ta femme, et qu'elle consentait à prendre quelques libertés avec la loi, son avocat et moi pourrions parvenir à un règlement à l'amiable. De quoi te permettre de garder une chaise, une table, un lit et une paire de chaussettes de rechange, disons.

– Elle va toucher un méga-héritage.

– Grands dieux, Barney, on ne devrait pas te laisser sortir tout seul ! Quel rapport y a-t-il entre ceci et cela ?

– Merde, quelle heure est-il ?

– Pas loin de huit. Pourquoi ?

– J'ai promis d'être de retour au cottage pour dîner.

– Tu ne vas pas conduire dans ton état. En plus, je viens juste de commander une autre tournée.

Je me hâtai vers le téléphone à pièces, dans l'arrière-salle.

– Je savais que dès que tu te retrouverais en ville, tu allais te remettre à boire. Et maintenant, qu'est-ce que je suis censée faire ? Tenir compagnie à « ton » invité ? Je ne le connais pratiquement pas.

– Il ne va pas bouger de sa chambre, dans la forme où il est. Franchement. Tu n'auras qu'à lui apporter un plateau. Deux œufs durs, quelques toasts, une banane… Fais simple.

– Va au diable.

– Je serai là à déjeuner demain.

– Attends ! Ne raccroche surtout pas. Je deviens folle ici. On a passé la matinée comme deux robots, comme si rien ne s'était passé. C'est une torture, pour moi. Je veux savoir, je dois savoir : est-ce qu'on va essayer de faire quelque chose de notre couple, oui ou non ?

– Bien sûr que oui, chérie.

– C'est ce que je pensais.

Et elle a raccroché.

Hughes-McNoughton avait déjà payé la note.

– Bon, on continue au Jumbo's ?

– Pourquoi pas ?

– Tu lui as dit que tu voulais divorcer ?

– Oui.

– Et qu'est-ce qu'elle a répondu ?

– Bon débarras.

– J'ai estimé la consultation à trois heures et quelques, pour l'instant. A cent cinquante dollars de l'heure, tu m'en dois quatre cent cinquante. Et bien entendu nous passons à l'horaire de nuit, maintenant.

Il faisait étouffant, le premier soir d'une vague de chaleur qui allait durer des jours et des jours. Et la climatisation était HS, au Jumbo's, qui plus est bondé. Nous réussîmes cependant à trouver une banquette à l'écart.

– Si jamais elle refuse de coopérer, qu'est-ce qui se passe ? lui demandai-je.

– Mais je croyais que tu…

– Au cas où ?

– Ça pourrait prendre un temps fou, et te revenir encore beaucoup plus cher. Et puis, Barney, quoi que tu choisisses, tu ne dois surtout pas reconnaître que tu es amoureux d'une autre femme. C'est un point sur lequel les épouses sont étonnamment chatouilleuses. Ça peut même éveiller des désirs de vengeance chez elles, vois-tu ? La meilleure tactique, pour toi, c'est de faire tes valises et de lui laisser croire que tu n'es pas du tout pressé de divorcer.

Après le Jumbo's, nous échouâmes au Montreal Press Club, et il était donc trois heures passées quand je retrouvai mes pénates. Ce qui ne m'empêcha pas de me réveiller à six heures, déprimé, passant alternativement du remords à l'angoisse, m'inquiétant pour Boogie, me disant qu'elle allait me faire ramper devant elle avant d'accepter de demander le divorce, et encore aux conditions draconiennes que lui aurait suggérées sa mère, ainsi que quelque avocat aux dents longues et ami de la famille. Après m'être rasé, douché, avoir liquidé une cafetière complète et allumé un Montecristo, je pris la route pour le cottage tout en répétant dans ma tête différentes versions de mon discours sur le thème « Je-crois-qu'il-vaut-mieux-pour-toi-qu'on-divorce », chacune me paraissant spectaculairement tirée par les cheveux. Mrs Panofsky II n'était pas dans la cuisine ni dans notre lit, qui avait déjà été refait. Peut-être s'était-elle levée tôt également, aussi anxieuse que moi, et avait-elle décidé d'aller se baigner dans le lac ? Il faisait bien assez chaud pour cela, même de bon matin. J'eus l'idée de griffonner un mot dans lequel je me dirais prêt à divorcer, de le laisser sur la table et de déguerpir au plus vite. Non, ce serait trop lâche. Et alors, Barney ? Pourquoi pas ? Non, impossible. A la place, je décidai d'aller réveiller Boogie et de lui exposer mon dilemme. J'ouvris la porte et oyez, oyez, qui était là ? Ma femme et mon meilleur ami, blottis sur la couche. Une chance pareille, je ne pouvais y croire…

– Ça alors ! sifflai-je en prenant un air outragé.

– Merde…

Mrs Panofsky II se glissa hors des draps, nue comme la main, renfila en hâte sa chemise de nuit et disparut en courant.

– C'est de ta faute, constata Boogie. Tu étais censé téléphoner avant de revenir.

– On réglera ça plus tard, salopard ! vociférai-je en me lançant à la poursuite de Mrs Panofsky II.

Je la rejoignis dans notre chambre où elle était déjà en train de s'habiller.

– Je reviens ici avec l'espoir d'une réconciliation, débutai-je. Déterminé à tout faire pour sauver notre couple. Et je trouve… je te découvre au lit avec mon meilleur ami.

– C'est… c'était un accident. Je le jure, Barney !

Des tombereaux de scénarios télé bourrés des pires clichés n'étaient pas passés en vain par mon bureau. Je me mis à improviser en m'inspirant des plus infâmes d'entre eux.

– Tu m'as trahi.

– Je lui ai porté un plateau, comme tu me l'avais demandé, plaida-t-elle entre deux sanglots. Il tremblait, il était en nage. Je me suis étendue près de lui pour le réchauffer un peu, simplement, et lui il s'est mis à me faire des choses, et… J'étais de la pâte à modeler sous ses mains parce que tu ne m'as pas touchée depuis des mois, et je ne suis qu'une femme, et tout s'est enchaîné si vite, j'ai à peine compris ce qui se passait avant que ce soit fini.

– Ma femme. Et mon meilleur ami.

Elle fit mine de me prendre dans ses bras pour me consoler.

– Ne m'approche pas ! hurlai-je.

Est-ce que je ne forçais pas un peu la scène, là ?

– On ne devrait pas parler de ça maintenant. Je suis tellement bouleversée…

– C'est toi qui es bouleversée ?

En larmes, elle saisit son sac à main, attrapa ses clés de voiture sur la coiffeuse et s'engagea dans l'escalier, moi sur ses talons.

– Je serai chez ma mère, Barney.

– Oui ? Eh bien, dis-lui qu'on divorce !

– Tu lui diras, toi. Non, surtout pas ! Elle a rendez-vous chez le dentiste, cet après-midi. Pour un traitement de canal. (Devant son auto, elle pivota sur ses talons pour me faire face.) Si tu m'avais aimée, tu ne m'aurais jamais laissée seule avec un homme pareil.

– Je te faisais confiance.

– Des types comme Boogie et toi, vous n'avez pas de morale. Moi, j'ai si peu d'expérience alors que lui, il est tellement… Je n'avais pas idée de ce qui était en train de se passer. Il avait l'air si faible, si triste, que j'ai cru que sa main… qu'il ne se rendait même pas compte qu'il me caressait à cet endroit… que c'était un faux mouvement… Ou non, j'ai voulu croire… Je ne voulais pas paraître guindée, faire un scandale. Je… C'est ton meilleur ami, quand même… Je… je ne comprends toujours pas comment il m'a enlevé ma chemise de nuit. Je… il… Oh, et puis à quoi bon ? J'ai toujours tort à tes yeux. (Elle s'installa au volant, baissa sa vitre.) Et merde ! Maintenant je me suis cassé un ongle. J'imagine que tu es content, là. Tu n'as pas arrêté de me hurler dessus, mais c'est lui qui a commencé, Dieu est témoin, ton grand ami ! Je parie qu'il a sauté ta première femme aussi, un homme pareil… Tu parles d'un ami ! Alors, qu'est-ce que tu vas faire avec lui ?

– Oh, je vais le buter, voilà ce que je vais faire, et ensuite je viendrai peut-être vous régler votre compte aussi, à toi et à ta mère.

– Ma mère. Merde, je ne peux pas arriver devant elle comme ça… J'ai oublié ma trousse de maquillage dans ma chambre. Il me faut mon crayon à paupières ! Et mon Valium !

– Tu n'as qu'à aller les chercher.

– Va te faire foutre !

Sur ce dernier glapissement, elle appuya sur l'accélérateur et partit en trombe dans l'allée, ses roues arrière crachant des salves de gravier. Quand je fus certain qu'elle avait disparu pour de bon, j'esquissai quelques pas de danse sur la terrasse. Prenant mon élan contre la rambarde, j'enchaînai sur un impeccable « shim sham », puis un « Da-Pupple-Ca », dans lequel elle faillit me surprendre puisqu'elle était revenue, moteur vrombissant, sa vitre à nouveau baissée.

– Toi, tu peux entretenir une pute à Toronto, et moi je n'ai rien à dire. Tu es un homme, moi pas, ainsi va la vie. Bon, en tout cas tu sais qu'on peut être deux à jouer ce petit jeu-là, maintenant. Ça te la coupe, hein ?

– J'ai épousé une poissonnière.

– Tu veux le divorce ? Tu l'auras. Mais ce sera à mes conditions, espèce de salaud !

Et hop, nouveau départ dans les grincements de l'embrayage malmené. Elle manqua de peu se flanquer contre un arbre.

Tralala. Tu es né avec un fer à cheval dans le cul, Barney Panofsky ! Je résolus d'attendre un peu avant d'appeler Hughes-McNoughton, mais ce qui était certain, c'était que je n'avais plus besoin de prostituée, ni de motel louche, ni de détective privé. Non m'sieur ! Je me dominai afin de reprendre l'expression courroucée qui convenait à la situation et je rentrai dans la maison, prêt à affronter Boogie. Il était déjà en bas, hirsute, pas rasé, famélique dans son caleçon ; en train d'extraire du bar une bouteille de Macallan dix-huit ans d'âge et deux verres.

– Il fait plus frais ici qu'à l'étage, non ?

– Tu as baisé ma femme, fils de pute !

– M'est avis qu'on ferait mieux de s'en envoyer un petit avant de commencer ça.

– Je n'ai même pas pris de petit déjeuner.

– C'est trop tôt pour manger, coupa-t-il en nous versant deux bonnes rasades.

– Comment tu as pu me faire une chose pareille ?

– C'est à elle que je l'ai faite, pas à toi. Et si tu avais téléphoné avant de repartir de Montréal, tu aurais pu nous éviter cette scène pénible. Je crois que je vais aller nager un peu.

– Pas si vite ! Alors, c'est de ma faute, c'est ça ?

– D'une certaine manière, oui. Tu as négligé le devoir conjugal. D'après elle, tu ne l'as pas sautée depuis sept mois.

– Elle t'a raconté ça ?

– Santé.

– Santé.

– Elle s'est radinée dans ma chambre avec un plateau… (Il s'interrompit pour nous resservir.) … Et là, elle s'assoit sur mon lit, avec une combinaison qui lui arrive ras le bonbon. Bon, c'est vrai qu'il faisait une chaleur à crever, donc je ne peux pas le lui reprocher, mais j'ai quand même pensé que c'était un message, quelque part. Implicite. Allez, skol !

– Skol.

– Donc je pose mon livre. De John Marquand. Tiens, voilà un auteur qu'on sous-estime injustement, soit dit en passant. Enfin, on échange quelques politesses : « quelle chaleur, non ? », « j'ai tellement entendu parler de vous », « c'est si gentil de vous occuper de moi », etc. Le tout entrecoupé d'un ou deux silences gênés... Dis, j'ai vraiment envie d'aller piquer une tête. Je peux t'emprunter ton masque et tes palmes ?

– Bon Dieu, Boogie !

Il remplit à nouveau nos verres et nous prîmes chacun un Montecristo.

– J'ai l'impression qu'on va devoir se débrouiller tous les deux pour le déjeuner, aujourd'hui. Allez, *salud !*

– Ouais. Et maintenant continue, s'il te plaît.

– Et là, sans que personne lui demande rien, elle se met à me raconter les problèmes que vous avez toi et elle, attendant que je lui donne de bons conseils. Et que tu préfères la compagnie de minables piliers de bar à la sienne. Et que les rares fois où tu consens à rentrer direct du bureau tu ne lui adresses pas un mot de la soirée, que tu as un bouquin sous le nez à table, ou le *Hockey News*, bref. Et que si elle invite à dîner d'autres couples, de vieux amis à elle, tu les agresses. Quand ils sont de droite, tu déclares que ce sont les Soviétiques qui ont gagné la guerre et que Staline sera bientôt reconnu comme le grand homme de ce siècle. Quand ils sont de gauche, tu affirmes qu'il est scientifiquement prouvé que les Noirs ont une intelligence inférieure à la moyenne, mais une sexualité inversement proportionnelle, et tu fais l'éloge de Nixon. Et qu'à chaque fois que tu as daigné aller chez ses parents pour le dîner du Chabbat tu as commencé à siffler à table, ce que sa mère ne peut po-si-ti-ve-ment pas supporter. Et qu'elle s'est mariée avec toi malgré les réticences de son père, un cerveau, et tout ça pour quoi ? Pour que tu ne lui donnes aucune satisfaction au lit et pour qu'elle découvre que tu as une maîtresse à Toronto. Dis, je crois savoir qu'il y a des œufs sauce piquante au frigo. Tu es partant ?

Nous nous transportâmes donc à la cuisine en emportant la bouteille et nos verres.

– Lékhaïm !

– Lékhaïm.

– Il faut reconnaître qu'elle est plus que loquace, ta bourgeoise : lancée comme elle était, il n'y avait plus moyen de l'arrêter, et je crains que mes pensées n'aient commencé à dériver. Et puis, soudain, elle se penche pour me retirer le plateau, ce qui me donne un aperçu de son harmonieuse poitrine. Ensuite, elle se rassoit sur le lit et elle se met à pleurnicher, alors je me sens obligé de la prendre dans mes bras pour la réconforter, mais elle continue quand même à jacasser. Moi, je me mets à la caresser de-ci, de-là, et je ne sais pas mais ses protestations, des roucoulements plutôt, me font l'effet d'une invite : « vous ne devriez pas », « il vaut mieux ne pas continuer », « oh non, s'il vous plaît, pas là »… Et à ce moment, tout en faisant semblant de ne pas me toucher, elle se lance dans le récit d'un rêve qu'elle a fait la nuit d'avant, ce qui ne l'empêche pas de lever les bras pour que je puisse lui retirer sa petite combinaison… Alors, là, vieux, je me suis dit que le seul moyen de la faire taire, c'était de la sauter, et c'est ce qui s'est passé. Je crois qu'elle est vide, cette boutanche.

J'allai en chercher une autre.

– Tchin-tchin… (Il s'empara d'un torchon, essuya la sueur qui dégoulinait sur son thorax.) Toutes les fenêtres sont ouvertes, au moins ?

– Tu sais que je devrais te démolir le portrait, Boogie ?

– Attends que je sois allé me baigner d'abord. Ah, aussi, elle a posé un tas de questions sur Clara. Tu vois, à la réflexion, je me dis que je n'ai été rien d'autre qu'un *deus ex machina* qui tombait à point nommé. Elle voulait juste te rendre la monnaie de ta pièce à cause de cette nana que tu as à Toronto.

– Une minute ! (Je courus à notre chambre pour revenir avec le vieux revolver de service de mon père que je posai sur la table entre nous.) Alors, on a peur ?

– On ne pourrait pas remettre ça à plus tard, le temps que je fasse un peu de plongée ?

– Tu peux me rendre un fier service, Boogie.

– Tout ce que tu voudras.

– Je veux que tu m'aides à obtenir le divorce. Il te suffira de témoigner que je suis rentré chez moi retrouver ma femme adorée et que je l'ai surprise au lit avec toi.

– Quoi, c'est toi qui as manigancé tout ça, saligaud ? Profiter d'un vieil ami, pouah !

Il me tendait son verre pour que je le remplisse encore. Je saisis l'arme et la pointai sur lui.

– Tu vas témoigner ?

– Je vais y réfléchir en nageant.

Il se leva et partit chercher mon équipement de plongée d'un pas mal assuré.

– Tu es trop bourré pour aller à l'eau, espèce de cinglé, lançai-je en le suivant, le revolver toujours à la main.

– Tu viens avec moi, commanda-t-il en commençant à descendre la pente gazonnée vers le lac. Ça nous fera le plus grand bien à tous les deux. Allez, à la baille, à la baille !

– Je vais m'étendre un moment. Tu devrais, toi aussi. Non, mais regarde-toi. Tu arrives à peine à marcher droit. Laisse tomber, Boogie.

– Le dernier dans l'eau se coltine la vaisselle tout à l'heure.

– Stop ! hurlai-je. Ou je tire.

Il répondit à ma bouffonnerie par un gloussement amusé, s'arrêta pour ajuster le masque et continua à descendre muni de mes palmes, perdant l'équilibre à deux reprises.

– Première sommation.

Et je tirai, bien au-dessus de sa tête.

Boogie leva les mains en l'air.

– *Kamerad !* cria-t-il *Kamerad. Nicht schiessen !*

Puis il dévala le reste de la pente, galopa sur le ponton et se jeta la tête la première dans le lac, où il disparut sous la surface.

Je battis en retraite dans le salon pour m'effondrer sur le canapé. Je venais juste de basculer dans le sommeil quand le téléphone sonna.

– J'appelle pour vous prévenir que ma fille va demeurer avec moi jusqu'à plus ample informé. J'ai l'obligation de vous avertir que vous ne devez en aucun cas tenter d'entrer en contact avec elle. Néanmoins, vous pouvez adresser requêtes ou questions au cabinet de maître Hyman Goldfarb.

– Oh, Boucles d'Or, c'est pas très gentil, ça...

– Comment osez-vous ?

– Et dites à votre fille de ma part que Miriam Greenberg a une belle, une magnifique voix.

« Grande gueule, me reprochai-je après avoir raccroché. Tu as lâché le morceau, maintenant. Hughes-McNoughton va s'arracher les cheveux. »

Regagnant le canapé à quatre pattes, je sombrai aussitôt dans les bras de Morphée, béat. Il me sembla que quelques minutes seulement s'étaient écoulées lorsqu'un grondement sourd secoua la pièce, comme le rugissement de réacteurs, et en rêve je me vis dans un avion en train de piquer vers le sol. Hébété, je sortis à grand-peine de ma stupeur. Etais-je à Montréal ? Chez Miriam ? Au cottage ? Je me forçai à me lever, les jambes en coton, et je titubai dehors pour essayer de comprendre d'où était venu ce bruit. C'était un avion qui venait de passer, en effet, mais qui allait si vite que je ne pus discerner s'il s'agissait d'un de ces chasseurs de l'OTAN qui décollaient de Plattsburg ou d'un vol commercial pour l'Europe. Puis je me rendis compte que le soir tombait. Un coup d'œil interloqué à ma montre me confirma que j'avais dormi près de cinq heures. Je revins à l'intérieur, je m'aspergeai la figure d'eau glacée et j'allai me planter au pied de l'escalier, la tête levée :

– Boogie ?

Silence.

– Debout, vieux ! On se réveille, maintenant.

Il n'était ni dans sa chambre, ni nulle part. Evanoui sur le ponton, pensai-je alors. Après vérification, il n'y était pas non plus. Mon Dieu, il s'est noyé. Non, pas Boogie ! Pitié, mon Dieu... Jusqu'à une quinzaine de mètres du ponton, le lac est peu profond, l'eau claire. Je sautai dans notre barque, lançai le moteur et entrepris de sillonner les environs, les yeux braqués sur le fond, de plus en plus affolé. Finalement, je revins au cottage et j'appelai la police.

Deux interminables heures plus tard, ils arrivaient. Je leur servis une version améliorée des faits, omettant ma querelle avec Mrs Panofsky II et même sa présence sur les lieux le matin. Mais je laissai entendre que nous avions forcé sur la bouteille, Boogie et moi, et que je l'avais supplié de ne pas aller nager.

Son corps n'était toujours pas remonté à la surface. Une vedette de la police gagna Merkin's Point et inspecta tout le rivage, sans rien trouver.

– Il est peut-être pris dans des algues quelque part, avançai-je.

– Non.

Le lendemain, en début d'après-midi, les policiers réapparurent, accompagnés d'un inspecteur cette fois.

– Sean O'Hearne. J'ai l'impression qu'on devrait avoir une petite conversation, vous et moi…

Boogie sautant à l'eau la tête la première. C'est la dernière image que j'ai de lui. Je suis prêt à jurer sur la tête de mes petits-enfants que tout s'est passé comme je viens de le narrer. Et comme il lui est arrivé plus d'une fois de disparaître, jadis, je n'ai jamais perdu espoir. Pas un jour ne s'écoule sans que je me dise que je vais recevoir une carte postale de Tachkent, ou de La Havane, ou d'Addis-Abeba. Ou, mieux encore, qu'il arrivera en catimini derrière moi au Dink's et me fera « Bouh ! ».

Cela a trop duré. Aujourd'hui, Boogie aurait soixante et onze ans. Non, soixante-douze. Et je ne parviens pas à comprendre pourquoi il ne réapparaît pas, me lavant ainsi de tout soupçon, enfin.

III

Miriam

1960 -

1

Comme je l'ai déjà dit, tout avait très mal commencé. Plus nerveux qu'un adolescent à son premier rendez-vous, comptant les jours qui me séparaient de ce que je pensais être mon va-tout avec Miriam, je résolus de prendre l'avion pour Toronto, de me boucler dans la chambre que j'avais réservée au Park Plaza et de ne pas boire une goutte ce soir-là. Pourtant, je ne réussis pas à me laisser captiver par *Cœur de lièvre*, le livre que j'avais emporté, ni par le compte rendu de la victoire du sénateur Kennedy sur Humphrey aux primaires de Virginie-Occidentale dans la *New Republic*. Gardant en tête quel salaud avait été Joe Kennedy, j'avais quelques sérieuses préventions à l'encontre de son fils. En première page du *New York Times*, la photo d'un Nikita Khrouchtchev ravi d'exhiber les débris d'un avion-espion U2 abattu par les Soviétiques ne réussit pas plus à accaparer mon attention. Finalement, je repoussai livre, journaux, revues, et j'éteignis ma lampe de chevet. Mais le sommeil ne venait pas, donc l'inévitable Mrs Ogilvy se densifia devant moi. S'humectant les lèvres de la langue, elle commençait à déboutonner sa robe d'été d'une taille trop petite*. « Peine perdue, espèce de gourgandine impérialiste ! m'écriai-je. Je ne trompe même pas Miriam avec ma femme, alors qu'ai-je à faire de toi, allumeuse, avec tes grands airs condescendants ? »

Je me tournai et me retournai dans mon lit. « Rappelle-toi de

* P. 372, elle était trop petite de « deux » tailles.

la regarder bien droit dans ces yeux bleus à se damner qu'elle a, mais surtout, surtout, ne te mets pas à reluquer ses seins ! Ni ses jambes, animal ! » Je peaufinai des anecdotes qui pourraient lui plaire, voire l'amener à me récompenser en m'offrant la vue de ses fossettes adorables, sélectionnai quelques histoires qui donneraient indirectement une image positive de moi tout en rejetant la moindre forme de baratinage autosatisfait. Dans l'espoir d'apaiser mes nerfs, je fumai un Montecristo, que j'abandonnai pour me précipiter à la salle de bains me brosser les dents, et même la langue, tant je craignais d'avoir mauvaise haleine le lendemain. Alors que je revenais me coucher, le destin me força à passer devant le minibar. Il n'y avait aucun mal à en inspecter le contenu, me dis-je, peut-être à croquer quelques noix de cajou, éventuellement ? Un petit verre vite fait n'aurait rien de répréhensible, même… A trois heures du matin, cependant, quelle ne fut pas mon horreur en dénombrant une bonne douzaine de petites bouteilles vides sur la table basse, scotch, vodka, gin… Ivrogne. Minable. Envahi de dégoût de moi-même, je regagnai le lit et convoquai dans mon esprit l'image de Miriam à mon mariage, dans sa robe de cocktail en mousseline de soie bleue, étonnante de grâce et d'aisance. Ces yeux ! Ces épaules découvertes ! Mon Dieu, et si je me lève pour l'accueillir au restaurant et qu'elle s'aperçoit que je bande ? Impérativement, aller éjaculer aux toilettes juste avant le déjeuner, ne serait-ce que par mesure préventive. Puis je m'endormis, mais seulement quelques instants, pour bondir hors des couvertures en me maudissant : Tu t'es laissé prendre par le sommeil, abruti, et maintenant tu vas être en retard ! Je m'habillai comme un fou avant d'avoir le bon sens de consulter ma montre. Six heures du matin. Zut, zut et zut. Opération inverse, douche, rasage, second habillage, puis j'allai traîner dans les rues en attendant sept heures, l'ouverture du restaurant de l'hôtel pour le petit déjeuner.

– J'ai déjà réservé une table pour deux, à une heure, déclarai-je au maître d'hôtel. Il m'en faudrait une à côté des baies vitrées.

– Malheureusement, celles-ci sont toutes retenues, monsieur.

– Celle-là ! fis-je en lui glissant un billet de vingt dollars.

De retour à ma chambre, j'aperçus immédiatement le voyant

rouge clignoter sur mon téléphone. Mon cœur s'emballa. Elle se décommande. Elle a changé d'avis. « Je ne déjeune pas avec des hommes qui vont se branler dans les toilettes d'hôtel, moi ! » En fait, c'était un message de Mrs Panofsky II, et donc j'appelai la maison.

– Tu as oublié ton portefeuille sur la table de l'entrée.

– Mais non.

– Je l'ai dans la main, là. Avec toutes tes cartes de crédit.

– On peut compter sur toi, pour les bonnes nouvelles.

– C'est ma faute, peut-être ?

– Je me débrouillerai.

J'avais à peine raccroché que je fus pris de nausées. Je courus à la salle de bains, tombai à genoux devant la cuvette et vomis tant et plus. Bravo, Barney. Excellent. Maintenant, tu vas sentir la bouche d'égout ! Je me déshabillai donc une nouvelle fois pour me doucher encore, je me brossai les dents à en faire sauter l'émail, je me gargarisai longuement, changeai de chemise et de chaussettes. Puis l'errance dans les rues, à nouveau, mais j'avais parcouru quelques dizaines de mètres seulement quand je m'arrêtai net. Je venais de me rappeler que j'avais demandé au maître d'hôtel de tenir une bouteille de Dom Pérignon prête dans son seau à glace près de notre table à partir d'une heure moins cinq. Frime ! Une femme de la classe de Miriam ne manquerait pas de trouver cela prétentieux, ostentatoire, très mal venu. « Vous croyiez qu'il suffisait de me payer le champagne pour que je saute au lit avec vous ? » Je ne nourrissais pas d'intentions aussi impures, certainement. Non, franchement. En conséquence, je rebroussai chemin en hâte pour annuler la commande. Mais si, contre toute attente, elle acceptait finalement de monter dans ma chambre ? J'avais quelques bons arguments en ma faveur, après tout.

– C'est une question à réponses multiples, Panofsky. Il faut barrer un minimum de trois arguments positifs dans la liste des dix qui vous est maintenant présentée.

– Ta gueule !

Je revins donc à ma chambre que je passai en revue, juste au cas où. Comme le lit n'avait pas encore été fait, j'appelai l'entretien pour protester. Ensuite, je téléphonai au room-service en demandant une douzaine de roses rouges et une bouteille de Dom Pérignon avec deux verres.

– Mais, Mr Panofsky, vous aviez décommandé le champagne.

– Au restaurant, oui. Mais maintenant j'en veux une dans ma chambre, pas avant deux heures de l'après-midi, et bien glacée, si ce n'est pas trop exiger de vous.

A midi, j'avais les pieds en charpie, une vilaine gueule de bois et les nerfs en pelote. Je montai au bar de la terrasse dans l'idée de me revigorer avec une tasse de café noir mais, sur un coup de tête, je réclamai un Bloody Mary à la place. Quand il ne resta plus que les glaçons dans mon verre, je m'aperçus que j'avais encore trois quarts d'heure à tuer et donc j'en commandai un autre, puis je sortis de ma poche la sélection de sujets de conversation que j'avais préparée. Avait-elle vu *Psychose ?* Que pensait-elle de Ben Gourion rencontrant Adenauer à New York ? Est-ce que Caryl Chessman[1] aurait dû être exécuté ? Avec mon troisième Bloody Mary, je retrouvai mon assurance et je flottai sur un nuage lorsque je baissai les yeux sur ma montre. Une heure moins cinq. Aussitôt, la panique revint en force. « Merde, j'ai oublié de me masturber et maintenant c'est trop tard. Et mes preuves ! » Je les avais laissées dans ma chambre. Sachant que son père avait été un socialiste engagé, j'avais emmené avec moi l'édition de poche de *La liberté dans l'Etat moderne*, de Laski, ainsi que le dernier numéro du *New Statesman*, ce héraut de la gauche américaine. Je piquai un sprint jusqu'à ma chambre, fourrai la revue dans la poche de ma veste. A une heure et deux minutes, j'étais assis à notre table et elle apparut à cet instant, Miriam, escortée jusqu'à moi par le maître d'hôtel.

En me levant pour l'accueillir, je me débrouillai pour dissimuler mon embarrassante tumescence derrière la serviette empesée. Oh, quelle apparition merveilleuse avec son audacieux chapeau en cuir noir, sa robe en laine, noire également, et ses cheveux coupés plus courts que dans mon souvenir ! Je brûlai de la complimenter sur son allure mais je me retins, craignant de paraître trop entreprenant, trop badin.

– Ravi de vous voir. Vous prenez un verre ?

– Et vous ?

– Moi ? Un Perrier me conviendra très bien. Dites, c'est tout de même un événement, non ? Que diriez-vous d'un peu de champagne ?

– Eh bien…

Je convoquai le serveur d'un geste.

– Nous aimerions avoir une bouteille de dom-pérignon, s'il vous plaît.

– Mais vous l'avez déc…

– Apportez-nous ça, d'accord ?

Allumant une Gitane après l'autre, je me creusai la cervelle à la recherche d'un des "bons mots" que j'avais répétés préalablement, sans arriver à rien de mieux qu'un :

– Il fait chaud aujourd'hui, non ?

– Je ne trouve pas.

– Moi non plus.

– Oh…

– V'zavez vu *Psicoz ?*

– Pardon ?

– Je veux dire, vous avez vu *Psychose ?*

– Pas encore.

– J'ai trouvé la scène de la douche… Mais vous, vous en avez pensé quoi ?

– Il faut d'abord que je voie le film, non ?

– Ah, oui, bien sûr. Naturellement. On pourrait attraper une séance ce soir, si vous…

– Mais vous, vous l'avez déjà vu, il me semble.

– Euh, ouais. Oui. Exact. J'avais oublié. (Putain, il est allé à Montréal chercher cette bouteille ?) A votre avis, repris-je tandis que la sueur commençait à ruisseler dans mon dos, est-ce que Ben Gourion a eu raison d'accepter de rencontrer Eisenhower à New York ?

– Vous voulez dire Adenauer, je pense.

– Evidemment. Adenauer, oui.

– Cette invitation, c'était pour m'interviewer, alors ?

Et voilà, elles étaient là, ses adorables fossettes. Maintenant, je pouvais être foudroyé sur place et monter droit au paradis. « Ne t'avise pas de baisser les yeux sur ses seins, tu entends ? Tu gardes ton regard à l'horizontale, c'est tout. »

– Ah, le voilà enfin !

– Le room-service demande si vous voulez toujours l'autre bouteille dans votre chambre à…

– Vous nous le servez, ce champagne ?

Nous trinquâmes.

– Je ne puis vous dire à quel point je suis heureux que vous vous soyez libérée pour moi, aujourd'hui.

– Et c'est gentil à vous d'avoir trouvé un peu de temps pour moi entre vos rendez-vous professionnels.

– Mais je ne suis à Toronto que pour vous voir !

– Oui ? Je croyais que vous aviez dit…

– Ah, oui. Business. C'est ce qui m'amène ici, oui.

– Barney ? Vous êtes ivre ?

– En aucune manière. Bien, je pense qu'on devrait commander. Laissez tomber le menu. Choisissez ce qui vous fait plaisir. Ils devraient la climatiser, cette salle…

Je desserrai le nœud de ma cravate.

– Mais il ne fait pas si chaud !

– Oui. Je veux dire non. Non, vous avez raison, oui.

Elle prit un velouté de légumes et moi, inexplicablement, la bisque de homard, un plat que je déteste. Tandis que tout se mettait à tanguer autour de moi, je ramais à la recherche d'une remarque piquante, d'un aphorisme brillantissime qui aurait renvoyé Oscar Wilde au rancart. A la place, je m'entendis bredouiller :

– Vivre à Toronto, ça vous plaît ?

– J'aime bien mon travail.

Je comptai jusqu'à dix dans ma tête, puis :

– Je vais divorcer.

– Oh, je suis désolée.

– Pasobligéd'endiscutermaintenant, maisçasignifiequevousallezpouvoirmerevoir, puisquejenesuisplusunhommemariémaintenant.

– Vous parlez tellement vite que je ne suis pas certaine de comprendre ce que…

– Très bientôt, je ne serai plus un homme marié.

– Ça paraît évident, si vous divorcez. Mais j'espère bien que je n'ai rien à voir là-dedans ?

– Qu'est-ce que je peux dire ? Je vous aime. Désespérément.

– Allons, Barney. Vous ne me connaissez pratiquement pas.

Et c'est là que, par un caprice du destin, un homme au visage congestionné de fureur, que je n'avais jamais revu depuis le temps où nous étions deux gamins à l'école primaire, fondit sur notre table. Yankel Schneider. Pas tout à fait le spectre de Banco attaquant Macbeth, mais presque.

– Vous êtes le salaud qui m'a gâché la vie quand j'étais petit. A imiter mon bégaiement.

– Je ne saisis pas un mot de ce que vous racontez.

– Vous avez le malheur d'être sa femme ?

– Pas encore, précisai-je.

– S'il vous plaît, protesta Miriam.

– Laissez-la tranquille, vous voulez bien ?

– Il n'arrêtait pas de se moquer de moi, j'en pissais au lit la nuit et ma mère devait littéralement me traîner à l'école. Pourquoi ? Pourquoi vous faisiez ça ?

– Ce n'est pas vrai, Miriam.

– Quel plaisir vous en tiriez ? REPONDEZ !

– Je ne suis même pas sûr de me rappeler qui vous êtes, bon sang !

– Pendant des années, des années, j'ai rêvé que j'étais au volant de ma voiture et que vous traversiez la rue, et alors je vous passais dessus. Ecrasé ! Je suis resté huit ans en analyse avant de comprendre que tu n'en valais pas la peine. Tu es abject, Barney.

Sur ce, il tira une dernière bouffée de sa cigarette, la laissa tomber dans ma bisque et s'éloigna.

– Bon Dieu…

– J'ai bien cru que vous alliez le frapper.

– Pas en votre présence, Miriam.

– On m'a dit que vous aviez très mauvais caractère. Et que

quand vous aviez trop bu, ce qui est le cas maintenant et qui n'est pas vraiment élégant de votre part, vous commenciez à chercher la bagarre.

– McIver ?

– Je ne donnerai pas de noms.

– Me sens pas bien. Je vais vomir.

– Vous pouvez arriver aux toilettes ?

– C'est tellement gênant…

– Vous pouvez… ?

– Faut que je m'étende.

Elle m'aida à regagner ma chambre où, à nouveau, je m'effondrai à genoux dans la salle de bains, éructant au-dessus de la cuvette, non sans péter bruyamment. J'aurais voulu être enterré vivant. Ce n'est pas une formule, non. Je le désirais ardemment. Ou bien écorché vif. Ou écartelé par des chevaux. N'importe quoi. Elle humecta une serviette, me la passa sur la figure et me soutint jusqu'au lit, enfin.

– C'est une telle… humiliation.

– Chut.

– Vous me détestez. Vous ne voudrez plus entendre parler de moi.

– Oh, fermez-la !

Et elle m'épongea encore avec sa serviette mouillée, me fit boire un verre d'eau en me soutenant la tête de sa main fraîche. Je résolus de ne plus jamais me laver les cheveux à partir de cet instant. Je me laissai aller sur le dos et fermai les yeux dans l'espoir d'échapper à cette chambre qui tourbillonnait autour de moi.

– Ça va aller mieux dans cinq minutes. Ne partez pas, je vous en prie.

– Essayez de dormir un peu.

– Je vous aime.

– Mais oui, mais oui.

– Nous allons nous marier. Nous aurons dix enfants.

A mon réveil, deux ou trois heures plus tard, elle était assise dans le fauteuil, ses longues jambes croisées, juste un peu, plongée dans la lecture de *Rabbit*. Je restai silencieux, profitant de ce moment précieux pour me repaître de la beauté que j'avais sous les yeux. Bien vite, mes joues furent baignées de larmes, mon cœur semblait sur le point de se briser. « Si le temps s'arrêtait en cet instant, et pour toujours, je ne m'en plaindrais pas », me disais-je en moi-même. Finalement, je murmurai :

– Je sais que vous ne voudrez plus jamais me revoir. Je ne vous le reproche pas.

– Je vais vous commander du café et des toasts. Et si vous voulez bien, un sandwich au thon pour moi. Je meurs de faim.

– Je dois puer à un point répugnant. Si je prends une douche rapide, vous ne serez pas partie quand j'aurai terminé ?

– Vous m'avez prise pour une femme facile, si je comprends bien.

– Comment pouvez-vous dire une chose pareille ?

– Vous aviez prévu que je monterais dans votre chambre.

– Pas du tout !

– Alors, le champagne et les roses, c'était pour qui ?

– Quoi ? Où ?

Elle me les montra du doigt.

– Oh !

– Comme vous dites. Oh !

– Je ne sais pas ce que je fais, aujourd'hui. Je ne suis plus moi-même. Plus ma tête… Je vais appeler le room-service, qu'ils viennent les reprendre.

– Non.

– Non, alors.

– Bon, et maintenant, de quoi on parle ? De *Psychose ?* De la rencontre Ben Gourion-Adenauer ?

– Miriam, je ne pourrais pas vous mentir. Ni maintenant, ni jamais. Yankel disait la vérité, tout à l'heure.

– Yankel ?

– Le type qui est venu me trouver au restaurant. Je lui barrais la route dans la cour de l'école et je lui faisais : « Est-ce que tu pi-pi-pisses au lit, tê-tê, tête de nœud ? » Et quand on l'interrogeait en classe et qu'il se levait, mort de trouille, je me mettais à ricaner avant qu'il ait prononcé un mot, alors il fondait en larmes. « Bo-

bo-bonne réponse, Yan-Yan-Yankel », je chuchotais. Pourquoi je faisais quelque chose d'aussi affreux ?

– Vous n'attendez pas que ce soit moi qui réponde à cette question, j'espère ?

– Oh, Miriam, si seulement vous saviez ce que vous représentez pour moi…

Et là, soudain, ce fut comme la débâcle du printemps emportant la banquise qui enserrait mon cerveau. Une souffrance, oui, mais surtout une libération. Un déballage complet, incohérent je le crains, où les déconvenues de mon enfance se mêlaient à des récits de Paris. Une description de Boogie en train de s'acheter de l'héroïne puis, aussitôt, un exemple de l'indifférence de ma mère à mon égard. Je lui confiai tout, ou presque : Yossel Pinsky avait échappé à Auschwitz et menait maintenant ses affaires depuis un bar de la rue Trumpeldor à Tel-Aviv ; j'avais été trafiquant d'antiquités égyptiennes de douteuse provenance et je pensais qu'il fallait qu'elle soit au courant ; j'étais un danseur de claquettes frustré ; mon père, Izzy Panofsky, avait servi un temps dans la police des mœurs ; le soir où Terry McIver avait donné une lecture publique à la librairie de George Whitman ; les hauts faits de Hymie Mintzbaum ; le pneumatique qui m'était parvenu trop tard, la mort aussi prématurée qu'absurde de Clara, les cauchemars où je la voyais se décomposer dans son cercueil et qui me torturaient toujours…

– Alors, dans ce poème, là, Calibanovitch, c'est vous ?

– C'est moi.

Je lui expliquai que j'avais épousé Mrs Panofsky II pour défier Clara, non, par culpabilité envers elle, non, par protestation contre la manière dont elle m'avait jugé. Je lui jurai que je n'avais jamais été amoureux jusqu'au moment où je l'avais vue, elle, à mon mariage. Et puis, je m'aperçus brusquement que le soir tombait et que la bouteille de champagne était vide.

– Et si on dînait ensemble quelque part ?

– Pourquoi ne pas aller marcher un peu, d'abord ?

– Avec plaisir.

Avec ses airs autosatisfaits, Toronto est une ville qui ne m'a jamais inspiré. C'est la Trésorerie générale de ce pays. Mais par ce tiède soir de mai, dans l'affluence d'Avenue Road à l'heure de la sortie des bureaux, le pas alerte, j'étais d'humeur allègre et bienveillante. La vie était belle, tout de même. Les arbres étaient couverts de bourgeons, et si l'orange et le violet des marguerites exposées dans les seaux à la devanture des magasins de fruits et légumes semblaient peints à l'aérosol, ils étaient sauvés par l'éclat ingénu des bouquets de jonquilles. Certaines des dactylos qui passaient par paires, déjà en robe d'été, étaient indéniablement jolies. Mon contentement était tel que je dus certainement adresser un sourire trop épanoui à la jeune mère que nous croisâmes car elle fronça le sourcil et hâta le pas, poussant son bébé devant elle. Très inhabituel de ma part, je considérai même d'un regard bénin l'adepte du jogging en nage qui courait sur place au bord du trottoir en attendant que le feu passe au vert pour les piétons. « Quel temps merveilleux, hein ? » lui lançai-je au passage ; en réponse, il porta une main inquiète à la poche arrière de son short pour vérifier que son portefeuille était toujours là. M'arrêter un instant pour contempler une Alfa Romeo flambant neuve garée devant un antiquaire fut sans doute une erreur puisque son propriétaire apparut aussitôt sur le seuil pour nous surveiller d'un œil mauvais.

Plus tard, dans les hauteurs de la cité, nous approchâmes d'un petit parc et je pensai que nous pourrions nous y asseoir un moment, mais la grille était cadenassée, un panneau menaçant vissé aux barres :

ICI
PIQUE-NIQUE
BOISSONS
MUSIQUE
CHIENS INTERDITS

Serrant la main de Miriam dans la mienne, je remarquai :

– Je me dis parfois que le ressort essentiel de cette ville, son inspiration première, c'est la peur que quelqu'un, quelque part, puisse être tout simplement heureux.

– Oh, c'est honteux !

– Pourquoi ?

– Vous venez de citer Mencken à propos des puritains. Sans le dire.

– Vraiment ?

– Oui, comme si la formule était de vous. Je croyais que vous aviez promis de ne pas me mentir ?

– Oui, pardon. Bon, à partir de maintenant, c'est juré.

– J'ai grandi dans les mensonges. Je ne veux plus jamais avoir à en supporter.

Elle paraissait remuée, soudain, et se mit à me parler de son père, l'ouvrier du textile, un leader syndicaliste auquel elle avait voué une admiration éperdue pour son idéalisme jusqu'à ce qu'elle découvre qu'il était un fieffé coureur de jupons. S'accouplant avec les filles de l'usine dans les coins sombres. Hantant les salles de danse malfamées et les bars de rencontre les samedis soir. Il avait fini par briser le cœur de sa mère. « Pourquoi tolères-tu tout ça de lui ? » s'était indignée Miriam devant elle. « Qu'est-ce que je peux faire ? » avait-elle répondu, résignée, courbée sur sa machine à coudre. Elle avait été finalement emportée par une longue, horrible maladie. Cancer de l'intestin.

– C'est lui qui le lui a donné, affirma Miriam.

– Vous ne trouvez pas que c'est un peu exagéré ?

– Non, ça ne l'est pas. Et aucun homme ne me fera une chose pareille, à moi.

Je ne me rappelle plus dans quel restaurant nous avons dîné, Yonge Street je crois, ni ce que nous avons mangé. Nous étions installés côte à côte sur la banquette, nos cuisses se frôlant.

– Je n'avais encore jamais vu quelqu'un avec un air si abattu à sa propre soirée de noces. Et à chaque fois que je levais les yeux, vous étiez là, en train de me regarder...

– Et si je n'étais pas descendu du train, que se serait-il passé ?

– Si seulement vous aviez compris à quel point je voulais que vous restiez.

– C'est... c'est vrai ?

– Je suis allée chez le coiffeur ce matin, j'ai acheté cette robe spécialement pour notre déjeuner, et vous ne m'avez pas dit une seule fois si vous me trouviez bien.

– Non. Euh, oui ! Honnêtement. Je vous trouve splendide.

Il était deux heures du matin quand nous fûmes en vue de son immeuble, Eglinton Avenue.

– Bien, maintenant je suppose que vous allez raconter que vous ne voulez pas monter un moment ?

– Non. Oui ! Oh, aidez-moi, Miriam.

– Je dois être debout à sept heures.

– Oooh, dans ce cas...

– Allez, ça suffit !

Et elle m'entraîna par la main.

2

Désormais qu'il m'est compté, le temps s'est mis à s'écouler à la cadence d'un compteur de taxi trafiqué. Mes soixante-huit ans approchent déjà. Betty, qui n'oublie jamais ce genre de choses, a prévu un déjeuner d'anniversaire au Dink's en mon honneur. Cette barmaid est tellement sentimentale qu'elle veut qu'à notre mort Zack, Hughes-McNoughton, moi et quelques autres, nous nous fassions incinérer afin qu'elle puisse nous garder dans des urnes entre ses bouteilles et que nous lui tenions ainsi compagnie. Je n'aurais peut-être pas dû lui raconter l'initiative que Flora Charnofsky a prise quand Norman a été tué sur le coup en percutant un poteau au volant de son coupé Mercedes. Après l'avoir fait incinérer, elle a divisé ses cendres en deux parties et elle en a rempli deux sabliers, l'un qu'elle avait fabriqué pour son salon, l'autre, plus petit, destiné à surveiller la cuisson des œufs à la coque. « Norm est toujours avec moi », dit-elle.

Je n'irai pas à ce déjeuner. D'abord, il n'y a rien à fêter. Ensuite, je suis devenu un vieux grincheux si facilement irritable que je me méfie de mes réactions. Hier après-midi encore, je suis allé rapporter au magasin de vidéo *The Bank Dick*, mon film de W.C. Fields préféré, et le petit malotru à queue-de-cheval qui tient la caisse – il a aussi un anneau dans le nez, depuis peu – a fait :

– Ho ho, il va y avoir trois dollars de supplément. Pour le rembobinage de la cassette.

– Vous avez un stylo ?

Interloqué, il m'en a tendu un. Je l'ai inséré dans le trou et j'ai entrepris de tourner la bobine dans le sens des aiguilles d'une montre*, sans me préoccuper des cinq clients qui battaient la semelle derrière moi.

– Vous faites quoi, hé ?

– Je rembobine.

– Mais ça va prendre des siècles !

– Il n'est que trois heures, jeunot. Je pouvais la rendre jusqu'à cinq.

– Allez, donne-la moi, papy. Et pour les trois dols, laisse tomber.

Ce matin, petit déjeuner tardif puis radio. Pour changer, j'avais envie d'écouter Miriam en direct et non sur bande et... Alléluia ! Je suis tombé juste au moment où elle lisait la lettre d'un auditeur de Calgary. Ou du moins c'est ce qu'elle croyait :

Très chère Mrs Greenberg,

Je suis un de ces vieux hurluberlus dont on lit l'histoire dans les livres, un bonhomme qui a donné les plus belles années de sa vie à la femme qu'il aimait, laquelle s'est enfuie finalement avec un gus plus jeune. J'espère que vous arriverez à déchiffrer mon écriture, elle a beaucoup changé depuis que mon palpitant m'a joué son dernier petit tour. Comme vous l'avez sans doute deviné, je ne suis pas quelqu'un de très éduqué, surtout comparé aux ceusses qui écrivent les lettres que vous lisez à l'antenne d'habitude. Je me présente : éboueur à la retraite, ou récupérateur, ah, elle est bonne celle-là, non ? En tout cas, j'espère que ma grammaire est assez bonne pour être lue sur les ondes. Mon épouse me manque toujours, j'ai sa photo sur ma table de nuit dans le Winnebago qui me sert de maison ici. Vu que c'est l'anniversaire de Marylou aujourd'hui, j'aimerais bien que vous passiez une ritournelle qu'on avait entendue à l'auberge Highlander, à Calgary, quand je l'avais invitée à dîner pour son trentième, en 1975.

Je ne me rappelle ni le titre, ni l'air en général, juste un petit

* Ce serait dans le sens *inverse* des aiguilles d'une montre.

refrain. Ces paroles, on dirait qu'elles ont été faites pour moi, non ?

La lune est pleine, mes bras sont vides,
Sans ta chaleur je suis livide…

Dans mes souvenirs, la musique était surtout du piano, c'est un Polack très célèbre qui l'a écrite, elle m'avait expliqué, Marylou. Attendez, ça me revient ! Je crois qu'il y a eu un film sur lui, avec Cornel Wilde. Oui, et il avait la tuberculose. Pas Cornel, non, ce fameux pianiste. Enfin, ce serait très, très sympathique à vous de passer ce morceau en le dédiant à Marylou. Je ne t'en veux pas, Marylou, tu sais ? Merci mille fois à vous.

Salutations,

Wally Temple

PS : Je suis vraiment un fan de musique classique et je ne rate aucune de vos émissions. Une de mes cassettes favorites, je vous la conseille vivement et vous pourriez peut-être la diffuser un autre jour, s'appelle Les Grands Succès de Mozart.

Après un bref silence, Miriam a poursuivi :

– Cette lettre provient du même farceur qui a voulu se faire passer pour une certaine Doreen Willis, précédemment. Entre autres.

Merde !

– Si je l'ai lue à l'antenne, c'est uniquement pour informer l'auditeur en question qu'il ne m'a pas bernée. Et en rétribution du mal qu'il s'est donné, voici maintenant les douze *Etudes* de Chopin, *opus 10*, interprétées par Louis Lortie, un disque Chandos produit à Suffolk, Angleterre, en avril 1988.

Le tam-tam familial, cette autoroute de la désinformation, a résonné à tour de bras ces derniers temps. Bribe par bribe, j'ai réussi à reconstituer le scénario suivant. D'abord, Mike a téléphoné à Saul.

– Accroche-toi bien à ta chaise : Papa est en train d'écrire ses Mémoires.

– Je savais qu'il nous préparait quelque… Attends, excuse une minute. Nancy ! Ce n'est pas sur cette étagère qu'il va, ce livre ! Tu le remets exactement à sa place, s'il te plaît ! Désolé, Mike. Ses Mémoires, oui… Bon sang ! Et s'il n'arrive pas à trouver d'éditeur ? Ça le tuera, ça.

– En ce moment, il y a un marché pour tout ce qui concerne Clara Charnofsky. Et puis n'oublie pas qu'il a connu tout un tas de gens célèbres.

– Dis-moi, tu ne m'as pas raconté que le beau-frère de Caroline était un chirurgien du pied très coté ?

– Si. Et alors ?

– Non, ce n'est pas là qu'il se range « exactement », Nancy ! Merde, merde et merde ! Pardon, Mike. Voilà, je voudrais un deuxième avis à propos de quelque chose. Si je t'envoie mes radios, tu pourrais les lui faire passer ?

– Ça va forcément réveiller toutes ces histoires au sujet de la mort, ou de la « disparition », comme notre chère Kate continue à dire, de Bernard Moscovitch.

– Je t'ai posé une question.

– Oui. D'accord. Si tu insistes.

Ensuite, Saul a appelé Kate.

– Tu es au courant ? Nous allons devenir célèbres, grâce à Papa.

– Quoi, tu pensais être le seul écrivain, dans cette famille ?

– Est-ce qu'il t'a montré des passages ?

– Oh, Saul, tu devrais l'entendre, au téléphone. Au bord des larmes dès qu'il se met à ressasser ses vieux souvenirs. Il se rappelle toutes les stars du hockey à leur début. Et il était sorti avec sa prof quand il n'avait que quatorze ans, aussi.

– Tu parles ! Il se paie notre tête, oui. Celle-là, je ne la gobe pas une minute.

– Tu te souviens des cours qu'il nous faisait sur la drogue et ses dangers ? Eh bien, à son époque parisienne il fumait du hasch jour et nuit. D'évoquer le passé comme ça, ça le fait rajeunir. C'est la seule chose qui le passionne encore, le passé.

Puis Mike m'a téléphoné.

– Papa ? Tu peux écrire tout ce que tu veux sur mon compte, mais je t'en prie, épargne Caroline.

– Est-ce que tu parlerais de cette manière à un Samuel Pepys ou à un Jean-Jacques Rousseau ? Quoique, évidemment, tu n'aies lu ni l'un ni l'autre.

– Je suis sérieux, Papa.

– Tu n'as pas à t'inquiéter. Comment vont les enfants ?

– Jeremy a eu un excellent bulletin. Et Harold est en train de t'écrire une lettre à cet instant.

Le lendemain matin, à dix heures, coup de fil de Saul.

– Qu'est-ce qui t'arrive, levé si tôt ? me suis-je étonné.

– J'ai rendez-vous dans une heure chez mon dermatologue.

– Oh, grands dieux ! La lèpre. Raccroche tout de suite !

– C'est vrai, que tu écris tes Mémoires ?

– Ouais.

– Vaudrait mieux que j'y jette un coup d'œil. S'il te plaît, Papa.

– Peut-être, oui. Comment va Nancy ?

– Oh, celle-là ? Elle me laissait mes CD dehors, à prendre la poussière, et elle m'a tout abîmé mon dernier *Neoconservative Reader*. Je t'en avais envoyé un exemplaire, tu te rappelles ? Non, elle est retournée chez son mari, Nancy.

Mais c'est l'appel de Miriam qui a fini par vraiment me mettre sur les nerfs. Miriam, à qui je n'avais pas parlé depuis près de dix-huit mois. Le seul son de cette voix s'adressant directement à moi a fait battre mon cœur à tout rompre.

– Comment vas-tu, Barney ?

– Bien. Pourquoi tu me demandes ça ?

– Ça se fait, quand on ne s'est pas eus au téléphone depuis si longtemps.

– Ouais. Exact. Et toi ?

– Je vais bien aussi.

– Bon, alors dans ce cas tout est à peu près dit, non ?

– S'il te plaît, Barney.

– Ecoute, j'entends ta voix, tu prononces mon nom et ça suffit pour que mes mains se mettent à trembler. Donc pas de « Barney », s'il te plaît.

– Nous avons vécu ensemble plus de trente ans et…

– Trente et un.

– … et ça a été magnifique, la plupart du temps. Alors pourquoi on ne serait plus capables de se parler ?

– Je veux que tu reviennes à la maison.

– J'y suis, à la maison.

– Tu t'es toujours vantée de ne pas faire de détours, non ? Alors je t'en prie, les raisons de cet appel, et point.

– Solange m'a téléphoné.

– Il n'y a rien entre nous. Nous sommes amis, c'est tout.

– Mais tu ne me dois aucune explication, Barney !

– Exactement !

– Tu n'es plus tout jeune et…

– Toi non plus.

– … et tu ne peux pas continuer à boire comme tu le fais. Elle voudrait que tu consultes un spécialiste. S'il te plaît, fais ce qu'elle dit, Barney !

– Aaargh.

– Je me soucie toujours de toi, tu sais ? Je pense souvent à toi. Saul raconte que tu écris tes Mémoires.

– Ah, c'est ça ! Eh bien oui, j'ai décidé de laisser mes empreintes sur le sable du temps.

Ce qui m'a valu un rire caverneux.

– En tout cas, tu ne dois rien raconter qui puisse blesser les enfants. A commencer par…

– Tu sais ce qu'a dit Early Wynn, un jour ?

– Early Wynn ?

– Un joueur de base-ball. Une légende. Une fois, on lui a demandé s'il pourrait lancer contre sa mère. « Ça dépend de sa manière de frapper », il a répondu*.

– A commencer par Saul. Il est tellement sensible, celui-là !

– Et par le professeur Hopper, n'est-ce pas ? Lui à qui j'avais

* Je n'ai pas été en mesure de retrouver la trace de cette citation.

ouvert généreusement ma maison… Bon, pardon. Comment il va, Blair ?

– Il va prendre sa retraite anticipée, finalement. On va passer une année à Londres. Il pourra enfin terminer sa biographie de Keats, là-bas.

– Il y en a déjà au moins six, des biographies de Keats. Qu'est-ce qu'il a de si nouveau à ajouter ?

– Pas d'agressivité, Barney.

– Pardon, mais celui qui s'emporte facilement, c'est Saul, pas moi.

– Saul est ton portrait craché, et c'est pour ça que tu es si dur avec lui.

– Mais oui, mais oui.

– Blair voudrait que tu arrêtes de clamer sur tous les toits qu'il a collaboré à *The American Exile in Canada*, dans le temps.

– Ah oui ? Et pourquoi il se cache dans tes jupes, pour dire ça ? Il pouvait téléphoner tout seul.

– Il ignore que je te passe ce coup de fil. Et puis, la vraie raison, Barney, c'est que je m'inquiète pour toi, sincèrement. J'aimerais que tu voies un médecin.

– Transmets-lui un message de ma part, à Blair. La énième biographie de Keats, mon Dieu… Dis-lui que personne n'a besoin de livres qui ressemblent à des tomates traitées.

Et j'ai raccroché avant de me ridiculiser encore un peu plus.

Il n'a pas daigné prendre son téléphone et, cependant, j'ai vite eu des nouvelles de lui, par une de ces lettres recommandées adressées SANS PRÉJUDICE et signées par ses avocats de Toronto. Or donc, leur client, le professeur Blair Hopper, docteur en philosophie, avait appris à la faveur d'une requête adressée au FBI au titre de la Loi sur la liberté de l'information qu'une lettre anonyme était parvenue en 1994 au directeur du Victoria College, université de Toronto, dans laquelle il était prétendu que ledit professeur Hopper, un déviant sexuel avéré, avait été envoyé au Canada par le FBI en 1969 afin d'espionner les cercles d'insoumis américains réfugiés dans ce pays. Si cette accusation, diffamatoire et entièrement infondée, venait à réapparaître dans les Mémoires que Barney Panofsky s'apprêtait à publier, le professeur Hopper se réservait le droit d'engager des poursuites contre leur auteur et leur éditeur.

Après avoir requis les conseils de Hughes-McNoughton, j'ai répondu, AVEC PRÉJUDICE, que je ne m'abaisserais jamais à écrire anonymement à quiconque, et que si cette infâme accusation venait à être répétée en public je me réservais le droit de saisir moi-même la justice. En route pour la poster en recommandé, je me suis ravisé. Je suis allé rue Notre-Dame en taxi, j'ai acheté une machine à écrire neuve, j'ai retapé ma missive dessus et je l'ai envoyée. Puis j'ai jeté à la poubelle mon ancienne machine, ainsi que la nouvelle. On n'est pas le fils d'un inspecteur de police pour rien.

3

Au lac, j'ai un nouveau voisin, un membre de cette cohorte sans cesse grossissante de pirates télévisuels qui installent des antennes paraboliques de la circonférence d'une pizza, illégales puisqu'elles permettent de capter une bonne centaine de chaînes américaines ne disposant pas des droits de diffusion au Canada, mais qu'il arrive à recevoir malgré le brouillage en casquant trente dollars mensuels pour un décodeur. Si je mentionne cela, c'est uniquement parce que, dans ma décrépitude présente, je reçois un véritable torrent d'images venues du passé au cours de longues et éprouvantes nuits, mais je ne dispose pas, moi, des moyens de les décoder.

Ces derniers temps, il m'est arrivé plus d'une fois de me réveiller sans être plus certain de ce qui s'était réellement passé au cottage, ce jour-là. En avais-je enjolivé le déroulement, de même que j'ai corrigé d'autres épisodes de mon existence afin de me donner la part plus belle ? Pour résumer, et si O'Hearne avait raison ? Si, comme ce salaud le soupçonne encore, j'avais logé une balle en plein cœur à Boogie ? J'ai besoin de croire que je suis incapable d'une telle violence, mais si j'étais bel et bien un assassin ?

Une nuit, la semaine dernière, je me suis débattu hors d'un cauchemar dans lequel je tirais sur Boogie puis me tenais au-dessus de lui tandis qu'il agonisait au sol, des geysers de sang jaillissant de sa poitrine. Me libérant des draps trempés de sueur, je me suis habillé et je suis parti en voiture au cottage, où je suis arrivé à l'aube. J'ai erré à travers les bois, dans l'espoir que la vision de ces lieux réveille ma mémoire et me guide à l'emplacement de mon crime supposé, bien que la végétation se soit développée de toutes parts depuis la disparition de Boogie, trente ans et quelques plus tôt. Je me suis égaré. J'ai paniqué. Soudain, je ne savais plus dans quelle forêt je me trouvais ni ce que j'y faisais. J'ai dû rester des heures assis sur un arbre mort, tirant sur mon Montecristo. Et puis, au loin, j'ai entendu une musique qui n'avait rien de céleste. J'ai marché dans cette direction jusqu'à me retrouver sur la pelouse du cottage, où Benoît O'Neil avait installé un ghetto-blaster surpuissant pour avoir de la compagnie pendant qu'il ratissait les feuilles mortes.

– Salut, schmoque !

Evidemment, les jours où ma mémoire fonctionne à la perfection sont plus pénibles à endurer que ceux où elle me trahit. Ou bien, pour le dire d'une autre manière : tandis que je tâtonne dans le labyrinthe de mon passé, certains détails refont surface que j'aurais préféré oublier. Tenez, Blair, par exemple.

Blair Hopper, né Hauptman, a envahi mon existence tel un polype indésirable à l'été 1969. Il surgit par une soirée pluvieuse à notre cottage des Laurentides, où Miriam, toujours le cœur sur la main, accueillait adolescents en détresse, épouses battues et autres épaves. Il avait trouvé notre adresse dans le *Manuel de l'insoumis émigré au Canada* : « Même si c'est par nécessité et non par choix que le Canada est devenu votre refuge, nous sommes heureux de vous donner l'hospitalité. Ceux d'entre nous qui apportent une aide active au Mouvement anti-conscription considèrent comme acquis que votre opposition à la guerre du Viêt-nam est d'ordre principiel et que vous deviendrez donc sans nul doute des citoyens exemplaires de ce pays. »

Oh, à propos. Il me faut préciser ici que le prix à payer pour me libérer de Mrs Panofsky II, entre autres exigences, avait été de lui céder la demeure bourgeoise de Hampstead mais que j'avais pu conserver le cottage du lac. Ma première impulsion avait été de me débarrasser du théâtre de mon soi-disant crime. A la réflexion, toutefois, cela me parut être une façon de reconnaître indirectement ma culpabilité et donc, avant de venir m'y installer avec Miriam, je le fis rénover entièrement, abattant des cloisons, perçant des portes-fenêtres et des puits de lumière dans le toit, ajoutant des chambres pour les enfants et deux bureaux, un pour elle, un pour moi.

Mais voici Blair, disais-je. J'aurais adoré vous conter que Max, notre berger allemand dont l'instinct était généralement infaillible et qui était un compagnon de jeux idéal pour les enfants, avait grondé à la vue de l'intrigant, crocs découverts, poils hérissés, mais la triste vérité est que ce faux jeton de cabot lui sauta littéralement dans les bras en frétillant de la queue. De même, l'honneur me force à admettre que Blair Hopper né Hauptman était un jeune homme séduisant, en ces temps reculés. Aucune discussion sur ce point. Plus près de Miriam que de moi en âge, c'est-à-dire mon cadet d'une dizaine d'années. Grand, les cheveux d'un blond de paille, les yeux bleus, de larges épaules : il aurait été épatant en uniforme SS. En réalité, il portait ce jour-là un costume en seersucker et une cravate. Et il avait des cadeaux pour nous, en plus : un pot de miel non pasteurisé produit par une communauté libertaire du Vermont, son arrêt précédent sur la ligne des résistants modernes, ainsi que, tenez-vous bien, une paire de vrais mocassins indiens. Comme je sirotais un Macallan à ce moment, je lui proposai de m'accompagner.

– Un peu d'eau minérale serait parfait, répondit-il, mais uniquement si vous avez déjà une bouteille ouverte.

Non, nous étions en rupture de stock, et donc Miriam lui prépara une tisane. De gratte-cul, si je me rappelle bien.

– Vous avez eu des problèmes, à la frontière ? lui demanda-t-elle.

– Je me suis fait passer pour un touriste. En costume-cravate comme ça, je fais le bon provincial réac en balade. En plus, je leur ai montré toute une liasse de traveller's cheques, à ces cochons.

– Je préfère vous prévenir, intervins-je en prenant un ton d'une politesse glaciale, que mon père est officier de police à la retraite. Ce genre d'épithète est donc peu apprécié sous ce toit.

– Oh, je suis sûr que les choses sont différentes dans ce pays, monsieur, dit-il en piquant un fard. Votre police est certainement au-dessus de toute critique.

– Là, je n'en suis pas si convaincu et…

J'allais me lancer dans une anecdote sur les magouilles de l'inspecteur Izzy Panofsky lorsque Miriam me coupa net.

– Un sandwich au beurre de cacahuètes, ça vous dirait ?

Arrivé un vendredi, et pour dix jours seulement, Blair démontra dès le premier week-end à quel point il voulait rendre service. Il insista pour faire la vaisselle et réparer le portail de l'entrée, dont j'avais promis de m'occuper depuis un bout de temps. Quand un frelon entra par la fenêtre de la cuisine, je saisis une tapette mais il s'écria : « S'il vous plaît, non ! » et réussit à le faire ressortir. Dites, ce faux derche était même capable d'ouvrir un flacon d'aspirine à fermeture spéciale « protection enfants » sans s'escrimer dessus en maugréant : « Merde, merde et merde ! » En plus, je n'appréciais guère la manière dont il faisait les yeux doux à Miriam, qui paraissait amusée par toutes ses attentions.

Le dimanche soir, elle me demanda :

– Tu dois retourner en ville dès ce soir ?

– Euh… Je me suis dit que j'allais prendre la semaine, annonçai-je du ton le plus dégagé que je pus.

– Et ta partie de poker du mercredi soir, alors ?

– Oh, ils se passeront bien de moi, pour une fois. Et si on a besoin de moi au bureau, il y a le téléphone, non ?

Avec sa grâce si naturelle, Miriam était adorablement ignorante de l'effet ensorcelant qu'elle avait sur les autres. J'aurais pu rester toute ma vie à la regarder, fasciné par tant de beauté devant moi, même si je ne le lui en ai jamais dit autant. Maintenant encore, en fermant les yeux et en refoulant les larmes amères du remords, je la revois en train de bercer Saul sur ses genoux, le couvant du regard, retenant dans sa paume son crâne fragile et palpitant. Je la revois apprenant à lire à Mike, transformant l'effort en jeu, tous deux s'esclaffant de concert. J'ai son image avec Kate dans la baignoire, en train de s'éclabousser l'une l'autre. Ou s'activant à la cuisine un samedi après-midi tout en écoutant la retransmission du Metropolitan Opera à la radio. Ou endormie dans notre lit.

Ou installée dans un fauteuil avec un livre, ses jambes croisées, juste un peu. En nos temps d'harmonie, lorsque nous avions rendez-vous au bar du Ritz le soir avant d'aller dîner quelque part, j'aimais l'attendre à une table à l'écart pour le plaisir de contempler son entrée, toujours élégamment vêtue, sereine, attirant tous les yeux sur elle, puis me découvrant dans mon coin et me prodiguant la bénédiction d'un sourire et d'un baiser. Miriam, Miriam, flamme de mon cœur.

D'un goût infaillible, elle restait indifférente aux diktats de la mode. Elle, qui n'avait aucun besoin de se mettre en valeur, dédaignait la minijupe ou les décolletés abusifs. Mais l'été, au cottage, elle devenait une sauvageonne, sa longue chevelure d'ébène retenue par une babiole, sans même un soupçon de maquillage, à peine couverte d'un tee-shirt flottant décoré d'une caricature de Mozart ou de Proust et d'un short en jean effrangé, pieds nus, et c'était parfait pour moi tant que nous n'avions pas sous notre toit un jeune insoumis concupiscent avec lequel elle avait bien des points communs. Ainsi ni l'un ni l'autre n'étaient assez âgés pour se souvenir de la Seconde Guerre mondiale et le lundi soir, ayant lu dans le journal un article sur le fameux Harris, de l'escadrille de bombardiers britanniques, ils en vinrent à blâmer le pilonnage intensif des villes allemandes et le massacre inutile d'innocents qui en était résulté. Ce qui, bien sûr, me fit venir à l'esprit le jeune Hymie Mintzbaum en mission au-dessus de la Ruhr.

– Une minute, une minute, protestai-je. Et Coventry, alors ?

– Je comprends bien que ce n'est pas pareil, pour votre génération, répondit Blair. Mais comment pouvez-vous justifier la destruction de Dresde sous les bombes ?

Plus tard, ce même soir, je le surpris en train de reluquer Miriam tandis qu'elle se baissait pour ramasser les jouets que les enfants avaient éparpillés sur le sol du salon. Et le mardi après-midi, quand je me réveillai de ma petite sieste, je me retrouvai dans le cottage déserté. Pas de femme. Pas d'enfants. Pas d'*Obersturmführer* Blair Hopper né Hauptman. Ils étaient tous dans le potager, devais-je découvrir. Le Blair, affublé d'un tee-shirt avec la colombe de Picasso sur le poitrail, était en train d'aider Miriam à aérer le tas de compost, autre corvée que j'avais prévu d'accomplir dès que possible. De mon observatoire, la terrasse, je le surpris glissant des regards libidineux sur ses seins, à peine révélés quand elle se penchait sur sa pelle. Le salaud. Je les rejoignis d'un pas indolent.

– Un coup de main ?

– Oh, va prendre un livre, répondit Miriam. Ou sers-toi un verre, chéri. Tu ne ferais que nous gêner, ici.

Avant de quitter le potager, pourtant, je l'attirai contre moi, empoignant ses fesses des deux mains, et je l'embrassai passionnément. « Eh bien… », fit-elle après, en rougissant.

Quelques heures s'étaient écoulées quand je coinçai notre mateur professionnel dans le garage où il était occupé à aiguiser les lames de la tondeuse. Je m'étais muni de deux bières. Je lui en tendis une.

– Un cigare, aussi ?

– Non merci, monsieur.

– Mais vous ne voyez pas d'inconvénient à ce que j'en allume un ? m'enquis-je en m'asseyant sur un bidon à eau de pluie retourné.

– Certainement pas, monsieur.

– Bon sang, laissez tomber vos « monsieur », d'accord ?

– Pardon.

– Je me fais du souci pour vous, Blair. Vous enfuir au Canada, c'était peut-être une erreur. Pourquoi ne pas avoir dit au bureau de recrutement que vous étiez pédé, tout simplement ?

– Mais je ne le suis pas.

– C'est exactement ce que j'ai expliqué à Miriam.

– Vous voulez dire qu'elle croit que je…

– Mais non, mais non. Même moi, je n'y ai pas pensé une seconde. C'est juste la démarche que vous avez, sans doute…

– Qu'est-ce qu'elle a, ma démarche ?

– Oh, écoutez, la dernière chose que je voudrais, c'est vous foutre des complexes ! Non, c'était une remarque en passant, rien de plus. Mais enfin, vous auriez pu faire semblant d'être une tante. Tandis que maintenant, vous ne pourrez plus jamais revenir chez vous.

– Mon père ne voudrait pas, de toute façon. Il a fait campagne pour Nixon, l'an dernier.

– Et qu'est-ce que vous allez devenir, ici ?

– J'espère terminer mes études à Toronto. Ensuite, enseigner.

– Vous étiez à Columbia ?

– Princeton.

– Laissez-moi vous dire que si j'avais votre âge, et que j'étais américain, j'y aurais été, à Columbia, moi, l'an dernier. Pour occuper le campus. Je pense que James Baldwin a raison quand il appelle votre pays le « Quatrième Reich ». Mais il y a quand même une chose qui me chiffonne, dans cette occupation. J'ai lu quelque part qu'un étudiant avait chié dans le tiroir du bureau du recteur. Attention, n'interprétez pas ça mal : je sais bien que c'était un geste de protestation antifasciste, et cependant je ne vois…

– Ils ont envoyé les fl… la police, je veux dire, des tas et des tas, pour matraquer les étudiants. Il y en a eu plus d'une centaine qui se sont retrouvés à l'hôpital.

Monsieur Mary Poppins consacra aussi beaucoup d'attention aux enfants, leur apprenant diverses simagrées goys telles que les nœuds de marin, ou comment amener un tamia à venir chercher une noix dans votre main tendue, ou les mesures à prendre pour faire repartir un moteur de bateau qui s'est noyé, ce qui consistait dans mon cas à tirer sur la corde du démarreur en pestant jusqu'à ce qu'elle casse net. Après ma sieste, un autre après-midi, j'avais projeté de descendre me verser un verre puis de trimbaler peut-être Mike et Saul sur mon dos – Kate n'était pas encore née – lorsque je m'aperçus qu'ils avaient à nouveau disparu.

– Blair les a emmenés cueillir des fraises, m'annonça Miriam.

– Tu n'aurais pas dû le laisser partir avec eux sans surveillance. Et si c'était un pédophile ?

– Barney ? Est-ce que tu as laissé entendre à Blair que je le prenais pour un homosexuel ?

– Comment ? Je l'ai assuré du contraire, oui. Il a tendance à tout comprendre de travers, ce garçon.

– Tu n'es pas jaloux, quand même ?

– De ce gaucho mal dégrossi ? Tu parles ! Par ailleurs, je te fais confiance. Implicitement.

– Alors si j'étais toi, j'arrêterais de l'accabler. Il est bien plus intelligent que tu ne crois, mais trop poli pour te répondre.

– Il est envahissant.

– Pourquoi, parce qu'il se rend tellement utile ?

– Indiscrètement utile.

Bref, Blair polluait ma Iasnaïa Poliana à moi. Nos cinq hectares avec vue sur le lac. Après Clara la démente, après les horreurs subies à cause de Mrs Panofsky II, après mon procès et la disgrâce qui s'ensuivit, et malgré mes honteuses activités télévisuelles qui me retournaient l'estomac, mais continuaient à me rapporter une masse d'argent, Miriam était mon ticket gagnant à la loterie. Ma rédemptrice. Ma coupe d'or. Imaginez seulement, si vous le pouvez, les Red Sox de Boston remportant les séries mondiales pour de bon, ou Danielle Steele raflant le prix Nobel, et vous aurez une petite idée de ce que j'avais éprouvé lorsque Miriam, contre toute attente, accepta de m'épouser. Mon extase, cependant, restait troublée par l'appréhension : sans nul doute, les dieux de l'Olympe me gardaient un chien de leur chienne. « Ce Panofsky, là... Faut le coincer. La prochaine fois qu'il vole sur Air Canada, paf, le crash. » « Mmouais. » « Ou qu'est-ce que vous diriez d'un cancer des testicules ? Hop, les ciseaux ! Plus de couilles. »

Alors que j'avais évité Morty Herscovitch pendant des années, j'adoptai le rituel des visites de contrôle annuelles dans la crainte de perfides lésions pulmonaires. Désireux d'apaiser le vindicatif Jéhovah, je cotisai pieusement aux œuvres de charité avec la tentation de brandir mes reçus vers le ciel dès que le tonnerre ou les éclairs se faisaient menaçants. Je me mis à jeûner pour Kippour, en secret. Je m'étais attendu à voir mes enfants naître aveugles, ou sourds, ou mongoliens, et de constater que cela n'était pas le cas ne servit qu'à aiguiser mon inquiétude : quelque chose m'attendait au tournant, c'était clair. Je m'y préparais. A l'insu de Miriam, je cachais cinq mille dollars en liquide dans un tiroir fermé à clé, argent devant servir à contenter les cambrioleurs rendus sanguinaires par la drogue qui ne manqueraient pas de s'introduire chez nous une nuit ou l'autre.

Dès que les vacances scolaires arrivaient, j'embarquais Miriam et les enfants pour le cottage, où je les rejoignais les week-ends et les mardis soir. Même si j'arrivais en voiture tard déjà, je savais que toutes les lumières de la maison seraient allumées, que Miriam m'attendrait sur la terrasse, Saul assoupi dans ses bras, Mike jouant aux Lego à ses pieds. A peine avais-je ouvert la portière qu'ils couraient m'accueillir, Miriam pour que je la serre dans mes bras, les garçons pour que je les fasse sauter en l'air, glapissant de terreur ravie, avant de les rattraper au tout dernier moment.

Les matins où elle pouvait compter sur moi, Miriam avait l'occasion de plonger dans le lac avant le petit déjeuner et de nager jusqu'au bout de la baie. Assis dehors avec les enfants, je sirotais du café noir en admirant son crawl impeccable, je la regardais revenir vers moi, « rentrer à la maison ». Je l'accueillais sur la rive, une serviette dans les mains. Je la frottais énergiquement, m'attardant aux endroits de son anatomie seulement accessibles à l'honorable Barney Panofsky. Mais désormais elle n'était plus seule à son retour : Blair, nageur encore plus expérimenté qu'elle, l'accompagnait. Une fois arrivé à la pointe, il escaladait le promontoire le plus élevé et plongeait dans le lac. Et il ne faisait pas un plat à la Panofsky, non, son impact laissait à peine une ride à la surface.

On était mercredi soir quand je reçus un appel urgent de Serge Lacroix, ce lecteur acharné des *Cahiers du Cinéma* qui réalisait alors pour moi un épisode de *McIver, de la Gendarmerie royale du Canada*. Pour Serge, le fin du fin du septième art était les fondus enchaînés : le principal rôle masculin s'abandonnant à une étreinte d'ours polaire avec l'amour de sa vie puis un gros plan de marteau-piqueur phallique en train de défoncer du béton, voire, Dieu nous préserve, de tuyau de pompe à essence éjaculant dans le réservoir d'une automobile. Habituellement, je manquais m'étrangler de rire en visionnant ses rushes. Cette fois, cependant, il n'y avait rien d'amusant car son coup de fil signifiait que j'allais devoir passer la journée du lendemain en ville.

Désormais lancé dans le récit véridique de ce gâchis qu'a été ma vie, j'ai résolu de raconter même ce qui me met le rouge au front à des années de distance et donc... Allons-y. Je décidai de tendre un piège à mon apparemment insoupçonnable mais éventuellement séduite épouse, ainsi qu'à son fringant adulateur SS : j'annonçai que je prendrais les enfants avec moi, certifiant à une Miriam plutôt dubitative que, loin de m'importuner, ils allaient adorer assister au tournage du feuilleton à Montréal. Ensuite, de bon matin jeudi, tandis qu'elle et Blair Hopper né Hauptman – qui comptait certainement des criminels de guerre dans sa famille – barbotaient ensemble dans le lac, je m'emparai de sa balance de précision dans la cuisine, je remontai dans notre salle de bains à pas de loup et je pesai son tube de gel vaginal au milligramme près. Puis, décidément dans une veine très James Bond, je m'arrachai un cheveu et le collai sur le boîtier où elle rangeait son diaphragme. Ensuite, à la table du petit déjeuner, je claironnai que je ne pouvais pas être sûr de l'heure à laquelle je rentrerais avec les petits mais que je téléphonerais « juste avant de me mettre en route pour voir si tu as besoin de quoi que ce soit ».

Alors que Serge, au bord de la crise d'hystérie, m'avait appelé à la rescousse pour trancher des querelles budgétaires et rétablir le calme parmi une équipe sens dessus dessous, je ne fis qu'envenimer les choses tant j'étais moi-même à cran. Ainsi, l'acteur principal ne me pardonna pas d'avoir clamé devant tout le monde – ce qui était impardonnable, en effet – qu'il serait éjecté sans sommation s'il continuait à occuper tout le champ. Quant à la vedette féminine, je l'informai que même dans une nullité pareille jouer la comédie consistait à un peu plus qu'à agiter ses nibars face à la caméra, ce qui conduisit cette greluche dénuée du moindre talent à s'enfuir du plateau en larmes.

Tout en continuant à aboyer en tous sens, j'étais obsédé par des visions de Miriam et Blair luisants de sueur, en train d'expérimenter des positions dont le *Kāma sūtra* n'avait même pas osé imaginer l'existence. La peur m'étreignait. Le "déjà-vu" qui se répète, ainsi que l'a formulé Yogi Berra un jour. Non, pas tout à fait : même cottage, mais casting différent. Et cette fois je n'avais pas de revolver... Enfin, à six heures du soir, je téléphonai à Miriam. Je comptai pas moins de quatorze sonneries avant qu'elle ne décroche, à l'évidence excédée d'avoir été réveillée de sa langueur post-coïtale, ou dérangée dans sa énième séance de pose destinée à des photos pornos.

– On en a pour encore une heure, ici.

– Tu as une voix épouvantable. Qu'est-ce qui ne va pas, chéri ?

– Je serai là à huit heures et demie, au mieux, proférai-je avant de raccrocher.

Puis je ramassai les trois petits et je sautai immédiatement dans la voiture. S'ils avaient l'intention de prendre leur douche ensemble, je comptais bien les surprendre sur le fait.

Animaux, va !

Sensibles à mon humeur massacrante, Mike et Saul furent assez avisés pour faire semblant de somnoler pendant toute la route du retour.

– Vous allez dire à Maman que vous avez passé une journée formidable, hein ?

– Oui P'pa.

J'avais à peine coupé le contact et bondi dehors, prêt au bain de sang, que Miriam était là, bras ouverts, radieuse.

– Tu ne devineras jamais ce qu'on a fait !

Catin éhontée ! Hétaïre de Babylone ! Jézabel !

Me prenant par la main, elle me conduisit à mon tracteur abandonné derrière la maison.

– Tu te rappelles que tu étais prêt à payer Jean-Claude pour qu'il te l'emmène à la casse et à en acheter un neuf ?

– Ouais, et alors ?

Elle me fit asseoir sur le siège et me tendit la clé. Pendant tout ce temps, Blair nous regardait avec un petit sourire en coin. Je tournai le démarreur, appuyai sur l'accélérateur. Le moteur se mit à ronronner.

– Blair s'est échiné dessus tout l'après-midi ! Il a nettoyé les bougies, changé le filtre à huile, Dieu sait quoi encore. Et écoute un peu comme il tourne, maintenant.

– A l'avenir, il faudra faire attention de ne pas le noyer, monsieur Panofsky.

– Euh, ouais. Merci, donc. Mais je dois vraiment aller pisser, là. Excusez-moi.

Enfermé dans la salle de bains, j'ouvris le placard sous le lavabo. Le cheveu était toujours en place sur le boîtier. Et le tube de gel ne semblait pas avoir perdu de poids, après vérification. Mais s'il l'a sautée quand même, sans qu'elle s'en serve, et que je me retrouve père de son gniard ? Qui sera végétarien, à tous les coups. Et abonné à la *Défense du consommateur*, c'est à parier… Non, stop, Barney. Encore hérissé mais non sans un certain sentiment de culpabilité, je descendis remettre la balance à sa place, sortis une bouteille de champagne du frigo et allai la poser sur la table.

– Pour fêter quoi ? s'étonna Miriam.

– La rédemption de mon tracteur. Blair, je ne sais pas ce qu'on serait devenus sans vous.

Avec le recul, j'imagine que je n'aurais pas dû ouvrir une seconde bouteille de champagne, ni le châteauneuf pour accompagner l'osso bucco que Miriam avait préparé, ni le cognac que je fis couler à flots après le dîner. Blair, toutefois, posa une main résolue sur le verre à dégustation que je m'apprêtais à remplir pour lui.

– Oh, allez !

– J'espère que je ne suis pas en train d'échouer à l'épreuve de virilité mais franchement, une goutte d'alcool de plus et je vais être malade.

Sur ce, il embraya sur son sermon quotidien à propos du Viêtnam, vouant aux gémonies Nixon, Kissinger et autres Westmorland. Comme je n'étais pas disposé à reconnaître que cette bande ne me plaisait pas plus qu'à lui, je glissai :

– C'est une sale guerre, on est d'accord. Mais dites-moi, Blair, quelqu'un d'aussi moral que vous ne se sent-il pas un tantinet coupable de la laisser mener par qui ? Pour l'essentiel, par les Noirs, les bouseux de l'Amérique profonde, les gars des banlieues ouvrières. Pendant que vous, vous avez mis votre cul de petit-bourge à l'abri ici, au Canada.

– Vous pensez vraiment que c'était mon devoir d'être là-bas ? A brûler des nourrissons au napalm ?

Miriam préféra orienter la conversation dans une autre direction, ce qui conduisit à un autre malentendu encore plus lourd de discorde. En effet, Blair nous apprit que sa sœur, en plus de tenir une consultation gratuite d'avocate à Boston, dirigeait également un organisme destiné à trouver un emploi aux infortunés de ce monde, sourds, aveugles ou condamnés perpétuels à la chaise roulante. Loin de m'extasier sur sa grandeur d'âme, je protestai :

– Mais, et les types valides, alors ? Ils se retrouvent au chômage ? Je vois déjà le tableau. La maison est en flammes, on appelle les pompiers et ils ne peuvent pas trouver la route, évidemment, puisqu'ils sont aveugles ! Ou bien j'échoue aux urgences, je gémis sur mon brancard : « Au secours ! Mademoiselle, aidez-moi, je meurs ! » sauf que l'infirmière n'entend rien, vu qu'elle est sourde-muette…

Lors de sa dernière soirée chez nous, « Oncle » Blair organisa un grand feu de joie pour le ravissement des garçons. Je restai sur le porche, maugréant dans ma barbe, me consolant avec un Rémy Martin et un Montecristo, les surveillant de loin pendant qu'ils faisaient cuire des hot-dogs et des marshmallows sur la rive. Ah, si les étincelles pouvaient déclencher un incendie monstre dans la forêt ! Pyromane recherché par les forces de l'ordre du « Quatrième Reich », Blair dégagerait de notre refuge menottes aux poignets… Mais non, c'eût été trop beau. A la place, il était en train d'apprendre à mes enfants des complaintes de Woody Guthrie en gratouillant son immonde guitare, « Cette terre est VOTRE terre » et autres affabulations gauchistes. Et Miriam reprenait les refrains ! Ma famille, la *mishpocheh* Panofsky, issue du shtetl depuis deux générations seulement, était transformée en chromo de Norman Rockwell pour la couverture du *Saturday Evening Post*… Merde, merde et merde !

Le lendemain matin, quand je descendis pour le petit déjeuner, il était déjà parti. Bon vent, pensai-je, et bon débarras. Et puis des cartes postales commencèrent à parvenir de Toronto, personnellement adressées à Mike ou à Saul, leur proposant d'entretenir une correspondance amicale. En les découvrant au bureau de poste du village, j'eus d'abord l'idée de les expédier dans la première poubelle venue mais comme je craignais que Miriam ne finisse par découvrir le pot aux roses je les ramenai à notre table, suscitant les cris extasiés de ma traîtresse progéniture. De vrais Quisling, l'un comme l'autre. Et pour ceux d'entre vous qui n'ont pas l'âge de se souvenir de qui je veux parler, vous n'avez qu'à consulter une encyclopédie à la rubrique… Mais si, vous savez, ce pays juste à côté de la Suède. Pas le Danemark, l'autre*…

– Bien sûr qu'il faut lui répondre, mes petits. Mais vous devez savoir que le prix des timbres sera retenu sur votre argent de poche. Cela dit…

– Tu parles sérieusement, là ? fit Miriam.

– Je n'avais pas terminé. Cela dit, ce soir, j'emmène tout le monde dîner chez Giorgio's.

– Oui ? Et dis-moi, Père Goriot, est-ce que les garçons devront payer leur hamburger-frites en cassant leur tirelire, aussi ? Et avaler à toute vitesse, histoire que tu puisses être rentré à temps pour voir le début du match à la télé ?

Un peu plus tard, Blair envoya à Miriam la photocopie d'un article qu'il avait commis pour *The American Exile in Canada* et qu'elle essaya vainement de me dissimuler tant elle se sentait gênée.

Supposons, élucubrait-il, que les autorités canadiennes, « sous la pression des masses », soient forcées d'instaurer l'indépendance de facto « en nationalisant les industries sous la coupe du dollar U$, mettant ainsi fin à la dictature des investissements en dollars U$. L'inévitable invasion U$ serait brutale et sanguinaire ». Mais, prédisait-il, le Canada finirait par l'emporter : « Ce qu'il ne faut pas oublier, c'est que, au cas où une agression yankee se produirait, les masses canadiennes se soulèveraient contre l'envahisseur, rapidement décimé par la résistance armée des partisans. Dans leur vaste majorité, les Canadiens apporteraient leur aide aux maquisards, les nourriraient, les cacheraient, les reconnaîtraient comme leurs frères. Oui, nous devons tirer les leçons de la lutte héroïque du peuple vietnamien face à l'agresseur yankee (…). »

Ne savait-il pas, ce connard, que la dernière fois où les Américains effectuèrent une descente sur Montréal le lieutenant-gouver-

* La Norvège.

neur Guy Carleton prit la fuite, que la ville capitula et que le porte-parole des “habitants”, Valentin Juatard, salua l’« agresseur yankee » en ces termes : « Dans nos cœurs, nous avons toujours souhaité l’union, et toujours nous avons accueilli les troupes de l’Union comme si elles étaient les nôtres » ?

4

Zipporah Ben Yehudah	The Clara Charnofsky Foundation
Dimona	for Wymin
Néguev	615 Lexington Ave.
Eretz Yisroel	New York, N.Y.
22 Tishri 5754	USA

A l'attention des Khaverot Jessica Peters et Dr Shirley Wade

Chalom, mes sœurs !

Née Yemima – du nom de l'aînée des trois filles de Job – Fraser il y a trente-cinq ans à Chicago, je m'appelle Zipporah Ben Yehudah depuis quatre ans, c'est-à-dire depuis mon arrivée à Dimona, ville du Néguev. Je suis une Hébreue noire, une disciple de Ben Ammi, l'ancien champion de lutte libre de l'Illinois qui nous a enseigné que nous étions les vrais Israélites. Oui ! Un peuple noir dispersé en Afrique par les Romains, puis emmené en esclavage sur le continent américain. Parmi nos frères, on compte les Lembas d'Afrique du Sud, qui eux aussi se proclament israélites même s'ils ne respectent plus aussi strictement la cacherout qu'avant. En l'an 1966 de l'ère chrétienne, alors qu'il prêchait encore dans les zones défavorisées de Chicago, Ben Ammi eut une vision au cours de l'attaque d'un magasin de spiritueux au cocktail Molotov. Dans son échange avec Jéhovah, il apprit que le temps était venu pour les véritables enfants d'Israël de faire leur aliya. Trois cent cinquante potes des quartiers ont participé au Grand Exode et nous sommes maintenant mille cinq cents, Gott zedank, mais nous continuons à pâtir de l'antisémitisme des juifs blancs usurpateurs, qui nous tourmentent de leurs flèches et de leurs frondes.

Laissez-moi vous dire qu'être juif et black en Israël, ce n'est pas coton. Il y a des clubs de golf à Césarée où nous ne pouvons pas entrer, des restaurants de Tel-Aviv et de Jérusalem qui comme par hasard se trouvent réservés jusqu'à la dernière table si l'un de nous essaie d'y déjeuner. Les Visages pâles israéliens blâment certaines de nos coutumes sacrées, à commencer par la polygamie, *laquelle découle d'une lecture littérale des Cinq Livres de Moïse.* Peut-être que nous leur faisons honte parce que nous sommes plus respectueux de la tradition et plus pratiquants qu'eux ? Ainsi, nous jeûnons pendant toute la durée du Chabbat, nous sommes strictement végétariens, désapprouvant jusqu'à la consommation de lait et de fromage, nous refusons de porter des vêtements en tissu synthétique. En bref, nous sommes revenus à la vraie foi, avant qu'elle n'ait été corrompue par la civilisation européocentriste.

Nous sommes des patriotes. Chez nous, les musulmans n'ont pas la cote car ce furent eux les plus grands esclavagistes de l'histoire. Nous sommes contre un Etat palestinien. Notre communauté est disciplinée, bien loin de la culture des Blacks de la rue à Chicago. Et en dépit de ce que vous avez peut-être lu dans le *Jerusalem Post* il n'y a pas de drogue, chez nous. Nos enfants s'inclinent pour saluer leurs aînés, nos femmes vouent une obéissance totale à leurs maris. Tous nos actes sont inspirés par la parole de Ben Ammi, notre Messie, que nous appelons « Abba Gadol », le Père Majeur.

Notre communauté, formée de sept confréries, inspire la crainte car les obscurantistes voient en nous l'avant-garde d'une vaste immigration noire à venir au titre de la « Loi du retour ». Pourtant, selon notre Abba Gadol, il y a au maximum cent mille Africains-Américains qui sont réellement d'origine israélite. Certes, les tribus israélites d'Afrique peuvent être estimées à quelque cinq millions d'âmes, mais nous nous attendons à ce qu'un demi-million seulement viennent nous rejoindre ici.

Sur ce point, je tiens à me démarquer des déclarations qu'un journaliste blanc du *Jerusalem Post* a prêtées à l'un de nos jeunes : « En l'an 2000 ça va être une méga-apocalypse présentement, là. Volcans, et ainsi de suite. Alors vous allez voir les Blacks surgir d'absolument partout, là, pour rentrer en Israël. Et alors c'est nous qu'on aura le pouvoir ici. »

Mes sœurs ! La raison de ma lettre, c'est que j'aurais besoin d'une aide financière, dans les dix mille dollars disons, afin que mes potes et moi on puisse s'atteler à notre grand projet : la composition d'une Haggadah de Pessa'h en rap, dans le style de la poésie d'Ice-T. Ce sera notre cadeau à Eretz Yisroel, voyez ? Comme qui dirait le Sixième Livre de Momo.

Je vous remercie par avance et vous salue bien, mes sœurs !

Zipporah Ben Yehudah

5

– Sean O'Hearne, s'est présenté l'inspecteur apparu au cottage le lendemain de la disparition de Boogie. J'ai l'impression qu'on devrait avoir une petite conversation, vous et moi…

Sa poignée de main était si énergique que j'ai craint pour mes phalanges. Soudain, il s'est emparé de ma paluche endolorie et l'a retournée comme s'il voulait lire les lignes dans ma paume.

– Sacrées ampoules que vous avez là !

A l'époque, il n'était pas encore menacé de calvitie, ni envahi par la graisse, ni sujet à des quintes de toux à lui faire sortir les yeux de la tête. Il portait un chapeau de paille, une veste en gabardine verte et un pantalon de toile écossaise. Quand il s'est assis sur une chaise en bambou de la terrasse, j'ai remarqué ses chaussures de golf bicolores à fermeture festonnée. Il avait l'intention de passer son après-midi sur le green.

– Cet Arnold Palmer, quel phénomène ! Je l'ai aperçu une fois à l'Open du Canada et ça m'a donné envie de rentrer chez moi et de jeter mes clubs au feu. C'est quoi votre handicap ?

– Je ne pratique pas le golf.

– Oh, quel idiot je fais ! Je m'étais dit que c'était pour ça que vous aviez ces ampoules.

– J'ai creusé des sillons pour planter des asperges. Alors, est-ce que vous avez retrouvé Boogie, vous autres ?

– On dit « pas de nouvelles bonnes nouvelles », mais dans le cas présent ce n'est peut-être pas approprié, hein ? La vedette et les hommes-grenouilles sont revenus bredouilles. Et à notre connaissance aucun automobiliste n'a pris en stop un type en maillot de bain et des palmes aux pieds, dans le coin.

O'Hearne était arrivé dans une voiture banalisée, suivi par deux véhicules de la Sûreté du Québec. Les quatre jeunes agents de police qui en étaient descendus se sont mis à flâner sur mon terrain, l'air de passer le temps mais en réalité les yeux braqués au sol, à la recherche de quelque monticule de terre fraîchement remuée.

– Vous avez une sacrée chance de ne pas être bloqué en ville, avec cette chaleur, a remarqué O'Hearne en retirant son chapeau pour s'éponger le front avec son mouchoir.

– Vos hommes sont en train de chercher pour rien, vous savez.

– Moi aussi, j'ai eu une piaule sur le lac Echo, dans le temps. Pas un château comme ici, non ! Une petite bicoque. Je me rappelle qu'il fallait toujours faire attention aux fourmis et aux mulots. A la fin de chaque week-end, obligatoire de tout nettoyer et d'emporter les ordures. Vous, vous les portez où, les vôtres ?

– Je mets les sacs devant la porte de la cuisine et Benoît O'Neil les ramasse quand il vient. Si vous voulez aller fouiller dedans, ne vous gênez pas.

– Vous voyez, je n'arrive pas à comprendre que vous n'ayez pas dit aux policiers qui ont fait la première descente ici ce qui…

– Quelle « descente » ? C'est moi qui les ai appelés.

– … ce qui s'était réellement passé. Ouais, bien sûr, vous deviez être dans tous vos états : perdre un ami comme ça, l'imaginer noyé…

– Il ne s'est pas noyé. Il s'est faufilé dans un autre cottage inoccupé et il n'en émergera pas avant d'avoir liquidé la dernière boutanche qu'il aura pu trouver.

– Hé ! Peut-être qu'il est encore quelque part dans les bois ? En maillot de bain comme il était, les moustiques doivent l'avoir déjà rendu cinglé. Et il commence certainement à avoir les crocs, maintenant… Qu'est-ce que vous en pensez ?

– Je pense que vous devriez ratisser la moindre baraque autour du lac jusqu'à ce que vous le retrouviez.

– C'est votre opinion définitive, ça ?

– Je n'ai rien à cacher.

– Personne n'a prétendu le contraire. Mais peut-être que vous pourriez m'aider à éclaircir certains détails mineurs ? Simple routine, hein ?

– Vous prenez un verre ?

– Une bière bien glacée, ce serait impossible à refuser.

Nous sommes donc entrés dans le salon, où je lui ai servi une Molson avant de me verser un scotch. O'Hearne a émis un sifflement admiratif.

– Hé bé ! Jamais vu autant de livres d'un coup, à part dans une bibliothèque.

Il s'est approché d'un petit tableau pendu au mur. Un dessin à l'encre. Belzébuth et compagnie en train de violenter une fille nue.

– Eh bien, il serait bon à enfermer celui qui a imaginé un truc pareil !

– C'est une œuvre de ma première femme. Quoique ça ne vous regarde en rien, d'ailleurs.

– Divorcé ?

– Elle s'est suicidée.

– Quoi, ici ? !

– A Paris, c'est en France, au cas où vous l'auriez ignoré.

J'étais par terre, des carillons dans les oreilles, avant de seulement comprendre qu'il venait de me frapper. Abasourdi, je me suis remis debout, les jambes flageolantes.

– Essuyez-vous la bouche avec quelque chose. Vous n'allez pas tacher avec du sang cette chemise que vous avez là, hein ? Je parie que vous l'avez eue chez Holt Renfrew. Ou chez Brisson et Brisson, là où cet enfoiré de Trudeau s'habille*. Votre femme nous a contactés, figurez-vous. Reprenez-moi si je dis une bêtise, mais il y a eu une embrouille ici, mercredi matin, alors on s'est dit que vous aviez des raisons d'être fâché contre elle. Et contre Mr Moscovitch itou. (Il a ouvert son petit calepin avant de poursuivre :) « D'après

* En 1960, Pierre Elliott Trudeau était encore inconnu du grand public. Ce n'est qu'en 1968 que la Trudeaumania s'imposa avec son élection au poste de Premier ministre.

votre épouse, vous êtes arrivé très tôt de Montréal, sans vous annoncer, vous les avez découverts tous les deux au lit et vous avez conclu qu'ils avaient, euh, forniqué. Mais la vérité, et là je cite toujours votre femme, c'est qu'il était très malade, votre copain, elle lui a monté un petit déjeuner et en voyant qu'il tremblait comme une feuille et que ses dents faisaient les castagnettes elle s'est couchée avec lui pour le réchauffer, juste comme une brave infirmière l'aurait fait. Et c'est là que vous avez débarqué, d'une humeur de chiottes, et que vous avez tiré des conclusions erronées.

– Vous n'êtes qu'un abruti, O'Hearne.

Cette fois, il m'a surpris par un coup foudroyant dans le ventre. Je me suis plié en deux, suffoqué, et je suis retombé sur le sol, où j'aurais été plus avisé de rester car à peine m'étais-je relevé pour me jeter sur lui qu'il m'a expédié un aller-retour féroce dans la figure. J'ai passé ma langue sur mes dents, m'attendant à la disparition de plusieurs d'entre elles.

– Notez que je ne prends pas toute sa version pour argent comptant, hein ? Pas totalement bobbe-myseh, eh ? Je connais un peu de yiddish, vous voyez ? J'ai grandi du côté de la Main, alors vous avez devant vous un « shabbes goy » professionnel. J'en ai gagné, des sous, à aller allumer les lumières le vendredi soir chez les juifs pratiquants. Jamais vu des gens plus classe, plus respectueux des lois. M'est avis que vous devriez vous essuyer le menton, encore.

– Qu'est-ce que vous disiez ?

– Hé, ça a dû vous ficher un sacré coup : la petite femme et le meilleur copain au plum' ensemble…

– Je n'ai pas été ravi, en effet.

– Je ne vous critique pas. Personne ne pourrait vous reprocher ça… A propos, où il dormait, Mr Moscovitch ?

– En haut.

– Ça ne vous dérange pas que je jette un œil ? C'est mon boulot, hein ?

– Vous avez un mandat de perquisition ?

– Oh, allez, soyez pas comme ça ! Comme vous l'avez dit vous-même, vous n'avez rien à cacher, non ?

– Première chambre à droite.

Luttant contre la colère, non dénuée d'anxiété d'ailleurs, je suis allé à la fenêtre de la cuisine contrôler ce qui se passait dehors. Un des flics allait et venait sous les arbres, un autre avait vidé une des poubelles sur le sol et en inspectait le contenu. O'Hearne est arrivé derrière moi, une main cachée dans le dos.

– Bizarre, je dis bizarre ! Il a tout laissé là. Ses fringues, son portefeuille, son passeport… Hé, c'était un vrai globe-trotter, le Moscovitch !

– Il viendra reprendre ses affaires, tôt ou tard.

Il a fouillé la poche de sa veste.

– Vous me prenez pour un con ou quoi, Panofsky ? Ça, c'est du haschich ou j'ai la berlue ?

– Oui, mais ça ne m'appartient pas.

– Oh… J'allais oublier ! (Il a retiré de derrière son dos son autre main.) Regardez un peu ce que j'ai trouvé.

Et m… Le revolver de service de mon père.

– Z'avez un permis pour ça ?

C'est là que, désormais en proie à la panique la plus totale, j'ai sorti cette énormité :

– Je… je ne l'avais jamais vu. Ça doit être à Boogie.

– Comme le haschich ?

– Euh… oui.

– Sauf que je l'ai déniché sur votre table de nuit.

– Aucune idée de comment il a pu arriver là.

– Hé, vous les cherchez vraiment, les beignes, non ?

Il m'a giflé si fort que j'en ai perdu l'équilibre pour la troisième fois.

– Bon, maintenant on est sérieux, hein ?

– Oh, ah, oui, je me rappelle ! C'est à mon père. Il l'a laissé ici, un week-end qu'il avait passé avec nous. Il a été inspecteur de police à Montréal.

– Ça alors, que je sois damné ! Vous voulez dire que vous êtes le fils de ce branque d'Israel Panofsky ?

– Ou… oui.

– Mais donc on est presque de la même *mishpocheh*, vous et

moi ! C'est bien comme ça qu'on dit « la famille » chez vous, hein, rigolos que vous êtes ? Il manque une balle dans le magasin.

– Il… il n'a jamais été capable de charger une arme correctement.

– Qui, le papa ?

– Oui.

– Laissez-moi vous confier un petit secret, Panofsky. Tout comme votre paternel, j'en ai envoyé plus d'un à l'hôpital, des suspects. « Refus d'obtempérer lors de son arrestation », vous voyez ce que je veux dire ?

– Je m'en suis servi une fois.

– Ah… enfin on avance ! Servi ces derniers jours, par exemple ?

– Quand ma femme est partie ce matin-là, on a forcé sur la bouteille, Boogie et moi.

– Mais évidemment. Vous deviez être furieux contre lui ! Je suis sûr que j'aurais été pareil, dans votre situation. Baiser la légitime du copain dans son dos ! Alors paf, bang, boum, bien sûr. Un type au sang chaud comme vous êtes !

– Comment ça, le sang chaud ?

– Vous avez été conduit un jour au poste numéro dix après une rixe dans un bar. J'ai la date quelque part. Une autre fois, un serveur du Ruby Foo's a déposé plainte contre vous parce que vous l'aviez agressé physiquement. J'espère que vous ne pensiez pas que j'étais un feignant de goy, hein ? On n'a peut-être pas des châteaux en bord de lac, nous autres, mais on fait notre boulot correctement, hé !

– J'ai supplié Boogie de ne pas aller nager dans l'état où il était. Et quand il s'est mis à descendre vers la rive, j'ai tiré en l'air. Juste un tir de sommation.

– Ah ? Et le flingue, il était tombé du ciel dans votre main ?

– On n'était plus très nets tous les deux, à ce moment, ai-je admis en commençant à suer sous ma chemise.

– Et vous avez tiré en l'air rien que pour rigoler, hein ? Putain de menteur ! (Il m'a donné une bourrade.) Allez, un peu de sérieux.

– Je vous dis la vérité.

– Vous mentez comme vous respirez, oui. Tant que vous y

arrivez, à respirer. Parce que admettons que vous glissiez, maintenant, et que vous vous cassiez deux côtes en tombant ?

– Je me fiche de vos menaces. C'est ce qui s'est passé, point.

– Bon, donc il est allé piquer une tête. Et ensuite quoi ?

– Je me sentais un peu paf moi-même, alors je suis allé m'allonger sur le canapé. Je me suis endormi, à peine quelques minutes à ce qu'il m'a semblé. C'est un cauchemar qui m'a réveillé. Je rêvais que j'étais dans un avion qui allait tomber dans l'Atlantique.

– Oh, pauvre chou !

– En réalité, j'avais dormi pendant trois heures et quelques. Je suis sorti chercher Boogie, je ne l'ai pas trouvé, dans la maison non plus, alors j'ai appelé la police et je leur ai dit de venir aussi vite que possible. Ce que je n'aurais jamais fait si j'avais eu quelque chose à me reprocher.

– Ou si vous n'aviez pas voulu jouer au plus malin avec nous. Vous savez quoi ? Je suis un fan d'Agatha Christie, moi. A tous les coups, si elle écrivait un bouquin sur cette histoire, elle appellerait ça *L'affaire du nageur qui disparaît*. Vous auriez dû rendre ce revolver aux autorités après la mort de votre père.

– J'ai oublié qu'il était là.

– Vous l'aviez oublié, hein ? Et pourtant vous l'aviez dans votre main et vous avez tiré une balle au-dessus de sa tête, juste pour faire mumuse.

– Non, je l'ai atteint en plein cœur et ensuite je l'ai enterré sous les arbres, exactement là où ces connards sont en train de chercher maintenant.

– Ah, on avance enfin !

– Vous ne reconnaissez jamais une nuance ironique, O'Hearne ?

– A moins que mes oreilles commencent à me trahir, j'ai bien entendu que vous disiez « je l'ai atteint en plein cœur et ens… ».

– Allez vous faire foutre ! Si vous êtes venu m'arrêter pour une raison précise, crachez le morceau. Sinon, vous pouvez dégager immédiatement, vous et vos gars !

– Eh bien, quand je parlais de sang chaud ! J'espère que vous n'allez pas me frapper, quand même ! En tout cas, je suis bien content que ce ne soit pas moi que vous ayez trouvé au plumard avec votre femme.

– Tenez, voilà de quoi remplir votre calepin, même si ça va ruiner un peu plus vos théories : apprenez que je n'en voulais pas à Boogie, mais alors pas du tout ! J'étais ravi, au contraire. Content comme je ne l'avais pas été depuis des années. Pourquoi ? Parce que je voulais divorcer et que là, tout de suite, j'avais le motif valable. Boogie était d'accord pour témoigner dans mon sens, et moi j'en avais le plus grand besoin, de son témoignage. Alors pourquoi l'aurais-je tué ?

– Hé, hé, vous emballez pas ! Je n'ai jamais dit quoi que ce soit de ce genre. (Il a mouillé son doigt avec la langue pour tourner ses pages de notes.) Là ! D'après votre épouse, au moment où elle allait s'enfuir en voiture car elle avait toutes les raisons de redouter votre tempérament violent…

– Quel tempérament violent, bordel ?

– Je me contente de la citer, hein ? Donc, à ce moment, elle vous a demandé : « Qu'est-ce que tu vas faire avec Boogie ? » Et vous avez répondu, ouvrez les guillemets : « Oh, je vais le buter, voilà ce que je vais faire ! » avant de proférer des menaces contre elle-même et contre sa vieille mère, veuve de fraîche date pour couronner le tout.

– C'était une façon de parler, simplement.

– Donc vous admettez ?

– Et merde ! Vous êtes complètement bouché ! Je n'avais aucune intention de toucher à un seul cheveu de Boogie. J'avais besoin de lui.

– Vous avez une petite copine à Toronto ?

– Ça ne vous regarde pas.

– Un joli petit cul qui s'appelle Miriam-quelque-chose ?

– Vous avez intérêt à ne pas mêler son nom à tout ça, porc que vous êtes ! Elle n'était même pas sur les lieux. Qu'est-ce qu'elle vient faire là-dedans ?

– D'accord, pigé ! Bon, maintenant il faut que je saisisse cette arme illégalement en votre possession. Mais je vais vous donner un reçu, hein ?

– S'il y a des mots que vous ne savez pas orthographier, demandez-moi.

– Petit malin, hein ?

– Vous avez l'intention de m'inculper pour une raison quelconque ?

– Pour mauvaises manières, peut-être.

– Alors, avant de nous séparer, permettez-moi de vous souhaiter un bon et fructueux après-midi sur le terrain de golf. Qui sait, quelqu'un vous donnera peut-être un coup sur la tête en balançant son club ? Quoique ça ne changera pas grand-chose à vos ressources mentales… (Sur ce, je l'ai attrapé par les revers de sa veste et j'ai entrepris de le secouer. Il n'a pas résisté, et a même souri.) « Shabbes goy », « michpokhé » ! N'essayez pas de m'impressionner en estropiant trois mots de yiddish, espèce de connard inculte ! Agatha Christie ! Tu parles ! Je parie que vous n'avez pas ouvert un livre depuis votre manuel de cours élémentaire. Et où vous avez appris à mener vos interrogatoires ? En regardant *Coup de filet* à la télé ? Ou dans *Détective ?* Ou non, impossible, même cette feuille de chou ce serait trop intellectuel pour vous.

Avec une grimace sardonique, il s'est dégagé d'une unique et coupante manchette sur mes mains qui m'a arraché un cri de douleur, puis il m'a attrapé par la nuque et m'a incliné la tête en avant avant de m'expédier son genou dans l'entrejambe. Bouche bée, je me suis plié en deux, un court instant seulement car ses deux poings fermés sont arrivés aussitôt en massue sous mon menton, me faisant voler en arrière et tomber lourdement sur le dos, bras écartés.

– Epargnez-vous bien des tracas, Panofsky, vous voulez ? Nous savons que c'est vous. Nous finirons tôt ou tard par découvrir où vous l'avez enterré, ce pauvre mec. Plantations d'asperges ! Mon cul, oui. Donc ne nous obligez pas à perdre du temps et de l'énergie. Un peu de « rakhmonès » pour les représentants de la loi surmenés, hein ? Ça veut dire « miséricorde » dans votre jargon, que je parle sans doute mieux que vous, j'en mettrais ma main au feu. Arrêtez les frais, montrez-nous où est le corps. Ça vous donnera des points, garanti. Au tribunal, je jurerai que vous avez été un amour, que vous avez aidé l'enquête tellement vous étiez rongé de remords. Vous vous prenez un avocat juif débrouillard et vous récoltez l'homicide involontaire ou une connerie comme ça, vu que le revolver est parti accidentellement pendant que vous vous bagarriez, ou que vous avez tiré en état d'autodéfense, ou que vous ne saviez même pas qu'il était chargé, grands dieux ! Les jurés et le juge seront compréhensifs. Votre femme, votre meilleur ami : ça mérite un petit accès de folie, nom d'un chien ! Au pire, vous vous en tirez avec trois ans et ils vous relâchent au bout de la moitié. Hé, peut-être même que ce sera seulement du sursis ! Un pauvre mari bafoué comme vous… Mais si vous continuez à faire le schmoque avec nous, et si je témoigne au procès que vous m'avez frappé, personne ne croira vos bobards et ce sera certainement la perpète, c'est-à-dire dix ans. Et pendant que vous pourrirez en taule à bouffer de la pâtée pour chiens et à vous faire esquinter par les petits durs qui n'aiment pas les juifs, votre poule de Toronto, elle sera en train d'ouvrir les jambes à quelqu'un d'autre, hein ? Quand vous sortirez, vous ne serez plus qu'une vieille épave, voilà. Alors, qu'est-ce que vous en dites ?

Rien. Je n'ai rien dit, car je continuais à râler de souffrance et à vomir mes tripes.

– Bon sang, mais regardez dans quel état vous mettez votre tapis ! Où est-ce que je peux trouver une bassine, au moins ?

Il s'est penché et a tendu une main pour m'aider à me relever, mais j'ai fait non de la tête, craignant trop un nouveau passage à tabac.

– Il ne reste plus qu'à le donner à nettoyer, ce tapis. Bon, eh bien “merci beaucoup” pour la bière.

J'ai émis un grognement.

– Et si jamais il réapparaît, votre pote le nageur longue distance, soyez gentil de nous passer un coup de fil, hein ?

En sortant, il s'est débrouillé pour me marcher sur la main.

– Oups, pardon !

Après le départ de O'Hearne et de ses sbires, j'ai dû rester au moins une heure affalé à ma place. Puis j'ai réussi à me relever, je me suis versé un autre scotch que j'ai avalé cul sec et j'ai téléphoné à Hughes-McNoughton. Il n'était pas à son cabinet, ni chez lui. Quand je l'ai enfin eu au Dink's, je lui ai annoncé que les flics venaient de me rendre une petite visite.

– T'as une drôle de voix.

– O'Hearne m'a tapé dessus à bras raccourcis. Je veux porter plainte contre lui.

– J'espère que tu n'as répondu à aucune question ?

Là, je me suis dit qu'il était préférable de tout lui raconter, y compris la découverte du revolver paternel et mon emportement final.

– Quoi, tu l'as pris par sa veste et tu l'as secoué ?

– Je… je crois, oui. Mais il m'avait déjà frappé, lui.

– Tu veux me faire plaisir, Barney ? J'ai encore quelques ronds à la banque. Prends-les, ils sont à toi. Et paie-toi un autre avocat avec.

– J'ai besoin de toi pour mon divorce, aussi. Sauf que nous n'avons plus à recruter ni pute ni détective privé. Je l'ai attrapée en flagrant délit d'adultère, la gueuse. Boogie va être mon témoin.

– A part qu'il est mort, probablement.

– Mais non, il va finir par réapparaître. Oh, il y a encore quelque chose que je dois te signaler. Elle est au courant, pour Miriam.

– Quoi ? Comment ça se fait ?

– Je n'en sais rien, moi ! Les gens bavardent. On nous a peut-être vus ensemble, ou… bordel, elle n'aurait jamais dû dire ça sur la voix de Miriam !

– Mais qu'est-ce que tu racontes ?

– Je n'ai pas pu tenir ma langue. D'accord, j'ai eu tort, mais c'est comme ça. Ecoute, John, je ne peux pas aller en prison ! Je suis amoureux, moi !

– Je ne te connais pas. Je ne t'ai jamais vu. Point. D'où tu appelles ?

– Du cottage.

– Raccroche.

– Tu deviens paranoïaque. Ils n'auraient pas le droit de…

– Raccroche im-mé-dia-te-ment.

Merde, merde et merde.

Le lendemain à Montréal, de bon matin, j'ai été réveillé par la sonnette de la porte d'entrée. C'était O'Hearne, muni d'un mandat d'arrêt pour homicide. Et c'est Lemieux qui m'a passé les menottes aux poignets.

6

Pour les enfants, les récits de la cour que j'avais faite à Miriam étaient une source intarissable d'enchantement. Ils se délectaient de nos polissonneries passées et réclamaient sans cesse plus de détails.

– Tu veux dire qu'il a fui la soirée de « son » mariage pour te suivre dans le train de Toronto ?

– Eh oui !

– Tu es vraiment affreux, Papa ! s'exclama Kate.

Saul leva gravement les yeux du livre qu'il était en train de lire pour remarquer :

– Je n'étais pas encore né, moi.

– A quelle heure il partait, ce train ? s'enquit Michael pour la énième fois.

– Vers dix heures, répondit Miriam.

– Bon, en admettant que le match de hockey se soit terminé autour de dix heures et demie, je ne vois pas comment il aurait pu arrriver à…

– On a déjà parlé de ça, Michael. Certainement que le train a eu du retard, ce soir-là.

– Et tu l'as forcé à descendre à…

– Même, ça ne colle pas, d'après moi.

– Je peux finir ma phrase, au moins ? protesta Kate.

– Oh, quelle emmer…

– Tu attends que je sois arrivé au bout de ma question, d'accord ?

Et tu l'as forcé à descendre à Montréal-Ouest ? Point d'interrogation.

– En réalité, au fond d'elle-même, elle était très déçue que je ne sois pas resté jusqu'à Toronto.

– C'était sa nuit de noces, tout de même.

– Il avait la haine, soutint Saul.

– C'est vrai, Papa ? Point d'interrogation.

– Mais non, pas du tout.

– Mais c'est vrai que tu n'as pas arrêté de la regarder pendant toute la soirée, virgule, alors que tu venais de te marier avec une autre ? Point d'interrogation.

– Il ne m'a même pas invitée à danser !

– Maman l'a trouvé un peu bizarroïde. Point.

– Si tu la regardais si bien, tu peux me dire comment elle était habillée ?

– Une robe de cocktail en chiffon de soie bleue, épaules nues. Et toc !

– Et est-ce que c'est vrai que la première fois qu'il a déjeuné avec toi il a vomi partout ? Point d'interrogation.

– Je suis né trois ans après ça, moi.

– Ouais, et c'est étrange qu'ils n'en aient pas encore fait une fête nationale. Comme l'anniversaire de la reine Victoria.

– Les enfants, s'il vous plaît !

– Et tu es montée dans sa chambre d'hôtel dès votre premier rendez-vous ? Point d'interrogation. Quelle honte. Point.

– Maman est la troisième femme de Papa, fit remarquer Michael, mais nous sommes ses seuls enfants.

– En es-tu si sûr ? lui demandai-je.

– Papa ! s'indigna Kate.

– Je sortais de chez le coiffeur, j'avais une nouvelle robe très sexy et…

– Maman !

– … et il ne m'a même pas complimentée sur mon allure.

– Et après, qu'est-ce qui s'est passé ?

– Ils ont bu du champagne.

– La première femme de Papa est devenue très célèbre, c'est elle…

– On le sait, ça !

– … c'est elle qui a fait ce monstrueux dessin à l'encre qu'il a accroché au mur. Point.

– Qui vaut un tas d'argent, maintenant, compléta Michael.

– Ah, ça te plaît, ça, persifla Saul.

– On ne peut pas dire que ce soit très romantique, poursuivit Kate : vomir comme ça à la première rencontre…

– En fait, je mourais de peur de faire mauvaise impression à votre mère.

– Et cela n'a pas été le cas ?

– Ça, il faut le lui demander à elle.

– Sa démarche était… originale. Je dois lui reconnaître ça.

– Donc, vous avez parlé et parlé…, résuma Kate puis, élevant la voix et nous fixant du regard, captant du même coup l'attention des garçons : … et QUOI, ensuite ?

– Rien qui vous concerne, rétorqua Miriam, et ses fameuses fossettes réapparurent.

– Oh, allez ! On est assez grands, maintenant.

– Je me rappelle la fois où nous étions tous en voiture à Toronto…

– La Toyota.

– Non, c'était une Volvo familiale, pas de chance.

– Vous allez arrêter de m'interrompre, vous deux ? protesta Kate. Et donc, on est passés devant un immeuble et…

– Là où Maman habitait avant.

– … et Papa t'a regardée avec des drôles d'yeux et toi tu es devenue rouge comme une tomate, et tu t'es penchée vers lui et tu l'as embrassé.

– Nous avons le droit de garder encore quelques secrets, intervins-je.

– Oui. Mais quand Maman vivait dans cet immeuble, Papa était toujours marié à la grosse dondon, fit Kate en se dandinant à travers la pièce, le ventre en avant, les joues gonflées.

– Ça suffit, maintenant. En plus, elle n'était pas grosse, à l'époque.

– D'après Maman, tu ne l'étais pas non plus, « à l'époque ».

– Quoi ? Je fais un régime, bon sang !

– C'est juste qu'on ne veut pas que tu aies une crise cardiaque, Papa.

– Ce n'est pas ce qu'il mange qui m'inquiète. C'est surtout ses cigares.

– Et c'est vrai que c'est Maman qui a dû payer ta note d'hôtel, le lendemain matin ?

– J'avais oublié mes cartes de crédit à Montréal, et ils ne me connaissaient pas encore, au Park Plaza, et… bon Dieu, vous ne respectez donc rien ?

– Eh bien, quelle chance tu as eue, qu'elle accepte de t'épouser.

– Ce n'est pas très gentil de dire ça…, observa Kate.

– Virgule ou point ? Tu n'as pas précisé.

– C'est un bon papa, quand même.

– Je l'ai rejoint à l'hôtel pour prendre un petit déjeuner, expliqua Miriam, et quand je suis arrivée il y avait du raffut à la réception, plein de gens qui s'étaient arrêtés pour regarder. Evidemment, c'était votre père. Il n'avait pas de chéquier, pas de papiers d'identité, mais naturellement tout était de la faute du réceptionniste. Le directeur était sorti de son bureau et il était en train d'appeler les gens de la sécurité lorsque je suis intervenue en proposant ma carte de crédit. Mais le réceptionniste était scandalisé : « C'est très aimable à vous, Miss Greenberg, mais avant tout il faut que Mr Panofsky s'excuse de m'avoir agoni d'injures que je n'ose même pas répéter devant vous. » Alors votre père : « Moi ? Tout ce que j'ai dit, c'est que vous étiez le typique connard de Toronto. Il est vrai que j'ai toujours tendance à être trop modéré dans mes formulations. » Moi, j'ai insisté : « Je veux que vous présentiez vos excuses à ce monsieur, Barney. » Et lui, vous savez comment il fait quand il se mord les lèvres et se gratte la tête : « Bon, je m'excuse pour lui faire plaisir à elle, mais ça ne va pas plus loin. » Là, l'employé a eu un petit reniflement méprisant et il a dit : « Très bien, je vais prendre la carte de Miss Greenberg pour lui éviter un nouveau scandale. » Votre père allait se jeter sur lui mais je l'ai repoussé, j'ai remercié le gars et bien entendu nous avons dû aller ailleurs pour prendre le petit déjeuner, pendant lequel votre père n'a pas arrêté de pester… Bon, si vous voulez bien, je dois aller me préparer, maintenant, autrement je vais être en retard.

– Où vas-tu ?

– Blair Hopper donne une conférence sur « L'univers de Henry James » à McGill. Il a été assez attentionné pour nous envoyer deux invitations.

– Ne me dis pas que tu y vas aussi, Papa ?

– Lui ? Oh non, je ne pense pas ! Michael, tu voudrais venir avec moi ?

– Mais Papa m'a dit qu'il m'emmènerait au match de hockey.

– Moi je viens, déclara Saul.

– Super ! bougonna Kate. Comme ça, je reste toute seule à la maison.

– Oui, on t'abandonne parce que personne ne t'aime, persiflai-je. Miriam ? Je te retrouve après avec Blair au Maritime Bar pour un dernier verre.

– Vraiment ?

– Je suis sûr qu'ils lui dégotteront une tisane, là-bas. Ou du moins de l'eau minérale.

– Allons, Barney, tu ne l'aimes pas et il le sait bien. Mais d'accord, je viendrai, moi.

– Encore mieux.

7

Grâce au – ou plutôt à cause du, car c'est une malédiction – recul des années, je me rends compte maintenant que Blair a couru après Miriam depuis la première fois où il la vit chez nous, au cottage. Et je serais mal placé pour le lui reprocher, pas plus qu'à n'importe quel homme. Non, au contraire, c'est moi que je blâme d'avoir été assez bête pour le sous-estimer. Reconnaissons à ce salaud qu'il avait de la suite dans les idées. Le temps passant, il ne se laissa pas oublier, s'insinuant peu à peu dans notre cercle familial, le sapant telle une colonie de termites grignotant les poutres d'une maison bâtie pour durer des siècles.

Un jour que nous étions de passage à Toronto, en route vers Georgian Bay où nous allions rendre visite à des amis, il surgit à notre hôtel, porteur d'un bouquet de freesias pour Miriam et d'une bouteille de Macallan à mon intention. Il proposa d'emmener au musée de la Science les enfants, encore petits à cette époque, afin de nous laisser un après-midi tranquille en tête à tête. Le soir, Mike, Saul et Kate revinrent couverts de jouets. « Educatifs », bien entendu : pas de belliqueux pistolets à eau ni de carabines à capsules, qui me permettaient de jouer aux cow-boys et aux Indiens ou à quelque autre mise en scène raciste avec eux : « Bang, bang, t'es mort ! Ça t'apprendra à scalper de braves veuves et orphelins juifs au lieu de faire tes devoirs. »

Lorsque Michael remporta le prix de mathématiques durant sa dernière année à Selwyn House, il reçut une lettre de félicitations d'« Oncle » Blair, ainsi qu'un exemplaire dédicacé d'un recueil d'essais sur l'histoire du Canada que l'insupportable bêcheur avait dirigé. Je le lus avec une irritation croissante, car force m'était d'admettre que ce n'était pas si mauvais.

Lors d'un autre passage à Toronto, sans les enfants cette fois, Miriam me demanda :

– Je suppose que tu es pris pour le déjeuner ?

– Oui, hélas. Les Amigos Three, quelle plaie !

– Blair m'a proposé de déjeuner avec lui et de m'emmener ensuite à un vernissage à la Isaacs Gallery.

Cela m'inspira de lui raconter la fois où j'étais tombé sur Duddy Kravitz dans une galerie d'art de la 57e Rue à New York. Duddy, qui était alors en train de décorer son manoir de Westmount, avait montré du doigt les trois tableaux qui l'intéressaient avant de s'asseoir avec le directeur, un être efféminé tout émoustillé à l'idée de conclure une grosse transaction.

– Combien ce serait pour que je vous débarrasse de ces trois-là ?

– Eh bien, eh bien, nous arriverions à trente-cinq mille dollars, dirais-je.

Tout en m'adressant un clin d'œil, Duddy avait retiré sa Rolex de son poignet et l'avait posée sur le bureau gainé de cuir décoré à l'or fin.

– Je suis prêt à vous signer un chèque de vingt-cinq mille, mais cette offre ne tient que trois minutes, chrono.

– Vous plaisantez, certainement.

– Plus que deux minutes quarante-cinq.

Après un long silence, le propriétaire des lieux avait soupiré :

– Je peux descendre jusqu'à trente mille.

Il restait moins d'une minute quand Duddy avait emporté l'affaire pour vingt-cinq mille. Il m'avait invité à revenir à sa suite à l'Algonquin afin de fêter sa victoire.

– Riva est chez Vidal Sassoon, à se faire arranger les tifs. On dîne au Sardi's, ensuite on va voir *Oliver !* Premier rang. Hé, si tu veux mon avis, Oswald n'est qu'un petit rigolo. Et Jack Ruby en fait partie, crois-moi.

Nous avions vidé les huit mignonnettes de scotch de son minibar quand il alla à la salle de bains et revint avec une théière pleine qu'il avait cachée sous le lavabo. Il aligna les bouteilles miniatures sur la table, les remplit de thé, revissa les bouchons et les rangea à leur place initiale.

– Qu'est-ce que tu dis de ça ?

Dès qu'un colloque universitaire amenait Blair à Montréal – à une fréquence suspecte, comme je m'en rendis compte trop tard –, il téléphonait quelques jours à l'avance pour nous inviter à dîner tous les deux. Je me rappelle avoir décroché un jour et, reconnaissant sa voix, avoir passé le combiné à Miriam en le couvrant de ma main :

– Tiens, c'est ton petit ami.

Comme d'habitude, j'invoquai un engagement préalable pour m'esquiver en insistant pour qu'elle y aille.

– Comment se fait-il qu'il ne soit pas marié, depuis le temps ?

– Parce qu'il est follement amoureux de moi, tu ne savais pas ? Tu n'es pas inquiet ?

– Hein ? Blair ? Ne dis pas de bêtises !

Quand tous les enfants furent en âge d'aller à l'école, l'ancien patron de Miriam, Kip Horgan, la supplia de reprendre le travail, même en pigiste pour commencer. « Tu nous manques terriblement », affirma-t-il.

Pour se lancer, Miriam attendit que j'aie eu mon Rémy Martin XO dans une main et mon Montecristo dans l'autre, alors que nous venions de déjeuner ensemble au restaurant Les Halles.

– Barney ? Qu'est-ce que tu dirais si je recommençais à travailler ?

– Mais on n'a pas besoin d'argent ! On est bourrés aux as, même.

– Peut-être que j'ai besoin d'un peu de stimulation…

– C'est ça, tu passes la journée à la radio, et moi, quand je rentre le soir, je dîne comment ?

– Oh, quelle ordure tu es !

Elle s'était levée d'un bond, indignée.

– Allez, je blaguais.

– Non, c'est faux.

– Où tu cours comme ça ? Je n'ai même pas fini mon verre.

– Eh bien, ta petite femme au foyer a envie d'aller marcher un peu, elle. Même les domestiques ont droit à un après-midi de congé.

– Attends ! Rassieds-toi une minute. Ecoute, on n'est jamais allés à Venise ensemble. Dès qu'on sort d'ici, je vais droit à l'agence de voyages, toi tu rentres à la maison et tu fais les valises. On demandera à Solange de venir garder les enfants. Et ce soir on est dans l'avion.

– Ah, super. Saul et son équipe affrontent le Lower Canada College en débat, demain soir, et j'ai promis à Kate de l'emmener voir *Lawrence d'Arabie* samedi à quatre heures.

– Les bellinis du Harry's Bar. Le carpaccio. Le fegato alla veneziana. Le tiramisu. La place Saint-Marc. Le Ponte Rialto… On descend au Gritti, on louera une vedette pour aller déjeuner chez Cipriani, à Torcello.

– Tiens, c'est bizarre, tu ne m'as pas encore promis un manteau en vison !

– Oh, c'est toujours mal, ce que je fais.

– Pas toujours, mais souvent, oui. Et maintenant, avec ton autorisation, je vais aller faire un tour. J'irai peut-être au cinéma, même, donc n'oublie pas de déposer le linge chez le teinturier, c'est le paquet sur le siège arrière de la voiture. Ça, c'est la liste des courses chez Steinberg, et voilà le reçu pour le pouf que j'ai donné à recouvrir chez Lawson. C'est au coin de Claremont, si tu as la patience de faire trois fois le tour du pâté de maisons tu es sûr de trouver où te garer. Bon, tu n'auras pas le temps d'emmener Saul chez Mr Tony pour lui acheter une nouvelle paire de chaussures, mais il faudrait que tu ailles me prendre huit crochets à tableaux chez Pascal, tu en profiteras pour leur ramener le grille-pain et te faire rembourser, il ne fonctionne pas bien. Quant au dîner, je te laisse improviser. J'adore les surprises. *Ciao*, chéri.

Ce soir-là, le menu se composa de plats à emporter chinois. C'était à peine tiède. Et collant.

– Il est formidable, votre Papa, non ? fit Miriam.

Sentant de l'orage dans l'air, les enfants mangèrent sans broncher. Mais ensuite, au lit avec une bouteille de champagne, nous fîmes l'amour et nous nous moquâmes gentiment de notre querelle, elle et moi.

– Je te connais, va. Je parie que tu l'as expédié dans la première poubelle venue, le grille-pain, et que tu m'as raconté qu'ils te l'avaient remboursé.

– Je jure sur la tête de ma progéniture que je le leur ai ramené exactement comme ma gouvernante me l'avait ordonné.

Le lendemain, un jeudi, je souffris d'un accès de grippe qui m'empêcha d'aller au match de hockey. Recroquevillé sur le canapé, je suivis la partie à la télé. Guy Lafleur venait d'intercepter une passe maladroite des Bostoniens, fonçait au centre les cheveux au vent sous les acclamations du Forum en délire, esquivait deux défenseurs, déjouait le gardien et s'apprêtait à tirer quand… quand Miriam revint à la charge.

– Si je veux être pigiste, je n'ai pas besoin de ta permission.

– Comment il a pu rater ça ? Les buts étaient vides !

– Je ne suis pas sur terre pour ramasser les chaussettes sales et les serviettes trempées derrière toi, et pour conduire les enfants chez le dentiste, et pour faire toutes les corvées à la maison, et pour répondre que tu n'es pas là quand tu n'as pas envie de prendre le téléphone.

– Le match est fini dans trois minutes.

Au moment où Milbury faisait trébucher Shutt derrière le filet, Miriam vint se placer devant l'écran.

– Je demande un peu d'attention.

– Quoi ? Oui, tu as raison. Tu n'as pas besoin de ma permission.

– Et je m'excuse pour la pique à propos du manteau de vison. C'était injuste de ma part.

Zut, zut et zut ! Moi qui étais allé lui en acheter un le matin même. Rue Saint-Paul.

– C'est combien, cette schmata ?

– Quatre mille cinq. Mais si vous payez en liquide, on oublie les taxes, bien sûr.

J'avais enlevé ma montre pour la poser sur le comptoir.

– Je suis prêt à payer trois mille, mais cette offre ne tient que trois minutes, chrono.

Nous étions restés à nous dévisager jusqu'à ce que le délai fatidique soit écoulé, et là il avait dit :

– N'oubliez pas votre montre, surtout.

– Bon, je le prends, je le prends !

Par chance, le manteau était toujours caché dans un placard, au bureau. Je pourrais aller le rendre dès le lendemain.

– Oui, c'était une remarque dont tu aurais pu t'abstenir. J'ai été vraiment blessé, sur le coup. Moi, faire une chose pareille…

– J'ai dit que je regrettais !

Et donc Miriam reprit du service à CBC-Radio. Cela consistait essentiellement à interviewer les écrivains de passage au cours de leur tournée de promotion pour un nouveau livre. Je ne fis rien pour l'encourager dans ce sens mais Herr Professor Blair Hopper né Hauptman, le pourfendeur des sacs en plastique non biodégradables, était évidemment d'un tout autre avis.

– Avec qui tu as passé tout ce temps au téléphone ? m'étonnai-je un soir.

– Oh, c'était Blair. Il a écouté mon entretien avec Margaret Laurence et il a téléphoné pour me féliciter. Et toi, tu en as pensé quoi ?

– Je comptais écouter la cassette tout à l'heure, justement.

– Blair dit que si je fais une série de portraits de dix auteurs canadiens il trouvera un éditeur à Toronto sans problème.

– Il n'y a pas dix auteurs canadiens, et on peut publier n'importe quoi à Toronto… Désolé. Je retire. Hé, mais tu n'as qu'à prendre McIver ! Rappelle-lui l'époque où il lisait ses œuvres à la librairie de George Whitman à Paris. Demande-lui où il va voler ses idées. Non, elles doivent être bien à lui, tellement elles sont creuses… Qu'est-ce qu'il y a ?

– Rien.

– Je vais écouter cette cassette tout de suite après le dîner.

– Pas la peine.

Ce fut elle qui insista pour que Michael parte étudier à la London School of Economics.

– Mais ce sera un snob quand il nous reviendra de là-bas ! Pourquoi pas McGill, tout bonnement ?

– Il a besoin de s'éloigner un peu de nous. Toi, tu l'écrases et moi je le gâte trop. Malgré moi, je fais la vraie yiddishe mama.

– Quoi, Mike dit ça ? Quel toupet !

– Non, c'est moi qui le dis. Tu lui fais de l'ombre. Tu jubiles de le contrer dans la moindre discussion.

– Alors, c'est Londres ?

– Oui.

En vérité, pour moi qui avais médiocrement terminé mes études secondaires, la réussite de ceux qui étaient acceptés facilement à McGill avait été un sujet de ressentiment. En ce bon vieux temps, la prestigieuse université imposait encore un quota d'entrée aux juifs. Alors qu'elle ne demandait que soixante-cinq pour cent de réussite aux petits goys pour être admis, nous devions en aligner dix de plus, nous autres. De sorte que même si je m'étais converti aux portes du digne établissement, j'aurais encore été loin du compte. J'avais tellement honte de mon échec que j'évitais les points de ralliement des étudiants tels que le Café André et que je préférais changer de trottoir lorsque j'apercevais un de mes anciens condisciples arrivant avec le fameux sweater blanc rehaussé d'un grand M rouge sur la poitrine. A l'époque, la seule réussite avec laquelle je pouvais me consoler était d'être passé du statut de plongeur à celui de garçon de salle au Normandy Roof. C'est dire quelle fierté je tirais des succès scolaires de mes enfants, de leurs prix aux concours, de leur entrée haut la main à l'université.

Cela étant, je doute que le cardinal Newman – pour ne pas parler du docteur Arnold – aurait apprécié les vents nouveaux qui soufflaient alors sur la pédagogie canadienne. Ainsi, en feuilletant le programme du collège de Kate, je remarquai qu'on lui proposait un cours de « sciences ménagères », en d'autres termes comment préparer des œufs durs ou passer l'aspirateur. Quant à Saul, qui dévorait les bandes dessinées, il s'inscrivit à la section de « créativité littéraire » de McGill, animée par, vous avez deviné, Terry McIver en personne. Ou bien des scribouillards au rancart de la *Gazette* enseignaient gravement l'art du journalisme à Wellington, en veillant à ce que leurs heures de cours n'empiètent pas sur leurs réunions hebdomadaires aux Alcooliques Anonymes.

C'est à son école de management londonienne que Mike rencontra Caroline. Une fois que nous lui rendions visite à Londres, nous fûmes invités à dîner par les parents de la donzelle dans leur demeure des Boltons. Nigel Clarke était un avoué renommé, « Queen Counsel » ; Virginia, sa femme, contribuait de temps à autre à la rubrique « jardinage » du *Tatler*. J'étais tellement inquiet pour mon fils – ou tellement peu sûr de moi, comme le prétendit Miriam – que je les cataloguai aussitôt comme deux snobs antisémites dont les familles respectives avaient sans doute conspiré avec le duc de Windsor en 1940 dans le but d'imposer un régime nazi en Grande-Bretagne. Mes réticences se trouvèrent plus que confirmées quand je découvris que leur propriété à la campagne était située non loin du village d'Eaglesham, en Ecosse.

– J'espère que tu sais que c'est précisément là que Rudolph Hess a débarqué en 1941 ? demandai-je à Miriam.

– Virginia a téléphoné pour dire que le dîner serait en tenue décontractée, mais je t'ai quand même acheté une cravate Jermyn Street. Oh, d'ailleurs, pour ton information, ça s'écrit J-e-r-m-y-n.

– Je ne mettrai pas de cravate.

– Mais si. Elle a demandé aussi s'il y avait des aliments particuliers que tu réprouvais. C'est très aimable, non ?

– Non, ça ne l'est pas. Le sous-entendu, c'est quoi ? Qu'on est yids au point de ne pas manger de porc ?

Nigel n'avait ni cravate ni veston quand il nous reçut. Il portait une chemise de sport et un cardigan reprisé aux coudes. Quant à la vaste Virginia, elle arborait un pull lâche, genre sac à pommes de terre, et un pantalon en toile. Aussitôt, je me dis qu'ils avaient choisi de s'habiller le plus modestement possible pour ne pas nous faire honte, à nous autres coloniaux. Il ne fallait pas que j'oublie de m'abstenir de déchirer ma viande avec les doigts. Déjà stimulé par une bonne dose de scotch éclusée tout seul dans un pub de Soho – en claire violation de la promesse faite à Miriam – et complétée par deux verres d'un cocktail sorti de chez Marks & Spencer, je m'assis à table avec la ferme intention de choquer. Reprenant le rôle paternel, je me lançai dans des récits piquants des riches heures d'Izzy à Montréal, en forçant encore le trait. Comment ses collègues et lui avaient attaché un suspect sur le pare-chocs de leur auto, tel un chevreuil au retour d'une chasse. Ses interrogatoires musclés. L'accueil chaleureux qui lui était réservé dans les maisons de passe. A ma grande déception, Virginia s'esclaffa et en redemanda, tandis que Nigel surenchérissait avec des anecdotes salées à propos d'affaires de divorce qu'il avait eu à traiter. Une fois encore, j'avais tout faux, mais au lieu de sympathiser avec les Clarke, qui se révélaient une paire de joyeux drilles, je maugréai en mon for intérieur contre mon erreur stratégique. Comme d'habitude, Miriam se dépensa pour me couvrir jusqu'à ce que je finisse par me détendre.

– Nous sommes absolument ravis d'accueillir votre fils dans notre famille, déclara Nigel. Brillantissime, ce garçon. J'espère que vous ne regrettez pas qu'il ne se marie pas au sein de votre confession.

– C'est une idée qui ne m'était même pas venue, répondis-je en mentant.

Ensuite, Nigel me proposa d'aller pêcher le saumon avec lui dans le Spey un week-end. Nous pourrions passer la nuit au Tulcan Lodge.

– Je n'ai jamais pêché à la mouche, avouai-je.

– Voyez-vous, compléta Miriam désormais très lancée, quand Barney était enfant, il pêchait dans une mare pleine de vase avec un bout de branche en guise de canne. Et sa ligne, c'était du fil qu'il récupérait sur les emballages de boucherie.

Virginia, charmée, garda la main de Miriam dans les siennes au moment du départ.

– Il faut vraiment que vous m'accompagniez aux Floralies de Chelsea !

A notre retour au Canada, parmi la kyrielle de messages qui nous attendaient sur le répondeur, il y en avait trois de Blair. Pouvions-nous déjeuner avec lui au club de l'université le mercredi suivant ?

– Vas-y, toi, dis-je à Miriam.

– C'est bizarre, on dirait que ça te plaît, que Maman voie Blair si souvent..., s'étonna Kate.

– Allons, ne dis pas de bêtises, Kate. Notre mariage est solide comme un roc.

8

Attendez, je reviens un instant sur les lignes précédentes. Loin de moi l'intention d'insinuer que Miriam ait eu alors une aventure avec Blair Hopper né Hauptman. Elle aimait bien sa conversation, rien de plus. Peut-être était-elle aussi flattée par son empressement à son égard, mais cela restait très innocent. Non, je suis le seul et unique responsable de la destruction de notre mariage. Je fus incapable de réagir aux signaux d'alerte menaçants, alors que même l'idiot du village aurait dressé l'oreille. Et puis, j'ai fauté.

J'ai lu quelque part que les loups ont l'habitude de proclamer l'autorité sur leur territoire et de mettre en garde les intrus éventuels en pissant le long de leurs frontières. J'ai agi de manière très comparable. Toujours estomaqué qu'une femme aussi belle et intelligente que Miriam ait choisi quelqu'un comme moi, étreint par l'angoisse de la perdre, j'en ai fait ma prisonnière, éloignant systématiquement les amis et connaissances qu'elle avait pu avoir avant notre rencontre. Il suffisait qu'elle invite d'ex-collègues de la radio à dîner chez nous pour que je me conduise atrocement. Certes, mes débordements verbaux n'étaient pas entièrement injustifiés. Ces parangons de vertu, ces intellectuels du service public avaient en effet tendance à traiter de haut le producteur aux mains crochues, le trafiquant d'inanités télévisuelles qu'ils voyaient en moi, tandis qu'eux se dépensaient sans compter pour nous protéger des barbares culturels du Sud... Peut-être que cela touchait une corde trop sensible en moi. En tout cas, je leur faisais face en tournant en ridicule la défense de l'exception canadienne, les quotas de production artistique nationale à la télévision et à la radio qui avaient pour seul résultat d'encourager la médiocrité – dont une bonne part manufacturée par moi-même, ainsi que Miriam le soulignait d'un air sardonique. Et, reprenant la forte image d'Auden*, je les accusais d'avoir mis leur trou de balle en location depuis des années.

Le pire d'entre eux était l'ancien chef de Miriam, Kip Horgan, un type cultivé, iconoclaste, bon buveur, qui manifestait une facilité déconcertante à contrer mes reparties les plus cinglantes par un bon mot de son cru. S'il n'avait pas été aussi proche de Miriam, nous aurions pu aisément devenir amis, lui et moi, mais dans ce contexte je le détestais. Un soir, alors qu'il venait enfin de s'en aller en titubant, dernier hôte à prendre congé, elle me tomba dessus :

– Tu avais vraiment besoin de rester là à bâiller jusqu'au bout ?

– Vous êtes sortis ensemble dans le temps, Kip et toi ?

– Tu es incroyable, Barney ! C'était bien avant qu'on se connaisse, toi et moi.

– Je ne veux plus jamais l'avoir à dîner ici.

– Arrête-moi si je dis une bêtise, mais il me semble bien que tu as été marié deux fois, avant moi.

– Ouais. Mais toi c'est le bon numéro.

Ce qui ne me valut même pas les fossettes sur ses joues. Miriam n'était pas amusée, mais préoccupée.

– Kip m'a dit que Martha Hanson, ce n'était qu'une lectrice de mon temps, et pas fameuse en plus, va être nommée à la tête du programme culturel.

– Et alors ?

– Et alors, c'est à elle que je devrai soumettre les idées que j'aurai, à l'avenir.

Un autre soir, nous attrapâmes le journal de CBC-TV juste au moment où une jeune correspondante débutait son reportage depuis Londres.

---

* Non, c'est de Louis MacNeice, dans *Bagpipe Music.*

– Mais c'est pas vrai ! s'exclama Miriam d'un ton navré. C'est Sally Ingrams. C'est moi qui lui ai donné son premier travail.

– Ne me dis pas que tu aurais voulu être reporter télé…

– Non, je ne pense pas. Et je suis certaine que Sally sera très bonne dans ce job. Simplement, c'est un peu rageant de voir que tous les gens que j'ai connus ont l'air de faire plein de choses intéressantes, maintenant.

– Parce que tu ne trouves pas qu'avoir mis au monde et élevé trois enfants merveilleux soit une « chose intéressante » ?

– En général si, mais il y a des jours non. Ce n'est plus tellement coté à notre époque, tu ne crois pas ?

Tant que les enfants vécurent sous notre toit, mobilisant l'attention permanente de Miriam, nos accrochages restèrent limités, se terminant habituellement par un fou rire partagé et une embrassade, et nous continuions à être des amants pleins de fougue. En ces temps de vantardise sexuelle permanente, je reste attaché à une discrétion vieux jeu et je me contenterai donc de dire qu'avec elle je connus des expériences au lit telles que je n'en avais jamais connu, et qu'à mon avis cela fut aussi le cas pour elle. Puis, lorsque le dernier de nos rejetons s'envola du nid familial, nous profitâmes de cette liberté retrouvée à l'âge adulte pour nous offrir des voyages plus fréquents à l'étranger. Miriam, toutefois, était soudain assaillie de doutes et d'accès de dépression à propos de son travail de pigiste à la radio, jugeait ses réalisations insuffisantes. L'imbécile que je suis préféra traiter son insatisfaction par-dessus la jambe : avec mes manières de butor, je m'empressai de la mettre au compte d'une phase, désagréable mais passagère, due à l'approche de la ménopause.

Mike s'était marié et Saul était parti vivre à New York lorsqu'une nuit, au moment où nous allions faire l'amour dans notre chambre du *parador* qui domine Grenade, je lui dis :

– Je crois que tu as oublié ton diaphragme, non ?

– Ça ne sert plus à rien, maintenant. Toi, par contre, tu peux encore avoir des enfants…

– Oh, Miriam, s'il te plaît !

– Tu envies Nate Gold, c'est ça ?

Nate, qui s'était séparé de son épouse de trois décennies pour épouser une femme de vingt ans sa cadette, était souvent visible sur l'avenue Greene, promenant dans son landau un marmot d'à peine dix-huit mois.

– Lui ? Je le trouve ridicule, oui.

– Ne parle pas trop vite, chéri. Je suis sûre que ça doit être un bain de Jouvence.

Un après-midi – Kate était désormais à Toronto avec son jeune mari –, rentré tôt du bureau, je découvris un répertoire de McGill sur la table de la salle à manger.

– C'est pour quoi faire, ça ?

– J'ai envie de me remettre à des études. C'est un problème ?

– Bien sûr que non…

Quelques heures plus tard, pourtant, la crainte de revenir le soir vers une maison vide parce qu'elle serait encore dans un amphithéâtre me poussa à me lancer stupidement dans l'une de mes tirades antiuniversitaires. Après avoir rendu hommage à Vladimir Nabokov pour avoir expliqué à ses étudiants à Cornell que « D.Phil. » signifiait en fait « Département des Philistins » et non « Département de Philosophie », je poursuivis en remarquant que les personnes les plus brillantes que je connaissais n'avaient jamais suivi d'études supérieures.

– Ah oui ? Et tes enfants ?

– Il y a toujours une exception à la règle. Tiens, comme Boogie, par exemple. Il a fait Harvard.

– Je serais étonnée qu'ils aient mis une plaque commémorative pour rappeler son passage là-bas.

Ainsi, Boogie demeurait une pomme de discorde entre nous et je continuai à refuser de partager le respect qu'avait Miriam pour les doctes professeurs. Ce qui n'empêchait pas, au cas où je n'aurais pas encore mentionné ce détail, d'avoir accroché à la place d'honneur mon certificat de fin d'études secondaires, dans mon bureau. Encadré et éclairé d'en haut par une rampe lumineuse. Miriam m'a maintes fois reproché cet impair, mais il est toujours là, sur le mur.

Le lendemain de ma maladroite sortie contre la faculté, j'aperçus le répertoire de McGill dans la poubelle de notre cuisine.

– Je me sens affreusement coupable, Miriam. Reprends des études, si c'est ce que tu veux. Pourquoi pas ?

– Aucune importance. Ce n'était qu'une idée en l'air.

La veille encore, à ce qu'il semblait, nous étions un jeune couple baignant dans la joie et soudain nous avions deux petits-enfants à Londres sans avoir eu le temps de comprendre ce qui nous arrivait. Miriam ne put jamais se résoudre à se défaire des habits que Mike, Saul et Kate avaient portés quand ils étaient petits, pas plus qu'elle ne me laissa éliminer le rayon entier de manuels du docteur Seuss tout écornés et annotés de notre bibliothèque. De plus en plus sollicitée à la radio, cependant, ses accès de morosité s'estompèrent, elle parut redevenir comme jadis. Malheureusement, tandis que les années passaient, j'esquivais bêtement ses rares moments de doute en effectuant des stations toujours plus prolongées au bar. Rentré à la maison pour l'un de ses dîners raffinés qu'elle préparait avec amour, je m'effondrais sur le canapé du salon comme un goujat imbibé jusqu'à ce qu'elle me secoue gentiment pour que j'aille me coucher.

– Solange m'avait proposé d'aller avec elle au Théâtre du Nouveau Monde ce soir mais j'ai dit non. Je ne voulais pas que tu restes seul.

– Oh, je suis désolé, chérie. Honnêtement.

J'étais installé un après-midi sur mon tabouret attitré du Dink's, en train de bavasser sottement avec deux jeunes nanas que Zack avait amenées avec lui quand je surpris le regard insistant que me lançait Betty.

– Je viens juste de voir Miriam.

– Ah, où est-elle ?

– Elles est entrée et puis elle est repartie.

– Quoi, elle n'a pas vu que j'étais là ?

– Si...

– *Tempus edax rerum*, observa Hughes-McNoughton.

– Ce que tu peux être con, mon vieux.

Je me précipitai à la maison, où je trouvai Miriam en pleine déprime.

– Je mets une robe que tu adores pour aller te faire la surprise dans ton repaire, je me dis que tu seras content que je prenne un verre avec toi là-bas, pour une fois, et qu'ensuite on ira dîner tous les deux, et je te découvre en plein flirt avec deux greluches qui auraient l'âge d'être tes filles… Je n'ai pas été jalouse, non. Triste, seulement.

– Tu ne comprends pas. Elles étaient avec Zack. Je leur faisais la conversation par simple politesse.

– Je vais bientôt avoir soixante ans. Tu aimerais peut-être que je me fasse faire un lifting ?

– Miriam ! Pour l'amour du Ciel…

– Ou bien il faut que je me mette à me teindre les cheveux ? Qu'est-ce que je dois essayer pour plaire à mon playboy de mari ?

– Tu te racontes des histoires, là.

– Ah oui ?

Alors, elle se lança dans un violent réquisitoire contre son père. Ce n'était pas la première fois, d'ailleurs. Le coureur de jupons. Le faux jeton. Le meurtrier de sa mère. Même après toutes ces années, les mœurs dissolues de son géniteur continuaient à l'obséder, peut-être parce que c'était ainsi qu'elle avait connu le goût amer de la trahison. Moi, j'avais appris à supporter ces soudains emportements. Je pensais qu'ils étaient sans conséquence, que nous étions au-dessus de tout cela. Schmoque que j'étais !

Le lendemain à l'aube, je me tirai du lit pour prendre l'avion de Toronto. Quand je revins de mon déplacement le soir, Miriam n'était pas à la maison. Elle m'avait laissé un mot sur la table :

Chéri,

Je m'envole tout à l'heure pour Londres, voir Mike, Caroline et les petits. Je regrette de m'être énervée comme ça hier soir, donc ne te fais pas d'idées : c'est simplement que ça ne me fera pas de mal de souffler un peu, et à toi non plus ! Surtout, si tu es rentré tôt, n'essaie pas d'aller me chercher à l'aéroport.

S'il te plaît, mon amour. Je ne serai pas partie plus d'une semaine.

Je t'aime.

Miriam.

PS : Tu n'iras pas tous les soirs chez Schwartz's, promis ? La viande fumée et les frites, c'est mauvais pour toi. J'ai eu le temps de te garnir un peu le frigo.

J'allai immédiatement en inspecter le contenu. Il y avait une marmite de spaghettis bolognaise, une autre de soupe de poireaux, un poulet rôti, un pain de viande, un bol de salade de pommes de terre et un gâteau au fromage. Je dînai devant la télévision en m'apitoyant sur moi-même, puis je me mis au lit tôt. A sept heures du matin, le téléphone sonna. C'était elle.

– Tu vas bien ? lui demandai-je.

– Superbement bien. J'ai l'impression d'être une ado en train de sécher les cours. Je devrais m'offrir ce genre d'escapades plus souvent.

– Ça, je ne sais pas… Non, tu es sûre que ça va ?

– Oui ! Je dois déjeuner avec Caroline chez Daphne's, il faut que je me dépêche. Tu seras à la maison, ce soir ?

– Bien sûr ! Je me suis fait les spaghettis en me levant, pour dîner ce sera le poulet et le gâteau au fromage, m'est idée.

– Je te rappellerai. Bisous. A plus.

Je préférerais passer sur ce qui arriva cette nuit-là. J'ai fauté, ai-je dit plus haut, mais ce n'était pas vraiment ma faute : j'étais soûl. Et puis cela ne devait pas tirer à conséquence, en aucun cas… Zut, zut et zut. Je donnerais une année de ma vie pour effacer cette soirée où je commis l'erreur de m'attarder au Dink's bien après l'heure où la clientèle des vieux habitués cédait la place aux âmes solitaires en quête d'aventure.

Zack, qui avait travaillé dans le temps au… Ce journal qui parle de fric à longueur de colonnes. Pas le *Wall Street*, non, un canard canadien. Le *Financial Post* ou un truc dans ce genre*. Passoire pour les spaghettis. Je peux vous réciter le nom d'au moins cinq des Sept nains. Et Lillian Hellman n'a jamais écrit *L'Homme*... Et merde. Donc, Zack, qui avait jadis travaillé pour un quotidien économique, était en train de me raconter comment il avait fait la connaissance de Duddy Kravitz :

– Ils m'avaient envoyé interviewer les nouveaux-super-riches Montréalais, dans le cadre d'une story qu'on préparait. Absolument tous les Wasps bon teint que je localisais jurèrent leurs grands dieux qu'ils n'appartenaient pas du tout à cette catégorie, même sur le papier, et que si on prétendait le contraire ce serait de la diffamation. Et que je pleurniche sur mes prêts bancaires, et sur les intérêts à la banque, et sur la scolarité hors de prix des petits... Les financiers canadiens français n'étaient pas plus accueillants : d'après eux, ils étaient snobés par les gros banquiers anglophones, aucun investisseur sérieux ne voulait confier son portefeuille à un gus qui s'appelait Bissonnette ou Turgeon. « Ils nous prennent pour des débiles, qu'ils disaient tous. On doit se battre nuit et jour, et encore la nuit on ne peut pas dormir à cause des dettes qu'on a. » Et puis j'ai été reçu par Kravitz. Je m'attendais à des jérémiades encore plus fatigantes, mais non, tout le contraire : « Millionnaire, moi ? il me dit avec un sourire grand comme ça. Un peu, oui ! Et même trois fois, peut-être. Vous croyez que je frime, là ? Attendez, je vais vous montrer quelques documents... Hé, vous avez un photographe avec vous, au moins ? » Depuis ce jour-là, je l'ai à la bonne, ce type, quoi que les gens puissent raconter sur son compte. Oh, où tu vas, toi ?

– Chez moi.

– Allez, encore un petit dernier. Pour la route.

– Bon, d'accord. Mais rien qu'un.

C'est alors qu'elle apparut en ondulant des hanches, la sauteuse qui allait démolir ma vie, et qu'elle se glissa sur le tabouret à la droite de Zack, lequel entreprit immédiatement de la brancher. Je

* C'était le *Financial Times*, dont l'édition canadienne s'est éteinte le 18 mars 1995.

ne me souviens même plus de son nom, sinon que c'était une blonde décolorée gainée dans une mini-jupe et un maillot moulant, parfumée à l'excès, la trentaine au maximum. Elle se pencha de côté, obligeant Zack à se rejeter en arrière, pour me susurrer :

– Vous ne seriez pas Barney Panofsky ?

J'acquiesçai d'un signe de tête.

– J'ai joué dans un épisode de *McIver*, il y a deux-trois mois. Je faisais la journaliste du *Globe* de Toronto. La fouineuse. Vous vous rappelez ?

– Comment donc.

– Ils m'avaient dit que c'était un rôle qui allait revenir, seulement depuis je n'ai jamais été recontactée par votre boîte.

En cet instant précis, j'aurais dû quitter les lieux. Ou bien, tel Ulysse, m'attacher au mât par de solides cordes. Même si elle était loin d'arriver à la cheville de Circé, ou des Sirènes, ou de je ne sais plus qui*. Hélas, Zack se leva pour aller vider sa vessie et aussitôt elle se lova sur le tabouret qu'il venait de quitter, et le voyou qui était au fond de moi s'éveilla : « Mazette, il a beau avoir quinze ans de moins que moi, le Zack, et être plus séduisant, je vais lui montrer de quoi je suis capable ! » Non que cette fille m'ait intéressé le moins du monde, je répète. Ni que j'aie eu aucunement l'intention d'aller jusqu'au bout ! Après, je me rappelle avoir vidé encore un bon nombre de verres, et elle aussi, mais je ne saurais expliquer comment je me retrouvai chez elle, ni où elle habitait, ni à la suite de quel enchaînement nous échouâmes dans son lit. Ce dont je suis certain, c'est que tel n'était pas mon but. J'avais eu envie de damer le pion à Zack, rien de plus. Juré.

Il devait être trois heures ou plus lorsque je rentrai à la maison, plein de dégoût pour moi-même, que j'envoyai mes habits en tous sens et que j'entrai sous la douche en me retenant aux murs.

A huit heures, Miriam me réveilla.

– Dieu merci ! Tu es là.

– Comment ça ?

– Je ne sais pas ce qui m'est passé par la tête, mais je n'ai pas

* Ulysse tentait alors de résister à l'appel des Sirènes, non de Circé.

pu fermer l'œil de la nuit tellement j'avais peur pour toi. Une idée idiote, comme ça. Et je n'ai pas arrêté d'appeler jusqu'à très tard au Canada. Pas de réponse.

– J'étais dehors avec Zack. On a pas mal picolé.

– Tu as une drôle de voix, chéri. Tu ne te sens pas trop mal, au moins ?

– La gueule de bois, c'est tout.

– Tu n'essaies pas de me cacher quelque chose, dis ? Tu ne t'es pas retrouvé dans une bagarre, quand même ? A ton âge… Ou ne me dis pas que tu as eu un accident !

– Je vais très bien.

– Non, il y a quelque chose, Barney. Je le sens.

– Rien, je te dis.

– Je ne suis pas certaine de te croire.

– Reviens, Miriam.

– Jeudi, je suis là.

– Rentre demain. Je t'en prie, Miriam !

– Demain soir, je vais au théâtre avec Virginia. La nouvelle pièce de Pinter. Mais je suis contente que tu te languisses de moi. Toi aussi tu me manques, tu sais ? La nuit, c'est plus fort que moi, je tends le bras de ton côté et tu n'es pas là…

La journée s'écoula, non sans deux douches supplémentaires, et l'heure était venue de débarquer au Dink's comme à mon habitude lorsque je pilai sur place dans la rue. Et si cette allumeuse était déjà là, guettant mon arrivée ? Si elle s'imaginait qu'il y avait plus qu'une passade de soirée bien arrosée entre nous ? Je tournai les talons pour me réfugier au bar du Ritz, où l'alcool m'attendrit jusqu'à me projeter dans ma jeunesse. A nouveau, je me retrouvais à la terrasse de La Colombe d'Or en compagnie de Boogie et de Hymie, le soleil disparaissait derrière les collines vert olive, les embrasant d'un coup, une charrette tirée par un mulet cahotait le long du muret en pierre, conduite par un vieux péquenot en blouse bleue et la brise vespérale nous apportait soudain le parfum entêtant de son chargement de roses, destinées à quelque parfumerie de Grasse, puis le garçon boulanger joufflu qui livrait des baguettes tout juste sorties du four dans son panier en osier bouclé sur les épaules nous donnait cet autre effluve, puis l'un de ces Français arrogants surgissait dans l'allée, ventre rentré, et allait revendiquer ses droits sur la beauté, assez jeune pour être sa fille, qui était installée à deux tables de la nôtre… « Madame Bovary, c'est moi », a écrit un jour… cet auteur qui avait toujours un perroquet avec lui, et moi j'étais devenu le semblable de cet odieux vieillard gaulois dont le souvenir m'était encore pénible. Prêt à verser des larmes sur mon triste sort, je réclamai la note et j'allais regagner mes pénates quand je me ravisai à nouveau, déstabilisé.

J'attirai Zack dans un coin discret.

– N'essaie jamais de me vanner à propos de cette fille hier soir, ni moi ni personne. Jamais, tu entends ? Autrement, je ne te connais plus. C'est clair ?

– Te mets pas martel en tête, vieux !

Betty vint alors interrompre notre échange.

– Z'avez eu un coup de fil. Une dénommée Lorraine. (Elle me tendit un bout de papier.) Elle a laissé son numéro.

– Si jamais elle rappelle, je ne suis pas là, compris ? Qu'est-ce que vous savez d'elle, Betty ?

– Oh, je crois qu'elle est mannequin, ou actrice. C'est elle qui a fait cette pub sexy qui passait pas mal à la télé, y a un moment. Vous voyez de quoi je parle ? Bon, les « Canadiens » écopent d'une pénalité, Dick Irwin annonce que la retransmission reprendra juste après une page de publicité et hop, on la voit danser toute seulette sur une plage des Bermudes au clair de lune. En sarong. Et que je me trémousse, et que je me trémousse, et puis la voix derrière qui dit : « Mon crédit-vacances, c'est à la Banque de Montréal que je le dois ! » Là, ça ne ratait pas, tous les gars au bar étaient pliés de rire.

J'ai passé une nuit blanche. Le jeudi matin, je me suis coupé en me rasant et j'ai renversé ma tasse de café. Ensuite, je suis allé choisir un long sautoir en perles chez Birk's avant de foncer à l'aéroport pour l'accueillir. Nous avions à peine quitté le hall des arrivées qu'elle m'a déclaré :

– Oui, il y a un truc qui ne va pas.

– Mais non, enfin.

– Est-ce qu'il est arrivé quelque chose à Saul pendant mon absence ?

– Il est en pleine forme.

– A Kate, alors ?

– Franchement, Miriam…

– Tu ne me dis pas tout.

– Mais si.

Pour fêter son retour à la maison, j'ai ouvert une bouteille de Dom Pérignon. Sans résultat.

– C'est au bureau ? Tu as eu de mauvaises nouvelles ?

– Tout va pour le mieux, je t'assure, chérie.

Tu parles, Charles. Miriam était rentrée depuis deux jours que nous n'avions pas encore fait l'amour, ce qui faisait plus que l'intriguer. Mais moi je connaissais les mœurs de ces filles-là : et si j'avais récolté de l'herpès ? Une chaude-pisse ? Ou même, Dieu m'en garde, ce machin qui décime les tantes et les camés ? Mais si, vous savez, cette maladie avec un nom tout en majuscules ? Le SIDA, voilà.

Dès que le téléphone sonnait, je me jetais dessus avant que Miriam ne puisse s'en approcher. Chaque matin, je m'attardais à la maison afin d'être présent au passage du facteur, juste au cas où… Et quand je rentrais du Dink's à l'heure du dîner, l'estomac noué, j'avais déjà un mensonge prêt dans l'hypothèse où cette traînée aurait appelé en mon absence.

Des lustres plus tôt, à l'époque où je me vautrais dans le bonheur immérité que Miriam et les enfants me dispensaient, j'avais vécu dans la hantise de la vengeance divine, j'avais été convaincu qu'une quelconque abomination guettait le moment de surgir devant moi, une monstruosité vindicative qui jaillirait du siphon de la baignoire telle une créature à la Stephen King. Désormais je savais. Le monstre, c'était moi. J'étais le propre destructeur du havre d'amour qui aurait pu me préserver de « l'univers des télégrammes funestes[2] ».

Oui, en ce temps-là j'étais encore contraint de feindre un intérêt enthousiaste pour la marchandise de troisième catégorie que je colportais et qui m'assurait la prospérité, de supporter les acteurs médiocres et pratiquement analphabètes, les écrivains ratés, les réalisateurs stériles, les cadres pontifiants des chaînes de télévision, et de traiter toute cette engeance dans les meilleurs restaurants de New York ou de L.A. C'était dégradant, certes. Un cloaque. Mais jusqu'à la nuit de mon infidélité j'avais eu un sanctuaire pour m'en abstraire. Miriam. Nos enfants. La maison. Rien ne m'avait obligé à y revenir masqué, mais désormais je n'avais plus la conscience tranquille en ouvrant la porte d'entrée, je vivais dans la hantise que la nouvelle de ma trahison finisse par éclater.

Tant et si bien que j'ai décidé de prendre des mesures préventives au travail, demandant à Gabe Orlansky et à Serge Lacroix de me rejoindre dans mon bureau pour une réunion soi-disant routinière.

– Vous vous souvenez de cette fille qui tenait un rôle de journaliste dans un *McIver*, il n'y a pas longtemps ? Je crois qu'elle s'appelle quelque chose comme Lorraine Peabody, sous toutes réserves.

– Ouais. Et alors ?

– Je voudrais qu'elle apparaisse dans un ou deux épisodes de plus. Il n'y a qu'à intégrer ça au scénario.

– Elle joue comme un pied.

– Exactement comme tu écris, toi, et comme tu tiens une caméra, toi ! Faites ce que je dis.

Après leur départ, Chantal s'attarda sur le pas de la porte.

– Oui, qu'est-ce qu'il y a ?

– J'avais beau penser le contraire…

– Pensé « quoi » ?

– Rien.

– Parfait.

– Je me suis trompée, c'est tout. Vous n'êtes pas différent des autres. Vous ne méritez pas quelqu'un de la valeur de Miriam. Vous n'êtes qu'un vieux dégoûtant.

– Dehors !

Le cœur dans les chaussettes, je convoquai Lorraine à déjeuner dans un de ces restaurants attrape-touristes ringards du Vieux-Montréal où j'étais certain que personne ne me reconnaîtrait.

– Ecoutez, ce qui s'est passé l'autre nuit était une erreur de parcours. Une aberration. Il est hors de question que vous m'écriviez, ou me téléphoniez, ou tentiez de me contacter d'une manière ou d'une autre.

– Hé, pas de quoi en faire un fromage ! On a tiré un coup ensemble, point. Relax.

– Je crois savoir que nos responsables du casting vous ont appelée.

– Ouais, mais si vous pensez que c'est pour ça que…

– Bien sûr que non. Quoi qu'il en soit, vous me devez une faveur, en échange.

– Ah ? Je croyais qu'il ne fallait pas que je vous revoie…

– Non. Voilà : en sortant d'ici, je vais vous conduire tout droit au cabinet du docteur Mortimer Herscovitch. Pour que vous fassiez une analyse de sang.

– C'est une blague, hein, grand fou ?

– Vous obéissez, vous aurez du boulot. Vous refusez, vous n'aurez rien.

Sous le poids de ma culpabilité, j'oscillais de manière erratique entre le remords et l'agressivité. Lorsque l'excès d'alcool me stimulait, j'en venais à conclure qu'après tout il n'y avait pas eu mort d'homme, et qu'en fin de compte la faute revenait à Miriam : comment avait-elle pu se persuader que j'étais irréprochable, impavide, au-dessus de la tentation ? On n'est pas comme ça, nous les hommes. On est enclins à une petite aventure de temps à autre. En fait, c'était une médaille que je méritais, et non l'opprobre, pour ne l'avoir trompée qu'une seule fois en l'espace de trente et un ans. En plus, cela avait été un faux pas sans conséquence. Je l'avais reconduite chez elle en voiture, je n'avais aucune idée en tête, je n'avais pas l'intention de monter prendre un dernier verre, j'étais fin soûl, et pour commencer je n'avais jamais demandé à cette nympho de me chercher. Qu'une femme jeune choisisse une tenue provocante pour tenter des pères de famille respectables, c'était honteux ! Oui, j'avais été abusé et maintenant j'allais porter un cilice jusqu'à la fin de mes jours, ou m'adonner à l'autoflagellation à temps complet. Pourtant, comparé aux autres habitués du Dink's, j'étais l'exemple insurpassable de la rectitude morale. Miriam avait une chance inouïe d'être mariée à un type comme moi. Un être tendre, aimant, dévoué. Qui lui assurait un train de vie somptueux. Avec toutes ces idées en tête, je rentrais le soir rond comme une queue de pelle et prêt à déclencher la bagarre sous le prétexte le plus futile.

– Quoi, encore du poulet ?

– Tu n'aimes pas le poisson et la viande rouge est mauvaise pour toi.

– Le vin blanc aussi ! James Joyce en est mort, je te rappelle.

– Eh bien, ouvre une bouteille de rouge, si tu préfères.

– Pas besoin de me parler sur ce ton !

– Mais c'est toi qui as…

– Ouais, bien entendu ! C'est toujours moi !

Un jour, Saul me téléphona au bureau.

– J'attends que tu m'expliques pourquoi Maman était en larmes tout à l'heure.

– Oh, rien de grave, Saul. Je t'assure.

– Ce n'est pas ce qu'elle avait l'air de penser, elle.

J'étais en train de tout perdre. Ma femme. Mes enfants.

– Barney ? Je veux que tu me dises pourquoi tu rentres ivre tous les soirs.

– Ah, maintenant il faut que je te rende des comptes sur le nombre de pots que je prends avant dîner ?

– Tu ne vas pas apprécier ce que je te dis là, mais c'est ainsi. Je pense qu'à ton âge tu ne peux plus continuer à boire comme avant. Tu ne le supportes plus, c'est clair. Quand tu reviens à la maison, tu es dans un tel état que, franchement, je préférerais encore être seule à table.

Cette nuit-là, Miriam me tourna le dos au lit et pleura longtemps en silence. Moi, je voulais mourir. Le lendemain matin, je fus à deux doigts de griller délibérément le feu rouge à un carrefour de la rue Sherbrooke. Une collision, l'ambulance, puis Miriam serait à mon chevet aux urgences, elle me tiendrait la main, elle me pardonnerait tout… Mais je me dégonflai. J'attendis que le feu passe au vert.

A la réflexion, ces Mémoires pleins de détours et de méandres sont tout de même porteurs d'un enseignement : il ne faut jamais dire la vérité. Dans la difficulté, mentez comme un arracheur de dents. Tout au long du gâchis qu'a été ma vie, je me suis tiré d'une foule de pétrins grâce au secours de mensonges petits ou grands, ou énormes. La première fois où j'ai dit la vérité, cela m'a conduit à une inculpation de meurtre. La seconde m'a volé mon bonheur.

Ce qui s'est passé, c'est qu'un samedi après-midi, Miriam, dont la beauté m'apparut plus poignante que jamais, est entrée dans mon bureau à la maison avec un plateau chargé d'une cafetière et de deux tasses qu'elle a déposé sur ma table avant de s'installer dans le fauteuil en cuir, face à moi.

– J'attends que tu m'expliques ce qui est arrivé pendant que j'étais à Londres.

– Rien.

– Raconte. Je peux aider, peut-être.

– Honnêtement, Miriam, je…

– Toutes ces dernières nuits, la toux que tu as au lit… Ces cigares que tu allumes l'un après l'autre. Est-ce que Morty Herscovitch t'a annoncé quelque chose que tu préfères nous cacher, à moi et aux enfants ?

– Non, je n'ai pas de cancer du poumon, si c'est ça que tu suggères.

Et c'est là que j'ai craqué. Je suis passé aux aveux.

– Je suis tellement désolé. Je suis dévasté. Ça ne signifiait rien, pour moi.

– Je vois.

– C'est… c'est tout ce que tu as à dire ?

– Cela ne se serait jamais produit si tu ne t'étais pas senti disponible.

Sur ce, elle s'est levée et elle est allée entasser des affaires dans une valise.

– Où vas-tu ?

– Je ne sais pas.

– Je t'en prie, Miriam. Nous avons toute une vie ensemble.

– Nous avions. Et je t'en suis reconnaissante. Mais avant que tu la salisses encore plus et que je finisse par te détester, il vaut mieux que…

– On peut en parler, Miriam. S'il te plaît, ma chérie !

Mais c'était sans espoir, car soudain elle avait douze ans, à nouveau, et en me regardant c'était son père qu'elle voyait. Le trousseur de jupons. L'écumeur de bars malfamés. « Pourquoi tolères-tu tout ça de lui ? » avait-elle demandé à sa mère. « Qu'est-ce que je peux faire ? » Mais Miriam ne voulait pas se résigner, elle.

– J'ai besoin d'être seule un moment.

– Je ferai tout ce que tu voudras ! Je vendrai la boîte, on ira vivre en Provence. Ou en Toscane.

– Et qu'est-ce que tu feras toute la journée ? Un homme qui a tant d'énergie… Des maquettes d'avion ? Des parties de bridge ?

Là, c'était une allusion à la dernière fois où j'avais promis de me trouver un passe-temps afin de me dégager un peu l'esprit. Quelque chose de manuel. J'avais demandé à un entrepreneur de me construire un atelier dernier cri sur le terrain du cottage, je l'avais équipé de la gamme complète des outils Black & Decker. En construisant un casier en bois tout de traviole, je m'étais blessé avec la scie sauteuse. Quatorze points de suture à la main gauche. Depuis, l'atelier me servait d'entrepôt.

– On voyagera ! Je lirai ! On trouvera toujours, Miriam…

– Quand tu répètes que tu détestes ton travail, tu te racontes des histoires, Barney. La vérité, c'est que tu adores tout ça. La compétition, et l'argent, et le pouvoir que tu exerces sur ceux que tu emploies.

– Je parlerai à mon banquier, on arrangera un rachat collectif de la boîte. Tu ne peux pas me quitter pour une coucherie idiote, Miriam.

– Ecoute, je suis fatiguée de faire passer tout le monde avant moi. Toi, les enfants, tes amis… Depuis le jour de notre mariage, c'est toujours toi qui a pris les décisions à ma place. Un peu à mon tour, maintenant ! Elles seront bonnes, ou mauvaises, mais c'est moi qui les prendrai. Avant que je sois trop vieille pour ça.

Elle s'était installée dans un studio de célibataire à Toronto et avait repris le travail à plein temps à CBC-Radio quand Saul se présenta à la maison. Elle lui avait demandé de venir emballer ses affaires.

– Qui aurait pensé qu'on puisse en arriver là ? soupirai-je en proposant un verre à mon fils.

– Je suis bien content qu'elle t'ait plaqué, vieux sagouin ! Tu n'as jamais mérité une femme de cette classe. La traiter comme une chienne. Faire comme si elle était à ta disposition… Oh, merde, merde et merde ! Maintenant, tu me dis quels livres et quels disques sont à elle, dans tout ça.

– Prends ce que tu veux. Emporte tout ! Puisque ma famille se détourne de moi, puisque je n'ai élevé que des enfants ingrats, puisque mon épouse m'a abandonné, je n'ai plus besoin d'une grande maison. Je crois que je vais la vendre et me trouver un appartement dans le centre.

– Nous étions une famille, oui, une vraie. Mais tu as tout foutu en l'air, toi ! Et ça, je ne te le pardonnerai jamais.

– Je suis toujours ton père, tu en es conscient ?

– Oui, malheureusement.

Alors que Kate suppliait en vain Miriam de me pardonner une bévue embarrassante pour tous, Mike refusa de prendre parti dans notre déchirement. Chaque week-end, je prenais l'avion pour Toronto, j'emmenais Miriam dîner quelque part, je la faisais rire et j'en vins à me dire que cette deuxième entreprise de séduction lui plaisait autant qu'à moi.

– On est tellement bien, ensemble. Pourquoi tu ne rentres pas avec moi ?

– Pour tout gâcher ?

Alors, je risquai une autre tactique : je lui annonçai que si elle désirait divorcer, ce serait à elle de prendre les dispositions nécessaires. Elle aurait tout ce qu'elle voudrait, j'étais prêt à endosser ce que ses avocats me proposeraient, mais je ne m'occuperais de rien. Grand seigneur, j'ajoutai qu'entre-temps elle pourrait continuer à utiliser à sa guise notre compte en banque commun. Quelle ne fut pas mon humiliation lorsqu'elle m'apprit qu'elle avait retiré dix mille dollars, somme qu'elle considérait comme un prêt à rembourser, mais qu'elle avait pris l'initiative de renvoyer son chéquier au banquier et de le prier de ne plus honorer sa signature sur ce compte.

– Mais tu vas vivre de quoi, bon sang ?

– De mon salaire.

– Tu n'es plus une jeune femme, tu t'en rends compte ?

– Je pense que tu as déjà abondamment attiré mon attention sur ce point. N'est-ce pas, chéri ?

Il y eut un coup de fil de Mike :

– Je voulais que tu saches que nous avons proposé à Maman de venir passer un moment avec nous, mais que l'invitation s'adresse également à toi.

Il y en eut un autre de Kate :

– Elle commence à raconter un voyage à Venise et à Madrid que vous avez fait ensemble et elle fond en larmes. Tiens bon, Papa ! Continue à t'accrocher.

Les amis tentèrent de me remonter le moral. A l'âge de Miriam, m'assuraient-ils, les femmes font souvent des caprices et puis elles se calment. Patience, patience, elle serait bientôt de retour au foyer. Les Nussbaum allèrent jusqu'à commettre la bêtise de m'inviter à dîner en me fournissant pour cavalière quelque joyeuse veuve ou alerte divorcée, que je rudoyai gratuitement : « Ma femme n'a jamais ressenti le besoin de se teindre les cheveux et elle est toujours ravissante, elle. Mais il est vrai que la perte de la beauté n'a jamais dû être quelque chose dont vous ayez à vous inquiéter, vous. »

Au comptoir du Dink's, O'Hearne m'informa :

– Votre « Mrs Panofsky II » a paru enchantée par la nouvelle. Elle dit qu'elle espère que le divorce va vous coûter une fortune. Et une crise cardiaque, si possible.

– Elle est trop brave. Oh, à propos, j'envisage de commettre un autre meurtre, prochainement.

Sur la personne de Blair, pour ne rien cacher. C'était après avoir téléphoné à Miriam pour la prévenir que j'arriverais à Toronto le vendredi soir suivant, assez tard.

– Mais je ne pourrai pas te voir samedi, Barney. J'ai promis à Blair de l'accompagner en Caroline du Nord ce week-end. Il donne une conférence à Duke.

Merde, merde et merde ! J'ordonnai à Chantal d'appeler le Département des études canadiennes à Duke en se faisant passer pour sa secrétaire et en prétendant qu'il avait égaré les coordonnées de l'hôtel où une chambre lui avait été réservée. Lequel était-ce, déjà ? Le Washington Duke. Aussitôt, j'obligeai Chantal à joindre la réception.

– Nous avons effectivement une chambre single réservée pour le docteur Hopper et une autre pour Mrs Panofsky, lui déclara le réceptionniste.

– Alors, on est rassuré ? persifla-t-elle en me rendant compte de son enquête.

Ce soir-là, j'invitai Solange à dîner.

– Mais qu'est-ce qu'elle peut lui trouver, à ce niais ?

– Je parie qu'il ne la reprend pas devant tout le monde pendant une soirée. Voire qu'il lui montre de la considération, au lieu de lui hurler dessus. Et peut-être même qu'elle se sent admirée, avec lui…

– Mais moi, j'aime Miriam ! J'ai besoin d'elle.

– Et si elle n'a plus besoin de toi, elle ? Ce sont des choses qui arrivent, tu sais ?

Six mois plus tard, elle alla vivre avec Blair Hopper né Hauptman, et je crus que j'allais devenir fou. Rien qu'à les imaginer couchés ensemble, ce salaud osant lui caresser les seins… Un soir de beuverie solitaire dans notre maison vide de Westmount, je brisai la vaisselle dans la cuisine, arrachai les tableaux des murs, renversai les tables, pulvérisai des chaises et massacrai le poste de télévision d'un seul coup de lampadaire. Sachant avec quel amour et quelle attention Miriam avait choisi et réuni le moindre objet dans cette demeure, j'espérais que cette mise à sac de son œuvre serait assez bruyante pour être entendue jusqu'au lit de débauche qu'elle occupait avec Blair à Toronto. Au matin, cependant, mon cœur saignait de contrition. J'inspectai les dégâts en priant pour que certaines de ses pièces préférées n'aient pas souffert de dommages irréparables et j'appelai un restaurateur de meubles à la rescousse.

– Excusez-moi si je suis indiscret, mais qu'est-ce qui s'est passé, ici ?

– Un cambriolage. Vandalisme.

Après avoir déménagé dans l'appartement que j'occupe jusqu'à ce jour, je ne me résolus pas à vendre la maison tout de suite. Je voulais laisser la porte ouverte à un retour, et puis je ne supportais pas l'idée d'étrangers se vautrant dans ce qui avait été « notre » chambre, d'une petite yuppie à la gomme installant fièrement un four à micro-ondes dans la cuisine où Miriam avait cuit ses admirables croissants, ou préparé son légendaire osso bucco tout en aidant Saul à finir ses devoirs et en surveillant d'un œil Kate en train de taper sur des casseroles dans son parc à jouer. Il était hors de question d'y tolérer un dentiste, en tout cas, ni de laisser un boursicoteur fouler la moquette du salon, sur laquelle nous avions fait l'amour plus d'une fois. Personne ne serait autorisé à dégrader les étagères de notre bibliothèque avec les œuvres complètes de Tom Clancy ou de Sidney Sheldon. Je ne pouvais concevoir qu'un jeune crétin écoute du « Nirvana » à dix mille décibels dans la pièce où Miriam pouvait se retirer à trois heures du matin avec Kate réveillée par un cauchemar et la bercer sur la chaise longue avec Glenn Gould sur la platine, le volume au minimum afin de ne pas me réveiller. Et je ne savais que faire des placards du sous-sol, remplis de patins à roulettes, de bâtons de hockey, de skis de fond et de bottes d'alpinisme. Ni du berceau en osier blanc qui trois fois avait recueilli le fruit des entrailles de Miriam. Ni de l'ébauche de guitare électrique que Mike avait un jour essayé de se fabriquer…

Je fais les cent pas dans mon appartement aux hautes heures de la nuit, buvant en solitaire, tirant sur mon énième Montecristo, je ferme les yeux et j'invoque l'image de Miriam telle qu'elle m'était apparue le soir de mes noces avec Mrs Panofsky II. La femme la plus fascinante que j'aie jamais vue. Ses longs cheveux d'ébène. Ses yeux bleus à se damner. Sa robe de cocktail en chiffon de soie. Sa grâce naturelle. Oh, ses fossettes… Ses épaules découvertes…

– J'ai deux billets d'avion pour Paris dans la poche de ma veste. Départ demain. Venez avec moi.

– Vous devez plaisanter ?

– Viens vivre avec moi et sois mon amour. S'il te plaît, Miriam !

– Si je ne m'en vais pas tout de suite, je risque de rater mon train.

Trois ans se sont écoulés depuis son départ, mais je continue à dormir de mon côté et à tâtonner à la recherche de son corps dès que je me réveille.

Miriam, Miriam, flamme de mon cœur.

9

OK, on enchaîne. Et maintenant, mesdames et messieurs, le Procès ! Moi et le grand Franz K. embarqués dans la même galère. Injustement accusés.

Eussé-je été un vrai écrivain que j'aurais agencé ces Mémoires pour faire de l'épisode un suspense haletant. Quelque chose dans la veine d'Eric Machin-Chose, celui qui a écrit *Le Truc de Dimitrios*. Eric… Ça finit par « er », j'en suis sûr. Eric Roller*. Non. Pas grave, j'ai un meilleur exemple. Un auteur plus actuel. Quelque chose dans la veine de John Le Carré. Seulement, vous connaissez déjà le dénouement. Vous savez qu'en l'absence de preuve du délit – le cadavre –, j'ai été absous par le tribunal, mais non par les rumeurs de la ville, dont la plupart des propagateurs continuent à soutenir que je suis un assassin resté impuni.

Avec un sourire carnassier, O'Hearne observa Lemieux en train de me passer les menottes, puis ils me conduisirent au commissariat de Saint-Jérôme où ils relevèrent mes empreintes digitales et me tirèrent le portrait. En moi-même, je pris la résolution de jouer les pleutres si je devais être conduit à la potence, ce qui, à l'instar de l'admirable James Cagney, soulagerait mon directeur de conscience, Pat O'Brien, car au lieu de continuer à me tenir pour un héros – ou un « modèle », comme on dit de nos jours –, les

* Eric Ambler, auteur américain de romans d'espionnage comme le *Masque de Dimitrios* (1939).

mauvais garçons, déçus, préféreraient demander leur adhésion au Rotary Club du coin. La cellule dans laquelle on me jeta n'avait pas le confort d'une chambre au Ritz, certes, mais constituait un net progrès en comparaison du cachot dans lequel le comte de Monte-Cristo s'était morfondu. J'eus aussi la chance d'avoir un gardien qui ne demandait qu'à compléter son maigre salaire. Enfin, il est facile d'en plaisanter maintenant mais sur le moment je mourais de peur, passant de soudains accès de larmes à des tremblements convulsifs. Comme j'étais inculpé d'homicide, la liberté sous caution me fut refusée. « On n'ira pas jusqu'au procès, voulut pourtant me rassurer Hughes-McNoughton. Dès l'audience préliminaire je vais plaider l'absence de preuves matérielles. »

Par la suite, j'appris que le ministère public était en effet peu partant pour aller jusqu'au bout de la procédure dans une affaire aussi fumeuse, et cela même si O'Hearne avait promis qu'il finirait rapidement par déterrer le cadavre, mais que Mrs Panofsky II, au comble de la rage, avait requis les services d'un avocat qui aimait le sang et disposait d'excellentes entrées chez les politiciens. Celui-ci fit donc des pieds et des mains pour que la procédure aille à son terme, ma pie jacasse d'épouse rêvant déjà du déballage logomachique que sa comparution à la barre allait lui offrir. Mais elle pouvait bien aller au diable : je ne me souciais que de Miriam, qui arriva en avion de Toronto et fut autorisée à me rendre visite alors que j'entamais mon deuxième jour au trou.

– Quoi qu'il arrive, je veux que tu saches que je n'ai pas tué Boogie.

– Je te crois.

– Je serai libre d'ici une semaine, affirmai-je dans l'espoir que ces mots deviendraient réalité par la seule grâce de les avoir prononcés. Entre-temps, je me fais plein de connaissances très utiles. Tiens, par exemple, il y a un gars ici qui ne prend pas cher du tout si je veux que ma maison ou mon bureau disparaissent dans un incendie. Autre chose : je ne suis pas le seul innocent, dans cette taule. Nous sommes tous victimes d'une injustice, tous. Même le gars qui a liquidé sa femme à la hache parce qu'il voulait ses œufs sur le plat cuits d'un seul côté et non des deux. En fait, ce qui s'est passé, c'est qu'elle a eu un étourdissement pendant qu'elle descendait l'escalier de la cave et qu'elle est tombée la tête la première sur cette hache de malheur. Le sang qu'il avait sur sa chemise ? C'est en voulant lui porter secours et… Ne pleure pas, je t'en prie. Je ne vais pas moisir longtemps ici. Promis.

Huit jours s'écoulèrent cependant avant la comparution préliminaire devant un juge qui rejeta la demande déposée par Hughes-McNoughton et édicta que les preuves étaient « suffisantes pour justifier un procès, et assez constituées pour permettre à un jury bien instruit de se prononcer en âme et conscience ». D'après mon défenseur, tout avait basculé à cause des mensonges que j'avais débités à O'Hearne au sujet du revolver.

– Bon, et maintenant, mon vieux, je ne veux pas avoir de mauvaises surprises en pleine audience, compris ? Donc, est-ce que les flics vont retrouver un cadavre ?

– Où ça ?

– Et comment je le saurais, où ? Nom de Dieu !

– Je ne l'ai pas tué.

Après cinq interminables semaines, mon affaire fut inscrite au rôle d'automne des assises de Saint-Jérôme. Miriam vint chaque week-end, descendant dans un motel proche de la prison. Elle m'apportait des livres, des cigares et des sandwichs à la viande fumée de chez Schwartz's.

– Miriam ? Si jamais ils sont assez dingues pour me condamner à pourrir sous les verrous, je ne t'en voudrai pas de ne pas m'attendre. Tu es libre.

– Fais-moi le plaisir de t'essuyer les yeux, Barney. Ces grands airs de sacrifié, ça ne te va pas du tout.

– Mais je le pense vraiment !

– Non, mon chéri, tu ne le penses pas du tout.

Parmi mes camarades d'infortune, on comptait le crétin qui avait braqué l'épicerie du coin, avait récolté un butin de quatre-vingt-cinq dollars et quelques ainsi que dix cartouches de cigarettes avant de se faire pincer quatre heures plus tard alors qu'il tentait de revendre sa marchandise dans un bar, deux ou trois voleurs de voitures, un trafiquant de télés et de hi-fi provenant de cambriolages, un dealer à la petite semaine, un exhibitionniste, et ainsi de suite.

Après un seul coup d'œil au juge qui allait présider à mon procès, j'eus la sensation que j'étais bon pour le grand saut dans le néant. Je voyais déjà mes pieds s'agiter dans le vide. Je priai pour qu'au moins mes boyaux ne me trahissent pas durant les ultimes instants de mon passage sur cette terre. Monsieur le juge Euclid Lazure, un homme sec et sévère aux sourcils broussailleux, aux cheveux teints en noir, au nez crochu et à la bouche pincée, avait une histoire des plus intéressantes. A l'instar d'un grand nombre de "Québécois de vieille souche" parvenus à l'âge adulte pendant la Seconde Guerre mondiale, et en bon petit frimeur des beaux quartiers qu'il était, il avait flirté avec le fascisme, s'abreuvant aux colonnes alors ouvertement racistes du *Devoir* ou de *L'Action nationale*, la publication férocement antisémite de l'abbé Lionel-Adolphe Groulx. Il avait appartenu à la "Ligue pour la défense du Canada", un groupe de vertueux patriotes canadiens-français qui promettaient de se battre comme des loups au cas où leur pays serait attaqué, mais refusaient d'aller risquer leur peau dans ce qu'ils considéraient être une nouvelle campagne impérialiste orchestrée par les Anglais. Il avait fait partie de la foule surexcitée qui avait écumé la Main en 1942, brisant les vitrines des magasins juifs aux cris de : « A mort, à mort ! » Depuis, cependant, il avait publiquement regretté ces excès de jeunesse : « En 1942, nous n'avions pas la moindre idée de ce qui se passait réellement », devait-il confier à un journaliste : « Nous n'avions pas encore appris l'existence des camps de concentration. » Mais, ainsi que Hughes-McNoughton le souligna pour moi, le fait que je sois jugé par un tel salaud avait son aspect positif : sa bourgeoise l'avait plaqué pour s'enfuir avec un pianiste en tournée, et Euclid jouissait d'une réputation de misogyne acharné. Dans une affaire précédente, alors qu'il prononçait la condamnation d'une femme qui avait planté un couteau de cuisine dans le cœur de son mari, il avait affirmé : « En terme de vertu et de moralité, les femmes ont pu parvenir à des sommets bien plus élevés que les hommes n'en ont été capables. De cela, j'ai toujours été convaincu. Mais il se dit aussi, et j'en suis également conscient, qu'elles sont disposées à atteindre des abîmes d'ignominie dans lesquels même les hommes les plus indignes n'oseraient se risquer. » On comprendra donc avec quelle impatience j'attendais la déposition de la verbeuse Mrs Panofsky II, de cet archétype d'épouse infidèle.

– Ce pauvre Mr Moscovitch tremblait tellement, expliqua-t-elle, que j'ai décidé de m'allonger auprès de lui pour le réchauffer, parce que ma sympathie va spontanément à ceux qui souffrent, sans considération de race, de couleur, de confession ou d'inclinations sexuelles. Je suis une personne tolérante. Cette qualité a été maintes fois reconnue et saluée autour de moi. Mais, Seigneur, il nous faut parfois savoir nous fixer une limite à ne pas dépasser. Personne ne pourra se sentir offensé dans ce tribunal car j'éprouve un profond respect envers les Canadiens-Français et j'adorais notre femme de ménage, mais pour parler très franchement je pense que vous devriez renoncer à cette tradition qui consiste à arracher toutes ses dents à une jeune fille avant ses noces. Si vous voulez connaître mon avis, je suis persuadée qu'il y a de meilleurs cadeaux de mariage à offrir au fiancé… Enfin, pour en revenir à ce moment où je me suis couchée avec Mr Moscovitch, seuls les esprits les plus vils pourraient imaginer la moindre dimension sexuelle à cette initiative, même si une femme séduisante et dans la fleur de l'âge a évidemment des besoins et que mon mari ne les satisfaisait plus depuis des mois, renonçant ainsi à ses droits conjugaux les plus sacrés. Pour tout dire, il n'a pas même été en mesure de consommer notre union au cours de notre nuit de noces, dont il avait d'ailleurs cherché à modifier la date sous prétexte qu'elle tombait mal dans le programme des matchs de la Coupe Stanley. Il se souciait peu que mon père ait déjà versé des arrhes pour réserver la synagogue ce jour-là, ni que les invitations aient été postées et que plus d'un Gursky ait confirmé sa présence. Oui, c'est une famille avec laquelle nous entretenons une longue, longue amitié. Aucune dépense n'avait été épargnée pour la cérémonie. Ainsi qu'aimait à le dire mon père, « rien n'est trop beau pour ma princesse ». Et c'est pourquoi il avait désespérément tenté de me dissuader d'épouser Mr Panofsky. « Il ne vient pas de notre monde », me répétait-il, et il avait raison, ô combien ! Mais moi, j'imaginais que je pourrais transcender Barney, vous me suivez, que je serais comme une version féminine du professeur Higgins dans *Pygmalion*, la pièce du grand Bernard Shaw. Tenez, vous avez peut-être vu la version cinématographique avec Leslie Howard, qui a certainement dû lui valoir son rôle dans *Autant en emporte le vent*, par la suite. Et la comédie musicale qui en a été tirée, *My Fair Lady* ? J'ai littéralement adoré Rex Harrison et Julie Andrews dans ce spectacle et je ne suis pas du tout étonnée qu'il ait eu un tel succès. Je me souviens qu'en sortant du théâtre avec ma mère, les chansons me trottaient encore dans la tête et je lui ai…

Réprimant un bâillement, le juge intervint :

– Donc, vous vous êtes allongée près de Mr Moscovitch…

– Pour le réchauffer, oui. Dieu m'en est témoin. J'avais ma chemise de nuit en soie rose avec l'ourlet en dentelle que j'ai achetée chez Saks pendant mon dernier voyage à New York avec ma mère. Quand on fait les magasins ensemble, les vendeuses nous prennent à chaque fois pour des sœurs. Il faut voir la silhouette qu'elle a, pour une femme de son âge…

En 1960*, le Québec estimait encore que le beau sexe était trop bouché pour siéger dans un jury et mon sort reposait donc entre les mains de douze mâles. Douze braves citoyens du cru, éleveurs de porcs, un vendeur de quincaillerie, un employé de banque, un patron de pompes funèbres, un menuisier, un fleuriste, un conducteur de chasse-neige, un mécano, tous clairement irrités de perdre leur temps au tribunal, tous éduqués (si l'on peut dire) par des curés obscurantistes. J'imaginais qu'ils attendaient de voir si j'avais une queue dans le bas du dos et j'envisageai même de comparaître un jour pieds nus uniquement pour leur prouver qu'ils n'étaient pas fourchus. Le représentant de la Couronne, le procureur Mario Bégin, entama son réquisitoire en ces termes :

– Mon expérimenté confrère va certainement vous rappeler à

* Il fallut attendre 1928 pour que la Cour suprême du Canada reconnaisse les femmes en tant que « personnes ».

satiété qu'il n'y a pas de cadavre. Mais la vérité est que nous disposons de toutes les preuves suffisantes pour établir qu'un meurtre délibéré a été commis. Et au lieu de répéter qu'il « n'y a pas de cadavre », je préfère formuler la chose ainsi : le corps de la victime n'a pas encore été retrouvé. C'est sous cet angle que vous devez considérer l'affaire. Car entre le premier appel téléphonique de l'accusé à la police – une manœuvre d'une diabolique ingéniosité, il faut le reconnaître – et l'arrivée de l'inspecteur Sean O'Hearne, un jour s'est écoulé, une longue journée au cours de laquelle il a eu plus que le temps de faire disparaître sa victime. N'oubliez pas, d'ailleurs, que nous avons devant nous un menteur patenté : Mr Panofsky a de lui-même reconnu qu'il avait menti à deux reprises au représentant de la loi. Et j'avance, moi, qu'il a menti trois fois et non deux à propos de l'arme du crime. Premièrement, en prétendant qu'il ne savait comment ce revolver avait échoué sur sa propre table de nuit. Deuxièmement, en expliquant l'absence d'une balle dans le magasin par le fait que son père n'avait jamais été en mesure de charger correctement son arme de service, ce que pour ma part je trouve d'une audace rare, puisque feu Mr Panofsky père était un officier de police qualifié et plein d'expérience. Mais le troisième mensonge est ce qui nous importe le plus ici. En effet, le prévenu a d'abord soutenu qu'il avait tiré, certes, mais seulement « pour plaisanter », en l'air. Seulement, et vous allez l'entendre de la bouche de l'inspecteur O'Hearne lui-même, il s'est finalement livré aux aveux et il a reconnu qu'il, je cite, « l'avait atteint en plein cœur ». Ce sont ses propres termes. « Je l'ai atteint en plein cœur. »

« Mon rôle n'est pas facile, messieurs les jurés. Tout comme vous, je peux éprouver de la compassion envers un être blessé. Nous parlons ici d'un mari revenant au foyer conjugal et découvrant son épouse et son meilleur ami au lit. Cela a dû être un choc, évidemment. Mais sans traiter à la légère la détresse du prévenu lorsqu'il a vu sa malheureuse femme couchée à côté d'un autre homme, elle ne lui donnait en aucun cas le droit de tuer. Dans le pacte conclu entre le Seigneur et Son peuple, le commandement est explicite : « Tu ne tueras point. » Et nous savons tous que, chez les membres du peuple élu, il est très mal vu de rompre unilatéralement un contrat. Bref, je ne vais pas vous retarder par des considérations ampoulées, par des assauts d'éloquence : je dispose des preuves qui indiquent sans nul doute possible que le prévenu est coupable de meurtre. Il y a le revolver, il y a la balle manquante, il y a la victime qui, nous dit-on, n'a plus été revue depuis son plongeon dans le lac… S'il s'était noyé, son corps serait forcément remonté à la surface au bout de quelques semaines, sinon de quelques jours. Mais il est peut-être encore en vie, nous affirme-t-on ? Oui, cela est possible, tout comme il est possible que je sois le dernier descendant du tsar de Russie dont la famille fut entièrement et cruellement décimée sur les ordres du communiste Léon Trotski, né Bronstein ! Et tout comme il est possible que Mr Moscovitch, sans argent, sans passeport, seulement vêtu d'un maillot de bain mouillé après avoir traversé le lac de bout en bout, soit tranquillement rentré en auto-stop aux Etats-Unis… Si vous pouvez croire une histoire pareille, j'ai une propriété en plein marécage de Floride que je serais heureux de vous vendre.

« Messieurs les jurés ! Vous ne laisserez pas votre naturelle sympathie pour un mari trompé prendre le pas sur votre raison et votre discernement. Un meurtre est un meurtre. Et, quand vous aurez pris connaissance de tous les éléments de l'enquête, je compte bien que vous confirmiez les charges retenues contre cet homme.

Ce fut au tour de Hughes-McNoughton de déployer ses talents.

– Eh bien, honnêtement, je ne sais pas ce que je fais dans cette salle. Ma stupéfaction est totale. Dans toute ma longue carrière, je n'ai jamais eu à traiter une affaire pareille. Je résume, si vous m'y autorisez : ce dossier est vide. Je suis supposé défendre mon client, au mieux de mes humbles capacités, contre une accusation de meurtre au premier degré. Mais il n'y a pas de corps ! Alors, quelles nouvelles épreuves m'attendent, ensuite ? Va-t-on me demander d'assister un honnête banquier accusé de détournement de fonds alors qu'il ne manque pas un sou dans les caisses ? Ou un respectable citoyen accusé d'avoir frauduleusement incendié son entrepôt quand il n'y a pas eu une seule flamme ? J'ai un tel respect pour la loi, pour notre distingué juge, pour mes compétents confrères, et pour vous, messieurs les jurés, que je me vois contraint de vous présenter mes excuses dès à présent. Cette affaire n'aurait jamais dû arriver jusqu'à ce tribunal. C'est une insulte à votre intelligence. Mais enfin nous sommes là et, contre mauvaise fortune bon cœur, je dois m'acquitter de ma tâche.

« Comme on vous l'a déjà expliqué, Barney Panofsky, mari aimant et dévoué, arrive un matin à l'improviste dans son cottage des Laurentides. Il surprend son épouse et son meilleur ami ensemble, au lit. Je demande à ceux d'entre vous qui sont eux aussi de bons maris d'imaginer la scène. Il est là, les bras chargés de cadeaux, et constate qu'il est trahi sous son propre toit ! Par sa femme. Par son meilleur ami. Mon estimé confrère voudrait vous faire croire que Mrs Panofsky n'a pas commis d'adultère. Bien sûr que non. Ce n'est pas une dévergondée, consumée par un désir illicite… Non, c'est simplement que, à peine couverte d'une chemise de nuit suggestive, elle s'est lovée contre son invité parce que le malheureux claquait des dents et qu'elle voulait le réchauffer. J'espère que vous êtes émus par ce dévouement parce que moi, autant le dire tout de suite, je ne le suis aucunement. Quoi, il n'y avait pas de couvertures supplémentaires dans cette vaste maison ? Ou une bouillotte ? Et comment expliquer que, au moment où elle a été prise sur le fait, cette femme si choyée par son mari ne l'avait plus sur elle, cet affriolant déshabillé de soie rose ? Est-ce parce que, au contraire de son hôte frigorifié, elle avait trop chaud, elle ? Ou bien parce qu'elle avait dû se dépouiller de ce frêle rempart afin de faciliter la pénétration ? Je laisse ceci à votre appréciation, de même que le soin de répondre à cette question : pourquoi une femme mariée, se rendant auprès d'un autre homme en l'absence de son mari, n'a-t-elle pas pris le temps de passer la robe de chambre qui l'attendait pourtant sur un fauteuil ? Et force m'est aussi de demander pour quelle raison elle s'est enfuie du cottage avec une telle précipitation si ses attouchements avec Mr Moscovitch avaient été aussi innocents qu'elle le prétend ? Pourquoi n'est-elle pas restée s'expliquer, se justifier ? Est-ce parce qu'elle était écrasée par la honte et le remords ? A juste titre, si vous voulez mon avis. Ah, j'oubliais. On va vous présenter une expertise médicale de traces de semence virile sur les draps de Mr Moscovitch, tout à l'heure, mais que cela ne vous trouble pas, surtout : c'est sans doute qu'il se masturbait la nuit.

Savourant l'éclat de rire du jury, Hughes-McNoughton repartit de plus belle :

– Mais enfin, sans sous-estimer le choc bien compréhensible ressenti par le prévenu à ce spectacle, sa femme adorée, son ami très cher… Cela ne lui donnait pas le droit de tuer, évidemment. Et il n'y a pas eu meurtre. Car s'il y avait eu meurtre, il y aurait eu un corps. Mr Moscovitch et mon client se sont querellés, c'est exact, et ils ont beaucoup bu. Beaucoup trop. Mr Moscovitch a décidé d'aller nager, ce qui n'était pas raisonnable dans son état. Mr Panofsky, inhabitué qu'il était à absorber une telle quantité d'alcool, a perdu connaissance sur le canapé. A son réveil, il cherche son ami, dehors, dans la maison. En vain. Il craint qu'il ne se soit noyé. Notez bien qu'il ne prend pas la fuite, à l'instar de Mrs Panofsky. Non, tout au contraire, il appelle immédiatement la police. Venez vite, exhorte-t-il ! Est-ce que cela ressemble au comportement d'un coupable ? Non, en aucun cas. Mais, ainsi qu'on vous l'a rapporté, un coup de feu a été tiré, oui, avec l'arme de service du regretté père de mon client, l'inspecteur principal Israel Panofsky. Il a été amplement souligné que le prévenu a d'abord été incapable d'expliquer la présence de ce revolver sur les lieux. Etant donné que les officiers de la Sûreté sont là pour nous protéger, c'est regrettable, certes. Mais dans l'état d'inquiétude, de panique, d'abattement dans lequel il se trouvait alors, c'est aussi explicable. Après des réponses évasives, contradictoires, cependant, mon client a finalement dit la vérité à ce sujet, de son propre gré. Il aurait pu se refuser à toute déclaration et demander à consulter son avocat. Mais non, il n'a pas été nécessaire de contraindre ce fils d'un représentant de l'ordre, éduqué dans le respect le plus strict de la loi, à répondre sans mentir. Les citoyens de cette province ont la chance… (Il s'interrompit pour désigner O'Hearne d'un signe de tête.) … ont la chance de ne pas vivre dans un de ces pays du tiers-monde où la police trouve normal de passer à tabac un suspect. Non, messieurs ! Nous ne pouvons que nous enorgueillir de notre Sûreté, et de l'impeccable conscience professionnelle de ses membres…

« Donc, Mr Panofsky n'a pas menti à l'inspecteur O'Hearne. Il a tiré une balle en l'air pour ramener Mr Moscovitch à la raison. S'il en avait été autrement, d'ailleurs, nos fins limiers auraient certainement trouvé du sang dans la maison, sur la rive… Quelque part ! Et pourtant ils ont ratissé scrupuleusement les lieux, ils ont fait appel à des chiens policiers, sans détecter la moindre tache de sang ni la moindre trace de lutte. Or, nous pouvons leur faire confiance, ils connaissent leur travail, ils ne laissent rien au hasard… S'ils sont revenus bredouilles, c'est uniquement, simplement, parce que Mr Panofsky a dit la vérité vraie. Mais dans ce cas, m'objecterez-vous, où est passé Mr Moscovitch ? Eh bien, il est quelque part, tout à fait vivant sous une identité d'emprunt. Il est coutumier de ces disparitions inattendues. Oui, a remarqué le représentant de la Couronne tout à l'heure, pourquoi est-il parti en abandonnant tous ses vêtements derrière lui ? Et je dis, moi : est-ce vraiment le cas ? Est-ce que l'inspecteur O'Hearne sait, au détail près, quelle était la garde-robe de Mr Moscovitch à son arrivée au cottage ? Est-il prêt à certifier sous serment que Mr Moscovitch n'avait pas en réalité une chemise, un pantalon, des chaussures et des chaussettes sur lui quand il a quitté le cottage ? Ah, nous rétorquera-t-on, mais il a laissé un chéquier, aussi, et aucun retrait n'a été effectué sur ce compte depuis. Et comment pouvons-nous être sûrs qu'il ne disposait pas d'un « autre » compte, dans une « autre » banque ? Ou même dans d'autres pays ? Ce n'est pas un homme ordinaire, Mr Moscovitch. Malade, drogué, joueur impénitent… A-t-il choisi de disparaître sous un faux nom afin d'échapper à des trafiquants de drogue, à des bookmakers, à des directeurs de casino auprès desquels il était fortement endetté ? Vous allez entendre des témoins cités à la barre, parmi lesquels un romancier canadien réputé et un peintre américain de renommée mondiale qui ont tous deux connu Mr Moscovitch et Mr Panofsky à Paris, confirmer qu'il est arrivé plus d'une fois à Mr Moscovitch de s'évanouir ainsi dans la nature, des mois durant parfois. Et je vous présenterai aussi en guise de preuve une nouvelle signée de son nom, mais au préalable je dois m'excuser pour son contenu obscène, voire blasphématoire, qui risque d'offenser vos bonnes mœurs… Cette nouvelle, donc, intitulée *Margolis*, raconte l'histoire d'un homme qui abandonne soudain son épouse et son enfant pour recommencer une nouvelle vie sous une autre identité. Et vous allez avoir la surprise d'apprendre un fait qui a également plongé Mr Panofsky dans la stupéfaction lorsqu'il lui a été récemment révélé : Mr Moscovitch a bel et bien une femme et un jeune fils, qui vivent à Denver et qui le tiennent en si haute estime qu'ils ne sont même pas présents dans cette salle aujourd'hui ! Et d'autres témoins vont vous expliquer que Mr Panofsky a tiré plus d'une fois son ami d'affaire quand ses dettes de jeu finissaient par le mettre dans une situation insupportable, généreuses donations qui sont confirmées par les talons de chéquiers que je présenterai à votre attention, aide désintéressée à ce même ami qu'il devait surprendre au lit avec sa femme.

« Je n'ai pas voulu ajouter aux épreuves de Mr Panofsky en l'appelant à la barre en tant que témoin. Trahi par deux fois, injustement accusé, il a assez souffert. Mais je compte sur votre bon sens pour que vous l'acquittiez sans hésitation. Et en conclusion, permettez-moi de risquer une remarque que d'aucuns jugeront peut-être trop personnelle. Je veux vous dire que ce n'est pas toujours une sinécure, la vie d'avocat. Ce procès est tellement absurde, tellement dénué de fondements que je me sens coupable d'accepter mes honoraires. Et aussitôt après je dois aller défendre un homme que l'on accuse d'avoir dérobé les Joyaux de la Couronne à la Tour de Londres. Le seul problème, c'est qu'il n'en manque pas un seul, de ces bijoux… Eh bien, vous êtes maintenant face à la même situation. Un homme respectable est accusé de meurtre. Seulement, il n'y a pas de corps. Je vous remercie.

Dans son témoignage, O'Hearne parla des ampoules qu'il avait remarquées sur mes mains et que j'avais expliquées par des travaux de jardinage. Grâce à ses judicieuses questions, il avait réussi à apprendre que loin de nager dans le bonheur conjugal j'entretenais une maîtresse à Toronto, de confession juive. Par trois fois, j'avais menti à propos du revolver « dissimulé » (*sic*) dans ma chambre.

Je m'étais vanté de mon forfait, précisant que j'avais caché le cadavre précisément là où « ces connards » étaient en train de le chercher. Loin d'aider à l'enquête, j'avais proféré des menaces et des injures, invoqué en vain le nom de Notre Seigneur Jésus-Christ à plusieurs reprises. Enfin, j'étais devenu violent, il avait été obligé de me contenir tout en supportant les insultes que je proférais à l'encontre des dignes représentants de la Sûreté du Québec, insultes qu'il s'excusait de citer devant la cour tant elles étaient ordurières…

Sa crapulerie forçant mon admiration, il poursuivit en affirmant avoir remarqué dans ma bibliothèque plusieurs livres portés à l'index, certains dus à des francs-maçons, d'autres à des communistes notoires, nombre d'entre eux « coreligionnaires de l'accusé ». Puis, se sentant obligé de m'accorder le bénéfice du doute en dépit de son instinct d'enquêteur, il avait diligenté des recherches à New York, qui avaient confirmé que la victime – « ou l'homme en fuite », ajouta-t-il avec une grimace sardonique – n'était jamais réapparue à son appartement, et qu'aucun mouvement n'avait été constaté sur son compte en banque.

Ensuite, Hughes-McNoughton fit de son mieux pour relativiser ma stupide et dangereuse provocation (« Je l'ai atteint en plein cœur ! ») en faisant valoir que j'étais un esprit sarcastique, enclin à l'ironie facile, et que cette soi-disant confession était en réalité une protestation d'innocence indignée. Mais, tandis que ses yeux passaient des jurés à moi, je vis bien qu'il jugeait mon cas très mal barré. En désespoir de cause, il eut alors recours à une mise en scène mélodramatique que même un Perry Mason aurait trouvée indigne de lui. « Et si je vous disais, lança-t-il au jury, que j'allais accomplir maintenant un petit miracle devant vous ? Et si je comptais jusqu'à cinq et que Bernard Moscovitch faisait son entrée dans la salle, par ces portes-là ? Un, deux, trois, quatre… CINQ ! » Ils sautèrent tous sur leur chaise, les yeux braqués dans la direction qu'il montrait du doigt. Quant à moi, je me démanchais le cou pour voir aussi, le cœur battant à tout rompre. « Voilà, fit Hughes-McNoughton, la réaction que vous venez d'avoir prouve assez que vous doutez tous que ce meurtre ait été effectivement commis ! »

Mais sa pirouette fit long feu. A l'évidence, les jurés appréciaient peu d'avoir été abusés, d'être les victimes d'une mauvaise plaisanterie. Mario Bégin, l'accusateur, n'arrivait pas à dissimuler sa jubilation. Pour combattre mon angoisse, je jetai un coup d'œil à Miriam, assise au fond de la salle. Elle paraissait sur le point de se trouver mal.

Hughes-McNoughton fit ensuite défiler les témoins de moralité, sans succès. Zack, un coup dans le nez, sembla plus matois que convaincant et abusa des jeux de mots. Serge Lacroix aurait été plus utile s'il n'avait pas arboré une chevelure dont la teinture blonde était encore fraîche, ainsi qu'un diamant incrusté dans le lobe de l'oreille. Leo Bishinsky aurait dû s'abstenir d'arriver de New York accompagné d'une petite sauteuse à peine majeure qui bondit de son siège pour lui adresser de grands signes lorsqu'il se présenta à la barre. Mais si j'avais fini sur le gibet, c'était à cet amour d'Irv Nussbaum que je l'aurais dû. Non content d'exiger de prêter serment sur l'Ancien Testament avec une calotte sur la tête, ce fidèle ami déclara que j'étais un pilier de la synagogue, un inlassable collecteur de fonds pour le compte de l'Etat hébreu. Il aurait été fier de m'avoir pour fils.

Baigné de sueur, je m'apprêtais à rejoindre la longue théorie des martyrs du peuple juif. Le capitaine Dreyfus, languissant pendant des années à l'île du Diable avant d'être non pas réhabilité mais vaguement pardonné. Menahem Mendel Beilis, victime de la rumeur antisémite de Kiev en 1911, emprisonné deux ans après avoir été accusé par les Cent-Noirs d'avoir sacrifié un garçonnet chrétien. Leo Max Frank, rejeton d'un marchand juif prospère, inculpé du meurtre d'une adolescente de quatorze ans, condamné par un tribunal de Géorgie et lynché par la foule en 1915… Je passais le temps en répétant dans ma tête le discours que j'allais prononcer avant de me voir signifier la sentence fatale. « Non, je n'ai pas empoisonné vos puits, débuterais-je, ni égorgé vos nourrissons afin de préparer mes matsot pascales. Si vous le piquez, Panofsky, ne verrez-vous pas qu'il saigne ? » Etc.

Et puis, eurêka ! cet entêté gredin de Hughes-McNoughton accomplit le miracle promis en appelant à la barre un dernier témoin-surprise, qui n'était autre que le brave évêque Sylvain Gaston Savard, alors un total inconnu pour moi. Le petit bonhomme d'Eglise en soutane noire trottina devant l'assemblée et posa des yeux amènes sur les jurés stupéfaits, dont trois se signèrent précipitamment. Dans ces mains manucurées et couvertes de bagues, le noble prêtre tenait l'hagiographie reliée de cuir qu'il avait composée en l'honneur de sa tante, sœur Octavia, cette chienne antisémite. Sous mon regard halluciné mais silencieux – un discret coup de pied de mon avocat m'avait suggéré de me tenir tranquille –, l'évêque révéla que Mr Panofsky, bien que juif de naissance – « tout comme Notre Sauveur, ne l'oubliez pas » –, avait accepté de financer la traduction en anglais de son œuvrette. De sa voix perçante, il ajouta que j'avais même pris l'initiative d'une souscription en vue de l'érection d'une statue de sœur Octavia sur le parvis de Saint-Eustache, et que j'étais un inlassable collecteur de fonds, ainsi que quelqu'un l'avait rapporté plus tôt. Son témoignage achevé, le prélat m'adressa un signe de tête qui ressemblait à une bénédiction, ramena les plis de sa soutane devant lui et s'assit avec dignité.

La suite n'était plus qu'une formalité, et le conseiller de la reine Mario Bégin le savait. Malgré tout, ravalant sa déception, il produisit une litanie de témoins chargés de dépeindre mon tempérament violent, de rapporter les insultes, rixes de bar et autres indignités dont j'étais coutumier. Cause toujours.

Je suis certain que la plupart d'entre vous ont vu *Le Parrain II*, ce film de Martin Machin-Chose. Vous savez, comme le chanteur d'opéra, Martin Pinza… Non, attendez, je l'ai sur le bout de la langue. Comme le valet de Don Quichotte. Marty Panza. Non. Marty Puzo, je l'ai* ! Quoi qu'il en soit, dans ce film, pendant le procès de la bande de mafieux, l'un de ces criminels accepte de jouer les balances en échange de la protection des autorités. Mais Al Pacino fait venir de Sicile le père de ce témoin compromettant et, juste au moment où le traître va se mettre à chanter, le vieux

* Mon père a confondu deux cinéastes italo-américains, l'écrivain et scénariste Mario Puzo et le réalisateur Martin Scorsese. Puzo a écrit les scénarios de la série du *Parrain*, tandis que Scorsese a réalisé plusieurs films dont *Raging Bull*.

entre dans la salle et s'assoit sans quitter son fils indigne des yeux, lequel est aussitôt frappé de mutisme. Eh bien là, tandis que monsieur le juge Euclid Lazure récapitulait nerveusement l'affaire, mon adorable évêque couvait le jury d'un regard souriant, les mains sagement croisées sur son giron.

Après avoir observé deux respectables heures de délibération, les jurés me déclarèrent innocent avant de se ruer chez eux pour ne pas rater le match de hockey retransmis par Radio-Canada, les « Canadiens » contre les Washington Caps. Moi, j'avais bondi sur mes pieds pour donner l'accolade à Hughes-McNoughton, puis Miriam fut dans mes bras.

Une dernière réflexion. Au cours des années précédant mon procès, lorsque j'étais pris dans un embouteillage monstre sur l'autoroute menant au cottage et que je me traînais derrière une vieille fourgonnette rouillée dont le pare-chocs arrière était orné d'un autocollant JESUS EST TON SAUVEUR, j'avais eu l'habitude de penser : « Compte pas là-dessus, mec ! » Désormais, je n'étais plus aussi catégorique.

10

Mauvaises nouvelles. Si vous vous reportez à la première page de ces sinueux Mémoires, vous verrez que tout a été la faute de Terry. Qu'il a été l'aiguillon. L'écharde plantée sous mon ongle. Que si je me suis aventuré dans cette pagaille, dans ce ratage qu'est la véritable histoire de ma vie, c'était uniquement pour répondre aux venimeuses calomnies que Terry McIver avait répandues dans son autobiographie à mon propos, par exemple au sujet de mes trois femmes, de la nature de mon amitié avec Boogie et, bien entendu, du scandale que je me coltinerai telle une bosse dans le dos jusqu'à la tombe. D'accord, d'accord, pour un premier livre, le ratage est de taille. Mais pas aussi honteux que les tentatives initiales du grand Flaubert, relatant dans *Rage et Impuissance* l'histoire d'un homme enterré vivant qui finit par se manger le bras, ou son *Quidquid Volueris* dont le héros est le fils d'une jeune esclave noire et d'un orang-outan. Et il n'avait pas soixante-sept ans quand il scribouilla ces élucubrations, mais à peine quinze…

Enfin, ce que je voulais dire, c'est qu'après avoir aligné des billions de mots je me retrouve avec un pavé soudain privé de sa raison d'être. Car l'inconséquent salaud qui l'avait suscité vient de me faire faux bond. De me claquer entre les doigts. Crise cardiaque. Il se dirigeait vers McGill pour une lecture publique doublée d'une signature de livres lorsqu'il a été terrassé sur le trottoir de la rue Sherbrooke, les mains pressées contre sa poitrine défaillante. S'il avait été conduit sans tarder à l'hôpital, il aurait pu être sauvé, mais les passants le prirent pour un poivrot et se contentèrent de contourner sa masse prostrée. "Bonjour la visite."

McIver n'avait jamais été marié. « Je suis déjà au service de la plus exigeante des maîtresses », déclara-t-il un jour à un journaliste de la *Gazette,* « la littérature ». Dans ses années de déclin, pourtant, il obtint les faveurs de femmes riches et oisives, ces vautours de la Culture. Je me suis aussi laissé dire qu'il conservait le moindre article de presse qui lui était consacré, chaque coupure glissée sous cellophane. Le « Grand Homme de Montréal » acheva son existence sous les lauriers. Des diplômes *honoris causa* couvraient tous les murs de son bureau. Le Festival des auteurs de Toronto lui rendait immanquablement hommage. Il siégait au Conseil des Arts du Canada et à celui de McGill. La rumeur courait qu'il entrerait bientôt au Sénat, où il pourrait échanger de brillantes idées avec le digne locataire du duplex de notre immeuble, Harvey Schwartz. A ce propos, l'ancien *consigliere* de Gursky est également sous les feux de l'actualité, en ce moment, pour avoir fondé et financé la Pan-Canadian Society : « Je suis décidé à consacrer le reste de ma vie à la sauvegarde d'un pays qui a été si bon pour moi », a proclamé ce trader féroce, ce spéculateur éhonté, ce spécialiste des cabrioles immobilières et des OPA hostiles, ce zélote de la fraude fiscale qui a mis à l'abri des millions dans sa « Schwartz Family Foundation ».

Les funérailles m'inspirent des sentiments mêlés : à mon âge, la contemplation d'une fosse béante de six pieds a de quoi donner le frisson, mais il y a aussi une indéniable satisfaction à assister à la mise dans le trou de quelqu'un d'autre. N'importe qui, sauf Miriam ou l'un des enfants, Dieu les garde. Pourtant, je me suis étonné moi-même en pleurant à chaudes larmes aux obsèques de McIver. Après tout, nous avions partagé une tumultueuse jeunesse à Paris et, à la réflexion, je regrette que nous ne soyons pas devenus amis.

Encore une digression, mais justifiée cette fois. Il y a peu de temps, je suis descendu à New York rendre visite à Saul et en profiter pour voir Gregory Hines et ce jeune prodige de Savion Glover dans *Jelly's Last Jam.* Pour moi, Glover est le plus grand danseur de claquettes de tous les temps, si bien que j'ai assisté au spectacle deux soirs de suite. Le lendemain après-midi, j'ai pris un verre avec Leo Bishinsky à l'Algonquin. « D'un coup je me retrouve avec soixante-huit balais, putain ! m'a-t-il dit. Je ne comprends pas. Ça a dû se passer pendant que je regardais ailleurs. Soixante-huit ans, quatre mariages, quatre divorces, je pèse quarante-huit millions de dollars même avec tout ce que mes agents m'ont piqué. J'ai fait la couverture de *Vanity Fair*. Je suis passé dans *People* je ne sais combien de fois. Liz Smith me cite souvent dans ses potins mondains. Auparavant, je faisais l'émission de Johnny Carson ; maintenant c'est Leno ou Letterman. J'ai une rétrospective au MOMA. Je suis célèbre. Si mon père était encore là, il n'en reviendrait pas de voir que les pinceaux peuvent rapporter bien plus que la confection pour dames. Maman serait fière de moi. Mais quand ce faux derche australien de Robert Hughes écrit sur moi dans *Time*, il m'enterre. Tous les gars avec qui je faisais la fiesta à Le Coupole, ou c'est La Coupole, bref, ou au Sélect, ou au Mabillon, ils me détestent, maintenant. Je vais à leur vernissage et ou bien ils font comme si je n'étais pas là, ou bien ils crient : « Waouh, on a une star, là ! Alors, Leo, on vient visiter les favelas ? » Merde, alors qu'on passait des heures ensemble dans ces troquets, à déconner en attendant que Walter Chrysler Jr passe voir nos toiles et en achète quelques-unes, peut-être… Copains pour la vie, je croyais. Unis dans la mouise. Tu parles. Qu'ils aillent se faire mettre. Maintenant, je suis reçu à dîner par le gratin de Park Avenue… Hé, un peu de respect, tu as devant toi un type qui a même cassé la graine à la Maison-Blanche ! Enfin, je vais à ces dîners, c'est un gourou de la finance qui régale, ou un requin des fonds à risque, avec le boulet de canon qui lui sert de femme-potiche à côté de lui, et à tous les coups il y a une de mes croûtes accrochée au mur, elle a dû lui coûter dans les deux millions, mais moi j'ai envie de la prendre et de m'en aller parce que je ne peux pas les encadrer plus de cinq minutes, ces types. Mais je reste là, mort de honte, à me demander : Quoi, tout ce que j'ai fait, c'est pour des zombies comme vous ? Quand je bouffais à peine une fois par jour, c'était pour bien me faire voir de vous ? J'ai eu six enfants avec quatre femmes et il n'y en pas un que je supporte, ni l'idée qu'ils vont devenir milliardaires quand je vais claquer. Il y en a un qui produit des disques de hip-hop. De Mozart au rap et au hip-hop, c'est un sacré trip, non ? Quoique, qu'est-ce que j'ai à dire, moi ? De Goya à moi, il y a aussi un bout de chemin ! Hier, je me suis fait faire une biopsie de la prostate, maintenant je m'attends au pire. Tout le monde lorgne sur les petites que je me sors mais dès que je suis au lit avec je meurs de trouille de l'avoir en berne et de me faire rire au nez. Oh, merde, Barney, on se marrait tellement, dans le temps ! Je ne comprends pas comment ça a passé aussi vite. »

Il faut reconnaître ce qui est : McIver a persévéré, contre toute attente. Il a imposé un talent mineur et superflu à la reconnaissance de son pays, soit bien plus que ce que j'ai jamais pu, ou osé, tenter. Je n'aurais pas dû le traiter si rudement. Après son enterrement, je me suis réfugié au Dink's, où j'ai lu l'éloge funèbre que lui consacrait la *Gazette* sous le titre : TERRY MCIVER, UN COMBAT DE TOUS LES INSTANTS POUR TROUVER L'INSPIRATION. Pauvre chou. Néanmoins, ce soir-là, j'ai écrit au journal une lettre rendant hommage à son talent qui parut trois jours plus tard.

Non, je ne vais pas renoncer à mes scribouillages simplement parce que McIver m'a faussé compagnie. A la place, je choisis d'autres dédicataires à ces confessions qui tirent maintenant à leur fin. Je les offre à mes aimés : Miriam, Mike, Saul et Kate. Et Solange et Chantal. Mais pas Caroline.

Lors de ma dernière visite à Mike, le dîner végétarien qu'elle nous avait concocté un soir reste encore un souvenir pénible dans ma mémoire : fonds d'artichauts, ratatouille, fromages et fruits « biologiques ». Alors qu'elle nous versait du décaféiné, je sortis mon étui à cigares, pris un Montecristo et en offris un à mon fils.

– Evidemment, ce n'est pas un Cohiba, lançai-je, perfide.

Mike l'avait à peine allumé que Caroline se leva pour aller, ô si discrètement, ouvrir une fenêtre.

– Elle t'avait quand même plu, cette boîte de cigares ? insistai-je en regardant Mike.

– Un peu, oui !

Il n'en fallait pas plus pour me provoquer.

– Bon, et maintenant on va se noyer dans le cognac, toi et moi, et échanger de vieilles et tristes histoires sur le temps où nous étions encore une vraie famille, et carnivores et fiers de l'être, et où ton petit frère vendait de la ganja au collège.

– Mike ne supporte pas le cognac, intervint Caroline.

– Oh, rien qu'un petit. Une once, plaida Mike, qui avait la fâcheuse habitude de mesurer les verres dans un minuscule gobelet-étalon chromé. Rien que pour tenir compagnie à Papa.

– Oui, et à quatre heures du matin tu seras en train de te tenir la tête. Et je ne fermerai pas l'œil de la nuit, moi non plus.

Le lendemain matin, Mike était déjà parti depuis longtemps – à 8 h 06 précisément, comme de coutume, puisque le trajet en voiture jusqu'à son bureau demandait vingt-quatre minutes – quand je me glissai en bas, nauséeux, sur la pointe des pieds, avec l'intention de sauter dans un taxi pour aller m'expédier du bœuf salé et des latkes chez Bloom's. Mais Caroline m'avait tendu une embuscade : elle avait renoncé à son cours de yoga dans le seul but de préparer un petit déjeuner réparateur à son vieux dissolu de beau-père. Jus de carottes frais, brocolis bouillis, salade verte.

– C'est plein de fer, précisa-t-elle.

Piégé mais non vaincu, je corsai mon jus de carottes de quelques doigts de vodka, ce qui me valut le regard scandalisé de rigueur.

– N'est-ce pas un peu tôt, Barney…

Elle n'ajouta pas : « … même pour vous », mais le sous-entendu flotta dans l'atmosphère tendue.

– Quoi, il est onze heures, bordel !

Je ne suis pas un rustre irrécupérable. En règle générale, je m'abstiens de pareils mots en présence de jeunes femmes bien élevées. Mais j'aimais la voir froncer le sourcil et assumer peut-être, enfin, que malgré tout son héritage « pur sang » et ses fréquentations aristos et son éducation petit doigt levé, elle avait fini par échouer, en se mariant avec mon fils, dans un sabbat de juifs parvenus, parmi des descendants peu classieux des « fusgeyers », ces voyous sortis de leur shtetl en chantant à tue-tête :

Geyt yidelkeh, in der vayter velt
in kanada, vet ir ferdinen gelt !

Soit : « Allez, petit juif, le vaste monde t'attend ! Au Canada tu gagneras ta croûte hardiment ! »

C'était vraiment pervers de ma part. Révoltant, même, je sais, je sais. D'autant que Caroline est une fille si intelligente, séduisante, une fidèle épouse – je présume – et une excellente mère. Elle voue une véritable adoration à Mike. Mais ce qui me hérissait, c'est qu'à l'instar d'autres femmes qui connaissent mon histoire elle évitait autant que possible de se retrouver seule avec moi, pour le cas où les sinistres rumeurs à mon sujet se révéleraient fondées. Et c'est pourquoi, ce matin-là, je décidai de la chatouillller sur ce terrain.

– Caroline, ma très chère, puisque nous nous connaissons si bien maintenant, pourquoi ne pas arrêter de tourner autour du pot et me demander si j'ai fait ce qu'on dit, oui ou non ?

Elle se leva d'un bond de sa chaise et entreprit de débarrasser la table, puis alla se réfugier derrière le plan de travail de la cuisine où elle se mit à éponger des taches imaginaires.

– Bon, d'accord. Alors, c'est vrai ?

– Non.

– Eh bien, ce sujet est clos, donc.

– Mais il était assez évident que je répondrais ça, vous ne croyez pas ?

Plus tard, je surpris leurs voix étouffées. Ils se disputaient.

– Il est tellement naïf, c'est pathétique ! Il pensait qu'il allait me choquer en disant « bordel ».

– Euh, on ne peut pas reparler de ça demain ?

– Demain, après-demain, la semaine prochaine, c'est quand même un despote. (Et elle lui raconta notre petit accrochage dans la cuisine.) C'est lui qui a amené le sujet, pas moi. Il a dit que ce n'était pas vrai et puis après, avec ce sourire provocateur qu'il a : « Mais il était évident que je répondrais ça, non ? »

– Il est le seul à connaître la vérité, de toute façon.

– Ce n'est pas une réponse, ça.

– Ecoute, c'est une histoire qui s'est passée quand je n'étais même pas né. Je ne « sais » pas, tout bonnement.

– Ou bien tu ne « veux » pas savoir ? Alors ?

– Laisse tomber, Caroline. Ça n'a plus vraiment d'importance.

– Je n'arrive pas à comprendre comment ta mère a pu le supporter pendant toutes ces années.

– Il n'était pas si amer, avant. Ni tellement obsédé par la mort. Bon, on dort un peu, maintenant ?

– Tu n'avais pas à accepter ce cigare, hier soir. Tu n'avais qu'à lui dire que tu as arrêté de fumer.

– Mais j'ai voulu lui faire plaisir, pour une fois ! Il est si seul, si abattu...

– Oui. Tu as peur de lui, en fait.

– Tu n'aurais jamais dû donner la boîte de Cohibas sans m'en informer, Caroline.

– Et pourquoi ?

– Parce que c'était un cadeau de mon père.

– Mais c'est à toi que j'ai pensé ! Après tout ce mal que tu t'es donné pour arrêter le tabac... Je me suis dit que tu risquais d'être tenté.

– Quand même...

Merde, merde et merde ! Je te demande pardon, Mike. Désolée. Une fois encore, je t'ai méjugé... Mais je décidai qu'il était préférable de ne pas en parler. Typiquement moi, ça.

Je veux que tous les êtres que j'aime connaissent la vérité. J'ai besoin qu'ils comprennent qu'au moment où Hughes-McNoughton tenta son stupide effet en comptant jusqu'à cinq, je me suis moi aussi tourné vers les portes du tribunal, les yeux écarquillés, en pensant que ce serait en effet bien le style de mon pervers copain que d'arriver juste à temps pour me sauver la peau. Je n'ai pas tué Boogie, je n'ai pas enterré son corps dans les bois. Je suis innocent. Evidemment, avancé comme je le suis dans ma phase finale, et compte tenu de ce que Boogie était mon aîné de cinq ans, il se peut très bien que Boogie soit mort à ce jour, de mort naturelle. Ce que Mrs Panofsky II, tout aussi évidemment, refusera toujours de croire.

Ah, j'avais oublié ! Après s'être présentée aux obsèques de McIver, ne fût-ce que pour me fusiller de regards accusateurs, ma seconde et monumentale épouse répondit à ma lettre-panégyrique publiée dans la *Gazette* par un seul mot, qu'un coursier me remit en main propre : HYPOCRITE ! ! Elle avait gravi la côte du cimetière en sifflant et ahanant, soutenue par deux cannes, enveloppée comme d'habitude dans un caftan en forme de tente, la tête ceinte d'un turban. En l'observant à la dérobée, je remarquai qu'il ne s'en échappait pas une seule mèche de cheveux et j'en conclus que la pauvre choute était sous chimiothérapie. Elle aussi risquait bien de me précéder dans le fameux trou six pieds sous terre. Ce qui m'économiserait quelque 13 750 dollars mensuels. Après mon procès, en effet, notre divorce avait été autorisé par une proposition de loi au Sénat, la Résolution 67 du 15 mars 1961. Elle avait reçu une pension alimentaire de 2 000 dollars, une grosse somme pour l'époque, indexée sur l'inflation, et la maison de Hampstead. Mais je n'avais jamais souhaité pour autant un cancer à cette harpie déchaînée.

Incapable de trouver le sommeil après ma pénible station devant la tombe de McIver, je me dis qu'il serait peut-être utile de réanimer mon ressentiment en allant puiser à nouveau dans son autobiographie. N'importe quel passage. Je l'ouvris donc au hasard et tombai sur sa charmante relation de mes noces avec Mrs Panofsky II :

> Montréal, 29 avril 1959. Cloîtré dans mon sombre appartement de la rue Tupper depuis mon retour au Canada, j'avais jusqu'ici réussi à éviter de croiser la route de P., mais j'avais abondamment entendu parler de ses exploits : comme il fallait s'y attendre, il s'était lancé dans le commerce à tout-va en rentrant à Montréal, dans le trafic de tout et n'importe quoi, vieille ferraille comme antiquités égyptiennes, ces dernières dérobées dans les sépultures de la vallée du Nil, d'après la rumeur publique. Aujourd'hui, cependant, ma bonne étoile m'a abandonné : nous avons manqué d'entrer en collision tous les deux

sous une pluie battante, rue Sherbrooke*. Toujours aussi dissimulateur, P. a feint d'être enchanté par notre rencontre fortuite et a tenu à m'entraîner prendre un verre au Ritz. Le Ritz, c'était bien sûr le moins qu'il lui fallait** afin de me narguer avec sa prospérité de fraîche date ! Il se targua en effet de s'être lancé avec succès dans la production télévisuelle, s'apprêtant selon ses dires à aider à la réalisation de films d'auteur. Malheureusement pour lui, je savais que sa spécialité était en réalité les séries commerciales les plus abjectes, ou les documentaires de vulgarisation. Puis, toujours égal à lui-même, il lança sa flèche empoisonnée : « Je suis navré que ton premier roman ait été si mal accueilli par la critique. Moi, en tout cas, je l'ai beaucoup aimé. »

Et aussitôt, exsudant la commisération, il me demanda comment je m'en « sortais » avec une insistance et un manque de discrétion qui ne me surprirent pas de sa part. Je lui indiquai donc que je travaillais sur un nouveau livre et que je survivais grâce à une bourse du Conseil des Arts du Canada, qui venait d'être créé, ainsi qu'en donnant un cours du soir hebdomadaire de créativité littéraire au Wellington College.

Me confiant qu'il était en train de préparer un feuilleton dont le personnage central était un détective privé, il eut l'audace de me demander si j'avais envie de tenter l'exercice du scénario. Je ne pus que rire de cette effronterie. Il comprit alors qu'il avait dépassé les bornes et, pour se racheter, m'invita avec insistance à son mariage. En souvenir du bon vieux temps, au moins, dit-il. Et Boogie sera là, ajouta-t-il comme si cela pouvait suffire à me convaincre d'accepter. Ma première réaction fut de décliner sèchement son offre, mais je me ravisai, conscient de mes devoirs d'écrivain et d'observateur infatigable de la comédie humaine. Je n'avais encore jamais assisté à des épousailles juives, finalement, et donc je choisis d'endurer l'épreuve au nom de ma quête ontologique.

Comme c'était prévisible, les tables croulaient sous les vic-

---

* Ou était-ce rue Stanley ? Voir plus haut.

** D'après mon père, ils étaient allés à La Tour Eiffel.

tuailles et les spiritueux. Mais alors que même à Paris P. hantait les restaurants du quartier juif où il pourrait trouver son gefilte fish ou son bouillon de poulet aux boulettes de matsot dont la surface était couverte de bulles de graisse, je fus surpris de constater que les mets servis n'avaient pas d'origine ethnique précise, ou plutôt qu'ils étaient d'origine indéfinissable. Nul étonnement, au contraire, à vérifier que si les Burbank étaient rares les Bleistein abondaient.

Quelques bribes de *conversazioni* glanées de-ci de-là et notées dans mon calepin :

1. – Oh, vous êtes écrivain ? Comme c'est intéressant ! Est-ce que je « devrais » connaître votre nom ?

2. – Que pensez-vous de Sholeim Aleichem ? Ah, mais c'est vrai, je ne vois pas comment vous comprendriez le yiddish. Une langue tellement, tellement expressive !

3. – Il faudrait que vous lisiez les lettres qu'elle nous envoie de son camp d'été, ma fille. De rire, vous mourriez !

4. – Vous avez déjà été dans la liste des best-sellers ?

5. – Tiens, l'histoire de ma vie, ça, ça ferait un sacré livre ! Seulement, je n'ai pas le temps de m'y mettre, moi…

J'aperçus la jeune mariée devant le buffet des desserts, où des melons en quartiers et des mûres cascadaient de la gueule d'un dragon sculpté dans la glace*. Le tas de friandises dans son assiette atteignait déjà des sommets vertigineux, mais elle trouva encore le moyen de coucher un éclair au chocolat dessus, ce qui me rappela immédiatement « Rachel née Rabinovitch attaquant les grappes de raisin de toutes ses griffes meurtrières ».

Peu surprenant, alors, que son nouveau conjoint ait eu l'air si mélancolique. Tout en s'imbibant systématiquement, il ne cessait de poursuivre une jeune et séduisante invitée, laquelle faisait tout son possible pour l'éviter. Plusieurs années plus tard, toutefois, elle allait devenir sa troisième épouse, se résignant à ce sort plutôt que de devoir passer par un avortement, d'après

* Ou était-ce un cor de chasse ? voir plus haut.

ce que je me suis laissé dire*. Mais ce soir-là, encore libre de ses mouvements, elle me déclara avoir aimé mon premier roman à un point indescriptible, ajoutant : « Si j'avais su que vous seriez là, j'aurais pris avec moi mon exemplaire pour que vous me le dédicaciez. »

Nous passâmes un long moment sur la piste de danse, où P., les bras occupés par sa promise très appliquée à se lécher une dernière trace de chocolat sur les doigts, s'arrangea pour me bousculer à deux reprises en s'aidant de ses coudes projetés en arrière. Assez ironiquement, ceci ne servit qu'à me rapprocher un peu plus de ma cavalière. Et, à en juger par la réponse de son corps, elle parut trouver cette proximité fort peu déplaisante.

* Je suis né six mois après le mariage de mes parents.

11

L'âprement disputé référendum du 30 octobre 1995 ne vint pas démentir les solides traditions électorales de la "belle province". Je suivis les résultats avec le reste de la bande du Dink's, sur le téléviseur du bar. Pour être serré, ce le fut : 50,57 contre l'indépendance, 49,43 pour. Au bout de quelques jours, toutefois, nous apprîmes que le mouchoir de poche aurait dû être plus vaste : la commission électorale, entièrement nommée par notre cher gouvernement séparatiste, avait annulé près de quatre-vingt mille bulletins, pratiquement tous en provenance de circonscriptions où les sentiments fédéralistes dominaient. Le X marquant la case du « non » était jugé ou bien trop appuyé, ou bien trop peu visible, ou bien il dépassait les limites du carré…

Un jour, présentant son explosif fessier à notre classe, Mrs Ogilvy avait écrit au tableau noir :

Le Canada est…
a) une dictature,
b) une démocratie post-coloniale de culture limitée,
c) une théocratie.

Aucune des réponses qu'elle nous avait proposées ne convient. En vérité, le Canada est le pays des Merveilles, un pays scandaleusement riche, gouverné par des imbéciles, qui s'invente de risibles problèmes internes afin d'oublier les malheurs du monde réel autour de lui, d'un monde où la famine, les haines raciales et l'autorité barbare sont la triste règle.

Stimulé par ces pensées, je me précipitai chez moi et je venais juste de me verser un dernier verre quand le téléphone a sonné. C'était Serge Lacroix. Qui voulait me voir. D'urgence*.

Quelques mois plus tôt, après avoir visionné un épisode de *McIver, de la Gendarmerie royale du Canada* que Serge venait de réaliser, je m'étais retourné vers Chantal :

– Je n'en crois pas mes yeux. Il va falloir l'éjecter. Tu peux lui donner son compte cet après-midi ?

– Faites-le vous-même.

Lâche comme je suis, je fus incapable de passer à l'acte. Pas après toutes ces années de collaboration. Non, je tergiversais quand bien même son travail laissait de plus en plus à désirer. Mais là, au rendez-vous qu'il m'avait imposé le lendemain à midi, sans doute pour réclamer une augmentation, je décidai qu'il était temps de prendre des mesures radicales et que Chantal serait mon témoin.

– Assieds-toi, Serge. Alors, que puis-je pour toi ?

– Je vais aller droit au fait. L'analyse de sang que le docteur Herscovitch a faite après ma petite aventure au parc Lafontaine a établi que j'étais séropositif. Je viens de passer un examen général. J'ai le SIDA. Total.

– Oh merde ! Je suis désolé, Serge, désolé.

– J'ai encore toutes mes capacités, mais si tu voulais renoncer à notre contrat, je le comprendrais très bien.

– Justement, intervint Chantal, Barney m'a demandé de le changer hier, votre contrat. Il voulait que vous ayez un pourcentage sur le magot de toutes les ventes du feuilleton.

– Et c'est… c'est rétroactif ? m'entendis-je demander à Chantal en la fixant d'un œil noir et en regrettant aussitôt de ne pas avoir tenu ma langue.

---

* A ce stade la mémoire de mon père était devenue défaillante, je le crains, voire franchement embrouillée, ce qui expliquerait que les pages de son manuscrit ne se suivent plus en ordre. En effet, si le référendum a bien eu lieu le 30 octobre 1995, les événements qu'il relate ensuite se sont déroulés plusieurs mois après.

– Oui. Enfin, c'est à vous de dire.

– J'ai besoin d'un conseil, Barney.

Et donc nous sommes allés déjeuner tous les trois au Mas des Oliviers.

– Et Peter ? m'enquis-je.

– Il fait partie des veinards, on dirait. Je crois qu'il est immunisé. Donc, Barney, il y a un courtier à New York qui rachète leur assurance-vie aux types dans mon cas. C'est sa spécialité : je le désigne légataire et il m'avance soixante-quinze pour cent du capital qui lui sera versé à ma mort. Qu'en penses-tu ?

– Tu n'as pas besoin de t'engager avec des vampires comme ça. Tu me dis combien il te faut, et je te prête l'argent, moi. Ce n'est pas exactement ce que tu allais proposer, Chantal ?

– Si.

Après le départ de Serge, nous nous sommes attardés à table, elle et moi, en continuant à boire.

– Vous savez quoi, Barney ? Eh bien, vous n'êtes pas si mauvais que vous en avez l'air.

– Oh si ! Tu n'imagines même pas le quart de la moitié. J'ai tellement de péchés sur la conscience qu'il faut que je me rachète quelques points avant qu'il ne soit trop tard.

– OK, comme vous voudrez…

– Bon Dieu, bientôt je connaîtrai plus de gens morts que de vivants. Pourquoi tu ne te maries pas avec Saul ?

– Ah oui, pour vouloir décider ce qui est le mieux pour moi, vous faites bien la paire, Maman et vous.

– Je n'aime pas que tu te disputes avec Solange.

– Pourquoi vous ne vous mariez pas avec elle, Barney ?

– Parce que Miriam finira par revenir un de ces jours. Je suis prêt à le parier. Après tout, pour un gars à qui on a donné le nom d'un personnage de BD, je ne m'en suis pas trop mal tiré, non ?

– Il y a un truc que j'ai toujours voulu vous demander, Barney.

– Mieux vaut pas.

– Ce type, il y a des siècles… vous l'avez vraiment tué ?

– Je crois que non, mais il y a des jours où je n'en suis plus sûr. Non, non. Je n'aurais pas pu.

12

Les mauvais jours, ma mémoire fonctionne à peu près aussi bien qu'un kaléidoscope déréglé. Les autres, elle est d'une douloureuse précision. Et puisqu'on dirait qu'elle tourne à plein régime aujourd'hui, je ferais mieux de coucher enfin sur le papier ce que j'ai omis jusqu'ici, avant de l'oblitérer à nouveau.

Sur ces deux journées passées* avec Boogie, je n'ai pas menti. Mais je n'ai pas tout dit, non plus. La vérité est que le Boogie arrivé chez moi pour se désintoxiquer n'était plus l'ami que j'avais adulé. Toutes ces années de drogue, le temps et ses fièvres avaient fini par déranger son esprit, consumant sa beauté intrinsèque**. Ainsi, il avait perdu sa générosité à l'égard des autres écrivains, McIver mis à part, mais même sa remarque apparemment indulgente à son sujet (« Il avait un potentiel, je trouvais ») n'avait eu pour seul but que de me piquer au vif. Autre chose encore : au cours de l'une de mes expéditions à travers ses bars favoris à New York, après sa disparition, je découvris qu'il en était arrivé à être tenu pour quelqu'un qui promettait beaucoup, mais ne payait guère en retour.

Lorsque nous nous étions garés devant ma maison de Hampstead, et avant de s'y ruer pour se piquer encore une fois, il avait glissé :

---

* Trois, en fait.

** Paraphrase évidente d'un poème de W.H. Auden, *Lullaby* (*Berceuse*).

– Tu dois être plein aux as, maintenant.

– Ne me fais pas rire, Boogie ! Dans les dettes jusqu'au cou, oui. Je n'aurais jamais dû me lancer dans la production télé. S'il n'y avait pas les séries et les documentaires foireux, j'aurais déjà coulé depuis longtemps.

Il avait trouvé notre intérieur très amusant, s'arrêtant devant les principales manifestations du goût exquis de Mrs Panofsky II en matière d'ameublement : l'énorme miroir pailleté d'or, la collection de chats en porcelaine sur le manteau de la cheminée, le service à thé plaqué argent et la carafe à whisky en cristal taillé paradant sur la desserte…

– Il manque encore quelque chose.

– Quoi ?

– Les housses en plastique sur les abat-jour.

Me surprenant moi-même, j'avais pris la défense de mon épouse de l'époque.

– J'aime bien ce qu'elle a fait ici, moi.

Sans répondre à ce mensonge, Boogie s'était approché de la bibliothèque, en avait retiré mon exemplaire des *Versets de la Virago* et, de son œil expert, avait immédiatement trouvé deux vers bancals qu'il avait lus à voix haute avec une jubilation malveillante.

– Une bonne femme de cette merde de *Life Magazine* a débarqué un jour pour m'interviewer. « Comment décririez-vous Clara Charnofsky à son époque de pleine possession de ses moyens créatifs ? » Comme une cinglée, j'ai répondu. Une kleptomane. Qui se faisait passer dessus par n'importe quel type. « Quelle serait d'après vous l'anecdote la plus pertinente à propos de Clara Charnofsky, celle qui la résumerait le mieux ? » Oh, lâche-moi. Oublie-moi. "Va te faire cuire un œuf !" « Quand avez-vous décidé d'embrasser une carrière communicationnelle ? » Hein ? C'est quoi, ce délire ? « Eprouvez-vous un certain dépit de ne pas être internationalement reconnu comme Clara Charnofsky ? » Dégage, j'ai dit. « Sans vouloir être offensante, je pense que vous avez plus que tendance à vous déprécier. » Oh, la ferme ! Enfin, je ne comprends toujours pas pourquoi tu l'as épousée, Clara.

– Et toi, comment se fait-il que tu ne te sois jamais marié ?

– Ah bon ?

– Quoi, si ?

– Enlève ta cravate et serre-la-moi autour du bras.

Il lui avait fallu trois essais sanguinolents pour que la seringue trouve enfin sa veine. Ensuite, pendant le trajet jusqu'au lac, il avait piqué du nez, gémissant dans son sommeil, marmonnant d'inaudibles protestations contre ce que j'imaginais être des cauchemars atroces. Au dîner, il avait encore glissé dans la même torpeur hébétée, et la suite est connue : ma fuite à Montréal, mon retour inopiné au cottage le lendemain, ma découverte de Mrs Panofsky II au lit avec le loup-garou.

– C'est de ta faute, me dit-il avec un petit rire. Tu devais téléphoner avant de prendre la route.

Ma femme, en pleine crise d'hystérie, hurlant au volant de sa Buick avant de démarrer en trombe. Puis Boogie et moi nous attaquant à la bouteille de Macallan.

– Tu sais que je devrais te démolir le portrait, Boogie ?

Mais c'était dit sur le ton de la plaisanterie.

– Attends que je sois allé me baigner d'abord. Ah, aussi, elle a posé un tas de questions sur Clara. Tu vois, à la réflexion, je me dis que je n'ai été rien d'autre qu'un *deus ex machina* qui tombait à point nommé. Elle voulait juste te rendre la monnaie de ta pièce à cause de cette nana que tu as à Toronto.

– Une minute ! (Je courus à notre chambre pour revenir avec le vieux revolver de service de mon père, que je posai sur la table entre nous.) Alors, on a peur ?

– On ne pourrait pas remettre ça à plus tard, le temps que je fasse un peu de plongée ?

– Tu peux me rendre un fier service, Boogie.

– Tout ce que tu voudras.

– Je veux que tu m'aides à obtenir le divorce. Il te suffira de témoigner que je suis rentré chez moi retrouver ma femme adorée et que je l'ai surprise au lit avec toi.

– Quoi, c'est toi qui as manigancé tout ça, saligaud !

– Non. Je t'assure que non.

– Tu m'as piégé.

– Non. Mais il serait peut-être temps que tu me rendes un service, pour changer.

– Ça signifie quoi, ça ?

– Je ne compte plus les fois où je t'ai tiré d'affaire en payant tes dettes, pendant toutes ces années.

– Oh !

– « Oh ! » tout ce que tu veux, oui.

– Tu investissais sur moi, c'est ça ?

– Merde !

– Et si j'avais pris ton argent parce que c'était la seule chose que tu pouvais donner ?

La question plana un moment entre nous avant que je ne réponde d'une voix que je ne me reconnus pas :

– J'ai dû emprunter pour te venir en aide, Boogie.

– Ah, ça devient intéressant, là !

– *In vino veritas.*

– Me dis pas qu'il y avait des cours de latin dans le bahut minable où tu étais.

– Eh ben, comme coup bas, c'est joli, ça.

– Non, le minablos, ici, c'est toi. Le vieux copain qui tient les comptes par-derrière. Pas moi.

– Ça te démangeait, pas vrai ? Mais tiens, puisqu'on y est, ça te dérangerait de me dire où est passé ce roman fantastique que tout le monde attendait de toi ?

– C'est en tant qu'ami que tu demandes ou en tant qu'investisseur ?

– Les deux.

– J'y travaille toujours.

– Tu es un faux jeton, Boogie.

– Je t'ai déçu, hein ?

– Tu étais un écrivain, dans le temps, et un sacrément bon. Mais maintenant tu n'es plus qu'un petit camé comme il y en a des milliers, qui se raconte des histoires.

– Oui, j'ai manqué à mes devoirs envers toi. Moi qui étais censé étonner le monde entier juste pour que tu puisses te vanter un jour : « Ah, sans mon aide… »

– Tu me fais pitié.

– Oh non ! Je vais te dire ce qui fait pitié, moi : c'est quelqu'un d'assez creux, d'assez vide pour avoir besoin de justifier son existence à travers ce que les autres réalisent.

Je chancelais encore sous cette claque morale qu'il reprit avec un petit sourire :

– Et maintenant, si tu permets, je vais nager un peu.

– J'aimerais savoir pourquoi tu ne peux plus ouvrir le roman de quelqu'un d'autre que toi sans te mettre à persifler.

– Parce que tout ce qui se publie et se fait acclamer aujourd'hui est de seconde zone. Et moi j'ai encore des goûts exigeants, contrairement à certains…

– Tiens, si tu veux de la vraie littérature ! fis-je en lui jetant mon exemplaire du *Faiseur de pluie* que j'étais en train de lire à l'époque.

– Leo Bishinsky me l'a souvent dit : « Comment tu peux supporter ce petit ignare canadien ? »

– Et tu lui rappelais à chaque fois que nous étions amis, je n'en doute pas…

– Je t'ai pris en main, j'ai fait ton éducation, Bon Dieu ! C'est moi qui te disais quoi lire. Et regarde un peu ce que tu es devenu : un ruffian de la télé, marié à une fille à papa d'une vulgarité insensée.

– Pas assez vulgaire pour que ça t'ait empêché de la niquer cette nuit !

– Non, en effet. Mais ce n'est pas la première de tes femmes que je me tape, figure-toi. Une fois, j'ai demandé à Clara : « Mais qu'est-ce que tu lui trouves, à ce mec ? » Et elle : « Il fait bouillir la marmite. » Enfin, je lui reconnais une chose : mourir si jeune, ça a été un très bon choix dans son plan de carrière.

– Peut-être que je devrais quand même te mettre mon poing dans la figure, Boogie. C'est franchement dégueulasse, ce que tu viens de dire.

– Mais vrai.

Je n'en pouvais plus. J'avais trop peur. Alors, avec ma lâcheté naturelle, je préférai me rabattre sur la plaisanterie. Je saisis le revolver et le pointai sur lui.

– Tu vas témoigner ?

– Je vais y réfléchir en nageant.

Il se leva et partit chercher mon équipement de plongée d'un pas mal assuré.

– Tu es trop bourré pour aller à l'eau, espèce de cinglé, lançai-je en le suivant, le revolver toujours à la main.

– Tu viens avec moi.

Donc, je tirai cette fameuse balle, très au-dessus de sa tête. Et j'avais relevé le canon au tout dernier moment. De sorte que s'il n'y a pas eu meurtre, l'intention y était, elle.

13

– Qu'est-ce qu'il y a ? s'est étonnée Chantal.

– Je ne me rappelle pas où j'ai garé ma voiture. Pas la peine de me regarder avec cet air-là. Ça peut arriver à n'importe qui.

– Allez, on cherche.

Elle n'était pas Mountain Street, excusez-moi, « rue de la Montagne »… Ni celle d'après.

– On me l'a volée, ai-je déclaré. Sans doute un de ces séparatistes que ta mère aime tellement.

Nous avons inspecté le boulevard Maisonneuve, anciennement le boulevard Dorchester*.

– Et ça, c'est quoi ? m'a-t-elle demandé, le doigt tendu.

– Si tu caftes à Solange, tu es licenciée.

Samedi après-midi, je venais juste de commencer à somnoler quand Solange a appelé.

– A quelle heure tu viens me prendre, ce soir ?

– Moi ? Pourquoi ?

– Le match.

– Ah… Je crois que je préfère laisser tomber, pour aujourd'hui.

– Comment ? Le match de hockey ?

– Tu veux savoir ? J'en ai marre, du hockey. En plus, je suis crevé.

– Mais c'est peut-être la dernière fois qu'on verra Gretzky jouer !

* En réalité, cette artère porta le nom de rue Burnside jusqu'en 1966.

– La belle affaire.

– Je n'en crois pas mes oreilles.

– Tu veux les billets ? Vas-y avec Chantal.

Dix jours plus tard, selon ma dévouée secrétaire, je lui dictai la même lettre pour la troisième fois en une semaine. Et, en quittant le bureau, je sortis machinalement une clé de ma poche sans avoir la moindre idée de ce à quoi elle pouvait servir. Elle remarqua aussitôt mon désarroi.

– Vous regardez quoi, là ?

– Moi ? Rien ?

– Ouvrez la main, allez.

– Non.

– Barney !

J'obéis.

– Alors, maintenant dites-moi qu'est-ce que c'est, ça ?

– Je n'en ai pas la moindre idée. Pourquoi tu me demandes ?

– Dites-le-moi.

– Je... je ferais mieux de m'asseoir, je crois.

Et puis, soudain, rentrant à pied du Dink's un soir, je tombai sur Solange et Morty Herscovitch en train de guetter mon retour dans mon salon. Merde, merde et merde !

– Je sais que les temps sont durs, Morty, mais ne me dis quand même pas que les arnaqueurs dans ton genre en sont au point de faire des visites à domicile !

– Solange pense que tu es peut-être surmené. Epuisé.

– Qui ne l'est pas, à nos âges ?

– Ou bien, c'est tout simplement une tumeur du cerveau. Il va falloir te faire un scanner et une IRM.

– Mon cul, oui ! Et je ne vais certainement pas commencer à me gaver de tes tranquillisants et autres antidépresseurs, non plus. Elle a beau être loin, je me souviens de l'époque où les toubibs étaient des toubibs, pas des représentants de commerce pour les laboratoires pharmaceutiques !

– Des antidépresseurs ? Pourquoi je te prescrirais ça ?

– Bon, je vais me servir un verre, maintenant. Vous pouvez en prendre un aussi, vous deux, avant de dégager le plancher.

– Tu es déprimé, alors ?

– Chantal… Chantal m'a confisqué les clefs de la voiture et elle ne veut pas me les rendre.

– Je t'attends à mon cabinet demain matin à neuf heures.

– Laisse tomber.

– On y sera, a coupé Solange.

A l'heure dite, Morty n'était pas seul. Il avait avec lui un gros type qu'il m'a présenté sous le nom de Jeffrey Singleton, docteur en médecine.

– Vous êtes un psychomachin, c'est ça ?

– Oui.

– Alors laissez-moi vous prévenir : médecins, psychiatres, psychanalystes et autres sorciers, ce n'est pas pour moi. Shakespeare, Tolstoï, voire même Dickens, en savaient plus sur l'être que votre engeance ne peut même l'imaginer. Les charlatans prétentieux de votre espèce se limitent à la grammaire du malaise humain, alors que les écrivains que je viens de citer étaient capables d'en saisir l'essence. Je me moque des stupides petites cases dans lesquelles vous cataloguez les gens, ou de toutes ces expertises devant les tribunaux pour lesquelles vous vous faites grassement payer… Un pour la défense, un autre pour l'accusation, deux soi-disant experts qui se bouffent le nez et qui empochent chacun un gros chèque. Les jeux débiles que vous jouez avec la tête de vos patients provoquent plus de mal que de bien. Plus encore, d'après ce que j'ai lu ces derniers temps, vous êtes embarqués dans la même dérive que mon ami Morty ici présent : vous avez troqué votre divan contre les pilules miracles. Allez, deux comprimés par jour contre la paranoïa ! Pour la schizophrénie, avalez-moi ça avant les repas. Eh bien moi, mon remède universel, c'est le single malt et les Montecristo. Je vous les recommande vivement. Bon, ça fera deux cents dollars, s'il vous plaît.

– J'aimerais que vous vous prêtiez à une petite analyse.

– Pas de chance, j'ai pissé avant de venir.

– Ce ne sera pas long. Un simple test. Amusant, même.

– Arrêtez avec vos airs supérieurs, hein ?

– Ça suffit maintenant, Barney !

– Bon… Ça ne va pas durer des heures ?

– Non.

– Alors allons-y, d'accord.

– Quel jour sommes-nous, aujourd'hui ?

– Je savais que ce serait une absurdité de ce genre ! On est… Merde, merde et merde ! Le jour avant mardi, quoi !

– C'est à dire ?

– Vous d'abord.

Il n'est pas tombé dans le piège.

– Alors, voyons… Samedi, dimanche… On est lundi !

– Et la date ?

– Ecoutez, là vous avez misé sur le mauvais cheval. Il se trouve que je n'ai jamais pu retenir mon numéro de permis de conduire, ni de Sécurité sociale, et quand je fais un chèque je dois toujours demander la date à quelqu'un.

– Et quel mois sommes-nous ?

– Avril ! Je vous ai bien eu, non ?

– Quelle saison ?

– Hé, mais je vais avoir le prix d'excellence, si ça continue ! Si on est en avril, c'est que c'est l'été.

Soudain, j'ai vu des larmes rouler sur les joues de Solange.

– Mais qu'est-ce qui t'arrive, à toi ?

– Rien.

– Et l'année ?

– Selon le calendrier de mon peuple ou selon l'air chrétien ? Euh, je veux dire l'ère chrétienne.

– L'ère chrétienne.

– 1996.

– Où nous trouvons-nous, maintenant ?

– Tout ça est d'un puéril ! Au cabinet de Morty Herscovitch.

– A quel étage est-il ?

– Dites, le flic de la famille, c'était mon père, pas moi ! On est entrés dans un ascenseur, Solange a appuyé sur un bouton et nous voilà. Question suivante ?

– Dans quelle ville sommes-nous ?

– Montréal.

– Et quelle province ?

– Là, ça devient hilarant. Eh bien, nous nous trouvons dans la province bénie coincée entre celle d'Alberta et l'autre, continent nord-américain, Monde, Univers, pour reprendre la formule que j'utilisais sur la couverture en papier kraft de mes bouquins de classe.

– Et le pays ?

– Canada, pour l'instant. Solange, elle, est "indépendantiste"... Non, pardon, ce n'est pas le bon terme. Elle est pour ici. Pour le Québec-dans-son-coin. Alors on a intérêt à surveiller ce qu'on dit.

– Merci de répéter les mots suivants. Ci...

– C'est une séparatiste, voilà ! C'est ce que je voulais dire, bon sang ! Le matin, je ne suis pas très frais, vous comprenez ?

– Citron, clé, ballon.

– Citron, clé, ballon.

– Maintenant, je veux que vous comptiez à rebours à partir de cent, de sept en sept.

– Ecoutez, j'ai été extrêmement patient jusqu'ici, mais ça devient ridicule. Je refuse. J'en suis parfaitement capable, mais je refuse, ai-je proclamé en allumant un Montecristo. Hé, regardez, j'ai mis le bon bout dans la bouche. Est-ce que ça me donne des points, ça ?

– Vous avez lu Dick Tracy, dans votre jeunesse ?

– Oui.

– Vous vous rappelez que quand il voulait se dissimuler, il prenait le nom de Quilf ? C'est-à-dire « Flic » à l'envers. « Monde » à l'envers, ce serait quoi ?

– E-D-N, et le reste. Ça vous convient ?

– Vous vous souvenez des mots que je vous ai demandé de répéter après moi, à l'instant ?

– Je peux vous poser une question ?

– Bien sûr.

– Si c'était à vous de faire un test de ce genre, vous ne seriez pas un brin énervé ?

– Si.

– « Orange », il y avait. Je vous dis les deux autres si vous êtes capable de me réciter les noms des Sept nains.

– Qu'est-ce que j'ai dans la main ?

– Un putain de stylo pas à encre, Dieu de Dieu ! Et vous savez avec quoi on égoutte les spaghettis ? Une passoire ! Ha !

– Et là, à mon poignet ?

– Un truc qui sert à donner l'heure. Une montre.

– Excusez-moi, a lancé Solange avant de s'enfuir dans la salle d'attente.

– Bien, maintenant je voudrais que vous preniez cette feuille de papier dans la main droite, que vous la pliiez en deux et que vous la posiez sur le sol.

– Non, ça suffit. C'est à vous de me répondre : alors, comment je m'en suis tiré de votre amuserie de maternelle ?

– Votre mère aurait été fière de vous.

– Donc vous n'allez pas me fourrer dans une camisole de force ?

– Non. Mais je tiens à ce que vous voyiez un neurologue. Il y a des analyses à faire.

– Comme quoi ?

– Nous devons pouvoir écarter certaines hypothèses. Il est possible que vous soyez dans un état de grande fatigue, rien d'autre. Ou qu'il s'agisse de troubles de la mémoire bénins, ce qui n'est pas rare, à votre âge.

– Ou d'une tumeur au cerveau ?

– Pas de conclusions trop hâtives et démoralisantes, je vous en prie. Vous vivez seul, Mr Panofsky ?

– Oui. Pourquoi ?

– Juste une question…

Le lendemain après-midi, je me suis introduit à la bibliothèque de McGill au toupet pour consulter un dictionnaire médical : « Quand Alzheimer (1907) décrivit l'affection qui porte désormais son nom, il la considéra alors comme une forme atypique de démence (…). Nous disposons d'histoires familiales illustrant aussi bien le caractère dominant que récessif de l'héritage (…). Sur le plan histiopathologique, la maladie d'Alzheimer est indistinguable de la démence sénile ; Sjogren *et al.* (1952) ont découvert une occurrence de la démence sénile plus élevée qu'il ne l'était prévu dans des familles préalablement affectées par la maladie d'Alzheimer (…). »

Oh, mon Dieu ! Kate, Saul, Michael… Qu'ai-je donc fait, Miriam ?

« Pathologie : Une extrême atrophie du cerveau est constatée. L'autopsie cervicale confirme une atrophie spirale uniforme, l'agrandissement des sillons, la réduction de la matière blanche et de la dilatation ventriculaire (…). »

Ouais.

« Signes cliniques : Le premier est une perte limitée de la mémoire. Une femme au foyer s'embrouillera dans les mailles de son tricot, laissera les toasts brûler, oubliera un ou deux achats de sa liste de courses. Un homme actif, ou une femme active, laissera passer un rendez-vous par inadvertance, ou hésitera étonnamment au milieu d'une phrase, soudain incapable de trouver le mot désiré. Il est possible qu'aucun accident plus sérieux ne soit observé pendant un an, voire plus, en raison de la lenteur du développement de l'affection (…). »

– Morty ? C'est moi. Désolé de te déranger à la maison. Tu as une minute ?

– Bien entendu. Attends que je baisse la télé.

– C'est la maladie d'Alzheimer, hein ?

– On n'est pas certains, et…

– Morty. On se connaît depuis des siècles, toi et moi, alors inutile de déconner.

– D'accord. Oui, c'est une possibilité. Le fait est que ta mère est morte d'une…

– On se fout de ma mère. Elle avait un grain depuis le début. Mais mes enfants ?

– Les probabilités sont très, très minces. Honnêtement.

– Mais moins que chez ceux qui n'ont pas d'antécédents dans leur famille. Merde, merde et merde ! Saul, il lui suffit de lire un papier sur une maladie quelconque dans le *New York Times* pour croire qu'il l'a aussi.

– Le scanner et l'IRM sont demain matin. Je passerai te prendre chez toi à huit heures.

– Il faut que je mette de l'ordre dans mes affaires, Morty. Combien de temps il me reste ?

– Si c'est d'Alzheimer qu'on parle – et j'insiste, ce n'est qu'un « si » –, les problèmes de mémoire seront plus fréquents, mais je dirais que tu auras au moins un an avant que tu…

– Que je devienne complètement gaga ?

– Ecoute, tant qu'on n'est pas sûrs, inutile de s'affoler. Dis donc, je ne fais rien de spécial, ce soir. Tu veux passer un moment ?

– Non. Mais merci quand même.

14

J'ai déjà fait allusion à *Margolis* mais il existe une nouvelle de Boogie encore plus terrifiante que je lus pendant mon séjour en prison. Ecrit à Paris au début des années cinquante, *Seligman* ne fut publié dans la *New American Review* que plusieurs mois après sa disparition. Comme à son habitude, Boogie l'avait passée au tamis d'innombrables ébauches avant de distiller l'histoire en moins de trois mille mots.

Un groupe d'avocats très lancés à New York, parmi lesquels Harold Seligman, ont pris l'habitude de corser un peu la monotonie de leur existence en se jouant des tours de plus en plus risqués. La seule règle de ce jeu, c'est que l'auteur de la farce, pour gagner, doit avoir été capable de déceler le point faible de sa victime et de l'attaquer précisément sur ce terrain. Dans le cas de Seligman, il s'agit de la dévotion qu'il porte à sa très libidineuse épouse. Un matin, donc, Boris Frankel, le spécialiste en droit criminel de la joyeuse bande, persuade Seligman de se prêter pour rire à une séance d'identification de suspects dans le cadre d'une enquête sur un cambriolage doublé d'une tentative de viol. A la stupéfaction des amis qui assistent à la scène derrière un miroir sans tain au poste de police, la victime, une femme encore sous le choc, dit reconnaître formellement leur camarade parmi tous les autres. Aussitôt, ils se disent que cette fois la plaisanterie est en train de déraper, mais Seligman, pris au jeu, certifie aux enquêteurs qu'il a un alibi imparable : le soir en question, sa femme et lui ont dîné avec Boris Frankel à leur domicile. Celui-ci, après avoir fait vérifier son agenda au bureau, dément pourtant l'information. Et l'épouse de Seligman, à son tour, soutient qu'ils n'ont reçu personne à dîner ce jour-là… A la scène suivante, Boris et Mrs Seligman se retrouvent dans une chambre d'hôtel, se déshabillent fébrilement et reprennent leur liaison passionnée.

En relisant sa nouvelle ce matin, et avec le souvenir des farces cruelles dont Boogie le loup-garou était friand, j'ai définitivement écarté l'idée qui m'avait jadis effleuré : qu'il avait été assez fâché après notre dispute pour me trahir avec une malveillance délibérée. Et cependant… Je suis allé prendre le journal parisien de McIver et j'ai cherché la page du 22 septembre 1951.

– Je vois que tu t'es fait un nouvel ami, fis-je un jour distraitement la remarque à Boogie.
– On a tous le droit d'avoir son Vendredi, non ?

Non, Boogie n'a jamais dit une chose pareille, ai-je décidé en sortant pour l'une de mes promenades-errances matinales. Perverse invention digne de ce menteur de McIver. Nous étions si proches, Boogie et moi. Je n'étais pas son larbin, mais son camarade, son frère d'armes dans le combat contre les abrutis. Je ne pouvais pas me tromper là-dessus. Il était intolérable que, même dans son hébétude droguée, ce jour-là au lac, un génie jadis si prometteur et tragiquement dévoyé ait pu se volatiliser à jamais dans le seul but de se venger de moi. Non, c'était plutôt nous qui étions à blâmer, nous qui l'avions porté aux nues dans notre folle jeunesse, nous qui avions édicté qu'il serait le seul de notre bande à parvenir aux sommets, nous et tous ces éditeurs de New York qui l'avaient courtisé, lui faisant miroiter des avances insensées pour un roman que lui seul se savait incapable de leur donner, ajoutant ainsi un nouveau poids à son fardeau. Je tenais la solution du problème, enfin : Boogie avait fui les promesses qu'il ne pouvait tenir, il était allé se terrer quelque part pour recommencer une nouvelle vie, exactement comme Margolis. « Apaise-toi, âme troublée. » Je te pardonne.

J'ai dû marcher une heure, voire plus, tellement absorbé dans mes pensées que je me suis retrouvé dans un territoire qui m'a semblé inconnu. Il m'a fallu un moment pour reconnaître l'entrée de la station centrale d'autobus. Et c'est là, Seigneur, que mon regard est tombé sur la Dame de mes rêves parfois humides, Mrs Ogilvy dont la toison pubienne avait brillé de gouttelettes qui perlaient pour moi… Octogénaire, ai-je calculé. Ses mains noueuses agrippées au déambulateur sur lequel la provocatrice avait fixé l'Union Jack. Voûtée, desséchée, les yeux hors de la tête, elle entonnait en chœur avec ses semblables :

Ils sont tous là
Il faut les écouter
Les handicapéééés !

Ils étaient une quarantaine, voire plus, tous en fauteuil roulant. Une vision de Jérôme Bosch devenue réalité. Ou une séquence d'un film de Fellini. Amputés simples ou doubles, rescapés d'accidents coronariens ou de la poliomyélite aux jambes inutiles, effilées comme des dents de râteau. Victimes de la maladie de Parkinson et de la sclérose en plaques, la tête dodelinante, le menton trempé de bave. Horrifié, j'ai hélé un taxi.

– Où vous allez, m'sieur ?

– Euh… roulez.

– Ouais, sûr. C'est mon boulot, même. Mais pour aller où ?

– Tout… tout droit.

– C'est un hôpital que vous voulez ?

– Non !

– Alors, où ?

– Dans… dans le centre.

– D'ac.

– La rue qui est près de… vous savez…

– Pigé.

– Juste après cet hôtel, là…

– Quel hôtel ?

– Oui, celui-là.

– Je vous conduis à un hosto, moi.

– Non ! Vous… Vous voyez cette librairie qui fait l'angle ?

– Dites, si vous avez l'impression que vous allez vous trouver mal, pitié, pas sur le siège, hein ? Vous me dites et je me gare tout de suite.

– Pas de souci.

– Faut toujours garder l'espoir, c'est ça ?

– C'est là où on prend un verre que je veux…

– Un bar, vous voulez dire ?

– Mais oui, un bar ! Je ne suis pas stupide, vous savez.

– Ah, c'est mon jour de chance ! s'est-il exclamé en venant se ranger contre le trottoir. Bon, vous devez avoir un portefeuille sur vous, avec une carte de visite peut-être, avec votre adresse. Vous me la dites et je vous emmène, d'ac ?

– Je connais parfaitement mon adresse.

– Alors dites-la ! Je cafterai pas, promis.

– C'est… Ce n'est pas loin de là où je vais, si vous vous décidez à me déposer dans cette rue… Avec le nom d'une sainte, enfin !

– Oh, ça, c'est une super-indication, dans cette foutue ville !

– Catherine ! Sainte-Catherine, voilà. Au coin, s'il vous plaît.

– Mais quel coin ?

Merde, merde et merde.

– Celui juste après la rue du prêtre…

– Quel prêtre ?

– Pas un rabbin, ni un mollah. Un truc catholique.

– Cardinal ?

– Non. Rue de l'Evêque.

– Hé, c'est marrant, ces devinettes. Vous voulez dire à l'angle de Sainte-Catherine et de Crescent. Exact ?

– Exact. Le Dink's.

Hughes-McNoughton guettait mon arrivée.

– Tu te sens bien, Barney ?

– Je me souviens très bien de mon nom, figure-toi.

– Evidemment. Servez-lui un café, Betty.

– Non, un scotch.

– Ouais. Mais d'abord un café.

J'ai attendu que mes mains se soient arrêtées de trembler pour saisir la tasse. Hughes-McNoughton m'a allumé mon cigare.

– Je veux que tu prépares tous les papiers pour que je donne procuration aux enfants.

– Tu n'as pas besoin d'un avocat pour ça. N'importe quel notaire peut s'en charger. Mais pourquoi tu es si pressé, d'un coup ?

– Peu importe.

– Permets-moi de te raconter une petite histoire, ne serait-ce que pour me confirmer dans mon rôle d'*advocatus diaboli*. Du temps où j'étais un jeune avocat sans expérience, mais avec encore plein d'espoir dans la nature humaine, j'ai eu un client, un brave vieux juif qui avait bien réussi dans le schmatt. Bon, il décide de mettre l'affaire au nom de ses deux fils pour leur éviter les droits de succession par la suite. Je lui boucle la magouille, on sable le champagne tous ensemble, lui, les deux fistons, moi. Le lendemain, quand il se pointe à son bureau, les petits lui annoncent qu'il n'a plus rien à faire là. Ejecté. Conclusion, regarde où tu mets les pieds, Barney.

– Très amusant. Mais mes enfants ne sont pas de ce genre, eux.

Dans mon état, je n'ai pas pu avaler plus d'un whisky. Je suis rentré chez moi, encore étourdi, me demandant avec inquiétude quand un nouvel accès d'amnésie allait venir détruire tout ce qui restait encore devant moi. Miriam, Miriam, flamme de mon cœur. Mes enfants, mes chers enfants. Mike, qui ne se rend pas compte à quel point je l'aime. Kate, dont le mariage risque de ne pas durer, je le crains. Et Saul ? Que va-t-il devenir, Saul ?

Quand il n'avait guère plus que huit ou neuf ans, il m'arrivait de lui demander de monter me chercher un pull ou un scénario dans ma chambre et d'attendre une demi-heure ou plus sans qu'il redescende. Je savais alors qu'en passant devant une étagère, il avait saisi un livre et devait être maintenant allongé par terre sur le ventre, plongé dans sa lecture. La fois où il s'était pris de passion pour l'*Histoire des rois d'Angleterre*, il avait jeté un froid à la table du dîner en s'exclamant, dépité : « Alors, si Papa était le roi, après sa mort ce serait Mike qui hériterait du trône et qui gouvernerait l'Empire, tandis que moi, je serais juste duc de Machin ou de Chose… »

Il n'avait que dix ans alors, mais il avait déjà mesuré l'injustice du monde dans lequel il était né…

O Dieu ! Si j'étais un ange du Seigneur, je marquerais d'un signe le linteau de leurs maisons, afin que la peste et les malheurs épargnent mes enfants. Hélas, je ne suis pas qualifié pour. Et quand j'avais encore le temps et l'univers devant moi, au lieu de les protéger, je les ai houspillés, vexés, corrigés. Tout de travers.

Après la mort de son épouse, Sam Johnson a écrit au révérend Thomas Wharton : « Depuis lors, je me suis vu retranché du reste de l'espèce humaine, une manière d'errant solitaire dans les landes de la vie, sans direction précise, ni perspective définie, l'observateur morose d'un monde avec lequel je n'ai plus guère de liens. »

Mais ma femme n'est pas morte, non. Elle est simplement absente. Temporairement absente. Et il faut que je lui parle, que je lui parle à l'instant. Elle habite cette ville de l'Ontario, là. Pas Ottawa. La ville où nous avions déjeuné à la Salle du Prince Arthur, tu t'en souviens ? Mais oui, je ne suis pas encore le schnoque total ! Je me rappelle même le nom de ce trucmuche qui sert à égoutter les spaghettis et qui doit être quelque part à la cuisine. Et on sait qu'il y a sept nains, alors qu'importe comment ils s'appellent ? Et ce n'est pas Lillian Kraft qui a écrit ce fameux livre, non, c'est Mary McCarthy.

J'ai attrapé mon téléphone et j'ai commencé à tourner le cadran avant de m'arrêter net, l'injure à la bouche. J'avais oublié le numéro de Miriam.

Postface

Michael Panofsky

Le 24 septembre 1996, à 10 h 28 du matin, un géomètre et deux bûcherons des « Drummondville Pâte et Papier » tombèrent par hasard sur des restes humains éparpillés dans une clairière non loin du sommet du mont Groulx. Un crâne, une colonne vertébrale en morceaux, un pelvis, un fémur, des côtes fracturées et deux tibias en morceaux. Après l'intervention de la police provinciale sur les lieux, les ossements furent confiés à un médecin-légiste de l'hôpital Notre-Dame à Montréal. Le docteur Roger Giroux affirma qu'ils provenaient d'un homme de race blanche, âgé d'une trentaine d'années à sa mort, dont la cause ne pouvait être déterminée, mais qui remontait à trois ou quatre décennies. Il émit l'hypothèse que les fractures constatées et les vertèbres brisées étaient dues au fait que l'inconnu avait été sauvagement frappé avec un instrument contondant, ou qu'il avait subi une chute d'une hauteur considérable. Cependant, ayant relevé de multiples marques de dents, il estima encore plus probable que l'état des os soit dû aux coyotes, qui les avaient cassés dans leurs mâchoires pour arriver à la moelle.

Reprise dans la *Gazette*, l'information attira l'œil d'un inspecteur de la Sûreté du Québec à la retraite, Sean O'Hearne. Sur ses instances, un vieux dossier criminel fut ressorti des archives et un dentiste new-yorkais fut appelé à examiner le crâne. Peu après, les restes macabres furent attribués de source officielle à Bernard Moscovitch, lequel avait disparu dans cette même zone le 7 juin 1960.

O'Hearne, triomphant, fut abondamment interviewé par la presse écrite et les télévisions, tout comme la seconde femme de mon père, laquelle se produisit invariablement devant les caméras avec une photo encadrée de Mr Moscovitch sur ses genoux, déclarant entre autres qu'« il » (Moscovitch, bien entendu) « m'avait juré un amour éternel ». Sous des titres tels que ERREUR JUDICIAIRE ? ou LA VENGEANCE DU SQUELETTE, les journaux déterrèrent le récit du procès de mon père à Saint-Jérôme. Surpris par des journalistes dans un bar de Montréal (Dink's, rue Crescent), son avocat, John Hughes-McNoughton, rétorqua : « *Credo quia impossibile* » à l'un d'eux, et répliqua aux doutes qu'exprimait un autre quant à l'innocence de son ancien client par un simple mais définitif : « *Argumentum ex silentio* ». Un audacieux photographe d'*Allô Police* réussit à se glisser dans la maison de retraite King David pour voler un cliché de mon père en train d'avaler des morceaux de poitrine braisée que Solange lui donnait à la cuillère.

Je suis arrivé au plus vite de Londres en avion, et Kate de Toronto. Saul, pour sa part, est venu par la route, se faisant conduire depuis New York par une jeune femme prénommée Linda. Nous nous sommes tous retrouvés au cottage des Laurentides, là où nous avions jadis formé une famille heureuse, pour faire face à la révélation que Barney avait menti et qu'il était un assassin, au bout du compte. Naturellement, Kate a refusé d'accepter cette irréfutable réalité.

– Boogie était ivre, non ? Il a très bien pu grimper jusque là-haut et faire une mauvaise chute. Les deux jambes cassées, il est mort de faim. Comment pouvez-vous accuser Papa aussi vite alors qu'il ne reconnaît même plus son nom quand on l'appelle ?

– C'est un rude coup pour nous aussi, Kate, pas que pour toi. Sois un peu raisonnable, s'il te plaît.

– Oui, c'est ça, « raisonnable ». Tenez, je sais : Papa est un criminel pathologique. Il a flingué Boogie, l'a traîné au sommet de cette montagne et lui a fracturé les tibias à coups de pelle. Elémentaire, non ?

– Je n'ai jamais dit qu'il…

– Il n'y a pas la moindre trace de trou creusé, même à la va-vite.

Vous pensez que Papa l'aurait laissé traîner là-bas juste pour que les bêtes répandent ses os partout ?

– Et s'il n'avait pas eu le temps ?

– Il a eu des années !

– Ils l'ont découvert tout près de l'abri où Papa aimait aller, dans le temps. C'est lui-même qui nous l'a raconté. Et ils ont trouvé des débris de verre dans ce coin. D'une bouteille de whisky, en fait…

– Et alors quoi ?

– Ecoute, Kate, on comprend très bien ce que tu ressens mais…

– Ils étaient aussi soûls l'un que l'autre, Kate. Il a très bien pu le tuer accidentellement. Je veux bien t'accorder ça.

– Il a toujours été généreux avec nous ! Nous lui devons le bénéfice du doute, au moins. Vous, vous pouvez croire ce que vous voulez, mais même si je vis jusqu'à cent ans, je serai convaincue jusqu'à la fin qu'il était innocent. En plus, il se trouve que je sais une chose : il n'a jamais voulu renoncer à l'idée que Boogie était vivant, quelque part, et qu'il allait finir par resurgir.

– Mais maintenant, il est bien obligé, non ?

Notre réunion au cottage avait pour but de parvenir à une décision concernant le manuscrit inachevé de Barney, que nous avions lu tous les trois, ainsi que de récupérer les quelques souvenirs auxquels nous aurions pu tenir avant de refermer la porte une dernière fois, car nous avions déjà mis la maison en vente. Sur ce plan, les perspectives n'étaient guère encourageantes. L'agent immobilier que nous avions chargé de la transaction avait soupiré : « Le lendemain du référendum, j'ai eu quarante-deux appels, tous de gens d'ici qui voulaient vendre leur propriété au plus vite. Pour l'instant, je n'ai pas eu une seule offre. »

Depuis que nous avions appris que Barney était atteint de la maladie d'Alzheimer, il y avait eu plus d'un conclave familial de ce type. Lors du premier, Saul nous avait rappelé que notre grand-mère avait été emportée par le même fléau, et que nous étions donc tous sujets à risque. Pour commencer, avait-il annoncé, nous devions renoncer aux déodorants corporels à base de zinc, ainsi qu'à cuisiner dans des marmites en aluminium, substance également peu fiable. Abonné au *Lancet* comme à *The New England Journal of Medecine*, il avait poursuivi en soulignant que, selon des études récentes, la nicotine était un stimulateur du cerveau et que les fumeurs étaient donc moins susceptibles de finir de cette manière.

– Bien sûr, puisqu'ils meurent d'un cancer du poumon avant ! avait persiflé Kate. Conclusion, tu ferais mieux d'éteindre tout de suite ce cigare…

– Point ?

– Oui…

Et elle était tombée dans ses bras en sanglotant éperdument.

Le sombre diagnostic concernant Barney avait été formellement établi lors d'une réunion dans les locaux des Productions d'utilité théorique, le 18 avril 1996. Y assistaient le docteur Mortimer Herscovitch, deux médecins spécialistes de la maladie, Solange et Chantal Renault ainsi que Kate, Saul et moi, bien entendu. Ensuite, Saul s'était rendu en train à Toronto pour apprendre la nouvelle à Miriam. Après avoir fondu en larmes, elle avait attendu d'être sûre que sa voix ne la trahirait pas pour téléphoner à Barney et lui demander si elle pouvait venir le voir.

– Je ne pense pas que je supporterais ça.

– S'il te plaît, Barney !

– Non.

Pourtant, il avait recommencé à se raser chaque matin, il avait réduit sa consommation d'alcool et de cigares, et il sursautait dès que le téléphone se mettait à sonner ou que l'interphone de son immeuble retentissait. Solange appela Miriam à Toronto.

– Venez le plus vite possible.

– Mais il a dit non…

– Il n'ose même plus sortir faire un tour tellement il a peur que vous arriviez pendant qu'il sera dehors.

Le lendemain matin, elle était là. Ils allèrent déjeuner au Ritz. Là le maître d'hôtel ne fit rien pour simplifier les choses en s'exclamant : « Mais je ne vous avais pas vus ensemble depuis des années ! A nouveau comme au bon vieux temps, alors ? »

Miriam raconta par la suite à Saul ce qui s'était passé :

– J'ai bien vu qu'il était perdu devant la carte. Il m'a demandé de commander pour nous deux. Au début, pourtant, il était gai, il plaisantait, même : « J'attends avec impatience les parties de cache-cache avec les autres ramollis du cerveau quand je serai à l'hosto, et la danse du tapis… Hé, ils auront peut-être des tricycles pour nous, aussi ! Et des cornets de glace… » Je lui ai demandé d'arrêter. Il a commandé du champagne, mais en fait ce qu'il a dit au serveur c'était : « Amenez-nous une bouteille, vous savez, avec les bulles, ce qu'on buvait toujours ici avant », et l'autre a rigolé, il a cru que Barney voulait être drôle, j'ai trouvé ça tellement insultant. J'avais envie de lui crier : « Quand mon mari veut être drôle, il l'est ! »

« Est-ce que ce n'aurait pas été fabuleux, m'a dit Barney après, si j'avais accepté de partir à Paris avec lui pendant sa nuit de noces ? On a évoqué de vieux souvenirs, nos heures de folie. Il m'a promis de ne pas tourner de l'œil comme à notre premier déjeuner. « Quoique, en y réfléchissant, ce serait dans un certain sens boucler la boucle, non ? » Mais ce n'est pas notre dernier déjeuner ensemble, j'ai protesté, il n'y a aucune raison, nous pouvons être amis, maintenant… Non, on ne peut pas, il a répondu, entre nous c'est tout ou rien. J'ai dû aller aux toilettes deux fois, j'avais trop peur de me mettre à pleurer devant lui. Il a avalé je ne sais combien de comprimés et de pilules, de toutes les couleurs possibles. Mais il a bu son champagne, aussi. Il a pris ma main sous la table et il m'a déclaré que j'étais toujours la plus belle femme qu'il ait jamais vue, qu'un jour il avait osé espérer que nous mourrions en même temps, vieux déjà, comme Philémon et Baucis, et qu'un Hermès assez bienveillant nous transformerait en deux arbres dont les branches se caresseraient en hiver, et les feuilles se mêleraient les unes aux autres au printemps…

« Et puis soudain, je ne sais pas, il n'aurait peut-être pas dû boire, il s'est mis à buter sur les mots. Et à se battre avec ses couverts. Il prenait la cuillère quand c'était la fourchette qu'il aurait fallu, ou bien il attrapait son couteau par la lame. Il a changé du tout au tout, il a pris un air sombre. On aurait dit qu'il s'en voulait d'être dans cet état, en tout cas c'était très gênant, et si triste… Il m'a fait signe de me pencher vers lui et il m'a chuchoté que Solange signait des chèques à sa place. Qu'elle lui volait son argent. Qu'il avait peur qu'elle finisse par le forcer à mettre sa signature sur un testament inventé par elle. Que c'était une nymphomane, qu'une fois elle avait entraîné le concierge de son immeuble dans l'ascenseur et qu'elle avait relevé sa robe pour lui montrer qu'elle n'avait pas de culotte… L'addition est arrivée, j'ai vu qu'il ne parvenait pas à la vérifier même s'il la regardait de tous ses yeux, alors je lui ai dit « Tu n'as qu'à signer, c'est tout », ce qui l'a fait rire : « D'accord, mais ça m'étonnerait qu'ils comprennent ma nouvelle écriture ! » Et puis il s'est exclamé, tout content : « Hé, il y a quand même des choses dont je me souviens ! Un jour, j'ai amené qui tu sais ici avec sa mère, et cette vieille peau qui me sort : Mon mari laisse toujours un pourboire de douze et demi pour cent. »

« Là, il a encore changé d'attitude. Il est devenu tendre, plein d'attention et d'amour. Le Barney qu'on adore. Et je me suis rendu compte qu'il avait complètement oublié que je l'avais quitté. C'était clair, il était persuadé qu'on allait rentrer à la maison tous les deux. Se faire un film, ou lire ensemble au lit, nos jambes entremêlées. Ou même prendre un vol de nuit pour New York, ce genre de surprises qu'il aimait tant sortir de son chapeau… Oh, il était tellement amusant, à l'époque, tellement imprévisible, tellement amoureux, et brusquement je me suis dit : « Et si je ne rentrais pas à Toronto, si je restais avec lui ? » C'est à ce moment que je me suis levée pour aller téléphoner à Solange et lui demander de venir tout de suite. Je reviens à notre table, il n'y est plus. Je panique, je demande au serveur où il est passé. « Aux toilettes », il me répond. Alors, je l'ai attendu devant la porte et quand il en est sorti en traînant les pieds, avec un sourire penaud, j'ai vu que sa braguette était ouverte et qu'il avait mouillé son pantalon. »

Encore relativement vaillant, notre père avait demandé expressément à John Hughes-McNoughton de se charger des formalités pour que ses enfants aient procuration sur la gestion de son patrimoine. Sa société fut vendue aux productions Amigos Three de Toronto pour la somme de cinq millions de dollars en espèces et cinq autres millions en actions de la compagnie acquéreuse. Conformément à son testament, ce capital ainsi que le reste de son patrimoine, dont un portefeuille boursier bien rembourré, devaient être divisés en trois parts, cinquante pour cent en faveur de sa descendance, Miriam et Solange se partageant également l'autre moitié. Mais les héritiers devaient s'engager à effectuer certaines donations : vingt-cinq mille dollars pour Benoît O'Neil, qui s'était occupé de l'entretien du cottage des Laurentides des années durant ; cinq cent mille en faveur de Chantal Renault ; le paiement de l'abonnement de ses deux places au meilleur gradin du tout nouveau Molson Centre, pendant cinq ans, ces tickets revenant à Solange Renault ; la couverture de la note mensuelle de John Hughes-McNoughton au Dink's jusqu'à son décès ; enfin, cent mille dollars devant aller à Mrs Flora Charnofsky, à New York.

Il y avait encore une autre disposition dans les dernières volontés de mon père, une vraie surprise quand on se rappelait ses fréquentes plaisanteries à propos des « schvartzers » : un fonds de deux cent mille dollars destiné à alimenter une bourse d'études à l'université de McGill en faveur d'un étudiant noir particulièrement doué pour les arts. La bourse porterait le nom d'Ismail ben Yussef, alias Cedric Richardson, qui avait été emporté par un cancer le 18 novembre 1995.

Cinq mille dollars étaient aussi réservés à une veillée à sa mémoire dans son bar préféré, à laquelle tous ses amis seraient conviés. Aux obsèques, pas de rabbin : selon les arrangements qu'il avait déjà pris, il devait être inhumé au cimetière protestant au pied du mont Groulx, mais une étoile de David ornerait sa tombe.

Il avait réservé la concession adjacente à celle de Miriam. Saul se chargea de prendre l'avis de notre mère à ce sujet. Elle ne put répondre que quelques mots : « Oui. C'est ainsi que cela doit être. » Et elle raccrocha.

Dès qu'il eut terminé de mettre de l'ordre dans ses affaires, mon père connut un déclin précipité. Incapable de trouver les mots pour désigner les objets les plus simples, ou de se rappeler le nom d'êtres proches, il en arriva à se réveiller sans savoir où il se trouvait, qui il était. Nous fûmes à nouveau convoqués à Montréal par le docteur Herscovitch et les spécialistes. Kate, alors enceinte, proposa à Barney de venir vivre sous son toit, mais les médecins déconseillèrent un changement de cadre de vie, qui ne pourrait qu'ajouter à ses difficultés. Et donc Solange alla habiter avec lui dans l'appartement de la rue Sherbrooke. Même s'il la prenait souvent pour Miriam et la traitait de catin et d'ingrate qui avait détruit son existence, elle continuait à le nourrir à la cuillère puis à lui essuyer le menton. Lorsqu'il lui dictait une lettre, trébuchant sur les mots, répétant des phrases incohérentes, elle lui promettait de la poster sans tarder. S'il surgissait au petit déjeuner avec la chemise à l'envers, ou son pantalon devant derrière, elle s'abstenait de tout commentaire. Puis il commença à invectiver sa propre image dans le miroir, la confondant avec quelqu'un d'autre, Boogie, Kate, Clara… Le jour où il crut ainsi avoir Terry McIver en face de lui, il donna un coup de tête si violent à la glace qu'il fallut lui poser vingt-deux points de suture au crâne, et nous fûmes donc contraints de nous rendre une nouvelle fois à Montréal.

Sur les instances de Solange, nous avons fini par le placer à la maison de retraite King David le 15 août 1996. Bien qu'il ne reconnaisse plus personne, pas même ses enfants, nous ne l'avons pas abandonné. Kate vient de Toronto une fois par semaine. Le hasard a voulu qu'elle ait été de visite, en train de jouer aux dames chinoises avec Barney, le jour où Miriam est arrivée pour le voir. Une dispute a éclaté entre elles, terrible. Elles ne se parlaient plus depuis des mois quand Saul a réussi à les réunir pour déjeuner ensemble à Toronto. « Nous formons toujours une famille, leur a-t-il déclaré. Prenez un peu sur vous-mêmes ! L'une comme l'autre. » Son ton bourru, qui rappelait tant celui de Barney, les a fait céder.

Saul va souvent voir notre père, lui aussi. Une fois, tout en démolissant d'un coup de poing le jeu de construction de Barney, il s'est mis à hurler : « Comment tu as pu en arriver là, salaud ? », puis il s'est tu, étouffé par les sanglots. Les infirmières redoutent ses apparitions : s'il remarque une tache de jaune d'œuf sur la robe de chambre paternelle, ou des draps qui lui paraissent douteux, il explose de colère. « Merde, merde et merde ! » Un après-midi, il a débarqué quand la télévision était allumée et, constatant que c'était une émission d'Oprah Winfrey, il a arraché le poste de son support et l'a expédié par terre. Au vacarme, une escouade d'aides-soignantes se sont précipitées dans la pièce : « Ici, c'est la chambre de mon père, et mon père ne regarde pas de pareilles conneries ! »

De nous trois, c'est Saul qui a hérité d'un peu de la beauté de notre mère et également du mauvais caractère de Barney. Avec son père, cela a toujours été un combat de gladiateurs, à celui qui serait le plus fort, aucun ne lâchant un pouce de terrain à l'autre. Barney, qui en réalité avait adoré les hardiesses gauchistes de son adolescent de fils et qui ne manquait pas une occasion de raconter l'histoire des « Quinze du 18 novembre », n'avait pu supporter son ralliement à la droite la plus impitoyable. Mais il n'en resta pas moins son préféré, ne serait-ce que parce qu'il était l'écrivain que Barney avait toujours rêvé de devenir.

Au tout début de ses Mémoires, mon père affirme que c'est en bafouant ses résolutions qu'il s'est mis à gribouiller un premier livre à un âge avancé. Cette assertion, de même que bon nombre d'autres, n'est pas tout à fait conforme à la vérité. En rangeant ses papiers, je suis tombé sur plusieurs ébauches de nouvelles auxquelles il s'était essayé au cours des années. J'ai aussi découvert le premier acte d'une pièce de théâtre et cinquante pages d'un roman laissé inachevé. Il fut effectivement un lecteur acharné, ainsi qu'il l'a revendiqué, son admiration allant d'abord aux maîtres de la stylistique, de Gibbon à A.J. Liebling. Dans ses notes, j'ai remarqué à maintes reprises des citations du grand historien britannique, dont par exemple cette remarque de Gibbon à propos de l'empereur Gordien : « Si ses manières étaient moins raffinées, il était de tempérament aussi allègre que son père. Vingt-deux concubines officielles, ainsi qu'une bibliothèque de soixante-deux mille volumes, attestent la diversité de ses goûts. Et à en juger par ce qu'il a laissé derrière lui, il appert que les unes commes les autres étaient conçus à ses yeux plus pour servir que pour décorer. »

Reprise chez A.J. Liebling, il y a encore cette notation sur l'entraîneur de boxe Charlie Goldman, dit « le Professeur » : « Je ne me suis jamais marié, aime à dire le Professeur. Pour moi, la vie à la carte vaut mieux que le menu fixe. » Au-dessous, Barney avait écrit : « Comme Zack ! »

Ce dont j'ai hérité, moi, c'est son sens des affaires, sa facilité à gagner de l'argent. Mais puisque c'était, hélas, un aspect de lui-même qu'il déplorait, cela explique, je suppose, qu'il m'ait toujours préféré mon frère et ma sœur, que j'aie été la cible permanente de ses sarcasmes et de ses jugements hâtifs. En dépit de ce qu'il écrit, Caroline et moi sommes allés voir *Don Giovanni* plus d'une fois, et mes commentaires de son manuscrit prouvent assez, je crois, que j'ai lu moi aussi *L'Iliade*, Swift, le docteur Johnson et d'autres. Mais il se trouve que, selon moi, ce panthéon européocentriste et exclusif mérite d'être élargi, et que si j'apprécie également des artistes tels que Mapplethorpe, Helen Chadwick ou Damien Hirst, personne ne peut me le reprocher. Mon ressentiment à l'égard de Barney est indéniable, et cependant je m'efforce de prendre l'avion tous les mois et demi pour lui rendre visite. Peut-être suis-je celui que son état très diminué affecte le moins car, à vrai dire, nous n'avons jamais réellement communiqué, lui et moi.

Il ne manque pas de visiteurs plus assidus encore, d'ailleurs. Solange est avec lui presque tous les jours, elle l'aide à prendre son bain et à crayonner ses cahiers de coloriage. Les anciens camarades de beuverie passent souvent le voir : un avocat douteux nommé Hughes-McNoughton, le fameux Zack, journaliste et alcoolique, d'autres encore. C'est seulement en recevant une lettre très sèche de la direction de la maison de retraite que j'ai appris qu'une certaine Miss Morgan avait pris l'habitude de venir une fois par semaine pour le masturber sous ses draps. Il y a aussi un petit vieux hyperactif, Irv Nussbaum, qui n'apparaît jamais sans un sac de bagels ou une longue ficelle de *kartnatzel* de chez Schwartz's. « Votre père, m'a-t-il déclaré un jour, c'était le vrai juif au sang chaud. Un *bonditt*. Un *mazik*. Un diable. J'aurais juré qu'il arrivait tout droit d'Odessa. »

Lors de son dernier anniversaire, il nous a tous stupéfiés en répondant à son nom par un sourire espiègle. Nous avions apporté des ballons, des chapeaux de clown, des crécelles, un gâteau au chocolat. Miriam et Solange avaient conçu à notre insu ce qu'elles avaient cru être une excellente idée : louer les services d'un danseur de claquettes qui se produirait devant lui. Aux anges, Barney frappa la mesure dans ses mains, nous chanta des bribes de refrain, mais il finit par trébucher, tomber et uriner dans son pantalon tandis qu'il essayait d'imiter les pas du danseur. Miriam, Kate et Solange s'enfuirent dans le couloir pour lui dissimuler leurs larmes et se réconforter mutuellement.

Je me souviens d'un autre moment de lucidité, si ce terme est adéquat. Un jour, il a reçu une lettre postée de Californie, dont le contenu m'a paru incompréhensible mais que mon père a déchiffré avant de se mettre à pleurer.

Maman m'a expliqué qu'elle provenait de Hymie Mintzbaum, qu'une attaque cardiaque avait rendu grabataire quelques années plus tôt. En 1961, à Londres, il l'avait invitée à déjeuner en tête à tête pour lui déclarer qu'elle n'avait d'autre choix que d'épouser Barney : « Vous êtes la seule qui puisse sauver ce cinglé », lui avait-il déclaré.

Petite digression, comme Barney les aimait. Ces derniers temps, mes voyages à Montréal se sont révélés de plus en plus déprimants, non seulement en raison de l'état de santé de mon père, mais aussi à cause de ce que la ville de mon enfance est devenue. A chaque fois que j'ai pris l'annuaire dans l'espoir de renouer avec d'anciens camarades de faculté, je me suis aperçu qu'à deux ou trois exceptions près ils avaient déménagé à Toronto, Vancouver ou New York, préférant fuir le tribalisme qui triomphe ici. Vue de l'extérieur, certes, la situation au Québec prêterait surtout à rire. Voici des hommes faits, des fonctionnaires de la Commission de protection de la langue française, qui arpentent chaque jour les rues, un mètre à la main, afin de s'assurer que le texte en anglais sur les panneaux publicitaires ou les enseignes de magasin ne dépasse pas la moitié de la taille des lettrines en français, ou n'apparaît pas dans une couleur plus voyante. En 1995, un de ces censeurs, particulièrement zélé, a voulu faire retirer des rayons d'une épicerie cachère des boîtes de matsot dont la présentation n'était pas bilingue. Telles ont été les protestations, cependant, qu'un an plus tard la communauté juive locale s'est vu offrir une dispense spéciale : les boîtes de matsot unilingues étaient reconnues légales soixante jours par an. Le vieux Nussbaum s'est délecté de cette décision : « Vous avez vu ça ? Le haschich, la cocaïne et l'héroïne sont interdits dans ce pays toute l'année, mais dès que Pessa'h arrive, nous avons le droit spécial de consommer notre came à nous ! Soixante jours par an, on va pouvoir se gaver de matsot sans avoir à fermer les rideaux et à s'enfermer à double tour chez nous ! Attention, ne pensez pas que je me mêle de ce qui ne me regarde pas, mais je voulais vous dire que votre père a toujours souhaité que vos enfants reçoivent une éducation juive dans les règles. Toujours. Alors si vous voulez leur offrir un petit voyage en Israël, n'hésitez pas, je me ferai un plaisir de vous organiser ça. »

Le manuscrit de mon père a suscité certaines tensions entre nous. Alors que Kate voulait le publier tel quel et que Saul préconisait des retouches et des coupures, j'hésitais entre leurs deux positions, blessé que j'étais par ses piques d'une cruauté gratuite à l'encontre de Caroline. En fait, nous n'avions pas le choix : Barney avait déjà signé un contrat avec un éditeur de Toronto, et une clause de son testament interdisait formellement la moindre altération. Etonnamment, cette même clause me désignait responsable de la supervision du travail éditorial avant publication. A la suite d'interminables négociations avec l'éditeur, j'obtins le droit d'ajouter des notes quand il s'agirait de corriger les erreurs factuelles les plus choquantes, corvée qui m'obligea à me replonger dans nombre de livres et à rechercher des références douteuses. Deux privilèges me furent aussi reconnus : l'autorisation de réécrire les passages, déjà incohérents, où Barney relatait la découverte de sa maladie, travail pour lequel je consultai Solange ainsi que les docteurs Mortimer Herscovitch et Jeffrey Singleton ; et l'ajout de cette postface, à condition de la soumettre à l'approbation de Saul et de Kate.

Comme ils n'étaient pas satisfaits par cet arrangement, il y a eu une dispute, évidemment.

– C'est moi l'écrivain, ici, a protesté un Saul très vexé. C'est à moi de me charger du manuscrit.

– Ecoute, Saul, je n'ai jamais demandé à le faire, moi. Mais puisqu'il m'a choisi, je dois m'incliner devant ce qui fait partie de ses dernières volontés. Il l'écrit lui-même dans son livre, toujours avec son ton protecteur : je suis tellement pointilleux qu'il a compté sur moi pour corriger ses trous de mémoire les plus flagrants.

– Ah oui ? a fait Kate. Figure-toi que je sais, moi, que plusieurs de ses prétendues erreurs, de ses citations abusivement attribuées à tel ou tel auteur, sont en réalité des pièges qu'il te tendait au fur et à mesure. Un jour, il m'a dit : « J'ai trouvé un moyen d'être sûr que Mike se décide enfin à lire Gibbon et tant d'autres. C'est un système imparable. »

– Tiens donc ! Seulement, malgré ce qu'il pouvait penser, il se trouve que je les ai déjà lus, pour la plupart. Non, le problème qui se pose à nous est ailleurs.

– Boogie ?

– Ça y est, ça recommence !

– S'il te plaît, Kate, ne commence pas, toi ! C'était mon père, à moi aussi. Mais quand il n'arrête pas d'écrire qu'il s'attend à voir Boogie réapparaître un beau jour, il nous mène en bateau, c'est clair.

– Papa ne l'a pas tué.

– Il va bien falloir que nous acceptions quelque chose, Kate : Papa n'a pas été exactement tout ce qu'il prétendait être.

– Saul ! Pourquoi tu ne dis rien, toi ?

– Merde, merde et merde ! Comment il a pu faire un truc pareil ?

– La réponse est simple : il ne l'a pas fait.

J'ai donc soumis la question à John Hughes-McNoughton.

– Par principe, un avocat n'interroge pas son client, m'a-t-il répondu. Ce qu'il entendrait risquerait de compliquer sa tâche.

Cela étant, Barney m'a répété plus d'une fois, de lui-même, que la version des faits qu'il avait donnée à O'Hearne était vraie à cent pour cent.

– Et vous l'avez cru ?

– Un jury de douze respectables citoyens l'a reconnu innocent.

– Oui, mais maintenant il y a une nouvelle preuve et elle est accablante. Nous avons le droit de connaître la vérité.

– La vérité, c'est qu'il était votre père.

Avant d'être réduit à un état quasi végétatif, Barney a été un homme qui faisait beaucoup d'ombre autour de lui. Le mari de Kate, par exemple, s'est toujours senti mal à l'aise en sa présence et redoutait ses visites à Toronto. Sa fin pathétique, et le fait que Kate en soit lentement, douloureusement, venue à assumer ce qu'il avait commis – sans jamais le reconnaître devant quiconque, certes –, a restauré l'unité de leur couple. Mais aussi quelque chose s'était brisé en elle, quelque chose qui demandait urgente réparation, et la naissance d'un garçon lui a heureusement redonné sa joie de vivre. Elle a appelé son enfant Barney.

Dans les mois qui ont suivi la découverte des restes de Bernard Moscovitch au sommet du mont Groulx, mon frère cadet a pour sa part opéré un nouveau tournant à cent quatre-vingts degrés dans ses positions politiques. Nous surprenant tous, il est revenu à ses convictions progressistes d'adolescent et publie désormais ses articles polémiques dans les revues de gauche qu'il vouait il y a peu encore aux gémonies. Il rejette avec indignation ma théorie selon laquelle ce revirement s'est produit quand il ne s'est plus senti obligé de contrecarrer notre père.

Miriam, qui a désormais besoin d'une canne pour se déplacer, m'a demandé de ne pas être mentionnée dans la présente postface, sinon pour indiquer qu'elle et Blair se sont retirés dans une petite ferme près de Chester, en Nouvelle-Ecosse.

Avant que son cerveau ne commence à s'atrophier, Barney Panosky est resté fidèle à deux intimes convictions : la première, que la vie est absurde ; la seconde, que personne ne peut vraiment comprendre autrui. C'est une philosophie peu encourageante, et à laquelle je suis quant à moi loin de souscrire.

J'ai écrit ces lignes sur la terrasse de notre cottage des Laurentides, au cours de ce qui était certainement mon dernier séjour dans ces murs. J'attendais d'un instant à l'autre l'arrivée de l'agent immobilier et des Fournier, auxquels j'allais remettre les clés de la maison où nous avons jadis formé une heureuse famille.

Le hasard m'a donné l'occasion de conclure sur une note qui n'a rien à voir avec des ossements accusateurs. J'ai téléphoné à Caroline pour lui raconter ce qui s'était passé : j'étais assis dehors, donc, plongé dans mes souvenirs, quand soudain un gros, un énorme avion Canadair a surgi dans un rugissement de moteurs. Il est descendu à la surface du lac puis, sans même s'arrêter, a pompé Dieu sait combien de tonnes d'eau qu'il est parti déverser sur la montagne après avoir repris de l'altitude.

J'ai regretté de ne pas avoir pris mon caméscope avec moi. C'était un spectacle incroyable, une image typiquement canadienne que les enfants auraient beaucoup appréciée. Ce n'est pas à Londres qu'ils auront la possibilité d'assister à quoi que ce soit d'approchant, en tout cas. Benoît O'Neil m'a expliqué qu'il s'agissait d'un exercice d'entraînement des pompiers spécialisés dans la lutte contre les feux de forêt. Dans le temps, m'a-t-il dit, ces avions passaient plus souvent par ici, au moins une ou deux fois chaque été, quand ils testaient de nouveaux appareils. Pourtant, je n'en avais encore jamais vu, ai-je remarqué, et lui : « Oh non, bien sûr, je parle de l'époque bien avant que vous ne soyez né… »

L'agent s'est enfin présenté avec les nouveaux propriétaires. Nous avons échangé quelques banalités puis j'ai pris congé et je suis monté dans ma voiture. J'avais franchi une bonne vingtaine de kilomètres quand j'ai freiné brusquement pour me garer en catastrophe sur le bas-côté. Oh, mon Dieu, me suis-je dit, soudain noyé de sueur, il faut que j'appelle Saul ! Et je dois des excuses à Kate. Mais pour Barney, hélas, c'est trop tard. Il est au-delà de la compréhension, désormais. Au-delà de tout. Zut, zut et zut.

NOTES DU TRADUCTEUR

I. CLARA

1. Une des plus prestigieuses universités canadiennes.

2. Morley Edward Callaghan était un écrivain canadien de l'école réaliste, auteur notamment de *Strange Fugitive*. Gertie, petit nom de Gertrude Stein, romancière américaine installée à Paris dans les années vingt avec sa secrétaire et compagne Alice B. Toklas.

3. Les mots et locutions accompagnés de guillemets anglais sont en français dans le texte original.

4. La formule est de P.B. Shelley, dans sa *Défense de la poésie*.

5. Variété de baccara.

6. Scénariste américaine, auteur de plusieurs pièces de théâtre très controversées en leur temps, qui fut la compagne de Dashiell Hammett.

7. Samuel Johnson, dit « docteur Johnson », écrivain et linguiste britannique qui composa notamment un *Dictionnaire de la langue anglaise* (1755) et une *Vie des Poètes* (1779-1781).

8. Nelson Algren, écrivain américain « populiste », auteur notamment de *L'Homme au bras d'or* (1949) dont a été tiré le célèbre film avec Frank Sinatra (Otto Preminger).

9. Actrice et romancière américaine, de son vrai nom Louise Rose Hovick, devenue la coqueluche des années trente grâce à ses strip-teases pleins d'humour.

10. Humphrey Bogart.

11. Hymie, diminutif du prénom Hyman, signifie aussi « youpin » en argot anglo-saxon.

12. Syndicaliste américain, fondateur de l'International Longshoremen's and Warehousemen's Union (ILWU) (Syndicat international des dockers et magasiniers) qu'il présida pendant quarante ans.

13. A. Mitchell Palmer, procureur général des Etats-Unis dans les années

vingt, obsédé par la « menace rouge », avait ordonné une série d'« opérations coup de poing », contre les milieux socialistes et anarchistes, restée dans l'histoire sous le nom de « Palmer Raids ».

14. Deux humoristes américains des premières heures de la télévision.

15. Péninsule à l'est du Québec. C'est là que Jacques Cartier toucha terre en 1534.

16. Ecrivain britannique et fondateur de la secte satanique l'« Etoile d'Argent », il aimait aussi se faire appeler « l'homme le plus malfaisant sur terre ». Il mourut en 1947.

17. Louis Riel, chef de file de la rébellion des colons métis de la Rivière Rouge en 1869, exécuté par les autorités en 1885. Norman Bethune, un chirurgien canadien réputé, partit assister les Républicains pendant la guerre civile, puis la population chinoise pendant l'invasion japonaise, au cours de laquelle il fut tué en 1939.

18. Premier ministre canadien de 1968 à 1979 puis de 1980 à 1984, hostile au mouvement séparatiste du Québec. C'est sous son mandat qu'a été adoptée la réforme constitutionnelle de 1982 établissant la complète indépendance du Canada.

19. Saga romanesque de George Eliot.

20. Critique littéraire canadien anglophone, auteur de plusieurs ouvrages consacrés à la théorie de la littérature, notamment le symbolisme biblique dans *The Great Code* (1982).

21. L'auteur tourne ici en dérision les féministes anglo-saxonnes qui refusent parfois de continuer à employer le terme de « woman » pour « femme » sous prétexte qu'il contient la racine « man », « homme », et constituerait donc une concession au phallocentrisme culturel.

II. MRS PANOFSKY II

1. Célèbre recueil de poèmes de T.S. Eliot.

2. James Boswell (1740-1795) est passé à la postérité pour avoir été le confident et biographe du fameux « docteur Johnson », auquel Barney Panofsky voue une évidente admiration.

3. Grande campagne de lutte contre la poliomyélite lancée par le président Roosevelt en janvier 1938 et dont les activités se poursuivent jusqu'à aujourd'hui sur le continent nord-américain.

4. Référence à Coleridge, interrompu dans la rédaction de son *Kubla Khan* par « a person on business from Porlock ». Cet énigmatique visiteur a fini par devenir une image pour désigner un intrus capable de paralyser quelqu'un dans son activité créatrice.

5. Poète patriotique anglais (1862-1938) passionné d'histoire navale.

6. Correspondant de guerre et auteur de livres d'aventures pour adolescents très populaires en Grande-Bretagne et aux Etats-Unis.

7. Barney Panofsky cite un vers du *Much Ado about nothing* (*Beaucoup de bruit pour rien*) de Shakespeare (acte II, scène 5), quand les femmes sont exhortées à ne plus soupirer après des hommes trop volages et vains, à abandonner leurs « airs lugubres » et à leur faire la nique en disant « Hey, nonny-nonny ! » qu'on a rendu ici par « bisque bisque rage ». Dans sa célèbre traduction, François-Victor Hugo a préféré remplacer cette locution atypique par un « etc. ».

8. Petula confond le Premier ministre canadien Pierre Elliott Trudeau avec Garry Trudeau, le créateur de la BD *Doonesbury*.

9. Pseudonyme de Phyllis Dorothy White, baronne James of Holland Park, auteur de romans policiers basés sur son expérience au ministère de l'Intérieur britannique.

10. Outremont, quartier résidentiel huppé.

11. Membre de l'Internationale situationniste aux Etats-Unis jusqu'en 1964, l'Ecossais Alexander Trocchi est passé à la postérité pour avoir été « junkie » durant un quart de siècle.

12. Ecrivain américain remarqué par le *New Yorker* à l'âge de 22 ans.

III. MIRIAM

1. Condamné à mort en 1948, Chessman attira l'attention générale en menant une bataille juridique de douze ans contre sa condamnation et en écrivant plusieurs livres à succès dénonçant la peine de mort. Son exécution en 1960 provoqua de vives réactions dans le monde entier.

2. La formule est de E.M. Forster, dans *Howards End.*

« LES GRANDES TRADUCTIONS »
(extrait du catalogue)

ALESSANDRO BARICCO
Châteaux de la colère, prix Médicis Étranger 1995
Soie
Océan mer
City
Homère, Iliade
traduits de l'italien par Françoise Brun

ERICO VERISSIMO
Le Temps et le Vent
Le Portrait de Rodrigo Cambará
traduits du portugais (Brésil) par André Rougon

JOÃO GUIMARÃES ROSA
Diadorim
traduit du portugais (Brésil) par Maryvonne 'Lapouge-Pettorelli
Sagarana
Mon oncle le jaguar
traduits du portugais (Brésil) par Jacques Thiériot

MOACYR SCLIAR
Sa Majesté des Indiens
La femme qui écrivit la Bible
traduits du portugais (Brésil) par Séverine Rosset

ANDREW MILLER
L'Homme sans douleur
Casanova amoureux
Oxygène
traduits de l'anglais par Hugues Leroy

MORDECAI RICHLER
Le Monde de Barney
traduit de l'anglais (Canada) par Bernard Cohen

STEVEN MILLHAUSER
La Vie trop brève d'Edwin Mulhouse, écrivain américain, 1943-1954, racontée par Jeffrey Cartwright,
prix Médicis Étranger 1975, prix Halpérine-Kaminsky 1976
traduit de l'anglais (États-Unis) par Didier Coste
Martin Dressler. Le roman d'un rêveur américain, prix Pulitzer 1997
Nuit enchantée
traduits de l'anglais (États-Unis) par Françoise Cartano
Le Roi dans l'arbre
traduit de l'anglais (États-Unis) par Marc Chénetier

MIA COUTO
Terre somnambule
Les Baleines de Quissico
La Véranda au frangipanier
Chronique des jours de cendre
Un fleuve appelé temps, une maison appelée terre
traduits du portugais (Mozambique) par Maryvonne Lapouge-Pettorelli

GOFFREDO PARISE
L'Odeur du sang
traduit de l'italien par Philippe Di Meo

MOSES ISEGAWA
Chroniques abyssiniennes
La Fosse aux serpents
traduits du néerlandais par Anita Concas

JUDITH HERMANN
Maison d'été, plus tard
Rien que des fantômes
traduits de l'allemand par Dominique Autrand

PEDRO JUAN GUTIÉRREZ
Trilogie sale de La Havane
Animal tropical
Le Roi de La Havane
Le Nid du serpent
traduits de l'espagnol (Cuba) par Bernard Cohen

TOM FRANKLIN
Braconniers
La Culasse de l'enfer
traduits de l'anglais (États-Unis) par François Lasquin et Lise Dufaux
Smonk
traduit de l'anglais (États-Unis) par Michel Lederer

SÁNDOR MÁRAI
Les Braises
traduit du hongrois par Marcelle et Georges Régnier
L'Héritage d'Esther
Divorce à Buda
Un chien de caractère
Mémoires de Hongrie
Métamorphoses d'un mariage
Le Miracle de San Gennaro
traduits du hongrois par Georges Kassai et Zéno Bianu
Libération
Le Premier Amour
traduits du hongrois par Catherine Fay

V. S. NAIPAUL
Guérilleros
Dans un État libre
traduits de l'anglais par Annie Saumont
À la courbe du fleuve
traduit de l'anglais par Gérard Clarence

GEORG HERMANN
Henriette Jacoby
traduit de l'allemand par Serge Niémetz

JOHN VON DÜFFEL
De l'eau
Les Houwelandt
traduits de l'allemand par Nicole Casanova

EDWARD P. JONES
Le Monde connu
Perdus dans la ville
traduits de l'anglais (États-Unis) par Nadine Gassie

AHLAM MOSTEGHANEMI
Mémoires de la chair
traduit de l'arabe par Mohamed Mokeddem
Le Chaos des sens
traduit de l'arabe par France Meyer

NICK TOSCHES
La Main de Dante
Le Roi des Juifs
traduits de l'anglais (États-Unis) par François Lasquin

YASUNARI KAWABATA
Récits de la paume de la main
traduit du japonais par Anne Bayard-Sakai et Cécile Sakai
La Beauté, tôt vouée à se défaire
traduit du japonais par Liana Rossi

YASUNARI KAWABATA / YUKIO MISHIMA
Correspondance
traduit du japonais par Dominique Palmé

JOHN MCGAHERN
Les Créatures de la terre et autres nouvelles
Pour qu'ils soient face au soleil levant
traduits de l'anglais (Irlande) par Françoise Cartano
Mémoire
traduit de l'anglais (Irlande) par Marie-Lise Marlière

VANGHÉLIS HADZIYANNIDIS
Le Miel des anges
traduit du grec par Michel Volkovitch

ROHINTON MISTRY
Une simple affaire de famille
traduit de l'anglais (Canada) par Françoise Adelstain

VALERIE MARTIN
Maîtresse
Indésirable
Période bleue
traduits de l'anglais (États-Unis) par Françoise du Sorbier

ANDREÏ BITOV
Les Amours de Monakhov
traduit du russe par Antonina Roubichou-Stretz

VICTOR EROFEEV
Ce bon Staline
traduit du russe par Antonina Roubichou-Stretz

REGINA MCBRIDE
La Nature de l'air et de l'eau
La Terre des femmes
traduits de l'anglais par Marie-Lise Marlière

ROSETTA LOY
Noir est l'arbre des souvenirs, bleu l'air
traduit de l'italien par Françoise Brun

HEIKE GEISSLER
Rosa
traduit de l'allemand par Nicole Taubes

JENS REHN
Rien en vue
traduit de l'allemand par Bernard Kreiss

GIUSEPPE CULICCHIA
Le Pays des merveilles
traduit de l'italien par Vincent Raynaud

ANTONIO SOLER
Les Héros de la frontière
Les Danseuses mortes
Le Spirite mélancolique
Le Chemin des Anglais
Le Sommeil du caïman
traduits de l'espagnol par Françoise Rosset

ADRIENNE MILLER
Fergus
traduit de l'anglais (États-Unis)
par Marie-Lise Marlière et Guillaume Marlière

F. X. TOOLE
Coup pour coup
traduit de l'anglais (États-Unis) par Bernard Cohen

VIKRAM SETH
Deux vies traduit de l'anglais (Inde) par Dominique Vitalyos

JOHN FOWLES
La Créature, prix du Meilleur Livre étranger 1987
Le Mage
traduits de l'anglais par Annie Saumont

DAVID MALOUF
Ce vaste monde, prix Femina étranger 1991
L'Étoffe des rêves
traduits de l'anglais (Australie) par Robert Pépin

ELIAS CANETTI
Histoire d'une jeunesse, la langue sauvée 1905-1921
Les Années anglaises
traduits de l'allemand par Bernard Kreiss
Le Flambeau dans l'oreille, histoire d'une vie 1921-1931
traduit de l'allemand par Michel-François Demet
Jeux de regard, histoire d'une vie 1931-1937
traduit de l'allemand par Walter Weideli

VEZA ET ELIAS CANETTI
Lettres à Georges
traduit de l'allemand par Claire de Oliveira

CHRIS ABANI
Graceland
traduit de l'anglais (Nigeria) par Michèle Albaret-Maatsch
Le Corps rebelle d'Abigaïl Tansi
traduit de l'anglais (Nigeria) par Anne Wicke

CHRISTOPH RANSMAYR
La Montagne volante
traduit de l'allemand par Bernard Kreiss

ROBIN JENKINS
La Colère et la Grâce
traduit de l'anglais par Françoise du Sorbier

DANIEL ALARCÓN
Lost City Radio
traduit de l'anglais (États-Unis) par Pierre Guglielmina

DUBRAVKA UGRESIC
Le Ministère de la douleur
traduit du serbo-croate par Janine Matillon

NAM LE
Le Bateau
traduit de l'anglais (Australie) par France Camus-Pichon

PINO ROVEREDO
Caracreatura
traduit de l'italien par Dominique Vittoz

AQUILINO RIBEIRO
Quand hurlent les loups
traduit du portugais par Jacques Cendrier et Manuel Cardoso-Canelas

MISCHA BERLINSKI
Le Crime de Martiya Van der Leun
traduit de l'américain par Renaud Morin

SOPHIE TOLSTOI
À qui la faute ?
traduit du russe par Christine Zeytounian-Beloüs

Composition IGS-CP
Impression Marquis Imprimeur
Éditions Albin Michel
22, rue Huyghens, 75014 Paris
www.albin-michel.fr

ISBN : 978-2-226-21873-5
ISSN : 0755-1762
N° d'édition : 12220/02
Dépôt légal : novembre 2010
Imprimé en Canada